谨以此书献给

脚下这片可爱的土地——萧山，和"奔竞不息　勇立潮头"的萧山人！

编委会

主　编

沈迪云

副主编

徐燕锋　汪志华

编　辑

钱志祥　韩　巍　钟丽佳　柳田兴

春江水暖

萧山
改革开放 40 年
访谈录

中共杭州市萧山区委党史研究室
杭州市萧山区人民政府地方志办公室

编

社会科学文献出版社
SOCIAL SCIENCES ACADEMIC PRESS (CHINA)

序

往事如烟，往事并不如烟。

以十一届三中全会为起点的改革开放，历经40载。

这40年，是翻天覆地、梦想成真的40年，从贫穷到小康，从短缺到富足，萧山以其沧桑巨变展现了改革开放的磅礴伟力。

这40年，是极不平凡、波澜壮阔的40年，一个个感人至深的动人故事、一段段跌宕起伏的传奇经历、一位位砥柱中流的萧然儿女，构成了一幅萧山发展的壮丽画卷。

习近平总书记强调，改革开放是党和人民大踏步赶上时代的重要法宝，是坚持和发展中国特色社会主义的必由之路，是决定当代中国命运的关键一招，也是决定实现"两个一百年"奋斗目标、实现中华民族伟大复兴的关键一招。总结好改革开放经验和启示，不仅是对40年艰辛探索和实践的最好庆祝，而且能为新时代推进中国特色社会主义伟大事业提供强大动力。

为总结好、发扬好、传承好改革开放的经验和启示，萧山区委党研室、区志办在庆祝改革开放40周年之际，和温州大学口述历史研究所合作完成《春江水暖——萧山改革开放40年访谈录》，寻访改革开放亲历者开展口述访谈，以挖掘、记录、表现更丰富、更生动、更立体的历史，为萧山留下一段真实的改革开放发展史。此次口述访谈选取萧山民营企业的发展、湘湖景区开发、改革开放中的人物故事、走向世界的萧山等改革开放以来对萧山发展具有重大影响力的10个主题，被访对象涵盖政治精英、商界楷模、普通职工、青年才俊等27人。从口述主题的确定到访谈人物的选取，我们再三斟酌、深思熟虑，但囿于改革故事之丰富、人物之众多，疏漏之处恳请读者见谅。

架桥筑屋，木可堪材；构建历史，口述历史亦是重要史料。此书旨在用人物、故事、细节勾勒一幅口述历史视野下的萧山改革开放画卷。望口述者的讲述，能让读者触感到曾被忽略的过往，重温那无法抵达的岁月，留下那令人心潮澎湃的记忆，再铸峥嵘激荡的萧山辉煌！

中共杭州市萧山区委党史研究室
杭州市萧山区人民政府地方志办公室

目录

我所经历的萧山围垦

    ——陈光裕口述 ………………………………………… 1

萧山城区发展与百姓生活变迁

    ——朱淼水口述 ………………………………………… 22

促富大会开启萧山改革发展大幕

    ——洪献耕口述 ………………………………………… 53

开放的萧山，走向世界的"信核"

    ——任永坚口述 ………………………………………… 81

勇攀中国制造高峰，静思实体经济出路

    ——汪金芳口述 ………………………………………… 101

萧山行政区划变迁及民生工程建设

    ——沈奔新口述 ………………………………………… 137

萧山乡镇企业变迁

    ——陈兴康口述 ………………………………………… 165

萧山私有经济发展历程

    ——金雄波口述 ………………………………………… 169

萧山民营经济发展

    ——陈志根口述 ………………………………………… 174

湘湖的恢复

    ——韩长来口述 ………………………………………… 182

江南热土，大展宏图：萧山经济技术开发区的发展史

    ——陆炎明口述 ………………………………………… 201

梦想与希望之城：萧山经济技术开发区的变迁

    ——陈苏凤口述 ………………………………………… 216

改革春风，岁稔年丰：改革开放中的萧山农业
　　——王仁庆口述 ·· 233

见证义桥发展与百姓生活变迁
　　——韩浩祖口述 ·· 251

坚持共富初心，不负集体重托
　　——朱重庆口述 ·· 272

南阳城镇发展与百姓生活变迁
　　——高元法口述 ·· 307

我与萧山老百姓的生活变迁
　　——朱祖纯口述 ·· 339

似水流年，源远根深：萧山改革开放中的农村变化
　　——钟水根口述 ·· 353

继往开来，走向世界：萧山对外经贸发展及其国际化历程
　　——魏大庆口述 ·· 372

我的人生经历
　　——刘云梅口述 ·· 403

享了时代的福
　　——李水凤口述 ·· 429

献身纺织事业，亲历国企变迁
　　——汤林美口述 ·· 443

我与杭齿四十年：萧山改革开放中的亲历、亲见与亲闻
　　——丁军口述 ·· 477

辛勤创业，心系家园
　　——王鑫炎口述 ·· 514

我所经历的萧山围垦与撤市设区
　　——虞荣仁口述 ·· 532

风雨兼程，砥砺前行：一位萧山农民企业家的执着与梦想
　　——张建人口述 ·· 549

平地惊雷，一飞冲天：多种经营推动萧山经济走向腾飞
　　——裘笑川口述 ·· 593

后　记 ·· 605

我所经历的萧山围垦

——陈光裕口述

采访者：郑重、潘立川、邓文丽　　　　　　整理者：郑重

采访时间：2018 年 7 月 5 日、8 月 17 日　　采访地点：萧山区萧然南路

口述者

陈光裕，1933 年出生，浙江萧山人，1951 年结业于浙江省水利水产干部学习班。他历任科员、主任科员、工程师，退休后留任于萧山区农机水利局 10 年。他曾任第七至第九届萧山市（县）政协常委、萧山市社会经济发展咨询委员会委员，中国水利学会围涂开发专业委员会首届委员。1951 年以来，他一直从事农田水利治江围垦工程勘察、规划、设计、施工。他先后参加过浦阳江、钱塘江萧山段的治理和新围垦滩涂 50 万亩，累计完成围涂、堤塘、丁坝、水闸、排灌站、桥梁等工程设计与施工 140 多项。他主要参加研究且获奖的项目有《萧山围垦规划设计与施工》，1985 年获浙江省水利厅科技进步一等奖；《钱塘江水下防护工程的研究与实践》，1989 年获水利部科技进步二等奖，1991 年获国家科技进步二等奖；《农田水利工程中沉井基础的研究与应用》，1992 年获萧山市和杭州市科技进步一等奖，浙江省科技进步二等奖。《围垦土方工程机械化施工研究》《临江建水闸技术》《小凸体保护塘脚技术》《田间沟渠衬砌的研究与应用》《萧山围垦经济效益调研》等获萧山市科技进步一、二、三等奖。1988 年获萧山市劳动模范、浙江省劳动模范、杭州市有突出贡献的优秀科技工作者称号，1991 年被评为杭州市劳动模范。

一　萧山围垦的背景

采访者： 陈工程师，您好！萧山围垦被称为"人类造地史上的奇迹"，更为可贵的是，围垦铸就了艰苦创业、不断开拓的"萧山魂"。您是萧山围垦的著名工程师，是萧山大规模围垦的一线人员，我们想请您谈谈萧山围垦的历史。请您首先简单地介绍一下自己。

陈光裕： 我出生于1933年，出生地是浙江萧山。1951年9月，我考入浙江省水利水产干部学习班；1951年11月，我被分配到萧山县建设科做办事员，参加浦阳江茅潭汇裁弯取直工程施工。1953年2月至4月，我到浙江省水利厅技术训练班学习。1954年4月至1964年11月，我到萧山县水利局管南沙排洪工程，因为当时南沙几乎没有正式的排洪工程设施，虽然种的主要是棉、麻等耐旱作物，但经常被淹没。我主要参加南沙排涝闸、开挖前后解放河排洪工程与南沙大堤的除险加固工程施工。1957~1964年，我主要负责农田水利及小砾山排洪站工程、雀山岭水库（后因各种原因暂停）施工与设计。1964年以后基本上负责萧山50多万亩（1亩≈666.67平方米）围垦工程设计施工与除险加固、水利设施配套工程，直到退休。2004~2007年，我被聘为17 800亩围垦的工程指挥部顾问，围垦有什么事，我就一起去和大家商量。2007年以后，我身体不好，就向他们提出不再工作了。我是萧山第七届、第八届人大代表，第六届政协委员，第七至第九届政协常委。1991年10月，我还加入了中国水利学会围涂开发专业委员会，担任委员，当时县一级的委员只有我一个。所以，这是同志们与领导对我的信任。

采访者： 请您介绍一下萧山围垦的背景。

陈光裕： 萧山位于萧绍平原水网地带，东西北三面被钱塘江包围，南边有它的干支流富春江、浦阳江、凰桐江、永兴河等。历史上大风大潮坍江造成的重大灾害比较多。据《萧山围垦志》记载：南宋咸淳六年（1270）秋，大风，江潮越堤，北海塘新林周冲毁；明嘉靖十八年（1539）六月初六，西江塘北段毁，江潮泛滥，县城可驾巨舟，大饥；明崇祯元年（1628），七月连雨，廿三日大风大作，江水从白洋川、瓜沥堤内灌入，不含老雏妇女在内淹死1.7万余人；清同治四年（1865）五月，浦沿长河等处西江塘决堤，县城俱没；民国36年（1947）初，江岸离头蓬尚有2.5千米，至6月坍至头蓬镇，每日少则10余米，多则30~40米。头蓬街东北已坍入江中，灾民累累，饿殍遍野。镇海殿沿江沙地万余亩坍入江中，头蓬镇已成死市。新湾乡已有坍没之势；民国37年（1948）7月6日，台风、大雨，城北、宁围土埝7日午夜溃决，数千亩作物及茅舍遭淹。10日凌晨，头蓬镇沿江居民因来不及逃走，被狂浪吞噬者20余人。新湾、党湾以东沙地，自中秋节后开始坍江，日坍进七八十步，万余亩农田、两万余亩盐田坍入江中。至年底，江岸距新湾、党湾仅里许，无所归依的灾民6万余人①。

中华人民共和国成立后，萧山把水利建设当作头等大事来抓。20世纪50年代开始，南片治理浦阳江、凰桐江、茅潭汇、永兴河，建茅山闸、峙山闸；中片建设钱塘江排灌站、小砾山排灌站、七甲排灌站、江边排灌站，开挖新开前后解放河、大治河、大寨河（后称北塘河），疏浚城河。这些都是农民兄弟的义务劳动，分文不取。那时农民分到土地，但一听要治理江河，扔下自己田里的农活，蓑衣笠帽一穿，扛起铁耙木锹就来了，包括后来围垦这种大工程，都是义务加班加点干。

20世纪50年代，钱塘江上的泥沙通过新安江、富春江、浦阳江向下冲刷，到三江口，在闻堰至浦沿拐了个弯成了"之"字形。到南岸七弯八弯的堤塘下，堆积成一片片淤泥，日积月累，淤泥不断上涨。于是，浦沿、长河一带的社队，对大堤外涨起来的滩涂，自发地、小规模地围一些进行垦种。但那时还没有正规的、上档次的堤塘，往往经不起潮水的冲刷。于是潮来水淹，潮退地现，起色不大。

20世纪50年代起，为了确保南沙大堤的安全，群众出力，挑土培堤，国家也每年投入一定的资金补助砌石护岸，加固堤塘，整治江道，堤塘渐渐被拉直了，而且堤外有了一片淤泥滩涂，围垦开始了。

二　萧山围垦工程的分期

采访者：请您概述萧山围垦工程的分期。

陈光裕：萧山围垦工程大致可以分为三个阶段。

第一个阶段从1965年至1974年，这10年中主要依靠发动群众，艰苦创业，土法上马，从被动抢险保堤，转为主动出击筑堤、治江围涂造堤。由于钱塘江河口主槽动荡多变，历史上频繁遭受溃堤、坍江之灾，虽年年抢险，

---

① 费黑：《萧山围垦志》，上海人民出版社，1999，第371～373页。

但仍年年有灾。我们通过对历史的回顾，决定从被动防守转变为主动出击，把抢险护堤的力用到围涂上去。1965年开始，我们抓住滩涂淤涨、冬季潮小和农闲的有利时机，日出几万人乃至十几万人，在5~7天的低潮位期间，把围涂大堤填筑到冬季最高潮位以上。同时，我们用人工肩挑的办法，将石磴抛在新堤迎潮面，待沿塘抢险河沟通后，船运石方，进行日夜抛石抢险御潮保堤。接着，我们再度发动几万人，提高堤塘的设计标准，并继续抛石护坡，同时抛筑盘头、丁坝，进一步巩固围堤，围一块、保一块、开发利用一块、保一块、再围一块，走出了一条人工围涂的成功之路，把治理钱塘江与围涂造田结合起来，达到了既控制主江道，又增加耕地面积的目的。但该阶段受条件和力量的限制，一般堤塘标准偏低，人工挑抬突击成堤，工程质量不高，在抢护力量不足时，出险可能性大。这10年时间里，我们共进行了16期围涂，围成面积34.77万亩（包括零星围垦）。

20世纪60年代萧山围垦场景（董光中　摄）

萧山的围垦工程，在"文化大革命"期间并没有停下来，而且围垦的时间都是在寒冷的冬天。为什么围垦都选在冬天呢？因为钱塘江的水量在冬天相对少，潮汐也没有春夏秋季那么大，滩涂外露面积大了许多，又是农闲时期，可以组织大量的劳动力，是围垦的有利时机。当然，冬季围垦和其他季节不同的是天气冷，水上结冻，人赤着脚踏进泥水里，从脚跟冷到四肢，冷到胸口，很辛苦啊！那时农民干农活，由于生活艰苦，都是脱光鞋袜赤着双脚，哪有什么"水田袜""水田靴"！即使有，也不能穿。一脚踏进淤泥里，烂泥没到膝盖上甚至半腰段，什么袜子、靴子都没用，连人都弄不好陷进泥潭里了。

采访者： 在萧山围垦史上，1974 年 13 号强台风和异常天文大潮的破坏，是萧山围垦以来遭受损失最大的一次，经验教训也是最深刻的。据说您也曾经遇险？

陈光裕： 1974 年台风和异常天文大潮使水位超过历史最高水位大概 1米，我们知道这个消息之后，有点震惊。一种观点是要死保，因为外面刚刚围好 3 万亩地，原来已经坍掉了一部分，所以要死保，人在堤在。

当时我和大家一起去看，东线指挥是张长贵同志，我和他一起去，他提出来要保，他说："老陈，你不会游泳，你进去，我在外边。"我说："不行，我进去，你也一定要进去。另外，在外面的人都要进去，我认为今天的台风涌潮会非常大。"因为我经常在沿江地区跑，渔民会把一些经验告诉我：今天的潮水怎样，什么时候潮水大，什么时候逃。还有一点，我曾去省里开过一次防汛会议，就是 1956 年台风的时候，象山港在台风暴潮来临时进行堤塘抢险，没成功，当地水利局只剩下一个人，其他人都在前线牺牲了，只有一个人留在办公室。省里曾经介绍，当特大台风真的来了，人力是不可阻挡的，一定要想办法躲避。所以我就和他们说一定要进去躲避，晚上在前线的人都要回来，在外面很危险。

回来之后，我们进行了一场讨论，他们同意我的意见，认为是对的。大家当天下午就把所有船只都撤掉，200 多个民工都被拉回来。当晚我估计是台风暴潮来了，就去看，渔船都已经搁在老塘里面。总算领导是支持的，晚上留在那里参加抢险队伍的 200 多个人都被拉了回来，我们的工作人员也全部撤回，包括围垦指挥部工作人员，都回来了，就是里面的居民也都从危险地段撤回到安全地段。果然，在晚上，第一次潮水来就把一线大堤冲断了，假如大家不进来的话，后果不堪设想。后来我得到消息，绍兴那边牺牲了40 ~ 50 个人，他们那天下午还冲出去到外面保一线围垦大堤。所以，我想这也是运气，他们如果在的话，我也不能回来。因为我是搞这项工作的人，拿国家工资，是国家工作人员，无论如何不能回来。虽然那边也有损失，后来发现还有两个人没回来。这两个人是在船里的，去检查的时候没有人发现，他们自己有条船开出去的，他们说睡在船里，躲掉了，我们一定要叫他们回来，他们可能想捕鱼，所以躲掉了，最后查了名单，这两个人也牺牲了。200 多人的队伍，那一天真的是运气好，不然的话我们萧山会牺牲很多人。我当时在向内退的时候，刚通过桥，桥就被冲坍了。我回到工地的临时宿舍，发现宿舍也即将被北塘冲进的潮水淹没。后来，我爬到几根毛竹上，才保住性命。所以，到现在我也和我们的局长说，现在还是危险的。现在的围垦，真要是12级以上的台风来了，或者是遇到超强的风暴潮，还是要逃到第二线，不能在第一线。

我退休之后，到萧山区农机水利局开会，都经常会说这件事。大堤建好了之后，不要以为我们就安全了。台风来了之后，潮水差把塘上的电线杆都打断了，这么大的潮水，是防不胜防的，还要退到安全地段。我觉得第一线要加高、加固、力争保住，第二线也不能损坏，要保住，尽量减少损失。特别是东线，虽然现在比原来要好点，但还是很危险。石头原来是人抬的，那时候爬都爬不出来了，现在汽车开进去还可以。现在做的堤塘都标准了，比以前更高了，更大了，但是我估计11级以上台风大潮顶冲的地段还可能会出事。所以现在的围垦并不是一劳永逸的。

第二阶段是从1975年至1989年，是总结经验，按钱塘江治理规划，抓住钱塘江淤涨的有利时机继续发动群众围垦13.82万亩，同时重点突破筑堤、保堤中几项关键技术的阶段。我们在战略上继续贯彻"围一块，巩固一块，配套一块，开发利用一块"的方针。我们在技术上以提高堤塘的标准和内在质量为重点，主要有以下几个方面。

第一，在提高大堤土方填筑密实度方面，采用在堤顶开挖纵沟灌水后填土密实的办法，解决人工突击筑粉沙土夯压、不实、土体中存在空洞，从而产生渗漏的问题。

第二，在提高水下防护能力方面，我们在成功地应用沉井保护丁坝坝头、在丁坝保护围堤的基础上，在江道突变、潮流顶冲地段设置钢筋混凝土组合沉井主力丁坝，大大提高了丁坝的可靠性和耐久程度。

第三，在增强堤塘抗潮能力方面，我们改变原有散抛块石的护面形式，采用浆砌石护坡或混凝土灌砌块石护坡，提高了防潮流和波浪的冲刷能力，减少了石方冲失。

第四，在保护堤脚、防止和减少堤脚冲刷方面，我们采用了低、短、密的小凸体和深套脚相配套的防冲体系，收到了明显的效果。

第五，在解决水闸防渗、消能技术方面，我们用整体式沉井基础代替传统的钢筋混凝土平板基础，取得了成功，获得浙江省科学技术进步二等奖，并在排涝、排咸、引水和节制闸中得到普遍推广应用。

第三阶段是从1993年至2007年，为全面提高筑堤技术水平，继续提高工程质量标准和完善围区基础配套设施阶段①：

第一，我们全面推行机械化施工。1993年冬季开始，我们采用水力机械化筑堤的施工方法，即用高压水枪将土体冲成泥浆，通过小型水力吸泥机（泥浆泵），将泥浆送到筑有子埝的堤身地段，经过振捣、沉淀、排水、固结成堤。我们发现，用水力机械筑堤成本低、功效高、质量好。

第二，充泥袋截堵潮流沟。我们采用大型土工编织布作充泥袋，代替过去用草袋灌石碴或以石方作为堵口筑坝棱体。这种堵口截流方法可以克服人工堵口难度大、效率低，或其他重型机械无法在淤泥滩上作业的困难，而且能节约劳动力和降低工程造价，工程质量较好。

第三，固脚防冲，确保堤身稳固。为了保护海塘外坡脚不受强涌强潮冲刷淘空，确保堤塘安全，我们一般采取垂直防护与水平防护相结合的办法，就是抓住低潮位较低的有利施工时机，在原大方脚外侧，再增筑一道水下混凝土立墙，以加大护面支撑体的埋置深度，并在其外抛石碴、块石作垫层后，压放异形预制混凝土防护块体，形成一道柔性水平护坦；有的地段还曾在大方脚以下用钢筋混凝土板桩或护脚小沉井，同时辅以必要丁坝或小凸体挑流；在重点地段则采用整体式的大型沉井作为主力坝，坝头适量抛护石碴、块石和防冲块体，达到防冲挑流的目的。

第四，建设高标准海塘，巩固治江围涂成果。为了提高工程的安全度，巩固围涂成果，我们提高海堤设计标准，采用50年至100年一遇最高洪潮水位加相应的风浪爬高与安全超高决定塘顶高程。为防止浪潮越顶冲毁塘身，我们对盘头、丁坝等阻水建筑物的涌潮顶冲地段，浪潮跳跃高度可能超过塘顶处堤身则采用"三面光"圬工护面。我们在内坡脚设排水沟，达到越浪后不损坏海塘。一般地段堤顶均为泥结石公路路面，内坡则种植爬根草、茅草或芦竹进行保护。

第五，完善垦区基础配套设施，及早发挥工程效益，主要任务是建设好水旱两宜的高产稳产良田。

三　1986年5.2万亩围垦

采访者：1986年5.2万亩围垦工程建设起到了承前启后的作用，因为它

① 此阶段全部实现机械化围垦6.02万亩。自此，萧山共围垦54.61万亩。

既处于总结经验，重点突破筑堤、保堤中几项关键技术的第二阶段，又为后来围垦工程建设全面推行机械化施工打下基础。接下来请您重点谈谈这次围垦的情况。

陈光裕： 1986 年 5.2 万亩围垦位于整个围垦区的东北角，西靠北线一万亩围堤、义蓬区七千亩围垦、前进乡、第二农垦场之东堤（即外十工段至十二工段），南依城北区东江一万五千亩围垦、东江二万六千亩围垦之北堤，北与东均钱塘江，隔江与海宁市相望。

1985 年 9 月，钱塘江主槽走北，在 1974 年新围 3 万亩围涂冲毁后，外十工段至十二工段大堤以东淤涨起大片滩涂。据 1986 年 6 月江道地形图测算，高程在 5 米以上的达 9.2 万亩，其中高程在 6 米以上的约有 8 万亩。经浙江省水利厅同意，中共萧山县委和县人民政府决定组织民工在这年冬季围涂。在 9 月以前，经县委、县政府、人大、政协四套领导班子实地踏勘研究决定，由萧山县农机水利局搞好本期围垦工程初步设计，我是这次围垦技术设计的施工者之一，经过有关专家评审通过，报经浙江省水利厅批准，同时于 9 月 8 日建立新围海涂工程指挥部，由县长马友梓任总指挥，周土林、楼才定任副总指挥；下设办公室，楼才定任主任，沈关土任副主任，办公室下还设有政宣、工程、机电、后勤等实干组织。各参战区、乡除少数在家值班外，其余区、乡干部都到工地上，分别成立工地临时指挥机构。具体施工管理由萧山县围垦指挥部负责，参加围涂的单位有义蓬、瓜沥、城北、城南 4 个区 43 个乡镇。由于该块东南部地势低，且其中有一条大流化沟，所以此次围涂分两次进行。

第一次工程围北块。在县农机、水利、供电、物资、粮食、商业、供销、交通、邮电、广播、公安等部门事先做好准备的基础上，1986 年 11 月 22 日，由有关各区区委书记、区长，各乡镇党委书记、乡镇长率 15.4 万人民工和干部开赴工地。路上群车竞驰，河中百舸争流，驾起长数十千米的电力、邮电和广播线路，广播喇叭声音洪亮。15.4 万人组成的大军自带工棚材料、铺盖、粮油、柴草、日用品和工具。当时分四路行进，由于路窄、桥小，影响前进速度，3 300 多艘农船和 1 200 多辆汽车、手扶拖拉机，90 000 多辆自行车和部分长途跋涉的围垦战士，11 月 22 日凌晨开始，直到 11 月 23 日清早才全部到达工地。同时，他们立刻在就近的护塘上，建起 4 000 多座草舍工棚和灶坑，而有的民工刚放下铺盖，顾不上休息，就走上工地。我们这样起早摸黑奋战了 7 天，于 11 月 28 日完成土方 213 万立方米，石磴 3 万立方米，筑成大堤 14.6 千米，开河 19 千米，于 11 月 29 日堤成河通，验收合格后开闸（坝）、通水、通航，围地 4.4 万亩。当时南侧的 0.8 万亩由于滩涂高程偏低，推迟到第一期大堤土方加高时再进行。

第一期工程完成后，经过一个多月的淤涨，南堤外的十七工段大流化沟由 4.5 米高程回淤至 5.2 米到 5.5 米高程，其余滩涂亦已到达 5.7 米到 5.8 米高程。于是，我们在 1987 年 1 月 6 日至 11 日实施第二期工程。参加围垦的单位与第一期相同，但因为任务比第一期少，所以出动民工 8.13 万人。由于第一期工程已经筑有南堤，而且该滩涂南端紧靠有东江 26 000 亩围垦和城北区东江围垦，所以只需筑十八工段往南至十七工段闸之间的东堤。本期工程共投工 45.32 万工，筑堤 2 655 米，加高第一期工程的北堤和东堤，新开后十一工段横河 3 750 米，筑十八工段和二十工段丁坝围堰，共完成土方 123.59 万立方米，铺塘碴 2 591 立方米，围得毛地 0.8 万亩。这时，第一期工程所筑的南堤已成为该围垦的隔堤。

以上两期工程共投工 141.28 万工，筑堤 1.74 万米（其中隔堤 3 700 米，沿江大堤 1.370 万米），大堤加高后堤顶高程达 11.5 米至 12.0 米（吴淞基点），堤顶宽 6 米，外坡 1：2，内坡 1：3，共围得毛地 5.2 万亩。

人工筑堤景象

采访者： 我们知道，萧山的围垦是围堤不容易，保堤更艰难。请您谈谈 1986 年 5.2 万亩围垦的保堤工作。

陈光裕：萧山的围垦是围堤不容易，保堤更艰难。一般围堤往往只要计划周密，准备充分，集中精力组织大兵团或机械设备，可以分一两个阶段突击完成围堤土方工程。但是由于新围海塘建筑在高滩上，一旦遇到深江迫近塘脚，塘脚被刷深淘空以后，再加上可能受到台风大潮的正面袭击，这样就险象环生。抢险的紧急措施是抛石护岸，而块石又因开采、运输等条件限制，不容易突击完成，同时一般块石单块重量是 50～150 千克，在涌潮急流中不稳定，经常发生随抛随冲。所以，我们遇到台风、大潮和暴雨"三兄弟"齐出门的时候，一个大潮能冲失护岸块石 2 万～3 万立方米，堤脚被淘空，泥坡露石，或外坡被冲失，不及时抢修会造成决口倒塘，必须在下一个小潮汛的 7 天左右时间内，突击抢险出石，最多每天出石量达 4 800 立方米。所以，除了原有专业队以外，我们要临时组织突击队和手扶拖拉机、船只，日夜加班开山、采石和运输或备石。我们任务重、强度大，再加上加班加点，人员疲劳过度，一不小心就会皮破骨折，甚至牺牲时有发生。

1987 年 4 月，我们开始对 1986 年的 5.2 万亩围垦的沿江东堤进行浆砌护坡，1989 年 12 月全线完工，投工 36.27 万工，投资 283 万元，工程标准为"20 年一遇"。北堤至 1991 年底，完成 2 千米浆砌护坡，标准为"50 年一遇"。至 1991 年底，该围垦包括筑堤、抢险及各项配套工程（开河、造桥、建闸、建机埠、筑路等）共投工 492.55 万工，完成土方 481.7 万立方米、石方 113.94 万立方米（含塘碴折石方 22.66 万立方米）。1986 年 5.2 万亩围垦工程，我们共投资 3 472.9 万元，其中国家投资 3 208 万元（其中浙江省地方财政 1 000 万元，杭州市调拨造地款 500 万元，其余为萧山地方财政投资）。5.2 万亩毛地，当时划给浙江省水利厅 0.8 万亩，其余 4.4 万亩属于萧山县。萧山县分给参加围垦的 43 个乡镇共 3.8 万亩，分给县围垦指挥部 3 000 亩，预留建集镇（将来设乡时的乡政府驻地）1 000 亩，归萧山县农机水利局垦种站代管；水利用地 300 亩；县直属 1 724 亩。

采访者：请您谈谈您对 1986 年 5.2 万亩围垦工程能够顺利完成的体会。

陈光裕：我的体会主要有以下四点。一是思想统一，决心坚定。事实证明，农村实行联产承包责任制以后，只要领导有决心，思想统一，决心坚定，是能发动群众完成大规模围垦工程的。当出现有可围滩涂资源以后，县委、县政府、县人大、县政协四套领导班子，多次实地勘察，并组织县级各有关部门和各区负责同志 140 余人，到现场视察，把干部群众的思想统一到搞围垦是强化农业基础上，增强发展经济后劲。搞围涂造地是为了造福子孙后代。搞围涂造田，是为了实现共同富裕，为民办实事上来。一些围垦老同志和已靠开发经营围垦土地致富的农民更是深有体会地提出：我们的长辈吃胡萝卜、霉干菜，艰苦创业搞围垦，我们现在不能怕苦怕难，放弃可贵的围垦时机。如果有条件围涂造田而放弃不围，是对人民的不负责。在统一思想的基础上提出搞好围涂造田，是对该届各级领导的思想境界和组织指挥能力的考验，在此基础上各级领导决心坚定，层层发动，达到家喻户晓，人人明白，个个积极参战的目的。

二是筹划周密，准备充分。首先是工程技术准备。事先有专人观测收集水文、滩涂、地质的可靠数据，提出工程可行性研究，经有关专家论证，报请上级批准，再进行技术设计和工程量、预算、施工计划，定线放样，把任务分配到区乡（镇）村，同时进行技术交底并提出施工标准质量的要求，做好施工技术指导。其次是物资准备。我们萧山动员和组织全县各行各业3 500多人支援围垦工程，物资、供电、邮电、广播等部门协同作战，在短短的5～7天时间内架设高低压和照明线路45千米，装1 360千伏安变压器共22台，电信线43千米，广播线25千米和工地所需钢材、柴油、炸药和水泥540吨。供销社组织19个基层供销社、500多名职工在工地设立供应点，昼夜服务，供应烧饭铁锅4 000多个、草包10万个、毛竹2万多支、竹篾1万件，以及大量的土箕扁担和生活用品。商业、粮食、工业等部门为民工提供了香烟8.7万条，猪肉135 000多千克，冻禽380千克，禽蛋6 000千克，蔬菜2万千克，水产品1万千克，粮油80吨，柴油机水泵175台。最后是组织准备。县、区、乡（镇）都建立新围海涂工程指挥部，县工程指挥部由县长马友梓担任总指挥，为了搞好新围大堤的除险加固工作，县工程指挥部还以有经验的老围垦领导干部为主，专门建立了抢险保堤领导小组，具体组织实施防潮、护堤戽水密实、抛石固堤等工作。15万余人的施工大工程，对工地的治安消防、交通管理等工作也要进行缜密、周详地组织：由萧山县公安局牵头，抽调交通、航管、车监、农机监理等专业人员95人并制定了有关交通治安规则，配备汽车5辆、摩托车10辆，设立交通监理点9个，港监点8个，治安管理点6处，消防点3处，负责民工进出场和施工期间的交通、治安、消防管理工作。卫生系统派出医务人员170余人，设7个服务点，并进行巡回医疗，在头蓬人民医院还增设了外伤急救病房。为了确保工地商业部门现金保管安全，中国农业银行派出业务人员在新围指挥部设点收款，7天回笼现金70多万元。萧山县广播站在工程指挥部建立了工地广播站，每天广播"工地信息快报、工地新闻",有工地新风、工地气象等节目,播发稿件700余份。由于筹划周密,充分准备,精心指挥,15万余人的工地秩序井然,没有出现重大事故,十多千米长的民工宿舍非常安全。

三是政策落实,措施扎实。围垦工程规模大,投工投资多,我们本着以自力更生为主,依靠农民自身劳动积累的办法,将土、石方任务落实到有关受益区乡(镇)(即今后按负担分给土地使用权),土方任务全部由群众负担,石方按任务完成,国家给予适当补贴价结算,所需资金由镇乡村集体资金出一点(以工补农和集体积累),群众负担一点(承担劳动积累和无劳力的以金代劳),县地方财政和国家补贴一点,共集资4 700万元。同时,政府在层层发动、深入做好思想政治工作的前提下,对于那些应该出工而拒不出工的人员,加以乡规民约的制约。

四是干群团结奋斗。围垦工程要求两个"强有力"上工地,除了强有力的劳动力上工地外,还强调要有强有力的领导上工地。整个围垦突击围堤主体战期间,萧山县县委书记虞荣仁、县长马友梓和县委常委等主要领导自始至终参加和组织围涂战役;县级有关部门的负责同志吃住在工地,现场办公,县级机关有370余名机关干部深入工地,为民解忧,县(市)区乡(镇)村四级5 100多名干部上工地挑土担石,与民工同甘共苦,攻克难关,不少乡(镇)村干部肩痛脚肿仍旧坚持下工地,指挥战斗,有力地鼓舞了民工的士气。

战斗在工地上的1万多名共产党员、共青团员、基干民工是15万余人中的中流砥柱,发挥先锋模范作用,带领群众堵流化沟、排积水、挑淤泥,使参战民工个个热情高涨,信心倍增。不少乡(镇)村的人都提前到达工地,有经验有实力的乡(镇)村主动承担最艰巨的堵流化沟任务,如夹灶乡200余名农民工,提前两三天动工,瓜沥、城北等地不少民工冒雪骑自行车奔赴工地,义蓬区党湾、南阳、河庄民工为堵流化沟,排水治淤泥,提前一天到达工地,排水、踏泥、抛石碴草包,为堵口早做准备。有不少单位提前一至两天完成任务。有的人来时不幸乘船翻掉,落水后衣服、被子全湿了。他们立即赶回家,换了衣服再来工地。总之,大家都是不畏艰难,你追我赶,攻克了一个又一个难关,如期安全、高效、保质保量地完成了任务。

在此期间,省、市领导都十分重视萧山的围涂工程,浙江省水利厅围垦处、省钱塘江管理局等部门自始至终在工地进行指导。浙江省副省长许行贯、杭州市副市长胡万里分别代表省政府、杭州市政府,向萧山县政府授了锦旗,题词分别为"围涂治江,造福人民"和"发扬愚公精神,造福子孙万代",许副省长还为这期工程胜利完成题了"当代愚公"四个大字。杭州市委书记厉德馨在 11 月 25 日视察了围垦工地并题词"萧山人民是当代愚公"。神话中愚公是一个人,当代愚公是几十万人。萧山县各级党组织的组织才能是超群的,十几万人的大工地,秩序井然,有条有理,除了共产党人,天底下还有谁能做得到呢?土地是人类最基本的生活资源,萧山人民为了增加土地,历尽千辛万苦,其他地方有什么理由浪费土地?11 月 28 日,浙江省人大常委会主任李丰平在萧山县人大常委会主任金其法陪同下视察工地,称萧山人民"力气大、劲头足、干得好"。

四 全面推行机械化施工

采访者:在 1986 年 5.2 万亩围垦工程建设过程中,萧山已经开始采用机械化施工的方法。那么,进入 20 世纪 90 年代以后,全面推行机械化施工的情况是怎样的?

陈光裕:在 1986 年 5.2 万亩围垦工程建设过程中,我们已经开始采用机械化施工的方法。随着经济建设的不断发展,萧山又属人多地少的地区,土地资源显得越来越宝贵。因此,抓住机遇,充分利用钱塘江的滩涂资源,继续围垦造地仍然是我们萧山的一项重要任务。但由于经济发展带来了劳动力紧张、工价提高等问题,这要求我们改变传统的围垦方法,研究和采取新的施工措施。为此,我们在总结以往水利工程建设和吸收外地施工经验的基础上,在 1993 年冬季实施的十七工段东丘围垦工程中,采用了以水力泥浆泵为主体的机械化施工方法进行筑堤、开河,替代了传统的人海战役,通过前后两期共一个半月的努力,完成了 1.33 万亩围垦工程。我们实行机船与汽车、手扶拖拉机、装土机、起重机,以及装石、运石和吊装混凝土大型构件的机械化施工方式,并采用新材料、新工艺,用无纺针刺土工布反滤保土与土工编织冲涂土袋护脚防潮,代替了传统的长途肩挑石磴、草包护堤防潮的老方法,获得了新的成功。收获了进度快、质量好、劳力省、投资少和劳动强度减轻等成效,为我市今后实施较大规模的机械化围垦工程开创了新路子。

十七工段东丘滩涂是 1986 年 5.2 万亩围垦和绍兴"91"丘围涂以后,逐步发育形成的,但前几年均是冬春涨,第二年秋汛坍,没有形成围垦机会。1993 年春夏之交,这一滩涂发育情况较好,据 7 月调查测量,在近期规划治导线内有高程 6 米以上(吴淞基点)滩涂近 2 万亩,其中 6.5 米以上

1.2万亩。而且滩涂发展稳定，地面平整，潮流沟少，十分有利于围垦。但由于经历秋汛大潮和暴雨的侵袭，十七工段东端高滩部分被坍失，北部滩涂外缘削低，中间出现的潮流沟也呈扩大趋势。为此，对围垦堤线进行合理调整，围垦面积为1.33万亩，围后实地测量外堤线以内面积达到了1.328 3万亩，并使新围堤线保持顺直，有利于防潮抢险。

1993年7月23日，萧山市成立了由市委、市政府主要领导和有关部、委、办、局领导17人组成的新围海涂工程领导小组，并建立了下属的工程实施办公室，有70余人的政宣、工程、机电、后勤等实施具体工作的班子。

整个工程于9月完成工程可行性研究和初步设计，经过省市有关专家评审批准，再根据潮汐规律和滩涂情况，在制订具体施工方案和准备前期各项工作的基础上，分两个地段施工，即在10月20日与11月20日（农历九月初六和十月初七）两次的月初大潮汛以后开工，这样可以抓住小汛期低水位的有利时机，突击筑高挡潮围堤。当时由于接着的月半汛潮汐偏小，可以减轻施工期间的防潮压力，继续加高加固。第一阶段从10月20日开工，至11月4日完工，主要是完成开挖中部和南部两条长3千米横河和筑长1.6千米南线大堤，以解决第二期泥浆泵用水问题和适当减少二期工程量，为全面合拢做好准备。第二期工程11月20日开工，12月7日完工，主要完成筑大堤并结合开沿塘河5.815千米。

1993年的1.33万亩围垦工程是我们萧山首次采用机械化施工的方法，进行较大面积的围垦筑堤、开河等土方工程建设，实践证明这一方法是成功的，成效显著，主要优点如下。

第一，节约劳动力。根据主体工程实际统计资料测算，平均每台泥浆泵日出土量为420立方米，每工日完成土方65.5立方米，比人工挑土日平均工效2.5立方米提高25倍到30倍。到12月上旬，本期采用泥浆泵施工，共完成土方166.5万立方米，可节约劳动力64万人。如果按常规方法组织人工施工，二期工程共须出动8.5万人，而现在采取机械施工，日最多出工仅932人，大大减少了出工劳动力，劳动强度也相对减轻。

第二，节约资金投入。按照当时萧山的劳动力工价，围垦筑堤、挖河每立方米土方至少要5元，而这次采取机械施工，包括电费、低压线路及变压器架设、使用、折旧和奖金等在内，平均每立方米单价为2.62元，节约了2.38元，工程共节约投资396.27万元。

第三，提高质量。本工程采用机械挖河填堤，不但解决了历年围垦用人工筑堤后，土壤松散，易产生漏洞的难题，从而也减少了粉沙土堤塘需要开槽灌水密实的劳动力投入，同时在泥浆泵充填、筑堤过程中，采取了分层验收等措施，大大提高了大堤的工程质量。堤塘完工后一个月的实测资料表明，堤塘沉降量为 8 厘米，比人工筑堤减少沉降量 40 多厘米。同时经过四次大潮汛考验，没有发现一处堤塘漏水。

第四，加快进度。机械施工阶段周期虽比人工 5～7 天完成一期工程要增加 10 天左右，但是人工筑堤必须分两期进行，而且又要增加开槽灌水密实等工作，因此，一般需要两个多月的时间，而使用机械化施工，一次成堤时间只有半个月左右。这次围垦分两个阶段来完成，总时间也只需 48 天，比人工筑堤进度要快，比原定计划提前了 50 多天。

第五，减轻领导压力。过去动员千军万马搞围垦，市委、市政府、市级各有关部门和镇、村、组四级领导要集中力量、集中精力进行组织、发动、指挥、协调，而现在采取机械施工以后，只要市委、市政府的分管领导和主管局、围垦指挥部的少数领导参加现场指挥，就可以把 1.3 万亩围垦工程的施工组织、管理好，大大减轻了各级领导的压力。

第六，减少矛盾。我们在采用机械化施工后，操作人员少，减少了交通、食品供应、医务等方面的困难，这缓和了围垦与内地正常工农业生产的劳力矛盾；由于施工人员少，工作安排紧密，管理方便，从而也避免了施工过程中吵骂、打架等方面的现象发生。我们注意抓好用电、防火等施工安全措施，因此，整个工程没有发生任何事故。

所以，随着经济实力的增强，科学技术的进一步推广应用和决策的正确，本次机械化围涂工程取得了丰硕的成果，也为今后水利围垦事业积累了丰富的经验。

五　萧山围垦的体会

采访者：您是一位老围垦战士，请您谈谈 50 多年来萧山围垦的体会。

陈光裕：回顾 1965 年以来围垦的成果，主要是萧山历届领导正确的带领和广大群众艰苦奋斗的结果。例如，当时的萧山县领导费根楠同志亲自组织领导过 10 多期围垦战役，从长途步行、实地踏看，到审定围垦规划设计方案，有时还亲自参加放样施工、挑土、搬石，往往在最困难的紧要关头坐镇工地，一贯以身作则，带领群众战胜困难。萧山县县委书记虞荣仁同志在1986年新围5.2万亩时，自始至终吃住在工地，并带头挑土，背石碴草包堵口。浙江省水利厅厅长钟世杰不但历来关心、支持萧山围垦，而且多次参加围垦突击和抢险保堤战役，检查指导，凡在围垦突击抢险发生困难的关键时刻，他总是给予鼓励和支持，成为萧山老围垦工作人员的知心领导。其他的历届县（市、区）领导和省水利厅、省围垦局有关领导都非常重视，关心支持围垦的巩固与发展。总之，萧山的每次较大规模的围垦都是经过县（市、区）委，县（市、区）人大，县（市、区）政府，县（市、区）政协四套班子集体研究决定，有的还多次实地踏勘研究，统一思想认识后，再层层发动，组织几万人至十几万人上工地。在围垦的突击围堤战役中，县（市、区）区、乡（镇）村四级主要领导和有关部门负责人均亲临工地，既是指挥员，又是战斗员，带领群众头顶青天，脚踏淤泥，严冬腊月，寒风刺骨，住草棚，睡地铺，吃干菜粗饭，喝咸水，吸狂风，起早摸黑，依靠着占萧山农村劳动力80%的围垦战士，手挖、肩挑、人抬，来完成开河筑堤和长途跋涉的艰巨任务，还有不少人为战胜淤泥，堵住流化沟，率先进行滩涂测量或探索施工方法，或开沟排水，踏练。被淤泥没到齐腰，再经过奋力抢救，以爬打滚的方式逃出陷泥潭，这样的人有数十个，但即使逃出，已是四肢无力，如生了一场大病。在堵住流化沟筑堤的时候，更是十分艰巨，硬是要在一天7~8小时的小潮汛低潮位时间内，在水中堵起石碴草包的挡水坝，中间突击填土闭气，与潮水争时间、赛高低。总体来讲，萧山的围垦是抓住冬季非汛期的一个大潮末开始，到下一个大潮到来前6~7天时间内，把拦海大堤筑起，将大潮拒之于门外（钱塘江是一月两个大潮，一日两个高潮），再组织突击队一方面进行第一大潮的日夜看守防潮，如发现漏水等险情；另一方面突击抢修，对大堤开槽戽水密实和抛石护堤。

自1965年以来，在多次大规模的拦海造田和抢险保堤中，我们充分认识到依靠科技是巩固发展的必要条件。例如，认真搞好工程的可行性研究和工程设计，施工计划，进一步提高工程标准质量，提高效益，采用新技术、新材料、新机具、新工艺保证工程高效、高质地完成。总体来讲，我们只有把冲天的革命干劲和严格的科学态度结合起来，才能巩固发展围垦事业，反之，围垦事业就要受到挫折，我个人的实践体会主要有以下几点。

第一，全面规划，围垦结合治江。我们从实践中体会到，搞围垦不能零敲碎打，一定要服从全面规划，围垦与治江结合，采取因势利导，以围

**1982 年，萧山县县委书记费根楠（前排左二）带领县围垦指挥部
干部和水利人员勘察围涂**

代坝，以围促淤，围一块，巩固一块，开发利用一块。同时在可能的情况下，为下一期发展围垦做好出击准备。我们在每期围堤以前都要经过详细的调查研究，掌握水性潮性滩涂情况以后，在总结过去的经验教训的基础上，搞好规划设计和施工方案：首先要符合钱塘江整治规划；其次要抓住自然淤涨和冬季小潮低水位的有利时机，突击围堤；最后全面规划围堤、开河通水、通航、排涝、灌溉、抢险保堤，做到堤成河通。排咸排涝有出路，灌溉有淡水。以围代坝，围一块，促淤一块，巩固配套一块，开发利用一块，并在巩固的基础上，为发展下一期新围垦做好建节制闸与备石等出击的前期准备。

第二，提高土堤质量。我们的围堤是土石结构，土方是海堤的主体，开始围垦时采用大兵团作战，分段挑筑土堤，主要分界线与人工挑土填筑土堤密实程度差，所以往往遇到高水位时，水压力增大，堤身漏水，而粉沙土质又极易渗漏溃决，为此我们经过了反复试验实践，采用人工筑堤，再开深槽戽水密实，初步解决了堤塘的渗漏问题。以后几年，我们又采用了泥浆泵开槽戽水。1993 年冬季围垦，我们全部采用泥浆泵开河，吸填筑堤，加以人工竹竿根排水戽实，测试其密实程度，土堤质量完全可达到标准，其密实度可以接近原状土，在堤顶宽 4 米以上，内外 1：2 至 1：3 边坡的情况下，可保证不渗漏。

第三，防御浪潮冲击。涌潮冲走护塘块石，进而冲毁土堤是围垦大堤的主要险情，为此，我们曾在北京科学院、浙江省钱塘江管理局的支持和指导下，于1968年在新湾丁坝上实测，资料表明涌潮的一般高度为1.0~2.5米，流速6~8米每秒，迎潮面的压力每平方米1~7吨，风浪爬高3~4米，涌潮在顶冲地段或受到阻碍物时可跳跃到10米左右。为此，我们采用永久性的下有混凝土大方脚，平均高潮位以下用混凝土灌竖砌块石（即块石大头朝下），小头在上，用潮顶冲经常冲越堤顶地段，做全堤砌石污工护石，以保证涌潮越堤不影响堤身安全。另外，我们在堤外肩堆上备用块石，既作为防浪墙，又当作抢险备石，为标准塘建设做好准备。

第四，加强堤塘底脚水下防护问题的研究与实践。钱塘江强潮举世闻名，其冲击力之强、破坏之大和防护措施之难都是世界少有的，没有经验可以借鉴，而堤塘底脚的水下防护又是保堤巩固围垦的关键，为此我们采用"请进来，派出去"的形式，并多次实践研究，采用了低、短、密的挑流护脚、丁坝盘头，和新创的采用沉井（包括沉箱）保护坝头，发展多个沉井群丁坝，并于1994年采用长40米，高14米（即深），宽8米的整体式沉井主力丁坝，以及圬工小实体。我们还应用改进了深套大方脚，打防冲桩板和抛扭工形防冲混凝土块、采用预制钢筋混凝土小沉井等一系列的水下防冲设施，以达到固脚防冲的目的，效果显著。《钱塘江水下防护工程的研究与实践》于1991年获国家科技进步二等奖。

第五，应用和推广沉井技术，解决了新围地区的水利工程基础难题。针对新围地区属新淤积的粉沙土软基易液化、易渗漏的问题，我们推广和改进了沉井的结构设计和施工方法，普遍推广应用于水闸、排灌站、桥梁基础，达到1 000多只，有效地增强了承载力和防渗防冲能力，节约投工投资，向大型的薄壁型发展。《沉井基础的研究实践与应用推广》于1991年获杭州市科技进步一等奖、省科技进步二等奖。

第六，水力吸泥在围垦工程中应用与推广。临江建闸，小实体护塘脚，滩涂围垦的经济效益调研都曾获浙江省水利厅、杭州市、萧山市人民政府二至三等奖。我们在垦区水利方面进行引淡灌溉和就地分散排涝、排咸，为萧山围垦能"当年垦种，当年受益"创造了条件。我们还推广了稻稻油（即以水稻为先锋作物，再实行水旱轮作，稻、麻、油菜、棉轮做出高产），另外探索引进推广采用了土工布、机械化施工等设备和材料。总之，运用科技的进步，我们使萧山的围垦工程逐步走向科学化、现代化、规范化、机械化。

六 萧山围垦的社会经济效益

采访者：请您谈谈萧山围垦的社会经济效益。

陈光裕：萧山人民自力更生、艰苦奋斗，围垦海涂 50 余万亩，使肆虐千百年的钱塘江大潮不再危害乡里。过去被人称为"萧山的西伯利亚"，潮来浪滚滚，潮去白茫茫的一片盐碱沙滩，人迹罕至，只有瑟瑟荒草，春生秋衰，如今这里却是一派良田美景的景象。1984 年荷兰专家，1985 年世界粮农组织官员，1991 年日本水利调查团，以及丹麦、澳大利亚等国专家来围垦考察时，无不惊叹我们萧山拦海造地能有这么大的力量，称萧山围垦是"人类造地史上的奇迹"。

萧山当代围垦，重在治江，结合造地，取得了显著的社会经济效益。1965 年冬季开始，截至 2007 年，萧山人民在党的领导下历经了 42 个春秋，先后组织了 33 期治江围涂大会战，围涂造地 54.61 万亩，农田水利基本建设配套面积 41 万亩，创造了萧山有史以来的伟大业绩。

广袤的围垦大地，明显缓解了萧山人多地少的矛盾，解决长期困扰经济发展的土地问题，为萧山经济社会的跨越式发展提供了广阔空间。在新围 54.61 万亩的土地中，可开发利用作耕地的为 65%，即全面开发利用可增加耕地 35.49 万亩，为全区现有耕地的 36.7%，此外，还有 10% 的土地可作为园地、杂地等。为全区经济可持续发展打下了良好的基础。

垦区建立了益农、前进等 6 个镇（乡）和 9 个国营、集体、部队农林垦场，使 23 个镇、乡扩大耕地面积和辖区范围，从内地移民的 2.3 万户、8 万余人已在这块土地上生息繁衍。昔日浪潮滚滚的盐碱滩涂，今日已成为一片绿色田园——浙江著名的现代农业开发区。一大批事关萧山经济社会发展大局的基础设施得以建成——萧山国际机场、钱江大桥、高速公路、污水处理厂等，有力促进了萧山经济快速腾飞。

茫茫的盐碱滩涂上，通过几十年的农业开发，从传统型的农业模式，逐步向效益型农业转变，建立起了粮食、棉花、络麻、淡水鱼和出口蔬菜等十大商品生产基地，垦区曾每年产粮、棉、麻油、水产品等 12.5 万吨，由于农副产品的增加、外贸基地的开发、乡镇企业的兴起，垦区成了萧山发展民营经济的乐园。荣盛集团、传化集团、杭萧钢构、恒逸集团（基地）等知名民营企业坐落其间。经济发达、环境优美、人民安居的萧山区已经成为浙江省

经过多年的改良、耕种，被围垦的土地逐渐成了钱塘江南岸的良田和湿地
（董光中摄于 1977 年 4 月）

建设社会主义新农村的样板。现在的垦区，现代化农业已经基本得到普及，品牌农产品大量涌现。盐碱滩涂变成钱塘江南岸的"米粮川"，处处是一派宜人、别致的田园景象。

萧山围垦的社会经济效益具体如下。

第一，促进了水产业的发展。围涂以后，新围岸线接近钱塘江主槽，有利于通过沿江水闸接纳鱼、蟹苗等水产资源，特别是有利于捕捞出口创汇价值较高的鳗苗，据不完全统计，近 20 年来已捕捞出口鳗苗 20.62 吨，蟹苗4.1 吨。

第二，增加绿化面积，优化自然条件。在新围垦区已建成各种防风林带1 539 条，长 1 655 千米，面积 1.52 万亩（其中竹林 0.88 万亩），加上蚕桑果园 1.43 万亩，两项共绿化造林 2.95 万亩，同时开挖河道、水塘面积 6.49万亩。改善和美化了生态环境，促进了钱塘江沿岸经济的发展。

第三，治江围涂，成效显著，钱塘江河口江道面发生了巨大变化。1965年未大规模围垦前，头蓬附近江面宽为 11 千米，平均水深 1.4 米，尖山附近江面宽为 27 千米，平均水深为 2.3 米。钱塘江河口江道缩窄到原来的 1/2 到1/4，主槽摆动趋缓，河道较为稳定，航道有所刷深，通航能力提高，险工地段缩短，两岸防御洪潮能力大为增强。钱塘江下游河口段从杭州市五堡至二十工段（海宁市八堡）的56千米江道，基本上达到整治规划线，缩窄了江道，固定了堤岸，刷深了江槽，提高了通航能力，由原来的20～40吨，提高到100～400吨，并为建设出海码头提供了有利条件。

第四，改善钱塘江灌区乃至萧绍平原的排灌条件。通过围涂，江道宽度缩窄，闸外高滩面积减少，有利于临江水闸排水和排洪闸站的排洪能力，提升萧绍平原100多万亩农田的排洪效能。围涂新建一线海塘，同时也确保了老南沙大堤以内大面积农田的防洪御潮安全，免除了老南沙大堤在未治江围涂前，每年需要平均投入11.68万立方米的抛石抢险任务，控制或减少了进潮水量，降低了钱塘江的含盐度，淡化了钱塘江上游水质，有利于引淡水灌溉。

第五，为钱江世纪城、新的杭州市中心举办G20峰会与2022年亚运会、大江东产业集聚新区提供了土地资源。

七 萧山围垦精神

采访者：最后，请您谈谈您对萧山围垦精神的理解。

陈光裕：我认为，围垦不仅为萧山当今建设提供了必要的平台，也为萧山未来发展勾画出全新的蓝图，使萧山社会得以在更广的视野与更高的起点上前进。围垦在给萧山人民带来巨大物质财富的同时，更把一种"艰苦奋斗、百折不挠、崇尚科学、求实创新、万众一心、协调团结"的精神留给了萧山。这是围垦的产物，也是萧山当代文化的精髓。萧山人民所取得的辉煌成就，靠的正是这种围垦精神。围垦精神被当代萧山人民发扬光大，成为"奔竞不息，勇立潮头"的萧山精神的核心内容，激励着萧山人继续不断创造文明业绩，建设更加美好的明天。

萧山城区发展与百姓生活变迁

——朱淼水口述

采访者：郑重、李永刚　　　　　　　　整理者：郑重

采访时间：2018 年 7 月 16 日、9 月 7 日　　采访地点：萧山区合丰商务楼

口述者

朱淼水，1945 年出生，浙江萧山人，年轻时干过十七八个行当。1982 年开始从事萧山地方史志工作，曾任中共萧山区委党史研究室副主任，2005 年 9 月退休，曾被评为全国党史系统先进个人。

一　家庭背景

采访者： 朱淼水同志，您好！您是萧山地方党史工作者，对萧山近现代历史比较了解，很高兴您能接受我们的采访。我们想请您谈谈您所了解的萧山城区发展与百姓生活变迁。请您先介绍一下您的家庭背景，通过您的家庭背景和一些个人经历，我们也可以了解萧山城区的历史变迁。

朱淼水： 我父亲叫朱宝源（1915 年 12 月至 1975 年 5 月）。因我祖母在我祖父去世后跟随骆姓的祇园寺佣工一起生活，因此一度改姓"骆"。他 9 岁丧父，经人介绍到萧山闻堰镇的一家香作（供佛用的棒香、线香等）当学徒。13 岁满师，因为年龄尚小被留在师傅家做"半作"（即实习工）。17 岁离开师傅家，到萧山城区陶唐弄口的一家香店做佣工，略微有点收入，并能与他的母亲生活在一起了。20 岁左右，他随骆姓继父到祇园寺学做素斋，这才开始有饱饭吃。26 岁起，他自己做香设摊出售。不久，他在西桥头租赁了

一间街面房开了一家"骆顺兴香店"。28岁时，他娶了萧山长河一位姓来的女子为妻。一年后，妻子病亡。在他30岁时经祇园寺当家和尚介绍，娶了安仁当当铺丫鬟王文琴为"填房"，也就是我的母亲。这个时候，他的香店生意较好，就在西桥下街租房设仓库。父亲32岁的时候，用积蓄加上我母亲的一点嫁妆，在西门内直街租地自建两间二层砖木结构的街面屋，再度开"骆顺兴香店"。中华人民共和国成立前夕，物价飞涨，社会动荡，生意惨淡，加上兵荒马乱，无法维持营业，父亲再度到祇园寺做素斋。1950年，他重开"骆顺兴香店"。后来因政府提倡破除迷信，动员他转行。1953年，他改开"骆顺兴饭店"。1955年下半年，因父亲思想比较进步，响应政府号召，积极投入私营工商业社会主义改造，并动员同行接受改造，组建公私合营城厢镇饭店，任私方经理（副经理）。1957年，他当选为萧山城厢镇工商联合会委员，曾以萧山工商界代表身份参观新建的新安江水电站。1960年，他因为在言语上对"大跃进"和"技术革新运动"表示不满而被斥为右倾，被撤销副经理职务，到城厢镇羽毛加工厂食堂做炊事员。1962年，他出任明月坊合作饭店经理。1969年，他被调到城厢饮食服务公司食堂做厨师。1973年底，他因患中风而居家，1975年5月再度中风后去世。

我父亲虽然是文盲，但为人忠厚老实，个性也较为直接，容易得罪人。父亲生活节俭，不吸烟，偶尔喝点黄酒，唯一的爱好就是看戏，如果抽得出时间，必定带我去看戏。他一生真正休息的日子十分有限，把心思全部放在了工作上。曾经有数次，他利用休息日带我到杭州游玩。早年，他曾因采购原材料到浙西、浙南，除此之外没有出过远门。晚年，他有了孙女后，每当下班，必定带着她上街或看电影等。

我的母亲王文琴（1925年3月至2008年3月）。她6岁丧父，被送到城区安仁当当铺做丫鬟，小时候受尽欺凌。16岁那年，侵萧日军要她这个"花姑娘"，她在匆忙中由用人帮助逃出虎口，逃到绍兴乡下，进入小哥班（越剧）学戏，学作武小生。她18岁到上海演出，后来被车里王陈家主人用钱赎回，送还给安仁当。她20岁嫁给我父亲，21岁生我，在月子里因劳累过度而患子宫下坠病。中华人民共和国成立初期，她积极动员和组织妇女开展抗美援朝运动，读夜校、学文化，曾被评为妇女工作积极分子。1953年，她因为子宫下坠难产，女婴夭折，留下的子宫下坠疾病一直伴随她到临终。其间，医生曾几次动员她切除子宫，但因身体状况不佳而未果。1955年，她随我父亲参加公私合营，在城厢镇饭店当服务员，多次被评为先进工作者。除当好服务员外，她还积极投身于"大跃进"和技术革新。1960年，她出席杭州市先进工作者代表大会。1961年，她患肺结核后长期请病假，但当年仍旧被评为杭州市卫生工作先进个人。1962年，她被精简回家后，就成了地地道道的家庭妇女，一度参加居民村工作，任居民村小组长，一度代城厢房管所代收房租。她晚年信佛，参加了佛教协会，拜普陀寺和尚为师，成了名正言顺的居士。因为她长年患病，身体又一直不好，2007年患脑血栓和糖尿病，2008年3月8日医治无效去世，享年83岁。

我母亲原本是一个非常活跃的女性，对我父亲一门心思发财致富的想法很不满，并反对我父亲的封建思想。中华人民共和国成立之初，她不顾我父亲的反对，走出家门积极参加社会活动，打腰鼓、扭秧歌。在企业公私合营后的大游行中，她还穿戏装游行。直到卧病在床，还非常喜欢看些现代小说。她虽然识字不多，但还是把《林海雪原》《青春之歌》《红岩》等小说看完了。她晚年吃素念佛，似乎完全换了个人，因只有我一个儿子，对我无微不至地关怀，吃素念佛都是为了我的安康，偏偏我多病，所以她更是不顾一切地念经、做佛事，祈祷我早日康复，充分体现了"可怜天下父母心"这句话。

我1945年9月12日早晨生于萧山城区老西桥头。这天正是侵华日军浙东方面的部队集结于萧山县城西门，向中国政府缴械投降之日。当时父母想取名"胜利"，可后来听了我那阿爷的话，说我五行缺水，所以取了现在这个名字。1950年，我被送到宝莲庵小学读书，因年龄太小，未能读成。1952年下半年，我进入湘湖师范附属小学读书，二年级时，学校由原来的春秋班制改为上下学期制，所以多读了一年小学，1959年小学毕业。

20世纪50年代到60年代，萧山几乎年年都要发动城镇干部职工支援农业生产，有支援春耕、支援"双抢"、支援"三抢"，还有大搞积肥运动等。1958年以前，我还在读小学，小学生也要支农，一项是拔青草积肥，或将家中的生活垃圾送到学校，由学校集中送到农村；另一项是在收割季节到稻田里拾稻穗。1959年，我读初中后，就要直接帮助农民干农活了。第一学期是到沙地里帮助农民摘棉花，整整两个星期，人晒黑了不说，还天天吃麦糊饭和咸菜烧冬瓜，很不习惯。第二学期是春耕大忙时节，我乘火车到浦阳，下车后到浦阳江畔的一个生产队干农活。开始用铁耙掘田，捏铁耙的手起了水泡，手痛，人又累；后来几天是插秧，劳动强度相对减轻，但弯腰插秧弄得腰也直不起来。最轻松的是拔秧，但农民伯伯不让我们拔。在干这些农活的过程中，最可怕的是被蚂蟥叮咬，一见蚂蟥叮在小腿上，赶紧用手拍打，蚂蟥倒是被拍下了，但血流不止。之后，我又干过抗旱，夏天下乡车水，开始不会车，小腿骨被踏脚档敲到，痛得直流眼泪。后来，我总算学会了，但两三个小时下来，累得坐在田塍上爬不起来。支农最繁重的活是"双抢"和"三抢"，就是抢割早稻和晚稻。城镇职工、机关干部等带着大草帽、毛巾，成群结队地帮助农民割稻，或到稻桶旁打稻，或帮助农民传递带谷的稻草。我也曾下乡割稻，当时还搞友谊竞赛，看哪一位或哪一队的进度最快。割稻第一天，我是坚持下来了，但当天晚上就浑身酸痛，第二天，再弯下腰去割稻就有点吃不消了，但仍得坚持。有时一不小心手指被割破，有卫生箱时用红药水擦一下、用纱布包扎一下继续割，没有卫生箱时，只能用自己身边带着的手帕什么的胡乱包扎一下继续干。"双抢"的时候，正是天气最热的时候，经常有人中暑，只得退下"火线"。"三抢"割晚稻已经是深秋，有时早晨还下霜，但须赤脚下田，那股冷气也够受的。支农最轻便的活是晒稻谷，但只允许女同学去干。

1959年，我考入萧山中学初中班，初一年级的下半学期担任班级劳动委员，后来一直担任文体委员。初中三年我均被评为三好学生。1962年4月9日，我加入共青团组织。初中毕业后因母亲卧病在床，家庭经济困难，加上当时社会上对读书也没有现在那么重视，我就离开了学校，高中或技校都没有去考。失学后，我开始在社会上当临时工。因当时尚在国家困难时期，任何单位都不招收正式工。我曾到城厢基建队当临时工，参与建造西河路和体育路的一段。后又到浙建三公司、萧山搬运公司等单位当普工，1964年上半年，我在杭州齿轮箱厂工地劳动时跌跤，右手手腕受伤，无法继续从事体力劳动，后来就在家设摊卖茶水和替人画像。1964年6月至8月，我曾在饮食服务公司棒冰厂当出纳，后来又在家里设摊。后来也当过小学四年级的代课老师。1965年，我通过考试到萧山县财政局当临时工，每月工资36元。当时市场物价渐趋稳定，家庭经济状况有所改善。我的主要工作是复查民国时期的房地产图照和1946年绘制的城区平面图。这项工作先在城厢镇展开，对杂地进行重新测量，以平方米折合亩分，同时对每间住房重新测量，对所有房屋根据结构和质量，评定等级。这个工作按道理我是可以做下去的，当时财政局同志也认为我能够胜任。但当时有一个口号是"知识青年不在城里吃闲饭，到农村、到祖国最艰苦的地方安家落户"。我是独子，按政策是不用下乡的，但居民村的一些年轻人有意见。因而于1965年11月，算是照顾我，把我安排到城东木器社学做箍桶。这是正式分配工作。我的工龄也从这年算起，可我对这行确实缺乏兴趣。后来，蜀山手工业办事处了解到我会画画，安排我到城南木器社做油漆学徒，因为财政局需要，又拖了一个月，实际上我是12月中旬后才到城南木器社做油漆学徒。我也是抱着到农村去向贫下中农学习，锻炼自己的心理，挑着铺盖去了曹家桥。

1966年倒是认真地学做了一年油漆工，下半年开始"文化大革命"，也参与了所谓"破四旧"，戴上了红卫兵袖套，组织了战斗队，敲古墓碑和庙里的菩萨。回想起来，在城南的几年确实受益良多。因接触了许多朴实的农民和农村干部，尤其是我的师父，他其实是个地地道道的农民，非常朴实，勤恳，如父辈般地在生活上、工作上帮助关心我，耳濡目染，我从一个不懂事的城里长大的人，开始成熟。

1967年"文化大革命"掀起高潮，是年2月，我被选为城南公社贫下中农"文化大革命"委常委兼办公室主任。仅两个多月，我被抽调到萧山县贫下中农造反联合总部红卫兵毛泽东思想文艺宣传队。经过短期排练，我们就下农村进行了文艺宣传演出。1968年夏天，我被抽调到城厢镇工人造反总司令部负责大批判专栏等工作。1969年仍回到城南木器社，但我被安排到县手工业经理部仓库里做木器家具油漆，在这里结识了一些老同志，也是通过这层关系，认为我做油漆工不恰当，因而于1970年1月初，把我调回萧山城区，在萧山第二建筑工程队承担文书、宣传、共青团的工作。1971年城厢镇团委恢复，我当选为团委委员，负责宣传工作。1972年2月12日，我与宁围宁东的民办教师倪美娟结婚。当时我27岁，她26岁。我们虽是经人介绍认识，但也有自由恋爱的成分。我妻子是萧山中学66届高中生。她的父母思想很开放，没有向我父母要求什么钱财，不讲任何条件。当时还处于"文化大革命"期间，我家里也谈不上有什么收入，根本没有积蓄。筹办婚事也只置办了一些十分简陋的家具，购买了一辆自行车，其他日用品全是妻子的嫁妆。婚事也办得十分简朴，我找了几位同事一起骑自行车到宁围，将妻子接来。由我父亲亲自烧菜，我们在自己家办了两桌酒席，我的结婚仪式就这么简单。1974年2月2日，我加入中国共产党。1976年6月，我被调到萧山仪表标准件厂工作，负责文书、宣传、共青团和工会、职工代表大会的工作。

1982年初，萧山县委要搞党史、地方志，想借调我去工作。原单位不肯放，好几次来协商都不肯放。最后，县委领导派了一位管工业的县委常委跟厂里的领导商量后，才于1982年3月初，将我借调到萧山县地方志办公室工作，分配我负责地方党史工作。我只有初中文凭，尽管自己对文字工作有过自学的努力，但没有整理党史的经验，我想既然要做这工作，就得专心致志地学习。我做了一张中国共产党大事记图表，放在玻璃板下面，使自己对党的重大事件有个大致了解。1984年我的原单位要我回去参加港商合资的杭丰公司工作，来催了多次，这引起县委领导的关注，因当时有几位同志都是借调性质，县委为了使我们能安心工作，于1985年把借调人员正式调入萧山县地方志办公室，其后我曾任中共萧山县委党史资料征集委员会委员。为增强业务知识，我曾参加了由杭州市委党校组织的辽宁省委党校函授班学习，专门学了中共党史，一年后经杭州市委党校的严格考试，我获得了省级党校单科结业证书。我这次应该说是比较系统地学习了中共党史，对我的工作确实有些帮助。县志办的工作主要是搞一部《萧山县志》，当年搞县志上面没有硬性规定，全靠各地自己的积极性，萧山县委成立这个办公室，目的是编写县志，党史工作虽然是中央下达的具体事项，因人手不足，只能全力以赴编写县志，要我与其他两位同志侧重编写党史，我的主要工作就是编写地方党史，也有编写县志的工作，主要内容也与党史和萧山中国国民党有关。

工作也确实有点意思。记得我在调查萧山衙前农民运动历史时，时间已经与史事的发生时间相隔了60多年，世事变迁，史料的缺失也在情理之中。搞地方史志，并非是书斋里的活，大多要进行田野作业。其间，我搜集到中国共产党最早的党员之一、萧山人沈定一当年的一篇演讲《谁是你的朋友》，这篇演讲的前面有一段题记，记录者署名潘垂统，时间是在1921年8月。当时我就想，如果记录者潘垂统还健在，那么我们就能了解当年沈定一的情况。但毕竟离当年已60余年，这个人还在不在？何况人海茫茫，如何找得到？但我还是想找一找。我琢磨此人起码应该是个文化人，说不定还是当年新文化运动中的主力，于是抱着试探的心理，先到浙江图书馆古籍部翻阅当年进步青年经常发表文章的《民国日报·觉悟》。功夫不负有心人，我终于发现了一篇潘垂统写的小说《逃婚》，且附有简介：潘垂统，1896年出生，革命作家，浙江余姚人，毕业于浙江省立五中……。我喜出望外，第二天就赶到绍兴中学，在学校同学录中查到潘垂统于1915年毕业，余姚浒山人，当天我又赶到余姚。当地党史办的同志说："浒山原属慈溪。"我再到慈溪，慈溪党史办人员告诉我，潘垂统是辛亥革命烈士马宗汉兄长马宗周的义子，要我去马宗周故乡找他的后人。几经辗转，我了解到潘垂统曾在上海当电影编导，后改做保险生意，与作家楼适夷有交往，并得知杭二棉有个姓马的人可能了解情况。当天我便回萧山找到这位马姓老人，他确实知道潘垂统为何要逃到衙前教书等往事，但他谈详情还得问楼适夷。我知道楼适夷是著名作家，家在北京，已经年迈，怎么办？再三考虑，我想既然已经知道潘垂统在上海做过保险生意，就可以先到上海银行系统找找。终于，我在上海人民银行人事科找到潘垂统的档案，他于1962年退休，当时90岁，住上海愚园路101号。第二天早晨，我便顺利地找到了这位老人。他十分清晰地记得当年的一些情况，还拍着胸脯说："愿为这场运动做见证人。"他不仅提供给我不少史料，还针对这一历史事件订正了许多史料。单就为调查衙前农民运动史料，1982年到1984年初，我和我的同事跑了萧绍平原38个乡、107个村，寻访过200多位知情老人，找到隐姓埋名的李成虎的女儿李阿欣等直接相关人员。这样的工作经历和故事，回想起来，虽然有些累，但觉得挺有意思的。我认为从事文史工作，一定要恪守"史贵存真"的准则，为了求真求实，为了寻找和发掘有关史料，我南下广州，北上北京，为了核对查实史料的真伪，我多次到南京国家第二档案馆、上海图书馆、浙江图书馆古籍部、北京大学图书馆、绍兴档案馆、浙江省政协文史委等单位查阅档案资料。我一个初中生，能够进出国家级图书馆、国家级档案馆，能接触到一些教授专家和一些省、部、中央级老干部、老同志，回想起来感到很荣幸，也真是很不容易。我非常感谢领导和老同志放手让我干，他们没有因我是初中生而瞧不起我，我也确实是在实际工作中逐渐增长知识，逐渐有了对工作的一些体会。

1993年，萧山市委党史办公室改为市委党史研究室后，我任副主任。我在地方党史方面做点工作，曾连续三次都被评为省级党史先进个人，也受聘参与了省委党史研究室的一些党史编写编辑工作。特别是参与编写浙江党史第一卷，负责第二编的具体编写，我对党史的编写有了实践经验。2002年，因年龄关系我改任副调研员，至2005年9月办理退休手续，实际上我的工作没有结束，真正离开办公室是在2008年。退休之后，杭州市委党史研究室颁给我一个党史工作突出贡献奖，萧山区委也颁给我一个党史工作突出贡献奖，应该说，我的正式工作经历至2008年画上了一个比较圆满的句号。但说实话，我直到今天还在做整理史志的工作，倒不是什么硬任务，这已经成为我的生活习惯。我没有其他休闲爱好，唯一爱好就是看书、敲键盘。我深深地体会到，我之所以能为地方史志的整理工作做出贡献，是与领导的关怀和帮助分不开的，与组织上对我的关怀也是分不开的。我一个初中学历的人，如果没有组织、没有领导的关爱，很可能一事无成。所以，我对组织和领导非常感激，有许多领导现在已经过世了，我还深深地怀念他们。

二　萧山城区人民生活变迁

采访者： 百年来，萧山城区人民的衣食住行发生了重大变化，首先请您谈谈衣着方面的变化。

朱淼水： 以前萧山人穿的衣服多为自家缝制，从纺花织布到裁剪手缝，是家庭妇女的本分，她们称之为"女红"。

棉花是萧山沙地的土产，里畈人（萧山北海塘以南地区称为里畈）一般用粮食调换。制作土布先将棉花用手搓成比大拇指还粗的棉条，再用手摇纺花车纺纱，上浆、洗净、晾干、染色，再摇在一个个纡子上，就可上木制的纺织机织布了。用几十个纡子的纱作经，再用一个纡子的单根纱穿在梭子上做纬，脚一踏便将梭从一面穿向另一面，就这样一脚一脚地踏，梭一次又一次地来回穿，起早摸黑忙一天，可织两三丈土布。萧山农村一般稍宽裕的家庭都有这种木制的纺织机。这种土布，萧山人称"杜布"，有本色、兰格、条纹、米纹等花色。布很粗，很厚实，也很耐磨，抗日战争时因一般机械纺织厂停产，萧山的土布盛行一时，很出名，织出的布大大超出自用的范围，成为许多农家的一项副业，销往整个浙南地区和广大抗日后方。中华人民共和国成立后仍被城里人喜欢，土布可用作棉被的里子，也可缝制内衣，土布门面狭，只有1.9尺，最宽也只有2.1尺，落水收缩性又大，一件短衣总共需要一丈多土布，一件长袍要三丈土布。

当然，并不是以前所有萧山人都穿土布衣，有钱人家的衣服料子就有绫罗绸缎、裘皮等。另外还有麻制品。萧山以前盛产苎麻，是制作夏布的基本原料。棉花最早种植于中原，约700多年前才传入萧山，以被人称为"陆地棉"的品种为主，产量很低，亩产皮棉只有十几斤，最多二三十斤。所以，以前的萧山人，除官宦殷富人家外，大多穿苎麻织成的麻葛布衣。

衣服式样在早期不论男女均为大襟，男性在后来才有对襟短衫，下身除裤腰宽大的团团裤外，还外套围身水裤。在一般情况下，即使是最穷困家庭的男人，在一生中也会有一件长衫，这是当新郎或"出客"时必须穿的。读书人、生意人，以及其他非体力劳动者，平时也多穿长衫。到清朝时，男性上身又添了马褂，以示庄重。女性服装样式在民国初期以前都为大襟喇叭式、齐膝长，考究的沿大襟边缝上一条花色布作花边，下穿长裤，出门出户外套一条很宽大的长裙子。大约从 20 世纪 20 年代开始，旗袍传入萧山，在城镇的中青年妇女中开始流行。解放初，萧山开始流行机织的斜纹布，式样有中山装、日本传入的学生装、苏联传入的列宁装等；女性也开始穿列宁装和连衣裙，青年还穿一些浅花格子的衬衫。这些都是当年学习"苏联老大哥"的风气。20 世纪 60 年代开始有化纤、的卡（的确良卡其的简称）布料，但要凭票领取，非常时髦。但衣服式样还是以中山装为主，西装是改革开放后才普及的。

以前劳动人民生活穷困，一般衣衫都是"新三年，旧三年，缝缝补补又三年"，有的还要传代。巧媳妇在过年过节时，为使孩子图个"新"，就将旧衣拆开，重新染色，再翻转缝制成"新装"。但有些特别穷的人家则是终年衣衫褴褛，孩子多的几个人合穿一条裤子，有的姑娘长到十多岁还没有一条像样的裤子，出门只能向别人借。这样的情景在今天是无法想象的。

我具体谈谈我家人的衣着变迁，我父亲衣着简单，一年到头劳作，平时都穿打补丁的工作服。他结婚时穿过绸缎做的长衫马褂，后淘汰。父亲从 20 世纪 50 年代起直至去世，大约只做过三套"出客衣"。一套是刚公私合营时，他用藏青色卡其布做的中山装；一套是 60 年代初期流行的，他用一般布料做的灰色中式服装；一套是他晚年做的藏青色的卡中山装，其他都是旧衣旧裤，内穿的毛线衣等，都是几十年不变的旧东西。

我母亲年轻时做过演员，穿过时尚的旗袍，也穿过丝绸做的衣服。她原是萧山城内有名的大户安仁当当铺的丫鬟，出嫁时当时主持安仁当的太太王慧芳，原本也是穷苦人出身，将我母亲认作干女儿，因而也弄了点简单的陪嫁嫁妆和绸缎衣裤等。她成家后，在衣着方面改穿一般市民阶层的时令（一种浅蓝色的棉布）布衫，或者穿用斜纹布做的大襟衣服（这些布当时统称"洋布"）。20 世纪 60 年代后，她穿过灯芯绒和呢料做的对襟衣服。她晚年时已是改革开放的年代，倒时常穿些新衣裤，但都是一般的布料，大多为化纤面料，价格便宜。

我本人年幼时穿的还都是老式长袍、棉袍等。上学后才穿一般布料的中山装，有的还是土布，因为国家发的布票有限，常穿打补丁的衣裤。1962年，我初中毕业的时候，与同学拍了一张合照，好几位同学都是穿打补丁的衣服，我也一样。过年要穿新衣服，也是把旧的衣服拆开，买点染料染一染，翻个面重新缝制成衣，也就成了"新衣服"。所以，在穿衣上，我们这一代大多经历过"新三年，旧三年，缝缝补补又三年"的时代。20 世纪 60

年代初，我因参加体力劳动，即使穿的新衣裤，为了防止磨损，也要先在膝盖、肩头等处打上补丁。当时，我近视度数还浅，可以不戴眼镜，头戴一顶小毡帽，穿着单衣对襟布衫，腰间系块搭膊，脚上穿山袜加草鞋，完全是体力劳动者的衣着。何况当时要买一件新衣服确实是很难的，除非有些家庭原来有点底子，可穿一点上档次的服装如呢料或在当时是非常上档次的哗叽。而像我的家庭，根本就没有这种东西。

改革开放后，化纤织品增多，20世纪80年代初西装开始流行，记得当时我的工作单位给职工发西装，大家感到非常时髦，但很快西装便成了普通服装，不再有穿打补丁的衣裤了。可我妻子比较节俭，20世纪70年代，她常弄些服装厂丢弃的布角、碎布，用缝纫机七拼八凑地拼成床单、枕套、棉背心等。改革开放后，市场上常有廉价的中老年服装出售，妻子买衣服，基本上买这些廉价服装，如今仍然如此。我们夫妇从未购买过高档的衣裤，穿的方面，我们家基本上由我妻子购置，但出于勤俭，她看的是价钱便宜，没有质量和品牌意识。因此，我们夫妇至今也没有一套上档次和名牌的服装，倒是我们的子女，在穿着上跟着潮流。

下面，我谈谈鞋子。不要以为鞋子不上话，它也反映了生活水平。在萧山，20世纪60年代的体力劳动者普遍穿草鞋。草鞋到底有多长的历史，无法考证，但从大禹治水的画像来看，数千年历史是有的。道理很简单，它的材料是不值钱的稻草，制作也极为简便，搓几根细草绳作经，用木钉拴住，然后用绳绕过腰间绷紧，再用草作纬，就可纺织成草鞋，老百姓一般都能做。旧时，萧山的劳动人民，特别是体力劳动者，几乎都是穿草鞋劳动的，穿破了，两脚一甩丢在一边，另换一双，方便得很。当年我干体力活，有时一天要穿破两双草鞋，开始草鞋只卖三分或五分一双，后来卖到一角钱，那就不大划算了。但一双劳动用的解放鞋（常见的解放军穿的跑鞋）要两三元，做体力劳动不出一两个月也磨通鞋底了，感到不合算。后来就一直穿布鞋。当时买来或新做一双布鞋，在穿前先在鞋底钉一块废橡胶之类的，让鞋耐磨一点。

我从草鞋想到了蒲鞋和木令。蒲鞋实质也是草编鞋，不过质料是较耐磨的丝草。做工也较考究，不是草鞋那种"风凉鞋"式样，而是平口布鞋式的，因此比较保暖，所以多在冬天穿着。老百姓穿布袜、山袜或者发袜，外面加上一双蒲鞋，既结实、又暖和。不过它的价格要比草鞋贵几倍，所以，绝大多数穷苦人还是不敢问津的。木令，则是农村中雨天穿的，它实在非常原始，其发明可能还是从凿木成舟中得来的经验，把一块木料凿空，套在鞋外，就可以防湿了。

我又想到一种木拖鞋，它可能是从国外传进来的。解放初，萧山的一些集镇，木拖鞋很普遍，用木板锯成鞋底形，前端钉上一条皮或一条硬质的布，拖在脚上。特别是夏天，城里人大多穿这种鞋，走在路上，声音清脆响亮，别有一番风味。有一种女性的木拖鞋，是高跟，里面漆上花卉，很时髦。

采访者：接着请您谈谈饮食方面的变迁。

朱淼水：我先说早餐，早餐在萧山老百姓的心目中，过去和现在是截然不同的。在中华人民共和国成立前，早餐对穷苦百姓来说似乎是可有可无的。倒不是不想吃，而是没有得吃。因为穷困，吃了上顿无下顿，平常日子吃的是"扁担饭"，就是一天只吃两餐，"铜柱饭"（即敲锣的那根锤，也就是一天只吃一餐），所以无所谓早餐不早餐。

但从一般情况来讲，旧时萧山人的早餐主要有三种。第一种早餐是菜泡饭。即以隔夜冷饭加青菜，或再加点冬咸芥菜，熟后加点盐即可食用。家境较好的外加点猪油，但味精是没有的。旧时味精多从日本传入，称"味之素"，用一个小小的扁瓶盛装，价格不菲，一向以节俭著称的萧山老百姓是不太问津的。第二种早餐是粥，有米粥、菜粥、麦糍粥、萝卜粥、豇豆粥、南瓜粥等。有些饭店、点心店还供应肉骨头粥。煮粥有一个小诀窍，以前烧饭都用柴灶，灶下有个灰仓，有时人们特意在灰仓中留点余烬，将米和水放入陶罐，煨于灰烬中，一般到第二天清晨，罐中的粥也就煮熟了。还有一个办法，那时人们已经开始使用热水瓶，先将米淘好，放入热水瓶，冲上开水，第二天早晨也成了粥。第三种早餐就是糊涂，就是类似糯糊状的食物，有米粉糊涂、麦糊涂、六谷糊涂等，最难下咽的是糠糊涂，其中还要加青菜甚至野菜等。这种糊涂是中华人民共和国成立前萧山穷困百姓最为寻常的早餐，荒年时连一天两餐糊涂都喝不上，只能忍饥挨饿。但在农忙季节也有例外，如条件允许，一般农家早餐也吃干饭，为的是耐饥好出力。对于萧山城里人来说，早餐也有花色品种，如豆浆、油条、烧饼，已经有很长的历史。但必须花上几角钱。所以多为公职人员或是上等职工才舍得吃，一般打工者是吃不起的。他们一天的工资不过几角钱，总不能把一天血汗钱的1/2或1/3用于买早餐。城里的点心店当然也有肉馒头、糖馒头、油沙馒头、印糕麻糍、条头糕、松花饼等。经常有不懂事的小孩，对着热气腾腾的肉馒头咬手指，为父母的不忍心，有时也会掏几分钱买个肉馒头。这对一般老百姓来讲已经很不错了。特别是跟着大人进城的农村小孩，这些对他们来说是高级的享受。其他面点，如馄饨、面条、年糕等，也都是很好的早餐，但一般的公职人员大多也以几分钱的"阳春面"（即光面）或菜沃面打发，只有极少数的过路客商或店东家为请客而吃肉丝面、片儿川的。点心店为招徕生意都使出绝招，尽力把点心制作得精细好吃。旧时萧山城里潘凤林的糖馒头、陈春记的肉馒头、李春记的阳春面、知味春的片儿川、戚士林的馄饨等，都是知名的风味小吃。但食客是不多的，店家的收入也只能是糊口而已。

改革开放以来，随着人们生活水平的提高，早餐与过去是大相径庭。尽管有许多上年纪的人，还改不了"泡饭加酱菜"的习惯，但已外加牛奶、鸡蛋等。对孩子们来讲，早饭已被他们称为早点，花样繁多。以前劳动人民吃早餐，只求一个饱；而现在吃早餐，讲究营养配置合理，这从一个侧面反映了人民生活水平的极大提高。

旧时萧山人的饭菜，要不是灾荒年间，县城居民和水稻区的农民通常是三餐米饭，而且总要剩点"冷饭头"，因为纯米烧的饭不"涨"，必须要在生米中加点冷饭，出饭率才高，因此称剩余冷饭为"饭娘"。但也有例外，如隔夜冷饭太多，早上就光用剩饭放在镬里炒一炒，叫作"炒冷饭头"，或者把冷饭放在镬中加少许水烧一烧，称之为"焖饭"，但味道总不及生米烧来的香。至于"下饭"的菜，普通家庭最简单而又最重要的是干菜、腌菜、萝卜干、霉菜梗等。"下饭"的菜一般放在饭镬内的饭架上蒸，上盖高镬盖，饭熟，"下饭"的菜也就熟了，这比现在又煎又炒要省事得多。

这些"下饭"的菜蔬大多是自家制作，如干菜，多用芥菜放在阴地上堆黄，用盐在陶缸里腌制，到一定时候取出洗净，再拿到太阳下面晒干收藏。这功夫非得有半个月到一个月不可。腌制咸缸菜更是一年一度的"大事体"，必须先将大白菜晾干堆黄，切去菜箩头，再用稻草捆作一个个小把，放在大缸中由男人择农历单日，赤脚反复地踏，每放一篓菜加一些盐，大致一百斤鲜菜加一斤至二斤半盐，要踏好久，直到踏出菜汁、满缸为止。大户人家用七石缸，一般也用大缸，这一缸菜可是普通人家一年中最重要的"下饭"菜。霉苋菜梗的制作，必须等到苋菜抽秆如人高，茎内肌肉充实的时候，去叶取梗，切作寸许长短，洗干净后用盐腌藏于瓦坛中，待其发酵即成。当年野地里生长了许多带刺的野苋菜，贫穷之家，也常采集这些老的野苋菜梗霉制。霉苋菜梗卤还可以浸毛豆、豆腐干之类的，卤还可蒸豆腐，味道很有山野之趣。

干菜一般是整颗地放在碗里，或干脆直接放在饭架上"熯"，吃饭时往往一手托一碗饭，饭碗上盘一条乌黑的长干菜。但也有殷实人家，将干菜切短放油蒸，或放入猪肉，那就成了有名的干菜肉了。腌菜普通是切段蒸食，大户人家添加笋片、开洋之类的，味道十分鲜美。干净的生腌菜取梗切细加麻油也很可口。腌菜在新出缸的时候颜色金黄，隔年过夏颜色变黑，叫作臭腌菜，别有风味。另外同咸菜类似的有倒笃菜，是萧山沙地区最常见的咸菜，改革开放前，沙地农家直接用它加点水蒸熟了吃，以前几乎天天就是这么一碗菜，顶多有竹园的，在春笋时节，将笋切成"缠刀块"，加入笃菜一起蒸食。其他常用的菜肴就是咸鲞，咸制品非常咸，是下饭的上好菜肴。

可蒸的"下饭"当然还有许多，凡可当菜吃的都可以蒸，改革开放前也只有小康家庭，有打碎蛋、颗心蛋、勒鲞蒸肉、豆腐皮蒸笋丝、肉饼子，各种低档的鲞，也有将包头鱼、鲢鱼切块用盐一咸，隔夜第二天蒸食等。有些菜，如茭白、芋艿、茄子、南瓜，乃至整颗青菜都可直接放在生米中一起烧，熟后用手撕碎，浇上酱油麻油，味道与刀切迥然不同。改革开放前的家常饭菜，受经济困难的限制，但也有习惯成自然的成分，所以也称得上是萧山人的一种俭朴风俗。

还有一件事，20世纪50年代，萧山的鱼、虾是非常便宜的，一角钱起码能买老秤四两河虾，有许多儿童会摸虾，有些成人夜间用缝衣针制作成"虾枪"，到河岸捕虾，也能摸到鱼、蟹。尤其是泥鳅、黄鳝，都能在水田中捕捉，螺蛳、田螺更不必说。所以即使在中华人民共和国成立之前，这些菜肴对萧山人来讲也不稀奇。中华人民共和国成立初，南下干部到萧山之后，看到萧山老百姓餐桌上的这些鱼虾菜，觉得萧山老百姓生活富足，都是富裕中农，但他们不知道萧山是水乡，鱼虾是便宜的东西。当然对穷苦家庭来讲，大多都是用来出售换钱的。

采访者：在改革开放之前，萧山城里人的吃水问题是怎样解决的？

朱淼水：按习惯，原先萧山城里人大多饮用城河水，也有部分饮用井水。我家住在西门城河边，因取水便捷，当然饮用河水。早年河水较清，做母亲的每天上午就到河埠头淘米洗菜，顺便拎一小桶水，用来烧茶煮饭。当然家中也置有大小水缸，那水一般是清晨或夜间城河中船只较少，不至于被往来船只搅得混浊时，用两只小水桶一趟又一趟地打满的，以备河水太脏时之需。夏天下暴雨，老百姓有时也用水桶接些天落水倒在缸中。

一旦两种情况出现，吃水就成了问题。一是洪水季节，上江山洪下泄，十天半月河水总是夹带着大量泥沙，黄乎乎的，还常能看到被淹死的家禽牲畜漂浮在河面上。这时的河水就不大好用了，除非缸里原先蓄的水用光了，不得已才拎几桶，但必须用明矾漂过，把脏东西全部沉到缸底才勉强能饮用。二是夏天干旱季节，一两个月不下雨，城河就干涸得只剩一条小沟，而且沟里的水也变成臭水。遇到这样的情况，不要说日常生活用水，就是饮用水也成为一大困难。我们住在西门的人家，只得买每担一角的、从西门外金泉井挑来的泉水。但那时的一角钱是很管用的，米价也只有九分多钱一斤，一担水相当于一斤米价，家境并不宽裕的街上平民是非常舍不得的。于是就自己动手，起个大早，用小扁担挑着一副小水桶到隆兴寺背后的一泓泉水处去挑。如果干旱时间不长，这样坚持一下还过得去，但碰到久旱不雨，山泉也被大家淘得只能用铜瓢一点点地刮。这时只有花更多的钱，请人到离西门更远的水曲弄大井中去挑。记得有一年，突然有人发现在老西桥东北角的桥脚下，被填塞改路的里横河地下渗出水来，于是便挖了一个小小的水潭。不知何故，这水倒是又清冽，又不见干枯。可惜水潭不足 1 平方米，深不及 30 厘米，用的人一多，不仅水马上变浑，潭边还拥挤不堪。总之，那时的用水真是难啊！如果按时下的卫生标准，那时天天使用的都是不干净的水，所以小孩得寄生虫病的特别多，一到夏天，患霍乱吐泻、伤寒等传染病的也特多。我父亲就曾患过伤寒症，足足躺了一个多月。

采访者：改革开放之后，萧山城里人的吃水问题有何改善？

朱淼水：其实萧山老城区用自来水比较早，始于 20 世纪 60 年代，但没有入户，是公共水龙头，家家户户到水龙头买水，好像是一角钱一担，有专人负责管理。城区的自来水入户，已是改革开放后的事。饮水思源，我从心底里深切地感到改革开放是好政策。改革开放以来，不仅在城区自来水进入千家万户，所有的农村也都用上了清洁的自来水，萧山也因此较早地消灭了寄生虫病和其他一些因不卫生引起的地方性传染病。

采访者：谈到饮食，自然还要谈到萧山农贸市场的变迁，请您介绍一下相关情况。

朱淼水：萧山老城区原是一个小县城，但在民国时期竟没有一个正规的菜市场，一般是以农民沿街叫卖或设摊的形式卖菜。20 世纪 30 年代，国民政府一度搞所谓的新生活运动，在东门建了一个新市场，设想集中菜市场，但因老百姓不习惯，当局又没有资金购置市场必备的设施而未能实现。

中华人民共和国成立后，为了改变从前的陋习，搞好环境卫生，人民政府特地在西河路（当时称西河下）的陶唐弄口附近和东门城桥上街辟出两块空地，搭建了两个大草棚，设立了西门菜场和东门菜场。但坐商不多，原因是上街卖菜的农民为图个方便，总是一进城就沿街叫卖。特别是一些老农，他们有一大早坐茶店的习惯，往往把要卖的蔬菜挑进城后，在茶店门前一放，就自己在茶店里吃茶。再说当时县城人口有限，许多家庭还辟有荒地自己种些蔬菜，因此买卖双方都有限。城厢镇政府虽然多次组织力量想把市场管理好，但都收效甚微。

到 20 世纪 60 年代初，政府成立了"市管会"，劝导买卖进入市场交易，情况才有所好转。但不久因经济困难，国家放开农贸市场农产品的价格，一时间农民进城卖蔬菜的人骤增，还出现了一批外地贩销者，原有的那个狭小市场无法容纳这些人。特别是在西门市场，自发性地在西桥头一带形成了一个相当规模的露天市场。

当时因国家经济困难，实行价格双轨制，一种是国营商店凭票供应的平价货源，一种是自由贸易的高价货源。平价货源紧缺，质量差，要买平价食品还需排长队；而西门西桥头却是一个自由贸易区，货源较为充足，质量也好，但价格高出平价货源许多倍，1961～1963 年，一棵菝菜（大白菜）要卖到两三元钱，相当于当时职工月平均工资的 1/10。鲜肉平价仅几角钱一斤，但每人凭票每月只能领二两半；而自由市场有鲜肉，但要卖到五六元，甚至十多元一斤。因此，人们便把西桥的农贸市场称为"黑市桥头"。这黑市桥头除了买卖蔬菜等农副产品外，还买卖各种票证，因货源紧缺，几乎所有商品都得凭票供应，西桥头卖粮票、烟票等七票八票，都是公开的，形成了一种既繁荣又混乱的情景。好在当时很少有汽车，城区也开不进去，虽然人多，但没有发生过什么堵路现象。我曾经在 1963 年管大概一个星期的市场，是义务的，有点吃不消。是什么情况呢？当时卖菜，农民挑出来卖也好，或者摊贩也好，只能自产自销。农民拿出来卖，要有自产自销证，摊贩卖要有经营许可证，如果没有经营许可证是不允许摆摊的。说是要检查其实是个很大的难题，另外不准在马路上叫卖，必须在人行道上，也无法管理。自开展"四清"① 运动特别是"文化大革命"开始以后，集市贸易成了"走资本主

---

① "四清"运动是指，1963 年至 1966 年，中共中央在全国城乡开展的社会主义教育运动。关于运动的内容，一开始在农村中是"清工分，清账目，清仓库和清财物"，后期在城乡中表现为"清思想，清政治，清组织和清经济"。运动期间，中央领导亲自挂帅，数百万名干部下乡下厂，开展革命；在城市中是"反贪污行贿，反投机倒把，反铺张浪费，反分散主义"。广大工人和农民参与其中，积极响应。

义道路"和"投机倒把"的非法行为。政府组织人力,对那些搞贩销的一律取缔,导致市场的蔬菜和食品供应又趋紧张,任何食品、副食品虽一律平价,但买不到货。为此,政府又适当放宽政策,允许农民将自产的农副产品拿到市场销售,但数量大不如前。从老百姓自发到政府加以管理,西门的农贸市场总算大致框在陶唐弄到西桥一带,但没有什么设施,全是露天,东门菜场放在板桥到长浜沿一带,也是露天。晴天还好,一旦下雨,市场泥泞不堪。这一现象一直持续到改革开放后,逐渐建设了室内市场,情况才根本好转。

再来说说我自己家庭饮食生活的变迁。父母参加公私合营后,10来岁的我,生活就只能自己料理。为了公私分明,父母虽然在饭店工作,但午饭还得由家中送去。当年我11岁,就承担起为父母烧饭、送饭菜的任务。但也简单,无非是烧饭,再就是取家中腌制的咸菜,烧熟就行。进入"大跃进"年代,办起了公共食堂,大家吃食堂饭,我父母缴一定伙食费在店中用餐,给我购买了位于如今市心桥新华书店斜对面草棚里的供销社食堂菜饭票,我自己到食堂用餐。困难时期,我的家庭无固定住房,把以前所有老式家具都卖了,只剩下一张小桌子,东搬来西搬去,直到1962年,我们被安排到西门原永丰水果行旧址居住,但原先是个店面,没有烧饭的灶,只好用石块搭个土灶烧饭,烟熏火燎。后来条件有所改善,砌了个大灶,仍以烧柴草为主,当年甘蔗上市时我母亲经常上街扫甘蔗皮,晒干后当柴草烧。1965年前后,开始使用煤球炉烧饭、做菜、烧开水。1966年11月28日,搬到韩家弄后,生活起居才开始稳定。每天早上由我母亲到菜市场买菜,然后做饭。1970年我调回城区后,买菜任务就由我承担。改革开放之前,液化气大概只有上海等少数大城市才有,连杭州居民都使用煤炉。在70年代还曾流行煤油炉,开始以自制的多,后来也买,使用也还方便,但煤油贵,不大合算。我妻子在宁围教书时,就用煤油炉烧饭。萧山城区开始用液化气,大概是在改革开放后的1983~1984年这段时间。而我家使用液化气已经是1986年以后了,但仍与煤饼炉并用,一般由煤饼炉烧开水和烧饭,用煤气灶烧菜。当时液化气大概是20多元钱一瓶,而且很难买到。现在当然是放宽政策了。改革开放后的20世纪90年代家用电器开始普及,家庭烧开水改用电水壶,烧饭用电饭煲。后来又有了冰箱,有时多买点蔬菜放入冰箱储存,不用每天上农贸市场。上农贸市场买菜的任务至今还由我承担,市场上的菜价,我有切身体会,虽然价格似乎不断看涨,但袋里的钱也在增加,无法与改革开放前比较。但蔬菜的质量似乎是以前的好，现在都讲科学，又都是反季种植，施农药化肥也普遍，老是觉得没有以前那种"原汁原味"，如番茄根本就没有以前的番茄气味。2000年前，我的早餐一直是泡饭加酱菜，中午和晚上烧几个菜，吃米饭。2000年后，有时也吃点牛奶和杂粮。特别是退休后，我妻子在吃的方面查了些资料，开始注意讲营养搭配。所以，改革开放给人们的生活带来了翻天覆地的变化。

采访者：请您谈谈住房方面的变迁。

朱淼水：萧山旧时的住宅大都为草舍和老式砖木结构房屋，这草舍大多是用茅草、稻草盖的，尤其是沙地区。一是因为穷，都顾不上吃饭，根本谈不上建瓦房；二是当时沙地区水利设施落后，钱塘江江道变迁无常，常有坍江的危险，所以也不适宜盖瓦房。城区在中华人民共和国成立初期，1/3也都是草舍。因为抗日战争时期，萧山大半部分房屋都被日本鬼子炸掉了，抗战胜利后，又没有钱来造房屋，因而有许多草舍。20世纪70年代以前，我站在北干山或西山上向北眺望，田野上到处是褐色的草舍，城区也是灰褐色的一片。

草舍的式样也大有不同，大体上可分三种。一种叫"火筒舍"，是最贫困的农民住的。它用几根竹竿插入泥中，弯成弓形，再横上几根竹竿，盖上沿江塘上丛生的茅草，以遮风雨。这种草舍连门也是用草编成的，没有窗，人在里面不能直立。如今以别墅楼群名闻遐迩的红山农场，昔日大多是这种草舍。还有一种叫"直头舍"，它取南北向建造（沙地人以南北向称直，东西向称横），要比"火筒舍"高大，四周围有一圈约一人高的草墙，可以挖几个小洞做窗，人可以直立着进出。一般农户大多住这样的草舍。最后一种就是"横舍"了，它的格局如同一般的平屋，比较高大，有木门、木窗，考究一点的四周还有竹篱编成围墙，里外涂上黄泥，刷上石灰。再考究一点，在西北角搭出一间"尺"字形的角舍，以挡西北风的袭击，显得

未拆建前的明月坊（朱淼水　摄）

很"气派"。但这种"横舍"在中华人民共和国成立前的沙地区是不多见的。那时沙地区的老百姓所追求的幸福生活是"前面一个塘（供吃用的小水池），后面一个园（竹园），两个儿子一个囡，三间草舍朝东南"，"草舍上面沿南瓜，草舍里头做人家，揭开镬盖番薯老南瓜"。可惜，在中华人民共和国成立之前，这种俭朴的生活，也只能是人们的一个梦想。当然，草舍也不仅只限于沙地区，旧时的水稻区，以及一些集镇也多有盖草舍住人、开店摆摊的。但用的材料大多是就地取材的稻草，但稻草比茅草易烂，所以每隔一两年总要翻换一次，十分麻烦。

再来谈谈我自己家住房的变迁。我的祖辈在黄阁河有两间破旧的平房，后来典当给邻居，再也没有赎回。我父亲立业后，于1946~1947年，在西门内直街建造了坐南面河的砖木结构的一间二层楼屋加一个灶披。当时，四周还没有其他房屋，孤独一间不牢固，因此，父亲又于原建的楼屋西面拼建了一间二层楼屋加灶披，用以出租，收入还地租。为了堆放材料和杂物，他又在后门的东南角建造了一间直头草舍作栈房。1959年，因为政府开掘新西河，房屋被拆除，当时政府只赔偿了350多元。后来我们暂时居住到原明月坊饭店的楼上，那里仅10来平方米，家中原有的老式家具基本丢失殆尽。大约一年后，政府我们安排到西门原永丰水果行旧址居住，我们在那住了5年。

1966年，韩家弄内建造了三排平房，我们家分配到中间一排最西边的一间，仅一室一厅一厨，24平方米，当年11月入住。因为住宅实在太小，我在朋友的帮助下，挖废墟上的断砖砌墙，上面用竹作梁，盖的是砖瓦厂作废品处理的"洋瓦"，就这样在靠房的西边搭建了一间简易披屋。结婚后，我们又将披屋改成平屋，十分简陋。我母亲以原厨房为房，搭了一张床，厨房搬到自搭的平屋。我父亲在客厅搭了一张床，客厅改作房间，我跟我妻子就住原先的房间。确实非常困难，也不只是我一家，很多人家都是这样的情况。城市居民住的问题非常大，比不上农村，农村里的房子都比较宽敞。

1984年，城厢房管会将韩家弄平房拆除，改建成框架结构的六层住宅楼。我家先暂住到里横河过渡房。1986年韩家弄新房建成，我抽签分得三单元401室，三室一厅一卫一厨计70.6平方米，月租金3.06元。20世纪90年代初实行住房改革，以13700元的廉价卖给我这个房子。因为祖孙三代五口人居住实在狭窄，加上儿女逐年成长，已经无法安居。1996年我妻子的单位城厢教办在回澜住宅区建造联建房，妻子申请到回澜南苑47幢一单元101

明月坊老街沿河老屋（朱淼水 摄）

室，三室一厅，一卫一厨，计78平方米。后因子女结婚，住房多经变迁，如今我与老伴因商务房便宜，买了套商务房，计108平方米，比以前宽敞了。

关于住房中的家具变迁。从20世纪50年代至今，家具已起码换了四代了。第一代，以一般住家为例，50年代基本保持旧式，堂前是八仙桌，左右两把老式椅子，另备有一些方凳（俗称骨排凳）等。卧室放一张老式八脚床。这种床做工差距很大，考究的床前面均有木雕人物、花卉等，有的还用贝壳甚至象牙拼出各种图案。床里面有搁几，简单地放一块搁板，复杂的有4~8只大小抽屉，床沿两边有雕刻的扶手，床前有踏脚板。床左靠灯台、右靠马桶箱，这两件家具的做工也有很大差距。考究的灯台，连四脚也有雕花，分上下两格，用料以梨木为主，分量较重，为的是稳固一些。马桶箱的面板，四周为木，中间用藤编，正面有放草纸的小抽屉等。房间内有梳妆桌，做工差距也很大，一般有一面镜子，镜子下面有小抽屉，用以摆放梳妆用品，一边有晾毛巾的横档，下面有一放脸盆的缺。普通人家用马鞍桌和梳妆箱代替。另外有箱柜，正面上有两只抽屉，下有一个小厨，上面用于摆放箱子，箱柜的做工也大有讲究。箱子一般有三四只。其他还有个大橱子，这橱子不是大衣柜，里面分三层，下面可放杂七杂八的衣服之类，中间一隔有两只抽屉，一般放贵重物品，上面两层放干点心及糕点食品或糖类，房间内有一张四仙桌和几张凳子。这四仙桌做工也大有讲究。厨房内一般为双眼灶，灶旁有一烧开水用的风炉，风炉一边有一张小桌子，灶正面的左侧有一只较大的水缸，水缸上加盖，上可搁放杂物。灶的上面都有一个放锅盖的架

1997 年，北干山远眺（朱淼水　摄）

子。厨房间还有一口凉柜，用来放剩菜等物。厨房间有的还放一个脸盆架子，专供男主人洗脸用的。一般人家大致就这些家具。

20 世纪 60 年代初，经过人民公社化和大炼钢铁，许多家具用于小高炉炼钢铁了，"一大二公"① 又将许多家具当作公用了，我家里经公私合营，只剩下一只水缸、一张八仙桌和几张凳子。到了困难时期，许多东西都胡乱地换番薯、芋艿等好吃的东西，反正大家都要过"共产主义"生活，家具已经无所谓了。农村倒还有点规矩，结婚要"四方五圆"（方指八仙桌、小板桌、稻洞床、马桶箱；圆指大小脚桶、大小水桶、柄汤桶、马桶、桶盘）。城里一般职工家庭不讲究了，凡是可用来坐、躺、放、盛的杂物都可成为家具，如几块木板加两张长凳就可搭一张床铺，堂前也无非是摆放一张桌子和杂七杂八的凳子。厨房间虽然与老式的差不多，有的甚至搭个地灶（因公社化时，许多家庭的饭灶都被砸了）。后来时兴用煤球炉，烧饭、做菜都用它，一切以简单实用为上。我目睹一对新婚夫妇用两张竹棚拼起来当婚床，除了有一只手拎的箱子外，其余都是一些乱七八糟的木板箱、纸箱等，令现在的人难以想象。当时农村中的大部分新婚家庭，要是老式家具尚在，就重新油

---

① "一大二公"，出自 1958 年 9 月 3 日的《人民日报》社论《高举人民公社的红旗前进》，人民公社的基本特点一是大，二是公。"大"是指公社规模大，便于进行大规模综合生产建设；"公"是指人民公社比农村生产合作社更具社会主义化、集体化。

漆一下将就使用。这可算作第二代。

到1964年，形势开始好转，才又出现购置八脚床、箱柜、马鞍桌、大小脚盆、大小水桶、马桶、桶盘、方桌、方凳等的现象。

第三代约在20世纪70年代初，大家开始注意家具的式样，但仅限于城镇居民。一般新婚之家的家具要有大衣柜、高低新式床（即床铺靠背一面的板高，脚后面的板低，但不是没有，而是有高出床面20厘米左右的一块档板）中间为棕棚，写字桌、五斗橱、床头柜、茶几、马桶箱、樟板箱等。这些家具的面板，讲究的用樟木拼花，一般请木工到家里制作，木料自备，供木匠一日三餐，外加香烟、点心等，每日工价1.85元，打一套家具总共需要几个月，花费数千元。当时职工月平均工资都只有30多元，这实在是一笔不小的费用，我因经济困难，除床铺和写字桌是我原工作单位城南木器社定做，其他都是自己动手做的。

改革开放后，家具日新月异，一般有参考书籍作样本，大多是西洋式的，但也有全套中式的。如果是新婚或新住宅装修，一般家具在装修的同时按图定制。也有全套可买的，档次越来越高。但家具制作的方式却比以前简单得多，以前木工的一套手艺基本被淘汰，均用整块的机制板和加工好的木条、面板，用铁钉钉制或用胶水黏合。但油漆的质量极大地超越了过去。一套家具的花费从上万元到数万元甚至几十万元，一般家庭大致有靠背床、床头柜、电视柜加音响设备、立柜、电脑桌、麻将桌、茶几、全套沙发等。这种家具以前只能在电影中看到，如今非常普通，更多的返回到以前的式样和做工，已经很难说清了。

采访者：请您谈谈萧山人民出行方式的变迁。

朱淼水：这方面的变迁我也有深切体会。在20世纪50～60年代以前，外出到农村或其他乡镇，一般靠步行。到水稻地区做客，可乘坐小划船。因为水稻地区，没有一条像样的路，都是不知有多少年份的田间石板小路，七高八低，就算有自行车也不方便，所以，大家都是走路的。上到公社书记，下到普通老百姓都一样。当时的公社领导干部，早上背着一把铁耙去上班，路过田畈见有问题或其他事情，就下田和农民一边干活，一边说事，也就把问题解决了。这样的干部特别是经历了"四清"运动的，我在城南时见到过不少。我在城南工作时离家约5千米，交通不便，当时都是乡间小道，弯来弯去的。其实只有两三千米路程。以往，即使眼看已在眼前，还得七绕八弯，所以在城南木器社工作时，工作日吃住都在那里，休息日步行回家，步行到家大约需要 45 分钟。1972 年我结婚后，因为妻子在宁围工作，买了自行车，她就骑自行车奔波于城乡之间，骑行到校也需要 45 分钟。后来，我女儿到宁围去上学，家里又添购了自行车。进入 21 世纪，我们夫妇先为儿子购买了摩托车，后来自己购买了小型助动车，后又买了电瓶车。2009 年，女儿和儿子先后购买了小轿车。如今省内旅游都自驾车了。这些年轻人习以为常，对于我这样的过来人，感到不可思议。再说，以前萧山人到杭州，早期基本是从江边渡江过去。开通公交车后，也还有些人花一毛钱到江边，花五分钱坐轮渡，也就到了杭州。

萧山的公交事业有过一段曲折的经历。由于萧山老城区原是一个不足 8 平方千米的小县城（包括城周），当年的街道还不及现在社区内的道路宽敞，所以从实际情况来说也无须公交车。但大概在 1958 年"大跃进"期间，为了象征跑步进入共产主义现代化，便开通了一条公交线路。利用萧绍公路，从西门的老火车站以西的老岳庙到转坝农机厂（后来的柴油机总厂）。这段路程大约有 5 千米，由两辆客车对开，沿途停靠炼焦厂、五一运输社、西门、汽车站等七八个站头。当时还是沙石公路，车开过，路上便扬起黄沙灰尘，好在当时汽车稀少，不见得有什么污染问题。但可惜乘客实在太少，勉强维持了大约半年便停驶了。1959 年，萧山由原属宁波专署划归杭州，于是杭州公交公司于 1959 年 11 月 28 日开通了萧山汽车站（在现在市心路与萧绍路十字路口一带）到杭州解放路百货商店的 15 路公交车（开始好像是称 13 路，后来才改为 15 路），全程大约 20 千米，沿途停靠萧西、小岳桥、西兴、江一、江边、联庄、大桥南、大桥北、净寺、清波门等十多个站头，全程票价三角六分。这路公交车极大地便利了去杭州的旅客，乘车的人逐渐增多，后来在机车后面又挂了一节车厢，以满足乘客多的需要。

改革开放后，萧山经济快速发展。1984 年 12 月 1 日，杭州市公交公司为占领萧山的公交车市场，便调出了几辆客车，在老城区开通了由老火车站至位于现 315 路车站对面的原萧山公路段的 1 路公交车，绕行西河路、市心路、原环城南路、原环城东路，向北转入萧绍路的萧山公路段折回。1 路公交车开通时他们还在新落成的电影院（原电影院）门口举行了一个通车仪式。但这段路程实在短，除了从老火车站到城区有些乘客外，老城区内的乘客少得可怜，因此仅维持两三个月便停运了。萧山真正开始有像样的公交车是在 1992 年 6 月 11 日。这天，萧山新火车站落成交付使用，新成立的萧山市城市公交公司也于这天开通了从新火车站到金鸡路口的 1 路公交车。自此开始，萧山城区才正式有了城市公交车。

采访者：请您结合自己的生活经历谈谈中华人民共和国成立以来萧山城区居民日常娱乐活动的变迁。

朱淼水：20世纪50~60年代，全国上档次的戏团都曾到萧山人民剧场演出，如武汉杂技团、上海越剧团、浙江越剧团、浙江昆剧团等，凡上档次的各种剧种几乎都在萧山演出过。每一个剧团到来后，为招人注目，总要在剧院门口悬挂著名演员的剧照，全国有名的越剧演员大概都在这里挂过他们当时演出的照片。对于那个时代的人，看戏是最好的休闲，也是主要的文化生活，大家是很喜欢的。萧山人喜欢越剧和绍剧，其他如黄梅戏、沪剧、锡剧、杭剧，倒也喜欢，就是不太喜欢京剧。萧山女性尤其喜欢看越剧，男性喜欢看绍剧。绍剧有时候也在空地里搭戏台演出。这些事情其实就是鲁迅的文章里所说的社戏。我记忆中，约于1962年春，国家提倡推陈出新、百花齐放，浙江绍剧团在剧场里演出了以往多在野外才演出的风俗剧《调无常》《女吊》《男吊》等，俗称大戏，剧场空前热闹。没想到，此举竟引起地方上一些迷信者的反对，说演大戏惊动了鬼神。于是有好事者借剧场门口的民居，大念"太平佛"，成为剧场历史上的一件"大事"。

在萧山，电影在中华人民共和国成立以后就出现了，早期是运动场和法院操场（今萧山宾馆地址）放映露天电影，开始是配合政治运动放映，是免费的。成为一种娱乐后便选择在两个地方放映电影，一个是浙赣铁路戏院，后改为工人俱乐部，后又改为工农兵电影院；还有一个是大会堂。开始都是五分一张票，工人俱乐部改为工农兵电影院后，改为座机放映，放映设施渐趋现代化，有了宽银幕，票价就贵了。大会堂（即江寺）是35毫米移动式放映机，放映效果较差，又没有舒适的座位，票价便宜。"文化大革命"以前，法院操场也是经常放映电影的，放映队专门在高墙上刷白了一块"银幕"；后又在原体育路小学东面开辟了一个露天电影场，这些露天电影没有座位，票价更便宜，其实买不买票也无所谓，小孩子翻墙进去，也可以看。我少年时代经常在银幕下面，仰着头看战斗片、反特片。

我稍大了点后，因为我住的地方离工人俱乐部比较近，再加上我父母亲都算工会会员，凭会员家属证，一张电影票只需三分，因而我经常到工人俱乐部看电影，当时中国的电影都是以黑白片为主，彩色片都是红色打底，是苏联传进来的。我还看过中国第一部彩色舞台片是《梁山伯与祝英台》，它的彩色底片以红色为主，以暖色调为主，所以看起来不舒服，不像现在的自然颜色，就是太红，所有东西都有点红，即使是蓝色也变成了红色，这就是当时的彩色片了。以前我们看电影是因为便宜，几分就行，所以，在没有电视机以前的娱乐基本上就是看电影。

我成家后，因离大会堂近，票价又便宜，似乎每个星期都要去看几场电影。

看电影曾经是非常重头的业余文化生活，曾经有几年电影票是要集体出面买的，还很难买到。有时为了满足需要，一部片子一天 24 小时轮流放映，观众半夜三更起床去看电影。看电影的热情即使是样板戏，已经看得会背了，还是会再看，这种状况在如今想来简直是不可思议。"文化大革命"后期除了八只样板戏的电影外，就是新闻纪录片。后来放松了一点，电影院进口了朝鲜片、越南片、南斯拉夫片、阿尔巴尼亚片和印度片。有句顺口溜，"中国电影纪录片，哭哭笑笑朝鲜片，抱抱嗅嗅阿尔巴尼亚片，飞机大炮越南片"。"文化大革命"后期还有过放映"内部片"，都是半夜三更才放映的，这些电影对我国来讲是反面的，如日本的"日本海大会战""山本五十六"等，彩色宽银幕，打字幕翻译，完全是歌颂日本侵略者的。我至今还搞不清，为什么当时会放映这样的电影，还一票难求，似乎要有相当级别的人才可以看。我是城厢镇有关领导给的票，看过以上两部，其中一部就是彩色宽银幕的"山本五十六"，半夜里看的。

为了弄到电影票，我还曾与售票者吵架，原因是我那工作单位给漏了，没有票，我是管宣传的，职工纷纷向我提出意见，我只得向电影院要，因没有而引起争吵，回想这样的情况我真说不出是个什么滋味。

这里还要说一个事情，就是看戏、看电影散场后要吃夜宵。20 世纪 50 年代以前在市心桥头，晚上都有粥摊、馄饨摊、汤团摊等。但到了 20 世纪 60 年代，这些如今称夜宵的点心摊一个也没有了。"文化大革命"后期，饮食服务公司在市心桥北开了一家冷饮店。到了六月天，大家看完电影，都往冷饮店走，三分钱一碗酸梅汤，五分一碗赤豆汤，那时候已经算是很好的了。到了"文化大革命"结束以后，萧山有了一个儿童公园，这是最早的像模像样的公园，里面有儿童玩具车了。这个儿童公园现在没有了。儿童公园不只是儿童去，大人也能去玩。

20 世纪 50 年代以前，由于缺少娱乐活动，萧山街头有许多小书摊，而且或多或少地有一些青少年在围着看，非常投入，有些是一个人静静地看，有些两三个小孩头碰头地围着看同一本书，其景况远比今日的网吧还"兴旺"。所谓小书摊，就是将连环画置放于特制的、扁平的木板架上，本板架总能放下几百本书，彩色封面朝外，读者就拣自己喜爱的书向摊主租来，坐在散放于书架周围的小板凳上看，一般是一分租一本，有些摊主为了能多赚一点钱，特地把厚一点的连环画拆订成两册。但也有例外，如看成套的几十本的连环画，租价便可打点折扣。摊主最喜欢的是租回家去看的人，一册租金每天便是一角，如租出十册就是一元，这个数在那时是很可观的。对于小孩子两三个人围看一本书，摊主就感到很厌烦，有时索性不租。为了保护图书，摊主总是将连环画的封面揭下，用马粪纸做成书套，把书装入套中，书封面贴在套外，这样就能使图书在较长时间内保持完整。

在那时，这样的小书摊几乎每个集镇都有，但县城最多，米市街、大弄口、西门头都有摆上两三副书架的小书摊。但规模最大的要数市心桥北堍的一个小书店。店主不仅有一个像样的店堂，图书都直接插在四周墙面定制的书架上，门外还有好几副书架，书的数量少说也有三四千册，而且经常有新书上架，读者有挑选的余地，租看的人也特别多。店主还有一些旧式的石印成套的武侠书，很能够吸引一批读者，加上新出版的中外古今名著改编的小书，一般是成套地出租，所以生意特别好。何况他有一个店面，装上两三盏电灯，晚上也能营业。如此盛况大概一直延续到"文化大革命"开始，原有的连环画统统被当作"封资修"烧毁，新上架的多是一些政治宣传书，小书摊也就从此成为历史。

关于图书馆，萧山藏书最多的是湘湖师范学校图书馆，该图书馆自20世纪30年代起就收集了许多苏联传过来的进步书籍，如《钢铁是怎样炼成的》《卓娅和舒拉的故事》等。在"文化大革命"以前，我有工人俱乐部图书室的借书证和萧山县图书馆（原来是萧山县文化馆里的一个部门）的借书证，经常借长篇小说阅读，也到俱乐部阅览室或县图书馆阅览室阅读画报之类的。1963年我还义务为萧山图书馆当过管理员，负责图书收借。同时，我也比较喜欢连环画，有时借阅，如果有可能也买几本阅读。萧山解放初就有了新华书店，地点在今仓桥露天舞场西南面对城河，是三间三层建筑。当时也有削价书，主要是科普读物，我曾买了些关于天文知识的书，很便宜，一两分一本。我搬到市心路已是20世纪60年代初了。尽管我收入很少，但买书倒也不少。

采访者：据说"锣鼓响，脚底痒，俱乐部里找对象"是20世纪60年代初各地办俱乐部的一句口头禅。随着社会主义教育运动的开展，萧山的城镇居民村和农村生产大队，也掀起了一股办俱乐部的热潮是吗？

朱淼水："锣鼓响，脚底痒，俱乐部里找对象"，这是20世纪60年代初各地办俱乐部的一句口头禅。随着社会主义教育运动的开展，萧山的城镇居民村和农村生产大队，掀起了一股办俱乐部的热潮。当时不仅物质生活匮乏，精神生活也十分枯燥，不要说电视，就连收音机也十分稀罕。在城里还有几个放映电影的场所，在农村只有偶尔在公社所在地放几场露天电影，平常日子就谈不上有什么文化生活，所以政府号召办俱乐部，很快就受到绝大部分青年的热烈支持。有些生产大队尽管经济拮据，但也乐意拿出点钱来置办乐器、道具，有许多业余爱好者还情愿自己掏钱购买相关物品，热情高涨。但限于条件，俱乐部常见的乐器也只有些二胡、笛子、三弦、口琴之类的；手风琴很少见，风琴只有一些公社的学校才有；钢琴在全萧山除湘湖师范及其附小有几台外，其他地方根本看不到，也极少有人会弹。即使是二胡等普通乐器，一般青年人也不大会使用。农村俱乐部就请出了曾经做假道士的上点年纪的人来演奏。好在当时绝对禁止做"道场"等迷信活动，这些人也乐意发挥自己的专长，锣鼓敲得有板有眼，用丝弦乐器演奏越剧、绍剧的曲牌也很熟练，如果要演出稍微像样的戏剧，还真少不了他们。农村俱乐部的活动有两大特点：一是业余，大多是在晚上，平时只是有参加文艺会演的任务时，才会在工作时间加班加点地排练；二是绝大部分的演出紧密配合当时"突出无产阶级政治"的需要，而且以短小、容易被群众接受的节目为多，如"三句半"、双簧、说唱、相声、独唱、越剧清唱等。后来也排一些有情节的歌剧、越剧、绍剧等，如《三月三》《江姐》《白毛女》等，但内容都以宣传革命斗争故事和忆苦思甜为主。

当时的青年男女在业余时间除少数喜欢看小说外，实在很少有事情可做，况且参加俱乐部活动是政治任务，我记得好像在20世纪50年代后期，城厢镇就在各居民村办起青少年活动室，既有图书，也有乒乓球桌等活动设备。当时，政府似乎非常重视青少年的业余文化生活，许多地方是非要动员全部青年参加不可，就是那些不喜欢抛头露面的，也硬性通知他们必须参加。青年人在一起说说唱唱，的确是朝气蓬勃，谈情说爱是很正常的，也确实有些男女是通过俱乐部的媒介结为夫妇。因此，"俱乐部里找对象"这句口头禅也是事实。从总体上讲，那个时代，俱乐部活动是一种很健康的文化娱乐方式，不仅宣传了党的中心工作，而且潜移默化地陶冶了人们的情操。特别是"文化大革命"前的几年，社会治安良好，人们道德风尚纯洁，这都与健康的文化娱乐活动有关，凡经历过这一阶段的人都有深切的体会。

采访者： 请您再谈谈您个人还有哪些文化娱乐爱好。

朱淼水： 由于受邻居的影响，我儿时就喜欢画画，在素描上下过一定的工夫，达到能看人画肖像的水平。20世纪60年代，有露天说书艺人，我对此也感兴趣，凡有这些演出一般去听。

20世纪50年代后期到60年代初，我也非常喜欢收集电影歌曲，也会弹奏一般的乐器，如二胡、笛子、口琴等。"文化大革命"前和"文化大革命"期间，我们夫妇都曾参加文艺宣传队，比较喜欢歌舞。"文化大革命"后，如业余时间无事，特别是晚上，就经常去看电影。我住在韩家弄的时候，我妻子每周星期六回来，我们经常会到大会堂看电影。20世纪80年代后有了电视，我们就以看电视为主。但我喜欢画画和看书，一般均以此自娱。20世纪90年代后，我们也看些电视连续剧。进入21世纪，有了电脑，我们开始上网看电视。但我一般以看书和写作为主，爱书成癖。关于画画，因为我患书写痉挛症，只得放弃。

在旅游方面，我父亲参加公私合营后，如果有空余时间，他会带我到杭州短暂地游玩，早上去，傍晚回来。因为萧山离杭州很近，一般乘坐公交车到江边渡口，坐渡船到杭州南星桥上岸，我们父子俩去一趟杭州大概只花一元多。所以杭州的西湖名胜古迹，我几乎全部游览过。母亲也同样喜欢到杭州游玩，有时带我去杭州，有时全家三口一起去。

三　萧山城区建设

采访者： 请您谈谈中华人民共和国成立以来萧山城区建设的历史。

朱淼水： 中华人民共和国成立初期，萧山县委、县人民政府设立于西河下，大门直对郁家弄。是之前安仁当的老屋，但在1957年建造了后来的县政府办公用房，"文化大革命"以后，建造了后来的县委、人大、政协的办公用房，都是在老屋基地上原地拆建的。粮库先建于西山脚下的隆兴寺，后移到西桥下街的宝莲庵及其附近。人民银行开设于绣衣坊，电话所设于后弄底的坛基弄，后搬迁到米市街口，在当时看来是规模很大的。人民政府卫生院（即后来的人民医院）在仓桥下街。同时，西桥下街的浙赣戏院在中华人民共和国成立前就有了，中华人民共和国成立后改建为工人俱乐部，市心桥下街又设立了人民戏院，解放初是个大草棚，后来翻建成瓦屋。

总之，"文化大革命"以前，萧山的政治、经济、文化中心都在仓桥以西,加上西门原有许多大的商店进一步集中于市心桥到西门一带,特别是西桥下街的粮仓建好后,农民上缴公粮都集中在西桥下街,使这一带的各种商店进一步增多。

中华人民共和国成立后,萧山有两条路值得一提,一是市心桥北端有一条北街弄,很狭窄,大致能通过一辆人力车。但这条弄堂在中华人民共和国成立后人来人往,非常繁忙,显得十分拥挤。原因是这条弄堂的北端即是萧绍公路,而且有一个汽车站。加上高田村的铁路机厂,后来又改建为浙江电机厂,工人众多。1958年,城区以北又建造了大型的萧山棉纺厂,就是后来的杭二棉,职工人数激增。北街弄因此成为萧山老城区的一个瓶颈。

二是西门外的道路,这地段本来十分冷清,虽然在中华人民共和国成立前已改建成所谓县道,开始只有一丈多宽、中间铺有两行直铺石板的泥路,后改为简易公路。勉强可以通汽车。西门外尤其是运河北岸,到处可见乱坟和战乱时从外地运回乱放于此的许多露天棺材,十分荒凉。只有在西门道口一段,万寿桥上街长100多米的路段有些小店。再往西约1 000米的老岳庙曾经香火旺盛,但毕竟是一个宗教场所,除了一些宗教节日有些小商小贩外,像样的商店也很少。萧山在1930年开始建造杭江铁路①,在西门外陆家潭建造了一个小火车站,就在原火车站的七道一带,出城区西门还有500～1 000米路,很是不便。当时曾有人提议把火车站建到陶唐弄,而且准备动工。但在抗日战争前夕,钱塘江大桥建成,轻轨换成重轨,陶唐弄一带没有发展余地。后来,火车站改建到原老火车站处,抗战爆发后一度被毁,但出于交通需要,侵略萧山的日军将它进行了修复。但当时社会混乱,乘火车的人很少。中华人民共和国成立后,火车站日益繁忙,流动人口增多。从火车站到西门头增设了许多旅馆和饭店,市面日益兴旺。在"大跃进"年代,西门外成了萧山的工业区,许多工厂在火车站至老岳庙一带兴建。同时,在火车站附近又设立了内河航运码头、搬运公司等。因此原本冷落的西门外便显得日益繁忙。

---

① 1929年2月,浙江省政府为发展浙江南部和西部经济,决定自行筹款修筑自杭州经浙赣两省省界江山县至江西省玉山的杭江铁路,杭州端终点设在钱塘江南岸的萧山、南星桥附近。建设资金部分由政府拨给和发行公债外,其余从庚子赔款中动用。因资金匮乏,杭江铁路采用分段修筑、分段通车的方式,1930年3月动工,1933年11月30日竣工,1934年1月正式通车。

出于以上原因，原城厢镇人民政府于1958年开始了旧城改造和扩展，先是在火车站的南面建造了萧山大楼，占地面积甚广，为三层框架结构的平顶楼房。这在当时的萧山真可称得上是雄伟的建筑群了，后来改称为萧山饭店，是当时萧山的标志性建筑。由此，商业开始向火车站方向集聚。原本冷落的西门外热闹起来。特别是在改革开放初期，先是陶瓷品市场在这一带形成雏形，后来萧山乡镇企业生产的布匹市场也在此发展，最旺盛的时候，布摊摆了数百个。1991年新火车站落成，西门外逐渐转为居民区。

萧山乡镇企业大楼

另一项旧城改造也于1958年启动，县城填平狭窄而肮脏的西湖河，拆迁西门内直街，从小南门的学池到西门铁路道口开掘了一条新河，就是现在的西河。从住户动迁到西河路的初步建成已是1962年了。同期，县城还拆除狭窄的北街弄和肮脏的衙后弄。当时城厢镇领导想立即建成现代形式的市区马路，但不久遇到了国民经济困难，国家压缩基本建设，因此这条后来被称为市心路的雏形，1961年前仅拆除了衙后弄到北端的萧绍公路的一段民房，建成了一条宽约10米的泥路。1962年，萧山县和城厢镇的领导下定决心开始建造这条萧山有史以来第一条市区马路，并在这一年基本开通南到原环城南路、北到萧绍公路的一条宽约20米的石砂路，不久就改为沥青路面。据说当时有位上级领导对此还颇有微词，说萧山这样的小县建这样的马路有什么用，还不是给社员晒稻谷。这话在当时的几年间还真被说着了，每当农民上缴公粮时节，就有许多公社社员在这条马路上晒稻谷。这柏油路成了"黄金路"。由于领导的批评，再加上后来的"文化大革命"，城区的建设刹了车。两条路虽然建成了，但街面屋迟迟得不到改造。除了市心桥北建造了一座较大的湘湖旅馆外，其余就没有像样的建筑物了。湘湖旅馆原先打算建三层，上面又有了一个限令，于是只造了两层就完工了。这样的现状一直维持到

"文化大革命"结束。

在 20 世纪 60 年代初的几年间，政府财政相当拮据，但还是建成了西河路、体育路和人民路的一段，初步改造了环城路、文化路、工人路等。1958年开始，拆除了衙后弄底的旧房，清除了大片瓦砾场；在现在的新世纪广场，还建成了一个面积约 45 亩的体育场，于 1959 年国庆节投入使用。

真正意义上的萧山旧城改造，起步于改革开放初期，1978 年开始有了新的起色，率先兴建的是萧山百货大楼、萧山电影院和朝阳商店等，接着是农工商大楼、钱江饭店和乡镇企业大楼。后来，萧山又修建了人民大道（现称人民路）的一段，改造了环城路、体育路、西河路。随着萧山改革开放的深入和经济的腾飞，新建筑物纷纷拔地而起。1987 年建造的商业大厦（现在的城市酒店）、萧山宾馆两幢高楼，给老城区增添了现代化气息。1988 年，旧有的绣衣坊、明月坊等老街也拆除了。这就将萧山旧城破败不堪的面貌基本拆光了，城区也更加明亮了。以后的建设就难以说清了。可以说原有萧山旧城面貌从此彻底换新颜。

四　我谈"萧山精神"

采访者："奔竞不息，勇立潮头"的萧山精神已载入《萧山市志》，这种精神永远激励着萧山人"潮"前走。请谈谈您对这种萧山精神的认识与理解。

朱淼水：萧山精神主要是"四千精神"延伸出来的。"四千精神"是"千言万语，千山万水，千方百计，千辛万苦"。萧山的崛起，的确少不了"四千精神"，这"四千精神"据我所知也是萧山民营企业家首先提出的，他们对此有深切体会。后来又有"围垦精神"，萧山人搞围垦确实不简单，当年根本不讲条件，政府一声号令，全县有任务的公社大队生产队，便自觉地做好准备，到时浩浩荡荡地或步行、或骑自行车、或坐船，千军万马到了现场，吃咸水，睡草棚，又是寒冬腊月，围垦之地，萧山人称之为"萧山的西伯利亚"，那种艰辛是今人无法想象的。所以围垦精神作为艰苦奋斗、艰苦创业精神也是值得发扬的；后来又有敢于"吃头口水"精神，敢于"抢潮头鱼"精神，也是敢于创新、敢于拼搏、敢于改革的精神。直到萧山钱塘江大潮成为一种"潮"文化，有了观潮节，看到有人敢于迎着潮头冲浪，才意识到"奔竞不息，勇立潮头"的精神，也是萧山经济社会发展到一定阶段，确实需要有这种精神，保持以往的敢于改革、勇于创新，需要保持永恒的拼搏精神，才渐渐完善地提出了如今人们所说的"萧山精神"，而萧山人最早喊出的"四千精神"倒为其他地方所接受。

"搏浪""冲浪"是一种气魄，是一种大无畏的气概，是一种开拓，是在明知不可为的水面上，开拓出一条勇往直前的道路。萧山人有"搏浪""冲浪"的精神，也源于萧山的水环境、水文化和历史渊源，毕竟萧山有汹涌澎湃的钱塘江大潮，一日两汛，天长日久，不断地鼓舞着萧山人勇往直前。

时代在飞跃，进入全球化、互联网、智能化的今天，我们如何面对高科技的浪潮？有一位中年的小企业主说出了一句很有启发性的话："我们的前辈靠的是体力，我们这一代靠的是财力，我们的下一代靠的是智力。"智力、学识、科技、高效，已成为当代萧山人的共识。在"互联网＋"的今天，作为智者的萧山人，已经走在了高科技的前列。事实已经充分说明，聪明的萧山人不仅勤劳，更有创新和开拓精神。正是不断地创新开拓，不断地技术改造，才使萧山人梦想成真。

仁者乐山，智者乐水。水是聪明的象征，勤劳加智慧才能造就文明。我们勇于搏浪，我们勇于冲浪，将昔日贫困落后的萧山，造就成今天一片繁华的新天地。我们坚信萧山人能够将古已有之的"搏浪""冲浪"精神发扬光大，使萧山勇立时代潮流的前列，乘风破浪，勇往直前！

采访者： 非常感谢您接受我们的采访，辛苦了！

促富大会开启萧山改革发展大幕

——洪献耕口述

采访者：杨祥银　　　　　　　　　　整理者：李永刚

采访时间：2018 年 7 月 22 日　　　　采访地点：杭州市萧山区亚朵酒店

口述者

　　洪献耕，1952 年 5 月出生，浙江萧山人。1979 年至 1990 年，在萧山县委和市委办公室工作，任秘书。后历任萧山市委政策研究室副主任，萧山市委宣传部副部长、文联主席，萧山市文化局和体育局党委书记、局长，萧山区民政局党委书记等职。1979 年 12 月 25 日至 29 日，萧山县召开了农村促富会议，此次会议号召全县人民打破思想枷锁，敢于做"富"字文章，把萧山农村建设成为农工商一体化的富庶农村。洪献耕是此次促富大会的参与者与亲历者。此次会议为萧山经济全面发展吹响了进军号，揭开了萧山改革开放的总序幕，也被誉为萧山的"十一届三中全会"。

一　洪先生个人履历及其在促富大会①中的角色

　　采访者：洪先生，您好！很高兴您能够接受我们的采访。我们知道 1979

---

① 1979 年 12 月 25 日，全县农村促富大会在城厢镇召开，大会总结交流了如何使农村一部分社队和社员尽快富起来的经验。参加会议的有县级机关各部门负责人，区委、公社、镇党委和大队党支部书记，以及部分先进生产队队长 1 200 余人。多年来，极"左"路线严重破坏了党在农村的各项经济政策，打击了群众的积极性。这次会议在学（转下页注）

年 12 月 25 日至 29 日，萧山县召开了全县农村促富会议。此次会议号召全县人民打破思想枷锁，敢于做"富"字文章，把萧山农村建设成为农、工、商一体化的富庶农村。此次会议为萧山经济的全面发展吹响了进军号，揭开了萧山改革开放的总序幕，也被誉为萧山的"十一届三中全会"。您当时担任萧山县委办公室秘书，可以说是此次促富大会的参与者与亲历者，所以我们今天想请您谈谈这次会议的来龙去脉及其后续的影响。那么首先我们想请您简单地介绍一下自己的个人经历。

洪献耕：好的，首先谢谢你们对本人的信任。我是 1952 年 5 月出生的，籍贯在萧山，1969 年以前在校读书；1969 年 1 月应征入伍，1974 年从部队回来；1974 年到 1978 年，在萧山广电系统工作；1979 年到 1990 年，在萧山县委和市委办公室工作，任秘书；1991 年到 1994 年，在萧山市委政策研究室工作，担任副主任；1994 年到 1995 年，在萧山市委宣传部文学艺术界联合会工作，担任宣传部副部长、文联主席；1996 年到 2001 年，在萧山市文化局、体育局工作，分别任党委书记、局长；2002 年到 2012 年，在萧山区民政局、萧山区残疾人联合会任党委书记、理事长；2012 年 5 月退休，大体是这么一个经历。

采访者：在促富大会召开前后，您时任萧山县委办公室秘书，可否概括地介绍一下您在促富大会中的工作职责与范围？

洪献耕：关于萧山农村促富大会呢，我接到你们访谈的提纲以后，进行了一些回忆和历史调查。召开于 1979 年 12 月 25 日到 29 日的萧山农村促富大会，一方面反映了当时县委一班人解放思想、敢闯敢冒、捷足先登的精神；另一方面，它也是我们萧山人民要求脱贫致富、发展生产力的一个集体

(接上页注①)习了中央《关于加快农业发展若干问题的决定》的基础上，以实践是检验真理的唯一标准为武器，纠正了把"富"当作资本主义、修正主义的错误观点，号召全县人民，树立敢于做"富"字文章的思想，造成先富起来光荣的社会舆论，尽快把萧山农村建设成为农、林、牧、副、渔全面发展，农工商一体的富庶农村。会议表彰了一批依靠集体经济，富得快的社队和农场，听取了欢潭、党山、新围、浦沿、许贤、石岩、城北等 7 个公社关于全面贯彻农业生产方针，使农村、农民迅速富起来的典型发言，总结了这些先进社队的经验。会议确定了 1980 年萧山县农村的奋斗目标是：粮食增产 2 000 万千克，棉花亩产超历史，络麻亩产 400 千克，油料、养猪登新峰；社队企业产值 1.6 亿元，利润 3 000 万元；多种经营 1 亿元，社队收入超万元，人均收入 170 元，人口自然增长率控制在 8‰以下。会议期间，与会代表还参观了全县社队企业多种经营产品展览。具体参见中共萧山市委党史研究室编《萧山党政要事录（1949.5—1992.12）》，浙江大学出版社，1994，第 294页。

的呼声。从现象和表现的形式上来看，它似乎是一次大会，但从其本质出发，在我看来，它是一场守旧与创新、保守与革命、传统与现代、束缚与解放的一个大较量。

在这个会议筹备的时候，我的主要任务是负责文字材料这一块。当初是分两大块：一块是主要起草县委的一些文件、报告，包括通知、县委书记的讲话、会议总结讲话；还有一块是文字材料，就是收集、整理典型材料。我的工作重心主要在收集典型材料这一块。我记得，当时我们分了六个大组，也就是六个区（当年叫区），就是现在的萧山区的区。当年镇上面有区的，分了六大区。后来把区撤掉以后，就只剩下街道、镇，那个时候叫公社、乡、镇。我们六个组负责收集典型材料，每个组大约有 3 个人。当时根据会议对典型材料的要求，我们被安排收集并整理这些典型材料。关于收集典型材料，我印象当中是收集了大概 20 多份典型材料。这些典型材料都来自当时在我们萧山县内经济比较发达的一些地方，镇也好，村也好，公社也好，个人也好，全部都有的。那时候因为工作需要，我们就住在当地，不是说早晨去晚上回来，而是就住在当地去收集典型材料。这个典型材料收集好以后，我们再回来统一进行修改、印发。当时大体就是这么一个情况。

二 促富大会的召开背景

采访者：首先，我们先了解一下当时促富大会的召开背景。1978 年 12 月 18 日至 22 日，中国共产党中央委员会第三次全体会议（以下简称第十一届三中全会）在北京举行。全会决定把全党工作的重点转移到社会主义现代化建设上来，同时深入讨论了农业问题，同意将《中共中央关于加快农业发展若干问题的决定（草案）》和《农村人民公社工作条例（试行草案）》发到各省、自治区、直辖市讨论并试行。全会指出，只有大力恢复和加快发展农业生产，坚决地、完整地执行农林牧副渔并举和"以粮为纲，全面发展，因地制宜，适当集中"的方针，逐步实现农业现代化，才能保证整个国民经济的迅速发展，才能不断提高全国人民的生活水平。围绕十一届三中全会有关农业与农村问题的决议和精神，当时的萧山县委组织过哪些相关的讨论与学习活动？并在政策上做出了哪些调整与改变？

洪献耕：我查了一下历史资料，从 1978 年 11 月 10 日开始到 12 月 15 日，中共中央工作会议前后持续时间长达 36 天。作为中共中央的一个会议召开那么长的时间，这在我们党的历史上是很少有的。中共中央会议以后，紧接着就是十一届三中全会。经过那么长时间的筹备，十一届三中全会持续的时间其实很短，只有五天，然后就闭幕了。

党的十一届三中全会闭幕以后，县委就开始组织（当时只有区、公社和三个镇）认真学习和贯彻会议精神。从思想准备、理论准备，包括干部队伍的组织、发动，到召开促富大会，我们整整酝酿筹备了一年。首先，我们要在思想上达成统一，思想上统一之后才能促成行动上的统一。思想上的统一需要一个过程。1979年1月，县委宣传部印发了《关于学习十一届三中全会公报的意见》①，要求全县干部群众学习，要把我们的工作重心进行转移。到了2月，县委召开了全县四级干部会议②，主要围绕全党工作重心的转移问题展开讨论。第一个方面就是要深入学习十一届三中全会的公报，传达学习省委工作会议精神；第二个方面，就是传达学习中共中央关于加速农业发展的"六十条"②，那个时候专门有个"六十条"；第三个方面，是讨论全县工业生产发展的一些新的目标，看看怎么样按照会议精神来加速我们的发展；第四个方面，就是表彰1978年度经济社会发展中的先进集体。

1979年4月7日，县委又决定在党校分期、分批轮训全县的区社干部（即区和公社、镇一级的干部），大家集体学习十一届三中全会的精神，清理

---

① 1979年1月1日，县委宣传部发出《关于学习三中全会公报的意见》，要求各级党委明确十一届三中全会公报的中心思想是把全党工作的着重点转移到社会主义现代化建设上来，在思想上、政治上和组织上全面地恢复和确立马克思主义的正确路线，这是中华人民共和国成立以来我党历史上具有深远意义的历史文献。要求把学习、宣传公报精神作为一切工作的指导思想，并且运用广播、图片等各种宣传工具，掀起一个学习、宣传的热潮。具体参见中共萧山市委党史研究室编《萧山党政要事录（1949.5—1992.12）》，浙江大学出版社，1994，第283页。

② 1979年2月13日，全县四级干部会议与1978年度群英大会同时召开。会议围绕全党工作着重点转移这个中心，讨论研究了四个方面的问题。一、学习党中央十一届三中全会公报，传达省委六届二次全委扩大会议的精神，讨论分析工作着重点转移的意义与条件，研究怎样使本县的工作着重点转移得快一点、顺一点。二、传达学习中共中央《关于加快农业发展的若干问题的决定》和新的"六十条"，联系实际，总结在农业问题上的经验教训，研究怎样高速度地发展萧山县的农业生产。三、商讨全县工农业生产和发展国民经济的奋斗目标，研究实现目标的措施，并具体部署当前工作。四、表彰奖励1978年在工农业各条战线上取得突出成绩，做出了出色贡献的先进集体、先进工作者和劳动模范，号召各地迅速掀起以加速现代化建设为内容的社会主义劳动竞赛，促进春耕生产与各项工作。具体参见中共萧山市委党史研究室编《萧山党政要事录（1949.5—1992.12）》，浙江大学出版社，1994，第284页。

原来经济工作当中一些错误的口号，端正思想路线①。全县前后一共办了五期，培训人次达到了 1 220 人。

6 月 11 日至 16 日，县委又召开工作会议，进一步贯彻十一届三中全会精神，号召全县搞好工农文教卫生等工作②。围绕这些工作，来贯彻三中全会精神。6 月 18 日到 7 月 7 日，县委又举办县级机关干部读书活动，通过学习邓小平同志在全国理论工作务虚会上的讲话，批判极"左"思潮，进一步明确我们工作重点的转移③。

9 月，全县又开展真理标准问题大讨论，冲破"左倾"思想束缚④。12

① 1979 年 4 月 5 日至 20 日，县级机关干部集中 15 天时间，对十一届三中全会公报进行深入学习。县委要求每位干部认真学习公报与政治经济学，领会马克思主义有关社会主义经济的基本理论，提高对社会主义经济发展规律的认识，以适应全党工作重心转移到现代化建设上来的要求。具体参见中共萧山市委党史研究室编《萧山党政要事录（1949.5—1992.12）》，浙江大学出版社，1994，第 285 页。

② 1979 年 6 月 11 日至 16 日，县委召开工作会议。会议根据中央工作会议提出的对整个国民经济实行"调整、改革、整顿、提高"的方针，集中讨论调整国民经济的问题，要求全县各级党组织与广大党员、群众进一步贯彻党的十一届三中全会精神，把农业、工业、财贸、文教、卫生等各项工作搞好，在全县范围内大力开展增产节约的运动，逐步落实中央方针，把国民经济纳入持久的按比例高速度发展的轨道，为加快四个现代化建设而努力奋斗。具体参见中共萧山市委党史研究室编《萧山党政要事录（1949.5—1992.12）》，浙江大学出版社，1994，第 288 页。

③ 1979 年 6 月 18 日至 7 月 7 日，县委举办县级机关干部读书活动，学习邓小平在全国理论工作务虚会上的重要讲话。总结 30 年来宣传理论工作的主要经验教训，并就一些重大理论原则问题进行了讨论。进一步明确了全党工作重点转移后理论宣传工作的根本任务是继续批判极"左"思潮；把党内外的思想进一步统一到十一届三中全会精神上来；宣传贯彻四项基本原则；纠正一些被歪曲的重大理论问题；宣传学习马克思主义有关社会主义经济的基本理论，总结正反两方面的经验教训，提高广大干部的工作能力和思想水平。具体参见中共萧山市委党史研究室编《萧山党政要事录（1949.5—1992.12）》，浙江大学出版社，1994，第 288 页。

④ 1979 年 9 月 26 日至 28 日，中共萧山县第六次代表大会召开。参加会议代表共 665 人。这次代表大会是在党的十一届三中全会以后，全党工作重点转移到经济建设的情况下召开的。大会的主要任务是，深入贯彻党的十一届三中全会的路线和五届全国人大二次会议的精神，以实践是检验真理的唯一标准为武器，总结了县第五次党代表大会以来的工作，清除"左"的影响，拨乱反正，提出了本县在四化建设的第一战役（即 1981 年前）中发展国民经济与加强党的建设的任务与措施，动员全县共产党员、干部群众高举毛泽东思想的伟大旗帜，紧密团结在党中央周围，为加速全县社会主义现代化建设而奋斗。大会审查批准了上届县委的工作报告，并做出了相应的决议。大会选举产生了第六届县委会，由委员 37 人，候补委员 4 人组成。选出了出席杭州市第五次党代表大会的正式代表 60 人，候补代表 5 人。在六届一次全会上选举产生常务委员 12 人，选举金鸣珠为书记，费根楠、金其法、虞荣仁为副书记。全会选举产生县委纪律检查委员会，由金其法任纪检委书记。具体参见中共萧山市委党史研究室编《萧山党政要事录（1949.5—1992.12）》，浙江大学出版社，1994，第 291 页。

月 25 日到 29 日，全县农村促富大会召开。通过 1979 年这整整一年在思想和理论上对党的十一届三中全会精神的贯彻，我们端正了思想路线，端正了在经济和社会发展过程当中原来的一些做法。同时我们在政策上也进行了一些调整，原来可能比较多的仅仅是支持或者是帮扶一些纯农业方面的政策，所谓纯农业就是种植业、养殖业，到后来逐渐过渡到多种经营，包括蔬菜、茶叶、畜牧业等，这方面就相应多起来了。我觉得变化确实很大，尤其在理论上，在我们指导思想上，相应地出现了好多全新的观念，如当时提出要敢于做"富"字的文章，造成了"先富光荣"的社会舆论，要尽快把我们萧山农村建成农林牧副渔全面发展，农工商一体的现代化新农村。

采访者：我们了解到，1979 年上半年开始，县委就在一些会议上不断强调要立足萧山农业大县的实际，着重发展农业生产和多种经营、社队企业等，即基本确定了"一个主体、两个翅膀"发展经济的主导思想。您可否谈谈当时萧山农业经济发展的基本情况，尤其是粮食生产方面？

洪献耕：对于这个问题，我想用一些数据来说明一下当时的具体情况。首先我们看一看 1979 年萧山开促富大会前的情况。从 1977 年到 1979 年的情况来看，萧山这三年的工农业总产值只有 6.53 亿元。那么这 6.53 亿元当中，工业产值是 2.37 亿元（市统计局《萧山五十年巨变》记载市属工业产值：1977 年，16 689 万元），农业产值是 4.16 亿元。农业当中，主要方面一个是粮食产量，一个是棉花，还有一个络麻①。当时粮食产量是 27 万多吨，棉花是 4 600 多吨，络麻是 56 700 多吨，这是 1977 年的情况。1978 年，工农业总产值 8.5 亿元，比 1977 年增长了 2 亿元。8.5 亿元当中工业产值是 3.04 亿元（市统计局《萧山五十年巨变》记载，市属工业产值：1978 年，20 099 万元），农业产值是 5.46 亿元。农业产业当中粮食是 35 万多吨，棉花是 5 900 多吨，络麻是 79 000 多吨。1979 年，也就是我们召开促富大会这一年，萧山的工农业总产值是 10.15 亿元，其中工业产值 3.8 亿元（市统计局《萧山五十年巨变》记载，市属工业产值：1979 年，26 151 万元），比上年略有增长，农业产值是 6.3 亿元。其中粮食产量是 40 多万吨，棉花产量是 7 000 多吨，络麻产量是 67 000 多吨。还有一个数据，就是 1979 年的时候，全县农村居

---

① 络麻，学名黄麻。是一种一年生草本韧皮纤维作物，其纤维白而有光泽，吸湿性好，散水快，是制麻袋、麻布、造纸、绳索的主要原料，用途十分广泛。因此，络麻也成了我国农业中一种大宗的经济作物。

民人均收入只有155元。这个数据能告诉我们在促富大会以前，萧山是一个纯农业的县，或者是农业的比重是非常大的一个县。根据数据显示，到1979年的时候，我们的工农业总产值只有10亿元（市统计局《萧山五十年巨变》记载，1979年，农业总产值63 063万元；市属工业总产值26 151万元），而农业产值占了6亿元。这个数据发展到了去年是怎样一个情况呢？去年萧山的农业生产，全年实现农林牧副渔增加值达到55亿元。其他的，就是我们现在讲的多种经营，包括蔬菜、花木、畜牧业生产、水产、茶叶和水果，这六大特色产业的产值达到79亿元，所以不可同日而语。萧山地区生产总值达到1 861亿元。还有一个是农民的人均年收入很重要，刚才我讲了，1979年农村居民人均年收入只有155元，而去年我们农村居民的人均可支配收入达到34 588元；城镇居民人均可支配收入达到6万多元。这个数据告诉我们，如果按照当年纯农业的路线发展，萧山想要走向富庶发达基本上是不可能的。1977～1979年，靠纯农业生产带来的进步和发展确实微乎其微。反观最近几年的经济状况，与之前相比完全就是一个飞跃。所以，我觉得这要归功于我们当年提出的"一个主体、两个翅膀"的思想，还有后来提出的"以农业为基础，以工业为主导，以流通和科技为牵引"的思路。当年提到的这些工作思路，今天来看仍然是非常好的。我们现在经常提要以农业为基础，以工业为主导，不觉得有什么不妥。但如果放在当年，那时候主张以工业为主导，后果是不堪设想的。试想你作为一个县，怎么可以摆脱农业？怎么能把农业放在一个不是主导的地位？那是不被允许的。现在回头看，不管是"一个主体、两个翅膀"，还是"以农业为基础，工业为主导，以流通和科技为牵引"，这些口号现在依然是很先进、很前卫的。

采访者：您刚才提到以流通和科技为牵引，我觉得这么早就能提出科技这个概念，确实也是很不容易的。刚才您讲到了农业经济，尤其是粮食生产上的这么一个情况。那么在促富大会召开之前，当时萧山的多种经营整体情况是怎么样的①？

---

① 多种经营指企业的生产活动涉及横向、纵向和侧向等多个领域。最初为资本主义企业的一种经营方式。引申到农业经济和地理研究中，一般指主导部门同辅助部门相结合的经营方式。不同的地区和农业生产单位，因自然、社会经济和资源条件的不同，多种经营的方式、项目和生产结构也不同，如中国广大农区，多以水稻或小麦生产为主，以猪、家禽及水产养殖等为辅；在牧区以畜牧业为主体，兼营农业和其他副业等。当前，中国广大农村的多种经营，常以乡村工业、家庭副业和庭院经济形式出现，并逐步向多部门、多层次、深加工的商品性生产方向发展。

洪献耕：因为当初农村大田承包还没有搞，当时的情况是这样的。有这么一句顺口溜，"出工一条龙，收工一窝蜂，工分一直头"。什么意思呢？说的就是每次大家出工的时候都走在一个田埂上像一条龙，所以叫"出工一条龙"；"收工一窝蜂"就是说一旦到了下班的时间，大家就哇的一声一窝蜂散开了，赶快往回走了；"工分一直头"，比如说你今天出工了，就给你算一下工分，最高的十分，次一等的九分，再次一等的八分，妇女得六分或者几分，他是这么来搞的。那么人员主要就是搞集体的这些事情。所以刚才讲的多种经营，单家独户地搞多种经营，什么搞养殖业之类的几乎没有的。即便有，如养一只两只鸡，种一点点蔬菜，也是完全不能自给自足的，因为当时不允许你搞这个。

采访者：但是我们了解到，当时可能也出现了一些，像养蜂户，当时情况是怎么样的呢？

洪献耕：养蜂户这个时候也是寥寥无几了。昨天你采访张建人①，他有可能这个时候已经搞了，那也是极个别人。也是偷偷摸摸地搞，他不敢大张旗鼓地搞。即便有一些像这样养蜂的人，养蜂数量肯定是很少的，而且基本上也不在本地。

采访者：所以这个时候的多种经营，它主要是以个人为主，还是以公社或者生产队为主？

洪献耕：还是以生产队为主。因为那个时候提出一个目标，叫作"全县多种经营收入一个亿"。一个亿是什么概念，那在量上说，是比较少的。因为当初提出"多种经营收入一亿元"，相应地每个队就要"队队收入超万元"，每个生产队争取多种经营收入超一万元。多种经营靠生产队，靠集体，农民年人均收入争取达到170元。刚才提到1979年农民年人均收入是155元，要求第二年农民年人均收入达到170元，增加15元。所以，一方面，刚才你提到的多种经营，那个时候它的主体还是集体；另一方面，它的量和经济收入很少，可以说收效甚微。

采访者：萧山的乡镇企业发展是非常具有特色的。我们知道作为乡镇企

---

① 张建人，出生于1955年10月，男，浙江萧山人。1987年，张建人借助促富大会全面发展农业的东风，联合个体养蜂户，创办萧山蜂产品研究所，经过多年的发展已形成集研发、生产、销售于一体的科技实业。1992年，张建人又成立杭州萧山天福生物科技有限公司，在"蜂"产品的基础上新增"中华鳖"系列产品，效益显著，扬名中外，多次被评为"农业龙头企业"。

业的前身，萧山的社队企业始办于20世纪50年代。根据相关的统计，1978年，全县的社队企业的产值达到7 724万元，占工业总产值的36.14%。那么关于萧山社队企业的发展情况，您能谈谈自己当时的一些了解和认识吗？有哪些比较典型的社队企业？

洪献耕：你这个问题提得挺好。我觉得萧山的乡镇企业，第一是起步早；第二有一定规模；第三它的整个架构布局比较好。当年的乡镇企业，从今天来看的话，比如说万向节厂①，依然是今天的常青树。比较遗憾的是万向节厂的老总鲁冠球②先生已经去世了。

采访者：那么这个万向节厂，它也是从社队企业发展起来的吗？

洪献耕：是的，它的前身是公社的一个农机厂。公社的农机厂就是为我们农业机械生产加工一些配套零件，万向节厂就这么起家的。后来，它逐步转换经营机制，改变经营方式。万向节厂起初也是一个社队企业，这个社队企业起步比较早。我印象当中，伴随着我们萧山的改革开放、思想的解放，乡镇企业可谓异军突起，其发展明显快于周边的一些地区。

采访者：您觉得一个最重要的原因是什么？

洪献耕：这个还是源于我们萧山干部群众的思想解放。我印象很深，萧山很早就打破了三条纲：一个是以阶级斗争为纲，十一届三中全会就是抛掉以阶级斗争为纲的。以前我们的工作重心都是阶级斗争，年年讲、月月讲、天天讲。然后就转到以经济建设为中心，就不搞阶级斗争了。二是以纯农业为纲。当时的县及县以下，就是农业县，它有一个似乎约定俗成的规定，你不用去搞其他东西，因为你没有能力去搞。三是单纯地以粮食为纲，当时规定，粮食就是你县里的一个"纲"，是主要去抓的一个东西。打破了三条纲之后，伴随思想的解放，萧山的乡镇企业异军突起，多种经营蓬勃发展，马上就都迸发出来。所以这个时候的萧山，在我印象当中有许多发展得比较好

---

① 万向集团的前身，创建于1969年，从鲁冠球以4 000元资金在钱塘江畔创办农机修配厂开始，以年均递增25.89%的速度，发展成为营收超千亿元、利润过百亿元的现代化跨国企业集团。万向集团是国务院120家试点企业集团和国家520个重点企业中唯一的汽车零部件企业，是中国向世界名牌进军具有国际竞争力的16家企业之一，被誉为"中国企业常青树"。

② 鲁冠球，1945年1月出生于浙江萧山。60年代开始他做过锻工，自办个体修车铺、粮食加工厂，因属个体而得不到发展；1969年他创办萧山宁围农机厂，发展为万向集团，任万向集团董事会主席兼党委书记，香港理工大学荣誉博士。鲁冠球把一个铁匠铺发展成实力雄厚的现代企业集团，不但在实践中为发展中国乡镇企业带领农民致富开创了新道路，而且在理论上也有很大的发展和贡献。

的企业，如刚才我讲的万向节厂。

采访者：万向节厂，它早期是如何发展的？当时在什么公社，什么村？

洪献耕：它是在我们萧山的宁围公社，至于村，我现在记不清叫什么村了。万向节厂是从宁围公社的一个农机厂开始搞起来的。当初是鲁冠球先生带领的。

采访者：当时鲁冠球是什么身份？

洪献耕：他就是农机厂里的人，是个领头人。他当时就是打铁匠，搞农机，如搞锄头、钉耙，搞一些打铁匠技术。当初就七八个人，他是由一个普通的打铁匠慢慢发展起来的。

采访者：当时的社队企业的运作模式是怎么样的？怎么发起，怎么运作，怎么去经营？

洪献耕：社队企业当时是什么情况呢？我可以给你举个例子。当年比如说哪个村或公社里面有城市里的一些知青在当地插队落户，这些知识青年的父母亲在城里，这些青年的父母在城里边有他的一些企业，他们就是国有的或者集体的企业，知青的父母就会利用他们那边的资源和他们的产品生产与销售渠道，给他们的子女提供帮助，在他们子女所在的插队落户的地方克隆一个小企业，帮助他们建立这样的企业，那么这个企业往往就是当初的乡镇企业、社队企业的萌芽。

采访者：我觉得您提到的这个原因特别好，我之所以问到社队企业是怎么起来的，因为我觉得一般的农民不可能去办企业，当时很少有农民有这样的意识。那么像您刚才讲到的万向节厂也是这样的吗？

洪献耕：万向节厂就不太一样了，它不是通过这个途径建立起来的。它就是一个打铁铺，是由打铁匠慢慢搞起来的。开始搞农机具，后来农机具当中，同这些机械产品有一点接近，慢慢他通过一些生产渠道，然后转到搞机械产品。机械产品当中，又逐渐地专门搞万向节的这样一个产品。

采访者：像万向节厂这种模式，您有其他印象比较深刻的企业吗？

洪献耕：有的，如杭州弹簧垫圈厂①，这个厂在我们新街镇，当年叫新

---

① 杭州弹簧垫圈厂，主要生产标准紧固——机械防松件弹簧垫圈。杭州弹簧垫圈厂是中国乃至全球最具规模且历史最悠久的弹簧垫圈制造厂之一，成立于1972年，至今已有30多年的历史，是全国唯一的弹簧垫圈出口基地企业，浙江省首批获外贸自营进出口权的企业。几十年来，"杭弹"公司品牌一直深受广大客户的支持和信赖，公司的产品销售已遍布全国，并遍及北美、西欧、日本等30多个国家和地区。

街公社。我不知道是不是整个浙江，至少在我们杭州地区和萧山地区，它是第一个。它也是第一个同美国打越洋官司的企业①。在当时也是轰动一时的事情。

采访者：这是什么样的官司？什么时候打的官司？

洪献耕：贸易官司，20 世纪 80～90 年代打的官司。到底是哪一年，恐怕还得查一查。这家企业办起来也是有点意外的，这家企业也是我们萧山办得比较早的，又是搞得比较好的一家企业，不过已经转制了。这家企业比较老的一个发起人，他后来开了一家自己的个人企业，最初这家企业其他人在办，也是办得比较好。又比如我们萧山的航民村②，当年浙江有三面红旗，都在我们萧山，一个村，一个场，一个厂。一个村是航民村，航民村在 1984 年就是全国的一个小康村，全国遥遥领先的。当年江泽民、李瑞环、乔石、万里等党和国家领导人都先后来此视察。它主要搞印染、纺织。它也是起步比较早，而且今天依然办得好的一家企业，是全国的一个模范。

采访者：对，您刚才讲到的这三个企业，是万向节厂、航民村和红山农场？

洪献耕：一个厂，就是万向节厂，就是现在的万向集团。还有一个场是红山农场，加起来就是一村一厂一场，是全国的三面红旗。时任党的总书记

---

① 1992 年 9 月，美国最大的弹簧垫圈生产商伊利诺伊工具公司防震工业品分公司（简称 I. T. W 公司）向美国商务部和美国国际贸易委员会起诉，控告中国境内 11 家外贸公司和企业"以低于公平合理的价格在美国倾销产品，给美国工业造成了实质性损害"，要求对中国企业征收高达 128.63% 的反倾销税。1993 年 10 月 8 日，美国国际贸易委员会进行了终裁，以 5∶1 的多数票通过了中华人民共和国对美国销售的弹簧垫圈有损害威胁。是月，美国商务部终裁决定，对除杭州（编者注：指杭州弹簧垫圈厂）之外的所有输美弹簧垫圈产品征收 128.63% 的反倾销税；对杭州弹簧垫圈厂及其通过境外 7 家公司转口美国的弹簧垫圈产品征收 69.88% 的反倾销税。至此，历时 13 个月的中国首例乡镇企业反倾销案，以杭州弹簧垫圈厂胜诉而告终。具体参见杭州市萧山区人民政府地方志办公室编《萧山市志》（第二册），浙江人民出版社，2013，第 1191～1194 页。

② 航民村地处钱塘江南岸，位于浙江省杭州市萧山东部。中华人民共和国成立前，航民村人主要以捕鱼为生，当时的航民村穷得远近闻名，俗称"三只半米淘箩，三十六根讨饭棒"。中华人民共和国成立后，航民村人仅靠 400 多亩种粮地维持生活，到 1978 年，全村村民的人均年收入仅为 148 元，仍然是一个"倒挂户多、缺粮户多"的贫困村。党的十一届三中全会后，航民村抓住机遇，凭胆识和勤奋去开拓、去创造。1979 年 12 月，航民村人以仅有的 6 万元集体积累资金，在万分艰苦的环境下，购买国营印染厂淘汰的旧设备，买了 12 口大水缸作染缸，创办了第一个村办企业——萧山漂染厂，开始了艰苦创业的历程。作为浙江首富村，2003 年底航民村村民的户均净资产超过了 200 万元。人均居住面积达到 80 平方米，有的家庭还有乒乓球台，实现了不少城市人难以实现的梦想。

胡锦涛、彭真委员长也考察过，也是办得非常好。它是个农场，不是公社，不是社队企业。它这个性质介于农民和城镇居民之间。它和农工商又不一样，它的性质是集体的，不是国有的，属于集体的农场。它搞得好的一个非常重要的因素，是以工业为主导的。它的工业产品包括建筑建材、轻纺、电机等都有。它搞得也是比较早的。所以萧山的发展，可以说都是源于党的十一届三中全会。我们的社队企业比较早地开始发展了，抢占了先机，从而带来了我们乡镇经济的一个腾飞，一个飞跃式的发展。

采访者：您刚才提到了，通过知青的这种渠道关系建立的这些社队企业是否有一些典型代表？这个您了解吗？

洪献耕：印象中，如浙江胜达包装材料厂①。当年在上海有一条印刷、包装的路，它今天依然经营得比较好。

采访者：好的，之所以去讨论这个问题，因为任何一个东西它的兴起会有不同的原因，有不同的模式，有不同的路径。那个时期正好跟知青下乡相吻合，所以我试图去探究一下，看看有没有联系在里面。

洪献耕：对，正如我刚才讲的，当年社队企业很大一部分就是靠知青及其背后的力量发展起来的。如果你现在可以用逆向思维的话，用今天好一些的企业追溯它的发展史，大多会有这么个情况。

采访者：我们知道在促富大会召开之前的三个月前就是1979年9月26日至28日，中共萧山县召开的第六次代表大会。这次会议跟促富大会有什么直接关系？或者说在这次会议上有没有一些迹象表明三个月后我们再准备开这样的促富大会？在第六次代表大会召开的时候，您应该已经是在县委办公室了吧？

洪献耕：第六次代表大会，当初它的背景就是十一届三中全会，我觉得这个会议应该是我们为以后召开促富大会的先前的一个预备会，我个人这么理解。当初这个会议，有665个人参加。这个会议的主要任务，就是要深入贯彻党的十一届三中全会路线。以实践是检验真理的唯一标准，来总结我们萧山前一次党代会以来的工作，清除左的影响，拨乱反正。所以当时提出萧

① 浙江胜达集团有限公司，前身为1983年成立的浙江胜达包装材料厂，是1994年12月组建的首批省级企业集团，2003年9月升格为国家级企业集团，总部设在国家级经济技术开发区——杭州市萧山经济技术开发区。它是一家以纸包装为主业，涉及生活用纸、棉纺纱、化工原料、房地产、钢构制造、保税物流、造纸等七大行业，集科、工、贸为一体，拥有13家子公司的大型集团化公司。

山要在现代化建设当中，打好第一个战役，提出了两年以后萧山的经济、社会和文化等方面的一些指标，指标非常明确。所以这个会议在我看来是促富大会的一个序幕，它影响着我们萧山，吹响了我们萧山前进的集结号。

三 促富大会的筹备与主要内容

采访者： 接下来我们想谈谈这次促富大会的筹备和主要内容。据您了解，召开这次促富大会最早大概是什么时候提出的？这个您有印象吗？因为12月开会，肯定要提前筹备，对吧？

洪献耕： 我这里只能凭借记忆，因为县里那些主要领导在这个阶段这些问题上面怎么做的，我也不可能了解得很详细。我从1979年的资料上面来看，实际上在理论上思想上已经准备了一年，足足的一年，包括干部队伍当中的准备。那么在准备当中始终在酝酿一个什么主题呢？就是怎么样把党的十一届三中全会在萧山的落地更加符合萧山的民意，大家能够更加直观，更加明白。因为农村的一些干部群众，并不是说每个人的理论性都很强。这个可能是当初县委领导始终在考虑的一个问题。那么当我们干部，特别是把干部群众思想和理论上落实到一定程度的时候，需要一个非常明确的口号，这个口号要通俗易懂，能够让农民都要记得住，而且还要明白无误。所以大家可能觉得"富起来"这样一个口号，既是一个思想观念解放的过程，也是广大群众心中的一个愿景。所以我的理解是，集体做出这样一个决定，是一个基于这样一个考虑，就提出来叫促富大会。而且意见比较统一，不存在开会的时候大家还会觉得我们要不要提这么个口号，要不要这么快地捷足先登呀，因为周边地区都没有提这个东西。

采访者： 当时在革命思想观念主导下，"富"这个字应该是极其敏感的，甚至具有政治风险。所以我就觉得萧山能够直呼促富大会，而不是一般的促农会议，或者说农村工作会议。所以我觉得刚才您也提到了一点，它的出发点是什么？

洪献耕： 这个问题，刚才我也讲到了。我的理解是，当初县委领导就考虑到老百姓的接受度，明白无误，这个最重要。不要把一些比较系统的理论化的东西，原封不动地给老百姓，而要使他们更加明白无误，理解如何落地，这个是非常重要的。

采访者： 据您了解，召开此次促富大会，当时萧山县委有没有向杭州市委或浙江省委汇报？

洪献耕：具体我也不太清楚，但是从萧山县委一贯的行事风格来看，他们往往不是什么事情都先汇报。有时候做什么事情，都是先做起来再说。他们不太有什么事情都先汇报这个习惯。并不一定上面首肯了，我们这里才做。再说，实践是检验真理的唯一标准嘛，先看看对不对。所以，具体有没有汇报我倒不太清楚。

采访者：那么为确保此次促富大会的顺利召开，当时萧山县委主要做了哪些筹备工作，成立了哪些相应的工作组去负责各项具体的事务？

洪献耕：至于筹备工作方面，毕竟一个这么大的活动，工作量是比较大的。具体分工的话，第一块就是文字秘书，主要是搞材料。包括县委领导的讲话，讲话当中包括动员讲话、主报告和会议的总结讲话，这是一大块。第二块就是要有一大批的典型材料，当初就已经多种经营地发展，工业开始萌芽，要有这方面的典型。这一块的典型材料的收集，把它变成文字，主要由秘书组去负责。第三块主要是行政和后勤，因为是 1 000 多人的会议，规模比较大，包括吃喝等，事无巨细，工作量也是比较大的。第四块就是安全保卫的问题，因为这个会议当中包含一个展销会，是有关萧山当年社队企业产品和多种经营产品的一个展销会，地点就是萧山今天的新世纪广场，当年我们叫体育场。展销会有一个专门筹备组，由萧山的农业办公室、多种经营办公室、经委他们负责这一块。安全保卫主要是公安系统这一块。会议代表的住地不是一个地方住得下，毕竟 1 000 多人。产品展销所在场地，就由农业办公室、经委他们这一块去负责的。

采访者：会议的时间我们知道是 1979 年 12 月 25 日至 29 日。那么您能谈谈这几天会议的主要议程和具体的安排吗？

洪献耕：在我印象当中是这样的。会议召开一般需要动员，有一个动员讲话，讲我们今天会议这个主题是什么、指导思想、参加会议的对象、会议日程，然后有主题报告。至于主题报告，我看记录当中好像费根楠同志讲的①，一个主报告。那么再一个就是有典型发言，典型发言当中有更多的是公社和村发言。这些报告和典型发言完毕以后，会安排一段时间讨论。大家

① 费根楠，1933 年出生，浙江富阳人。1949 年 9 月参加工作，1950 年 6 月入党，历任富阳县委、区委书记、宣传部部长、农工部部长。1964 年 10 月起历任萧山县委副书记、县长、县委书记。1984 年 12 月调离萧山，2000 年离休。

怎么去领会领导的这些讲话精神，怎么去消化，包括回去该怎么贯彻落实。典型发言是什么呢，就是刚才讲的，前段时间下去考察之后准备好的材料，请他们的典型代表发言。我记忆当中有六个典型代表。发言以后，紧接着也会安排半天或者一天的讨论，对照先进找差距，回去如何落实。

采访者：这些讨论是分组进行的？还是通过其他形式？每个公社在讨论的时候，县里会有一些领导参与吗？

洪献耕：以公社为单位，当年有64个公社。县委的主要领导，会到各个组里参加讨论，听听他们意见。会议最后是参加展销会的活动，展销会活动是与会代表1 000多人都到展销现场，都去看工业产品，看多种经营产品，农林牧副渔茶果这些产品。当年我印象最深的多种经营产品中有一个叫胡瓜，就是现在的小黄瓜，像我们大拇指那么粗。

采访者：这个胡瓜在促富大会召开以前，在萧山有吗？为什么这个胡瓜让您有这么大的感触？

洪献耕：有的。胡瓜以前在萧山种植量是很大的，在多种经营当中很突出。这个小黄瓜，日本人把它叫作胡瓜，主要是销往日本，在日本销量是非常大的。在农副产品出口中的比重也非常的大，确切比重我还没来得及去查。刚才你问我为什么印象那么深刻，原因是这样的。当时他们多种经营这块做得非常好，尤其在我们萧山区的东片，就是靠近钱塘江，在我们萧山到绍兴公路以北的这一段多种经营做得比较好。胡瓜是比较有代表性的作物。

采访者：胡瓜的经营这一块主要是社队企业搞的吗？

洪献耕：是的，种植的话呢，当年也集体种植。也有很小一部分个体种植，然后收起来以后胡瓜交给社队企业。社队企业收过去干什么呢，把它收起来以后进行腌制，搞一下粗加工。在我的记忆当中，是把它们进行罐装，装进大大小小的塑料桶里，这样加工成半成品销往日本，日本再进行精加工。我们这三分一条的小黄瓜，就是小胡瓜，变成商品起码要卖到1.3元、1.4元或者1.5元。经过日本的精加工以后，就变成了这个价。

新鲜的胡瓜，从千家万户收集过来的也好，或者生产队种的也好。以生产队为单位收起来，镇里办起了一个胡瓜加工厂。粗加工以后，把原料销往日本，日本那边进行精加工。日本精加工就是搞成小瓶装的，这么一小瓶一小瓶的胡瓜，做下饭菜什么的，很好吃的。这样农副产品一经加工，身价马上翻倍，一两分的胡瓜可以卖到1元多。

采访者：您后来怎么了解到这个东西卖到日本后价格涨了很多？

洪献耕： 这个大家都知道的，因为它是出口贸易，大家都去看这些社队企业农副产品。这个对大家的触动很大，毕竟耳听为虚眼见为实，就觉得你这个是怎么做起来的，那我是不是也能做这个？那么最后还有一个内容，就是参观完了以后，最后会总结，总结也有个讲话。我们这次会议历时几天？大家达成什么共识？然后会去布置我们要落实的工作。会议大体议程就是这样的。

采访者： 您刚才提到会议的议程，作为会议重要的一个部分，就是由当时的县委副书记费根楠讲话。那么这次会议，他的讲话会围绕着会议目的、意义和萧山促富的条件展开。他的讲话给您留下了哪些印象？当时的与会者的反响又如何？

洪献耕： 我觉得这个问题你提得也挺好，作为县里的主要领导，在当初这么一个历史条件下，大张旗鼓地谈富、促富，我觉得有两个"惊"可以去体现，第一个"惊"就是惊讶。很惊讶，非常惊讶，当初"富"就是修正主义，"富"就是资本主义。有主要领导在大会上讲这个东西，所以不仅与会代表惊讶，包括我们当初县委办一批收集材料的人也很惊讶，大家心里也很紧张的，会不会出问题呀？第二个"惊"是非常惊喜。压在头上那么多年的紧箍终于被解开了，以前关于要想富起来、要想发展起来，这些话都是不敢说的，今天这个紧箍没有了。也反映了我们近百万人民的心愿。

与之相关的，还有一个比较典型的事情可以讲一下。萧山区志办在编撰萧山市志，整理口述史的过程当中，他们也邀请我去，其中有一次是去采访萧山当年的县委老书记金鸣珠①。到他家里去访谈之前，我事先也有个访谈邀请，请他看看有没有什么可以用的资料，提前准备一下。后来我去了之后，他说他一点资料都没有，其实他是保留了一份资料的，当年在1980年的年初，也就是我们促富大会以后，省委紧接着召开了一个工作会议，所有的县市委书记都参加了。他在省委工作会议上有个发言，这个发言就是讲促富。这一发言，在省委工作会议上引起强烈反响，他说的话，不亚于在钱塘江上丢下一块巨大的石块，溅起很高的浪花。他给我看了一份什么资料呢，

---

① 金鸣珠，1926年出生，山东泗水人。1944年9月参加工作，1945年3月入党。先后在泗水、曲阜、华东野战军工作，1949年2月随军南下，同年5月6日到杭州余杭县。1965年2月调到萧山，先后任副县长，县委常委，副县长兼公安局局长，县委副书记、书记（兼人武部第一政委）。1981年2月到中央党校学习半年。1981年8月调任杭州市委常委、组织部部长，后改任杭州市人大常委会副主任。后来离休。

就是省委的一个会议简报。当初就有了一个简报，也就是萧山县委书记金鸣珠的一个发言。你看我们要去访谈许多内容，他所有的资料都没有的，而唯独保留着省委工作会议上这个发言。这从侧面反映出来，这个事情给他这个老书记留下了深刻印象。所以我说这个促富大会，对我也好，对我们与会者也好，既很惊讶，也很惊喜。在这以后，我们萧山的经济社会发展走上了快车道，出现了一个跳跃式的发展历程。

采访者：这次会议还下发了八个典型的发言材料，这些材料都是大胆结合本地实际情况进行抓生产，促发展和发家致富的典型事例。那么对于这八个典型事例，您还有印象吗？

洪献耕：我的印象当中有七个，你再看看，以资料为准。这七个典型事例呢，就是七个公社。

采访者：对于这个您可以进一步展开的，如果说您了解得比较清楚的话，我们可以谈得深入一点。

洪献耕：这七个公社，分别是欢潭公社、党山公社、新围公社、浦沿公社、许贤公社、石岩公社、城北公社。那么这几个公社当中有几个现在已经不属于萧山了，如浦沿公社，现在划给滨江区了。这七个公社会议上都有发言。这些发言当中，我印象特别深的，一个是党山公社，党山公社的多种经营搞得比较好，刚才讲到党山的胡瓜种得也比较多。他们种植业也特别好。

采访者：主要种什么呢？

洪献耕：他们种茄子、黄瓜、水果蔬菜等，所以就请他们发言。社队企业发言的，一个是浦沿公社，一个是城北公社。万向节厂在城北区的所在地。还有就是当年城北的棉纺企业，我记忆当中城北棉纺厂的起步比较早，而也是规模比较大的一家企业。这家企业以后可能不行了，随着产业结构的调整，棉纺这一块就没落下去了。像有一两万人的杭二棉，后来全部转型了。一个是多种经营的种植业、养殖业，一个是社队企业，城北这两块当年经营得非常红火。县里对这两块也很关注，称他们为"领头羊""排头兵""先行者"。领导经常去，基本上隔三岔五会跑去看一看，看看这个情况怎么样，有没有需要解决的问题，给他们打打气，看看政策上面需要怎么样调整，经常沟通。

采访者：后来在你们的政府架构里面也有多种经营办公室，也有社队企业局，我就想了解一下，像当时这样的政府建制在其他的县市有没有？

洪献耕：你讲的这两个机构，其他县应该也会有，只不过是建立架构也好，机构也好，时间上有可能不像我们那么早。我们机构应运而生了以后，必须要有这一层管理机构的驾驭，不是说管他们，而是给他们解决一些服务的问题，给他们一些政策上面的支持等。乡镇企业几乎各个县都有，多办也应该有，可能我们比较早而已。

采访者：除了这几个典型之外，您还有其他的例子吗？

洪献耕：这些典型应该是引起了很大反响，大家看到了这些先进榜样的力量，与会代表都积极参与讨论，大家情绪很高昂。心想：他们居然可以这样搞？那我们赶快回去行动，觉得四五天会议时间都太长了，我们得赶快回去搞。有一种坐不住的感觉，这把火烧得很炽烈、很旺。

采访者：作为会议的重要议程，刚才您也提到了，有一个分组的讨论，在分组的讨论环节，您有没有一些印象深刻的事情？

洪献耕：讨论的话，我觉得这样，这个时候讨论的特点就是，没有分歧，几乎没有什么分歧。我们也跟着领导下去听他们一起讨论。留下的是什么呢？主要是思考怎么样我们才能找到一个能够尽快富起来的一个便捷的通道，更多是在寻找这个路子。例如，我们以后要做什么东西才能赚钱？我们养什么东西才能快速致富？更多地在考虑这个东西。已经不是做不做的问题了，而是怎么才能尽快把它做起来。

采访者：当时你们在下到基层去寻找这些典型事例的过程当中，有没有遇到不这么做的，或者说反对这么做的？

洪献耕：这个情况有，我们在这个过程当中就碰到两个比较典型例子。一个是大庄公社，大庄公社有一个什么样的人呢？就是有一个农民，是一个"牛贩子"。他把小牛从一个地方买过来，在自己家里养上一年或者两年成了壮牛了以后就卖出去，农民叫他"牛贩子"。当时我们觉得这个做法也是富起来的一条路呀，所以把他作为一个先进典型，总结他这个事例。当地的公社呀，就把这个"牛贩子"评上先进，戴红花上主席台。有的农民就问："你们共产党，你们这个公社，现在你们这个路对不对，导向对不对？"他是在变相地质问县委："牛贩子怎么能戴红花上主席台？"

采访者：他带花上台，这是在他们公社吗？

洪献耕：是的，在公社。公社这一层干部思想也已经解放了，明确了要富起来，他认为"牛贩子"晓得买进来卖出去，赚取了中间的差价，这应当是一个典型。第二个典型在新街公社。后来我们中国的花木城就在新街公社，新街公社当时搞什么业务呢？它搞苗木，种植小树苗。当时已经开始了，更多地搞什么蔬菜秧苗，它搞茄子这种秧苗很赚钱。赚钱以后，紧接着好几户家庭都开始搞，都搞得很好。那么新街公社呢，又把他们作为富起来的典型，也给他们评上先进，戴红花之类的。这时候就又有人说了，说这就是明显搞修正主义，搞资本主义的。

采访者：来责问县委的是哪些人？

洪献耕：也是一些农村里的老百姓，他们打电话来责问："你们有没有弄错啊，这个东西对不对？方向有没有搞错？"这两个典型呢，我印象很深。

采访者：那后来你们怎么答复他们的？

洪献耕：这个就是很明确啊，县委领导解释说我们要尽快富起来，我们要冲破这个"富"就是资本主义，"富"就是修正主义的观念。富是一个好事情，勤劳致富啊，这个不是不择手段。

采访者：会议最后一天，根据这个县委讨论的结果，当时的县委书记金鸣珠总结发言，形成报告，报告指出要认清农业发展的新形势，建设繁荣富庶的新农村。那么您作为文字组的主要起草人，您了解这份报告的起草过程吗？

洪献耕：这个报告呢，是我们当初县委一个叫钱志钧的副主任写的。主报告也是他写的，以他为主弄的。他后来调到杭州市委当秘书长。这个总结报告，更多的是会议当中讨论的一些情况，然后汇总，把这些情况梳理成几条东西。第一，如我们都统一要搞快富，要促富，要快速富起来；第二，怎么样快速促富，什么渠道比较好；第三，在政策上面，县里面出台哪些政策？种植业种什么，养殖业养什么，像这个社队上面要一些什么政策？那么这个最后的总结，也就是一份报告，不像主报告那样长，它比较短。我印象当中萧山的这个会议，《浙江日报》《杭州日报》都有过报道。

采访者：金书记的这个发言给您个人留下了哪些印象？

洪献耕：最后的总结发言不像主报告那么长篇大论，也不是说像那种站得比较高，或者内容比较深而且很具体化的，它是比较笼统地讲一些内容，对会议简要地进行一个总结，大概是这么一个情况。

采访者：会议期间还表彰了一部分的先进典型，包括劳动模范，还有一些先进的单位，那么您能够具体谈谈这些先进典型的单位是如何确定的吗？我了解到好像这个工作主要是您在负责。

洪献耕：先进典型嘛，就是县里面首先定一个范围，定一个标准。例如，社队企业发展得比较好的，我们排一排，因为有60多个公社，又如刚才我们讲到城北公社搞得比较好，浦沿公社搞得比较好。这些属于在社队企业中搞得比较好的。至于多种经营，看看我们六十几个公社中，哪几个搞得比较好。首先，我们先初选，把它筛选一下。其次，这个选出来以后，我们又要有所侧重，如多种经营当中，靖江公社是不是叫他们搞种植业这块更好呢？新街公社是不是叫他们搞养殖业比较好？从这个角度分一分。那么社队企业也是一样的，就像城北公社的棉纺企业搞得更加好一些，如村一级，村办这一块，就像航民村，那就请他们来讲一讲。那么农场系统搞得比较好的，如红山农场，红山农场当中最出类拔萃的是棉纺企业，那么就请他们棉纺企业来讲话。这样确定以后，我们再分配，到底这个典型谁去总结。我们那个时候组织了近20个人来搞这批典型。你这个人负责搞什么，他那个人负责搞什么，然后下去以后在那边住下来。那个时候交通也不像今天这么便利，我们乘坐公共汽车，就到了那个典型所在的公社，它大多有一些招待所什么的，就住下来，就在那边写材料，一边总结，一边提炼，文字弄好，大概每一个人7~10天的时间，弄好以后你就可以回来。

采访者：差不多是一个人写一个材料？

洪献耕：是的，一个人负责一个材料，你弄好以后就回来，回来以后，我们有材料组，就是每个材料先看好以后进行修改，角度主题定好，分组讨论确定以后就印刷成会议典型材料，典型一、典型二、典型三等，都这么弄。后来就随着会议文件材料一并发下去，就这么搞的。

采访者：在这个先进典型和单位的确定过程当中，您遇到了哪些印象特别深刻的事情？或者说一些典型的个人、典型的企业？

洪献耕：刚才我讲到的那个大庄的"牛贩子"还比较典型。促富大会他是个先进典型，不过他没有在大会上发言。他在镇里边是戴大红花的劳动模范，在县里面他也是先评上先进的。

采访者：您可以谈谈您自己的亲身经历，包括一些细节也可以谈谈。

洪献耕：先进的典型，档案馆应该都会有。包括新街的，还有刚才我讲的搞茄子秧苗的也很典型。还有一个典型是我自己去搞的，就是在瓜沥公社有两个村，我现在已经记不清是哪两个村了，就是我帮他们去总结的。当时瓜沥公社有两个村，中间隔了一条河。河流南边的这个村呢，多种经营搞得很好，比较富裕；河的北边这个村呢，它不搞多种经营，或者说它这个思想禁锢得比较厉害，它不去搞也搞不好，所以比较贫困。这样两个村形成了一个鲜明的对比。相隔一条河，贫富两个样。那么这个材料在促富大会上引起强烈反响，题目叫《会打算发财，不会打算发呆》。因为两句最后一个字发音接近，读起来也很顺口。还有一个题目叫《用铁砂子打金凤凰》。

采访者：您能具体地介绍一下这两个例子吗？

洪献耕：第一个例子，就是刚才我讲的。一个生产队在河的南边，一个生产队在河的北边，它属于一个公社里的两个大队。在当初的瓜沥区下属的一个公社，瓜沥公社还是党山公社，我有些记不清了。"相隔一条河，贫富两个样"后来成为会议当中的热门，好像大家都把它当成顺口溜，而且比较形象。还有一个叫《铁砂子打金凤凰》，他们用最低的成本，换取了多种经营比较高的收入和好的经济效益，所以取了这个标题，也引起了比较强烈的反响。那么这个材料呢，还在《杭州日报》被刊登了，这篇稿子也是我写的。1979 年会议开好以后，1979 年 12 月会议结束基本上它就在登报了吧，题目就叫《铁砂子打金凤凰》，它是一篇有点言论的文章。这两篇文章在会议当中影响蛮好的，后来题目就成为大家的顺口溜了。

采访者：在促富大会期间，萧山县还举办了一场萧山县社队企业多种经营产品的展销会。刚才其实您已经谈到了一点，我们这里可以再具体聊一下，就是为什么在会议期间要同时举办这样一场展销会？

洪献耕：我个人的想法是，光是从思想上发动，组织上发动还是不够的。这样做也是为了让更多的与会代表眼见为实，亲眼看一看到底是什么情况，人家怎么搞起来的，人家搞得怎么样。另一个目的可能还是促进我们的多种经营和社队企业尽快发展，尽快建成富裕萧山。因为传统的农村和城镇分散搞与集中起来搞，我觉得是不一样的。第一，分散搞可能没有集中来搞的冲击力强，影响也没有那么广泛。第二，如果我一个公社带一队人到你那个公社看一看，这是一个常态的。相反，像这样短期内集中烘托一下，效果可能会更好一点。第三，应该是为了造势，造成了强大的一个气势，推动我们萧山的发展，原来都是单打独斗，自己搞自己的。相比之下，集中与分散应该有一个比较大的区别。所以从这个意义上讲，这场展销会是由从原来的分散到集中、由常态到短期的烘托，由自发到集中造势的这么一个根本区别。

四　促富大会的积极意义与时代遗产

采访者：第四个部分我们主要想围绕促富大会的积极意义与时代的遗产展开。促富大会为萧山经济的全面发展吹响了进军号，它揭开了萧山改革开放的总序幕，被誉为萧山的"十一届三中全会"。在杭州地区、浙江省乃至全国都产生了极大的影响，当时有哪些媒体报道了？

洪献耕：萧山促富大会应该是走得比较快的，对党的十一届三中全会精神贯彻、落实得比较早，是效果比较好的一个会议，《浙江日报》《杭州日报》报道了这次会议，除了这些报道以外，《农民日报》《经济日报》《人民日报》都报道了。这些报道从整体性出发，也有典型的，如万向节厂、航民村、红山农场，这三面红旗都有强劲的报道。

采访者：促富大会之后，有没有其他兄弟县市来萧山学习促富和致富经验？您有没有印象？

洪献耕：有，我记得还比较多。在杭州地区，和我们隔一条江的余杭和富阳来了，建德、桐庐也都来过。据我的回忆，我们这个促富大会，思想解放的过程，应该比其他县市至少提前了一年以上。

采访者：或者有没有邀请萧山领导干部在省级会议上介绍经验？

洪献耕：省委工作会议上有个发言，它是作为典型发言的。省委办公厅有简报，是金鸣珠同志在会议上的发言，这个发言我看到过。但是我没有把发言保存下来，这太遗憾了！现在我回忆一下确实挺可惜的。

采访者：促富大会结束以后，为响应会议提出的发展多种经营的要求，县委还建立了由县委副书记费根楠为组长的萧山县多种经营领导小组，下设办公室，那么对这个领导小组，能谈一下您自己的一些了解吗？

洪献耕：我觉得当初这个领导小组做了很多工作，而且有成效，这个领导小组的办公室我们称为"多办"，就是多种经营办公室，费根楠应该是主任。"多办"作为领导机构也好，管理机构也好，确实有必要，也做了大量实实在在的事情。首先，是它在规划上的引导，它专门有一个关于多种经营的规划，这些规划并不是一成不变的，随着多种经营的发展不断地得到修改和完善。这个规划引导萧山农民搞多种经营，我觉得是一个非常好的规划。其次，在产销上，由多办衔接，哪些地区也好、国外也好，他们做一些穿针引线的工作，做了大量的工作。还有一块是政策性的扶持，包括信息、科技、资金、人才。所以多办在当年发展萧山农村经济中功不可没，做了大量卓有成效的工作。

采访者：后来，这个"多办"大概什么时候没有了？或者说它的职能被哪个部门取代了？

洪献耕：后来随着经济发展，已经不需要什么思想解放了，它自然而然地就被农办和农业局取代了，具体是哪一年我记不清了。

采访者：根据相关记录，1980 年 3 月 3 日，萧山先召开全县农村工作会议，提出进一步贯彻全县促富大会精神，加强农业生产责任制，充分利用本地自然条件，合理调整农业内部结构，大力发展社队企业，尽快使农民富起来。据您了解，促富大会精神后来是如何具体落实的？大概从什么时候开始，政府层面比较少提及促富大会精神？

洪献耕：会议以后，萧山的这些领导呢，他们比较注重要抓落实，这是他们一贯的作风，不是就这么随随便便搞一下，如开个会，以会带会、以会带落实之类的，并不是这样的，他们会一步一个脚印地去落实。所以这个会议以后呢，更多的就是领导下基层，要下去。下去以后，既贯彻全县农村工作会议，把这个精神落地；又能与当地的干部群众、与企业负责人去讨论发展的一些规划，发展的一些措施，去帮助基层解决一些实际问题。我也经常跟着领导下去，去公社、去当初的区里、去村里、去跑一些企业，经常下去。就是听听他们的意见，然后看看有什么具体困难需要帮他们解决。至于你问到的什么时候开始好像比较少地提及促富大会精神，我觉得这个会议以后两三年就好像不需要再提是不是走资本主义、修正主义道路，已经没有这个概念了。大家比较放心放胆地去发展社队企业，发展乡镇企业，这个时候大家更多的是比较谁的发展速度快、经济增长速度快，大家在意的是这个东西。

采访者：在您看来，此次会议对于解放干部群众的思想观念和激发"发家致富"的积极性起到了什么作用？在以后的工作中，您有没有具体感受到这种变化？可否结合一些具体例子谈谈？包括您刚刚提到也经常跟领导下去，在这个过程当中有没有一些具体的事件让您印象比较深刻？

洪献耕：萧山促富大会，它历史性的作用是解放了思想，就是打破了紧箍咒。这个太重要了，其实以前老是怕富，谈富色变，这个比较可怕。那次会议以后呢，富起来是光荣的，富起来再也不是遮遮掩掩的，富起来再也不是怕这个怕那个的，我觉得这个是核心的东西。还有一个就是出台了许多好的政策，鼓励农民也好，鼓励我们社队企业也好，尽快富起来，加快走向小康之路。我觉得这是一个划时代的意义，这个变化是不可估量的。对萧山来讲，回望历史的时候就会觉得这个会议似乎就是萧山的"十一届三中全会"。从这个意义上讲，我们清除了思想上的极"左"思潮。以后就放心、放胆、放手地搞经济。具体怎么讲呢？萧山现在经济发展有哪些体现呢？例如，今天的宁围，当年也是一个不毛之地，它的发展历程很短暂，也就是百来年的历史，但是现在发展得确实很好；红山农场，也就几十年的历史，这次会议以后，这些地方的干部群众放手搞经济，乡镇企业、社队企业确实是发展迅速，所以红山农场20世纪80年代就走上了中国的小康路；像我们宁围的万向节厂，至今还是我们中国企业的常青树，都是和当时有非常大的关系。他们起步也早，步子也大，出的成果多，在我们萧山乃至全国都称得上是领头羊、排头兵、先行者，口碑影响着实不小的。

采访者： 在促富大会之后，萧山在多种经营和社队企业发展方面有哪些质的发展与飞跃？这对20世纪80年代萧山乡镇企业的发展带来了哪些影响？可否概括性地介绍一下？

洪献耕： 这个问题我觉得也是很好的。萧山原来的农业生产多种经营，在这个会议以后，我觉得进行了一场彻底的革命。原来叫三锄头——粮、棉、麻。萧山粮食生产原来是以萧绍公路为界，即萧山到绍兴这条路为界，这条路的南端是种粮食的，这条路以北很少种水稻。

采访者： 和土壤有关系吗？

洪献耕： 是的。萧绍公路以北的沙土不太适合种水稻，但是为了突出"以粮为纲"也种水稻，后来慢慢地试出来也可以种。包括我们的围垦、盐碱地，慢慢地排盐以后也是可以种粮食的。再说棉花，百姓需要棉花，从经济的角度讲，或者说从农业的产业布局来看，却不适合种棉花。像我们南边这边就不适合种棉花，种植棉花沙土比较好。再说络麻，萧绍公路以北的络麻，这个弄得当地的农民太苦了。因为络麻的生长周期很长，要差不多五六个月，不仅在培育过程当中很苦很苦，到了剥络麻的时节更辛苦。用络麻的皮来做麻袋，原来装大米、装化肥等，都要用络麻做成的麻袋盛，今天都用塑料袋取代了。

采访者： 这个我也有印象。具体是怎么做的呢？

洪献耕： 那么剥络麻具体怎么回事呢？我给你讲讲。首先，它是种在地里，地里种的络麻密密麻麻的，然后你要把它从地上拔起来，这个是很费劲、很累的，拔出来以后要一根一根地剥出来。这个剥络麻的过程我有体会的，手上搞得一塌糊涂，长时间下来手上还会有很多破裂的口子。剥完了之后，把络麻放到水里去浸泡，这个麻皮要浸泡约一星期，甚至更长时间。水塘里浸了络麻以后，可以说是臭得不得了，全部是臭水，环境污染不说，浸了以后人要跳到水里漂洗，原来绿色的麻皮经过浸泡，慢慢变成白色，萧山的土话叫作"麻精"，麻精用来编织麻袋。络麻的生产周期长，付出的劳力也多，人们不但辛苦，而且络麻会污染环境，价格又卖得很低。

后来萧山有林、牧、副、渔、茶、蔬、果等多种经营，被称为萧山的"七彩"。我这里还有一个数据，数据显示，去年光多种经营就有70多亿元，原来粮、棉、麻有4亿元。经济效益不说，人都要累死累活的，由此引发了萧山农业的彻底革命，革除了三个锄头，引入了萧山的"七彩"。所以打破了紧箍咒、解放了劳动力、解放了生产力。客观上为发展我们萧山的社队企业、萧山的乡镇企业腾出了时间、空间，这才有了以后我们萧山乡镇企业的异军突起。所以从这个意义上来讲，这个促富大会对萧山经济社会后续发展产生的影响不可估量。

采访者：在萧山区改革开放30周年大会上，"促富大会"入选"三十年激情创业·萧山区改革开放十大新闻事件"，足见此次会议的历史意义与时代价值。在您看来，促富大会留给今天的最主要的时代遗产和精神财富是什么？您可否概括一下？

洪献耕：可以这么讲，1979年底的萧山促富大会，应该是一场思想大解放动员会，也是经济大繁荣的一个布局会，更是以后我们社会大发展的一个誓师大会。由此，它带给我们萧山以后经济、社会跳跃式发展的一个诱导效应、启迪效应、联动效应、持续效应显而易见。这也是一个有目共睹的事实。所以这个会议告诉我们，思想的大解放促进社会的大发展；思想解放到哪一步，我们生产力就发展到哪一步。改革创新永远是我们社会进步生生不息的动力。我们冲破了思想围城，让萧山的经济刚起步就实现了巨大的一个飞跃。那年的冬天，我们百万萧山人明显地感受到了有股暖暖的春意，那年的冬天也让我们深深感受到我们思想交锋的沉重。这次大会开启了改革发展大幕，它让萧山发生翻天覆地的变化，这是我个人感触最深的一点。

五　我谈"萧山精神"

采访者："奔竞不息，勇立潮头"的萧山精神已载入《萧山市志》，这种精神永远激励着萧山人"潮"前走。能否结合您的工作与生活经历，谈谈您对这种萧山精神的认识与理解？

洪献耕： 这个问题非常好，"奔竞不息，勇立潮头"今天已经成为萧山精神。在总结萧山精神的过程当中，凝聚着我们领导干部和干部群众的智慧。这八个字很恰当，萧山精神我觉得也有它特定的区域性和原动性。萧山位于钱塘江的涌潮口，钱塘江涌潮日复一日，年复一年，惊涛拍岸，奔涌不息。它是一种特定的自然现象，而占我们56%以上的萧山人的地区，我们叫东沙，就是刚刚讲的萧绍公路以北地区，这批东沙人，他们发展的历史不长，也就是100年到300年。

采访者： 这些人都是从哪里迁移过来的？

洪献耕： 他们不只是迁移过来的，其中有我们萧山当地的人，也有从外地迁移过来的人。我的祖上是湖南的，都是逐步沿着钱塘江潮退进，慢慢地迁移过来的，也就几百年的短暂历史。实际上这一部分人，也开创了自力更生、勤奋不息、自立创业、勇于创新的奋斗史。我的老家在瓜沥那边，也就几百年的历史。

采访者： 那个地方叫什么名字？

洪献耕： 那个地方叫坎山，农民迁移出去以后，这里的生活来源除了土地其他没有一点希望。这个土地也不是今天的大片土地，不是今天的责任田、承包地，它没有其他的土地，只有一点集体的农耕地，只有很少的资源为唯一的生活来源，同时做一些别的，自给自足都不能达到，这个客观的情况迫使东沙人要考虑怎么生存，怎么去创业，怎么去立足。这个就不太一样，东沙和萧绍公路以南包括临浦、戴村这两个区，是不一样的。萧山在地形地势上像是一只起飞的鹰，南边是山区半山区，山区半山区的农民和东沙农民不一样，他们靠山吃山，去山上砍一些树，背着树去卖掉，三天的粮食就带回来了，萧绍公路北边的东沙人一点东西都没有的，没有粮食也没有经济来源，它完全是要靠集体经济的，就是这个客观情况，萧山精神的区域性和原动性就体现在这个地方。这批农民占萧山人口的56%以上，这个情况摆在那里，这迫使我们沿江的老百姓想方设法生存下来。

当时有一个说法叫作"抢潮头鱼"，就是指的钱塘江的潮头鱼。具体怎么操作呢？钱塘江潮涌不息，当地的农民就守在江边。就是在潮来时有鱼滚到潮头上，有一些渔民就可以拿着鱼兜，一网打下去，然后赶快跑，就这么一下子，抓到就抓到，抓不到就抓不到，这个就是抢潮头鱼。抢潮头鱼也好，吃潮头水也好，这里的区域性和原动性迫使老百姓，必须有这样的勇气与胆魄。他们要争取抢得先机，快速发展，抢先富起来。所以后来我们在总结萧山精神的时候，将它概括为"奔竞不息，勇立潮头"，在我看来有这么一个原创性。如果没有这个客观情况，如果都是山区半山区，老百姓不一定有这股干劲的。"奔竞不息"说的就是钱塘江的奔流不息嘛；"抢潮头鱼"是钱塘江沿江百姓的秉性，所以我就觉得非常恰当，是根据萧山百姓总结出来的。

采访者： 当前，萧山正在努力打造体现世界名城风貌的现代化国际城区，那么在您看来该赋予新时期萧山精神什么样的内涵？刚刚我们提到的这种精神可能已经被普遍认可了，但是今天萧山的发展又进入了一个现代化国际化的视野，您认为新时期这一种精神应该还有一些什么新的内涵可以加进来？

洪献耕： 我觉得尽管现在很多地方变化很大，它的经济结构不一样，大环境不一样，背景不一样，但是萧山"奔竞不息，勇立潮头"的精神传承不止。"奔竞不息"就是永远往前走，促使你不要满足，不要停留；"勇立潮头"就是说不是被大潮推着走，而是你要立在潮头，手把红旗旗不湿。我觉得这个永远不会过时。问题在于在这样的一个新时代，我们萧山人怎样发展和继承萧山精神呢？首先，我觉得还是要敢于创新，要改革。改革和创新永远是萧山进步不息的原动力，这两个原动力不能被丢弃。今天萧山已经不能满足于一点点进步，满足现状。例如，滨江区由原来浦沿公社、西兴公社、长河公社加上一部分村庄组成。它走的是科技路线，定位是发展的杭州的科技城，它的起点很高，今天它的经济对萧山产生了很大的冲击力。萧山因为它原始乡镇企业的萌芽、起步比较早，伴随着这样一个问题，即它的科技含量会比较低。越是现在起步晚的，它的科技含量越高；越是起步比较早的，科技含量会越低。摆在萧山面前是一个严峻的问题。怎么样调整它的结构，从时代的需要，从改革发展的需要，从经济发展的需要，确定产业的布局也好，改变我们原来传统的东西也好，这是一个新的课题。所以，决定着我们萧山在新的经济时代发展很重要的、很关键的一个词，就是改革。而且这个改革要有高起点、高科技。还有一个就是，要抓萧山本地的精神，就是抢潮头鱼，吃潮头水。理论地讲就是，走在前列，干在实处，当排头兵、先行者、领头羊。要丢掉头脑当中的患得患失，要实事求是，理论联系实际，从实际出发。还有一个就是创新，这个是前辈们走过的路，瞄准今天的国际前沿，走出一条有中国特色、有萧山精神、符合萧山自己实际的一条路来。这才是对今天萧山"奔竞不息，勇立潮头"精神新的诠释。

采访者：除了我们上面准备的问题，洪先生有没有其他需要补充的？

洪献耕：萧山促富大会已经过去快40年了，它同我们党的十一届三中全会的命运是联系在一起的。在我的生命当中也是至关重要。这次会议，放大来看是萧山的"十一届三中全会"，在我的生命中也是非常大的一个转折。这个访谈对我来说也是一个系统梳理，回顾人生、回顾历史，总结工作上的事情，回头看看自己走过的路，从个人走过的历程当中总结经验教训，都是非常有意义的事情。通过总结，体会新的萧山精神，促使我们今天从新时代的角度，在新的改革征程当中走出新的步伐。

采访者：非常感谢洪先生能够在百忙之中接受我们的采访，再次感谢！

洪献耕：不用客气，你们辛苦了！

开放的萧山，走向世界的"信核"

——任永坚口述

采访者：曾富城、李永刚　　　　　　　整理者：曾富城

采访时间：2018 年 7 月 24 日　　　　　采访地点：萧山区杭州信核数据科技股份
　　　　　　　　　　　　　　　　　　　　　　　　有限公司

口述者

　　任永坚，1963 年 8 月 6 日出生，浙江绍兴人。中国民主促进会会员，教授级高级工程级，博士生导师。现任杭州信核数据科技股份有限公司董事长、总裁。1980 年从绍兴一中以高分考入浙江大学力学系，1989 年获浙江大学工学博士学位并留校任教。任教期间，其卓越的学术贡献和科研组织能力令其在中国力学界成绩斐然，成了中国力学界最年轻的力学专家，学科带头人。1991 年升任副教授，成为当时浙江大学最年轻的副教授。1992年底，赴美国留学，边研究原专业边攻读计算机专业，1998 年获 Florida Atlantic University（佛罗里达大西洋大学）哲学博士学位。

　　1997 年任永坚进入美国 Encore 计算机公司任职，担任软件工程师。Encore 计算机公司被 Sun Microsystems（太阳计算机系统有限公司）收购后，1998 年与公司原核心团队成立了 DataCore 软件公司，负责存储产品的设计开发，并成功研发出全球第一个完整的虚拟存储产品 San symphony。2006 年 7月，任永坚带领留学团队回国，创建"InfoCore"品牌，并成立了中国唯一一家在数据存储和信息安全保护领域拥有自主知识产权的高科技公司——杭州信核数据科技有限公司（以下简称信核数据），成为虚拟存储和信息安全领域的知名专家。2009 年任永坚入选国家第二批"千人计划"，2013 年被评

为第二届"杭州市侨界十大杰出人物"。主要社会兼职：浙江省海外高层次人才联谊会副会长、杭州市政协委员、萧山区政协常委、杭州电子科技大学特聘教授、杭州市归国华侨联合会常委、萧山区归国华侨联合会常委、萧山区留学人员及其家属联谊会会长、萧山区海归人才创业发展促进会会长。曾发表数十篇开创性的学术论文，以第一完成人获浙江省科技进步二等奖和三等奖各一项，其专著 *Finite Element Methods for Structures with Large Stochastic Variations* 于 2003 年由英国牛津大学出版。

一 求学创业之路

采访者：任总，您好！很高兴您接受我们的采访。我们通过您的履历看到您非常精彩的人生，从浙江大学最年轻的副教授，到 DataCore 公司存储产品的主要研发者，再到信核数据的总裁，让我们看到了一位海归学者的创业之路，同时您的创业经历绘就了萧山成为创业者的天堂。近些年来，伴随着萧山经济快速发展，对外开放程度也是日趋加深，萧山也由当初一个很普通城市逐渐走向世界，同国际接轨。您作为一名海归学者和萧山创业者，同时又是萧山走向世界的重要参与者和见证人，我们希望您以自身的经历与感受和我们谈谈 21 世纪以来萧山是如何逐步走向更加开放的世界的。首先请您先介绍一下您的个人履历，包括出生年月、籍贯、学习经历，以及工作经历等。

任永坚：我是 1963 年 8 月 6 日出生的，所以下星期就要过生日了。我今年 55 周岁，是浙江绍兴市越城区人，原来叫城关镇，现在改称越城区。绍兴和萧山离得很近，两个地区是紧挨着的，可以说绍兴和萧山这两个地区的语言文化都是一样的。以前萧山隶属绍兴府，这两个地方在地域上也没有很大的差别，因为本来就是连着的，属于同一个区域。我的读书经历是很典型的那种，就是一直从学校到学校。我从绍兴一中高中毕业以后，就考取了浙江大学，1980 年进入浙江大学力学系学习。

采访者：您当时为什么要报考力学系？

任永坚：我实际上还是比较喜欢学工科的，想要解决实际的问题。但是我们班有好多这种情况的，那个时候有规定，如果你的辨色能力弱或者是色盲，有很多专业就不让你考，只能考一些偏理科的专业。在理科众多专业里面，力学又相对于工科一点，所以就报考了浙江大学力学系。其实我本来很想学机电或者是计算机方面的专业，现在算是转到计算机方面来了。我在浙江大学读了本科后，又读了硕士，硕士没有毕业就转升博士，前后连续读了九年，一直在浙江大学读到1989年博士毕业。

采访者：一直都是这个专业吗？

任永坚：对的，一直都是力学这个专业。毕业以后我就留校任教，一共当了三年半的老师，先是做了两年讲师，1991年的时候升为副教授，又做了一年多，然后就去美国了。

采访者：当时为什么会选择去美国？

任永坚：其实这个很正常，那个时候人人都选择去美国，出国留学是一个非常好的机会。要是当时人人都有这个机会的话，基本上优秀的都会选择出国留学。现在为什么有那么多人回国，是因为出去的多，所以回来的也多。

采访者：您是去到美国佛罗里达大西洋大学工程学院留学？

任永坚：对的，那个时候我在国内已经评上了浙江大学的副教授，属于高级职称，所以1992年底，我是以访问科学家的身份去的美国。到了美国以后，就跟着教授一起做点研究，后来我又获得了一个博士学位。

采访者：当时您为什么又转向学习计算机专业这一块？

任永坚：转到计算机专业是有原因的，一个是因为20世纪90年代是互联网最热门的时候，计算机专业在美国非常火热，人人都学计算机，而且计算机应用的工作市场情况非常好，找工作也很容易；另外一个是因为当时计算机专业是一门新兴的学科，而新兴学科各方面都有很大的发展空间。

其实1996年我的书就读完了，一共读了三年。只是后来一直没有去拿学位，所以当我拿到博士学位证书的时候，已经是1998年了。事实上，1996年的时候，我本来有两个工作机会，一个是到弗吉尼亚理工大学去读博士后，这个与我原来学的力学专业有关；另一个是到企业去上班。最后我选择了去企业上班，先在公司里做系统管理方面的工作。因为我希望能够做一些接近一线的事情，就是能够真正地解决工程问题，这也是我一直想做的事情。其实高考的时候，我就有这样的想法，要读能解决实际问题的专业，而不是偏理论性的，所以我还是比较喜欢偏工科一点的专业。

采访者：这是一家什么样的公司？

任永坚：它是一家做服务的公司，相当于是我的实习公司。到1997年的时候，我才真正到了一家计算机公司，叫Encore计算机公司，所以到这家公司后的工作才是我的第一份工作。1997 年的时候，Encore 计算公司就已经开始做存储系统了，可以说是一家非常专业的计算机公司。我在公司里是做软件开发的，就是大家常说的"软件开发师"或者叫"程序员"，并参与开发了基于 Unix 操作系统的存储设备。我在这家公司工作了一年左右，Encore 计算机公司就被当时一家叫 Sun Microsystems① 的计算机公司以 2.7 亿美元的市场价格收购了，现在这家公司也不存在了。那个时候它是一家很有名的公司，在中国的业务也做得非常好，也是全世界顶尖的计算机公司之一。Encore 计算机公司被收购整个业务以后，原来公司的核心人员，就是管理层，包括原来的 CEO（Chief Executive Officer，首席执行官）、CTO（Chief Technology Officer，首席技术官）②，还有一些 Managers 等，他们就不愿意到新公司去工作。这些人在被收购的时候就独立出来，新成立了一家叫 DataCore 的计算机公司。这家公司在 1998 年成立的时候，我作为一名技术开发人员，他们也把我一起带走了，所以当时公司就只有我们十个人，九个美国人，再加上我一个中国人，我也非常荣幸能成为这个公司的创始人之一。

在这家新公司里，我们做了一些新产品开发，还做了一些新的理念方面的创新，如写计算机存储软件该怎么写，该怎么来定义，我们都做了一些创新的东西，都是挺有意思的工作。我在这家公司工作了 8 年，一直做到 2006 年。2006 年的时候，中国经济发展得很好，国内各种各样的形势也很好。我开始有想法，想回国自己创业。当时留学回来创业没有现在这么热门，不过在我前面的也有不少人，我在那个时候也算是比较早回来做这件事情的。

采访者：您为什么会想要回到杭州，选择在萧山创业？

任永坚：因为浙江是我老家，杭州又是我读书的地方，所以很自然地就回到了杭州。选择萧山主要有两个原因。一是当时回来（创业）需要有资金，刚好我的一个朋友介绍了一位萧山当地的民营企业家。这家民营企业是

---

① Sun Microsystems：是一家 IT 及互联网技术服务公司（已被甲骨文公司收购），创建于 1982 年。主要产品是工作站及服务器。1986 年在美国成功上市。1992 年该公司推出了市场上第一台多处理器台式机 SPARC station 10 system，并于 1993 年进入财富 500 强。

② CTO：即首席技术官，英文全称 Chief Technology Officer，是企业内负责技术的最高负责人。这个名称兴起于 20 世纪 80 年代美国做研究的很多大公司，如 General Electric、AT&T、ALCOA，主要责任是将科学研究成果转变成盈利产品。

专做传统行业的，刚好他们也想转型，所以就和我合作。这个人叫沈国锋，萧山人，是浙江振亚控股集团有限公司的总裁，他给我提供了第一笔资金，他相当于是我的天使投资人。我们一起合作创办了公司，他投资金，我投技术，我们就这样合作起来。2006 年，信核数据在杭州成立，注册资金 2 000万元。

二是那时候萧山刚刚启动高科技产业项目，当时外经贸局局长，现在是萧山区副区长魏大庆，他成立了一个叫"杭州萧山国际创业中心"的高新项目孵化器，给予一些优惠条件吸引企业入驻。那个时候魏局长底下有个叫王建涌的副局长，一直和我交流，让我来这边看地方。这两个也是最主要的原因，所以我就落地萧山了。

采访者：您当年应该不是单枪匹马回来的吧？

任永坚：对的，我们其实有四个人。但真正全职回来的是三个人，还有一个人留在美国帮忙，提供一些技术支持，但他没有全职加入。

采访者：刚开始的时候，你们在公司里面具体是怎么分工的？

任永坚：一个是做技术的，他当时是我们的技术总监，现在也是我们的技术总监。另一个是做市场的，他主要是从市场拓展这个角度管理公司。我主要统筹全部，开始的时候也是以技术为主，现在年纪大了，程序编不动了，主要偏向于市场管理，技术由另外的员工负责。我们公司是一个做产品的公司，技术研发一直是公司最重要的部分，目前也是如此。

采访者：公司最初的地址是不是现在这个地方？

任永坚：不是的。那个时候我们就在杭州萧山国际创业中心，现在的水务大厦、万象汇那个地方。当时政府给我们公司两小间办公室，加起来有 50平方米。一年多后，我们发展了起来，就跟政府申请。最后给了我们半层楼，大概有 500 平方米。又过了一年多，给到我们一层。后来我们又发展了，给了我们两层楼办公，最终我们公司有两层。在那个楼里一层差不多是 1 100 平方米，两层就有 2 000 多平方米。我们公司现在的办公场地就不是政府的了，是我们自己租的，是纯粹的办公楼，大概 3 700 平方米，总共有三层。

采访者：这是什么时候搬过来的？

任永坚：两年前搬过来的，我们在那边待了十年，在这边待了两年。

采访者：您公司第一次招员工是在什么时候？

任永坚：我们既然决定做这件事情，其实老早就开始招员工了。我们公司的第一个员工不是我，也不是另外两个跟我从美国一起回来的同事，而是

2016 年 7 月，信核数据杭州总部全体员工迁入杭州市
信息安全产业园

我们公司的行政经理马喜涛，河北人。她爸爸在这边做生意，介绍她过来的。那个时候，她从政法大学刚毕业没多久，我们雇她进公司做行政工作，所以她才是我们公司真正的第一个员工。我是在她进公司一个多月后，才从美国回来的。在我回来之前，我就叫她开始招聘。当时我们招了三个应届大学生进来做技术开发，现在有两个已经离开了，有一个还在，他是我们工程部的经理。

二 走向世界的"信核"

采访者：信核数据在开办的第二年，也就是 2007 年，就开始到上海开设分公司了。

任永坚：因为当时我们想拓展市场，公司的主要合作伙伴是 IBM（International Business Machines Corporation）公司，我们需要用到 IBM 公司的设备，同时公司的主要竞争对手也是 IBM 公司，IBM 公司亚太区的总部设在上海，所以我们在上海也成立了一个分公司。这个分公司主要分管市场，技术研发还是在萧山。公司刚发展的前几年都是投入大量人力、物力去做产品，那时候公司的产品也开始做了起来。

采访者：我们看到信核数据在 2006 年推出了首款产品——"IP 网络存储服务软件 V3.0"（OSN Solution 前身）。

任永坚：对，因为公司刚成立，总得要有收入，要有产品推出。但是，当时那个产品还是一个初级产品，设计得比较简单，现在已经不卖了。

采访者：公司后来开发的产品中，您认为比较成功的产品是哪一个？

任永坚：其实我们有两款产品一直都很成功。第一款产品，就是我们做的存储虚拟化管理，现在也是全国在这个领域做得比较成功的产品之一。这款产品是我们最早开始做的产品，叫"存储虚拟化"，后来我们把它变成了硬件，叫"存储网关"。我们主要集中在存储上面做技术研究和开发，把存储系统变成了一个高效联网的东西。当时计算机虽然联网成功了，但是它的存储还是单个的点，或者是一块一块的存储阵列，都没有联网。现在我们经常讲的"云存储"，这些就是开始在做联网尝试，就是把存储系统也同互联网一样，全部连接在一起，叫"开放式存储网络"。

刚才提到的"IP 网络存储服务软件 V3.0"，实际上就是我们最早做的一个雏形。我们从 1.0 版本开始测试，我们真正的产品 3.0 版本推出来的时候，实际上已经过了一年多了，现在已经到了 7.0 版本。目前版本还在不断地升级中，产品卖得也很好，这是我们最早的一款产品。

在做这类产品的过程中，因为产品比较高端，对计算机系统的要求也比较高，而且对计算机数据的关注度很高，所以我们的产品面向的都是高端客户。相对来说，公司的客户量会少一点。后来我们为了客户的需求，就把产品做得简单了一点，产品定位主要面向一些像做数据恢复的公司等单位。于是，我们又开发了另一款产品，现在我们把它叫"数据方舟"。这也是我们公司非常成功的一款产品，现在这两款产品基本上是五五分成，并驾齐驱地向外销售。

当然，今年我们又有新的产品被开发出来，将在今年下半年开始销售，但是公司最主要的业务还是从这两款产品衍生出来的。我们的产品不是说可以用到多少年，而是它需要不断地得到开发、更新。就像微软的操作系统，个人电脑系列的 windows 系统也是在不断地更新，最早是 Windows 3.1，后来升级到 Windows 95，Windows 98，Windows 2000。Windows 2000 出来之后，Windows XP 也出来了，接着是 Windows 7、Windows 8，现在是 Windows 10。它们的计算机操作系统版本在不断地升级，我们的产品也是一样的，也要跟着它们的计算机操作系统版本升级。

采访者：公司一开始瞄准的客户群有哪些？

任永坚：我们瞄准的客户群主要是机构客户，如政府、国防、公安、教育、医疗、金融、能源，以及企业等，而不是面向大众。个人用户不是我们的客户对象，因为个人用户对数据的需求很小，仍停留在电脑上的数据；还有一个原因是他们对价格很敏感。我们主要是面向机构，像政府、学校、银行、医院、大型企业等，它们对计算机系统的依赖度会非常高。公安、银行的计算机系统是不能停的，它们的计算机后台也很大。现在的医院对计算机系统的依赖性也比较大，计算机系统也是不能停的。可以说对计算机依赖度越高的机构或单位就是我们的潜在客户。

我相信我们公司的市场只会越来越广，因为现在社会对计算机的需求越来越大，特别是现在大数据、云计算的出现，这些都是我们的市场。我们与客户的交流是典型的 B2B（Business to Business，企业对企业）商业模式，这种商业模式做起来会比较辛苦。如果产品面向大众，就可以做广告，可以吸引他们购买，甚至可以进行价格战等。相反，我们面对的企业客户更多的是要求产品要好、服务要好，当然也有其他因素在里面。

采访者：您的公司在 2007 年的时候就和 IBM 公司合作了。

任永坚：是的。我们跟他们合作，主要是因为我们做的是软件，而软件最终是要有硬件设备作支撑，所以我们选了 IBM 公司给我们做系统。我们当时主要采用的是 IBM 公司的服务器，而 IBM 公司本身也刚好缺我们这方面的产品，我们用他们公司的 X86 系统，合作得非常顺利。就这样我们一开始就跟 IBM 公司有了一个比较好的合作，一方面我们用他们的硬件；另一方面他们把我们的解决方案也放在他们的代理商渠道里。

采访者：2010 年 11 月，在杭州成立了一个 IBM 解决方案体验中心——杭州分中心。

任永坚：原来我们机房里也成立了一个体验中心，是在我们老的办公室里，现在没有了，因为我们跟 IBM 公司的合作已经停掉了。IBM 公司在前几年把 X86 系列的产品卖给了联想，在那之后，我们就没有再跟他们合作了。我们现在主要是跟戴尔（Dell）合作了，用的硬件是他们给我们定制。

采访者：信核数据和 IBM 公司一共合作了多少年？

任永坚：应该有个五六年吧。

信核数据获得 IBM System x 2012 年上半年度杰出 ISV 奖证书

三 来自政府的关怀

采访者： 2008 年 10 月，萧山招商代表团赴美国硅谷推介招商，您当时参加了这个会议，并在推介会上生动地讲述了自身的创业经历，宣传了国内良好的创业环境。

任永坚： 对的，那个时候萧山的海归留学生回国创业氛围还是蛮好的，也有很多的学生选择留在国外。现在新一批的留学生当然就更多了，其他地方的留学生创业氛围也起来了，只是萧山起步比较早，走在前面。例如，杭州滨江区，也是很好的。滨江区本来就是高新技术开发区，它的留学生创业氛围很好，环境也很好。

萧山当时的领导对高科技的推动也很用心，因为他们看得到萧山传统行业非常强，所以他们也希望在高科技领域里有所推进。当时我来到萧山以后，政府对我们的关心也是蛮多的，比现在的关心还要更多一点，我们公司和政府之间的关系也走得非常近。当时萧山人民政府组织去美国招商，我和乔建明博士就跟着一起去。一方面，我们对美国当地情况比较熟悉，可以帮他们提前安排一些聚会、会议等，而且我们还可以现身说法，就我们在萧山这边的情况，通过现身说法，对留学生们来说可能会更有说服力。另一方面，这对我们来说，也算是对政府的一种回报。政府给予了我们这么多帮助，我们也要回报政府，所以跟着他们去走走，宣传效果还是可以的。

采访者：那公司在刚开始成立发展的时候，萧山区政府给了公司什么样的优惠政策？

任永坚：那个时候还比较早，不像现在政府的优惠政策非常多，这两年也重新补了一些给我们公司。当时没有什么好的政策，但是政府那种关心、人情味很浓，像当时的副区长张振丰，外经贸局局长魏大庆都经常跟我们在一起交流，提供了免费的办公室这个资源给我们，不像现在各个地方的政府为吸引人才都有一些补贴、安家费、开办费等各种各样的支持。当然现在国家需要留学生回国创业，经常会给支持，像启动资金 500 万元，甚至 1 000 万元等。

这些优惠政策，我们当时是没有的。当时我们回国创业不是国家呼吁我们回来的，而是我们自己想要回来做些事情，所以不一样。现在是国家经常开会呼吁让出国留学生回来，给他们买机票，讲解优惠政策，鼓励他们回国。从政策方面来讲，现在肯定是比我们当年要好很多。但从人情方面的关心来说，很多情况下是不能用金钱来衡量的，它会让你在这个地方工作得更加舒心，有什么困难可以找政府。

另外，当时萧山信息中心有一位胡主任，他非常欣赏踏踏实实做事的人。我们公司的产品做出来以后，在客户的推广应用上会是一件非常困难的事情。特别是你刚做出来的新产品，一定要有人用，才能叫案例。案例做出来后，才能对外去说，我的产品在哪里用了，还可以带客户去参观，而且产品在用的过程中还能发现问题，我们可以及时修改。万事开头难，他作为萧山信息中心的主任，非常果断地成了我们的第一个客户，这对我们公司的帮助很大，既给了我们信心，也是一种非常好的鼓励。

后来我在政协提案就提到，政府应平衡"政策倾斜"和"首购"帮扶初创企业。政府对新兴的公司，特别是刚初创的公司和中小企业，一定要大胆地采用它们的产品，采用它们的技术。国内政府在采购时普遍偏爱使用"高大上"的公司产品，大公司的产品它就用，小公司的产品它不用。其实这样对创业创新是非常不好的，政府应该帮扶中小企业，因为中小企业才是真正有创业活力的。还有一些初创企业的开端是非常难的，政府在首购等方面要多支持，让这些新兴产品能够在被使用的过程中得到提升，让初创企业能真正循环发展起来，这些方面的支持比资金扶持更有价值。所以萧山人民政府当时给我们公司的支持不是在资金方面，而都是在这些方面。

事实上，越往后面，政府的政策会越来越好。2013 年，萧山出台了一个叫"5213"计划的优惠政策，这个政策是专门面向全球征集海外高层次人才，并吸引海外留学生回来创业，给予重点类项目最高500万元的政府支持。因为我们来得太早了，当然享受不了。2014年11月，萧山政府又给我们补了一个政策，所以我们在经济上也享受到了一些支持。

采访者： 2014年的这个政策又是怎样的？

任永坚： 它是"5213"计划的"升级版"，以更大更有的人才政策，让海归在萧山快速扎根、快速成长。它规定，对特别重大项目通过"一事一议"，可给予最高1 000万元的资金扶持，原来是500万元；如果企业的项目特别好，可以先试用；并实施项目二次评审机制和评审补救机制，即2012年以前落户萧山的海外高层次人才创业项目，也可在评审后享受扶持政策；2012年以后经评定的项目符合一定条件的可再给予一次申报机会，如复评成功，则享受差额扶持。因为我们公司在萧山经营了那么长时间，政府也了解我们，知道我们没有享受过什么政策。我们后来通过这个政策重新补了申请，最后给了我们公司800万元的资金支持。我们公司应该算是海归创业里面得到萧山"5213"计划资金支持最高的一家，一般较高是得到500万元左右，而我们是得到了800万元，这是最好的一个位置。相对来说，我们在海归企业中做得算是比较成功的，开始的时候政府经济上的支持并不多，而多的是一种人文关怀上的支持。

采访者： 您现在拥有多重身份，那么作为科技界政协委员，有人评价您，说您参政议政时有股"拼命三郎"的劲头，外表斯文，但是骨子里是位爱较真的委员。您的提案有很多与海归创业相关，具体都有哪些内容呢？

任永坚： 我是杭州市的政协委员，也是萧山区的政协常委。我在市、区两级担任政协委员已经是第二届了。政协委员的职责之一，就是要提一些建议性的提案。提案的时候，我就要提我懂的东西，像怎样推动高科技发展，如何发展信息技术经济等方面的提案。例如，要加强信息安全的提案，当时大数据的概念还没怎么出来，怎样利用大数据分析情况来提高交通管理等，都是与我们日常生活息息相关的问题。还有一些提案就是根据我在国外的生活经历，看国内还有哪些需要改善的地方。现在国内的城市规划建设好多了，我原来看得最不顺眼的就是我们的交通，大家都不按规矩开车，交通管理确实也比较落后，我以前也会提一些这些方面的建议。

采访者： 您的这些提案里面，政府方面有没有落实得比较好的？

任永坚：政府真正想落实也很难。作为政协委员，我们不在乎政府最后落实得怎么样，但我得把问题提出来。因为政协不是执行部门，政协只是一个协商的地方，我把问题指出来，我给你建议该怎么样才能做得更好，但是如果政府不去做，这也是没有办法的事情。对我来说，后面他们做得怎么样，我们不知道，我们的任务就是把问题提出来，政府会来征求你的意见，然后就结束了。其实很多情况下这些提案他们都不会去做，这也是很正常的事情。其实在这个问题上，我们每年还可以继续提案。

四 信核数据的企业管理

采访者：2016 年 11 月 30 日，信核数据在"新三板"成功挂牌①，成为国内第一家在存储虚拟化技术与数据容灾保护领域拥有完全自主知识产权，并成功进入资本市场的高科技公司。公司的融资方面的状况是怎么样的？

任永坚：融资方面是这样的，公司刚成立的时候，萧山当地企业总裁的投资是第一笔天使投资，后来我们也引过两轮小的风险投资，之后又有一个自然人进来投资，所以我们公司现在有两个自然人，两个风险投资，加上公司自己员工的持股等。现在我们是一家股份公司②。在资金方面，公司仍然是在盈利的，所以资金也不是很缺乏。公司在"新三板"挂牌以后，它的融资功能并不是特别强，毕竟现在"新三板"公司太多了，有些还鱼目混珠。"新三板"刚开始的时候很火，很多人也去投资"新三板"，但后来碰到了一些损失以后，很多人就撤了出来。虽然"新三板"融资功能不是很强，但是作为一个公司，"新三板"的上市目标对我们来说实际上是一个规范化的过程。企业要竞争、要做大做强，就必须要规范化，我们做很多事情也都十分透明，都是按法律规矩来做事情，所以在"新三板"挂牌这方面对公司的发展还是有帮助的。

采访者：公司里的员工主要是通过什么样的方式招聘的？

任永坚：我们公司是分两块招聘的，一块是技术人员，另一块是营销人

---

① 新三板：全国性的非上市股份有限公司股权交易平台，主要针对的是中小微型企业。

② 2015 年，"杭州信核数据科技有限公司"成功股改，正式整体变更为"杭州信核数据科技股份有限公司"。

员。因为我们公司做的是底层技术开发，主要是跟操作系统打交道，是在内核里面开发，对职工掌握的技术要求较高，而这类员工在整个市场上是非常少的。我们不同于现在外面其他公司的技术开发，它们大部分都是基于应用开发的，像管理软件或者互联网开发等，这些都属于应用开发。

因此，我们的研发人员主要靠自己培养，我们招应届的本科生和研究生，然后再自己培养一年，基本上就能胜任工作。但是，真正做得很优秀的员工，则需要两三年以上的时间才能培养出来，所以我们的技术人员基本上还是以校招为主。公司主要基于一些原"985工程""211工程"高校招收员工，我们也还会去一些省级高校招。一般来说，较低层次的学校我们是不大会去招的，进来的学生基本上都是本科第一批次的。营销人员就完全不一样，我们基本上不招新人。营销人员是以社会招聘为主，一般都要有五年以上的计算机相关领域的销售经验。因为我们的产品不是面向普通老百姓的，我们是一种非常专业的B2B商业模式。例如，派你到一些机构去营销，你见到的都会是信息中心的主管，他们这些人都是懂技术的，所以公司到这些机构去营销的人员至少不要被别人看着像毛头小伙子，什么也不懂。所以营销人员也要懂这个业务，得是有经验的人。

采访者：您是如何管理和建设公司的职工队伍的？

任永坚：其实这不是我的强项，我是做技术出身的。我从美国回来，刚开始管理公司的时候就多一些"美国味"，对员工的管理非常的宽松，更多时候就像是一种"honor system"，靠的是自觉。现在慢慢受到国内影响，公司也开始有更多的考核和管理。总体来说，我们公司是非常人性化的，而像我们这种高科技公司，最大的财富都是靠员工创造出来的，我们没有生产车间，都是靠公司员工认认真真地做事情，所以我们公司的工作环境相对宽松，要让员工觉得自己在公司工作是很开心的，公司在待遇方面也尽量让员工满意。但是，现在杭州这个地方，有实力的大公司实在太多了，如阿里巴巴、华为、网易等，它们资金非常充裕，它们给员工开出的待遇条件，我们一时间是跟不上的。我们公司能做的就是尽量让员工感受到在公司里边仍然有很大的发展空间，让他们平时工作得开心。我们上下级之间也没有很强的等级观念，平时工作都是靠大家齐心协力，所以在员工管理上也轻松。

事实上，公司的职工队伍建设也不全是我在管，现在公司有一批很忠诚的员工，工作十年以上的员工也不少，这些员工现在都是公司的中层或者高层，他们都非常热心地管理着公司，帮企业带好自己的团队。我自己平时在公司待得时间也不长，要不就在外面出差，还有些时候我回美国看家人去，有公司这帮兄弟帮忙管理公司，我还是很欣慰的。

采访者：您觉得信核数据企业文化的核心是什么？

任永坚：公司进门的墙上写了三句话："以人为本，技术为道，以信为核。"① 第一句是"以人为本"，说的是公司最大的财富是人。第二句是"技术为道"，因为我们公司不是一个销售公司，也不是靠资源的公司。我们公司里的这些员工大都出身普通家庭，没有什么家庭资源，也不是靠关系，或者是走后门进公司的，都是靠自身的技术和能力。公司的发展靠的是我们把产品做好，让技术领先，这才是我们唯一能够把公司不断壮大起来的依靠。比我们资源多的人有的是，这也不是我想要做的公司。第三句是"以信为核"，就是公司做什么事情都要以诚信为主，这也是从公司名字转化过来的。公司名字中的"信核"，"信"既指"信息"，又表示"信任"；"核"也包含两层意思，一是数据是企业信息化的核心，二是诚信是企业的核心。因此，公司做事情从来不跟别人有纠纷，对客户我们永远保持诚信，对所有人都一样。公司跟我们的供应商、我们的投资人、我们的客户和我们自己的员工，说什么话，做什么事情一定都是讲诚信的，都尽我们所能地满足他们的要求，从来不欺骗，这就是我们公司，一个讲诚信、有信誉的公司。

采访者：公司还跟一些高校有合作吗？

任永坚：我们跟高校的合作其实也不算特别多。我本身就是杭州电子科技大学的在编教授。因为我办企业平时比较忙，学校也很谅解，没有给我安排课。我虽然不上课，但是也带研究生和一些年轻老师一起做科研，学校还是挺支持我的。其实，这几年我们和高校的合作也不是特别多，主要还是希望高校方能输送一些优秀的毕业生给我们。公司刚开始几年，我们和高校的合作会比较多，像公司跟浙大软件学院也有合作的关系，我帮他们带研究生，然后一些研究生也会来我们公司实习。后来公司人员的需求量越来越

---

① "以人为本"：人文关怀，共享成长。充满创业激情，尊重个人价值，怀揣共同梦想，崇尚包容共融，执"激情，创新，专业，荣誉"之念，携手开创大场面，共享创业之荣光。"技术为道"：术有专攻，创新致远。以留美博士为核心的技术团队，矢志以技术立于世，以技术创于道，专注技术创新，引领技术前沿，致力于为客户提供新体验，为社会奉献新价值。"以信为核"：内诚于己，外信于人。真诚面对每一位员工，每一位伙伴，每一位客户，把诚信融于每一个环节，以可信的技术，可信的产品，可信的服务，赢得信任，口碑载道。

大，我们就成立了专门的人力资源部门，由他们进行校招，这样与高校的合作就越来越少了。现在高校成了我们公司很好的一个客户群，我们的产品在高校里边也有很多的用户，主要是用于管理高校图书馆和档案馆等方面。

公司也没有打着高校品牌去宣传和标榜自己，我觉得我们的技术比一般高校的技术更偏向于应用。我曾经在高校待了这么多年，对高校的情况是很了解的。高校主要以写论文为主，但企业做产品跟搞科研却是两码事，我跟浙江大学和杭州电子科技大学的一些年轻老师们这样讲，对我们公司的员工也都是这样讲的。

二者之间的典型差别是什么？我原来在浙江大学任教时就已经成了国际上很有名的学者，后来我不做这个行业了，同行都觉得很可惜。但是我换一个行业一样可以做得很好，也不是非得做一个行业。包括那个时候，我写论文也是这样的。当我有一个想法，我就会去验证它。一次失败了，我会第二次继续验证、修改，或者是我的程序第一次编错了，或者是我的一个参数没写好。但是只要我成功地做出一次的时候，我就可以写论文寄给一些国际知名期刊发表了，所以你只要做出一次，就能成功，当然这里不能作假。相反，这和我们做产品就不一样了，产品做出来后，要不断地对它进行测试，测试，再测试，所以这是两种完全不一样的概念。

做科研时，一百次尝试里面只要做成一次，你就成功了，就可以写论文发表。但是做产品时，一百次测试里面只要有一次失败，产品就不能销售出去，就必须把这个问题找出来。做产品要比写论文严格得多，因为产品销售出去，最后把客户数据搞丢了，或者是整个业务系统搞崩溃了，是要负责任的。而且客户所处的计算机环境千变万化，各种各样的环境又是不一样的。

采访者：公司在发展过程中有没有遇到一些困难是您印象比较深刻的？

任永坚：有的。我们公司的发展相对来说比较平稳，因为我是一个做事情比较稳健的人，既是做研究出身的人，也是一名程序工程师，所以做事情的时候会考虑得比较全面，不像做商业出身的人胆子大。公司在发展过程中会有很多管理人员加入，也有部分管理人员离职，有时候公司内部会有些思想理念上的不同。公司虽然坚持"以人为本"，但是公司最大的困难就是出现在人的问题上面。有时候，人与人的理念不一样，没有办法也只好"分手"。在这个过程中，不管是技术人员，还是管理人员，这些员工的离职对公司的影响很大。特别是技术人员的离职，对公司来说挺可惜的。有的时候，公司员工跳槽，也不是因为我们理念上的差异，更多的时候是员工自身的生活压力。公司也是非常理解他们的，有的员工会和我说，他半年后就要结婚了，要买房子，但我给他的薪水不够高，所以他要离职。公司有一些管理人员的理念与我不同，有时候会说："老大，你做事情太稳健了，我们应该再向前跃进一步，看看公司银行里还有多少钱，应该把市场拓展得更大更宽，这个市场要不就做起来，要不就倒闭。"但这个不是我想要的。

在经营理念上，我想要的是公司稳健长足的发展。毕竟还有这么多人要靠这个公司发薪水，虽然没有给他们百万年薪，但毕竟还有很多员工是刚大学毕业没多久的小伙子应聘到我们公司这里来的，现在很多也买了房子，买了车，并有了自己的家庭。其实你要对这些人负责，不能我下个月跟他们说："对不起啊，公司倒闭了，你们找工作去吧。"所以我不想很冒进。

我觉得我们公司的管理理念和美国的公司更接近一点，我在美国待了14年，美国化的思维对我影响很大，所以做事情的时候自然而然地就是美国公司的思维。公司的经营发展需要卖出产品，并尽可能占有很高的市场份额，获得利润回报，这个当然很重要，开公司不赚钱也是一件非常不道德的事情，但是不能为了赚钱而赚钱。不是现在外面什么东西赚钱，我就去做什么或者投资它，这不是我们想要的。我们想要的是，在我们最擅长的这个领域里面，把产品做到全国最好，甚至是全世界最好。美国甲骨文公司，它就做了50年左右的数据库；英特尔公司，它做了一辈子的芯片；微软公司，它以操作系统为主，以这条线延伸出去。这些公司都是在某一领域里面做到最强，这才是我们想要的东西。国内的一些公司往往不是这样子的，它们是哪个赚钱就往哪里去。我们不做这种，因为那些领域我们也不懂。我们要做的就是把我们的产品在这个领域里做到极致，公司也不用很大，但在这个领域里边要做到最好。

现在应该说我们也做到了这一步，我们在全国存储网关这个领域应该说是没有对手的，在市场上的竞争对手主要是美国那些非常好的公司。而这个理念要始终坚持下去也很不容易，因为外面诱惑太多。而在中国做产品研发是一件很痛苦的事情，因为做研发投入很高，我们公司1/3的资金费用都用在了研发方面。如果我们拿去做系统集成，我就不用聘请那么多开发人员。但是这样子的话，公司的后续发展就没有了，产品也好不起来。

采访者：现在信核数据是中国唯一一家在数据存储和信息安全保护领域拥有自主知识产权的高科技公司。

任永坚：是的，国内在这个领域里面，我们公司是最好的，而且在很多情况下也是唯一的。上个星期有一件很遗憾的事情，军队要在国内大量采购某款灾备产品，总共有四家公司报名。军队列出了四个方面的测试，第一个是自主，要当场编译源代码；第二个是性能；第三个是功能；第四个是安全，各自公司的产品在这四个方面全部都要测试一遍。四个测试结束后，其他三家公司的产品都被淘汰了，只剩我们这一家。但是根据《中华人民共和国招标投标法》，如果没有三家 qualify，就会流标，太可惜了。本来这将会是我们公司一张巨大的订单。

采访者：您觉得信核数据将来要走得更远的话，接下来会制订什么样的发展计划？

任永坚：每个公司都有自己的发展思路，我们也有自己的发展目标并会努力去实现它。但是具体做得怎么样？有很多事情不是光靠自己去想就能实现的，会遇到各种各样的原因，最后能不能做成功，是另外一回事。反正，只要信核数据还在我的管理下，公司就一直会以技术为原则，把产品做好。但又不是死守着一个产品，或者是只守着原来的那些产品，我们要让这些产品不断地改善，增加新的功能。

技术一直都在发展，如十年前没有云技术①，现在不是这个企业上云，就是某个政府机关上云。我们的产品也要跟着云走，要跟着社会向前发展，所以我们现在的存储管理和设备都是走向云的。我们现在跟华为、阿里巴巴、腾讯都是合作伙伴，我们的产品也是它们产品线生态圈里的一部分。

技术一定要跟着往前走，公司能获得生存一定是和自身的技术有关。自身技术发展的时候要有自己特色的东西，不能总走别人的路，别人在做什么，我们就跟着去做什么，这肯定不是我们想要做的事情。我们要做的一定是产业生态链里面的增值服务部分，或者说做你们不会做而我们会做的那部分，这时肯定是我们自身技术说了算。

企业的另一个关注点是什么？就是有了产品以后还需要有好的市场营销，市场营销其实一直是我们公司的弱项，主要是由于我们都是做技术出身的，我们要是做销售出身的公司肯定就不会是这个样子。俗话说"酒香还要常吆喝"，所以我们还需要在市场上做得更好，继续提高公司的营销水平。现在我们的营销思路也在变，我们希望公司的项目能更多地与更好的平台合

---

① 云技术：指在广域网或局域网内将硬件、软件、网络等系列资源统一起来，实现数据的计算、储存、处理和共享的一种托管技术。

作，借助一些大公司、政府，或者是一些号召性的风口，如"智慧城市""企业上云""数字经济"等，这样的话，公司的产品市场可能会更广阔一点。

反正做企业的要发展就是要有拿得出手的产品，产品也要卖得出去，说到底就是这两个。我们在技术上强一点，营销上弱一点。要怎样才能把这个弱一点的短板补起来，强项继续保持，有各种各样的做法，我们也不一定能够完成，但是知道了方法，我们就会努力去做。最重要的是，无论我们是做企业管理层，还是做企业员工，都要工作得开心，相互尊重，并遵纪守法地做事情。

五　对萧山未来的展望

采访者：您对于萧山这几年来打造"智慧城市"①，有什么看法？

任永坚：现在全国许多城市都在打造"智慧城市"，但是要成功打造"智慧城市"这个事情，我想还是挺难的，现在全国也没有一个城市可以真正地把"智慧城市"建起来。"智慧城市"这个概念最早应该是 IBM 公司提出来的，当时它也没搞清楚到底要怎么做，更多的是从卖它自己的产品为主。其实，现在真正想把它建成"智慧城市"，还是有很多很多的挑战要面对。

采访者：要真正将萧山打造成"智慧城市"，还需要在哪些方面努力？

任永坚：萧山其实是全国第二批"智慧城市"试点城市，当时我们也鼓励政府去申请，最后也确实申请下来了。后来政府主要领导换了，很多事情又都是领导说了算，所以具体事情就有不一样的做法。"智慧城市"真想建起来，首先没有主要领导的关注是做不下去的，所以主要领导一定要有这个意识；其次一定要有一个统筹，就是要有一个小组来统筹整个区的资源，不能各做各的。例如，每个单位都在自己的项目申报上面冠以"智慧"两字，如果说建设"智慧城市"的话，那就只是叫叫名字而已，如我是人力资源和社会保障局的，我就叫"智慧社保"；我是交通局的，我就叫"智慧交通"；

---

① 智慧城市：指运用信息和通信技术手段感测、分析、整合城市运行核心系统的各项关键信息，从而对包括民生、环保、公共安全、城市服务、工商业活动在内的各种需求做出智能响应。其实质是利用先进的信息技术，实现城市智慧式管理和运行，进而为城市中的人创造更美好的生活，促进城市的和谐、可持续发展。

等等。假如都这么做的话，最后做出来的，就会和原来一样，只是换了个名字而已，没有起到实际的作用。

"智慧城市"一定要把数据打通，资源共享，才能真正起到作用。每个单位都各做各的，最后还是没有用。首先，主要领导要有威信，行政命令下达到下面后都能认真执行；其次，资源要统一归口。不能说你这个可以审批，他那个也可以审批，最后搞到大家都可以审批，所以一定要对所有的资源进行统筹。这样子的话，资源集中起来，才能做好顶层设计，接着才能真正地按照这个目标去做。

建设"智慧城市"也不是一年、两年或者几年就能做好的，可能要十几年的时间，这是一个慢慢演化的过程，这样才能越做越好。现在我们各地的智慧城市真正做得好的，我看来看去，包括国家第一批的"智慧城市"，最后都是不了了之。因为我们国家的地区主要领导变化太快了，萧山的主要领导两三年换一次，上一任走掉了，下一任可能对上一任原来做的东西不感兴趣，这和他本人的经历有关系。就像我刚才说我们公司现在的经营管理状况是跟我自身的经历有关，我是搞技术出身的，所以我们公司走的是比较稳健的路。地区领导也一样的，如果领导原来是搞城市建设的，他就会想着城市怎样改造，马路要怎么修；如果领导原来是科技局局长出身，他可能对科技会比较重视一点。因此，萧山要成功打造"智慧城市"还是有很多路要走的。

采访者：最后一个问题，结合您自身的工作和生活经历，谈一下您对萧山，对萧山精神是怎么理解的？

任永坚：我非常热爱萧山这片土地，直到现在我还一样认为公司当初决定到萧山落户是一个非常正确的选择。第一点是萧山政府非常务实，所以我在萧山一待就待了 12 年。我们在外地有办事处，也有分公司，不管是南京的公司，还是上海的公司，或者是其他地方的公司，一比较下来，你就会知道萧山政府的服务意识是非常强的，在这边做事情有些问题根本不需要你去费心。因为萧山是靠当地的民营企业发展起来的，政府就会非常关心和支持各家企业的发展。到目前为止，从来没有任何部门，或者是税务局人员到企业里去找你茬。只有你有什么事情需要帮助的时候，你去找他们，他们会来给你提供帮助。萧山在这块做得是非常优秀的，这也是为什么萧山会有这么多好企业。

第二点是萧山人有一种闯劲。萧山的大老板太多了，产值做到上千亿元的公司很多。我非常佩服这些民营企业家，他们的个人魄力太大了，动不动就投资上百亿元。他们都具有萧山人引以为豪的"围垦精神"，就是"奔竞不息，勇立潮头"。萧山人很少有要给人家打工的思维，都老想着自己创业做老板。现在的萧山年轻人也是一样，第二代现在已经很富了，他们基本上都是留学回来办企业，大部分都不跟老爸一起学。萧山精神真的非常好。

另外，萧山也有自己的一些问题，它在整个经济转型上可能会困难一些。因为萧山的传统行业太强，转型起来就困难一些。高科技这块，萧山政府也想做，只是因为传统行业实在太强了。其实，萧山的每个领导班子都希望能在自己任上看到萧山经济获得发展，但想要转型就会碰到一个问题：转型，它会有阵痛。在转型的过程中，整个经济发展得可能不是那么快，或是停顿，甚至往下走。很多人都不愿意去经历这个阵痛期，那只好继续把重点放在原来的传统行业上。原来萧山是稳稳的浙江老大，现在萧山经济不如以前领先了。因为经济增长永远是往新的方向发展的，萧山还是总想着做纺织业、钢铁业，黄金时期没把握好，就会被别人赶超过去。现在萧山同滨江、余杭、鄞州、北仑这些城区的差距就越来越大了。

事实上，政府也很难，对萧山经济伤害很大的一个因素是主要领导任期太短。我来到萧山12年，应该换了五任领导班子了吧，这样对萧山经济的发展肯定会有影响。最后，我想说的是，萧山对我很好，政府也很支持我们，我非常感谢萧山。我也很敬佩这个地方的精神，萧山确实是一个非常好的地方。

采访者： 谢谢任总，我们的采访就先到这里，您今天讲得很精彩。

任永坚： 我就是实事求是地讲，你们今天也辛苦了。

勇攀中国制造高峰，静思实体经济出路
——汪金芳口述

采访者：潘立川、郑重、邓文丽　　　　整理者：潘立川、邓文丽

采访时间：2018 年 7 月 25 日　　　　采访地点：钱江世纪城诺德财富中心

口述者

汪金芳，1958 年出生，浙江萧山人。他于 1979 年 5 月创办萧山径游农机修造厂（以下简称农修厂）；1982 年至 1995 年先后在萧山径游印刷厂、萧山径游纸品厂、萧山径游节日灯具厂、萧山第五羊毛衫厂、杭州羊毛衫厂萧山分厂工作；1995 年创立萧山市金泰彩印厂；1998 年至今担任杭州金泰胶带有限公司（以下简称金泰）、浙江肯莱特传动工业有限公司（以下简称肯莱特）董事长。他不畏艰难、勇于创新，是世界上第三种机械传动新模式"摩擦与啮合复合型传动系统"的发明者，曾获"十大浙江民企英才""中国经济风云人物""全国化工优秀科技工作者""中国最具创新企业家""中国中小企业创新先锋人物"等荣誉称号，曾申请和获得40 余项国际、国内专利，主持和参与制定多项国家及行业标准。

一　我这个人的性格是有点不满现状

采访者：汪先生，您好！很高兴您能够接受我们的采访，您是改革开放萧山地区历史进程当中的重要人物，我们希望您能够谈谈您的创业之路以及您创办肯莱特的历程。

汪金芳：谢谢，很高兴、很荣幸能够跟大家一起畅聊我们国家改革开放

40年以来我们萧山地区以及我自己几十年来从事企业经营的一些体会。

采访者： 汪董事长，请您先简单介绍一下自己，如出生日期、地点，工作经历，以及家庭的一些情况。

汪金芳： 好。我是1958年12月在杭州萧山出生。在改革开放之前，整个中国的经济社会还是比较落后、比较艰苦的，而我这个人的性格是有点不满现状。我年轻的时候，就有一个想改变这种现状的念头，因为我们那个时候、那个时代很单一，基本上以农业为主。我那时候很瘦小，身体也不是太好，农村那种非常艰苦的体力活身体实在承受不了。那时候条件艰苦，我们家兄弟众多，一共有六个兄弟，在家里我排行第四。家里仅靠我父母微薄的农活收入来维持生活。我们那个时代读书机会很少，加上我父亲是国民党员，成分不好，所以整个家庭在社会上的地位很低。

那个时候我想去当兵，但是连体检的资格都没有，更别说去当兵了。别的机会也没有，那个年代农村里的年轻人只能在农田里做繁重的农活，干农活特别辛苦，青黄不接的时候还吃不饱饭。然而我的父母亲就经常鼓励我们要好好读书，我的学习成绩还不错，但由于成分关系，没能获得更多的升学机会，我中学毕业后也只能在农村生产队做农活。而我身体又单薄，所以我父母亲就叫我跟我哥哥去学竹匠手工艺。我做学徒时的年龄实际上只有15周岁，那时候其实我是很不情愿去做竹匠手工艺学徒的，我唯一的愿望就是能继续念书，但是为了生活，我父母亲只好逼着我学竹匠手工艺。

由于竹匠手工艺这项工作非常艰苦，特别是学徒期间。你想一个小小少年，正是长身体和睡懒觉的阶段，必须在凌晨四五点就起床，还要走到三五千米之外别的村庄去学手工艺，到晚上八九点之后才回来，每天要来回走十几千米（那时候没有交通工具）。我一直不甘心这样工作，就一直想改变自己的现状。当竹匠的时候，我做梦都想着去读书。因为那个时候工厂很少，进工厂工作需要学历。如果能进工厂，那真的是像进天堂一样，所以那时候我就拼命地读书。有一点我是非常坚信的，就是知识可以帮自己。我从小的志向也蛮大，就是一定要在世上创造一些东西，当然了，那时候也并不是说有很明确的目标，很确定我要做什么，但是梦想的种子已经在那时候播下。后来也有机了了，因为读书这条路已经通了。我小时候非常喜欢看书，那个时候同学都叫我"书呆子"，我读小学四年级的时候就看《水浒传》。我们家里古书比较多，我也喜欢看国外的侦探小说，反正有什么书就看什么书。一方面是自己的喜好；另一方面也是弥补没有读书的遗憾，希望能够提高自己的文化知识水平。"书中自有颜如玉、书中自有黄金屋"，就这一点来讲，读书对于我日后的帮助还是很大的。改革开放的第一声春雷响彻祖国大江南北，1977 年下半年国家恢复高考的好消息发布，当时我非常兴奋，立刻报名参加了。虽说成绩刚好合格，但由于不懂得填写志愿，我把志愿填得太高了，导致没有录取。不甘失败的我继续参加了 1978 年的高考，然而成绩不佳，又名落孙山，很不幸跳出农村的第二个希望通道被堵了。

即便如此我还是在千方百计地思考如何摆脱那种艰苦繁重的体力劳动。1979 年的时候还是人民公社，工厂也叫社办工厂，正好当时公社里有这个需要，要创办一家农具修造厂，我们紧紧抓住了这次机会。我和我的师傅（我哥哥汪炳方、李关虎等）以及其他师傅、师兄弟们一起创办了农修厂，就这么慢慢一步步地走过来了。

采访者：您是什么时候到农修厂工作的？

汪金芳：1979 年上半年，（农修厂）创办之初就 20 个人左右，性质是社办工厂，属于集体企业。

采访者：您当时进厂从事哪方面的工作？

汪金芳：从事出纳工作。虽说我的主要工作是出纳，因为当时工厂规模不大，我还兼做车间生产。尽管我当时比较年轻，才 20 来岁，在这之前我就已经带了几十个人到外地去承包农具修造工程业务。

采访者：您是如何积累创建经营工厂经验的？

汪金芳：是由于承包业务工程的经历与经验，所以积累了创建经营工厂的一些经验。之前在 1977 年到 1978 年我就到嘉兴、湖州的竹器工厂工作学习。我从小思维就比较超前，但即便如此，我们所创办的农修厂在经营过程中也是比较艰难的。1981 年农具厂因为承接了宁波一家企业较大的订单，需要 2 000 元的流动资金（在当时 2 000 元资金是一笔大的数额），去向银行贷款，但是由于行长不同意，贷款没有通过审批（当时贷款全凭面子），农修厂缺乏流动资金，无法承接该业务，导致了农修厂的停产。当时公社的领导看到我工作比较努力认真，就把我调到效益较好的印刷厂当供销员，当时我记得好像是 1983 年吧，具体时间我也记不得了。后来由于我的工作成绩突出，被提升为副科长。

采访者：当时您的身份是干部身份？

汪金芳：是的，那时候我的工资已经有 60 元了，还有 5 元的职务补贴，每个月能拿 65 元。

采访者：您能不能介绍一下当时径游地区的情况？您刚刚也提到了，很多企业都是在径游当地创办的。

汪金芳：径游是一个地名，是原浦阳镇下属的一个乡。原先在老浙赣线上有个浦阳火车站，就在径游这个区域。钱塘江支流浦阳江贯穿整个原径游乡。径游是一个人杰地灵的地方。径游人那时候的工业基础是不错的，在20世纪70年代末80年代初的时候，就已经有农机厂、小布厂、印刷厂、羊毛衫厂、麻编厂、农修厂等大大小小的企业几十家，但是规模都不大。这些企业办起来的时候，农修厂也是其中之一。那时候整个径游在萧山的南部地区是比较发达的，径游人也比较勤劳，比较有创造力。

采访者：您能简单地介绍一下萧山径游纸品厂和萧山径游节日灯具厂的情况吗？

汪金芳：萧山径游纸品厂创办于1986年，萧山径游节日灯具厂是一家村办厂。因为我工作认真，在经营管理企业方面又有一定的能力，当时还担任了本村的村副主任，我们村领导就聘用我兼任灯具厂厂长。灯具厂的规模也不小，最多的时候有八九百工人，最少的时候也有三百多工人，主要是生产外国圣诞节用的霓虹灯以及进行灯具加工。到了1991年底，又把我调到杭州羊毛衫厂萧山分厂（萧山第五羊毛衫厂）任厂长。那时候我做企业比较认真，他们把我调来调去，调到其他行业，而我又比较喜欢钻研，每到一个新行业就喜欢埋头苦干、认真钻研，对每一项工作都喜欢认真研究、思考，所以我在每一个行业都做得比较出色。那时候虽然我年龄不大，但经过自己的努力学习，特别是在企业管理方面还是有一定能力，也做出了一些成绩。我调任羊毛衫厂厂长时，就亲自跑市场、做调研，根据当时的市场消费情况，调整了产品结构，曾经在一段时间里业务繁忙，在同行中帮助我们加工的企业就有十几家，同时也为当地老百姓创造了很多的就业机会。工厂业绩还是不错，当然和当今现代的工厂就不好比了。

采访者：那个时候您自己已经有意识，要下海创办企业了吗？

汪金芳：对，那个时候我自己家里面也有工厂。我觉得我做的都是集体的，而我自己又比较有能力，就想着自己单独再办个企业。1986年，我自己办了家纸品厂，我记得是萧山最早的几家私营企业之一。在这个过程当中，有一点我对自己比较认可，就是公私分明，集体就是集体，个人就是个人。甚至当时集体资金不足的时候，我个人还出钱资助集体工厂，这一点我认为跟原先的家庭教育是分不开的。尽管我父亲从成分上来讲并不好，但他是一位非常诚信、非常真诚的人，他一直教导我们，包括我母亲，决不允许我们拿别人的一针一线，所以说家庭教育非常重要。在经营企业的时候我也一样公私分明，绝不会去坑别人或者去占别人的便宜。这在我自己在从事工作的时候起了非常好的作用，从我经营企业一直到后面企业出事之前，各界对我都是褒奖。

采访者：纸品厂都是自己家里人过来帮忙吗？

汪金芳：对，自己家里人一起帮忙生产、打理。特别是我妻子李爱芳，她对我创业非常支持，她除了每天起早摸黑做好家务和农田的活外，还没日没夜在纸品厂生产一线做事情，还要给厂里的工人做饭，不辞劳苦，可以说，没有她的支持，我的纸品厂业务也不会发展得那么好。

采访者：那后来纸品厂是不是就发展为彩印厂？

汪金芳：对，到了1995年的时候又成立了萧山市金泰彩印厂，也是我私人的。

采访者：能介绍一下当时彩印厂的情况吗？

汪金芳：那时候彩印厂做的产品实际上跟纸品厂做的产品是一样的。那个时候我们国家很落后，国内造的纸厚度以克重来衡量，克重也只能做到350克到400克。而最早的男装衬衣是有纸板放在领子下面，必须要有一块克重在500克以上的衬纸板把衬衣的领子立起来（由于衬衣对该纸板的要求非常高，它不仅把衬衣的美观装饰起来，而且该纸板必须平整挺括，不会霉变），但这种纸板当时在国内还无法生产，而这种纸板也是我创新的。我们当地有位老先生，是中国美院的一名裱画师，在我的描述下，他把两张相应的纸板叠糊起来，裱糊之后就超过500克了，这个纸板的质量就达到衬衣厂的要求了。当时宁波的青春服装厂（即现在的雅戈尔集团）、上海开开服装厂、绍兴第一衬衫厂、绍兴第二衬衫厂等企业都需要这样的衬纸板，都是我们提供衬纸板。20世纪80年代初我就开始做纸板了，当时我们做的衬纸板很好，销路在当时也是不错，产品供不应求，这个收入也是我的第一桶金。

采访者：除了这个衬板，彩印厂还有其他的产品吗？

汪金芳：其他的就是彩印业务，后来我觉得这一块的产值比较大，就继续加大投入，最高的时候我已经做到700多万元的产值。而且可以扩大经营范围，增加彩印业务，就准备继续加大投入，计划购置三四台国外进口的彩色胶印机，品牌是海德堡①。

---

① 指德国海德堡印刷机，德国海德堡印刷机械股份公司与我国已经合作40多年，是全球最大的成套印刷设备生产商。

采访者：彩印厂停掉的原因是什么？

汪金芳：1995年衬纸板的业务进一步扩大，并且它的运输吞吐量很大，但是竞争激烈，同时产品的利润也越来越薄。那个时候由于衬纸板的产品特性，就是要靠天吃饭。纸张裱糊出来之后，必须要在太阳底下晒干。那个时候我就相当于一个气象预报台了，每天预测天气情况。像今天这个天暗下来，我就有点担心了。因为我们南方的雨说下就下，如果纸张被淋湿了，几乎就报废了，它不仅是我们工厂的损失，也会影响交货期。那时如果出现连续的阴雨天气，我就像热锅上的蚂蚁，急得团团转，无奈之下就用比较落后的方法，在屋里用煤炉、红外线灯对纸板进行烘干。但在1995年的梅雨季节，不幸的事情还是发生了。当时在后半夜，由于值班人员困乏，在烘焙纸板的过程中不慎发生了一场大火灾，在大半个村乡亲们的扑救下，火是扑灭了，但企业的损失巨大，几乎烧掉了全部的产品与材料，幸好没有出现人员伤亡事故。痛定思痛后，觉得这个产业需要转型，而且彩印业务设备投资大，产品科技含量不是很高，市场竞争也很激烈，进入门槛低，市场利润很低。因此，我一直在寻找转型新产业的机会，这也是停掉彩印厂的主要原因。

二　我想踌躇满志地攀登最高峰

采访者：您后来为什么要创办这个胶带生产公司呢？

汪金芳：创办胶带生产公司，当时也是一种偶然。1998年的时候，我本来要扩大彩印厂生产规模，准备引进海德堡彩色胶印机。在和朋友吃饭时了解到一个信息，正好我的一个朋友在吉利公司工作，是那边的一个中层干部，他提供了一个信息：胶带也就是机械传动的皮带，当时在我们国内还不能生产，就算生产了也都是外资企业生产的，胶带行业应该是属于新技术的领域。当时摩托车、踏板车里面用的那个皮带非常畅销，价格也不低，从国外进口的话要几十元、上百元一条。我的朋友跟我说，"目前的胶带是供不应求的，无论生产多少他们公司都需要"。中国的第一辆踏板摩托车是李书福、李书通两兄弟创立的吉利公司①生产的（那时候吉利公司还没有生产汽

---

① 指始创于1986年的浙江吉利控股集团（以下简称吉利公司），自1997年开拓汽车业务以来，逐渐发展成为中国汽车行业十强企业。

车），当时踏板摩托车的市场很大，所以胶带需求量也很大。如果产品能够畅销，那么创办一个生产胶带的企业就无后顾之忧了。根据他当时提供的信息，我做了前期的调研与考察，觉得确实是一个机会，于是我改变了扩建彩印厂的想法，这也是将彩印厂进行转型的机遇，因此我就关停了彩印厂，准备筹建上马胶带厂。当时我对生产皮带、对橡胶领域比较陌生，也不在行，但是我刚才也说了，我这个人有一个特点，就是对任何一个领域好像有一种天生的领会能力，于是我就一头钻进去了。虽然后来我们组建工厂的时候就渐入佳境了，但是当时创办的时候也遇到困难，这也是非常正常的，任何一家企业在创办之初总会出现这样那样的困难，需要时间慢慢走出困境。我记得中国最早的橡胶出口企业就是我们公司，当时我们的企业叫作杭州金泰胶带有限公司。那时候我们是三个人合伙，我们的品牌是三个"J"，是我设计的，中间的是一个旭日，意思是金泰，就是紧密地团结在企业周围，象征着红日蒸蒸日上，在这样的思维下就设计了商标。

胶带在那时候是一个新兴的产品，俗话说"女怕嫁错郎，男怕入错行"，当时我认为我做的那个印刷行业由于产业因素，无法大规模地发展，而我这个人心志比较大，还是想发展那些前景比较广阔的领域，但是当时由于基础方面的问题，也一直突破不了。曾经有一两年，企业经营非常艰难。由于企业亏损巨大，当时亏损了好几百万元。跟我合资入股的两个人，因为他们是大股东，而我是小股东，所以他们是 55% 的股份，我是 45% 的股份，但他们两个人拿出来的资金加起来也只有不到 30 万元，而我已经投入了好几百万元（这些都是我关停卖掉彩印厂的资金），我的股份却只占 45%，而且他们又不愿承担经营风险。我想这样不行的，这样的责任是我承受不起的，要么我退出，要么他们退出。经过协商，他们同意退出，企业由我来经营，而我没有让他们承担亏损，我不想给别人留下话柄，两年之后他们两个人的投资（包括利息）我全部退还给他们了。因为我自己觉得这个企业发展的前景还是有的，只不过是我们经营的过程中没有做好而已，也就是销售瓶颈和生产技术瓶颈没有突破。因为这个判断，我就把企业接过来了，通过我的努力把这个企业发展起来，事实证明我那个决定是非常正确的，而且我没有亏欠别人。

采访者：当时金泰的主要产品是什么？主要销往哪些地方？

汪金芳：当时的产品有几个方面，其中一个领域是摩托车的皮带，后来我们慢慢地发展到能生产汽车皮带就是汽车发动机的皮带，销往国内外。在

2000年的时候，具体时间我也记不得了，但是有一点是肯定的，我们是全国最早的胶带产品出口企业。

出口的地区包括欧洲、美洲、非洲和东南亚，那时候除了大洋洲，其他大洲基本都有贸易。像美国、德国这样的发达国家，我们也有出口。德国有一家公司找遍了国内同行胶带企业，最后才找到了我们金泰。一开始这家德国公司通过外贸公司找到我们金泰，觉得我们产品质量好，就是价格太高，我让他们去同行企业采购，但是他们对别的企业的产品质量不满意。到了第二年，他们换了一家外贸公司，绕来绕去，还是找到我们金泰。我们知道还是这家德国公司后，装作不与他们合作，因为我知道他们一定会回来找我们生产的。果然如此，他们不得不又找上门要我们生产。由于材料涨价因素，我们产品需要涨价，他们不愿意，又去找其他同行企业，结果找了一圈，还是只能找到我们金泰。后来那家公司的老板找到了一个中国的留学生，给我打电话说要降价。我说："我不但不降价，还要涨价，原因很简单，我的价格高是有道理的，德国公司的产品价格比我高好几倍呢，为什么他的价格高？凭什么？"他说："他的质量好。"那我说："难道我的质量不好吗？不好的话，你肯要我的产品吗？"对于我们的产品质量，我非常的自信。当时我们在全国就设立了300多个销售点。如果我这个企业不出问题的话，在全国至少会有2 000多家销售点，在海外市场上，我们的产品市场形势也非常好。因为我们很多发明产品是填补全球传动带行业空白的。

采访者：在金泰的经营过程中，有哪些令你印象深刻的事情？

汪金芳：有的，如当时我们没有质检机就手动进行检测。我们那时候认为产品的质量好坏，需要通过一系列的设备和环节来检测。但这套检测系统没有几百万元、几千万元的投资是实现不了。就我本人而言，第一个是办企业时间比较长，第二个是比较好钻研，第三个是我有比较独特的思维。我当时检测用什么方法呢？我就土法上马，就用一把刀把它切开，皮带的质量好坏就看它的内部黏性好不好。如果有检测设备，是可以通过设备检测的，但是同样的检测方法，不同的设备它出来的数据不一样，质量也就不一样。在当时没有检测设备，我就换成人工方法凭经验进行检测。在生产过程中，我就用老虎钳把皮带拉开，因为我自己心中有数，我拉的力度是怎么样，能拉多长。如果皮带很轻易地被撕开了，那么这个皮带质量肯定有问题；如果胶带黏性好，我拉的部分一拉就断，那说明这个产品质量没问题。后来，随着企业的发展，我也投资了数百万元购置了全新的自动化检测设备，也建立了新技术、新产品研发中心和实验室，建立了一套可追溯的质量保证体系。当产品研发成功的时候，我就警告自己，手工生产有一个最大的特点，就是质量不稳定，你今天能够做世界上最好的产品，明天也许会生产世界上最差的产品。因为手工做的就有随意性，所以当时控制质量的时候就围绕着以下这几个方面：第一个是工人必须要严格按照操作流程规范来操作；第二个是严格把控产品的工艺流程；第三个是在配方上，在维持产品成本的同时，不能降低产品的质量，这一点我们是坚持要做到的，所以当时进行产品配方的时候，我是自己亲自参与试验，做一些破坏性的试验，先不考虑扩大生产，我只考虑到我产品的质量。产品的质量上不去，我就不能大批量地生产，我们的配方到目前为止还没有人能够仿冒出来。同一样产品的质量，它的配方肯定是不一样的，因为化学产品它有一个特点，一个配方成分比例不一样，它反应的作用会完全不一样，有一个恰到好处的点就是临界点。所以当时我就慢慢地在配方上面做试验，也受到一些专家的指导。在配方上我经常去请教橡胶领域的一些高级工程师，慢慢在他们的只言片语中提炼我需要的东西，然后根据我们的工艺来生产。因为同样的配方换一个工厂去做，也会有不一样的结果，因为它有很多的临界点，需要符合生产的流程和环境来配合，这是非常关键的。

采访者：您为什么当时会觉得传动带的前景会非常好，然后就进入了这个行业？

汪金芳：实际上现在想起来也有一点过早了，但是也不一定有很好的产品，只是那时候觉得销路不成问题。因为中国第一辆踏板摩托车是由吉利公司生产的，我就想，如果这样的公司做我们的客户，肯定不用担心销路。我之前的产品，如印刷行业的，又是相对比较粗放，技术含量并不是非常高，就觉得如果进入皮带这个行业比较不错，有一定技术门槛。当然，现在想起来皮带行业也是比较狭窄的。

采访者：企业达到一定规模是什么时候？

汪金芳：真正上规模的时候应该是2003年，此前规模还不是太大，有几个方面的原因，其中一个方面是竞争太激烈，我们产品的档次虽然高，但是他们可以用我们几分之一的价格来出售，加上他们的质量和生产成本又比较低，他们的利润肯定是很好。他们为了抢占市场，都是采取这种相对倾销的方法，而我们注重的是质量，因而产量和效益就提升不起来。当时我们的方针是能够维持得过去，靠技术研发来突破，等以后要爆发的时候，靠的就是创新产品。其实当时我们已经做了几个在国内国外是空白的新产品，但是做一个死一个，因为那时候基本没有技术壁垒和知识产权保护。你做一个出去，别人马上就能仿冒出来，实际上它们的质量差，但是比你的价格低，中国也是一个买低不买高的市场。到2004年、2005年的时候，我去研究石油产业使用的皮带，因为我知道这一块市场门槛比较高，中国石油和中国石化不是说想进去就能进去的。当时我认为我们的产品成功之后，我们这个市场会是独一无二的，当时基于这样一种思维，就投入了大量的资金去做石油行业节能传动带的研发。到2010年，我的鞋厂也慢慢地产生效益了，这家鞋厂在支持我的皮带企业。我这个胶带厂已经被列入浙江省1 000家、杭州市500家、萧山区200家的创新型、重点扶持的企业。2011年我们的石油节能传动带在大庆油田成功进行了测试，国务院国有资产监督管理委员会（以下简称国资委）的领导都莅临考察，石油节能传动带在油田的使用效果非常良好，市场前景也非常广阔，在整个行业中的名声也很大。那时候企业的前景的确非常好，已经计划在全球市场布局。我当时准备建新工厂的时候就已经有这个新发展的思路，因为新工厂是按照年产15亿元产能的大生产规模来设计，如果市场局面打开，我就考虑到全国各地去建分厂，萧山新工厂的那个地方，我准备建立全国特种传动带的技术研发中心与质量检测中心。

采访者：那是什么时候？

汪金芳：我记得是2012年，2012年的时候就搬到新厂房，也在浦阳镇。如果经过杭金衢高速公路，在浦阳江大桥上就能看到一片绿色的厂房，那就是我们的新厂房，我们新工厂建得非常漂亮。

采访者：在肯莱特创办之初，企业遇到哪些困难导致不断亏损？

汪金芳：在肯莱特创办之初，市场没有我们想象的那么简单。我们创办的时候其他企业的产品也出来了，竞争很激烈；同时资金上的货款、收款非常慢。胶带生产有一个特点，大规模生产不是一下子就能够出来的，肯定要局部、部分来进行，而且产品的质量不好把控。像夏天高温天气，产品就很容易出现问题，橡胶很容易烧焦，因为橡胶对温度有严格的要求，冬天天气很冷的话也容易出问题。在炼胶的过程中，它黏性不够的话就会脱胶。还有就是下雨天，特别是梅雨季节，空气当中的湿度大，橡胶内部会出现气泡。就我刚才说到的，如果橡胶硫化的时候，没有一点压力，那它就是海绵，就像一团橡胶面粉一样，揉进去了以后，让它无限膨胀，那它就是海绵了。如果你把它压缩了之后，那它就是橡胶，它的致密度很高，分子结构很紧，不过那个时候的质量老是不稳定。

当时我们想和摩托车主机厂合作进行推广，但是他们订的合同条款都非常苛刻。我记得江苏无锡有一家工厂，宁波也有，还有重庆的力帆，这几个工厂我都去过。对方要求如果我的一条皮带出现质量问题，就要赔 30 万元，30 万元那个时候吓死人呐。他说："你只要一条皮带质量不行了，我整个产品就 100% 质量不行了。"他说的也有道理的，我就不敢定，我定了，那我卖几万条皮带赚的钱，还不够赔一条皮带的。于是我决定去开拓售后市场，这个时候的市场推广也是非常艰难的，要让客户认可很不容易。2000 年的时候，我就提出一个口号：在质量问题上我们承诺无条件退货。在我们的产品向市场推广的时候，我对经销商说："如果出现售后问题，你不要去争。客户说质量有问题，我们先不管质量有没有问题，你就先赔一条皮带给他，人家就心情马上好了，否则要跟人家解释，他肯定觉得你不肯赔了，你要赖，他就会跟你争，你的品牌就打不开了。"我当时就是用这样的方式打开市场，打响我们的品牌。2000 年的时候我们成立了肯莱特，肯莱特成立之前，叫金伦传动工具有限公司。为何要成立多家企业呢，因为我采取的是多品牌的战略，多几个品牌就能够在市场上多赚一个份额。我们国家任何一个产业在初期的发展还是比较迅猛，一旦做起来之后，大家就都跟风往这个领域去做。当时的确有不少的国内企业也在做皮带生产，但我们无论是产品还是技术上在国内同行业中都是比较领先的，因为我们对产品的研究起点比较高，是以国外先进的产品为研究起点，所以我们的质量和价格在市场上都一直处于前沿，已经有一些外商注意到我们。

采访者：当时肯莱特遇到困难，来自一张法国的订单，让肯莱特起死回生，您能说一下这张订单的故事吗？

汪金芳：那张订单是我们的第一张外贸订单。我记得是浙江五矿进出口有限公司①介绍的，要出口到法国和非洲。他们在全国找了很多工厂，有的工厂不敢接，有的不想接，因为这个订单不是很大，但要求还是很高的。那个时候我的工厂才刚刚创办起来，两个股东也撤资走了，只有我一个人了，我那时就想着搏一搏吧。如果出现问题，大不了也就是倒闭这个结局。那个时候我已经把自己的彩印厂关掉，把全部资金都投入皮带企业。在签订合同时，合同规定有质量问题就要赔偿，我说："可以，你让我怎么赔就怎么赔，

---

① 创立于 1980 年，是浙江省国际贸易集团有限公司的骨干成员企业。

反正豁出去了就背水一战。"我对外贸公司还是蛮信任的,毕竟外贸公司是国营企业,而且对自己的产品质量还是比较自信。我们当时就定了一个质量比例,如果说不超过多少的比例,那么你必须承诺质量。我对他们也有个对赌协议,我说:"你要求我100%的合格,我的价格要在这个基础上加多少,那我敢做,如果你不行的,那我就依你这个价格。"我们就是这样子做下来。当时外商一定要我们在原有的订单基础上再增加产量。我说:"目前的产能有限。"很有趣的是,为了增加订单,反而是客户非要请我喝酒,让我再加数量,但我不会喝酒呀。他说:"你不喝酒,我喝。"他喝了三杯啤酒。当时他们的订单是要我几个货柜地增加。就是在那样的情形下,接下了这个订单,因为我们对自己的质量还是比较有信心的。我们就接到了这第一个外贸单子,后面我们企业的品牌、名声就慢慢地起来了。现在想起来,当时胆子也是有点大,但为了企业生存没办法,只能破釜沉舟。

采访者:当时接下这个订单的时候,肯莱特已经意识到核心技术在自主创业当中的重要性了吗?当时肯莱特研发和掌握了哪些核心技术呢?

汪金芳:那个时候我们已经有和别人家不一样的生产工艺了,叫"反成型法",慢慢地这个工艺流程已经形成了,所以我们也比较自信、有底气。这是我们创新点的开始。当时我们有好几个品牌,一个是金泰,后来就又组成了肯莱特,翻译成英文是"帝王之地"。我们觉得要么不做,要么就做最好的产品,所以在企业定位和本身的发展理念上就定得比较高,但我们最后实现了,所以从这几个角度来讲,我们肯莱特当时在整个行业里面异军突起,在行业内还是具有相当高的声望。

创新一直是我自己的个性特点。当时我记得是2002年,上海有家食品机械加工厂,原先他们的皮带是要从国外进口,国内没有工厂能够生产那种皮带。他们就委托外资皮带企业上海劳伦茨橡胶制品有限公司①生产,但是生产出来的皮带达不到他们的要求,据说用了几天就坏掉了。我们的生产工艺跟国内、跟全世界的任何生产厂家都是不一样的,我们称之为反成型法,别的厂家是正向做,我们是反向做。橡胶产品在结构上来讲,实际上也是一种高分子,橡胶产品有一个特点,压力越大,它的分子结构就越密,也就是说

---

① 成立于1996年6月1日,由丹麦劳伦茨公司、丹麦发展中国家工业化基金会、韩国劳伦茨公司投资组建的外商独资企业,专业生产各类汽车用胶带及工业用传动胶带,是国内生产汽车传动带的主导企业。该公司于2006被世界橡胶巨头德国康迪泰克(Contiental)收购。

在生产过程当中，它有一个独特的工艺流程，外面蒸汽的压力越大，它的分子结构就越密，越紧密质量就越好。说起来简单，但它需要一系列的装备与技术才能达到这样的要求，如果在装备上没做好的话，在生产过程中会带来很大的危险，因为它承受的压力很大。有反应负荷、硫化罐，每增加 1 兆帕，整个硫化罐对外围的压力就增加几千千克。我们当时对装备进行研究，如何能够达到跟别的工厂的生产不一样，这是第一个方面的创新。第二个方面的创新是在切割胶带方面，当时全世界最先进的传动带生产设备是德国的萧斯公司，我记得是到 2003 年、2004 年那段时间，全世界能生产周长最长的皮带只有两米多。像德国的欧皮特（Optibelt）①、美国杜邦的盖茨公司②、日本阪东公司等国际知名企业也只能生产两米多，全世界没有一家能生产周长三米以上皮带的企业。我们就在研发这样的装备，我们所创新的设备在整个行业中比较前沿，而从德国公司进口一台设备少则要 500 万元多则要一两千万元，一般的工厂都买不起。国外企业的优势在于严格按标准生产，质量相对比较稳定，但是它出现了设备上的瓶颈，而我们由于设备的创新，具备了生产大规模产品的技术优势。我天生是反向思维的性格，当时我就从设备、装备上去提高。如果突破了这个点，我们在市场上的爆发力就很大了，所以当时我就着力研发那样的一个生产设备。我记得上海那家工厂让我们生产这条胶带的时候，是上海的劳伦茨公司介绍过来让我们生产的。那时候我们心中也没底，我跟他们公司的老总说："皮带我可以生产出来，如果用得好，你就用；如果用不好，也不要说。"因为它的生产量不大，一个工厂一年也不过用个几十条皮带，市场不大，所以当时我就跟他们说："我不打上品牌，我怕毁了我们的品牌。"我们当时专门开了模具为他们生产。皮带生产出来之后我非常关注，经常问客户："装上去没有？用了几个小时啊？用了几天啊？"过了一个礼拜之后我的心就安下来了，因为国外知名工厂生产的皮带也就只能用几十个小时、几天而已，我们已经经过了一个礼拜的考验，后来达到半个月、一个月、两个月的使用寿命，那时候我就放心了，胆子大了。后来据说是用了很长时间，大概用了一年多，那是大大超出了使用极限了，这也大大地提振了我们的信心。

---

① 成立于 1872 年，是全球高效传送带行业的领先生产商，被称为世界上生产及销售传动带的专业领导者。

② 成立于 1911 年，是全球最大的动力传动带及汽车配件制造商和世界最大的动力传动带及汽车配件制造公司。

2005年，解放军装甲兵工程学院的一个教授找上我，他说："有这么一条技术要求很高的皮带，它是水陆两栖车用的皮带，是军事用品。美国的两栖战车到水里是船，到陆地上是车，我们国家也要研发类似的水陆两栖车。"当时这辆装甲车的部件在义乌一家民营工厂生产，他们也是找遍了全国各地的皮带厂家都找不到合适的，都生产不了，所以当时找我们研发生产。我当时想了一下，这个产品产量也不高，对于我们而言不是为了争这个销售上的利益，而是为了突破技术上的难点，而且我是老板，我想做什么基本上都可以做成，不像别的工厂，一个决策要经过技术部门、研发部门以及董事会的讨论之后才能执行，非常烦琐，国外的工厂就是这个流程，所以说他们就有些难点和极限突破不了。当时我就直接拍板，说干就干，当时就立即把这条皮带投入研发生产。这条皮带只有一个要求就是要抗低温，要达到零下七八十度能够不受影响，因为这辆车是要到南极去科考时使用。看到这个要求，我们当时心中也没底，也不敢肯定我们这条皮带能否研制成功。我跟他们说价格无所谓，高也好，低也好，因为量不大嘛，对我们来说也无所谓。我们自己也是想测试我们的研发能力和产品质量，也想突破极限。从这个角度上讲，创新就是在这样的环境下给了我们发展的机会。那条皮带的质量非常好，我记得2007年到南极科考的雪龙号①搭载安装了我们研发的那条皮带。当时他们一直报好消息给我，我也一直关注雪龙号到哪里了。有一天在电视上看到了雪龙号，看到这辆车在南极的陆地上运营，当时是零下80度，这辆车运营状态非常好，我们整个企业都沸腾起来了，说明我们突破了全世界在橡胶行业的最高技术瓶颈。后来我作为中国橡胶访问团的成员到日本考察。日本的富士橡胶②在抗低温方面，最低到零下70.2度，我们的皮带到了零下80多度，远远超过了他们的标准，我们当时非常有自信。这样一来当时就有很多高精尖的产品都陆陆续续交到我们这边来生产。当时我记得瑞典的SKF公司③、美国做轴承的铁姆肯（TIMKEN）④公司，这些世界知名的大公司都来找我们肯莱特公司合作。与此同时，我们在国内的名声也日渐响亮，当时

① 1993年从乌克兰进口后按照中国需求进行改造的极地破冰船和科学考察船，是中国最大的极地考察船，也是中国唯一能在极地破冰前行的船只。
② 指日本富士橡胶化成株式会社，创立于1968年，是国际化学品贸易行业的领先者和化学品供应商。
③ 指瑞典滚珠轴承制造公司，创立于1907年，是轴承科技与制造的领导者。
④ 指美国铁姆肯公司，创立于1895年，是全球领先的优质轴承、合金钢及相关部件和配件制造商。

国内很多的行业标准也是我们参与起草的。我记得 2003 年的时候我去哈尔滨工业大学（以下简称哈工大），当时有很多企业在突破这个领域的瓶颈，当时哈工大的一位教授见到我之后非常高兴，因为听说过我的名字嘛。他说："你们公司的产品使我们中国的传动带在国际上遥遥领先。"从品牌建设角度上来讲，我在 2000 年前后根据《商标国际注册马德里协定》① 注册了肯莱特的全球商标，后来我们的品牌陆陆续续变成杭州市著名商标、杭州市名牌、浙江省名牌。2008 年，我们准备要申报中国名牌，但是由于三鹿的三聚氰胺事件的出现，中国名牌申报都暂停，把我们申请行动也全部停掉了。但就整个品牌而言，我们在全球就已经有了一定的知名度，所以后来我的目标是制定全球的行业标准，这才是我当时的终极目标，当时我就一直在朝这个方向进行突破。后来到现在为止，我们在制定自己企业标准的时候，我们还是在技术监督局那边备案。如果我的企业后来没有发生问题的话，整个国际标准肯定是由我们来制定的，因为我们制定的标准最高。我们在传动带的领域已经走在了行业的前列，我自己也踌躇满志地想攀登最高峰。

采访者：2003 年的时候，您到浙江大学（以下简称浙大）工商管理专业总裁研修班学习，那时候为什么想到要回到学校学习？

汪金芳：其实我一直没有中断学习。我记得 1980 年前后，我一直在读函授，像海南大学，以及郑州、云南的大学我都读过，都是拿到函授学历。我甚至连电大都去读了，但是我觉得这些还是不够。当时我经常去浙江大学的同创培训听课，不过都是碎片化地学习，我觉得我要系统地学习。当时复旦大学和北京大学都来我们浙江招生，招收企业家去培训。当时我和浙大提了个建议，我说："浙大这么好的资源，又是全国知名的大学，浙商又是比较大的一个商帮，浙江企业又比较多，为什么不办一个培训机构呢？"后来他们采纳了这个建议。2003 年 10 月，我觉得企业已经发展到一定规模，是时候要进入现代化管理，所以说我自己必须要对企业管理有一个高度的认知。在这样的前提下，我就报班了。我上的是浙大总裁班第一班，我是副班长，班长是当时一位年纪比较大的温州企业老总，一位 60 多岁的先生，他也是浙大毕业。因为他在温州，过来杭州的话，路途遥远，他年纪也比较大了，基本上也没来管，所以就我一个人管。我记得当时开班的时候，是浙大的副校长来茂德来参加我们的开班仪式，当时浙大校长潘云鹤也非常重视，还专

---

① 签定于 1891 年，是用于规定、规范国际商标注册的国际条约。

门发来贺信。我自己也一样，对学习比较重视，所以两年的学期下来，我从来没有缺过一堂课。参加学习之后，我的确是觉得自己在管理方式和理念上提升了很多。后来我们报了 MBA（Master of Business Administration，即工商管理硕士），尽管这个硕士还是有点水分，不像现在那种正儿八经的全日制硕士，但是对于我们来讲，这个都不重要，重要的是能够学到国外的一些教育理念和管理理念。在这样的前提下，我后来又读了金融班，继续学习和提升。2005 年杭州市委组织部组织了一个学习班，班级成员都是国资委的一些企业家，我也被列为重点培养的对象。所以说我那个企业在当时还是有一点点名气。不断学习之后，我觉得我的企业管理能力、对于市场的洞察力的确高了不少。

采访者： 您刚才也提到周长最长的皮带技术，以及给中国石化采油的皮带技术，您当时为什么要投入这么大的力量来研发这些生产技术呢？是为了占领市场吗？

汪金芳： 这个的确是为了占领市场。我刚才也谈到的，肯莱特在这之前做了很多的产品，其中很多虽说是全球首创，但是它的市场容量不大，做出来之后呢，利润不够大。包括联合收割机的一条行走皮带也是我们研发的。过去使用的皮带是最传统的包布带，当时黑龙江佳木斯有家约翰·迪尔（John Deere）①（佳木斯）农业机械有限公司，是美国企业在中国投资设立的联合收割机制造厂家，他们的这条皮带也是由我们肯莱特成功研发的。我们研发成功之后，别人跟上来就简单了，它又是单一的产品，市场规模有点大，但是它这个规格不多，人家仿冒就比较简单。另外一个，那时候对知识产权的保护力度也不强，打官司也没用，一点作用都没有。在这样的前提下，我就关注了石油行业的这条皮带，我觉得这是真正意义上具有市场利益和技术门槛的行业。2002 年、2003 年我就开始关注采油行业的这条皮带，你们在电视上看到的抽油机，也叫"磕头机"，它的皮带非常大，短的是五六米长，长的能到十几米，也是困扰全世界石油行业采油机传动系统的技术瓶颈。这项技术到目前为止还是肯莱特在 2009 年突破的，除了我们能生产，全世界没有第二家厂家能够生产，就算有，不仅有质量问题，还侵犯了我们的知识产权，因为从产品的配方、工艺和装备一条线都是我们设计出来的。中国石油、中国石化的供应链不是轻易能够进去的。当时我去拜访，他们理都不理。后来我到哈工大的机械学院去请教几位老教授，他们都是 80 多岁的

---

① 指美国迪尔公司，创立于 1837 年，是世界领先的农业和林业领域先进产品和服务供应商。

高龄，都是在这领域的技术权威。他们给我讲解了石油带使用的条件、环境和技术要求，讲得比较详细，因此我对这个产品使用的环境就比较了解，就根据它的要求去设计。这个市场确实非常大，前景广阔。举个例子，当时我了解到一台"磕头机"一年的皮带消耗大概是少则 10 条，多则可能要 20 多条。这个用量看似不大，但我们国内少说也有 50 万台"磕头机"，一条皮带当时的市场价格是 500 元左右，那 50 万台的机器，如果一年用 10 条的话，那就是 500 万条，就是 20 多亿元的金额，对于我们胶带行业是一个非常巨大的市场。那全球呢？全球至少 500 万台，那就是几百亿元的大市场。所以基于这样的考虑，我们就开始投入研发和生产。这个市场前景非常好，而且我们的技术条件和能力基本上都具备，添上其他一些设备就可以立即研发生产。

当时我们投入了大量的资金和人力研发这条皮带，2009 年研发成功的时候到胜利油田做试验，2011 年到大庆油田做试验，已经积累了大量的经验。从零基础开始到一个产品的研发成功，投入的成本是非常巨大的，它不仅仅是财力的成本，还有人力的成本。我当时本着"唯有创新才能占领市场"的理念，所以就忽视了企业的承受能力，当时企业发展和产品前景看起来很光明。这条皮带的好处不仅仅在于寿命长，而且节能，我们的产品在使用的过程中，动能效益都是百分之几十，一方面能耗在下降，另一方面动力在提高，电能可以节约到 20% 多，它的能量输出效益可以提高到百分之几十，甚至 100% 以上。众所周知，电机带动的一条皮带会有摩擦损耗，每一度电能的输出，在理想状态下来讲，有 100% 的动能传输，但是实际中它在带动机械领域时会有损耗，有时候听到皮带在传动的时候"咔咔咔"地响，实际上它就是在打滑，打滑的话就成了做无用功，一度电的输出到了终端有可能只有 70% ~ 80%，甚至 60%，毫无疑问这个电能也就白白浪费了。我们的皮带做好，最高耗电量是 3.66%，也就是说 100 转只有不到 4 转在打滑，动能输出已经达到最大化，不打滑之后石油就大量地采上来了。例如，北方压的那种水井，靠的就是频率，速度越快，抽上来的水越多；如果速度慢，出水也慢。石油采油也是这个原理，我们的皮带在运行中几乎不打滑，抽次频率高，也就是说原先只能出 1 吨的油，我们能出 1.5 ~ 2.0 吨，而且消耗的电能还可以降低。

采访者：肯莱特为了保持技术创新，在资金、人才方面做了哪些努力？

汪金芳：当时我是不拘一格请人才，在各个领域都招聘了一些人才，包括一些高才生,有时候有一些硕士来加入,甚至也有一些博士来应聘,我觉得博士对于我们来讲暂时不太需要。机械工程方面的人才,我们有很多工程师、高级工程师职称的员工。在设备上,我们那时候有很多大型设备是业内一流的。可以说在全球同行业,到目前为止,我们肯莱特发明的那些设备都是他们没有的,都是我们自主创新的,所以我们能做出这样的革命性产品是必然的,我也是看到整个市场的前景和自身实力才敢大幅度地投入。

采访者:刚才您也提到很多国家领导前来视察参观,这个给肯莱特带来什么样的影响?

汪金芳:这个影响我觉得是有两个方面。有一个方面是好的,国家领导人来视察能够扩大我们企业的影响,在市场上对我们的产品销售有一定的促进作用,但是另外一个方面是不好的,就是包括员工也好,我本人也好,有时候会膨胀,就觉得领导都来了,对我们那么肯定,外界或内部有一些很中肯的意见和建议我们就听不进去了,包括我自己也犯了这样的错误。我们当时就觉得我们的企业具备了很多优异的条件,当时有一个银行行长说:"肯莱特这个企业,用推土机都推不倒。"我就觉得这个企业还有什么大不了的事情吗?

采访者:外界资本是什么时候准备投资进入肯莱特的呢?

汪金芳:2010年的时候,当时有一家投资公司要对我们进行前期IPO资金投入,当时说好是8 000多万元的融资,占15%的股份,后来他们还价还到6 000多万元的时候我就不同意了。我说:"你凭什么老是还价?当时说好是8 000万元,后来又说到6 000多万元。"就不干了,因为他一退就是500万元。我直接给银行行长打个电话,他都会直接给贷款。我贷了1 000万元,一年也不过几十万元上百万元的利息而已。这边投了几千万元,就要我15%的股份,当时我们肯莱特企业的溢价已经达到5亿元。

采访者:2010年的时候,杭州肯莱特传动工业有限公司正式更名为浙江肯莱特传动工业有限公司,标志着公司向集团化企业的转型。当时为什么要对公司进行改制呢?

汪金芳:那个时候进行改制就是想做上市公司,为企业上市做准备。2010年5月就开始准备,我用自己的思维在做准备。当时我们有很多家企业,包括光缆光纤领域,当年政府有个号召要推广光纤到户,当时我们也参与其中,我们在北京中关村那边有一家公司,叫作中纤伟业科技发展(北京)有限公司。此外,我还成立了一家工艺鞋厂(浦阳镇是中国工艺鞋之乡），这家鞋厂是由我妻子李爱芳在负责经营管理的，鞋厂对我们肯莱特的支持力度很大，在我们需要资金投入新产品、新技术研发时，鞋厂总是想办法挤出资金给我们用。正是有了鞋厂的支持，我们的石油带等新产品、新技术、新装备的研发才能提前实现产业化的阶段。当时我已经铺开布局，那时候我也有投资经营房地产，只是投入不大，是别人经营我参股。当时我也有了投资公司，已经在做分散投资，因为那个时候融资还是比较容易的，大家都说不要把鸡蛋放在同一个篮子里。但到最后出了问题的时候，我犯了几个错误。例如，我们参股的公司在临安有个楼盘，有几十万平方米的面积，我占5%的股份，当时只要抵押出去就是几亿元的资金。但是那个时候我的思维就很简单，我想的是还要不断投入进行研发。我这个企业后面的爆发力是很强，我还不如集中力量来搞，把主业做好，所以就退出了在房地产那边的股份。退出股份之后，这笔资金用于研发在很短的时间内就花完了。所以我当时也是犯了一个错误，其他投资也都收回来了，用到研发和生产规模再扩大。再一个就是管理上失控，没有建好管理机制。

采访者： 2010年的时候企业的规模和效益已经达到什么程度？

汪金芳： 整体而言，我们在2010年两个企业加起来已经达到七八千万元的效益。因为那个时候我们的方针是，胶带作为低端产品是为了占领市场，赚钱是要靠高端产品。前面提到的鞋厂是我们当时为了发展多元化产业，在准备成立集团时设立的。尽管鞋厂的经济效益还可以，但毕竟属于劳动密集型产业，进入门槛低，技术含量也比较低，鞋厂的整体技术及市场发展前景仍是有限。鞋厂和我们肯莱特传动工业属于两种不同的产业，但鞋厂给我们提供了大量的资金支持，正是有了它的支持，才加快了我们新产品、新技术的产业化阶段。所以说我当时的企业整体发展思路还是蛮清晰的。

采访者： 公司改制时，公司内部有没有进行改革？管理层有什么变化？

汪金芳： 当时是有一些改革。我们聘请了CEO、总裁，质检、人力资源这些部门都有。

采访者： 当时还是以家族企业为主？

汪金芳： 我一直信奉这样的观点：家族制管理和现代管理并不相互排斥。我获得高级经济师时的论文就是《家族制与现代化管理的有机结合》，我不否定家族制的作用，也肯定现代化管理的作用。2009年美国通用汽车公司破产，作为全球最大的一个企业，它的管理和体制非常现代化，但是这么大的一个企业还是破产了。基于这样的思维，我认为企业发展之初，家族制管理最有效，它是集权型和集约型的管理，能够最大化地集中发展力量。这在企业发展之初是最好的，但是发展到一定的时候，现代化的管理要逐渐进入。我当时的思维是两者融合，空降经理人学习家族制的管理经验，家族制管理人员学习现代管理方法。因为早期创业的资深管理层，他们的创业经验很重要，职业经理人要学习他们的管理经验、技术经验和产品质量管控经验。那么现代化管理的人呢？他有新的思维，有现代型的创新思维，能够把企业进行规范化管理，弥补一些家族制管理的不足。我们家族制的人员，我也是举贤不避。但实际上呢，空降经理人和家族制的人员之间还是有一点水火不容。空降经理人责任心不强，他今天到这里工作，明天也可以跳槽到别的地方。新的劳动法产生了之后，这些问题就更严重了。那些打江山的人就认为："你这个小屁孩什么都不懂，你还来管我？"职业经理人就认为家族制的这些人不懂管理和现代企业的制度。尽管我在每一次会议上呼吁要相互学习，但是这个"鸡皮"和"鹅皮"就是贴不起来。这是一个到现在都还存在的普遍问题，两种文化融合不起来。尽管后来我引进了很多教练式的管理，还是不行，后面又引进手把手师傅式的管理，仍然不行。所以说一个企业要做好，的确是万里长征，不是一朝一夕。

采访者：产品研发和技术投入只是公司经营的一个部分。

汪金芳：对，不是说你的技术拔尖，你就所向披靡了。经营管理做不好，产品质量也会出现重大的问题。

采访者：您能谈谈当时的企业员工吗？肯莱特经营之初员工是来自当地，后来就基本上是面向全国招聘吗？

汪金芳：对，我们2000年的时候就到全国招工了。我办企业比较早，早期的企业也都是面向全国各地招工，包括我做羊毛衫厂的时候，我记得是1990年前后，都是到重庆那边跟当地的青年组织团委交流合作，他们去对接工人，他们把大量的年轻人输送过来。我很早就没有这种地域观念。

采访者：您曾经主持修订过很多行业标准，并担任过全国带轮与带标准化技术委员会委员、摩擦传动分技术委员会委员、同步带分技术委员会委员，这些行业标准制定是否显示了您与肯莱特在传动带行业当中的地位？

汪金芳：对，这点倒是肯定的，有很多的产品的行业标准是以我们的标准为依据的。例如，高负载大规格的传动带，我们制定的标准都是填补行业空白；石油行业皮带、联合收割机的皮带，这些带子都是我们制定的标准；有一些大型的工业皮带，如4~6米长的那种带子的标准都是由我们制定的。

这些行业标准现在还在使用。2008 年，我们全国带轮与带标准化技术委员会委员、摩擦传动分技术委员会委员、同步带分技术委员会委员、输送带分技术委员会的成立大会在萧山举办。这次大会是我们肯莱特主办，来自全国各地的上百家企业的代表来参加这次会议。

采访者：您曾经获得年度民营经济的自主创新人物，也获得过技术发明奖、萧山区科技进步奖等奖项，这么多荣誉当中您最看重哪一份？

汪金芳：我觉得我最看重的是创新这方面的奖励。2008 年 1 月，中国石油和化学工业联合会在钓鱼台国宾馆举行了全国化工行业技术创新大会，我们的产品被列入了十佳创新奖，当时是中国科协主席给我们颁奖。2010 年，中国中小企业协会在成都召开的全国中小企业创新大赛，我们的产品也荣获了创新大奖。

还有一次是在人民大会堂，颁发的整个化工行业的奖项，叫作优秀科技工作奖①，当时获奖的人有清华大学副校长、南京大学的教授，以及中国石油、中国石化的高级工程师，跟他们一起获的奖，我感觉到我这些荣誉是实实在在的。其他的呢，如优秀企业家、经济风云人物等这些都是虚的，我能得到别人也能得到，无非落到我头上而已，因为人家要给你，那你不拿也不好。反倒是科技类、创新类的奖励，是实打实的肯定。

采访者：在中国经济发展的过程中，国家和民众对环保问题日益重视。全国人大环境与资源保护委员会的领导也曾到肯莱特视察，您也是要把企业向环保型企业转变，那么您的企业在环保这一块下了哪些力气，有哪些行动？

汪金芳：环保这一块我们花的力气有点大。当时我们新工厂的建设，就设计了两套水处理体系，实行了雨污分流。一个是污水，我们自己有一套污水处理系统；一套是雨水，雨水直接进入河流。我们内部有一个管理系统，若一个部门如果出现了污染问题，就要马上找到污染源。水流出来的河流那边我就要去看，如果有油污了，就马上查，因为这条河是属于整个工业园区，有时候不是我们负责的，但是我也一定要他们去检查，公司相关部门必须得出结论，写报告，是不是我们的原因，哪一个部门出问题，哪一个部门

---

① 1997 年设立，是指重点评选近几年在科技前沿领域取得重要标志性科技创新成果、在国际学术同行中认可度高、活跃在科研一线的高层次科技领军人才，现为全国杰出科技人才奖。

就受重罚，对工资也好，奖金也好，都罚得非常重，其他部门也要罚，都要罚。因为其他部门不罚的话，人家会觉得事不关己。我认为要联动，各部门必须要联动，不是你的部门出问题，你可以罚得低一点。还有一个监督机制，如果有人举报了某某部门出现问题，举报人可以不罚，但是如果看到了污染问题而不举报，被监控系统拍下来，也要罚。我们有一次很冤枉，厂里很多化学产品的处理是需要化学试剂放进去之后起中和作用的，有一个员工那天疏忽了，他以为这次污水没有什么问题，也是想替公司节约，但我从来没有要在环保上节约，结果被环保部门抓到了，就偏偏那一次就抓到我了，就是那么巧。就那一次我罚得更厉害了。在整个设备的改造上面，我们几乎是零排放，我们建有一套粉尘吸收系统，经过回收过滤，到最后出来的空气一定很清新。污水也是经过处理的，我们一道一道地净化，到最后一道基本上是清水，然后再回收，就这样循环使用。整个工厂在环保这方面投入就花了几百万元。

采访者：除了在污染治理、循环利用方面花了力气，有没有在淘汰落后产能方面开展行动？

汪金芳：有的，我们的设备不断在更新，我们搬到新厂房的时候已经打算要淘汰一些陈旧设备。因为我们炼胶这一块污染最严重，所以打算要投入几百万元把原先的一整套设备改造完毕。虽然从技术角度上讲老设备完全可以达标，但我还是要主动更新。在环保这一块上，我就已经有这种理念，就是不要被动地被检查或被处罚，我们要主动地迎上去，因为这是一种趋向。十几年前我就已经对内灌输了这样的理念，一个企业发展到一定程度的时候就是这几个方面：一个是税收，二是环保，三个是品牌，不去侵犯别人的知识产权，我们肯莱特是国内传动带行业首家申请和获得国际发明专利的企业，在40多个国家和地区申请和获得了发明专利。我们国家在发展经济的同时要注重环境保护。但过去几年偏偏忽视了环保，所以现在要重新狠抓环保问题。

采访者：2013年，肯莱特公司创新板挂牌上市，当时是怎样的一个情况？

汪金芳：当时全国各省成立股权交易中心，是比现在的三板还要低一板，算是四板。当时我们企业就被列入名单，是我去敲锣的，因为我们的企业创新是属于比较前沿的领域。当时浙江股权交易中心对我们这个企业信心还是蛮足的。我们自己也以为，如果在融资方面能够走出困境，对我们企业未来的发展是有帮助的。

采访者：股权交易之后，当时给企业带来哪些利弊？

汪金芳：没有多大的作用。为什么呢？真正的投资业，它所关注的一个是主板，一个是中小板创业板，主要就是这几个方面。它对三板、四板基本上是没有兴趣。我这个企业最兴旺的时候，就是 2010 年前后的时候，国际级的基金机构都来寻求介入。例如，国际级的基金机构，像德丰杰（Draper Fisher Jurvetson，DFJ)①、柏融②、还有浙江创投③、万向创投④，当时对我们企业非常青睐。

采访者：您刚才提到您在非洲那边也有生意，在非洲哪些国家有投资生意呢？

汪金芳：当时尼日利亚的业务比较多，在博茨瓦纳、加纳都有生意往来。在尼日利亚，我们的产品是冒牌的最大受害者，当时在尼日利亚，我们的产品被大量地仿冒，我们都打算到尼日利亚去打假。

采访者：自 2008 年开始，您在浙江财经大学设立了肯莱特奖学金，支持教育事业的发展；2014 年，浙江财经大学邀请您为他们的兼职教授。当时您设立肯莱特奖学金的初衷是什么？

汪金芳：当时因为我们的企业也在创建一种文化，一种诚信的文化。企业在经营中也好，职员为人也好，职业经理人诚信道德建设也好，我以为在诚信方面是需要加强的，我自己也是这么做。当时也是蛮巧的，浙江财经大学的一个教授邀请我到他们学校去做演讲，演讲完之后，他们当时给我课费，我坚决不收，我觉得我作为一个企业家，去收一些费用的话太庸俗了。他们就提议把这笔钱作为基金奖励学生，我非常赞同。这个基金成立以后，我每年注入一笔资金，主要用来资助一些比较贫困但品学兼优的大学生。他们学校的学生每年都有到我们企业实习的，我现在的企业中也有两位浙江财经大学的研究生在实习。

采访者：肯莱特公司在 2010 年萧山浦阳当地慈善大会成立的时候也捐了不少钱，同时还与浦一村对接，共建新农村。在您看来，肯莱特公司参与慈善事业的初衷是什么？

汪金芳：我初衷是这样的，我们受到政府与社会的支持，应该也要回报社会，这一点倒不是说好听的话，而是真情实意。我一直在做一些简单的扶

---

① 指德丰杰风险投资公司，是世界互联网领域最著名的风险投资商之一。
② 指杭州柏融投资管理有限公司，是一家艺术品投资理财公司。
③ 指浙江省创业投资集团有限公司，是国内首批市场化运作的专业创投机构。
④ 指万向创业投资股份有限公司，是浙江省最大的专业性风险投资公司。

贫工作，我们公司也有很多对接的单位，原先我也在中国关心下一代工作委员会（以下简称关工委）资助一些贫困学生。我们当时是属于浦阳镇的十强企业，政府对我们也有一些要求，当时是叫"留本冠名"，产生的利息要我们捐出去。2008年的汶川大地震，我们也捐了几十万元的资金给红十字会。从这个意义上来讲，我觉得一个企业，在自己努力的同时，也离不开社会、政府的大力支持，所以我们对政府的号召、对社会的帮扶都积极参与。

采访者：您认为企业应该如何履行社会慈善的使命呢？

汪金芳：在这一点上来讲，我有我的想法。我记得几年前，西方国家发动了一次裸捐运动。当时我是反对裸捐，我认为企业对社会适当的捐款是对的。不过企业也好，包括个人也一样，你首先要养活自己，才有能力去帮助别人。因为在我国，我们的企业还处在发展阶段，我们还没有那样的能力，把全部的利润都捐出去，我们得量力而为。西方国家已经发展到一定程度，他们的品牌就价值几十亿元、上百亿元，但我们不能，不是说我们生意不好，适当对社会的捐助还是应该的。另外一个，就社会而言，每一分钱你都要用到实处，用到最需要人的手中，这才是我们捐款人的本意，不能中饱私囊，在这一点上来讲，我们国家的确做得不太够。

采访者：您能谈谈对企业家社会责任的看法吗？

汪金芳：企业家的社会责任，我认为首先最重要的是要把企业做好，救别人同时先要救自己。其次是力所能及地承担社会责任。在十几年前的时候，我就阐述了我的观点：整个社会系统给了企业家一个很好的名誉，这是对经营企业的人最好的褒奖，但是作为一个企业家，必须要承担的社会责任是什么？一是要养活自己；二是在帮助别人的时候，也要以身作则，不能对别人是专制，对自己是自由主义，在企业里面也要树立正气，不仅仅是我个人，个人做到了也没用，企业要起带头作用，起榜样作用。最后，我认为整个社会要形成一种正能量的潮流，我向来是这样的观点，尽管做企业的人是以金钱利益为目的，但是君子爱财，取之有道，正确义利观必须要树立。

采访者：2013年，中共中央政策研究室原副主任郑新立到肯莱特宣讲党的十八届三中全会的精神。请问肯莱特是如何开展党建方面工作的？

汪金芳：当时郑新立主任是宣讲党的十八大新的产业政策和农村工作的政策。我们党支部在建设方面，也走在前列。20世纪90年代我们就成立了联合支部，周边几家小的工厂都在我们支部管辖之内。在发展新党员和对党员的要求方面，我们做得还是不错的。其实我们对党员员工要求非常严格，作为一个党员，不仅仅要做好自己的本职工作，还要对周边人群起带头作用。

采访者：您是什么时候、在哪里加入中国共产党？

汪金芳：我入党是 1992 年，当时是在羊毛衫厂入的党。2009 年荣获萧山区优秀党员称号，也连续多年获得当地政府授予的优秀党员和党员积极分子称号。

采访者：您认为党建工作对民营企业的发展有什么促进作用吗？

汪金芳：我认为是非常重要的。1990 年前后，党内、社会上是反对民营企业主入党，至少是存疑。当时我记得很清楚，三个直辖市，北京、上海、天津，派了两个副市长到农村去考察，考察党建工作与乡镇企业对社会的促进作用、对中国经济的促进作用。《人民日报》还专门刊发了几篇社论文章，讲到了党建工作。当时一些观点认为民营企业就是资本家、是剥削阶级，资本家和共产党员的党性是背道而驰。当时我们企业有一个人要入党，本来我们也觉得是很简单的事情，我们支部批准，到当地镇一级党委去报备就可以。但是上报到我们市里，萧山当时撤县设市，市委组织部就展开了讨论，遇到了难题。后来中央就出台了一些政策放开了这方面的限制。我记得 1999 年胡锦涛同志到浙江传化集团①来视察工作，当时就肯定了私营企业主可以入党，所以当时我们的入党申请第一时间就批下来了。我们中国大大小小的民营企业，少说也有上千万家，少说也有几亿人在里面工作，如果说在党建这一块不能进入的话，多大的阵地就失掉了。事实证明那个时候的观点是欠妥的，当然也好在有错即改。

采访者：2012 年，您当选为萧山区的政协委员，您在参政议政的过程中提出了哪些议案？主要关注哪些方面的问题？

汪金芳：我主要关注的是民营经济领域。当时提出了几个议案，首先，要加大对创新型企业的支持力度，因为我们国家在这一点上来讲，的确做得不够深入。原先国家对创新型企业，不分大小，不分好坏，只要你说是创新的，不管你是真的还是假的，都给你几万元、几十万元的资金。那么真正的创新型企业，它的投入是非常巨大的，几万元、几十万元只是杯水车薪，一点作用都没有。真正创新型的企业得不到真正的支持，反倒是假冒的企业也能够拿到这样一笔资金，这样一来，本身就很有限的资金没有用到刀刃上去。当时那个提案也获得了一个优秀提案，后来好像也拿到了全国政协的提

---

① 指浙江传化集团有限公司，创建于 1986 年，现已成为国内最大的纺织印染助剂制造商。

案上去了。

其次，在民生方面我也提了一些建议，当时我也参与山林防火与新农村建设。现在我们山林的绿化虽然好了，但是一旦发生火灾之后没法救。农村原始的森林开辟林道后，车可以上去，甚至必要的时候，可以开辟防火隔离带。在闲暇的时候可以让老百姓上山去踏青、去游玩、去体验绿化的好处。另外，要加大对工程师、技术人员的培养力度，因为像西方国家，特别是德国，它最重视的就是工程师，而不是白领和管理层，工程师的待遇最高，而我们国家恰好相反。我们现在的"90后""00后"基本上没人去工厂。因此对技工的支持一定要加大，因为制造业才是我们的根，今年就更加体现了制造业工人的重要性，技术创新的重要性，中兴事件差点把我们整个国家打败。我以为真正意义上的合格政协委员、人大代表，应该提一些为政府、为社会去解决问题的较好的提案（议案）。

三　在前进的过程中必须量力而行

采访者： 回首过去 40 年，您如何看待您创办企业的历程？

汪金芳： 成功的经验前面都已经谈到，所以要谈谈不足和教训。今天总结起来主要有几个教训。首先，在投资这一块走得过快，当时国外很多企业要跟我们合作，我们原先的企业在规模、厂房方面不能满足需求，后来就去征用土地，征用土地就需要融资，那时候企业发展前景比较好，银行比较支持，所以就买土地建厂房。那时候企业的确名声大振，很多政府领导、国家领导慕名视察参观，包括 2010 年十二届全国政协副主席厉无畏也来企业视察，他是中国创业之父嘛，对创新型企业也是比较关注。他当时来视察给我们题的字叫"坚持技术创新、文化创意双轮驱动"。2011 年 7 月 5 日，国务院国资委国有重点大型企业监事会主席牛越生、中国工业经济联合会副会长、中国煤炭协会副会长路耀华两位监事会主席也来视察，因为他们了解到我们的产品能够在石油行业得到广泛应用。2011 年 12 月十二届全国人大常委会副委员长周铁农也来视察，为我们企业亲笔题写了"争做中国中小企业技术创新的典范"的题词。2013 年 5 月国家环境保护总局副局长、中国环境保护学会第六届理事长王玉庆也来我们公司视察，对公司环保体系的建立表示赞赏。

这样一来，自己会脑子发热，觉得这个企业已经非常不错了。当时杭州市萧山区发展和改革局的一位副局长到我们企业来，鼓励我们企业上市。因为我们当时对金融不了解，认为那么好的一个企业要给别人分一杯羹，不甘心，觉得企业发展前景很好，技术也是全球领先的，没什么好担心。当时因为这种心理，错过了不少机会。尽管如此，我们在创新这一块没有变，我刚才说的由于前面两项技术的突破，我们也更自信了，一方面是大规模的厂房扩建，另一方面是大量的设备更新。当时我就跟我们的员工说："搬到新厂房要做到两个方面，一方面是全面的管理要升级，因为企业发展到一定规模必须要升级管理；另一方面，整个设备改造和生产自动化。"2011 年、2012年我准备全部实现自动化生产，国外的企业在经营当中，因为他们的人力资本大，所以把简单问题复杂化，用机械化来代替。我们刚刚发展的时候我以为承受不起那么高的设备成本，但企业发展到一定程度呢，还是要把简单问题复杂化了，也就是说必须要有规范化的管理，严格管控产品质量。同时最重要的一点是，因为我们的人力资本也在提高，在这样的前提下，我们必须要有所变化，所以就全面出击，也没有想到企业发展到一定程度会出现危机。

皮带在石油产业的成功，令我们头脑就发热了，义无反顾地往前奔，没考虑到企业后面存在危机。今天回想起来，这段经历也是对其他企业的警示，就是在前进的过程中必须量力而行。当时政府在倡导创新，也有资金支持，但是它是胡椒粉、是调味剂、是杯水车薪。如果我听了当地政府领导的意见在当时上市，也就不会有后来的问题。我这两年一直在总结，我的成功、失败的原因在哪里，我认为也是给人一种启示、一种警示，对我自己的未来再出发也有好处。我现在基本上已经脱离制造业，因为我觉得虽然制造业对于国家而言很重要，但是对我自己而言，我不缺制造业，现在让我去开个工厂我是开得了，但是要把这个工厂做好，就必须要有杠杆能力，就是金融。本来我的企业在 2013 年要上市，2010 年的时候企业的估价是五亿元，那时候那个基金公司给我们这个企业的未来价值是 60～80 倍，这样算起来就不得了。为什么当时我还要去贷款资金呢？那时候我贷款有几千万元，但是我当时不懂金融，拒绝企业上市。有时候一个不正确的决定会导致企业全军覆没。后来我总结了我们做企业应该使用一种合作制、合伙制的形式，因为大家一起来决策的时候，做的决定不一定是最好的，但一定不是最坏的。当时我的企业是我一个人在做决定，我做决定做得比较好的方面是创新，但是企业发展到真正的关键时候，我错误的决定就导致了企业最后的失败。这两年我做的基金公司，一家基金牌照公司，我们有专业的人，我是作为他们的顾问。我总结一些教训、一些经验，不管是做企业还是做金融，都需要双方的知识互补。做金融的要懂得企业生产、经营的基本常识；同时做企业的、做制造业的也必须去学习金融知识。原先我们都是比较偏的，一条腿走路，尤其是我们这一代的企业家，文化层次相对较低，所受的教育比较狭窄，一头埋在制造业。我们企业在创新上讲毫无疑问是成功的，但从企业大发展来讲就没有做到平衡，企业发展需要平衡，就像大船在大海航行必须有压舱石，如果压到前面，前面就沉下去，因此它需要一个平衡，做企业也不例外。

我现在讲这个也是希望对以后的企业有促进的作用。我觉得我这个人好在哪里？就是为人比较坦诚，好的、不好的统统都会说出来。2012年，我们被别人牵连，虎牌也是一个规模非常大的企业，它是第四轮被人家牵连到，到我这是第五轮，那时候就问题大了。银行从四面八方围过来收贷，那时候的银行体制是这样的，也没办法。时任浙江省人大常委会副主任王永明还专程莅临我们公司调研企业的实际生产情况，向省有关领导和部门提交了书面调研报告；时任浙江省省长的夏宝龙、副省长龚正、朱从玖专门为我们公司的情况都做了一些批示，要求金融服务办公室等部门予以协调解决。后来甚至到了国务院，国家也做过批示，对我们600家企业要扶持，但也都没有幸免。虎牌企业在2012年做了58亿元的产值，有28亿元的资产，结果被拖累后，到现在也是半死不活，像我们这些企业，不死也不活，死也死不了，注销也不批准。我被列入不诚信名单，高铁不能坐，飞机也不能坐，你说冤枉不冤枉？去年一些黑道的人来上门，我没有民间借贷，但是他们也盯上我，问我要债的时候，我也一点办法都没有，他们跟牢我，我也东躲西藏。好在现在很多人还是肯定我，觉得我汪金芳这个人还是有担当，可惜的就是苦了我自己，苦了我全家。原先做了几十年的企业，做厂长、做老总，虽说没有很风光，但是做人的地位、高傲还是有的，这一下子就被打入底层，人生落差的冲击很大，因为我这个人对名誉方面是比较看重的。2015年我自己认为我有能力去承担这一切，因为那时候我的负债低，到企业倒闭的时候负债也不多，给我1 000万元资金我就能活过来了，但是没有这个可能，因为这个时候没有人会相信你了。你在上升的时候，要什么有什么，但是你一出事情，被人卑微地踩在脚下的时候，没有人帮你。开句玩笑话，你去要饭人家都要踢你一脚，我有这种感受。虽然说没有到那个程度，但是就有这种感受。你成功的话，你说什么话都是对的；你失败的时候说什么都是错的。

现在的信用体系在创建，我认为也是有点矫枉过正，我觉得应该要分析你失信的原因，如分出故意、被动。像我们这种手里拿着技术的，我能够完全翻身，我负债也不高，我的 35 000 平方米的厂房都是非常现代化，现在完全可以卖到 8 000 万元到 1 亿元，结果在那一年 3 500 多万元的价格贱卖了，足足少了 3 000 万~5 000 万元，本来正好可以填补我的亏空。现在我全部还完也不过三四千万元，本来我一分钱都不欠任何人的，但是现在把我变卖、贱卖之后，变成我是不诚信的人了。另外一个就是我掌握的技术如果完全用开的话，不仅我的企业能够创造效益，而且为社会创造的财富更大，因为我的这个技术可以大大降低采油的成本。现在这个采油成本很高，价格又卖得不高。整个机械传动领域，每年可以为国家节省电能至少几千亿度。几千亿度的电啊，你想想看，2012 年的时候有一个统计数据，电机传动消耗的动能是 19 800 亿度电。如果能节能 10% 的话，就有 2 000 亿度电。但是现在我不能做，也不敢做。就像前段时间新疆克拉玛依油田想要我去为我的产品做一些介绍，但是那么远的路我怎么去？高铁、动车、飞机，我都坐不了。当时我也跟很多部门呼吁，像我们这样的人应该以另外的方式对待，既监控又放手。因为像我这样的人完全可以发挥余热，完全可以为社会创造更大的价值，我们国家在这一点上来讲，的确有些地方要改善。现在的疫苗事件，为什么现在才发现？老早就出现问题，我们的监督机构、我们的监管部门在干吗？与国外的一些体制相比，我们的企业，我们的国家经济在这方面也是有很大的不足。2007 年的时候我参加了中国制造 30 年大会，我当时就提出，真正的实体经济制造业才是中国改革开放 30 年的根基。2008 年金融危机爆发的时候，中国人民银行副行长吴晓灵，也是全国人大财经委副主任，她当时到福建和浙江两个省做调研时，我是浙江省人大常委会挑选的 8 个参加座谈会的企业家之一。我谈到了两个方面：第一，新的《中华人民共和国劳动法》对中国制造业的打击是巨大的，会产生巨大的负面效应；第二，银行的体系会给制造业造成危险的打击。2005 年我还提出来一个观点：我国要创建职业经理人的档案建设。我们这一代企业家在创业的时候，接受的文化教育层次比较低，但是我们的下一代不一定见得会来接班。日本和西方国家企业的传承体制就很值得我们借鉴。西方国家的企业出来开会，来的基本上都是CEO。他们有一整套完整的职业经理人的诚信道德机制，但是我们国家没有的。你到我这个公司来上班，把我这个公司搞得一塌糊涂，到另外一家公司上班的时候，完全可以吹牛，你这个时候没法查，查不到，也问不到，即使问到也只有两种情况，要么说很好，要么说很差。在这样的空白体制下，我们的制造业是非常艰苦。我为什么要说这一点呢？企业家都会老，我们跟日本的文化不一样，日本现在文化有点改变，但是原先的是传承制的，西方有很多国家的著名企业，也都是传承制。我们国家现在的"80后"、"90后"，甚至"00后"都不愿意去做制造业，包括现在我自己也有一点不太敢去做。这个时候职业经理人非常重要，职业经理人的诚信体系建立好，对实体经济的保护作用非常大。我们中国召开的很多高峰论坛大部分是老板来参会，国外都是CEO，老板不出场，如果要出场的话都是那种规模很大的，或者档次很高的场面。2003年的时候，我就已经未雨绸缪地引进现代化的管理，但是一直找不到好的经理人，工资要价很高，工作很好却是表面文章。企业今天出现这样的局面也是必然，必然会走到这个地步，我们国家的制造业也会有新的起步，也不会是之前那种粗放发展的情况。我相信我们国家未来的制造业要么是非常现代化的，要么是非常创新的，要么是其他形态方面的。最近国家内参也来采访我，向国家最高领导人提交了题为"金融制对于实体经济的意义到底有多大"的一篇报道，据说中央也做过批示。国务院接连召开了很多会议，研究对微型微小企业的支持，原先最多是100万元，现在提高到500万元，可以说对中小型企业的支持力度变大了。但建立企业就像建大厦一样，没有三五年的时间是建不好的，在关键位置出问题的话，顷刻间就倒了。我们的制造业也是这样的情况，由于前期的忽视、轻视，导致了这两年的危机。尤其是今年的中美贸易战，凸显了我们制造业的严重不足，原先的GDP（国内生产总值）高，每年高了多少，反正我们关起门来说也没有问题。我们的GDP都是房地产堆积起来的。我十几年前就说过的，房价1万元1平方米和10万元1平方米，有什么用？就价值而言，对老百姓而言，价值有什么区别？这么贵很多人根本买不起房。对社会而言，1万元、10万元无非是把它泡沫化了而已，对整个国家而言是没有什么意义。市场需求到达顶点的时候，1万元、10万元跟1000元是没有区别的。例如，你给我1000元我也不要呀，因为说不定3年以后，我要交的税收都不够。美国金融危机的时候，我国有很多人去炒房，结果炒了三五年之后，交房都来不及，他们的房子的确很便宜，但是也要交高额的税。我们国家到了一定程度也会这样。由于早期政策的失误，导致了整个经济今天的危局。虽然我们是底层的老百姓，但这几十年来我们看得清清楚楚，只是我们自己无力回天而已，因为那时候我们年轻，也没有太大的影响力，就算有影响力，像郎咸平或者其他的一些经济学家叫得再大声也没用，我们国家在这些方面的确也是让人很无奈，我们就是那几十年创业下来的受害者。

我们最早创业之初，那时条件非常艰苦，由于地理位置等原因，只有一条机耕路，根本无法通行汽车，特别是遇到下雨天气，拖拉机也无法通行，那么从外面购买的纸张等材料，要运进来怎么办？只能靠自己一点一点用人挑、肩扛、车拉等方法运到车间里面，特别是雨天的时候，因为道路泥泞湿滑，我们经常一不小心整车纸张翻到农田里，人摔的一身泥水，浑身青肿。笨重的生产设备搬运更是艰难，现在还心有余悸。记得一次在搬运近2吨重的设备时，我们只能往老浙赣铁路线（俗称四姓塘的地方）浦阳江铁路大桥下面走，我们当时还是提前与守桥解放军的首长说明并征得同意后才能运输。从来没有路是临时开辟的泥泞的江滩边走（我们的祖先从来没有人有如此之重的重物运进村里过，而且只有华山一条路）当时唯一能走的运输工具只有拖拉机，还要走上坡道爬到浦阳江江堤路面，因为没有坡路只能临时开辟一条能走拖拉机的坡道，但由于是刚刚才开辟的一条上坡道，拖拉机的轮子压在实地上尚可，而完全在松土上，根本无法将重达2~3吨的设备加拖拉机自重的车子往上走，万般无奈之下，当时只得让五六个壮汉用肩扛用木板顶着一点一点、一寸一寸地往上推，连推带爬的足足花了大半个小时，才安全地把拖拉机推到江塘路面上！事后大家回头看了看路坡的险境，人人都倒吸了一口冷气，幸好当时每一个人都是竭尽全力，如果有一人稍微懈怠下的话，很有可能整辆车会覆倾而下，而在车轮下的是活生生的五六个壮汉，其后果不堪设想，想想都要出一身冷汗！好不容易上了路面，长长的1千米才刚刚开始，当时根本没有一条可以开拖拉机的平坦道路，只好用锄头平整一段路面走一段，仅仅1千米路程，足足走了三四个小时。即便在如此艰苦的条件下，我也还是坚持下来了。

那时候我们生产的产品交货出运时用的都是拖拉机。拖拉机速度很慢，我们送货到绍兴、到宁波，这么短的距离，到绍兴要4个小时，到宁波要七八个小时。那个时候的交通没有现在那么发达，基本上是我自己亲自押货，而且只能坐在货物上，货物堆得很高，离地面有2米多高，我就只能趴在上面，特别是寒冬时节的寒风啊，吹在脸上如刀割，那时候没有像现在穿得这么暖和，真是冻得要命。摇摇晃晃，生怕一不小心从上面摔下来，那肯定会被摔个半死，万般无奈下我只好用绳子捆住自己的身体和手脚，还生怕时间久了容易打盹。我当时就是用这样的方式艰苦创业，一年一年的坚持过来了。

直到2015年4月，银行起诉，法院实行强制执行，企业面临强迫停产关停，并且要把跟随我坚持艰苦创业多年的数百名员工解散回家，可想而知当时我个人所承受的压力巨大，并且身体生理系统都出现严重紊乱，我想找个地方去释放一下自己的情绪，我清楚如果长期如此，我的身体一定会崩溃的。记得好像是4月6日上午开完全公司员工大会后，我就开车出了公司，也没让司机开车，自己漫无目的地在附近转，说来奇怪，我到现在也还没想起来我是走的哪座桥过了浦阳江到达对岸太平山脚下。车停稳后，我推门下车，环顾四周觉得似乎陌生，也没多想，就漫不经心地往山上爬去，说来惭愧，我当时走到半山腰无意识地坐在一块大石头上大哭了起来，仿佛在倾诉自己创业奋斗了大半辈子的艰难历程和内心的无限委屈。反正也没人看到，我就无所顾虑地放声大哭，也不知哭了多久，整个身体瘫了似的迷迷糊糊靠在石头上睡着了，幸好那天天气晴朗，阳光明媚，人也没有着凉，醒来后随着山径继续往上走，看到了熟悉的映山红花开得满山红，突然我就像孩子一样兴奋地跑了起来，边跑边采摘山花吃（这时才有饥饿的感觉，原来没吃午饭），一路往山顶狂奔，兴奋极了。看到此境心情忽然大好了，我到了山顶往下看，看到了山下美景尽收眼底，真是一览群山小啊！待到自己情绪安静了后，静静地思考，调整心态，思考未来人生何处去……当时还发了朋友圈，很多同事领导以为我会寻短见，他们都急坏了，通过微信、短信和打电话开导我。我说："请大家放心我不会出事的（寻短见），只是想透透气，让自己冷静下来，好好梳理一下自己奋斗了大半辈子艰难创业过程中的功过，让自己把未来人生以及这个世界看得更清晰些。"我在山上待到傍晚6点多，天已经黑下来了，大家让我赶紧下山吧。这之前的一段时间我的生理系统出现了严重紊乱，我一天的大便少则二三次，多则五六次，白天昏昏欲睡，晚上睡不着，身体迅速瘦下去。之前我去医院就诊，医生问及我有没有受到过什么重大的打击？我不明就里地说"没有"，他说："不可能，你肯定受到什么刺激了，要么受到其他方面精神打击，从身体检查来讲，你这是生理上的紊乱，这样下去的话，就很容易会产生抑郁症"。然后我这次抒发之后就感觉身体轻松了很多，我自我感觉我这一点还是蛮好的，会自我调解，尽管我受到如此大的人生挫折和打击。只有我们经历过的人才会有这种体会。

我的个人性格是比较好的，因为我兴趣比较广泛，在经营企业的过程中，我除了喜欢研究产品技术，对任何事物都喜欢探个究竟。例如，对于当前的经济社会中的一些社会现象、国内国际时事、有关企业经营人才的培养，以及中国职业经理人诚信道德建设和我国教育体制改革的建议，当时还收到了温家宝的内参批示。回忆这些感觉特别感慨。这大概是我一直以来喜爱看书学习的结果吧。在此次我们企业所遭受的因担保造成的巨大损失事件中，虽说有许多的客观因素影响，但是也有自己性格方面的因素，导致事业发展决策过程中缺乏深思熟虑被摔得头破血流。由此引起的牵连，把唯一的一套住房以及在我们名下的全部资产统统抵了进去，因而对家人的伤害影响很大。在企业出现危机以来，我一直信奉以诚信为本的原则，然而等你真正实践了"诚信"两个字后，却有些人不以为然地用另一种方式实现了其目的！而真正兑现诚信承诺的人的现实现状却是很难堪！而现实摆在你面前会很惨，但现实就是这样，现实很残酷……

四　萧山人喝着钱塘江水长大，喜欢创新

采访者："奔竞不息，勇立潮头"的萧山精神已载入《萧山市志》，这种精神永远激励着萧山人"潮"前走。您作为第一代改革开放的"弄潮儿"，能否结合您的工作与生活经历谈谈您对萧山精神的认识与理解？

汪金芳：萧山精神是在三四十年前就已经提出来了，其中还有几句话，据说是鲁冠球先生提出来的，叫"四千精神"：千言万语、千山万水、千方百计、千辛万苦。在改革开放之前，萧山人有几个特点：一个是做手艺，就我们南边的人做手艺；再过去一点的人，我们那边叫沙地人，因为这边原先都是滩涂。沙地人是相对我们南边的人，生活比较贫苦一点，他们是卖冬菜、卖萝卜干起家，骑着一辆自行车到全国各地去卖，这是萧山最早的一种精神。南边的人去做手艺，那边外出去打工的人数量最多，他们不甘于现状。因为整个萧山原先的土地不多，尤其是我们南片地区，萧山后来围垦之后，就变得富有了一些。萧山人是喝着钱塘江水长大的，勇于探索、喜欢创新、敢人为先。这一点的确是萧山的精神，包括我自己也一样，始终不满于现状，觉得一定要去做些创新工作，遇到瓶颈之后，就要去打开一片新的天地。当时的"四千精神"叫"走遍千山万水、想尽千方百计、说尽千言万语、历尽千辛万苦"，萧山的这个"四千精神"的确为我们萧山创造了巨大的财富。当然，我们萧山在发展的同时也的确走了一些弯路，包括这十几年

来萧山实体经济在全国曾经在数一数二，由于滨江独立成区，加上早年的一些领导缺乏对实体企业转型升级的理念，而事实也由于最近几年全球经济低迷的客观因素和对实体经济的预警、政策扶持等许多因素，还有我们萧山之前的一些领导对萧山的未来发展决策时，也走了一些弯路。特别是我自己更应该要吸取失败的教训，我这两年静心虚心学习金融知识，希望通过学习认知当年由于缺乏金融意识、风险意识导致企业在发展过程中的决策失误，这不仅对我个人、家庭、企业造成巨大损失，同时也对银行和社会造成重大损失。痛定思痛，寻找原因与答案，唯有虚心再学习，看来真是活到老学到老，通过学习希望在帮助自己的同时，也许能去帮助那些正在被担保、经营困难所困扰着的实体企业去寻找新的转型机遇以及融资渠道。其实有些企业如果在出现暂时困难时能获得别人的理解与支持也许就能渡过难关和危机。我通过学习提升了对现有银行体制的认知，也理解了当初银行人员在我们企业出现担保困难所采取的过激措施，去换位思考，就不难理解了！更希望通过学习能找到一条适合自己或能帮助那些还在艰难经营的实体企业走出困境的发展之路，这也是我为什么还不服老地静心虚心去学习金融知识的真正初心。

采访者：现在萧山人都已经富起来了，企业也越来越多了，现在在建现代化国际城区，您认为在新时期萧山精神应该要增添哪些新的内涵？

汪金芳：我个人认为应该有这几个方面。第一，实体经济是萧山的根基这个肯定不能放弃。第二，原先萧山有工业基础要提升，升级是对的，不能升级的企业要如何因地制宜、逐步地退出经营，不仅自己要努力，也需要别人的帮助和政府的扶持。在这一点上来讲需要多方的努力，需要引进一些高科技企业和创新型企业，需要全社会和政府部门的大力支持，因为扶持实体企业，不仅仅是实体企业本身的责任，更是整个社会的责任，我认为这是全社会一定要有这种高度的认识。第三，从现有的我们整个大杭州、大浙江来讲，萧山又有一些新的机遇，如我们现在所在的钱江世纪城，杭州的钱江新城都是以金融为主的，杭州的互联网又比较发达，如何做到真正意义上的"＋互联网"，而不是互联网去加什么，互联网毕竟是一个工具。现在物联网也比较发达，更先进了，如何让这几个方面来加，1＋1＞2，而不是说虚的一个结合，互联网什么都加，加不上去硬加，如那种P2P，那种虚拟泡沫的就是说明问题。我认为就萧山来说，在房地产这个角度上来讲，不能漫无目的地发展，因为房价高必然会导致生活成本增加，生活成本高必然引不进高端的人才，优秀的人才都被高房价吓跑了。在这一点上来讲，我以为该压的时候要压，政府应该有所作为，而不是被动或者放任不管。

在实体经济方面，一定要加大力度去支持，因为我做了几十年的企业，体会实在是太深了，除了真正意义上的支持外，更需要在精神上去理解，有时候对实体企业家说一句理解安慰的话，就能温暖感动许多企业家受伤的心，会不顾一切地去奋斗。我们也很现实，尽管现在我倾家荡产了，我还背着几千万元银行的债，但是我有信心，因为我有发明的技术，一定有翻身的希望，所以我坚持着，我觉得我个人还能够创造很大的价值，虽说我的年龄不小了，但也不算太大。我现在坚持早上起来锻炼一个小时，我为的是一个希望、一份责任。因为我要承担的不仅是社会责任，还有一份家庭责任。不管怎么说，只要有能力和机会我所欠的银行贷款我会还的，因为我不愿若干年以后背了一身债进了棺材，这显然不是我的性格，更不是我的初心！当时国外企业要买我的技术，最低是出了几千万元甚至上亿元，我说门都没有，好不容易发明了一个全世界第一的技术，一定要留在中国，绝不会卖给你们。而且假如我努力之后，说不定能够产生更好效益，就能够把债还掉。如果说我努力过了，还是达不到我的目标，或者做不出成绩，那我也努力过了，也没办法了。尽管我欠债是有很多的客观因素，还有冤屈，但我肯定会坚持努力的，因为有一份责任。尽管我受到了不公平的待遇，但是有时候想想，这么大的一个国家也没有办法，也就只能心理平衡一下，尽管我不断在呼吁，甚至于我最近还在打报告，希望能够给我们这一类因企业客观因素造成的企业家群体给予时间和空间，给予机会能还清别人的债。说不定像我这样的企业家再重振雄风后，可能会起到一个榜样的作用，因为像我这样的企业数量，估计不会不少于几十万个。

采访者：现在肯莱特已经彻底停止生产？

汪金芳：没有了，我们的产品从 2015 年到现在为止，在整个市场上脱销，就我们发明的那些产品到现在没有一家企业能够生产，就算是生产了，也达不到我们的要求。

采访者：就是说技术还在你这里吗？

汪金芳：在，技术还在。我现在在找突破口，不瞒你们说，这次我为什么接受了这个采访，因为原先我在想，像我这样的人不太好到社会上去露脸，有时候人家也是要骂你嘛，你已经欠债了，是一个失败者，你还喋喋不休说什么呢？但是我不完全是为了我个人，我从来不会去坑害别人，一直来诚信经营企业，诚实做人，但在别人眼里，甚至很多人在背后说汪金芳肯定是悄悄藏下了几千万元资金，不可能倾家荡产，我以人格担保，当时不仅全部资金枯竭，连员工的最后工资和失业金都是从亲戚朋友处借了几百万元才得以妥善处理，不过人家还真不相信。但没关系，清者自清嘛，我的意思是什么呢，一个人必须要去承担责任，胜不骄败不馁。人嘛，说不定在这个地方失败，或许在别的地方能够起来。所以说有一句话说得好：上帝给你关上了一扇门，说不定给你打开了一扇窗。所以，就算我起不来，说不定也能够帮助别人。

采访者：非常感谢汪董事长能够接受我们的采访。您的这段经历需要为更多的人所知。我们今天的采访就到这里，谢谢！

汪金芳：谢谢！

萧山行政区划变迁及民生工程建设

——沈奔新口述

采访者：陈鸿超　　　　　　　　　整理者：李永刚

采访时间：2018 年 7 月 25 日　　　采访地点：萧山区茶文化研究会

口述者

沈奔新，1951 年 12 月出生，浙江绍兴人。曾经担任过萧山县人民武装部政工科科长、党委委员，萧山市委常委和人武部政委，萧山市委常委、纪委书记等职；1997 年至 2001 年，任萧山市委副书记；2001 年至 2007 年，任萧山市（区）政协主席；2007 年至 2012 年，任萧山区人大常委会主任；2010 年至今，任萧山茶文化研究会会长。

一　个人履历及一些工作中的感悟

采访者：沈主任，您好！很高兴您接受我们的采访。改革开放以后，萧山经历了几次行政区划的调整，如 2001 年的撤市设区①，乡镇合并和 2005 年的萧山并村等②，行政区划的调整，给萧山带来了巨大的发展机遇，同时也给萧山带来了很大的挑战。您是萧山行政区划调整的重要参与者和见证人，

---

① 2001 年 2 月 2 日，国务院国函〔2001〕13 号文件批复，同意撤销县级萧山市，设立杭州市萧山区。同年 3 月 25 日撤销萧山市，称杭州市萧山区。

② 2001 年 6 月 29 日，杭州市萧山区第十二届人大常委会第三十三次会议审查了区人民政府提交的《关于萧山区乡镇行政区划调整方案》。会议决定：同意这个方案，并由区人民政府按法定程序上报审批。具体参见杭州市萧山区地方志编纂委员会办公室编《萧山年鉴2002》，浙江人民出版社，2002，第 369 页，"重要文件辑录"。

我们希望您能够给我们谈谈萧山撤市设区的历史。同时，我们也了解到，您也曾参与湘湖一期到三期的建设①，建议萧山实施新型农村合作医疗，提出农场改革和农村特困户建房等问题，所以也希望您能够谈谈萧山这些方面的历史。首先请您先简单地介绍一下自己，包括出生年月、籍贯、学习经历，以及工作经历等。

沈奔新：我是 1951 年出生的，属兔。今年虚岁 68 岁。籍贯是浙江省绍兴市上虞区。原来是上虞市，现在也撤市设区了。1968 年我参军入伍，到今年正好 50 周年。我们 1968 年一起参军的上虞籍战友，在 3 月举办了参军 50 周年纪念活动，我还去发表了讲话，转眼 50 年过去了。我开始是在安徽当兵，到 1983 年被调到了萧山县人民武装部。我当初在安徽肥东县人民武装部政治工作科担任副科长，以副营职干部的身份到萧山县人民武装部，也是担任政工科副科长。1986 年，中央军委决定人民武装部归地方管理，那时候我是萧山县人民武装部政工科科长、党委委员。1991 年，我担任萧山市委常委、人民武装部政委，在这个职位干了 5 年。从 1986 年到 1996 年这 10 年间人民武装部由地方管理。到了 1996 年 3 月，中央决定人民武装部归建军队编制。那时候我觉得自己年纪大了，就要求从军队中出来。

1996 年 3 月，我任萧山市委常委、纪委书记。1997 年 8 月，我开始担任萧山市委副书记，这个副书记的职务一直干到 2001 年的 2 月。2001 年的 3 月 2 日，我被选举为萧山市政协主席，那时还是萧山市，还没有撤市设区。2001 年 3 月 25 日，萧山撤市设区，第二天我就到萧山政协上班了。我前一届的政协主席年纪比我大 10 岁，他当时说他是萧山市最后一任政协主席，我说："你不是，我才是呢。"因为 3 月 25 日，萧山撤市设区，我 3 月 2 日就是萧山市政协主席了，所以我才是最后一任市政协主席，也是第一任萧山区的政协主席，那一届政协是萧山第十届政协。我干了两年，2003 年换届，我继续担任政协主席，我在政协一共干了 6 年。

---

① 2003 年，当地区政府做出"圆梦湘湖，还湖与民"的重大决策，成立了湘湖旅游度假区管理委员会，负责实施湘湖保护与开发工程。从 2003 年至今，十余年间，湘湖保护与开发工程先后实施了一期、二期、三期工程，分别于 2006 年 4 月、2013 年 9 月和 2016 年 10 月建成开放。目前，建成区块总面积已达到 52.7 平方千米。区块拥有湘湖景区、极地海洋公园、东方文化园、杭州乐园 4 个国家 4A 级旅游景区。已荣获中国百强旅游景区、中国休闲旅游目的地等美誉，成为本地区推动旅游发展的核心板块，成为杭州乃至长三角地区旅游业迅猛发展的一匹黑马。具体参见朱霞清《浅谈景区规划建设的经验得失——以浙江湘湖旅游度假区为例》，《城市建设理论研究》（电子版）2014 年第 4 卷第 24 期。

到了 2007 年 2 月，我转任到萧山区人大常委会，担任主任，一直干到 2012 年 2 月 20 日第十五届人民代表大会闭幕，我就退下来了。2012 年 3 月 1 日，我到萧山茶文化研究会上班来了。我从 2010 年 6 月 30 日开始担任会长职务，当时也是通过选举产生的。我们萧山茶文化研究会在当时也是规格最高的一个社会团体，我担任会长，区政府的两个副区长、人大一个副主任、政协一个副主席担任副会长，区委书记、区长、政协主席担任顾问，我做茶文化研究会的工作至今已经有 8 年多时间了。经历大致是这样。

采访者：您记得很清楚。您担任过这么多职位，包括军队、行政，您觉得这么多职位当中，您对哪一个职位的工作印象最深刻，或者说您觉得工作量是最大的？

沈奔新：工作量的话都还好，不是很繁重。在区委工作的时候，虽说责任挺大的，但上面有书记，还有市长；在政协工作还是比较轻松的；在人大时候，都是依法办事，一般在区委的领导下开展工作。要说最有成就感的工作，我觉得我在政协工作比较有成就感。

政协有三大职能：政治协商、民主监督和参政议政，这是中央规定的政协职能。我对政协有个定位，概括为四句话，第一句话叫作"献策不决策"。政协是协商、参政议政的单位，只是给其他领导班子，给党委、政府、人大等建言献策，决策是党委的事情。第二句话叫作"参政不行政"。政协是负责参政议政，行政是政府的职能。第三句话叫作"决议不决定"。政协对一些事情是要形成政治决议的，重大事情的决定权属于人大，人大依法决定萧山区的经济社会发展的重大问题。第四句话叫作"宽松不放松"。政协的工作环境比较宽松，但是自身要求不能太放松，政协不能做太多的事，不能做政府的事，是政府的事就需要政府去做，政协要做自己的事。政协每年要做几件有意义的事情，所以我对政协印象最深刻。我当了六年的政协主席，这六年时间当中，我们组织政协全体同志向区委、区政府提出了很多建议、意见，也做了很多对萧山当前和今后的经济社会发展具有重大意义和深远意义的一些事情，这个我稍后会讲。

二 萧山行政区划的改革与变迁

采访者：2001 年 2 月 2 日，国务院国函〔2001〕13 号文件批复，同意撤销县级萧山市，设立杭州市萧山区。同年 3 月 25 日撤销萧山市，始称杭州市萧山区。能否谈谈萧山区设立的背景。行政区划的调整给杭州的发展以及萧山自身发展带来了哪些机遇？为萧山和杭州两地经济发展创造了哪些条件？

沈奔新：撤市设区这个事情其实不太好讲，1988 年萧山撤县设市，萧山的干部群众都是兴高采烈的。萧山曾经属于绍兴、宁波管辖，20 世纪 50 年代末，划归到杭州以后，行政区划有几次大的变动①。比如说现在的滨江区，共三个乡镇都是从萧山划出去的，这个变动还是比较大的。从萧山县升级到萧山市，当时的干部群众兴高采烈、欢欣鼓舞的，我们还在萧山电影院开了大会②。2001 年撤市设区的时候，干部群众当中不少人是有抵触情绪的。

采访者：为什么会有抵触情绪呢？

沈奔新：那是肯定的嘛！因为区的行政权力、属性和单独的市是不一样的。现在萧山区属于杭州市管辖，萧山以前作为萧山县（市）的时候是省管县，那个时候工作的独立性比较强。一般来说，撤市设区以后，区的权限就会小很多。像杭州市老城区现在还叫作主城区，我们也是城区，像余杭、富阳这些都是属于区，都是撤市设区的地方。但是现在有个提法，就是说原来萧山、余杭、富阳划区的时候，政府出台政策是不包括萧山、余杭和富阳的。杭州市之前有五个区，后来增加了我们萧山划出的滨江区，六个设区比较早的，应该是不包括三个设区比较晚的。这个区和区之间的政策也有区别，待遇也不一样。

采访者：是杭州市决策的还是省委决策的？

沈奔新：是省委决策。定这个事情的时候，我在当副书记。那时候是 2000 年 11 月，我带了一批人在陕西西安旁边的一个杨凌高科技农业开发区进行考察。考察队伍里面有部分局长，还有一批乡镇的党委书记。为什么当时要到西安那么远的地方去考察呢？因为当时我分管意识形态、农业农村、信访等工作，当时西安有杨凌高科技农业开发区，在全国都是先进的。考察期间，有一次我们吃晚饭的时候，当时的市委书记打电话向我征求撤市设区

---

① 1949 年 5 月萧山解放，为省直属县，6 月底，划归绍兴专区。1952 年，复为省直属县。1957 年隶属宁波专区。1959 年 1 月改属杭州市。1987 年 11 月 27 日，国务院批复，同意撤销萧山县，设立萧山市（县级）。具体参见杭州市萧山区人民政府地方志办公室编《萧山市志》（第一册），浙江人民出版社，2013，第 4 页。

② 1987 年 11 月 27 日，国务院国函〔1987〕186 号文件批复，同意撤销萧山县，设立萧山市（县级），以原萧山县的行政区域为萧山市的行政区域。1988 年 1 月 1 日，始称萧山市。具体参见浙江省萧山市地方志编撰办公室编《萧山年鉴 1988》，上海社会科学院出版社，1989，第 3～4 页。

的意见，但是在这之前我们没参与这件事情的商议和决策。

采访者：就是说您之前都还不知道这个情况吗？

沈奔新：之前只是听说，但是没征求过我们什么意见。市委书记肯定清楚，但他这一年基本上是在中央党校学习。从1999年的下半年到2000年，他基本上是在中央党校学习了一年。他打电话给我，征求我的意见，问我说："你看这个事情怎么样？"他是在电话里征求我们的意见，因为当时的情况很紧迫，马上要决定，不可能回来再问。

采访者：当时是给您多长时间考虑这个事情？

沈奔新：他打电话过来征求意见，不容思考太久，马上就要给出回复的。这个事情我其实是不太能接受的，因为我们一点思想准备也没有，但是如果是上级党委决定的事情，我们只能绝对服从。如果要征求我的意见，我是不赞同的。我觉得萧山还是作为一个市比较好，假如作为杭州市下面的一个区，我心里不太好接受。我当时的态度是什么呢？那就是服从。我不是讲牺牲，是服从，服从杭州市委、浙江省委的决定。我们区的其他班子的领导，还有不少人都在这边考察。市委书记打电话过来，征求了我的意见以后，叫我把电话给其他领导干部，这样一个个征求意见。四套班子里面去考察的领导干部都是通过电话的形式征求意见。征求意见时，没有出现强烈反对的人，但表示不赞成的人很多，但最后也都表示服从。这是2000年的11月发生的事情。

采访者：您刚才也提到撤市设区、精简机构面临着有些老干部心理上难以接受的问题，这个是在所难免的。那么后来在撤市设区的过程当中，这些问题是怎么得到解决的呢？

沈奔新：当时有老干部反对，有一些干部不太能接受，但是萧山的干部有个特点，就是他们对领导、对党委政府的决定，强烈反对的几乎没有，服从意识很强。但是有意见还是要说的，非常激烈的行动，如信访、上访，这种行为很少。我们考察回来以后，马上就要春节了，到3月25日正式撤市设区，也就两个多月的时间。在这两个月里还要准备两会，所以大部分的精力不在撤市设区这个事情上，一个是忙工作的事情，一个是要开会，主要是开党代会、人代会和政协会等。我们都在集中精力考虑这些事情，又要过春节。这些事情忙完了以后，就到3月了。3月2日政协会议闭幕，紧接着就是人大会议闭幕。

采访者：当时政协会议有没有讨论这个议题？

沈奔新： 没有讨论。这个是不需要讨论的，最多听听民意，而且这个事情也是悄悄地进行，没有大张旗鼓地宣传。当然，撤市设区的不光光是萧山，余杭也同时撤市设区。杭州做出承诺，在萧山开了个干部大会，当时杭州市委书记亲自来动员。尽管撤萧山市改设萧山区，但是承诺"三个不变"，这"三个不变"对稳定萧山干部群众的思想，顺利地做好撤市设区的工作，起到了至关重要的作用。

采访者： 是哪"三个不变"，具体内容是什么？

沈奔新： "三个不变"的第一个是行政区划不变，我们以前是 1 420 平方千米，那么撤市设区之后萧山区还是 1 420 平方千米。当时没有讲多久不变，是 10 年不变还是 20 年不变，这个也不好讲，他也不可能一辈子在那个位置，对不对？但是他当时是代表杭州市委做出的这样的承诺。第二个是经济权限不变，县市一级的权限不变，如规划问题，杭州老城区的上城区、西湖区，在哪个街道或者哪条马路旁边建造一个公共厕所，需要杭州市批准，它自己的区没有这个权限，但我们萧山区就有这个权限。第三个是财政体制不变，这个是最重要的一点。杭州现在老城区的几个区，和我们还是有区别的，我们所有的行政机关设置都比较齐全，财政体制不变，有财政支持，我们有些事情就可以自己去做。所以这"三个不变"，当时确实是在撤市设区的过程当中稳定了萧山领导班子和干部群众的思想情绪，所以撤市设区还是比较平稳的。

2001 年 3 月 25 日，在萧山、余杭举行撤市设区的挂牌仪式。这时候杭州市四套领导班子的主要领导都来了。我记得当时我和杭州市政协主席虞荣仁一起揭的萧山区政协的牌子，他原来也是我们萧山的老县长、老书记。3 月 26 日我就到政协上班了，当时书记说："你不能走，你 60% 的精力要在区委工作。"我当时已经是政协主席了，我自然要到政协那边去办公。实际上杭州市委文件老早就到了，只是他封锁了消息，没有给我看。到政协去工作也是在我自己的要求下，组织决定的。因为当时除了市长比我大四岁以外，萧山市委市政府的班子成员当中我的年纪最大。政协主席比我大十岁，他快要退下来了，我就要求到政协去工作，这是我参加工作以来第一次，也是唯一一次提出的个人要求。

采访者： 在您看来，萧山行政区撤市设区之后，它给整个杭州的发展与萧山自身的发展有没有带来一些机遇和挑战呢？

沈奔新： 撤市设区的相关过程我就讲到这里，至于你问到的机遇和挑战，我觉得好多话并不好说，我们不能随便下结论。至于你说萧山后来发展得怎么样好，我认为发展的功劳也不能完全算在撤市设区上，因为事实就是它当时已经在发展了。如果不撤市设区会不会可能更快更好？这个也是说不准的。你不能把后面所有的成绩、现在的成绩都算到撤市设区上，我认为没有关系或者关系很小。无非是撤市设区以后融入大杭州，杭州作为大都市的观念要强一点。现在同城同待遇了，这是设区以后的一些政策。撤市设区是上级党委所做出的决策，我们既要拥护又要服从，就是这么个事情。撤市设区的过程，大致就是这样的一个情况。

采访者：2001 年 6 月 29 日，杭州市萧山区第十二届人大常委会第三十三次会议审查了区人民政府提交的《关于萧山区乡镇行政区划调整方案》[①]。会议决定通过这个方案，并由区人民政府按法定程序上报审批。这次行政区划调整的背景是什么呢？这次行政区划改革对萧山后来的发展有哪些影响？

沈奔新：乡镇为什么要合并？那是因为原来我们萧山的乡镇是比较多的。像东阳、义乌，它们只有十来个乡镇，每个乡镇面积都比较大，这样视野也比较大。义乌拥有地市级经济权限的待遇，因为义乌毕竟不一样，好多红头的文件它都有，好多权限它也有，也算是特殊对待了。东阳我们也都去考察过，还有像江阴、昆山等地方，它们下面只有十一二个乡镇。他们乡镇的规模都比较大，具有规模效应，发展空间也比较大。我们现在乡镇的数量是二十几个，当时乡镇的具体数字是多少我现在有点记不清了。当时的方案是我们政协提出的，我当时就认为我们的乡镇数量过多，发展空间受到制约，因为我们考察之后发现，经济发达地区乡镇的数量一般比较少。像东阳、义乌这些地方，县市这一级面积比我们大，或者差不多，但是乡镇的数量比我们少。为什么少一些好呢？第一，可以精简干部，减少领导班子；第二，可以扩大乡镇的发展空间。

现在很多地方都有小镇了，如智能小镇、金融小镇、旅游小镇、梦想小镇等，我们现在也在建。那时候建的是工业园区，当时江阴的做法是，每个镇街都有工业园区。我们到江阴去考察，回来以后觉得不错，所以每个乡镇都要建工业园区。但有的乡镇并没有地方建设工业园区，就在之前的基础上，在企业比较集中的地方围上一块，那么这一块就是扩大后的园区。拆迁

---

① 具体参见杭州市萧山区地方志编撰委员会办公室编《萧山年鉴 2002》，浙江人民出版社，2002，第 335 页。

一部分，建设一部分，就变成工业园区了。不过现在不提倡这种做法了，现在提倡的都是创新的、高科技的、智能化的。现在都在搞小镇，如机器人小镇之类的。总体来说，因为萧山当时乡镇很多，发展空间有限，所以我们政协提出来要合并乡镇，后来我们的意见被采纳了。

我们政协提出的方案被王建满书记采纳后，区委基本上按照我们提的这个方案来实施。包括哪些乡镇并，哪些撤，取什么名字，我都亲自负责。义蓬区在1992年就撤掉了，在义蓬设区的时候，下面有义盛镇、头蓬镇、靖江镇等16个乡镇。当年合并的时候，有一个人大代表，他也是企业家，跑到我这里来提出建议，他说："靖江镇不能并给义盛镇，义盛镇最好和头蓬镇并起来。"我觉得他说的有道理，所以最后采纳了他的建议。后来需要给它定一个名字，就叫义蓬镇。为什么叫义蓬镇呢？首先，原来是有义蓬区的，那么"义蓬"两个字就给它恢复了；其次，义盛镇的义，头蓬镇的蓬，两个镇各取一个字，这样做大家都没意见。当时还有一个石岩乡，考虑是要并给闻堰镇还是并给城南乡？如果和闻堰镇并，就是往钱塘江边上去的，离我们城区越来越远，我们萧山人讲这种做法就是"反脚路"了。那么如果你石岩乡和城南乡并，就是往城区靠近了。老百姓也是讲走向的嘛，你往那边并叫"反脚路"，往这边并就是"顺脚路"，不一样的。

采访者：资料显示，在之前萧山全区31个乡镇，后来调整为22个乡镇，4个街道，是吧？

沈奔新：是的，有4个街道。城厢镇变成了城厢街道，然后就有了城厢街道、蜀山街道、新塘街道、北干街道①。我当时就经常说："我到人大以后，在北干街道上班，户籍在城厢街道，住在新塘街道，因为堵车也经常走蜀山街道，所以说，这四个街道我都经常去。"后来调整之后，31个乡镇变成了22个镇、4个街道。

采访者：据了解，您在2005年提议，建议并村。为什么会有这样的建议？当时的社会背景是怎样的呢？

沈奔新：关于并村，是在2005年。在提议之前，我们到各地都去考察过。像义乌、东阳、张家港，包括苏南地区的江阴、常熟、昆山之类的我们

---

① 2001年6月29日，杭州市萧山区人大常委会出台关于萧山区乡镇行政区划调整方案的决议，萧山由原有的31个镇乡调整为22个镇、4个街道。调整后，萧山区辖4个街道、22个镇，155个居民区、739个行政村。具体参见杭州市萧山区地方志编撰委员会办公室编《萧山年鉴2002》，浙江人民出版社，2002，第335页。

去的比较多。他们乡镇和行政村的数量比我们少，乡镇和村也比都较大，资源优势和规模优势也比较突出。那么萧山当时是什么情况呢，萧山当时有700多个村。我们乡镇呢，也是撤并过好几次，最大的一次撤并是在1992年4月，那时候叫撤区、扩镇、并乡①。我们原来的萧山市下面有区、区委、区公所，如我刚才讲的瓜沥，瓜沥不仅是镇，还有区，像瓜沥区、义蓬区、临浦区、城南区、城北区、戴村区等。区公所是区人民政府派出机构，它不是一级政府机构，区委、区公所下面才是镇和乡。乡镇数量也是比较多的，在1992年4月的时候，把当时的区全部撤掉了，还撤并了一些乡镇。

我们萧山茶文化研究会的一个秘书长，他原来是临浦区的区长。当时把所有的区委、区公所全部撤掉，他所在的临浦区在1992年撤掉以后，他当选了第一任临浦镇党委书记。临浦镇老早就有了，但是现在他是撤掉临浦区之后的第一任党委书记。他们的书记在撤区之后就到萧山经济发展局了，后来当了公安局局长、常务副市长。当时村的数量有700多个，应该说是比较多了。特别是我们有些经济发达的村，因为面积小，如果要拓展发展空间，就有一定的局限性，会受到阻碍。一些贫困村呢，也有领导班子的问题、发展理念的问题等，优势很少或者没有，所以一直处于经济薄弱的状况中，属于欠发达的村子。如果一个发达村和一个经济薄弱村并起来，就等于把这个发达村的土地面积扩大了，资源也丰富起来了；贫困村、经济薄弱村呢，它可以依托经济发达村慢慢发展起来。

当时我们政协成立了一个关于并村的课题组。然后提出了关于行政村并村的建议，区委区政府也采纳了。有关撤并的事情，行政体制改革的事情，我在政协的时候提过好多次。

采访者：那当时您提出这个并村建议的时候是否有一些反对的意见？比如说在具体的实施过程当中遇到哪些阻力，又是怎么克服的？

沈奔新：这个阻力是有的。政协和政府不一样，政协的事情就是建言献策，至于如何去做那是政府的事情，政府做的时候也会碰到各种各样的问题。至于碰到问题怎么解决，不是我们政协的事情，也不是我们的职能。但

---

① 1992年4月至6月，市委、市政府进行撤区、扩镇、并乡工作。这项工作是省委、省政府根据中央要求做出的统一部署。其根本目的是：减少行政管理层次，扩大镇乡的回旋余地和调控范围，健全镇乡政府职能，加快城镇建设步伐，实现城乡结合，形成新的规模经济，促进各项社会事业发展。具体参见浙江省杭州市萧山市地方志编撰委员会办公室编《萧山年鉴1993》，北京师范大学出版社，1994，第61页。

是问题是不少的，如当时就有一些人不同意并村，他们中间有些人就说："我们这个村是个老村，我这个村人口多，怎么能和你们并？"

我记得有一个村叫作三联村，你一听就知道，三联村就是三个村联合并起来的村，合并之后它不好取什么名字，因为大家都不同意以其中某一个村名字来命名，那么干脆三个村并起来就叫三联村；还有一个村叫三头村，它也是三个村合并起来的，因为原来的三个村名字都有"头"，所以叫三头村。这个都还是表面上的有关命名上的问题，还有很多其他问题。有的老百姓还是很讲究的，他说："我们这个村有多少年历史了，你现在把我们这个村的名字都弄没有了，这可不行。"所以他们也是不愿意的。

还有一点呢，就是每个村子的发展状况是不一样的，有的是强村、富村，有的是弱村、贫困村，那么富村就不愿意和贫困村合并，他怕自己辛辛苦苦创造的效益最后被贫困村享受了。但是村干部基本上都愿意，村干部认为并起来之后村子的发展空间就会大了。这个里面矛盾比较大，到现在可能有的问题都还没有处理好。比如说比较穷的村，他本来还有负债在那里，那么合并之后怎么弄？总不能让富村来还吧，老百姓那边也是通不过的。所以最后能否并村成功，老百姓是要开村民代表大会的，必须大家都同意才行。所以说这个阻力还是有的，但总体上是平稳的。当时也派了工作组下去，努力帮助他们村里去做好这个工作。

采访者：比如说在并村过程当中，本来是村子和村子之间有两套班子，并村了之后，职位怎么去分配？

沈奔新：具体分配区里是不管的，主要由乡镇管，他们要顾及几个村，如三个村、四个村并起来，里面的强村的办事人员可能就会多一点。基本上一个书记、一个村主任可能来自富村，那么其他的支部委员、副主任等的职位就由弱村的人担任，这些肯定都要顾及的。这个问题倒也还不是很大，主要还是集体经济的问题。我印象当中，当时一共 700 多个村，并村后是 400 多个村，具体数字我记不清了。还有的像城区的一些城中村变成社区了。

三　萧山经济发展和民生工程建设

（一）湘湖的保护开发

采访者：2003 年，萧山区政协做了一个调研课题——大手笔谋划和实施古湘湖保护开发。相继召开了 4 个座谈会，3 次到有关部门听取意见，

2 次实地踏勘，并考察了山东聊城东昌湖、江苏常熟尚湖、江苏溧阳天目湖的开发情况。是什么契机使得湘湖保护开发在 21 世纪初被提上议事日程？

沈奔新：萧山原来有著名的古湘湖，后来范围逐步缩小了。在 20 世纪 50 年代时候，因为湘湖的土可以用来制作砖瓦，所以当时有好多砖瓦厂就搬到了这里，就地取材，挖土造砖。包括我们浙江建材厂、萧山砖瓦厂、城厢砖瓦厂等都在这里。原来这里还有窑洞，现在部分窑洞还保留着，当时是用来烧窑的，因为湘湖的土质比较好，适合于做砖瓦。做砖瓦的越来越多，人们在湘湖挖的土越来越深，水面就越来越小。除此之外，老百姓灌溉、开荒也有影响，田地的灌溉需要用水，加上开荒会占地。所以，湘湖一度陷入萎缩的困境，甚至不能再称之为湖了。我们进行开发之前，湘湖的湖面基本没有了，只有星星点点的水面。

采访者：湘湖保护是政府提出来的，还是政协提出来的？

沈奔新：当时是社会上的有识之士提出的，他们老早就呼吁要保护湘湖。他们写过不少信，对保护和开发湘湖提出一些意见和建议。他们在信中非常迫切地说道："湘湖再这样搞下去，它将会不复存在。"当时有一个湘湖管理委员会①，我们简称为湘管委，湘管委在 1994 年就成立了，但是湘管委只是个虚设机构，不是个常设机构。就是车轮班子，碰到什么问题就开个会，并不是固定的办公地点和固定的人员在那里。

2002 年我当政协主席的时候，不断地收到这些社会有识之士的来信，要求政协重视保护湘湖、开发湘湖，他们认为应该以保护为主体，要小手笔地开发，大手笔地保护。他们就怎么样保护、开发也提出了一些建议，要求政协在这个问题上有所作为。我听了之后，觉得非常有道理，所以我们政协内部就统一思想，专门成立了一个课题组。我们还到江苏的两个地方去考察，一个是江苏溧阳天目湖，一个是江苏常熟尚湖。

当时有一个会议，叫第一届世界休闲大会，要在萧山举行，时间是 2006 年 4 月 22 日，那个时候湘湖一期已经建成了。在这个之前，我们调研了以后，就结合政协的经验提出建议。当时是在东方文化园开的会，政协书面上向当时的萧山区人民政府提出了十条建议，十条建议都很具体，主题叫作"大手笔保护古湘湖"。我当时认为，在这十条建议当中，当务之急是"三个

---

① 湘湖管理委员会，简称湘管委，1994 年成立，后来负责湘湖景区开发建设相关事宜。

一"。第一，要成立一个实干的班子，这个班子原来是湘管委，是个虚的，那么现在把它由虚变实；第二，要有一个好的规划；第三，要有一个湖面。

采访者：2003年11月24日，湘湖征迁之始，萧山成立拆迁指挥部，抽调108名干部，组成17个民房征迁小组和1个企业征迁小组，实施湘湖一期征迁工作。征迁之始做了哪些准备工作？征迁过程中遇到了哪些困难？

沈奔新：当时萧山区委、区政府从各部、委、办、局、乡镇调了108名干部，到这里来搞征迁工作。然后他们分了好多组，如征迁组，在征迁组下面又分好多组，有评估、规划等。今天我的秘书长生病了，不在这里，当时他就是湘湖征迁指挥部办公室主任。王仁庆当时是指挥部的副指挥长。我刚提到的"三个一"的建议，第一，就是要成立一个实干的班子，这是最重要的，如果没有实干的班子，其他都是空话。因为有这些实干的人去干，事情才有望成功。

这里还牵扯到搬迁的工作，搬迁具体有多少我记不清楚了，但是有40多家企业都要搬迁，需要给他们安置，如那边要征地，办手续，这边也要动员。办手续也是很麻烦的，很烦琐，有时候你去盖章签字什么的，结果相关办事人员不在；后来他在了，你又休息了。他们有时候晚上忙到十二点、凌晨一点还在研讨对策，制定拆迁的奖励政策。征迁过程中的困难肯定是有的，但也有解决办法，如你规定几月几日几点去进行公证，在这个时间之前去签字，就有奖励。征迁这个事情对老百姓的好处其实也挺多的，如湘湖家园小区的房子，都是很不错的，还靠近湘湖风景区，该补偿的都补偿给他们了。

第二，是要有一个好的规划。规划要具体，绝对不能小打小闹，我们政协当时提出来湘湖的整个规划的面积是52.7平方千米。当时的建设局，现在叫住房建设局，他们提出来的规划面积是36.7平方千米，我们不同意，我们就要52.7平方千米，我们想要规划得大一点。按照当时对湘湖的规划，以前的东方文化园，也被包括在里面。这里应该说涉及四个乡镇或街道：城厢街道、蜀山街道、义桥镇、闻堰街道的部分区块，它们也都包括在这52.7平方千米当中。

第三，是要有一个湖面。2006年4月22日，第一届世界休闲大会在杭州乐园举行，湘湖一期也正式亮相，现在的杭州乐园也是在规划内的。在这个时间节点之前，我们建议一定要建成一个湖面，湖面是重点要建设的，其他建设、开发都可以缓一缓，招商引资也可以慢慢来。为什么要建一个湖面，湘湖没有湖面，怎么能叫湘湖呢？有一个湖面，湖面的旁边有绿地，这样才像一个风景区，就像西湖一样。最后建成的湖面大概是 1.8 平方千米。我觉得招商引资可以慢慢来，不用操之过急，一定要在 2006 年 4 月之前建成这样的湖面，那才叫湘湖。

当时指挥部成立了，工作依然挺难做的。当时的萧山区委书记王金财[①]和杭州市委书记王国平经常来到施工现场。湘湖一期建设的时候，王国平书记就来了 50 多次。可见他对湘湖建设的高度重视。他强调湘湖一期建设要"一炮打响，一气呵成"，这是他给萧山区委提的要求。市委书记这样子鼓劲打气，还经常来检查，我们的区委书记也感到责任很大，压力也很大。区委书记当时是从杭州市委组织部部长的岗位上过来的，一上任就接手这项重点工程，他组织我们四套领导班子，有关部委、办局一起到西溪考察，考察以后在西溪宾馆里面开了一次会。这时候征迁指挥部已经成立了，工作正在推进中。但是阻力比较大，老百姓有的不肯拆，有些人就是这样，你不去拆，他就埋怨干部；等到你要去拆的时候，他又不肯拆了。为什么呢？主要他是想赔偿高一点。

采访者：后来这个怎么解决的呢？

沈奔新：就是要出台一些相应的政策。当时在西溪开的这次会议，指挥部的指挥长是个区委副书记，他坐不下来，确实很忙碌，经常需要两边跑。其他人呢，有一个是副区长张振丰[②]；一个是人大常委会副主任王仁庆；还有一个是政协副主席金志桥[③]，这三个人是副指挥。他们三个当中一个是人大的，一个是政协的，两位都是老同志，张振丰副区长年纪轻一些，他是常务副总指挥。

那天开会他们都去了。我们中间休息的时候，区委书记问我："现在推进有困难，你看这个事情怎么办？"我当时建议王书记，让这个副区长张振丰把他所有的工作都交给其他副区长分担，他完全脱出来专门来抓这件事。

---

① 王金财，1954 年 11 月生，浙江杭州人，1972 年 12 月参加工作，1974 年 10 月加入中国共产党，时任萧山区委书记。

② 张振丰，1968 年 11 月生，浙江杭州人，1995 年 10 月加入中国共产党，1990 年 8 月参加工作，中央党校研究生学历；2003 年 3 月至 2007 年 1 月，担任杭州市萧山区副区长；现任浙江省杭州市委常委、余杭区委书记。

③ 金志桥，1948 年 1 月出生，浙江萧山人，1969 年参加工作，任萧山区政协副主席。

我们当时想的就是要背水一战，要建立激励机制，你做得好，那就提拔，做得不好，那就让位，所以你就要一心一意地做这个事情。

为什么我讲这个话，为什么这么建议？因为当时我们有一个同志来给我讲过，像这样两头跑不行，这个工程时间紧，2006年4月20日之前必须要建成，时间是十、九、八、七这样子倒数过来的，很紧迫，这样子两头跑容易精力分散，工作推行不下去的。所以我给书记讲了这番话，书记很赞同。在这之后，我就单独和这个副区长谈了谈，告诉他要扑下身子来做这个工作。后来就这样定下来了，他就一天到晚在湘湖动迁现场，把一期做得非常好。后来他到开发区担任主任，然后当临安市市长、市委书记，现在是杭州市纪委常务副书记，一路都很顺。当时他是和干部群众一起，同吃同住同工作，也锻炼了能力，大家也非常团结。

我记得人大、政协都到这里视察过，政协视察的前一天，金志桥打电话给我，他说："昨天人大来视察被老百姓围起来了，我看你们就不要到我们指挥部来了。"我说："这不行，这个是我们政协提出来的，我们必须到现场。如果给老百姓围起来，也是给我们一次工作机会，我们可以帮指挥部做老百姓的工作。我们对情况比较了解，有优势、有条件，对吧？"第二天我们去了现场，结果一个老百姓也没有。

还有一个事情，发生在一次推进会上。会上提出了一些问题，人大、政协都表态了。人大方面是一个常务副主任过来的，他们的主任当时不在，我代表政协也表态了。我当时自己还在本子上面写了笔记。第二天，《萧山日报》上发表了对这次会议的报道。结果我一看，发现他们把我说的好多东西都给弄错了。后来我把萧山日报社总编叫来，我说："你们怎么弄的？我在会上讲，'湘湖不仅是湘湖人民的湘湖，更是萧山人民的湘湖'。结果报纸上面写的是'湘湖不是湘湖人民的湘湖'。哎呀，好几个地方都是错的。你们这种稿子，第一，没经我本人审核；第二，你们自己不动脑子，你们编辑都不好好审查吗？我怎么能这样子讲呢？"

2006年4月22日，湘湖一期正式开园，休闲大会正式开幕，项目基础还是很好的。这个环境确实很优美，一期建成了之后，我们建议马上建二期。二期是向西，沿着钱塘江方向拓展的。

古代的湘湖呢，两头大，中间小，中间有个跨湖桥，是一个葫芦形状的。那么我们要向西边延伸，东边修的不远，到杭州乐园为止。二期也是我们政协提出来的，当时也有个建议案。和一期相比，这个里面有好多的工作都是大同小异的。我那时候亲自带着政协常委班子，跑到湘湖附近的老虎洞山上，在那里居高临下，拿着图纸观察。我让我们当时政协负责过规划工作的一个副主席，还有一个常委来负责这些事情，毕竟政协这方面人才多。然后他们把图纸拿来给我看，我在那边给他们提些建议，把把关。有一次回来，我就发现有个地方不对，总觉得他们肯定有的地方搞错了，他们做规划的也不是万无一失的，也是会搞错的。

采访者：哪些地方搞错了，什么原因呢？

沈奔新：西边的标线搞错了，湘湖二期四至范围要准确，东南西北到哪条路、哪条河、什么地界，要非常明确。他们把西边一条路搞错了，可能是粗心吧，后来就改过来了。

湘湖建设二期工程也是由我们政协以建议案向区政府提出来的，当时召开了一个会议，我们区长也参加了会议，区长亲自到场，分管建设的副区长也亲自到场，还有办公室主任、副主任，建设局局长、土管局局长、环保局局长等都到场了。我们是面对面办公，政协建议案当面给政府提出来，课题组汇报，然后大家讨论。接着我提出意见，区长表态。就这么个过程，当场决定，效率非常高。

然后，二期建设又要成立指挥部，又要动迁。二期开园是 2011 年 9 月，杭州市委书记黄坤明来了，已转任人大工作的王国平主任也来了，他是我接待的。他一下车就讲："好！你们搞得很好，接着就搞三期。"三期提出来的时候，我已经在人大了。

采访者：三期时候，您快退休了吧？是 2012 年的时候吗？

沈奔新：二期是 2011 年 9 月 14 日竣工开园的，在二期建成以后，我就提出搞三期，我在党代会上提出的湘湖三期建设的建议。当时要讨论党代会的报告，大家要提出一些经济社会发展的意见建议。我当时是在我们瓜沥代表团中，我也是主席团成员。那么在这个代表团里，我就提出来湘湖要把三期做好，按照 52.7 平方千米的规划做好三期。当时呢，我们代表团的团长是我们瓜沥镇的党委书记，我和他讲："你必须把这个意见，代表我们瓜沥镇第七代表团提交到主席团去，要在党代会的主席团会议当中汇报。"然后我又补充说："我也是成员之一，我可是听着呢。"

后来区委常委会上我也提过，当时的区委书记也非常重视，认为前面搞了一期二期，按照规划必须搞好三期，三期要马上动手搞。2012 年的党代会大概是在 1 月召开的，会上我提出来这个建议，在常委会上面我又提出来。

2012年2月，人代会闭幕，因为2012年换届，我就退休了。换届之后，当时瓜沥镇党委书记当副区长了，他就分管这个事情。当时我和他交流的时候还说道："湘湖建设的第一期是张振丰坐镇的，搞得很不错；第二期是当时的副区长方毅负责的，他们搞得都很不错，后来都被提拔了。你是乡镇党委书记上来刚担任副区长，三期在你手里搞，那现在就要看你的了。前面两个分管负责的，现在你是第三个分管副区长，在你手里搞，你能不能搞得跟他们一样好，或者比他们更好？如果你办得很好，那你才有前途。"其实他压力也是挺大的。

三期应该说也搞得蛮好的，这个副区长后来调到杭州去了。湘湖三期工程在2016年10月1日正式开园。湘湖旅游度假区管委会有一个"老人"叫韩长来，他是一期、二期、三期的直接参与者与执行者。一期的时候，他是副主任；二期的时候，他是主任；三期的时候，他是书记。三期的时候，就是要把闻堰镇并给湘湖，就成了湘湖旅游度假区管委会和闻堰镇，一套班子两块牌子。往西走，钱塘江边上就是闻堰镇，现在叫闻堰街道了。一期、二期他们有些人就提出来要合并，我们政协都没有同意，我认为呢，湘湖旅游度假区管委会要单独去弄，甚至要给它升格，规格方面给它升格是最好的，如果没法升格，那就单独出来。它的职能是什么呢？就是负责湘湖景区的规划、建设、管理、招商，要搞这些事情，不要去搞其他一些无关的事情。有关的镇和街道要做征地、拆迁，做老百姓的工作。例如，这儿弄好了一块空地，交给湘湖旅游度假区管委会，那管委会来搞规划，来设计，搞好之后就是招商、建设、管理等这些事情了，这叫分工不同。

合并了以后怎么弄，怎么去管理？现在湘湖旅游度假区管委会书记就是闻堰镇党委书记，闻堰镇的镇长，现在叫闻堰街道主任，也是湘湖旅游度假区管委会的主任，他们认为这样一体化合并起来有很多好处，好多事情可以通盘考虑。当然他有他的考虑，但是我认为弊大于利，还是分开比较好。现在那么多村，那么多老百姓，那么多企业，都和湘湖不搭界的，但是他们要是有什么事情都要找到书记、主任。老百姓不管大事小事，都要找一把手，找书记、主任。经济社会发展，社会稳定，书记、主任都要花很多精力去管。本来闻堰镇那里也有领导班子的，他们管理好自己的事情就好了，因为湘湖这边本来事情就很多了，如征地、拆迁、规划、建设、管理等统统都要协调好。所以我认为这种模式是不好的。

现在我们的钱江世纪城，原来和宁围镇并在一起，G20峰会之前还是这样子的，现在都分开了。宁围镇归宁围镇，钱江世纪城归钱江世纪城。宁围镇的土地拆迁好了交给他，这样挺明确的。就像湘湖旅游度假区，它就把这个景区做好就行了。景区里面也有老百姓，有一些企业，那就好好管理，人的精力毕竟有限，你如果把一个地方全部都管起来，要管景区，又要管工业农业，那么多老百姓，那么多企业，精力就太分散，这样对两边的工作都有一定的影响。我退休以后还提出来，反对他们这样并，但是他们可能有他们的考虑。

采访者： 我看到资料里面在 2000 年的时候，您当时到日本专门考察旅游度假村的建设，当时您为什么去日本考察了？在考察过程当中您取得了怎样的收获？

沈奔新： 那个时候，我在当萧山市委副书记。2000 年，我们当时的书记在北京中央党校学习。当时的市长林振国①要求我去的。当时还有一个杭州派下来的常务副市长，本来我们两个去的，后来他不去了。那次去考察，很多人都去了，有一个人大常委会副主任，一个政协副主席，还有一个开发区的副主任，还有相关部委办局的局长，有土管局局长、建设局局长、财政局局长等好几个局长，队伍还比较庞大。

我们去主要有两大任务，第一个任务就是招商引资。我们萧山有国家级的经济技术开发区，当时去的人里面，有开发区的副主任，有日语翻译，还有开发区的其他几个人，我们一起去，是为了招商引资的事情。第二个任务是考察旅游项目，因为日本的旅游项目做得很好。杭州乐园的宋城集团的董事长，他也带了一班人去。我们重点考察的一个是豪斯登堡②，一个是箱根③，还有一个是热海④。考察主要去三个地方，第一，先去考察豪斯登堡，豪斯登堡在日本的福冈，是一个景区，它里面有迪士尼乐园，全部看完大概要两天时间。第二，考察箱根，也是个旅游景区，位于日本的神奈川县，是

---

① 林振国，1947 年 3 月出生，福建福州人，时任萧山市市长；2002 年 4 月任杭州市人大常委会党组成员、副主任。

② 豪斯登堡是一处重现中古世纪欧洲（17 世纪荷兰）街景的度假胜地，园内备有完善的住宿设施。由于豪斯登堡获得了王室的建筑许可，重现了现任荷兰女王陛下所居住的"豪斯登堡宫殿"，故命名为"豪斯登堡"。

③ 箱根位于神奈川县西南部，距东京 90 千米，是日本的温泉之乡、疗养胜地。约在 40 万年前，这里曾经是一处烟柱冲天，熔岩四溅的火山口。现在的箱根到处翠峰环拱，溪流潺潺，温泉景色十分秀丽。由于终年游客来来往往，络绎不绝，故箱根又有"国立公园"之称。

④ 日本本州岛东南伊豆半岛东岸城市。属静冈县。是日本的三大温泉之一。

一个疗养的好地方。此外呢，他还有一个地方叫热海，以温泉出名，到日本主要是考察这三个地方。

日本旅游景点考察完了，接下来就是招商的事情了。我们走访了一些日本落户在萧山的企业总部，如太阳机械，它在我们开发区也是做得挺大的，还有一个比较有名的是雅马哈。我们当时跑了好几家企业，不光是在萧山开发区的日本企业，也跑了几家准备招商的企业。当时主要就是完成这两项工作。回来以后，我们在杭州宋城那个地方开了一次会，就是对杭州乐园二期怎么建设，大家一起来讨论，提出了一些意见和建议。与这个相关的一些部门都参加了，如建设、土管、环保之类的部门，他们都提出了意见建议，后来才有了杭州乐园的二期。这里面还有故事呢。

采访者：有些什么有趣的故事呢？

沈奔新：我回来以后，我们市长跟我讲了一个事，他说杭州市纪委收到关于我的举报信。杭州纪委信访室主任我也认识，他没给我讲，因为毕竟这个涉及我嘛。他说："举报信中举报萧山市委副书记沈奔新带队，到日本游山玩水，公费旅游之类的。"后来我和他说："这个情况完全属实。"因为我们考察的就是旅游项目，当然要去看景点。说我是游山玩水，去看景点，我就说这个情况完全属实。但是这是组织公派的，其实就是这个任务，除此之外还有招商引资。杭州纪委说："原来是这么个情况，为什么去考察，考察内容是什么？"那就是到日本的景点去考察，还有就是去考察日本的企业，就这两大任务。杭州乐园呢，是萧山第一个旅游项目，第一期试营业的时候，我们也去了。那么招商引资呢，应该说对我们整个开发区日资企业的引进和这些企业的成长发展，也是起到一定作用的。我们去考察的这些日本的一些企业家，都是和我们中国、和萧山关系很友好的。他们有时候过来，我也会去陪同接待他们。

（二）萧山的农场改革

采访者：那我们现在进入下一个主题，有关农场改革问题。2000年的时候，萧山实施了农场改革，当时农场改革的原因是什么？在萧山农场改革当中有哪些农场比较具有代表性？

沈奔新：农场改革一共有两次，实际上老早就实施农场改革了。分管农业农村的副市长王仁庆同志，他对这一块最熟悉了，你们后天采访他时可以让他好好讲讲。2000年，我是萧山市委副书记，农业和农村是我分管的。这一年的农业农村方面，有深化农场改革，也有拆大围墙①，还有村级集体经济的清理和整顿。

我当副书记分管的事情有好多，深化农场改革是当时萧山市委市政府决定的。在前面已经搞过，但是没成功。当时我们农场改革领导小组的组长是林振国市长，我和副市长王仁庆是主管。众多农场里面有个集体农场叫红山农场，它是萧山最有名的，是萧山的三面红旗之一。三面红旗就是"一村、一场、一厂"，一村，就是航民村；一厂，就是万向节厂，现在叫万向集团；一场，就是红山农场，这三面红旗在萧山一直是高高飘扬的。红山农场是集体农场，是集体所有制的农场，现在也是股份制农场，今年红山农场的老场长刚刚退休。除了红山农场，其他都是国有农场，如农一场、农二场、钱江农场、红垦农场、湘湖农场五个农场。算上红山农场的话，应该就是六个农场。当时为了管理农场，萧山有一个农场管理局，后来撤销掉了。

2000年搞农场改革的时候，阻力也确实非常大，我们大概先后开过几十次会议，四五十次是有的。具体工作方面，如我们召开动员大会，那都是林市长亲自动员，我做报告，王仁庆副市长布置工作。我们首先试点，然后推广。先在红垦农场做一个试点，试点成功以后，再推广开。问题涉及很多，包括资产负债、身份的转换等。劳动、人事、社保等各个部门都是我们领导小组的成员单位。有时候晚上开会开得很迟，所以我的印象也是最深刻的。

2000年底，大概十一二月，我出差去了福建。那天上午坐飞机回来，到了区政府行政中心是11点。我进去发现都是人，区委的1号楼，楼上楼下都是人，很多老百姓都过来了。我一看到这个景象，心想可能是农场改革当中遇到的职工上访。当时我们区委办公室一个副主任叫蔡仁林，是跟我负责农业农村这一块的，我就问他什么情况。他说："农一场、农二场的上访，具体的我也说不清楚。"他觉得必须要领导出面了。我就说："你这说的什么话，我来了肯定我出面。"当时信访也是我管的。然后我跑到区政府办公室，和王仁庆副市长的办公室副主任蒋幸达说这事，因为他当时负责的就是农业

---

① 加强农村宅基地管理：拆旧建新是本市宅基地管理的成功经验，曾得到杭州市土管局肯定。2000年5月12日在全市土地管理工作会议上，林振国市长明确指出：要大力实施拆旧建新，对应拆未拆旧房要坚决拆除，通过整治，消灭"空心村"，来满足农民对宅基地的需求，今年继续加大拆旧建新力度，努力使"南治空心村，北拆大围墙"工作有所突破。具体参见杭州市萧山区地方志编撰委员会办公室编《萧山年鉴2002》，浙江大学出版社，2002，第113页。

农村方面的具体工作。我问他王市长去哪里了，他说："王市长好像有什么事情，到新塘去了。"我过来以后跟蔡仁林说："现在你跟他们说，留下五个人，我来接访，地点就在区委五楼会议室，其他人都到区委区政府大门口台阶上去坐着（当时也没有那么多凳子给他们坐）。"然后我就让蔡仁林和他们这些上访群众去谈。蔡仁林谈完出来，说他们推举了八个人，但信访条例规定，集体上访不能超过五个人，这五个人要大家推选出来，作为代表，大家一起讲是不可能的，那么多人怎么讲？那样太乱了。所以必须要选出能代表上访群众的人，他们既能代表群众反映意见，同时又能够传达我们给群众的意见。我叫他们推荐五个人，他们讲五个人不好选，所以推荐了八个人。我就说："好，八个人就八个人。"然后我在区委常委会议室里接待了他们。

大概谈到了12点半，他们问一个问题，我就回答一个问题，逐个问题答复他们。他们问完就全部走了，对于接访结果还是很满意的。他们走了以后，我把相关负责人留下来，就刚才群众提出的问题，我答复的意见，怎么抓落实，具体谁去管，都详细讲了。比如说农民要承包土地，农一场和农二场的土地要承包出去，要在社会公开发标。如果是绍兴人来承包这块土地，我们要价可能是500元一亩；那么如果是农场职工要承包这块土地，可能就200元一亩。我和他们说："你要首先考虑农场职工，对于农场职工要给予应有的照顾，在同等条件下，农场职工优先，是必须要有的。"除此之外，还有医药费报销问题、小孩上学问题等。它也不光是农场改革当中的问题，也是农场改革之前积累的问题。他们趁着这个机会都提出来了。

当时有一个人是农场职工，讲的都是杭州话，他讲："急个掏、急个掏"（杭州话），他是抽烟的。我当时没抽，我就对旁边的人说："去拿一包香烟过来。"拿过来之后，我递烟给他，边抽烟边聊。他后来私下说："这个领导蛮好的，居然给我烟抽。"

农场改革当中碰到的问题，一般是以王仁庆副市长和我为主，开会研究如何解决。如果碰到大的问题，我们解决不了的重要问题，那么要经过我们林市长，在常委会上提交。每一个试点当中取得的经验，我们都要在面上进行推广，扩大到面上。因为有了前面的实践经验，接下来就比较好办一点，总体来讲还是平稳顺利的。后来深化完善农场改革，我们政协也有一个调研报告。政协用建议案的比较少，除非是涉及当时和今后萧山经济社会发展的、产生重大影响的问题，我们才采用建议案的形式。一般情况下，是由几个政协委员个人作为提案，然后交给政府部门去办理。

（三）新型农村合作医疗的尝试与推广

采访者： 新型农村合作医疗制度是在卫生部的统一部署下实施的，政府卫生行政部门是各地新型农村合作医疗公共服务最主要的提供者与安排者。作为浙江省27个试点县之一的萧山区于2003年10月开始正式实施试点工作。杭州市萧山区实施新型农村合作医疗的背景是什么？

沈奔新： 关于新型农村合作医疗，应该说我们萧山是浙江省第一家搞新型农村合作医疗的。怎么搞起来的呢？这里面有故事。我当时什么文件都没看到，中央国务院有关推行新型农村合作医疗的文件，我也还没看到。我在当萧山市委副书记的时候，当时我们萧山市委提出来叫"工学江阴，农学南海，城建学中山"。工学江苏的江阴；农学南海，南海是广东的南海；城建就学中山市，中山城建搞得比较好，当时提出这么个口号。我们和江阴走动得很频繁，江阴派人到我们这里来考察，我们也到那边去考察，而且我们选拔了一些干部到江阴有关部门去挂职学习。我和当时江阴的市委副书记吴振法的关系还是很要好的，后来他当了政协主席。

2002年初，全国政协到北戴河培训中心去学习，我和吴振法都去了。我们事先没讲好，但在那边碰到了。学习之余我们就一起聊聊天、散散步。后来有一次他带了两三个人到我们萧山政协来了，他们说要来取经。我也想向他们取经，想就工作方面的问题交流交流。我说："你们现在有什么好的经验，有什么创新的做法？给我们介绍介绍吧。"于是他就讲了农村合作医疗这件事，江阴可能是全国第一个推行新型农村合作医疗的县级市，搞得最早，当时好像卫生部也介绍过他们的经验。他主要给我讲了这个情况，我具体听了一下，非常感兴趣。

我们萧山尽管是经济比较发达的地区，但是和全国好多地方一样，也有好多因病致贫、因病返贫的人。有的老百姓生了病以后，看病难、看病贵、住院难、住院费贵的问题还是存在的，有些光靠老百姓自己是解决不了或者很难解决的，但是新型农村合作医疗就可以解决这个问题。新型农村合作医疗有筹资比例的，那时候相应的做法是这样的：采取个人缴费和政府资助的方式筹集资金，农民个人拿出10元，政府财政拿出10元，这20元作为农民住院的保险费用，当时叫住院保险。这个住院保险只有住院时有用，在门诊不行，不过现在都能用。

2002年的时候他给我提建议说10元的比例太低了，今年叫农民拿出10

元，政府配给的也是 10 元，如果第二年政府拿 20 元，你叫老百姓拿 20 元，老百姓可能就不愿意拿出来了。因为去年 10 元，今年涨了一倍，农民就会觉得涨价太多，那么可能就不会再投资这个项目，因此他提议起点最好稍微高点。我听完这个事情以后，就把它记在心里。后来我在政协常委会主席会议上提出来这个事情，我觉得光我自己听了不行，我建议最好专门到江苏去考察一次。考察组的成员有我们政协的有关领导，财政局局长、卫生局局长，还有下面的业务科科长，我们一起去。边考察，边研究，边统一思想。考察的地点第一个是江阴，第二个是常熟。

采访者：为什么要去常熟呢，他们的新型合作医疗做得也很不错吗？

沈奔新：常熟推行得也比较早，它和江阴的时间差不多。另外我对常熟还比较熟悉，和那边的政协领导也熟悉，所以就想让他们具体介绍一下，为什么要搞新型农村合作医疗，筹资的操作办法怎么弄？听了以后，我们讨论过多次，并形成调研报告，提出了《萧山区政协关于推行农村农民住院医疗保险的建议》。但是当时的政策是政府拿 10 元，老百姓个人拿 20 元。当年投保的人数有 87 万人之多。

采访者：农民几乎都投保了吗？

沈奔新：没有，不是全部，我们有 90 多万农村人口。城镇居民有城镇居民的保险，而农民没有，通过新型农村合作医疗住院保险。当然，那时候还只能住院，因为当时还没有底气。到底一年开支要多少，政府会贴多少钱，是不是在萧山的财政能力可以承受的范围之内？这些都还不确定。

当时有个插曲，我们有一个分管的副区长，她是和我一起去考察的。我们的意见是这样的：假设萧山有 100 万个农民，我都要他们参加保险，政府给每人拿出 10 元，那就是 1 000 万元，这 1 000 万元政府全部拿出来，不管多少人参加保险。如果最后参加人数是 50 万元，政府也是按照 100 万人来拿钱。当时政府主要领导不同意这样子搞，他觉得如果参加了 50 万元，政府出的就是 50 万人的保险费，就是 500 万元；如果有 100 万人，那政府这边出的就是 1 000 万元，这个事情说不通。后来我与这位领导交谈，分管的副市长也支持我们的意见。我们政协的意见是这样的，政府是为老百姓做好事，政府都准备好了，农民只要来参加就行了，不是说我准备好了，你来一个我给你一个，你不来我就不给你弄。政府要真正地为民办事、以人为中心，政府姿态高，决心大，我们做动员工作也好做。当时政府投入了很多资金，政府拿出 10 元，老百姓个人拿 20 元，当年就有 87 万人参加。这样看来，我们应该是浙江省第一家。

实施之后，参加的农民尝到了甜头，便一发不可收拾。

当时住院费用报销500元起步，500元以内不能参加报销，500元以上的部分可以报销。报销的比例是60%~80%，有一个很具体的比例。我们在卫生局、财政局和政协会议室开过很多次座谈会，政协研究的具体方案虽然比较偏大，但还是可行的。财政局认可，卫生局也认为可行了，那我们就提交。作为政协的一个建议案，这些建议案提交给政府，政协的这个建议案应该说是除了提案之外，分量比较重的建议案了。政府接到这个建议案，不一定要采纳，但要给政协答复。这个建议案属于政协常委会集体的，不是一个人或者几个人的，是代表整个政协领导班子。新型农村合作医疗发展到现在，已经比较完善了，当然，费用也发生了变化，已经是好几百元一个人了。

采访者：萧山办新型合作医疗是借鉴了江阴和常熟他们的模式，跟他们相比有没有什么具体的创新之处？除了刚才您说的群众出20元的比例不同之外，其他还有什么创新的特点？

沈奔新：根据萧山的实际情况来说，第一个就是所有人统统可以参加。凡是农民身份的没有参加城镇医疗保险的这部分人全部可以参加，我们也动员他们参加，政府出的这部分钱也全部准备好了。第二个是在金额方面，农民每个人拿20元，大胆地把这个初始价格定在20元。第三个是在第二年时我们就提出要完善制度，萧山政府要出台一个完善的办法，不光是住院医疗保险，也包括门诊费用。江阴开始是没有的，后来他们也有了。我们从住院扩大到门诊，因为在实际操作中，有的老百姓很穷，他看病不需要住院，在门诊治疗一下就回家了，所以这个费用也给他们按一定比例报销。还有大病医疗保险也包括在里面，如癌症，城镇医疗保险不可以给他报销的部分，新型农村合作医疗住院保险也可以报销一部分。新型农村合作医疗现在由社保局接管，我们原来专门有一个办公室叫新型农村医疗合作办公室，原来属于卫生局的，现在统一在社保范围之内。

（四）农村特困户建房始末

采访者：2002年10月21日，杭州市萧山区人民政府办公室转发区民政局《关于帮助解决农村特困户住房困难的实施方案》的通知：为了切实帮助解决我区农村特困户住房困难的问题，特制订本实施方案。当时的具体情况是怎么样的？请您谈谈。

沈奔新：关于特困户住房，也是我们提出来的建议。为什么会提出这样的建议呢？因为我们到基层调研的时候，看到了存在的问题。每年我们都有好多次走访慰问，如对残疾人、特困户、百岁老人的慰问。在慰问过程中，我们发现萧山有部分人生活非常贫困，不但住房的条件非常差，而且家里生病的人也多，他们的病，有的是先天的，有的是后天形成的。

我感受最深的是有一次去到临浦镇慰问一个特困户。这一家有老头、老太婆和他们的儿子，一共三人，住的房子里面破破烂烂的。这个老年人，他的弟弟原来是临浦区的副区长，叫胡友法，我是认识的，不过他后来去世得比较早。胡友法的哥哥嫂嫂都是残疾人，其中有一个人的眼睛是看不见的，他们的儿子也是先天残疾，住在旁边一个窝棚里面。他们住在一个破破烂烂的房子里，里面很臭，味道很重。我们中也有跟随的记者拿着摄像机，扛着米、油，带着慰问金去慰问。

像这样的情况我们深有感触，觉得萧山的社会经济已经发展到这样的地步了，竟还有这么贫困的家庭！像这家人，如果要靠他们自己去改善生活条件和居住条件，那基本上是不可能的；如果他们靠亲戚朋友，我估计支持的力度也有限，有的也不一定支持他们。像这种情况在萧山的农村还比较多，所以我们当时就提出为农村特困户建房，改善居住条件。首先把他们的住房建造好；平时要慰问，乡镇、区里要慰问，平时的吃住要有保障，还要给他们补助金，年纪在60岁以上的都有补助。当时我们专门成立了一个课题组，课题组进行深入调研，也听取了好多意见，开了好多座谈会。这样我们形成了一个建议案，提交给区政府，区政府再承办。

我和区长说明了这个情况，私下也跟他沟通了很多次。区长说："让政协先调研一下，如果可行就提出来，然后我们就办了。"虽然花的钱不多，就是为特困户建了两间房子，也不一定是楼房，也可能是个平房。有的时候贫困户他们自己能借到一部分钱，这样多一些资金来盖座楼房的话，盖得就会稍微好一点，房子没有统一样式。当时由民政局承办这件事情，争取花3年时间，解决900多户的住房问题，具体数字在《政协志》上面是有的。

采访者：当时补助有没有一个标准？

沈奔新：有的。这个标准就是"三个1/3"，具体就是：区里1/3，镇里1/3，村里1/3。如果家庭稍微宽裕一点，就先建两层。想要建六间的，一般都是条件比较好一些的，或者亲戚朋友资助一点，他就可以在下面建三间，上面建三间，就是上下两层，光靠政府补贴是不可能的。如果是条件一般的，那就先建好下面两间，两间也是比较全了，厨房什么的都会有的。总之，要根据自己的条件来建房。

特困户建房本来是三年的目标，最后两年不到就完成了。那么完成的情况到底怎么样呢？前面是我们政协提出来的，政府采纳了，然后叫相关部门去做，落实到各乡镇去完成这件事情。哪个村里有哪几个特困户，如何为他们建房，这些都是需要公示的，要接受老百姓监督。如果出现有人举报说谁的条件很好，谁在哪里还有房子等，这样一举报如果被查出来，那就不行了，所以要公开公示。

房子建造好了以后，我在会上提出来，到底做得怎么样，不能光听他们汇报。我们要自己去看，要亲自去调查，我们也要民主监督。当时就搞了两个监督组，专门到现场去看这个房子造得怎么样。一个是看房子有没有造，造得好不好，质量好不好；还有就是看群众有什么反映，老百姓满意不满意。我去看了几家的房子，一进去那里的邻居老百姓就把我们围起来了，他们说："人民政府真好！能住这个房子真是一辈子都想不到的。"他们心想：原来住在破破烂烂的房子里，如果没有共产党，没有人民政府，哪能住到这样的房子？我们听了也很高兴。房子建成了，尽管里面的家具还是比较破烂，但是房子的壳子是很好的，台风来或者下大雨也不会吹倒，不会开裂，住着很放心。像床之类的家具只能慢慢买，这些家具陆陆续续也是会有的，亲戚朋友、村里镇里也会给他们提供一些帮助。而且我还说："党和政府送温暖，自己不能当懒汉，你们也要勤劳，要吃苦耐劳，不能懒惰。真正因病、因老致贫的政府肯定是要帮的。"

四　萧山精神的时代内涵

采访者：在今天我们结束采访之前，最后还有一个问题。"奔竞不息、勇立潮头"是萧山精神，能否结合您的工作和生活经历，谈一谈您对萧山精神的理解？

沈奔新："奔竞不息、勇立潮头"，现在这个精神已经变成浙江精神，因为习近平总书记在 G20 峰会上讲话，他把"奔竞不息，勇立潮头"的精神也提炼到一定高度了。我们《萧山县志》上是这样介绍萧山人的：喜奔竞，善商贾。就这样六个字，从第一本《萧山县志》就开始这样介绍。萧山人勤劳勇敢，脑子也很聪明。

过去在钱塘江附近有一种现象，叫抢抓潮头鱼，包括现在有的地方也还有。抢抓潮头鱼，顾名思义，就是在涌潮的时候，人们借助小船，到江里用网抓鱼。因为潮水的力量非常大，所以死人的事情经常发生。萧山人不怕牺牲，抓潮头鱼，过去是为了生计，现在再提炼这种精神，具体可以体现在萧山人办企业上面。你看萧山人，或者说整个浙江人都有这个特点。一些当老板的，刚起步的时候，可能会遇到资金缺乏的情况，但几个人团结合作，就可以合伙成立一家企业。例如，我想要成立化纤厂，成立一家公司，那么说干就干，立马就开始找人商议筹划，所以在萧山，像这种化纤企业多如牛毛。一开始是大家合作办一个企业，在企业有了起色之后，很多人自己就独立出来，当老板去了。然后在当老板的过程中，不断地学习，不断地吸收先进的东西，创新理念，越办越大。我们萧山有几个很有代表性的企业老总，在他们身上尤其能够体现出萧山精神的内涵，如恒逸集团的老总邱建林[①]、荣盛集团的老总李水荣[②]、万向集团原来的老总鲁冠球[③]，等等。

我给你举个例子，像我们萧山的恒逸集团的老板邱建林，他比我小一轮，这个人很厉害。1995年，我们一起去美国的时候，刚刚认识，那时他还不会说英语，但现在他和外国人交谈完全用英语，说得非常好。他凭着自学，现在已经取得了博士学位。他企业里面英语八级的职工，跟我们一道去考察，但大家还是觉得他的英语说得最好，可是1995年出去的时候，他还是一个英语单词都不会的。我记得有一次，我们一个外经贸委主任，带我们到美国考察，我那时是常委、人民武装部政委。考察的时候，我们听到他们美国人把茶叫作tea，把啤酒叫作beer，我们其他人不会，我初中的时候学的是俄语，所以也听不懂英语。邱建林那个时候英语也不行，他拿着一本英语小字典，像新华字典那么大，他要时常翻一翻，查查这个用英语怎么说，那个用英语怎么说。他都是这样学习的，可以说是自学成才，非常好学。

恒逸集团的老总，在最早的时候是养珍珠的。取出珍珠以后，他和他的舅舅一起到上海卖，住的地下室的招待所。有一次他们卖珍珠卖了20万元，

---

① 邱建林，1963年8月出生，浙江萧山人，中共党员，浙江恒逸集团有限公司（以下简称恒逸集团）董事长、总经理、党委书记，任萧山区纺织印染行业协会会长、杭州市纺织行业副会长、浙江省工商业联合会直属商会副会长等职。

② 李水荣，1956年7月出生，浙江萧山人，中共党员，高级经济师，现任浙江荣盛控股集团（以下简称荣盛集团）董事长、荣盛石化股份有限公司董事长等职。

③ 鲁冠球（1945～2017），浙江省萧山人，万向集团董事局主席兼党委书记；曾担任中国乡镇企业协会会长、浙江省企业联合会、企业家协会会长等职。

那时还没有 100 元的大钞，10 元最大，20 万元装起来有一麻袋。建国初期有个大案惊动了周恩来，就是盗窃 20 万元的一个案件。20 万元，那在当时是不得了的，能办好多事情。他胆子大，把钱直接塞在床头下面。他后来办厂，创办恒逸集团，发展到现在，它的规模和产值在萧山应该排第二或第三位。

他现在在文莱办一个企业，是做石油产品的，我去过两次。他在那里投资了大概 1 600 亿元，这个项目也是响应"一带一路"的。他和文莱的总统、外交部部长、财经部部长都是很熟的，他的企业现在算是文莱最大的企业。大概今年年底可以一期投产，明年二期就要投入了，他以后还要搞三期。这个人非常勤奋，在火车上也好，飞机上也好，他很少和别人谈话，都是在看书，都是在学习。他平时也很注意锻炼身体，接受新事物、新观念的意识和能力都很强。

还有一个人就是荣盛集团的董事长，叫李水荣，他也是搞化纤为主的。荣盛集团在萧山这里有个化纤厂，还有一个设在舟山的鱼山岛。鱼山岛这个项目也是国家的项目，他投资了大概 1 800 亿元。李水荣原来是木匠，做桌子、板凳什么的。后来卖木头、倒木头，把临安那边的木材卖到萧山。他自己也做家具卖给人家，因为"善商贾"嘛，老早就会做生意了。他文化水平没有邱总高，但是非常聪明。他平时接触的都是省市级领导，这么大的项目，他的化纤厂都拿下来了，确实很了不起。

李水荣是 1956 年出生的，他比邱总大 7 岁，两个人关系也非常好，总会互相支持。萧山人还有一个精神：抱团。我们萧山人把背后捣乱的行为叫作"戳齾脚"（萧山话），我们萧山人基本上是不会"戳齾脚"的，大家都是互相支持的。在萧山，每一个行业，基本上会有一个行业协会，比如说邱建林的化纤印染行业协会，我也是名誉会长，我们原来的区长也是名誉会长，邱总是会长。邱总曾经就说："我当了这个会长，首先要把我这个企业做成萧山化纤行业最大的企业。如果自己的企业搞不好，我就不配当这个会长。"果然，他现在是全国化纤行业的老大了，可能也是这个行业在世界领域的老大，好多地方都有他的产业，如大连、上海、海南、宁波。邱建林和李水荣两个人经常合作，他们两个老板好像兄弟一样，甚至比亲兄弟还要亲，就连股份都是互相持股的。管理方面，这块你主管，那块我主管，配合得很默契。如果企业发展需要贷款担保，那他们两个就是我给你担保，你给我担保，这样互相担保。所以在他们身上集中反映了萧山精神：不断创新，开拓前进，勤奋努力，奔竞不息。

这种精神，萧山的农业上面也能体现出来，萧山农业也是非常好的。因为萧山的工业实在太强大了，所以萧山的农业产值在我们的 GDP 当中占的比重就显得比较小。我记得有一次去看了我们萧山的一家养猪场，猪的数量都达到了几万头，这么多猪养起来主要供应香港、上海等地方。现在萧山的养猪场不是挺有名了嘛，因为我们养猪养出了奥运会的火炬手，养猪业协会做得也非常好。就像康师傅方便面的那种调料包，就是在我们萧山做的。现在的统一方便面，就在我们大江东，就是我们萧山当时前进工业园区引进的。

萧山的这种精神，是不甘落后的精神，稍微落后一点就奋起直追。2002年，萧山提出"工业产值冲千亿"，顺利达标了以后还开了表彰大会。那时候获得前十名的企业奖励的是宝马车，那时候宝马很稀有，全国都很少。还有奖项奖励含金量 99.99% 的金牌，一块金牌可以永久保存。然后把前十名的企业老板和他们的配偶请到体育馆开表彰大会，请他们吃饭。那时候抓经济建设的气氛很好，大家都干得热火朝天的，很有劲头。现在有几任区委书记新上任时会来看望老干部，到我家来。我就和他们提出来说："你们要重视工业。工业是什么？是萧山的金名片，是经济基础，是船头。"萧山工业这几年有点灰溜溜的，也发生过一些问题，在担保链、资金链发生了一些问题，但现在整体上还是不错的，只是气氛没有那时候热烈了。

萧山精神这个口号呢，它是经过广泛征集、开会讨论，然后筛选提炼出来的。我在萧山开过好多次会，最后是在萧山宝盛宾馆那次会上定下来的。因为要总结，这个萧山精神最后需要总结成一两句话，当时的征集和总结也是公开的。到了最后，我们的老县委书记虞荣仁和我们萧山原来的县委办公室主任钱志钧，他们两个提的这个口号被采纳了。

采访者：那我们今天的采访就到这里，您辛苦了！非常感谢沈主任对萧山经济发展做出的贡献。

沈奔新：过奖了。你们也辛苦了！

萧山乡镇企业变迁

——陈兴康口述

采访者：曾富城、雷玉平　　　　　　　整理者：曾富城

采访时间：2018 年 7 月 25 日　　　　　采访地点：萧山区人民政府

口述者

　　陈兴康，1958 年 6 月出生，浙江杭州人，中共党员。1977 年 12 月到 1992 年 4 月，他先后任萧山市（县）许贤乡工业供销公司会计、乡政府工业办公室经营管理员、乡政府财政总会计，萧山市许贤乡党委委员、副乡长；1992 年 5 月到 2003 年 3 月，任萧山市戴村镇党委副书记、副镇长、镇长、党委书记、人大主席；2003 年 4 月到 2007 年 10 月，任杭州市国土资源局萧山分局党委副书记、局长、党委书记；2007 年 11 月 23 日到 2011 年 12 月 15 日，任杭州市萧山区经济发展局党委副书记、局长、党委书记，乡镇企业局局长；2011 年 12 月到 2016 年 12 月，任杭州萧山经济技术开发区党工委委员、管委会副主任；2017 年 1 月至今，在萧山区人大任职（保留副区级）。他曾在省市级刊物上发表《坚持走节约集约用地之路：确保萧山经济社会持续快速发展》《萧山产品"破茧重生"》《萧山工业发展活力充分展现》等多篇文章。

　　萧山乡镇企业发展得比较早[①]，我在许贤公社工作初期叫社队企业。社队

[①] 萧山乡镇企业是在 20 世纪 50 年代在农村手工业和农产品初加工的基础上发展起来的，以农村副业的形式在农业合作化运动中萌芽，附属于农业社。1953 年，各村设立专门负责副业生产的农村手工业和农产品初加工生产队或生产组，生产农民需要的生产资料和生活资料。1958 年设立人民公社建制后，称社队企业，大办工业，同时掀起大（转下页注）

企业都是集体企业，集体企业有两种：一种是队办企业，另一种是社办企业。当时创办社队企业主要是为农业服务，摆脱贫困、增加经济收入，队里、公社里有什么样的条件就办什么样的企业，办企业的资金的主要来源是农业积累，资金不足则向农村信用社借款。企业的厂长，都是分别由公社任命的，如果觉得你干得不好，就可以把你换掉。职工除聘请技术人员外，都是本社、本队的农民，其中招收农村困难户的家庭人员。企业规模都比较小，规章制度方面也很简单。

1979年后，社队企业异军突起。1979年12月26~29日，为贯彻国务院《关于发展社队企业若干问题的规定（试行草案）》精神，中共萧山县委、县政府召开"促富大会"，对发展农业提出"一个主体（农业）两个翅膀（社队企业与多种经营）"的指导思想，号召全县农村兴办社队企业。"促富大会"后，公社办、大队办、合作经营和个体经营"四个轮子"一起上，社队企业崛起。1981年11月，中共萧山县委召开专业户、重点户代表座谈会，要求大家解放思想，发展生产，带动群众致富。

1984年以后，随着人民公社改为乡镇建制后，社队企业改称乡镇企业。那个时候，农业实行家庭联产承包责任制，我们那边的企业主要实行"联利计酬"的经济承包责任制形式。就是在年初企业和集体签订一个承包合同，这个企业有多少利润，可以分配多少工资，要支出多少费用，都是事先算好的。到年底，搞结算，谁的利润高，企业职工收入就多；谁的利润低，企业职工收入就少。这种做法也是比较符合当时企业的发展情况的。实行"联利计酬"后，职工的积极性高了，企业效益好了，职工得到的报酬相应地增加了。那个时候，大家是非常规矩的，集体的利益谁也不敢随便分，年终会有审计算账的。当时承包企业的厂长，都分别由乡、村任命。1985年，我所在的许贤乡工业总产值1 480万元，比1983年增长1.10倍，年均递增44.99%。

乡镇企业发展的同时，私营企业业主以集体名义戴"红帽子"的假集体

(接上页注①)办钢铁高潮。1964年、1965年"四清运动"期间，因害怕冲击"以粮为纲"和"犯方向路线错误"，没有人敢抓社队企业，全县社队工业企业只有两家，许贤公社已无社队企业。"文化大革命"期间，下乡知识青年利用亲缘关系为创办社队企业牵线搭桥，社、队又开始创办企业，但发展缓慢。直到70年代，国务院倡导进一步发展社队企业，萧山社队工业企业又发展起来。1976年，各公社成立工业办公室，农村副业开始从农业中分离出来，转为社队工业，成为农村经济中的一个综合性产业，独立于农业之外。这一年，全县社办工业企业的发展基本恢复到1958年（24家）的水平。

企业出现了。当时"姓资姓社"这个思想斗争很激烈，尽管思想已经开始解放了，也实行经济承包责任制，但社会上对所有制这个问题的看法还很不一致，个人要办企业是没有办法的，只能借助集体的名义戴个集体"帽子"把企业批下来，实际上它就是个体私营企业。1989～1991年治理经济环境、整顿经济秩序期间，这些戴"红帽子"的假集体企业都被清理掉了，分别转办为私营企业或个体工商户。

1988年，国家开始实施紧缩性宏观调控。1989～1991年，治理经济环境、整顿经济秩序。其间，许贤乡的乡镇企业开始出现资金短缺，产品销售疲软，工业增长速度回落，经济效益下降，亏损企业数量和亏损金额增多，也有企业倒闭了，但因倒闭企业的投资规模不大，银行负债不是很多，影响不是很大，也有的企业发展起来了。

1992年后，乡镇企业也慢慢地多起来了，根据省政府《关于大力推进我省乡镇企业大发展大提高的决定》，萧山市委、市政府做了一件很大的事情，那就是推进乡镇集体工业企业转换经营机制。这个转换经营机制的过程，萧山当时分三步走。

第一步是企业股份合作制试点改革。镇办、村办企业都是集体企业，尽管过去实行"联利计酬"，但还是要靠企业经营管理者的素质和能力，集体观强一点，用心一点，企业就会盈利。另外，确实有很多集体企业也办不下去了，在寻求其他出路。当时每个地方都选择当地最好的企业实行股份合作制改革，让企业的职工都来参股。但这样搞了以后，对于企业，大家都有份，但大家都只有一点点份。

后来我们就提出了第二步，也就是让乡镇企业资产的产权明晰化。萧山人民当时的思想也是比较开放的，让个人把企业的全部资产买下来，一般人也不可能有那么多钱。这样对于有些集体企业资产比较大，钱又不够的人，他可以先付大部分、欠集体小部分，这样就加速了企业的转换经营机制。1997年，为贯彻中共中央、国务院转发农业部《关于我国乡镇企业情况和今后改革与发展意见的报告》精神，萧山提出"四改一提高"，即改革、改组、改造、改善管理，提高经济效益，加快了企业转制步伐。到1997年末，全市2 956家乡镇集体企业（含建筑业、商业等企业），实施转制的有2 933家，转制面达99.22%[①]。至2000年

---

① 萧山市经济体制改革办公室统计资料。

末，全市乡镇集体工业企业已经很少了①，剩下的只有职工集体股的少数企业。

第三步是 2001 年后的企业职工集体股终极产权制度改革。随着改革的进一步深入，为解决乡镇集体企业职工集体资产的人格化，实行规范的公司制改革，促使企业健康发展，市政府办公室于 2001 年 3 月 20 日转发市乡镇企业局《关于进一步深化企业职工集体股终极产权制度改革的若干意见》，该意见规定，凡股份制企业、股份合作制企业中设有的职工集体股，确定职工集体股的终极产权；尚未明晰产权的企业集体股和其他待定资产，按规定界定产权后，划归职工集体所有的那部分资产，视同职工集体股，确定职工集体资产的终极产权。职工集体股权益享受的对象主要是企业转制至确定职工集体股的终极产权时，尚在册的正式职工；转制后进企业，对企业发展做出重大贡献的经营管理、技术骨干，经职工持股会同意也可享受。职工集体股终极产权制度改革，使乡镇集体企业中的职工集体资产人格化，乡镇集体企业逐步退出历史舞台。至 2002 年，除保留少数乡镇集体企业外，其余的乡镇集体企业均转为私营等经济类型企业。2012 年 4 月，萧山区人民政府机构改革时，不再保留区乡镇企业局。

---

① 全市乡镇工业企业 9 783 家，占全市工业企业的 97.19%。其中，乡镇集体工业企业 108 家、私有 9 675 家，分别占全市乡镇工业企业的 1.10%、98.90%。这一年，实现工业总产值（现行价）4 942 887 万元，占全市工业的 82.18%。全市规模以上乡镇工业企业（全部国有及销售收入 500 万元以上的非国有企业）496 家，占全市规模以上工业企业的 76.43%。规模以上乡镇工业企业中：有限责任公司 309 家、股份合作制 24 家、股份有限公司 3 家、联营企业 1 家、其他企业 159 家。

萧山私有经济发展历程

——金雄波口述

口述者

金雄波（曾用名：金云波），1946 年 12 月 1 日出生，汉族，浙江省杭州市萧山区人，中共党员。1965 年 9 月参加工作，他曾担任小学教师、部队卫生员、地方医院医生，先后在区卫生局、区环保局和区经济体制改革办公室（经济体制改革委员会）等政府部门工作，自 2003 年 7 月起，担任《萧山市志》副主编，至 2013 年《萧山市志》出版。他至今仍在继续从事地方志书的编撰工作。工作期间，他曾撰写反映萧山个体私营经济发展的新闻报道和研究文章几十篇，其中研究个私经济发展的《好大一棵树》获得杭州市纪念党的十一届三中全会召开 20 周年理论研讨会"优秀论文奖"（获论文评选第一名）；《抓住机遇、改善环境、提高素质、加快个私经济健康地发展》被杭州市萧山区工商行政管理学会评为 1997～2002 年度优秀论文。

私有经济①的兴衰，都是随着国家政策变化而变化的。1978 年 12 月中共

---

① "私有经济"与"私营经济"是有区别的。1998 年 8 月 28 日，为了更好地贯彻落实中共十五大精神，全面反映以公有制为主体，多种所有制经济共同发展，调整和完善经济结构的进展情况，以我国工商行政管理部门对企业登记注册的实际类型为依据，并以登记注册的各类企业为划分对象，国家统计局和国家工商行政管理局联合制定《关于划分企业登记注册类型的规定》。同时，根据《关于划分企业登记注册类型的规定》，国家统计局又制定了《关于统计上划分经济成分的规定》，将经济成分分为：公有经济（国有经济、集体经济）、非公有经济（私有经济、港澳台经济、外商经济），其中私有经济中包括私营经济和个体经济。此后国家统计部门统计的"私有经济"就包括私营经济和个体经济两个部分。中共萧山市委宣传部、萧山市统计局编印的《萧山五十年巨变——新中国成立以来萧山经济与社会发展统计文献》中，为方便读者使用、前后比较，已将私营经济和个体经济合并为"私有经济"。

十一届三中全会后萧山私有经济开始恢复、发展，至今40年的时间内，萧山私有经济走过了不平凡的历程，发展大致可分为四个阶段。

第一个是恢复阶段（1978～1988年）。中华人民共和国成立前夕，萧山有手工作坊881家、私商3 606户。解放初期，有所增加。1952～1957年，萧山先后对个体手工业、私营工业、私营商业进行社会主义改造，分别建立社（组）、公私合营等。1966～1976年的"文化大革命"时期，私有经济又被视为"资本主义尾巴"受到批判、取缔，个体工商户、私营企业的登记发证停止。至1976年，萧山私有经济荡然无存。1978年12月中共十一届三中全会后，人们的思想被逐步解放，萧山个体工商户、私营企业才得以恢复登记发证。

1980年9月3日，个体工商户的登记发证工作恢复。至1984年末，萧山发证的个体工商户9 724户，比1982年增加8.83倍。

1988年4月，《中华人民共和国宪法》确定了私营经济地位。6月，国务院制定《中华人民共和国私营企业暂行条例》。6月16日，萧山恢复私营企业的登记发证工作，首次向萧山宁围化学助剂厂（浙江传化化学集团有限公司前身）等20家私营企业核发《营业执照》。至1988年末，登记在册的个体工商户18 936户，比1984年增加94.73%；办理开业登记的私营企业553家，年内增加533家。

1984～1988年，改革开放后的第一次经济过热出现了，萧山突出表现在纺织织造行业的发展中，如有一批纺织工业户未经工商行政部门登记，擅自开工生产；不少个体工商户购入外地淘汰织机，组织生产；还有一些个体工商户、私营企业挖集体企业"墙脚"，高薪聘请集体企业的机修工和挡车工等。以上这些问题的存在，在一定程度上扰乱了经济秩序。

第二个是治理整顿阶段（1989～1991年）。1989年6月24日，为贯彻中央提出的"治理经济环境、整顿经济秩序"的指导方针，市政府的《批转市乡镇工业管理局、市工商局、市财税局〈关于加强私营企业、个体工商户管理的若干意见〉的通知》规定，对国营和城乡集体企业的技术人员、供销人员、管理骨干及其家庭成员办厂的不批，私自招用国营和城乡集体企业在职职工的不批，能耗高、占地多和长线产品的项目不批。由于控制私营企业、个体工商户的发展，出现了个体、私营业主以集体名义登记"假集体"企业（1989～1991年，全市"假集体"转办为个体、私营企业的有1 072家）。当时，这些限制政策对私营经济发展没多大影响，对个体工商户发展影响大一些，个体工商户发展减缓。1989 年末，私营企业 925 家（其中包括"假集体"转办的私营企业），比 1988 年增加 67.27%；个体工商户 19 156 户，比 1988 年增加 1.16%。

1990 年，萧山市继续对私营企业开业登记采用限制政策，对商业网点集中地段、综合性商业、能源耗费大、加工能力过剩等 15 种情况和离休退休人员、停薪留职人员、乡镇企业"跳槽"人员，在登记中予以限制；对已经注册的私营企业，进行清理整顿。同时萧山市又重点清理整顿个体化纤织造户。1990 年 9 月 24 日，市政府的《批转市工商局、市财税局〈关于加强个体、私营织机户管理的暂行办法〉的通知》规定，制止个体、私营化纤织造企业低水平重复发展，不允许国营和集体工业企业职工、村"两委"成员、乡（镇）村企业行政管理人员和市、区、镇乡机关工作人员及其亲属经营和参与个体私营化纤织造的经营活动。1990 年，市工商行政管理局清理义蓬、瓜沥两区的化纤织造户，对个体化纤织造中招用乡镇集体企业的业务骨干、技术人员及机修工和挡车工的重新办理登记，甘露乡重新办理登记的个体、私营化纤织造企业 196 家，同时引导化纤织造户转行和歇业的 260 家。1990～1992 年，登记的私营企业分别为 799 家、770 家、660 家，连续三年减少，分别比上年减少 126 家、29 家、110 家。

第三个是推进发展阶段（1992～1997 年）。1992 年邓小平南行讲话发表后，个体私营经济迎来了发展的春天，各级政府把个体私营经济作为经济发展新的增长点，并将个体私营经济的发展纳入市委、市政府对各镇乡党委、政府年度目标责任制考核。1993 年和 1994 年，市政府印发鼓励、促进、加快私有经济发展的文件有三个，允许机关、企事业单位编余和富余人员及企业待业、留职停薪、辞职、除名、解除劳动合同、离退休、保养人员凭单位证明申办个体私营企业，经企业同意，可发给国营、集体企业富余人员有期限的营业执照。除国家明令禁止外，个体工商户、私营企业均可经营。1993 年后，私营企业数量开始回升。

1996 年 8 月 26 日，市委、市政府专门为私有工业发展制定了《关于进一步加快个体、私营工业健康发展的若干意见》，决定成立萧山市个体私营工业领导小组，由分管工业的副市长担任领导小组组长，各镇乡也成立相应组织。同时，开始组建私营工业企业强队，每年评定私营工业企业 20 强，并给予 20 强私营工业企业优惠政策。1997 年末，登记在册的个体工商户 25

558 户，比 1992 年减少 6.28%^①；私营企业 4 624 家，比 1992 年（最少年份）增加 6 倍。

第四个是发展壮大阶段（1998～2018 年）。自 1998 年起，随着国有、集体企业实施战略性改组，产权制度改革全面推进，并实施"两个置换"^②，进行规范的股份制改革，这为私有经济带来前所未有的发展机遇，不但使私有经济的队伍迅速扩大，而且实力很快增强。其间，仅国有、城镇集体企业"两个置换"，就有 250 家左右企业转为私营。

1999 年 5 月 22 日，市委办公室、市政府办公室印发的《关于鼓励、引导、促进个体和私营经济发展的若干意见》，鼓励下岗和城镇失业人员、专业技术人员和大中专毕业生从事个体私营经济，支持党政机关、企事业单位的干部和工人及具有专业技术职称任职资格的专业人员申办个体私营企业或到个体私营企业单位就业。同时，该意见规定新办个体私营企业安置下岗职工、城镇失业人员达到本企业从业人员的 60% 的，经税务行政管理部门批准，免征所得税 3 年；私营企业当年安置下岗职工、城镇失业人员达到本企业从业人员的 30% 的，经税务行政管理部门批准，免征所得税 2 年，不足 30% 的按每安置 1 人，每年减免所得税额 1 500 元。这一年，一批实力较强、产品较新、质量较好、品牌较响、信誉较高的创汇私营企业涌现了，萧山有 8 家私营企业获浙江省百强创汇私营企业，其中萧山柳桥羽绒有限公司出口创汇 3 330 万元，居全省榜首。

进入 21 世纪后，萧山区已建成比较完整的鼓励、支持和引导私有经济发展的政策与规定，私有经济的发展驶入了快车道，逐年跨上新台阶，并向完善现代企业制度方向迈进。自 2000 年 1 月 1 日起，《中华人民共和国个人独资企业法》开始施行。1 月 13 日，国家工商行政管理局发布《个人独资企业登记管理办法》。3 月 6 日，萧山市工商行政管理局局长陶永新向投资人许

---

① 1995 年，对未验照户、旧城拆迁户等逐户调查核对，对名存实无的个体工商户，公告注销了 11 696 户，年末实有个体工商户 22 556 户，比 1994 年减少 24.64%。

② "两个置换"：即国有、集体资产置换、职工身份置换。资产置换，即按照"公开、公平、公正"原则，转让企业国有（集体）资产。职工身份置换，即解除职工原有劳动合同，发给一次性经济补偿费，职工就业市场化。男年满 55 周岁、女年满 45 周岁的职工可办理退养手续，不发经济补偿费。退养期间的待遇，按市社会保险管理局的规定享受。已离休、退休、退职的职工和退养职工及符合国家规定享受定期补助的人员，按市社会保险管理局规定的缴费标准，连同养老、医疗等待遇一并移交给市社会保险管理局，由市社会保险管理局实行社会化管理。

兴铨颁发首家个人独资企业营业执照。至 2000 年末，按个人独资企业法登记的个人独资企业 74 家。登记在册的私营企业 6 291 家、个体工商户 261 875 户。至 2017 年末，萧山区有私营企业 66 426 家，个体工商户 72 511 户。2001～2017 年，年末在册私营企业数年均增长 14.87%、个体工商户年均增长 6.17%。

2018 年 8 月 15 日，浙江省工商局、省工商联、省民营企业发展联合会联合公布的"2017 年度浙江省民营企业百强榜单"中，萧山区除万向集团外，有浙江荣盛控股集团有限公司、浙江恒逸集团有限公司等 13 家私营企业入围该榜单，入围数位列全省各区（县、市）第一。

萧山民营经济发展

——陈志根口述

口述者

陈志根，1949 年 7 月生，浙江杭州萧山人，大学文化，中共党员，副研究员。他长期从事地方史志的编纂和研究，2012 年 2 月，获浙江省人民政府从事地方志工作 20 年以上荣誉证书；2015 年 12 月，获萧山区首届文化带头人称号。他曾任萧山长山高级中学副校长、《萧山市志》副主编，现任浙江省图书馆文澜讲坛客座教授、湘湖（白马湖）研究院特约研究员、中国近现代史史料学会会员、杭州市历史学会理事、萧山区历史学会副会长等。他著有《百位名人与萧山》（合著）（大连出版社，1997 年 7 月版）、《萧山古今谈》（西泠印社，2001 年 3 月版）、《追逐理性》（中国文史出版社，2005 年 6 月版）、《萧山那些人与事》（江苏文艺出版社，2012 年 11 月版）和《历代史志中的湘湖文献》（杭州出版社，2015 年 3 月版）等。前两书获杭州市人民政府社科优秀成果三等奖。他曾参与其他著作编写 20 多种，另在《中国地方志》《学术研究》《党史研究与教学》《史林》《浙江学刊》《浙江社会科学》《现代城市》《杭师大学报》《浙江水利水电学院学报》《中学历史》《浙商》《浙江档案》等杂志发表论文 120 篇，涉及政治学、历史学、方志学、经济学、心理学等领域。

萧山民营经济发端于晚清，中华人民共和国成立以后进行了"三大改造"，民营经济基本消失。进入改革开放的新时期以后萧山得到了恢复和充分的发展，至今已成为杭州市民营经济发展的强区。回顾萧山民营经济的发展历程，可以分为以下三个阶段。

第一个阶段：民营经济主体地位确立时期（党的十一届三中全会以后至

2002 年)。

党的十一届三中全会犹如一声春雷，在计划经济中劈开一条裂缝，个体经济自发萌生，萧山县政府积极扶持个体工商业的发展。1978 年，萧山全县工商企业进行重新登记；1979 年，工商局单独建制，设立基层工商行政管理所；1980 年，个体工商户恢复登记。至 1983 年，县个体劳动者协会成立时，全县有个体工商户 5 162 户。至 1988 年，萧山又率先在全省开展私营企业登记工作，萧山市微型轴厂便是其中首个登记的私营企业。

改革开放初期，人们对民营经济的认识还存在着局限性，对其的发展抱着不提倡也不反对的态度，精力仍放在发展乡镇村级集体经济上。当民营经济真正发展起来以后，人们又怕其会影响整个萧山经济的发展方向，于是"左"的思想抬头，出现了"冲击论""致乱论"等种种论调。1990 年 7 月，萧山市工商局等四个单位对本市化纤织机发展情况开展了调查，在调查报告中称，个体化纤织造业迅速发展给萧山带来阻碍产业结构调整，冲击集体企业的巩固和发展，扰乱税收、工商和土地管理，腐蚀干部队伍，导致两极分化和基层组织威信下降共 6 个方面的问题，并建议"坚决制止盲目发展"。这种左的思想不仅反映在各级干部群众中，还反映在政府行为上。9 月，市政府出台了《关于加强个体、私营织机户管理的暂行办法》，使刚刚发展起来的个私经济受到遏制，1990 年，新登记的个体户只有 5 246 户，比 1989 年减少 707 户；新登记的私营企业只有 43 户，比 1989 年减少 329 户。有许多业主还不敢挂私营企业的牌子，出现了许多假集体企业。

1992 年 1 月，邓小平南行讲话发表，强调了发展是硬道理，打破了建立社会主义市场经济问题上姓"社"还是姓"资"的禁区，提出了建设中国特色社会主义的理论。党的十四大明确提出要实施社会主义市场经济体制。徐传化创办于 1986 年的、在宁围镇宁新村生产液体肥皂的家庭作坊，由原先依靠一口大缸、一辆自行车，淘到了"第一桶金"后，团队发明了"901 特效去油剂"，打破了国外垄断，掌握了自主知识产权，1992 年 6 月改组设立了杭州传化化学制品有限公司，成为浙江省第一家民营企业注册公司。1992 年 6 月 3 日，经省政府批准，杭州万向节总厂为全省首家乡镇企业股份制试点企业。1993 年 8 月 20 日，萧山市政府召开推行企业股份制工作会议，成立了萧山市推行股份制试点的指导小组，各镇乡也相继成立相应组织。这次股份合作制改革的工作重心是在开展企业的股份制试点和国有、集体股份合作制试点的同时，重点开展乡镇企业股份合作制试点工作，在取得试点经验的基础上展开对全市乡镇企业实行股份制改组。它在一定程度上调动了企业经营者和职工的积极性，也使相当一部分私营企业完成了原始积累，使萧山民营企业进入了加快发展时期。至1994年，萧山全市有企业集团23家，如万达（闻堰镇）、金马（城厢镇）、亚太（石岩）、北天鹅（新塘）、双飞（总部设在城厢）、万丰（总部设在城厢）、浙江花边（总部设在城厢）、中南（长河）、双鸟（城厢）、万轮车业（西兴）、东冠（浦沿）、新宝水泥（浦沿）、万利（长河）、万成（浦沿）等。尔后，又有不少企业走上规模经营之路，企业集团更多地涌现出来。1995年，义桥以三建公司为基础组建的浙江中强建工集团有限公司，下设"萧三建"公司、古建筑公司、钢结构公司和房地产开发公司等企业。1997年8月，其被国家建设部批准为"工业与民用建筑工程施工一级企业"，成为当年中国建筑行业最大经营规模乡镇企业100家第20名。一个以企业集团为主体的力量，推动着萧山经济的健康发展。到1995年底，萧山各类工业私营企业已达2 100多家，私营企业已是四分天下有其一。至党的十五大召开前，萧山乡镇企业基本完成转制任务。转制后的企业以资本为驱动力，显示了强大的活力，在引进科技人才，加大技改力度，提高科技含量，培养企业发展后劲，大力发展外向型经济上下功夫。

萧山民营经济虽处于快速发展时期，但也带有狂热的成分，如大批体制内的人纷纷下海，出现了全民经商的景象。党的十五大后，政府对民营经济的认识有更大的提高，并继续把扶持和鼓励民营经济发展作为一项重要经济政策，先后组织乡镇、部门和企业的同志多次到温州、广州等民营经济发展较快的地区进行考察学习，并进一步开展新一轮思想大解放的讨论，多次召开个私经济发展经验交流会，提出了"不求所有，只求所在"，制定了一系列促进民营经济发展的措施和政策，从而有效地促进了萧山民营经济的发展。2000年底，全市共有各类在册私营企业6 391户，投资者9 594人，雇工62 908人；注册资本（金）24.9亿元；在册个体工商户26 187户，从业者48 628人，注册资金4.33亿元。2002年，萧山工业总产值冲破千亿元，其中私营企业完成723.31亿元，占70.35%，民营企业数量突破万家。在市场竞争中，萧山逐渐形成了一大批按商业运作的杰出企业和企业家，拥有一批规模企业群体，形成了化纤纺织行业、汽车零部件行业、化工行业、钢构网架行业、羽绒服装行业五大支柱产业。民营企业作为市场竞争的主体登上了萧山的历史舞台。

第二个阶段：民营企业的转型提升时期（2003年至党的十八大前）。

2003年，区委、区政府开始酝酿萧山民营企业的第二次创业问题，后正式召开动员大会，萧山民营经济真正进入了第二次创业期。其间，萧山的民营企业在组织管理、产业结构、企业人员构成和企业经营战略等方面实施了一系列的转型。

首先，企业组织管理模式转型。企业发展到一定规模，容易产生"尾大不掉"的弊端。无效管理和管理成本的上升往往是企业衰败的先兆，为了降低交易成本，精简管理机构、提高运作效率是企业保持成功与优势的必然之道。为了避免这一点，萧山民营企业的组织管理模式开始由家族化管理模式向现代化、制度化管理模式演变、迈进。有关方面统计，萧山民营企业在创业阶段，99%是家族化管理。这种运用血缘、亲情关系来作为维系企业管理的纽带，按照非正式的制度因素来维持企业秩序，以减少管理成本的管理模式在当时有着一定的作用，也是不可避免的。因为当代中国社会经济环境中存在着很多适合家族式企业生存的特点，从国际上看，即使是市场经济发达的国家，家族式企业也曾是一种普遍的企业形式。在中国，成功的采取家族化管理的企业也很多。家族化管理的基本核心是权力的全方位辐射，或者说是"决策—管理—运作"的家族一体化。企业是基于理性和功能运用，它更多地依靠客观的、普遍的规律运作，家族化管理却诉诸辈分和感情，更多地体现出主观的、个性的色彩。这种管理模式随着市场与社会介入程度日益加深，它的弊端已经日益显现。萧山的民营企业家们清醒地认识到了这一点，许多民营企业实现了较为有序的转型，走上了职业经理制。经当时对302家资产在100万元以上的民营企业的问卷调查显示，其中67家首先完成这种转型过程，并体现了良好的运营绩效。大部分民营企业建立了规章制度，管理也较为规范。业主对经营权的态度相当明智，对外人经理的使用也表现出相当的宽容。

同时，一些上规模的民营企业，运用了曾被国企淘汰出局的"终身员工"等做法。例如，万向集团于1998年开始实行这一制度，至2004年已有10名终身员工产生。他们中有车间一线工人，有小项目的负责人，有企业总监，也有已经退休了的一线员工。他们在退休以后除了社会养老以外，还可以获得企业按时发放的工资。又如，杭萧钢构为每名员工庆祝生日，为1600名员工买生日蛋糕一项花费就近10万元。它调动了广大员工的积极性，也表明萧山民营企业的劳资关系趋向温情、和谐。

其次，企业产业结构转型。从宏观角度看，萧山民营经济是从第二产业向第三产业和第一产业推衍的。1993年，萧山有民营企业757家，其中第二产业有517家，占68.3%；第三产业有240家，占31.7%；第一产业为零。七年后，即2000年，第二产业有3 398家，占约60%，第三产业有2 164家，占38.2%，第一产业有106家，占不到2%。到2004年底，萧山共有民营企业13 000余家，第二产业有7 100多家，占54%左右；第三产业有5 700多家，占44%左右；第一产业有200多家，占2%左右。萧山民营经济的产业结构，开始从第二产业逐渐向第一产业、第三产业转型和辐射。

从微观方面来看，民营经济往往产生在一些资本准入成本较低，行业发展要求不高的产业。因此，萧山民营企业的业务大多集中于配套性生产，如小五金、小配件、纺织、服装等技术要求低的行业，优点是它所需资本不大，资金回笼较快，缺点是造成民营经济行业结构较为类同，行业素质也较为低下。开展第二创业以后，萧山民营经济出现由"轻小加"走向"高精全"。一是一些劳动密集型产业，其对土地、能源、电力消耗大，用工规模庞大，市场准入门槛低，竞争对手群雄四起，企业利润与空间却十分低廉与狭小。这类产业被逐渐转移，如华欣集团将制线分解出去，滨江、海宁、绍兴等10多家企业加盟承担制线任务。二是一些民营企业从单一的低要求行业完成资本积累后，渐次扩大到高要求行业，促进了企业的行业结构多元化。它既保持了其原来主导行业的优势地位，又拓展出新的发展空间，使民营企业获得了新的利润增长点，为萧山民营经济的可持续发展奠定了良好的基础。

再次，企业人员构成转型。萧山民营企业创建之初是从依靠"勤劳实干"开始其发展壮大之路的。在卖方市场时期，"勤能补拙"，萧山民营企业利用这种精神能够不断地拓展产品市场，获得良好的市场回报。在此期间构成萧山民营企业人员素质的核心是"技工+业务员"，即既能搞生产，又能跑业务。

市场经济的逐步成熟，对人才的需求日益提高，"实干家"的特征逐渐被专业化特征替代，民营企业求的发展不仅仅要求具备实干精神，更主要的还在于具有相当的专业知识和管理理论，民营企业如果不能适应经济环境的要求和市场的变化，很难使企业获得良好的市场机遇。在这种情况下，萧山的民营企业开始了人事制度方面的变革，主要表现在打破家族人员一统企业的格局，向社会招才纳贤，利用社会力量促进企业进一步发展。譬如，不少民营企业开始大幅度的人事变动，向社会招聘总经理以下人员。

最后，企业经营战略转型。在市场竞争日益激烈的时代，企业发展经营战略是决定其占据市场、顺应市场能力的关键因素之一。在第一次创业时期，萧山民营企业获得较为成功的经营之道，在于依靠较为低廉的价格迅速进入行业领域并占有市场，这种"集腋成裘"的经营战略使得民营企业能够降低经营风险。但是，在卖方时代表现出极大有效性的战略往往不能随之进入买方时代，否则有可能使企业被淘汰出局。

开展第二次创业以后，萧山的民营企业不甘心"为他人做嫁衣裳"，因而把品牌战略和企业形象战略当成自己的首要目标。从配套生产、低廉竞争到注重品牌、注重企业形象，这些充分体现了萧山民营经济的实力和素质的提升。2004年萧山"两会"期间，天翔集团董事长陈招贤代表区工商联向与会委员与萧山企业老总提出"实施品牌战略，推动萧山二次创业"的战略思想，一年以后，萧山作为一个县区级行政区域获得了八个中国名牌品牌，这在全国是不多见的，尤其是萧山羽绒产业，在全国只有四个进入中国名牌的羽绒被产品中，萧山就占了三个。

萧山民营企业寻求自生能力与市场机会的最佳结合，实施了多元化战略。它以一种产品或业务经营为主，以其他产品和业务为辅发展。例如，万向、开元在分别经营机械、餐饮的同时，向房地产业发展，体现了产品经营和资本经营的结合。同时，随着宏观调控所带来土地和资金等方面的困难，萧山民营企业进一步实施"走出去"战略。

经过第二次创业，民营企业成绩显著。至2011年末，萧山区民营工业企业达1.4万家，其中规模以上企业1 269家。2011年，全区民营工业企业实现工业总产值3 865.37亿元，销售产值3 819.16亿元。规模以上民营工业企业实现总产值3 420.68亿元，销售产值3 376.74亿元；实现利税261.09亿元，利润总额191.82亿元。全区上榜中国企业500强的民营工业企业4家，销售产值超100亿元的民营工业企业3家，超50亿元4家，超10亿元29家，超亿元415家（注：此处统计口径为除国有、外资、合资以外的工业企业）。有19家民营企业入选"2011中国民营企业500强"，占全国的3.8%，占浙江全省144家的13.2%，占杭州全市56家的33.9%，居杭州市第一位。从行业分布看，制造业有11家，建筑业有4家，综合有2家，房地产业有1家，批发和零售业有1家，其中浙江恒逸集团有限公司、浙江荣盛控股集团有限公司分别位列第27位、第46位，传化集团有限公司名列第131位。在同日全国工商联公布的 2011 年中国民营企业制造业 500 家名单中，萧山区也有 19 家民营企业入围。

第三个阶段，民营经济进入新时代（2012 年党的十八大以后至今）。

党的十八大发出"坚持走中国特色新型工业化、信息化、城镇化、农业现代化道路"的伟大号召。党的十八届三中全会进一步提出，"完善城镇化健康发展体制机制，坚持走中国特色新型城镇化"。在习近平新时代中国特色社会主义思想指引下，萧山的民营企业奋发有为，民营经济发展又上一个新台阶，而且质量有所提升。创新成为新时代创业潮中最强的驱动力。萧山区政府出台了《萧山区民营经济发展三年行动计划》，明确了三年行动目标和举措，为未来萧山民营经济的发展提供了路径和依据。

在"大众创业，万众创新"的浪潮中，在商事制度"最多跑一次"等举措的有力推动下，市场活力四射，各类新兴产业蓬勃发展。一大批基于移动互联网、电子商务、现代科技和机器人等领域的创新企业逐鹿市场，萧山民营经济发展进入新时代。

机器人小镇是萧山"两带两廊"产业规划布局中的重要一环，是全省唯一直接以"机器人"命名的特色小镇，定位是打造全省领先的机器人产业。目前萧山区机器人主要生产企业超过 30 家，产业规模突破 30 亿元，形成了从系统、整机到部件、机械基础件较为完整的产业链，为机器人产业的发展提供了优越的产业生态。扬琴机器人、画像机器人、下棋机器人、沙壶球机器人、格斗机器人、飞行模拟器等，都是该小镇企业的主打产品。

信息港小镇，也是萧山民营企业打造的高新技术企业的孵化基地之一。浙江肯特催化材料科技有限公司的杭州子公司，便选址在这里。优厚的创业政策和贴心的园区服务，让企业爱上了萧山。

鉴于小微企业的优势，其始终是经济发展的不竭动力。2018 年，萧山启动了新一轮"小微企业三年成长计划"，截至 8 月，萧山区新增小微企业 10 351 家，其中新增"八大万亿产业"小微企业数 2 211 家，为萧山经济注入了强劲的发展动能。同时通过新一轮的走访调研，萧山补充、更新、调整了全区小微企业梯度培育库，把一批真正有发展前景、有强烈帮扶需求的小微企业纳入培育库。当前，萧山区共有 2 887 家企业被录入浙江省小微企业云平台，其中，初创型企业 1 956 家、成长型企业 627 家、领军型企业 304 家。今年萧山区还开设了 24 场小微企业专场培训，组织 1 710 家企业参加"双对接"活动，开展多场"小微企业融资难"银企对接会等，区市场监管局和中国农业银行萧山分行已就破解小微企业融资难题签订了战略框架合作协议。

它有力地推动了萧山经济的新一轮发展。以湘湖区域为例，2015 年临浦、义桥两镇，以及城厢、北干、蜀山、新塘、闻堰 5 个街道生产总值为 387.92 亿元，其中城厢是 90.31 亿元、北干是 84.53 亿元、蜀山是 39.90 亿元、新塘是 65.83 亿元、临浦是 39.40 亿元、义桥是 34 亿元、闻堰是 33.95 亿元，分别是 2010 年的 144.43 倍、197.80 倍、179.08 倍、175.92 倍、128.93 倍、141.67 倍、183.91 倍。农民人均收入也有显著提高。

萧山民营经济的快速发展，引起省、中央领导的高度重视。2017 年 8 月 23 日，访美的浙江省委书记车俊前往位于芝加哥湖畔的万向大厦视察时，称赞万向集团是中国民营企业的杰出代表，是中国企业"走出去"的成功典范。2018 年 11 月 1 日，中共中央总书记习近平在北京亲自主持召开民营企业座谈会，萧山万向集团首席执行官鲁伟鼎参加了会议，并作为企业家代表首先发言，就新形势下支持民营企业发展提出了意见和建议。

湘湖的恢复

——韩长来口述

采访者：郑重、雷玉平　　　　　　　　整理者：郑重
采访时间：2018 年 7 月 26 日　　　　　采访地点：萧山区供销合作社联合社

口述者

韩长来，1961 年出生，浙江萧山人，1978 年，高中毕业后在浦沿公社新生大队务农；1984 年参加工作，先后在浦沿、长河二镇任团委书记，在闻堰、浦沿、义桥等镇担任副镇长；2003 年 8 月调任浙江湘湖旅游度假区管理委员会，先后担任党委委员、副主任、副书记、主任、书记等职；2012 年 5 月，任湘湖旅游度假区党工委书记、闻堰街道党工委书记、湘湖白马湖研究院院长；2016 年 12 月，调任萧山区供销合作社联合社党委书记、主任。

一　湘湖恢复背景

采访者：韩主任，您好！很高兴您接受我们的采访。浙江湘湖旅游度假区系首批国家级旅游度假区，与西湖、钱塘江构成杭州旅游的"金三角"。您是萧山湘湖保护与开发的重要参与者与见证人，我们希望您给我们谈谈改革开放以后湘湖恢复的历史。请您先简单地介绍一下自己。

韩长来：我个人履历比较简单，工作主要集中在湘湖这一块。我出生于 1961 年，参加工作是 1978 年，高中毕业后在浦沿公社新生大队务农。1984 年，我被抽调到当时的浦沿镇，在镇里担任团委书记。1985 年 11 月到 1989 年 11 月，我到长河镇任团委书记。1989 年 11 月到 1992 年 5 月，我到闻堰镇

任副镇长。1992年我们萧山实行撤区、扩镇、并乡，1992年5月到1994年4月，我又回到浦沿镇担任副镇长。1994年4月，我调回闻堰镇，担任党委委员、副镇长。一直到2001年，我们萧山又实行一次撤乡并镇，7月，我调到义桥镇担任副镇长。2003年，萧山区委、区政府实施湘湖保护与开发，组建了浙江湘湖旅游度假区管理委员会，我调到管委会担任党委委员、副主任。2007年至2012年，我先后担任浙江湘湖旅游度假区管理委员会主任、书记。2012年5月13日，萧山区委、区政府宣布实行湘湖旅游度假区和闻堰镇管理体制调整，湘湖旅游度假区和闻堰镇按照"两块牌子、一套班子"的模式运作管理，我担任湘湖旅游度假区党工委书记、闻堰街道党工委书记、湘湖白马湖研究院院长。2016年12月，我调到萧山区供销联社担任党委书记、主任。

采访者：这些工作经历对您后来参加湘湖管委会工作有哪些作用？

韩长来：第一，我工作过的这几个乡镇都在湘湖周边，所以对湘湖及湘湖周边情况较为熟悉；第二，我长期负责城建工作，对征地、拆迁比较熟悉。可能也是这两个因素吧，组织上把我调到湘湖管委会。

采访者：20世纪以来，曾多次有人提出要保护和开发湘湖，但是没有实现，原因是什么？

韩长来：湘湖是1112年第一次成湖。1927年，国民政府制订了湘湖建设计划，后没有实施。现在，这张规划图湘湖管委会还收藏着。中华人民共和国成立以后，确实有很多时机，也有很多有识之士提出要保护和开发湘湖，但一直以来没有实现。我认为主要原因有两点：一是"大跃进"时期的围湖造田，沿湖村庄大肆围田。二是大办砖瓦厂和发展乡镇企业。光砖瓦厂就办了17家，按每家500亩算就占8 500亩。至此，湘湖变成了一条30～50米宽、约11千米长、面积为1 460亩的湘河。

采访者：20世纪初，几届政府为湘湖的保护与开发做了一定的准备工作与前期铺垫，有哪些措施？这为后来湘湖的保护与开发打下哪些基础？

韩长来：20世纪80年代，政府曾经也有保护与开发湘湖的念头。此时的萧山，经济建设已崭露头角，但这是个系统工程，需要时间，需要资金，更需要时机。而且，政府也有难处，只剩下两条河道的湘湖要恢复成湖，要重现昔日光彩，凭借萧山当时的经济实力，还无法实现。

改革开放以后，萧山历届政府为保护湘湖，还是采取了一些积极的措施。第一，就是对湘湖村进行了转制，把行政村转为社区，当时把村里面的农民全部都转为居民。按照城市的要求，进行控制。湘湖村是我们萧山历史上第一个转制村，也是转得最彻底的，为湘湖保护工作打了基础。第二，关停了砖瓦厂。从20世纪80年代开始，萧山政府就逐步关停湘湖的砖瓦厂，保护湘湖。第三，萧山政府编制了一个湘湖旅游度假区规划，这个规划侧重点是进行保护控制，如果没有这个规划，湘湖区域肯定会有更多的乡镇企业、民营企业在这里发展，给我们日后的保护开发肯定会带来更多的困难。

湘湖村的旧房

采访者：1995年，浙江湘湖旅游度假区经省政府批准，规划面积9.25平方千米。申请湘湖旅游度假区的原因是什么？

韩长来：1995年，我们萧山市委、市政府上报浙江省政府，要建立浙江湘湖旅游度假区。第一湘湖是萧山人民的母亲湖，早在北宋1112年，萧山县令杨时带领百姓筑堤围湖，灌溉周边9个乡、14万亩农田，造福百姓。第二就是湘湖的历史文化悠久，如有越王城遗址，湘湖一带曾是春秋末期吴越争霸的重要战场。湘湖、白马湖是越国的军港，北通太湖、长江水系，东西可达两浙。越王勾践的水师在此驻守，吴越之间的水战也都集中于湘湖一带，并留下了"卧薪尝胆""馈鱼退敌"的典故。而跨湖桥遗址是湘湖旅游度假区规划批了之后才发现的。第三是随着改革开放的不断深入，萧山经济得到迅猛发展。根据经济发展的需求，萧山市民提出，要提高生活品质，打造品质之城，按照萧山城市发展的规划，要实施湘湖的保护与开发。

采访者：当时审批的时候，过程是否顺利？

韩长来：因为当时还没有旅游的主管部门，这一项任务是萧山市发展和改革局负责的。萧山市发展和改革局设了一个湘湖开发办公室具体负责申报。萧山申报浙江省湘湖旅游度假区过程比较顺利。

原生态湘湖

采访者：1996 年，杭州乐园项目进驻湘湖，项目的选址恰好位于古湘湖。这对萧山旅游业带来哪些影响？

韩长来：杭州乐园选址在下湘湖，应该说它为萧山旅游发展起了步，是从无到有。这也为第一届世界休闲博览会在杭州召开，湘湖作为主园区打下了基础。不过，这也应该一分为二地看待：它为萧山的旅游发展做出了贡献，同时也为我们湘湖的保护开发提出了紧迫性要求。为什么呢？因为杭州乐园在开发当中，有一部分的房产。老百姓有很大的反响，认为是要把穷人赶走，让富人进来。因此，政府意识到湘湖保护开发的紧迫感。

当时，我们萧山有 7 位有识之士，其中有干部、教师，也有研究萧山历史文化的学者。他们通过各方面的走访，了解民意，用书信的形式向政府提出实施湘湖保护、开发的必要性。应该说，这也为政府在推进这项历史性重大工程当中铺了路，做了先导。现在，湘湖保护开发已经真正实现了，我们不能忘记这 7 位有识之士。他们是何建生、傅水生、王炜常、陈志根、朱淼水、李维松、刘宪康。

二 湘湖保护与开发

采访者：韩主任，是什么契机使得湘湖保护与开发在 21 世纪初被提上议事日程？

韩长来：应该有这几个方面：第一，第一届世界休闲博览会确定了 2006年在杭州召开，杭州市委、市政府明确了湘湖要作为一个主园区，要在杭州乐园的基础上进行扩建，建一个世界休闲博览园；第二，2003 年，萧山区政协做了一个调研课题——大手笔谋划和实施古湘湖保护开发，相继召开了 4

个座谈会，3次到有关部门听取意见，2次实地踏勘，并考察了山东聊城东昌湖、江苏常熟尚湖、江苏溧阳天目湖的开发情况。当时的调研报告中有这样两段话：从清朝、民国到中华人民共和国成立以后的地方政府，都曾不止一次地研制开发方案，终因民众温饱有虞，政府财力不济，开发愿望屡成泡影……如果说此前的数百年间，由于民众果腹所需，使湘湖沧海为田，那么，今朝富裕起来的萧山人为改善生态环境，建设美好家园，谋求更大发展，该出大手笔谋划和实施古湘湖的保护和开发了，还湘湖以风光旖旎、景色醉人的原貌，向世人亮出萧山金灿灿的名片。这个调研报告在萧山区政协第十一届常委会第二次会议上讨论通过，报告较为详尽地论述了保护与开发湘湖的重要性与必要性，并结合萧山目前社会发展实际，提出了多种设想与建议。这次考察收获很大，特别是后来我们在编制湘湖旅游度假区新一轮的规划当中，对政协的调研报告进行充分学习。在规划的论证当中，我们也专门邀请了参与写政协调研报告的相关人员，听取了他们的思路。

采访者：2003年4月，杭州市萧山区第十三届人大常委会第一次会议通过《关于重点督办要求保护和开发湘湖的代表议案的决定》。这是一个对湘湖的保护与开发至关重要的文件，原因是什么？

韩长来：我想，湘湖是萧山人民的母亲湖，明确要实施湘湖保护开发的意义是非常大的。我们萧山经济社会发展，需要有环境的支撑和文化的颂扬，让老百姓享受美好生活。有了这建议，湘湖的保护与开发被列入了2003年区政府为民办的十件实事，标志着湘湖保护开发的实质启动。

采访者：当时政府提出湘湖保护与开发分阶段进行，必须要在2006年4月22日杭州世界休闲博览会开幕前恢复一个湖面，萧山区建设局做控制性开发规划，规划分为小、中、大三个方案。最后大家达成的意见是什么？

韩长来：经过多方研讨，政府提出了"三个一"：湘湖保护开发必须要有一个规划；湘湖保护开发必须要有一套实体班子；湘湖保护与开发，必须要在2006年4月22日杭州世界休闲博览会开幕前恢复一个湖面。随后，任务进行全面分解，由萧山区建设局做控制性开发规划，三个方案出台后，在研讨过程中，又引起了一些争议。三个方案各有各的支持者，各有各的理。小方案是最终恢复核心区块，利的一面在于资金投入少。弊的一面在于仅仅恢复核心区块，体现不出应有的价值，也必定无法与周边融为一体，是一种典型的装饰性成果。而且，当时北边杭州西湖西进，东部绍兴用5年时间投入100亿元，建设100平方千米的柯岩旅游度假区启动在即，南翼诸暨对五泄、浣纱风景旅游区的规模积极扩容，西侧的富阳拥有富春山水和杭州千岛湖黄金旅游线。萧山处在四面挤压之中，若湘湖开发没有个性、小型化，势必在竞争中败北。

而大方案则定为51平方千米，利的一面在于一种气势，一种远见，显现出一个真正的大湖风范，而非一种形而上学的建设景象。弊的一面在于需要大量的资金投入，而资金额度一时难以预测，随着时间推移，原始预算已远远不能满足。而这个巨大的资金缺口，如果单纯依靠政府投入，必将影响萧山的整体建设。但是，不能因为资金问题而使萧山人民期盼的湘湖保护与开发再次搁浅。最后方方面面形成一致意见：一次规划，分步实施。

采访者：2003年8月，浙江湘湖旅游度假区管委会成立。管委会的职能有哪些？当时的干部是如何抽调过来的，构成是怎样的？

韩长来：2003年8月，浙江湘湖旅游度假区管理委员会成立，由分管副区长张振丰兼任湘管委主任，从全区各部门中抽调组成。管委会的干部有来自区旅游局的、萧山经济技术开发区的、金融合作办公室的、区农垦局的，也有城管、国土部门的。我是从乡镇抽调过来的。我们管委会的职责：第一是规划控制，就是对湘湖规划区范围内有效地做好控制；第二是实施开发、保护；第三是要负责景区的建设管理。在湘湖开发、保护当中，肯定会触及征迁——就是说地从哪里来，人往哪里去。这个萧山区委、区政府也很明确，征迁工作由所在的镇街作为主体来负责，职责非常明确。

采访者：按照程序，启动区块的建设必须向国内外统一招标，最后选择三家竞标，包括日本的一家公司。请您谈谈统一招标的过程，最后选择北京林业大学做规划，原因是什么？

韩长来：当时湘湖旅游度假区的总体规划定下之后，要实施一期的开发建设，需要编制一个详细规划，这个详细规划是向全球招标的。我记得我们是在《中国建设报》刊登公告，进行征集，当时有12家单位报名，经过专家筛选，选出3家单位。其中有1家是日本的。我还记得它在方案当中提到日本有一个琵琶湖，琵琶湖也发掘出独木舟，那里发掘出的独木舟已经有4千~5千年的历史，日本这家单位在方案当中把这个作为亮点。因为我们湘湖跨湖桥文化遗址就发掘出了独木舟，距今有7 000~8 000年历史，曾震惊考古界。我们把征集的方案也向市民进行展出并征求意见。我记得我们当初在两个地方进行展出和征求意见：第一个地方是萧山区人民政府办事服务中心，那里去的人多，又懂这方面，能够提一些意见、建议；第二个地方是江寺公园，因为江寺公园也是我们萧山一个比较核心的地方，到江寺公园去展出，充分征求市民的意见。最后，根据征集意见再由专家对方案进行评选，确定北京林业大学的方案中标。

采访者：最后北京林业大学中标的原因是什么，它有哪些优势呢？

韩长来：我认为优势主要集中在两点。

第一点就是山、水、林、田、湖、草有机结合，因为湘湖周边的生态保护、旅游都离不开山、水、林、田、湖、草。规划的核心是湘湖水域的修复、区域生态系统的完善和游览休闲系统的组织。在完成这三个主要的目标中，北京林业大学考虑的是：这片有着深厚历史的环境如何与现代人的生活、现实的社会有机地联结和融合，如何使地域的历史得以延续，如何使场地特征得以充分展现，如何使曾经影响着这片土地的有意义的元素和信息得以再生，如何通过我们的规划设计使所建成景观是属于这片土地的、是自在生成的。第二点就是与西湖错位发展，不照搬、照抄西湖的模式。西湖确实是我们学习的标杆，现在已经是世界文化遗产，影响力很大。当初专家评审的时候，有一件事我记忆很深，有位专家说湘湖不缺人气。因为西湖有这么大的知名度，每年有几千万的游客，只要有很小一部分到湘湖来，湘湖人气就会很旺。我就提出了大树底下不长草的道理。因此，专家们也认为湘湖与西湖错位发展是正确的。

采访者：韩主任，您自2003年8月被调入湘管委后被安排配合城厢街道实施湘湖社区的征迁工作，当时您是在政策办吗？

韩长来：是的，我当时来分管征迁工作。因为班子人员需要合理搭配。因为我在湘湖周边几个乡镇都工作过，再加上一直都在管城建，对征地、拆迁、建设这一块比较熟悉。

采访者：请您谈谈您工作初期的情况。

韩长来：我当初到湘管委之后，依靠我们城厢街道进驻湘湖社区，因为湘湖社区在湘湖一期的中心位置。我们是一个小班子的工作队。我带了我们管委会5个人进驻到社区，城厢街道也专门组建了一个领导小组，派了他们街道的领导、城建口的一些同志到湘湖社区做征迁的前期工作。进驻到湘湖社区之后，我感觉有几个矛盾比较突出：第一个是规划控制比较难；第二个是对户口的控制比较难，大家知道湘湖要开发，想沾亲带故，凡是有亲戚关系的都想迁进来；第三个是一户想分成几户，想多享受拆迁安置的红利。

采访者：湘湖开发需要征迁，关于拆迁方案的选择，又有一些曲折。当初有三种方案，为何选择第三种方案？

韩长来：说起拆迁方案，又有一些曲折。当初有三种方案：第一种是拆沿湖北线的户，做好环湖边线；第二种是拆一半，这种是围绕配合休博会先拆，以后的以后再说；第三种是要么不拆，要拆就一步到位。

仔细分析，三种方案各有利弊。如果采纳第一种方案，那么等于没拆，湘湖的保护与开发如果仅仅停留在环湖边建设，根本无法圆萧山人民有一个美丽大湖的梦想。当然，提出此方案也有一定道理，湘湖社区这么多的居民、房子，全部拆掉，那是一个多大的工程呀，一旦实施，会达到预定目标吗？

如果采纳第二种方案，拆一半，留一半。就目前的形势来看，代价比较小，似乎也比较合理。但是，这与保护与开发湘湖的大手笔相比，显得小家子气，并且，将产生许多遗留问题，会给以后的几届政府保护与开发湘湖制造障碍，留下隐患。

那么，只有采纳第三种方案了。可是，这第三种方案也不容易，毕竟，1 400 户、4 000 多人的湘湖社区一旦全部拆迁，将是萧山历史上最大的城市房屋拆迁，无论其工作量，还是难度都将是空前的。再说，拆迁过程中，难保不出一点纰漏，一旦出了问题，怎么办？这其中便涉及社会稳定问题，当时的萧山，经济发展迅猛，内环境的稳定比什么都重要。最后大家形成的一致观点是：启动区块范围内的各类建筑予以全拆，在本届政府任期内（五年）必须恢复湘湖的"一湖秀水，两岸美景"的美丽风采。

采访者：2004 年 5 月，湘湖征迁之始，萧山成立指挥部，抽调 108 名干部，组成 17 个民房征迁小组和 1 个企业征迁小组，实施湘湖一期征迁工作。征迁之始做了哪些准备工作？

韩长来：在 2003 年 11 月，确定要启动征迁，萧山区委、区政府把这个任务交给城厢街道，以城厢街道为主，我们湘管委是配合进驻到湘湖社区，先是做一些摸清底子调查工作，之后是拟订征迁方案。2004 年 5 月，由于征迁推进难度很大，萧山区委、区政府下决心成立了杭州市萧山区湘湖保护与开发工程指挥部。这个时候，我认为是区里真正下决心了，四套班子的分管领导都进驻到指挥部。

采访者：第一次征迁过程中遇到了哪些困难？

韩长来：当初我们来搞湘湖保护开发，因为杭州乐园已经存在，休博园也是在全面建设当中。在这个阶段，休博园又推出了它的房产，湘湖社区的老百姓就传谣言了：要把我们穷人赶走，让富人进来，要把我们从青山绿水当中迁到烟尘滚滚的地方。他们认为湘湖的砖瓦厂都关停了，也已经是青山绿水了。而我们给他们新的安置点就是现在的湘湖家园。当时，湘湖家园东边有两个水泥厂，把他们搬到烟尘滚滚的地方去，环境变差了。

还有一个，湘湖社区是我们萧山的第一个转制社区，情况比较复杂。这里我有必要介绍一下。1970年以前，湘湖村居民都属于居民户口。1970年后，当时的萧山县人民政府对湘湖村村民进行了工农划分，凡在湘湖砖瓦厂、杭州砖瓦厂等单位工作的为居民户口，另外成立湘湖大队，由剩余人员组成，即为农村户口。1993年9月30日，根据萧山市人民政府的决定，湘湖村又从行政村转制为居委会，并对湘湖村耕地进行征用，至2001年，湘湖村所有耕地征用完毕，劳力安置费依照当初政策的标准发放到人。转制后对建房进行了控制，房管处于1995年在全村办发了房产证。2002年4月，根据区政府关于调整居民区建立新型社区的决定，湘湖村民委员会又改名为湘湖社区委员会，实施新的社区管理体制。老百姓从农村的农民转制为居民，政府也给他们颁发了房产证，这种情况已经有十多年了，他们到底能够享有什么样的政策？今后能够安置多少面积？是按照农民，还是按照居民？老百姓有很大的疑虑。这些因素对征迁工作的推进有很大阻力。

采访者： 湘湖征迁情况特别复杂，一些拆迁政策都是由您起草的，您起草了《湘湖社区居民房屋拆迁补偿安置实施细则》和《湘湖社区居民房屋拆迁奖惩办法》这两个重要文本，请您谈谈起草的过程。

韩长来： 我们按照城厢街道的统一布局，进驻湘湖社区之后，城厢街道的同志做了大量的基础性调查工作，也拟订了征迁方案。由于湘湖社区情况复杂，拆迁难度大，因此推进遇到了阻力。2005年春节临近的时候，区政府张振丰副区长召开专题会议提出了要求，下了死命令，春节过后必须要拿出政策方案，这个时候我感到工作压力很大。确实是这样，如果说没有方案或者方案不确定，工作的力度是没有的。我就主动提出，拆迁政策的起草工作由我来做，争取在春节假期中拿出来。因为我原来做过征迁工作，再加上几个月来与街道的同志们一起调查，掌握了一些实情。

我记得当年春节初四值班，因为值班要过夜，我早上拿了铺盖去了。我到了单位之后，把原先的一些基础资料、已经形成的草案全部整理好。我整理好之后，系统地来起草政策，到草稿完成，打开门，太阳已升起，但是铺盖还没有打开，就是一气呵成把它完成。当然这个靠前面的基础，后来也是经过各方面的讨论，大家提了很多好的意见、建议来吸收、充实，我们最后完成了《湘湖社区居民房屋拆迁补偿安置实施细则》和《湘湖社区居民房屋拆迁奖惩办法》。

采访者：湘湖征迁工作同样需要土地进行安置房建设，土地问题是如何解决的？

韩长来：安置点现在这个地方当初全部是农田，当时占用农田是311亩，总的用地是近400亩，指标怎么解决呢？我们又把休博会的重点项目结合起来。因为休博会当时要建一个风情园，这个风情园如何建，我们把方案结合起来，上报省发改委立为重点项目。风情园利用世外桃源的建设基础。我们当初叫"一湖三园"，"一湖"就是湘湖，"三园"就是休博园、风情园、东方文化园。我们利用了这一个项目，解决了征迁的安置土地问题。

采访者：评估工作是拆迁工作的第一个重要程序，请您谈谈。

韩长来：评估是征迁的第一关，第一关怎么过去？虽然当初我们的政策已经很优惠了，但老百姓接受还需要时间。老百姓最好是能够看得到，摸得着的，他能够接受，光说，他们接受不了。因此，我们在《湘湖社区居民房屋拆迁奖惩办法》当中提出来，评估奖励每一户2 000元，这2 000元是直接现金奖励，应该说这个成了一个敲门砖，把这个评估的门敲开了。

采访者：签订拆迁协议是整个拆迁工作的核心环节，请您谈谈。

韩长来：拆迁经过评估、核对，最后协商签约，这样，拆迁基本完成，接下来就是安置。那么如何把协议签好，老百姓很关注、很担忧。为什么这么说呢，老百姓就是要公平。湘湖一期拆迁量很大，总共有1 402户，涉及居民4 000人。我们也分了17个征迁工作组，这17个征迁工作组如何来平衡，指挥部领导也很担心。因为我当时是分管征迁这一块的，就提出了由征迁组进行试算、指挥部审核，目的是要做到平衡，真正体现一把尺子量到底。试算的话，要有统一的格式。我设计了一张试算表，每个工作组根据每户拆迁户的情况，都可以放上去：根据政策得到多少金额的补助，多少安置房的面积，有几个人可以享受。这个表格当时是一个创新的做法。

采访者：在湘湖拆迁建设的同时，有一个问题也必须面对，那就是企业搬迁，是如何进行的？

韩长来：企业搬迁与民房拆迁是同步进行的，按照工程指挥部的安排，具体由湘管委组织企业的搬迁工作。在湘湖启动区块区域内，共有大大小小41家企业需要搬迁，这些企业，情况复杂。有杭州的企业，有湘湖社区的企业，有土地房产权统一的企业，有大量租用集体资产的企业，有租赁合同到期和尚未到期的企业，有要解决用地指标和要解决临时厂房的企业。

湘湖管委会专门成立企业搬迁班子，依照法规定政策，组织评估搞测算，千方百计抓签约。其间，召开了30多次协调会，马不停蹄地做思想工作，劝导工作。我们也到义桥工业园区争取到了安置的土地，来解决湘湖一期土地中企业的安置。广大企业主本着为美丽湘湖做贡献的高姿态，配合政府，使得工作进展顺利，于2005年12月12日，顺利完成了41家企业的搬迁签约。

采访者： 在征迁过程中，发生了哪些让您印象深刻的事？请您谈谈。

韩长来： 我要讲两个关于狗的故事。第一个故事，因为村庄里往往养着很多狗，有陌生人进去，狗会狂吠。我们开始拆迁的时候，狗是到处乱窜、乱吠。后来，我们工作组连续到老百姓家里去走访、座谈，狗都认识我们这些工作人员了。工作组的同志走在村里，那些狗也不像以前那样狂吠了，安静了许多，它们静静地蹲伏在院门口，有时还会朝屋内喊上几声，提醒主人来人了。这反映了我们工作人员与老百姓的关系非常和谐。

第二个是一个老人与狗的故事。有一个村干部和我说一个老人坐在一间小屋门口哭。老人说他有四个儿子，都不要他，没有把他领去。我一听这个事情，觉得很严重，老人没有人照顾，那不行。我们搞拆迁，每户人家都要做好工作，特别是对有老人的人家要特别关注。老人对故土的情怀是很深的，我们在征迁过程中也是特别关注。我就对村干部说了："能不能把他叫过来，他有什么事情，我们分析一下。"村干部说："好的，我马上就去。"老人来了就和我说了："他们把狗都领去了，把我扔下了。"我就安慰他："大伯，你不要急，我们会帮你落实好的。"我就和村里商量，把他的四个儿子都叫来，商量一下，老人一定要有着落，不能让他还在这个地方，因为我们都还在拆房子，不安全。晚饭吃过后，他们四个儿子都来了，来了之后我们进行协调。经过商量之后，四个儿子都能接受，老人由他们轮流来抚养，当天晚上就把老人接过去了。因此，后来我们在推进拆迁过程中，也明确了老年过渡房的问题，老人愿意自己独立生活的，也可以到过渡房去。这使他们有一个安稳的居住地。

采访者： 第一期的征迁形式在湘湖二期、三期征迁中被广泛采用，它有哪些可借鉴的地方？

韩长来： 可借鉴的地方有三个。第一个是征迁的组织构架非常清晰，后来我们每一期都成立一个指挥部，抽调我们全区的骨干来实施征迁，镇街作为征迁工作的主体。人员不够，指挥部可抽调帮助，我们一期、二期、三期都是这样延续的。一期征迁的时候，我们是抽调了108名干部，后来称为"108将"，是由张振丰副区长挂帅；二期是由方毅副区长挂帅；三期是由金焕国和冯伟副区长挂帅。第二个是统一的政策，不管工作主体是不是同一个镇、街道，湘湖拆迁政策都是统一的。第三个是试算审核，不管是民房拆迁还是企业拆迁，都进行试算审核，真正做到政策公平、公开，一把尺子量到底。

采访者：为迎接2006年4月的杭州世界休闲博览会，湘湖保护与开发工程指挥部做了哪些工作？

韩长来：第一，通过湘湖的保护开发把休博园打造成一个景区。第二，把湘湖的历史文化充分挖掘出来，特别是跨湖桥文化。因为跨湖桥独木舟是2000年十大考古发现之一，指挥部进行了充分的挖掘，向世人展示了距今7 000～8 000年前的独木舟。第三，使萧山成了旅游的强区，通过湘湖保护开发，发现萧山的历史文化比河姆渡文化还要早一千年。

这里有两个会议起了关键作用，不能忘记。一个是2005年5月19日萧山区四套班子领导在西溪湿地开的现场会，明确了湘湖保护开发一期工程必须"一鼓作气，一炮打响"的决心。一个是同年6月10日在城厢街道召开的湘湖社区征迁动员会，宣布了由萧山区四套班子领导周先木任总指挥，张振丰任现场总指挥，王仁庆、金志桥二人任副总指挥，全区抽调的108名精兵强将全面进驻征迁现场开展工作，才有了一期建设的成功。

采访者：2007年4月，杭州世界休闲博览会开幕，湘湖休博园为主园区，请您谈谈休闲博览会给湘湖的带动作用。

韩长来：开幕式是晚上举行的，时任国务院副总理吴仪宣布开幕。第二天是开园，我记得人民日报社记者专门写了一篇文章在《人民日报》上发表，叫《杭城十万市民过江来》，确实因为杭州市委、市政府提出了从西湖时代到钱塘江时代，原来是叫"跨江发展"，现在是"拥江发展"，一步步地在提升。在2006年以前，要杭州市民能够到萧山来，那是很难的。通过湘湖保护开发，第一届世界休闲博览会召开，10万市民过江来，真正实现了跨江发展。杭州世界休闲博览会也吸引了150个世界城市参会，让世界了解萧山，我们湘湖，为湘湖的旅游品牌打造打下很好的基础。

湘湖的开发建设，也让时任省委书记的习近平同志牵挂于心。他曾两次视察湘湖，并进行了高度评价。

说到这里我想起了飞龙桥的故事。湘湖北面有个湖中湖叫水漾湖，传说有条龙要出来。当年刘伯温来巡视萧山，在水漾湖口建了一座桥，取名镇龙桥（历史有记载），意思要把这条龙镇在水漾湖里。西湖、湘湖是浙江的点睛之笔，也就是钱塘江的两只眼睛，我们在2007年建湘湖北线时把镇龙桥进行了拆建，将平板桥改成了拱桥，取名飞龙桥。

采访者： 2008年，湘湖保护与开发的目标发生了变化，从"做秀湘湖"到"做热湘湖"，管理者开始遵循以基础配套齐全、休闲产业一流、自然山水秀美、历史古迹为亮点的循序渐进建设计划，开始二期建设。保护与开发的目标发生变化的原因是什么？二期建设过程较之一期有哪些新的突破和发展。

韩长来： 由于一期开发建设的成功，萧山人民对湘湖保护与开发寄予了更高的希望，提出了更高的要求，2008年，萧山区委、区政府就提出要实施湘湖二期的保护开发工作。如何把二期在一期的基础上做得更好？二期提出了要"做热湘湖"。我们对湘湖在三个定位基础上进行开发，第一个是历史文化湘湖，第二个是自然生态湘湖，第三个是休闲度假湘湖。我们在二期规划中体现了"南动北静"，做好休闲旅游度假产业，对后来的发展很有影响就是要"做热湘湖"。"南线做热"是把旅游休闲项目放在南线。度假项目放在北线，因为度假要有安静的环境。我们就按照这样的规划思路来进行设计。因此，现在项目的实施也是按照这样的规划。南线的杭州极地海洋公园进行了二次扩建，新建了森泊乐园，还规划了眉山休闲街，我们把热闹的放在南线，北线规划了陈家埠度假中心，有好几个酒店。

二期在规划设计当中，又碰到了桥怎么建的问题。因为我们萧山是江南水乡，有很多桥。我们在二期的规划当中提出，恢复湘湖之后要打造一个江南水乡桥梁博物园。因此，我们把萧绍一带有历史记载的古桥梁都放置进来，可以说每一座桥梁都是由石头或者木头真实做的，而且每一座桥梁都不一样，都是按照江南水乡桥文化打造的。我们也向市民公开征集桥名，题匾也是由市民来参与。

二期建设需要破解的最难的问题是土地指标的报批。这么大的用地量怎么报？我们在反复论证的基础上，将萧山应急备用水源建设项目与湘湖的保护开发结合，采用综合利用，列入了省重点A类项目。在2011年获得一次性征用2 973亩农用地的国土部批复。

湘湖二期总投资超 65 亿元。自 2008 年启动以来，完成了土地山林收储 9 530 亩，拆迁民房 390 户、企业 76 家，拆迁房屋面积 35 万平方米，迁移苗木 3 000 亩。开挖土方 356 万立方米，完成 2 平方千米湖面恢复；建成景区交通道路 11 千米、电瓶车观光慢行道路 10 千米、步行道 15 千米，建成了 52 座景观桥梁；实施了 105 万平方米沿湖景观绿化、22 万伏同杆四回路 2 条 11 万高压线上改下、环湖污水管网和 10 千伏双回路供电等项目建设，同时还建设完成为第二届世界休闲博览会配套的开幕式会场、休闲大舞台、音乐喷泉、美食街、大型停车场等休博会配套设施。

湘湖越堤定澜桥

2011 年 9 月 14 日，湘湖二期开园仪式隆重举行。时任浙江省委常委、杭州市委书记黄坤明宣布湘湖二期开园，迎接第二届世界休闲博览大会的召开。湘湖二期实现了自然风光与历史文化、旅游与休闲的有机融合，湘湖以更加完美的姿态展现在人们面前。二期工程的新湘湖是第二届世界休闲博览会的主会场、主园区。新湘湖不仅为杭州增加一个精彩的旅游新亮点，为广大市民和游客增添了一个休闲旅游的好去处，同时对于推动杭州旅游业的提升发展产生重要作用。

采访者：接下来请您谈谈湘湖新城的建设情况。

韩长来：湘湖新城总占地面积是 53.5 平方千米，由 3 个板块组成，其中最大的组成部分就是占地 35 平方千米的湘湖旅游度假区。2012 年 5 月 13 日，萧山区委、区政府宣布实行湘湖旅游度假区和闻堰镇管理体制调整，湘

2011 年的湘湖景区

湖旅游度假区和闻堰镇按照"两块牌子、一套班子"的模式运作管理。合并之后怎么做，做新城还是做湘湖？湘湖保护开发能不能一张蓝图绘到底，新城能不能建起来，怎么建？我们规划上围绕"一湖一城新格局，依湖沿江建新城"的湘湖新城新格局，以湘湖为依托，以闻堰为基础，全面推进 53.5 平方千米规划区的开发建设（东到蜀山路，南至绕城高速公路，西至萧山区区界，北至滨江交界），实现湖城同步，以城旺湖、以湖兴城，到 2016 年完成国家级旅游度假区或 5A 级旅游景区创建成功，以高新技术为基础的湘湖科创园粗具规模、人居商贸区布局合理环境优美。这就是说湘湖保护与开发还是不能变，新城要以闻堰镇为基础来建，布局上要以湘湖带动新城发展。

采访者：2013 年 7 月，萧山区投资 130 亿元，开展湘湖三期工程建设，退地还湖、还湖于民。工程的实施情况与之前二期有何不同？

韩长来：湘湖三期保护与开发建设工程建设前，我们就要求在 2016 年 8 月底基本完工，因为要迎接 G20 峰会的召开。

三期工程和前面两期不同。第一是湖面大，三期的湖面有近 3 平方千米。同样也面临土地的报批，采用应急备用水源扩建工程报省重点项目获得一次性征用 5 743 亩农田的国土部批复。第二是土方量大，三期我们挖土方是 560 多万立方米，我记得二期是挖了 356 万立方米，一期是近 100 万立方米，三期是土方量最大的。我算了一下，我们现在用车子装，大车子装 18 立方米，如果这些车一次性排队装好，可以从杭州排到拉萨。这么多土要怎么消化是个大问题。规划阶段就考虑将 60% 的土采用堆堤、堆岛的方法来解决，剩余的用于萧山矿山复绿、砖瓦泥塘用于生态的修复。第三是拆迁量大，三期我们拆迁民房是 2 106 户，企业是 76 家，可以说是超过了一期二期之和。第四是投资大，三期投资 130 亿元，也超过了一期与二期之和。一期、二期估计才不到 90 亿元。第五是在建设当中还有两个不同。一是三期环湖我们建了七彩绿道，与一期、二期石板步道有区别；二是把原来的定山、压湖山、眉山变成了湖中的岛，因为湖面面积大。这三爿山现在都变成湖中的岛，因为历史上这三爿山也都是湖中的岛。三就是三期这个湖面已经和钱塘江直接连通，从钱塘江引水进入湘湖，今后湘湖的游船也可以去钱塘江，成为三江两岸旅游线当中的一个中转站。三期的水深为 4 米，比二期挖深 50 厘米。一期是砖瓦厂泥连接为主，最深处有 30 米。湘湖总的库容量已达 2 200 万立方米，相当于一个中型水库库容。

2016 年 9 月 1 日，湘湖三期试开园，10 月 1 日正式开园。我的感受是两句话。第一句话是"一张蓝图绘到底"；第二句是"政府一届接着一届干"。湘湖的价值真正体现出来了。三期开园之后，对市民带来的影响，第一个就是变广了。湘湖扩大之后产业发展带来的就业量更大。因为我们归根结底还是要解决就业问题。第二个是环境更美了。第三个是休闲健身更近了。因为湘湖从东到西，就是我们一期到三期有 10 千米长，三期没有建的时候，西边到东边去也可以，就是很不方便。现在湘湖西边也一样了。

采访者：2015 年 10 月，国家旅游局公布首批 17 个国家级旅游度假区，湘湖旅游度假区榜上有名。至此，在经历了多年的创建长跑后，湘湖旅游度假区正式升格为"国字号"度假区。这给湘湖的发展带来哪些积极影响？

韩长来：湘湖能够成为首批国家级旅游度假区应该说是非常不容易的。因为全国第一轮申报有 65 家单位。第二轮进行筛选之后，由专家进行考察调研，还有督察员进行暗访，如果暗访查到问题，也是一票否决的，是非常严格的。第二轮下来还有 35 个，到了第三轮确定下来只有 21 个了，第四轮进行集中评选，这次集中评选地点在山东，由专家团进行评选。我们要进行先进性推荐，如做宣传片、推荐书，先进性推荐之后再进行评选，最后确定下来只有 17 个了，湘湖旅游度假区应该说是很优秀的。因为湘湖旅游度假区真正成立管委会不到 15 年时间，即使从杭州乐园引进开始也就是 20 年的时间，与其他地方相比时间还是很短，很年轻还是一个青少年，能够直接进入国家级旅游度假区的队伍，这是很不容易的。成为国家级旅游度假区，标志着湘湖保护开发的成功，我们区委、区政府的决策以及市民的期盼都是正确的。成为国家级旅游度假区标准更高了，对度假区产业的引进，要求也更高了。

采访者：最近一年来，杭州首个国际旅游组织——世界旅游联盟总部强势落户湘湖，这对湘湖建设带来哪些有利影响？

韩长来：这意味着今后重大国际旅游活动、国际旅游人才、大型知名国内外旅游集团将集聚湘湖。接下来，湘湖在国内乃至世界旅游发展大格局中将担当更大使命、承担更大任务、发挥更大作用。世界旅游发展大会、世界旅游产业博览会和联盟年会等一系列重要活动，将以湘湖为核心，辐射至全世界，全方位服务会员发展，促进国际旅游合作和资源共享，推动国际旅游业与相关服务领域的健康可持续发展。

三　未来发展

采访者：未来三年，湘湖将打造"国际旅游城"，集大型文化演出、历史博物馆、室内恒温恒湿水上乐园、游艇俱乐部、中高端餐饮、轻奢购物中心、IMAX影城等于一体，计划总投资将达到150~200亿元。请您谈谈。

韩长来：现在湘湖（闻堰）已形成以湘湖大旅游为核心，以湘湖金融小镇、未来智造小镇、智慧健康小镇、湘湖风情小镇为支撑的高端现代产业大平台。这个"1+4"产业体系，包含了大旅游、金融、高科技、文创、健康等产业类型。湘湖金融小镇已列入省级特色小镇创建名单，目前与浙江大学签订互联网金融学院引进协议，建立浙江大学金融双创基地，并与中铁光大、睿洋科技签订双千亿基金框架协议。目前，湘湖金融小镇已累计招引各类金融企业430余家，管理资本规模超过2 700亿元，注册资本240亿元。此外，智慧健康小镇正积极争创市级及以上特色小镇，湘湖风情小镇启动了文化演艺产业园项目。

采访者：请您谈谈萧山湘湖旅游产品开发中存在的问题还有哪些？如何与老百姓休闲生活紧扣呢？对湘湖未来的发展，您有哪些建议？

韩长来：注重人与湖的和谐共存，是湘湖保护与开发的首要原则。湘湖每一阶段的工作，都从人与湖和谐共存的角度进行攻坚。它的规划定位始终把湖岸、堤、岛作为人与湖能够和谐共存的一个结合体。亲水性是湘湖规划建设的一个特色。

不过，湘湖开发建设中，我们确实还有许多需要提升的。

第一，在景区的建设当中，我们做得还不够精致，因为建设量大，每一期都在赶时间，工程建设的时间都在 10 个月左右，需要逐步来提升、完善，以野而精作为特色。在项目引进上，我们的力度还不够大。现在虽然有几个项目在建，以国家级旅游度假区这样一个标准来讲，引进项目的力度还是不够大。在湘湖保护与开发当中，让市民如何得到更多的享受，是我们要考虑的。因为是一个开放景区，现在还缺乏很多内容。我的建议，备用水源保护区要外移到萧山南部地区，时间长了对湘湖是有制约的。我们萧山南部还有 8 个镇（街道），山清水秀，这也可带动南部生态旅游发展。这样能够让湘湖更美丽，一些制约条件没有了，可以做得更好。

第二，要建设特色街区，让老百姓能够享受的特色街区。在一期、二期、三期的规划中，有几个特色街区能够把它建设起来，让老百姓能够体验、参与，充分地享受。像现在的下孙文化村建成之后，老百姓在那里它能够找到原来的记忆。现在已经在建的陈家埠水街，是为老虎洞度假中心来进行配套的，反映地方民俗文化，主要是体现江南水乡的韵味。南线还有眉山休闲街，能够与现在的金融小镇连接起来，休闲的氛围就更加宽了。在湖山有一个美食特色街，美食是大家都喜欢的。在湘湖三期的定山湖的南线，还有一个休闲购物特色街区，在金融小镇中心位置，规划上有一个 500 米长的慢生活街区，既考虑到金融小镇的办公人员，也为市民、游客提供充分享受。

第三，对山地的保护、开发。北面越王城山已经得到综合开发保护了，南面在 2012 年的时候还发掘出了春秋时代的墓葬群，这个大家都还不够了解。老虎洞、莲花寺、一览亭、先照寺，这些历史文化遗迹要充分挖掘。这样，可以使湘湖旅游内涵更丰富。

第四，对核心景区的保护。湘湖从一期拆迁的时候，我们已经向老百姓承诺了，核心景区不搞商品住宅。现在所有设施都是湘湖管委会投资，目的是不能成为私家领地，湖岸线一定要让给市民。除了核心景区保护之外，周边开发的土地，其高度、密度、建筑风格一定要严格控制。湘湖不能建成一个盆地，四面全部都是高楼。因为本身一期、二期是两山夹一湖。如果三期周边全部都是高楼是不行的，一定要打开。特别是湘湖三期和钱塘江的连接通道一定要保护起来，要有开有合，真正使湘湖成为老百姓梦中湖。

四 我谈"萧山精神"

采访者:"奔竞不息,勇立潮头"的萧山精神已载入《萧山市志》,这种精神永远激励着萧山人"潮"前走。能否结合您的工作与生活经历,谈谈您对这种萧山精神的认识与理解?

韩长来:湘湖保护与开发这项利国利民的民生工程,在浙江"绿水青山就是金山银山"的科学发展中,一张蓝图绘到底、一届接着一届干,如今的湘湖已是旧貌换新颜。当西湖已经成为杭州的文化名片时,湘湖的发展变迁也在孕育新的城市传奇。我在湘湖连续工作了14年,湘湖恢复成功,我的感受是两个字——"实干"。我们发扬萧山"奔竞不息,勇立潮头"的精神就是要实干。

采访者:当前萧山正在努力打造体现世界名城风貌的现代化国际城区,在您看来,新时期萧山精神该赋予什么样的内涵?

韩长来:新时期萧山精神要赋予的内涵,我觉得敢为人先才能体现新时期萧山精神,正如习近平总书记指出的:"今天的浙江,就是中国的明天。"我们必须要敢为人先,做出个样子来。

江南热土，大展宏图：萧山经济技术开发区的发展史

——陆炎明口述

采访者：陈鸿超　　　　　　　　　整理者：陈鸿超、邓文丽

采访时间：2018 年 7 月 26 日　　　采访地点：萧山经济技术开发区管委会

口述者

陆炎明，1934 年 9 月出生，浙江萧山人，1951 年参加工作，历任萧山市（县）计划委员会主任、杭州钱江外商台商投资区江南管委会副主任、中共杭州钱江外商台商投资区江南管委会工作委员会委员，萧山经济技术开发区管委会副主任，是萧山经济技术开发区成立的重要参与者和见证人。

一　个人履历

采访者： 陆主任，您好！很高兴您能接受我们的采访。萧山经济技术开发区创立于 1993 年 5 月，是全国首批国家级开发区之一，是浙江省大湾区建设的主战场、杭州市拥江发展的主阵地。经过 20 多年的发展，杭州萧山经济技术开发区已形成人工智能、工业大数据、文化传媒、高端装备制造、生物医药、新材料、新能源、半导体、总部经济等支柱产业，对杭州乃至浙江的经济发展做出巨大的贡献。您是萧山经济技术开发区创立与发展的重要参与者与见证人，所以，我们希望就萧山经济技术开发区的发展历史对您进行采访。请您先简单地介绍一下自己，包括出生年月、籍贯、学习经历，以及工作经历、社会履历等。

陆炎明： 我今年已经 85 岁了，1934 年 9 月出生于萧山。1951 年 7 月以前，我在财粮科的土证队，当时土地改革，我是写土地证的，是个临时工

作，做了不到一年的时间，那时候有 100 多人。这个任务完成以后，县政府就留了我们十几个人，直接安排到政府部门工作，我一进去是在民政劳动科，所以，1951 年 7 月以后，我是在萧山县政府民政劳动科工作。那个时候的政府机构是很简单的，没有几个科室，民政劳动科在当时应该算是一个很重要的部门。我在民政劳动科工作了两年时间。之后，到了 1953 年，国家第一个五年计划开始，政府部门成立了一个计划统计科，然后我就到计划统计科工作了。3 年后计划统计科分成了统计局和计划委员会，我从计划统计科一直到计划委员会一共工作了 38 年。

采访者：那您当时主要是做哪方面的工作？

陆炎明：开始我主要是搞农业计划。在当时是以农业为基础的，工业很少，进入 20 世纪 80 年代，乡镇工业迅速发展，第三产业也有所发展。我在这个部门就一直工作了 38 年。其间去了上海财经学院（现上海财经大学）和四川财经学院的计划、统计专业进修了两年多，工作调动很少。对当时政府部门的干部来说是很少的。

采访者：您觉得当时 38 年的计划统计工作经历，给您带来了怎样的收获和帮助呢？对未来萧山的经济开发区的建立，您觉得之前的工作经历有怎样的帮助呢？

陆炎明：因为长期在计划统计部门工作，主要任务是在调查研究、分析全县（市）经济和社会现状的前提下编制年度（计划）和长期（规划）国民经济和社会发展计划，提请人代会审议。之后的工作重点就是对计划和规划的实施和执行。在实践中我比较熟悉萧山经济和社会发展的一些现状趋势和经验以及存在的问题。改革开放以前，我国实行计划经济制度，走过一段弯路，付出了很大代价。自从 1978 年党的十一届三中全会以后，逐步引入了市场要素，通过改革开放带动经济增长。1987 年我还在计划委员会时就考虑我们应该利用萧山的地理位置、交通网络和经济发展这个优势，打造对外开放的"窗口"，外向型经济的"龙头"，成为全市（区）具有活力和潜力的新经济增长点。有一个开发区，划出一块土地，充分利用国际、国内两个市场，两种资源促进内外平衡发展。

采访者：您认为萧山当时的地理优势体现在哪里呢？

陆炎明：在当时，萧山有两条铁路，三条公路，是浙江省的一个交通枢纽，东西南北都要经过这里，所以，萧山的地理位置比较好，应该有一个对外开放的开发区，再加上当时改革开放，特别是在 1987 年以前，我们去参观了早期的 14 个国务院批准的沿海开放城市①，如宁波、温州、烟台，也去了深圳特区、厦门。参观以后，尽管当时的萧山作为县一级城市发展还是比较快的，但是和这些沿海开放的地区比较，萧山的发展还是太慢了，所以，我们当时就考虑要建设一个沿钱塘江的经济技术开发区。因为建设开发区是要经过国家批准的，所以，在当时不能叫开发区，叫"经济发展区"。1987 年，我就开始着手编制建设经济发展区的规划，到 1988 年完成这个规划。在这个方面，应该说受到了当时省委省政府的高度重视。从萧山的情况来说，当时萧山已经是全国十大"财神"县之一，在百强经济中也是名列前茅的，发展相对来说还是比较快的。但是主要还是依靠乡镇企业，乡镇企业的发展是很快的，在我记忆中当时是有 3 000 多家，但都是小规模的，很多是重复的。有一个很大的特点就是纺织印染所占比重很大，达到 70% ~80%，污染也很严重。在当时第一产业、第二产业和第三产业中，第二产业所占比重还是很大的，到了 1987 年，GDP 的 61% 来自工业，农业增长的比重就慢慢减少了，而第三产业比重很小。在这样的情况下，考虑到钱塘江南岸的土地平坦，可以成片开发，也可以把市内有规模的乡镇企业转移到这里发展，更主要是为了吸引外资，引入科技含量高效率高的企业，所以，做了这么一个规划，也得到了市政府的重视。

采访者：萧山市政府当时有经过讨论吗？

陆炎明：萧山市委、市政府组织过二次讨论。一是，从思想解放推动改革开放，改革开放带动经济增长。二是，对计划委员会编制的钱塘江南岸经济规划区的可行性和必要性的讨论。从现在的角度来说，同杭州市提出的拥江发展战略是一致的。经过二次讨论达成共识后，我们向省政府报告要求在钱塘江南岸，搞一个开发区或投资区。省里十分重视，非常支持，专门拨款25 万元资金，在我们规划的基础上，委托省经济建设规划设计院来评估和调整修改，最后再请一批专家，有宁波、天津、烟台等开发区的专家和省政府、杭州市政府的领导以及各有关部门领导。通过他们的评估和实地考察，确认了钱塘江南岸地理位置优越具有成片开发的条件。1988 年我们在区内之江和市北分别规划启动地块，吸引外资，建设外商企业，势头很好。到 1990年 7 月省政府正式批准为杭州钱江外商台商投资区江南管委会，并建立了相

---

① 1984 年，大连、秦皇岛、天津、烟台、青岛、连云港、南通、上海、宁波、温州、福州、广州、湛江、北海，被国务院批准为全国第一批对外开放城市。

应机构。同时杭州市政府在下沙也搞了个开发区，叫"江北外商台商投资区"。后来杭州市政府设立钱江外商台商投资区领导小组，管理江南江北两个管委会。

采访者： 后来，从发展上来看，这两块地区在招商等方面有没有存在竞争关系？

陆炎明： 在当时来说，是萧山比较快，萧山的准备工作从1987年就已经开始了，而且已经有外资引进建设企业，来考察的外商也很多，起步比杭州快。当时省里尤其是中央特区办对我们萧山也很重视。

采访者： 您一直是搞计划工作的，后来成立了钱江外商台商投资区江南管委会①，您是出于什么原因转到这个岗位上来的？

陆炎明： 转到这个岗位上来，是我的愿望，也是组织上的决定。一是这个规划可以说从头到尾是我一手经办的。当时请了建设局搞设计的一个同志，我们两人一起考察了沿钱塘江南岸100多平方千米的地块，那个时候的交通是非常困难的，整个市政府只有一辆汽车，我们是骑着自行车沿江去考察的。那里地理位置很好，土地平坦，便于开发。来参观的人也很多，其中有很多的外商，以及中国台湾、香港地区的商人。我们的接待工作也是非常忙的。当时省里批准江南投资区以后，那时候定的方针是自费开发、滚动发展，不像沿海14个城市有国家开发的贷款帮助，所以，我们的条件还是很艰苦的，就靠我们自己拼搏。在投资区初建时，只有13个人，而且7个是兼职的，6个是专职。当时我们投资区的党工委书记是萧山市委书记兼任的，投资区的主任是萧山市市长兼任的，常务副主任是萧山市常务副市长兼任的。我当时还是计委主任，也是兼任的。当时我们的机构很简单，两部一室，一个是商务部，一个是工程规划部，还有一个办公室，就只有三个单位，人员非常少，确实忙不过来，完全是超负荷的工作。我那个时候计委的工作基本上不管了，全交给副主任。到1992年我辞掉计委主任职务，全身心投入开发区工作。

采访者： 这种工作状态也就代表了您当时工作重心的转变。

陆炎明： 对的，那个时候我们工作真的很忙，接待工作和外商谈判都来不及，还没有办公地点，后来我们去人民路的设计院租了一间房子办公用来

---

① 萧山经济技术开发区的前身是杭州钱江外商台商投资区江南管理委员会管辖的市北区块。1990年6月，经浙江省委同意，杭州市委决定建立杭州钱江外商台商投资区江南管委会。

接待和谈判，200 多平方米。那个时候的条件也是很艰苦的，不像现在条件好，也没有空调。那个时候，日本客商很多，日本人很讲究礼貌，谈判时都是穿西装、打领带的，我们也一样，夏天很热，真的吃不消。冬天很冷，外出勘察的交通工具也只是自行车。后来省里批准投资区以后，有了行政编制，人员也就逐步增加了。

二 萧山经济技术开发区建立前后

采访者： 在投资区成立前，针对萧山当时的经济发展状况，您在1989年的时候在《浙江经济》上面发表了一篇关于萧山经济发展的问题及对策的文章，不知道您还有没有印象①？

陆炎明： 这篇文章已经30多年了，是在市政府召开的一次政府组成人员会议上的发言稿。十年改革开放，给萧山经济建设带来了生机和活力，国民经济发生了深刻变化。但在发展中也存在一些危机。一是，工业原材料、燃料紧缺，价格暴涨，企业难以承受，一些企业亏损倒闭。二是，农业基础薄弱，政府支持不力，致使一、二、三产业发展不平衡。据此，我提出了四方面的解决方案。当时参加会议的都是政府各部门的领导，我的发言对他们还是有所启发的。后来比较明显的是对"小五企业"进行整顿，特别是对规模小、效益低、污染重的企业，采取关、停、转，同时对有发展前途的、技术含量高的、创新意识强的企业在政策上给予支持，鼓励做大做强，如万向集团、传化集团、恒逸集团、航民等企业，那是发展最快的时期，当时在这方面政府是下了决心的。

当时在整顿过程中，我印象中最深的是在1989年到1990年初那段时间，有一个日本代表团，准备在投资区办一个零部件加工区，加工区零件需要电镀，当时我带日本团去看了坎山镇的一家电镀厂，看了以后，我也感觉很尴尬，因为里面的设备真的是太落后了，而且污染很严重，后来我带去的日本人就问我："这些企业在中国还可以办？在我们日本是不行的。"电镀的污染尤其是污水的排放，是重金属，污染是很严重的。

采访者： 我们可以看到，当时的萧山经济开发区与日本的交流非常广泛，包括1990年的时候您曾经跟随萧山市副市长，组建了一个浙江省杭州零

---

① 陆炎明：《萧山经济发展的问题及对策》，《浙江经济》1989年第4期。

部件加工项目协调委员会考察组，与您刚才讲的零部件加工也有关，您当时去了日本，有怎样的感受和收获呢？

陆炎明：当时是由日本经济协会牵头，日本一些电子企业要办一个零部件加工区，这个项目受到了省里的高度重视，省政府的对外协调办公室专门开了一个协调会，把该项目地点放在萧山，然后省对外协调办公室和萧山市政府组织了一个考察团，我也参加了，到日本去考察，我们考察了东芝电器、索尼、丰田汽车，还看了他们总部下的一些企业，给我的感受就是与他们的差距太大了。尽管萧山当时具有一定规模的企业也是有的，但同日本相比，差距还是太大了。通过那次考察日本，我懂得了什么叫现代化，什么叫现代化工业。我印象很深刻，当时去看了以后，我们在这方面下了很多功夫，对当时萧山有一定规模的企业，市政府采取了一定的政策，使这些企业能够做大做强，学习先进，加强技术改造，提高管理水平，拓展市场，向现代化企业迈进。

采访者：1990 年 8 月 12 ~ 14 日，中共萧山市委召开了九届二次全体扩大会议，部署投资区江南区块的建设问题，当时萧山市委任命您分管招商部的工作，招商部主要是对外招商，那么当时招商部的内部组织结构是怎样的呢？主要是负责哪些具体的招商工作呢？

陆炎明：我基本上管的就是招商工作①。当时我们叫商务部，不叫招商部。当时商务部人手少，我们有一个原则就是"精干、高效、便捷"，主要负责接待外商、引资，项目洽谈、项目审批。我们要做到三个"率"。第一个是谈判项目成功率，对于当时谈判的外商盯住不放，进行项目洽谈。第二个是确定项目的资金到位率，有些外商的注册资金大，但是资金到位很低，我们就要抓住资金到位率。第三个就是开工建设率，作为整个投资区来说，当时商务部应该是一个重点。"项目"是开发区建设的"生命"，在加快基础设施建设的同时，以国家产业政策为导向，多途径、多渠道、全方位展开招商活动。积极主动地争取项目落户。一是采取"请进来"、"走出去"的方

---

① 1990 年 8 月 12 日至 14 日，萧山市委召开九届二次全会扩大会议，部署投资区江南区块的建设问题，要求各级党政组织为投资区建设做贡献。8 月 21 日，江南管委会召开第一次会议，研究管委会领导分工、机构设置和职能等问题。确定主任杨仲彦全面负责管委会工作，副主任魏金海协助主任主持常务工作及分管总公司工作，副主任陈福根分管办公室工作，副主任陆炎明分管招商部工作；管委会机构暂设"一办、一部、一公司"，即管委会办公室、招商部、浙江钱江经济发展总公司，孙达山负责办公室工作，陈斌辉负责招商部工作，谭永兴负责浙江钱江经济发展总公司工作。见萧山经济技术开发区编志工作领导小组办公室编《萧山经济技术开发区志》，方志出版社，2008，第38页。

式，组织招商活动。1992 年 11 月去香港参加浙江省政府举办的投资暨贸易洽谈会。1994 年萧山市政府和经济技术开发区在深圳特区组织召开了投资恳谈会，联络客户、介绍情况、洽谈项目，取得了成果。接着又组团赴日本招商，在东京、静冈、大阪三地召开投资洽谈会。日本参会者大多是财团、大公司、商会的决策者，投资洽谈会增进了他们对萧山的了解和投资兴趣。日本索尼公司当即与我们签订了土地出让合同，与日本经济协会签订了项目意向书。二是加强同国家、省有关部门的联系，获得商务信息，捕捉招商目标。三是委托境外中介机构"牵线搭桥"协助招商。四是通过萧山市政府驻北京、上海、深圳、厦门等办事处联络和捕捉有意向的投资客商。

采访者：当时谈判有没有遇到什么困难？

陆炎明：由于当时我们的基础设施配套还没完全到位，投资环境还不是很好，再加上外商要求比较高。谈判有困难也比较复杂，有些项目当时谈判的规模是很大的，后来就逐步缩小了，有些甚至是没有成功的。有些外商考虑的比较多，但我们会努力争取，让外商看到我们的诚意①。

采访者：1990 年 10 月 3 日，中共杭州市委决定成立中共杭州钱江外商台商投资区江南管委会工作委员会，您担任委员，当时投资区是如何进行党建工作的？

---

① 萧山开发区经过实践体会到，"项目"是开发区建设的"生命"。在加快基础设施建设的同时，他们以国家产业政策为导向，多途径、多渠道、全方位地开展招商活动，积极主动地争取项目进区落户。一是采取"请进来"、"走出去"的方式，组织招商活动。1994 年经过精心准备，利用深圳特区的窗口作用，组织了一次招商活动。联络客户、介绍情况、洽谈项目，取得了成果。接着又组团赴日招商，分别在东京、静冈、大阪三地召开投资洽谈会。日本参加洽谈会的大部分是财团、公司、商会的决策者。通过洽谈，增进了日商对萧山开发区的了解，对来萧山投资发生了浓厚的兴趣。有的当即签订了土地出让合同，有的签订了合作意向书。多家日本企业在洽谈会后，又组团到萧山开发区实地考察，进一步增强了投资合作的意向。二是加强同国家、省有关部门的联系，获取商务信息，捕捉招商目标，如在中国轻工总会的介绍推荐下，日本电石公司已在开发区建设一家以生产反光膜材料为主的高科技企业，总投资 6 200 万美元。三是委托境外中介机构"牵线搭桥"，协助招商。萧山开发区积极与境外中介机构保持密切的联系，委托他们介绍情况，开展招商活动，如台湾较有影响力的行业协会——机器同业公会与开发区一直保持良好的联系，该公会不仅在开发区内投资多个项目，还在台湾广泛宣传萧山开发区的优势，帮助引进项目。四是对有投资意向的"高、大、精"项目派专人负责，跟踪落实。对外商有投资意向的项目，做出分类排队，凡属"高、大、精"的项目，作为重点，由主要领导亲自抓，落实到底，如意大利纺织集团公司来萧山开发区考察后，表示了浓厚的投资意向，市领导和开发区同志立即前往该国，与之进一步洽谈，从而加快了项目的落实。见萧山经济技术开发区管委会《萧山开发区建区两年进展良好》，国务院特区办《对外开放简报》1995 年第 15 期。

陆炎明：党建工作不是我抓的，我没有直接参与。当时外商投资企业的党建工作是完全不一样的。不像是国内企业的党建工作，外商投资企业在党建工作方面是存在顾虑，怕党支部等进入企业会干预企业的正常业务。对港商来说，很多的老板都是从内地过去的，他们了解党到底是干什么的，而国外商人就很不理解。我们主要是先搞试点，靠点逐步开展，着手点是从建立工会开始①。工会在任何国家都是适用的，并且是合法的组织，是不能拒绝的，所以，我们以工会为着手点，逐步建立党组织。

采访者：1993年4月，鉴于杭州市政府已将投资区江北区块上报国务院要求设立杭州经济技术开发区，萧山市委、市政府和江南管委会专门研究部署申报国家级萧山经济技术开发区工作。4月19日，市长率管委会有关人员前往北京，分别向国务院办公厅、国务院特区办、国家计委、财政部、建设部、外经贸委、海关等7个部门领导汇报。您能回忆一下当时汇报的背景，以及具体情况吗？

陆炎明：当时的情况应该说，虽然杭州有下沙的江北区块，我们是江南区块，但是实际的招商引资萧山多得多。江北区块已经被批准成为杭州经济技术开发区，因为杭州是市级的，按照国家规定，经济技术开发区必须要市级才可以批，但我们是县级的，但是实际开展工作的成就是我们江南区块比较快。还有一个就是我们的市北区块外商很多，我们就想上报国家，提升成国家级的经济开发区，然后向省里汇报，得到了省里的支持。在讨论之后，我们就申请把9.2平方千米的市北区区块提升成国家级经济技术开发区，萧山市政府向省里上报，两天后就得到了省政府同意，然后就上报国务院。当然这里面也有很大部分跟我们做的工作有关，我们当时联系了省长的秘书，将包含萧山当时的情况、所取得成就的报告全部写好了，秘书看后进行修改，再拿给省长看。省长通过以后，我们去到省政府文印室，连夜把报告赶出来。省政府向国务院上报以后，由市长带队，组织人员到北京去。在北京要通过7个部门的审批，尤其是特区办很重要，正好赶上了全国清理整顿开发区的时期，所以，难度是很大的。当时特区办主任是国务院常务副秘书长何椿林，我们到他家里去。何椿林曾经在上海闵行区召开的全国14个沿海

---

① 1994年5月24日杭州钱江外商台商投资区工会工作委员会成立。同年7月31日杭州雅利电气五金有限公司工会成立，这是开发区首家外商独资企业工会。市委副书记赵申行、市总工会主席王爱凤、管委会副主任陆炎明出席成立大会并讲话。

开放城市和开发区会议上说："应该向萧山学习，萧山还不是国家审批的开发区，但是他们形势很好，进入的外资企业很多，萧山的干部干劲特别足，要向萧山学习。"所以，他起了很大的作用。当时的特区办借给了我们一辆车，去各个部门，特区办给予我们很大的支持。就这样，在不到 20 天的时间里，各个部门的领导都签了字，国务院文件在 1993 年 5 月 12 日正式批准，这里面我们做了大量的工作。

采访者：在得到国务院批准以后，1993 年 6 月 16 日，萧山市委、市政府召开"加快萧山经济技术开发区建设动员大会"，部署开发区建立事宜，请问您在开发区动员会主要负责哪些工作？当时动员是怎样一个情景呢？

陆炎明：当时是萧山市政府组织的，我们做会议准备工作，凡是市级包括乡镇的 1 000 多名领导干部都参加了，还包括了省市领导。这是一次动员大会，要求全市人民抓住机遇，真抓实干，万众一心，把开发区建设好。

三　萧山经济技术开发区的发展规划和发展战略

采访者：为了推动开发区的发展，管委会制定三个战略重点：重点发展以中等偏高技术为主的加工工业；重点发展以汽车零部件、精细化工、高档食品（包括航空食品）、加工工业为主及运输量较大的仓储项目；重点以国际旅游城市为依托，大力发展之江区旅游、娱乐、商贸、金融、高科技和房地产业等。请问结合当时萧山的特点，为何会制定这三个战略？在后来的发展中，又是如何贯彻这三个战略的？

陆炎明：我们当时规划的沿钱塘江南岸区域，总面积是 108 平方千米，如果要全部进行开发是不可能的，要有重点、分区块地进行局部开发。当时我们把它分成了三块，一块是之江区①，是 10.5 平方千米，第二块市北

---

① 之江区紧邻钱塘江大桥，东西长 5.5 千米，南北宽 1.9 千米，面积 10.5 平方千米，距萧山市区 10 千米，离杭州市中心仅 4 千米，与杭州六和塔、九溪、玉皇山等著名旅游景点隔江相望，浙赣铁路和杭州至温州、宁波公路穿越该区，东侧有钱江轮渡码头，水陆交通方便，为杭州市区和南线风景区的延伸，是未来的黄金地带；毗邻钱塘江，环境优美、气候宜人；沿江居民点少，大片土地可供开发，是吸引投资旅游、度假、科研、无污染工业和居住的良好区位。1996 年 7 月 3 日，杭州市政府根据省政府《关于扩大杭州市区行政区域的批复》（浙政发〔1996〕84 号），发出《关于同意将钱江投资区之江区块由杭州高新技术产业开发区接受和管理的批复》（杭政发〔1996〕100 号），将原属投资区江南管委会管辖的之江区，划归杭州高新技术产业开发区管委会管理。见萧山经济技术开发区编志工作领导小组办公室编《萧山经济技术开发区志》，方志出版社，2008，第 48 页。

区①，是9.2平方千米，还有一块是桥南区②，是9.6平方千米，这三块先开始开发。这三块区域根据地理位置的不同，分工也是不同的，市北区主要以加工工业为主，连接的外商比较容易，前来洽谈的外商较多，市北区又是紧靠老城区的，道路、通水、通电等方面比较容易，因此，当时市北区的发展形势是非常好的，没过几年，整块市北区9.2平方千米的面积就基本上建满了，后来这块土地我们就上报给了国家，成为国家级开发区。之江区10.5平方千米，地理位置可以说是非常好的，对面就是杭州，依山傍水，风景非常好，就建在钱江一桥旁边，国务院当时管外贸的副总理也来看过这一块土地，也得到过他的赞赏，让我们先进行建设，之后再上报国家批准，所以，

---

① 市北区位于萧山市区北侧，东西长2千米，南北宽2.3千米，面积9.2平方千米。东北3千米处有拟建的杭甬高速公路立交口，东南2千米处为在建的萧山客、货两用铁路二级站，沿线北塘河可通航100吨级船只贯通浙东、京杭运河，水陆交通便捷。该区离萧山市区中心仅2千米，生活等服务设施可依托萧山市区，水、电、路等基础设施配套齐全，起步容易，启动开发投资省，是工业区起步的良好区位。1992年5月9日，萧山市政府印发《关于钱江投资区市北区规划的批复》（萧政批〔1992〕15号）。规划范围：东以新浙赣铁路、南以北塘河、西以城北兴议村十三组南北向机耕路、北以解放河为界，规划面积为9.12平方千米。根据"依托老城、开发新区"的原则，市北区以轻纺、机电零部件加工为主，其他工业一起发展的技术、劳动密集型的外向型综合工业区，是江南区块的行政经济管理中心。区内规划人口为农村人口1万人，城市居民5万人。市北区的规划结构为东部、中部主要布置一、二类工业用地，西部、北部布置城市和乡村居住用地，中间穿插布置公共建筑、仓储及交通用地。该地块主要涉及宁围镇宁税、宁东、宁安、金一、金二、新华6个村和北干街道墩里吴、塘湾、荣庄、城北、明星、兴议6个村及新街镇茬山、长山、富兴3个村的插花地。见萧山经济技术开发区管委会办公室编《萧山经济技术开发区文件选编（1990—1994年）》，1995，第64页。

② 桥南区紧依钱江二桥和杭甬高速公路接口，距萧山和杭州市区中心各为8千米，东西长5.5千米，南北长1.7千米，面积9.6平方千米，北端码头可通航1 500吨级船只出杭州湾，距宁波北仑港和上海港各为145千米，距在建中的杭州萧山国际机场4千米，对外交通方便；大部分土地属国营农场，居民点稀少，征地容易，土地成本相对较低，是吸引外资成片开发的良好区位，适宜于发展规模较大、运输量较大的工业项目。2005年1月20日，商务部、国土资源部、建设部印发《关于萧山经济技术开发区调整部分建设用地规划范围的复函》（商资函〔2004〕199号），"同意将国务院批准范围内安排用于非工业用地的部分土地调整到杭州钱江投资区桥南区块，作为规划建设用地，控制面积4平方千米，经核实四至范围为：东至浦十四线、西至桥南四号路、南至桥南六号路以东部分的南沙大堤及桥南六号路以西的萧山机场专用道、北至沪杭甬高速公路"。2月20日，省政府办公厅根据国家商务部、国土资源部、建设部复函精神，以《浙政办发函〔2005〕12号》文印发复函，同意部分建设用地规划范围的调整，并对开发区开发建设提出了具体要求。调整后国家级萧山经济技术开发区分为两个区块，即市北区块5.2平方千米，桥南区块4平方千米。市北区块四至范围为：东至浙赣铁路、南至北塘河公路、西至金二路、北至建设四路。桥南区块四至范围为：东至九号坝直河、南至二号路、西至城北闸河、北至北环路。

这一块做房地产的很多，需求量很大。澳门有一个商人是澳门立法会的主席，现在还是全国人大常委会委员，当时他也是投资开发了很大一块土地，他后来包下了 100 亩土地。这一块我们主要是开发旅游、娱乐产业、高新技术和高档房地产。这块土地在 1996 年就已经划给了滨江，现在发展情况是非常好的，确实都是一些高新技术产业，像道路、规划之类的建设都是那个时候我们打好的基础，同原来隶属萧山的 3 个镇一起，划给了滨江，成了滨江行政区。桥南区那个时候正在建设二桥，是公铁二用桥，交通比较方便，而且距离国际机场也比较近，所以，我们当时规划在该地开发大的工业企业和商业企业。现在来看，桥南区主要是一些工业企业，投资规模比较大的外商企业。

四　萧山经济技术开发区的早期发展

采访者：我们了解到，萧山经济技术开发区是 1993 年用 60 万元自筹资金起步的开发区。请问这 60 万元启动资金是如何筹集的？后来又是如何使用的？

陆炎明：启动资金一共是 68 万元。财政拨款，是开办费，其中包括了办公费、接待费还包括人头费，还有房租、交通的费用。实际上，这 68 万元是远远不够的，当时启动的时候资金十分困难，主要是向省里借了 1 700 万元

1991 年 6 月 30 日，投资区市北区一期工程举行奠基仪式

的资金，利息是很低的。这个 1 700 万元实际上我们拿到手的只有 1 400 万元，还有 300 万元市政府拿去建设商业城了，所以，我们实际上能用的就是这 1 400 万元①。用来起步和土地出让取得一些资金，走出了一条自费开发、滚动发展的道路。

采访者：1993 年 12 月 13 日，《人民日报》刊登《国家级开发区中的后起之秀，萧山开发区起步半年结硕果》一文，描述"以超常规的效率建设吸引外商投资的'软环境'，是萧山经济技术开发区的显著特色"②。请问萧山开发区是如何打造"软环境"的？

陆炎明：当时不管是投资区还是开发区，主要的领导人都是市委、市政府的主要领导兼任的，在办事上都是代表市委、市政府。本来批准建设项目都要经过许多部门的审核，但是我们只要开发区、投资区批准就可以了。因此，我们办事是一条龙服务，即所有项目审批、建设审批、土地批准、工商登记等全部是开发区的工作人员直接办下来的。外商代表都很满意我们的办事效率，都说他们到杭州下沙经济开发区，一个项目最起码一个月才能办下来，萧山只要几天就可以办下来了。办事效率是非常重要的，要用我们的工作精神、工作效率去感动投资者③。这个就是我们"软环境"突出的一点。

---

① 建区初期，开发区以萧山市政府拨入的 68 万元开办费和从省财政厅借入的 1 700 万元低息贷款起步，通过回笼土地出让金和银行借贷，历经波折艰辛，走出了一条自费开发、滚动发展的道路。昔日的田野、村庄，变成了工业新区，基本上实现了"人民给我一方土，我还人民一座城"的诺言，为萧山乃至整个浙江工业化发展探索了新的模式，也为工业园区建设提供了有益的借鉴。见萧山经济技术开发区编志工作领导小组办公室编《萧山经济技术开发区志》，方志出版社，2008，第 1 页。

② 《人民日报》对萧山经济技术开发区"软环境"总结：市里党政一把手兼任开发区管委会的一把手，确立了"精干、高效、便捷"的办事原则，在项目审批、工商登记、土地征用、工程建设等方面实行"一栋楼办公，一条龙服务"，使外商在这里兴办项目，最短仅用 1 天，最长不超 1 月即可完成审批手续。投资 100 亿港元的"钱江城"建设项目，从洽谈意向到正式签约，仅用了 18 天时间。萧山经济技术开发区加速建设的另一显著特色是，区内区外相结合，大力改善"硬环境"。今年以来，萧山市已投入 20 亿元用于基础设施建设，有效改善了开发区的外部环境，开发区内的水、电、路和通信等基础设施迅速形成，13 万平方米的标准厂房已向外商出售。由于自身实力增强，开发区的各项建设大大加快，预计到今年底，区内各类企业的总产值可达 2 亿元，呈现了当年开发，当年见效的良好态势。

③ 不违人和，方显天时，尽显地利。无论是征迁工程安置的人数以万计，还是招商引资与几个人进行沟通，开发区人都尽显了自己的和谐、和睦、热情、高效的风格。从 35 天完成一个项目落地到审批通过一个 50 亿元的项目，就知道开发区人的工作效率；从安置 11 434 人，没有发生大的纠纷，就知道开发区人的"人和"。见萧山经济技术开发区管委会编《巡礼、感悟——写给萧山经济技术开发区成立二十周年》，2013，第 6 页。

举个例子来说，日本的投资者有一个 6 200 万美元的项目，在当时这个项目投资大，我们投资区还没有这个权利，要经过省计委、经贸厅、土管局、环保厅等多个部门审批。我们当时用了 18 天的时间办完所有手续。一年时间把这个大项目建成、投产，外商非常满意，换成在其他的地方都是不可能有这么快的[①]。除了刚才讲的那个原因，还有"硬环境"也很重要，萧山地理位置非常好，江南热土确实可以称为天堂宝地，沿江南面的土地，地势平坦，适合进行成片开发。另外就是交通网络具有很大的优势，而且当时有两个重要的项目已经落地立项，一个是京杭甬运河在萧山开通，这条水路是非常重要的，这条水路不管是宽度还是深度都是不错的，可以承载 300 吨级别的船只。还有一个是萧山国际机场已经立项了。再有就是萧山的基础建设，在县级城市中是非常不错的，道路、通水、通电、通信设施都比较完善。除此之外，从经济来说，萧山是当时十大财神县之一，整体的经济基础比较好，有一定的优势。此外，还有一个优势条件就是对外有一定的影响力，对外商有很大的吸引力。萧山有不少具有一定知名度的企业，接待过很多外国元首和政府首脑的访问，接受很多外国媒体的采访与报道，当时联合国驻中国的一个办事机构组织了 88 个国家的外交使节到萧山来进行访问[②]，所以，对外的影响力是很大的。对外开放，吸引外资，在"硬环境"和"软环境"上都有一定优势。

采访者：请问在您的任期内，开发区的建立和发展遇到的最大困难是什么？是如何克服的？

陆炎明：最大困难主要是两点。一是资金，资金我们当时是非常困难的，因为当时国家给我们定下的就是自费开发，没有国家贷款的。开发引进外资的基本条件就是要建设基础设施，做到七通，即通水、通电、通路等，没有这些条件根本不能吸引外资进来，而做到通水、通电、通路等都是需要

---

① 以优良的服务吸引投资者，是开发区管委会一贯坚持的原则。开发区建立和完善了一套招商引资责任制和快捷高效的运行机制，运用各种信息渠道了解、捕捉外商的投资意向，一旦找准项目便"紧盯不舍"，对已批准的项目，则尽可能简化手续、减少环节，提高办事效率。日资企业恩希爱反光膜项目，落户萧山 18 天内即完成项目报批，一年内即建成投产。专业生产钢琴的日资雅马哈公司，在对中国 7 个国家级开发区的软硬件环境周密考察、反复比较后，选择了萧山，就是被此地的诚意、服务和办事速度所感动。见楼耶捷、卫钧《萧山开发区着力营造良好投资"软"环境》，《杭州日报》1998 年 5 月 25 日，第 5 版。

② 1996 年 10 月联合国开发计划署驻北京办事处副代表李静雯、合作项目顾问布朗特等联合国官员访问萧山经济技术开发区。

大量资金，所以，在资金方面是非常困难的。解决的方法，第一个是向省里借款用于启动。第二个就是土地出让，就是项目定下来以后，收取土地出让金。第三个就是工程队带资建设，工程建设的款项由建筑队先填补，工程完成后再给钱。二是人员太少，这个困境，在投资区建设之初，只有 13 个人，7 个兼任 6 个专职，这个前面也讲过了，领导都是兼职的，但也有好处，就是办事效率高。到后来省里批准投资区，管委会正式挂牌，有了编制，人员逐步增加①，但专业人员还是比较少的；像招商引资和管理需要的专业人员还是很少的。

采访者：那您觉得在您任期中，处理最成功的事情是什么？或者说在您印象中，做得最精彩的一件事是什么？

陆炎明：我心里最高兴的事情就是萧山能够获得国家批准建成国家级的经济技术开发区，这甚至是我一生工作 40 多年中最高兴的一件事。从规划开始，到我 1994 年底退休，一共是 7 年的时间，这一切都是经我们千方百计、千言万语、千辛万苦、艰苦奋斗、真抓实干、扎实工作争取来的。还有一件事，我在计委的时候，萧山钱江二桥建好以后，因为是公铁两用桥，铁道部设计定的，铁路线仍接入老火车站（西站），那样铁路线横穿城区，会造成城区交通严重拥堵，影响城市拓展和建设，所以，我们要求改变设计，二桥的铁路接入线必须东移，另建萧山火车站（现称杭州南站），这一改变铁道部要增加大量投资。当时萧山市长和我一起去铁道部设计四院（武汉），提出改变设计的理由和萧山准备提供的一些优惠措施，同时我们把铁道部的常务副部长和总工程师请到萧山，去了西门道口现场，十来分钟，就有一趟火车经过，路东路西两边人、车拥堵十分严重。副部长看后说"人民铁路人民建，建设铁路为人民"，当即表态原设计方案要修改。这完全是我们努力争取得到的，使萧山的城市建设拓展有了空间。

五　心系萧山，发挥余热

采访者：2011 年 1 月 5 日，萧山区级老领导一行 40 余人视察前进工业

---

① 2001 年 12 月 29 日萧山区委、区政府办公室公布《中共萧山经济技术开发区工作委员会、萧山经济技术开发区管理委员会职能配置、内设机构和人员编制方案》，明确党工委、管委会办公室，经济发展局，国土规划建设局，人事劳动局，社会事业发展局，直属党委等 6 个工作机构、16 个科室，行政编制 58 名，部门领导职数 17 名，中层领导 18 名。

园区，当时您说："杭州经济技术开发区发展势头迅猛，但也存在发展空间不足问题，有前进园区这个新的拓展空间，一定要引进大项目、好项目，而且执行这样的体制机制很好。"您认为发展空间不足问题具体是指哪些方面？

陆炎明：前进工业园区在钱塘江南岸，原属于萧山的（占地 40 平方千米）后来杭州市政府决定划给杭州经济技术开发区管辖，以拓展发展空间。一次萧山老干部局组织我们离退休的老干部去参观。我认为该工业园区位于沿江地区，地理位置很好发展潜力大，应该建设一些大的企业，特别是像汽车一类的制造产业，切不可有污染企业，我就提了一些这方面的建议供他们参考。

采访者："奔竞不息、勇立潮头、海纳百川、心系天下"是改革开放以来鼓舞萧山人团结奋斗、攻坚克难的强大精神支柱，推动萧山在改革开放中干在实处、走在前列。而萧山经济技术开发区的发展历史正是"萧山精神"的突出代表，以您的工作经历和经验，请问"萧山精神"的内涵是什么？

陆炎明：我认为，萧山精神就是"奔竞不息、勇立潮头"。这个精神是从萧山前后进行的 33 期围垦，围海造田，确实是千军万马，千辛万苦，坚强奋斗，围海造地 54.61 万亩，是个伟大创举，得到了荷兰专家的肯定。那时候围垦的环境是相当艰苦的，我也去参加过几次。每次围涂在 6～7 天内必须完成，而且必须要在冬天潮水小的时候进行，这样用肩挑出的 54 万亩土地，应该说就是一种气节。我认为，这就是萧山精神的体现，就是这八个字"奔竞不息、勇立潮头"。只有拼搏才能创造新天地，如果没有 54 万亩的围垦，就没有今天这个发展空间，就没有现在的大江东产业集聚区。今年是改革开放 40 周年，萧山经济技术开发区可以说是因改革开放而生，因改革开放而兴。从一块农田到现在的城市，尤其是我们的市北区，虽然与我们原来规划的以工业为主有一些的差距，实际上也是根据形势的发展进行了"退二进三"（二是工业，三是服务业），这里的改变还是可行的。整个开发区的建设也是在艰苦中发展，在发展中走向辉煌。所以，总的一句话就是，奋斗才能创造新天地。萧山总的变化还是很大的，从 1978 年改革开放初期到 2017 年，GDP 增长了 600 多倍。财政收入增加了 471 倍，出口也发展得非常快，城镇人均收入和农村人均收入分别增加 55 倍和 151 倍。可以说，没有共产党就没有新中国，没有改革开放就没有今天，更没有明天。实现两个伟大复兴，坚持改革开放是必由之路。

梦想与希望之城：萧山经济技术开发区的变迁

——陈苏凤口述

采访者：陈鸿超　　　　　　　整理者：陈鸿超、雷玉平

采访时间：2018 年 7 月 26 日　　采访地点：萧山经济技术开发区管理委员会

口述者

陈苏凤，1948 年 5 月出生，浙江萧山人，1965年参加工作，历任楼塔公社团委副书记、妇联副主任，河上公社妇联主席、党委委员，萧山市妇联副主席，袁江乡党委书记，萧山经济技术开发区管委会党工委委员、党政办主任，是萧山经济技术开发区成立的参与者和见证人之一。

一　个人履历

采访者：陈主任，您好！很高兴您能接受我们的采访。萧山经济技术开发区创立于 1993 年 5 月，是全国首批国家级经济技术开发区之一，也是浙江省大湾区建设的主战场、杭州市拥江发展的主阵地。经过 20 多年的发展，萧山经济技术开发区已形成人工智能、工业大数据、文化传媒、高端装备制造、生物医药、新材料、新能源、半导体、总部经济等支柱产业，对杭州乃至浙江的经济发展做出了巨大的贡献。您是萧山经济技术开发区创立与发展的重要参与者与见证人，所以我们希望就萧山经济技术开发区发展历史对您进行采访。首先请您简单地介绍一下自己，包括出生年月、籍贯、学习经历，以及工作经历、社会履历等。

陈苏凤：我出生于 1948 年农历四月，浙江萧山人，学历是大专，还是后来读的。像我们这一代人经历了困难时期、"文化大革命"时期，大部分人

读书不多，或者读书较少。我的工作经历是这样的，1965 年和 1966 年这两年时间，就是"文化大革命"前夕，我参加了社会主义教育运动，简称"四清运动"。回来以后"文化大革命"就开始了，然后就回到老家务农了。我之前也是农村出去的，当时是村里的团支部书记，还很年轻，只有 18 岁。我在 18 周岁的时候入党，所以现在党龄也比较长了。

在"文化大革命"时期，我就待在农村干活，下田地、种桑、养蚕、采茶、参加萧山大围垦，是村里青年妇女的带领人。1970 年和 1971 年这两年时间，我当了村里的民办教师。1971 年 12 月正式成了国家干部。在这之前，我在家乡楼塔公社做过公社团委副书记、妇联副主任之类的工作。1971 年 12 月底，我开始在河上公社工作，担任妇联主席、党委委员，一直到 1983 年底，一干就是十几年。

1984 年 2 月我被调到萧山市妇联工作，开始是妇联干事，后来担任妇联副主席，一直到 1992 年 2 月。1992 年 2 月，我调任裘江乡党委书记，在这个岗位不到两年，就去了萧山经济技术开发区，那个时候开发区刚刚获得国家批准。像我们这样的人，不是说自己想到哪里去就可以到哪里去，都是由组织安排的。其实，当时我在乡里担任党委书记的工作开展得还是比较顺利的，当市领导来找我谈话，说起工作调动这个事情的时候，我认为我可能还不太适应。因为，我以为办公室基本是以文案工作为主的，可能是我对办公室的理解比较狭隘，领导说不是这样的，它是一个大的综合部门。后来才知道，办公室确实起到一个承上启下、左右联络、综合协调的作用，方方面面都要做的。1993 年 6 月 8 日，我正式到萧山经济技术开发区工作。萧山经济技术开发区是 5 月 12 日正式得到批准的，在 6 月 16 日萧山市开了成立大会①。

二 萧山经济技术开发区成立初期

采访者：您到了开发区办公室后，感觉工作和以前有什么区别？

---

① 6 月 16 日大会上，龙安定副省长在会上宣读了国务院批准设立萧山经济技术开发区的文件。省委常委、杭州市委书记李金明，省人大常委会副主任杨彬向萧山经济技术开发区授牌。杭州市市长王永明在会上讲话，他充分肯定了萧山在经济技术开发区建设中取得的成绩，对今后的工作提出了希望和要求。会上还宣读了全国人大常委会副委员长陈慕华给萧山经济技术开发区的题词：加快开发区建设，发展萧山经济。见来宏明《萧山经济技术开发区昨挂牌》，《杭州日报》1993 年 6 月 17 日头版。

陈苏凤：完全不一样。党委书记是一把手，它要管的相当于一个小社会，政治经济所有的东西都要管，工作需要有魄力，权威性比较强。到了开发区以后，我的直接领导党工委书记是萧山市委书记，管委会主任是市长，常务副主任是常务副市长，管委会班子里还有几位副主任。一方面，我面对的领导比较直接，而且都是大领导，经常要请示汇报；另一方面，就是这里的工作和我以前的工作大不一样了。我原来担任乡党委书记的时候，尽管什么事情都要管，宏观方面和微观方面的问题都要处理。但那时候，乡里几套领导班子都配全，如书记副书记、乡长副乡长、人大代表等，各条战线还配有很多干部。大事小事通过开会讲话、决策拍板，下面就统一行动，付诸实施。到了办公室以后变得事无巨细，而且很多事物都是新的，和我原来想象的完全不一样。要对上请示，横向联络，上下沟通好，左右协调好，这个工作对我来讲确实比较难。但我想，既然组织上安排了我，我就得竭尽全力地去做好工作，以实际行动来衡量我的工作。

我当时进来的时候办公条件非常差，10个人挤在一个办公室。配有两位副主任（其中一位副主任是部队转业的，他是挂个名，实际在企业工作的）。下设四个科：财务科、人事科、秘书科、行政接待科。当时除了招商引资、规划工程、征地拆迁设有专职部门管理外，其他所有工作都落在办公室。我到开发区之后，马上着手招兵买马，去和市级有关部门沟通，根据岗位需要调用人员。根据开发建设工作需要，办公室内设八个科，分别是秘书科、政策研究科、组织人事科、财务管理科、行政接待科、对外宣传科、企业管理科、服务中心。这些科的设立必须向市编制办打报告审批，批机构和编制。当时给我们60个编制[①]，在前期是可以，但开发建设到一定阶段后60个编制是远远不够的。我刚来开发区的时候，开发区属初创阶段，制度还没有健全，有很多不规范之处。当时陆炎明主任讲："我们首先要把国家级开发区给拿下来，重点是跑到北京争取批下来。"我到开发区时它刚刚获得批准。国家级的开发区，就必须要规范行事，要依法管理，我们就要着手建立各项制度，建立各项制度必须要有法有据可依。因此，积极争取省人大对开发区批准立法颁布《萧山经济技术开发区条例》（以下简称《条例》）是十分重

---

① 1998年7月5日市委办公室、市政府办公室印发《中共萧山经济技术开发区管理委员会、萧山经济技术开发区管理委员会职能配置、内设机构和人员编制方案》的通知，开发区管委会行政编制60个，下设党工委办公室（与管委会办公室合署）、管委会办公室、经济发展局、国土规划建设局、人事劳动局、社会事业发展局等6个部门。

要的大事。《条例》的颁布是相当不容易的，但是我们国家级开发区如果没有规矩、没有法律，那是无法开展工作的。因为开发区从经济建设上来讲是相对独立的，但是有些管理和市里面却是相通的，这样有些部门的关系也很难处理，所以一定要依法治区，依法管理，必须有开发区《条例》。

我们直接向省里面汇报争取颁布开发区《条例》，照理我们得通过杭州向省里报，不能越级。但萧山有很多事都是直接去省里的，萧山与省里的关系一直比较密切，我们的很多资源、关系是前人慢慢积累的，到了我们这里就应该把握好，发展得更好。经济技术开发区立法工作的工作量是很大的，上面省人大分管主任、法工委主任对我们进行大力支持，也把我们这个事情作为重点。这个事情定下来以后，我们萧山市马上成立了一个立法的领导小组，萧山市委副书记当组长，由各方面人员组成，我也是其中之一。具体工作都落在我们开发区办公室，这边是以我为主的。首先，我要组织人员，带着问题先行起草。那时候由省人大法工委领导出面，带着我们的起草班子去宁波、温州等开发区考察学习，及时发现要补充完善的地方。然后，省人大领导还带领我们到广东等地那些开发开放比较早的沿海开发区考察学习取经。

考察取经情况综合不断补充《条例》草稿，省人大组织省有关方面开会汇报，财税、国土、建设、环保、工商、人事、公安等方方面面的厅级干部都要听汇报。常务主任魏主任和我一起去，每次去魏主任都要我先汇报情况，领导们听了之后发表各种意见。因为涉及的利益关系很广，这个稿子反反复复修改了好几回。省人大对我们的工作也是大力支持的，我们定下会议时间后就请他们来听取萧山经济技术开发区汇报情况，根据他们的意见再修改，也经过了好多次反复讨论修改。省人大常委会经过两次讨论通过，第一次很快就通过了，在 1993 年底，也就是我到任半年。正式通过是第二年1994 年 4 月 28 日，然后在 1994 年 5 月 5 日发布了消息。当时，我们市长在萧山电视台上发表讲话，说这是萧山第一部地方性法规。这部法律是先于杭州开发区的，这也是我们萧山人做事敢为人先的表现①。

采访者：这个条例和其他地方的条例相比有哪些内容体现了萧山的特色呢？

陈苏凤：《条例》是萧山经济技术开发区的《条例》，使开发区招商引

---

① 1994 年 4 月，浙江省人大常委会审议通过《萧山经济技术开发区条例》，依据该《条例》，管委会陆续出台了有关招商引资、土地征迁、规划建设、劳动人事等方面的几十个管理规定。区内相继组建公安、工商、财政、税务和城市管理等执法部门，金融、保险、邮政、医疗、消防等服务单位也设立了分支机构，由此开发区实现了"封闭式"管理和有序运行。

资、土地征迁、规划建设、劳动人事、行政管理等有法可依，依据《条例》制定若干开发建设的管理制度，加大开发建设力度，增加自主管理权，有力推进开发区建设各项工作的开展。制定《条例》这个工作也是我到开发区后一件非常大的事情，我是积极参与的。

还有就是税收问题，当时，我们开发区没有享受到像沿海经济技术开发区一样的优惠，是减按15%，但大部分开发区可以自己留用。到1994年底的时候，财政部发布了一个文件，规定8个经济技术开发区也可以享受税收自己留用的待遇。但把萧山经济技术开发区又除之门外，因为我们是县级市。这个文件发布后，当时市委杨书记和开发区党工委书记得到了这个消息，他们非常重视，立马要管委会班子商量怎么去争取这个待遇。争取的事情肯定要萧山财政局一起出面，好在我们的领导都是市里的领导兼任的，很快就向省财政厅打了报告，报告送达后，我们认为光有财政支持还不够，还要有行政主管部门即国务院特区办支持。后来萧山市政府打报告到省里，由省政府出文件报国务院特区办，再由特区办函至财政部。所以说争取到这个优惠政策是不容易的，需要敏捷的脑子高速地运转。

这个文件一定要常务副省长签发，当时他去余杭调研了，要晚上才回来。那我们就来不及了，因为我们已经与特区办领导秘书联系好了，只有在第二天下午3点这个时间段领导可以听取我们的汇报，之后是全国人大会议，领导没有时间接见我们。那么我们今天一定要把这个文件搞定，赶上明天早晨8点半的飞机赴京。省政府办公厅同志把我们的情况向省长进行了汇报，省长非常重视，因为，前期我们去北京汇报的事情省长有所了解。后来，他让刘锡荣副省长签发，刘副省长是分管农业的，他当时就问："唉，萧山，萧山的事情为什么不经过杭州来办理啊？"领导这样说是对的，我们马上就向他讲述了事情的原因和经过，得到刘省长认可签发文件。签了之后马上文印，弄好后已接近6点，赶在了下班前。本来是有几道程序要走得慢一点的，但是，我们比较特殊，特事特办就比较快，我悬着的心终于放下了，明天可以按计划上北京了。

第二天一大早由市长带队，管委会副主任，财政局副局长和我一同去机场，非常不巧，飞机晚点了，我的心又一次悬起来，北京那边联系的是下午3点领导听汇报的呀。最后，我们终于提前10分钟到达京西宾馆，按时向领导做了汇报，领导听取汇报后认为可以由特区办出个文函给财政部，但办事比较规范，需要点时间。市长一行第二天返回萧山，领导叫我留在北京，把这件事情办好后回萧山，我义不容辞地担起这个任务，立马联络特区办相关的处长、司长。从起草文稿到签发必须经处长、司长和四位部长签字，尤其是四位部长有参加全国"两会"的，有外出开会的，很难凑齐。在这之前萧山市委书记也给我打来电话说："不把这个事情办好不能回萧山。"幸好我与特区办相关处室领导比较熟，得到了处长、司长们的支持，所以，一个礼拜就把文件办好了，由特区办函至财政部。然后，萧山财政局和省财政厅大力支持，派出人员共同努力，与财政部对接联络，事情终于办好了。这对萧山来说也是一件大好事。我们萧山就是这样，杭州有的，萧山也要有；杭州没有的，萧山也要去争取。因为，杭州和我们隔江相望，我们都是国家级开发区。最终，萧山经济技术开发区和其他开发区一样能享受到这个优惠。尽管我们留存可用数额不大，因为我们体量比较小，但是至少是同一级别平起平坐。只要我们努力，事情还是办得好的，这样，对萧山经济技术开发区的资金周转也有很大的帮助。

采访者：1994 年 9 月萧山经济技术开发区管委会从原来很简陋的地方搬到新大楼，请问当时您有怎样的感受？

陈苏凤：这也是开发区发展上的一件大事，是建在城河街 88 号开发区第一座新办公楼，也是萧山最好的一座办公大楼。当时我们办公室有七八个科，十几个人都挤在一个办公室里，建好了以后我们心里都很高兴。开发区是一个对外开放的窗口单位，没有像样的大楼也是不好看的，接待外商外宾的时候，不仅要有礼节礼仪，也要有良好的环境。为更好地满足新办公大楼配套服务需要，我们成立了大楼服务中心①，我们向市里报批机构和编制，

---

① 自 1995 年始，管委会对大楼服务中心管理做出相应规定。1997 年 8 月 7 日，管委会经修订后再次印发了《关于加强服务中心管理的若干规定》（萧开发管办〔1997〕14 号），确定服务中心隶属管委会办公室，属事业单位性质，实行"独立核算，自收自支，企业化管理"；服务中心实行主任负责制，主任由办公室提名，报管委会任命；大楼服务中心管理及服务范围为大楼基础设施及水电管理维修，安全、消防管理，餐饮、卫生、绿化管理，会议室、接待室、多功能厅设施管理，低值易耗品添置、管理及其他需要管理服务的事项；大楼服务中心根据岗位工作需要，由服务中心提出用工方案，报办公室同意后实施，招用临时工，由服务中心提出，办公室批准；招用正式工，由服务中心提出建议方案，经办公室会同劳动人事办公室批准；实行全员劳动合同制，保险福利按现行政策办理；经费来源为收取有关管理费用，外单位租用房屋租金和场租费，用膳搭伙费和餐饮盈利收入等；大楼服务中心单独建账，业务上接受管委会财务部门指导。2002 年服务中心组建商务中心，商务中心工作范围为打字、复印、传真及国际长途电话，实行有偿服务。见萧山经济技术开发区编志工作领导小组办公室编《萧山经济技术开发区志》，方志出版社，2008，第 388 页。

独立核算 20 个事业编制。批来以后就解决了很多问题，其人员可以通用，不是行政的就可以放到事业编制里去，在服务中心工作的人不一定要正式编制。新大楼办公配套服务的门卫、保安、值班人员得配齐，原来我们是不需要的；之前没有像样的食堂，就是两个阿姨烧烧饭，一大桌饭大家一起吃。到新大楼后专门建立了员工食堂，后勤保障都得跟上。食堂不仅是为了解决干部职工的就餐问题，而且外来宾客，各级有关部门来人都在员工食堂就餐，这样既方便领导接待，也节省了接待费用，非常符合三公经费节约开支的原则。当初我们食堂办得比较好，有好几个部门来向我们学习，我们采用分餐食制，干净又方便。这件事情也做得很好，员工、领导都很满意，而且从接待角度来看，也省了很多事。

进新大楼办公必须有系列制度，我们就着手建立起来，像财务制度①、车辆管理制度②、接待制度等，这些都是非常必要的。除了土地、工程、规划、招商引资外，其他所有事情都在办公室，都要做要管。由于开发区工作的特殊性，我们还专门请了礼仪老师上礼仪课，关于坐姿、站姿、言表、迎宾等进行培训。为接待外宾，我们组织大家学习外语，像日语、英语等，定期上课，争取掌握一些日常用语。所以到了开发区确实是完全不一样的工作，有许多事情都不是凭经验做的，而是要动脑子慢慢适应这个环境和这个岗位。我们根本没有双休日，也没有休假，有客人来一定要接待好，汇报工作也要去听、去了解，以配合开展工作。

三　萧山经济技术开发区的机构运行

采访者：1998 年管委会在金马饭店举行"纪念国务院批准设立萧山经济技术开发区五周年恳谈会"，全国人大常委会委员、财经委员会副主任葛洪升，全国政协常委、省对外友协会长沈祖伦，省人大常委会原副主任杨彬及

---

① 1993 年 8 月 1 日，管委会印发《管委会若干工作制度（试行）》（萧开发管字〔1993〕1号）、（江南管字〔1993〕78 号），对开发经费、固定资产添置及办公经费、差旅费等方面做了规定。1996 年 11 月 15 日，管委会印发修订后的《财务管理制度》（萧开发管字〔1996〕91 号）（江南管字〔1997〕41 号），对费用收缴、费用审批及加强计划和预算等方面作了规定。2002 年 6 月 10 日，管委会印发《关于公布萧山经济技术开发区管委会财务管理制度的通知》，对各类收入、各类费用支出及管理做了明确规定。

② 1993 年 8 月，管委会制定《车辆使用管理制度》，后分别于 1995 年 2 月、1998 年 12 月、2002 年 5 月经过三次修改完善。

国务院、省、杭州市有关部门的领导 200 多人参加，规模很大。这件事您是否有印象，当时是怎样的情况？

陈苏凤：这个不是规模大，主要是层次比较高。这五年对开发区来说很不容易，是非常艰辛的五年，但是，我们开发区的同志们工作热情非常高，也有胆识，有激情，上级领导对我们开发区非常支持①。看到有一定成效，要向上级争取更多的支持，扩大开发区对外的影响力和美誉度。办好会务是我们办公室的责任，办开发区五周年恳谈会的第一步就是邀请，邀请是非常重要的，我们是分工邀请的。这次会议办得非常成功，从邀请人员确定、材料准备、场地安排、车辆调配等前期准备和后期离开的保障工作，都要进行周密思考，精心组织，统筹安排好。通过这一次恳谈会后，我们工作要更上一层楼。当然，这五年来，我们也遇到过一些挫折，领导的变迁也给我们工作带来很多困难。

采访者：随着萧山区的发展，也出现了很多外来人口，包括劳动用工。其实人口和治安管理对开发区来说也是个挑战，当时是如何制定外来人口管理政策的？人口管理市场化运作是如何进行的？

陈苏凤：这块工作原先都由办公室统一管理，由一位副主任分管。随着开发区的发展，进区企业不断增多，招工用工、劳动纠纷等问题慢慢凸显，我们先专门设立了人事劳动办，从办公室 8 个科室中分出去，依据《条例》管理。1998 年开发区设立开发区人事劳动局②，明确其管理职责和管理权限，依据开发区《条例》和国家法律法规开展工作，使开发区人事劳动管理工作

---

① 萧山经济技术开发区设立五周年来，按照"人民给我一方土，我还人民一座城"的要求，团结一致，奋力拼搏，使开发区各项工作取得了重大进展。开发区坚持"以工业项目为主，以引进外资为主，以出口创汇为主"，使工业项目比例，外商投资额比例分别达到95% 和93%，在全国各开发区中名列前茅；区内企业出口创汇，在杭州市 4 个国家级开发区中名列第一，列全省各类开发区第二位，开发区已形成了以机械、建材、化工、织造为主的行业结构，产生了 NCI 反光膜高科技项目和雅马哈钢琴、伊都锦时装、冠军瓷片等一批上档次、上规模的国际名牌产品。在批准进区的 123 家外商投资企业中，独资企业有 51 家，占41%，外资到位率75% 以上，高于全国平均水平。建区五年来，区内外资企业出口创汇累计达 3.26 亿美元，到今年第一季度，外资企业出口总额占全市"三资"企业总额的82%。见萧山经济技术开发区管委会编《江南热土——萧山经济技术开发区建区五周年回眸》，1998，第 34 页。

② 1998 年，萧山市委、市政府批准的职能配置方案规定，人事劳动局负责管委会机关和事业单位的机构编制管理，公务员考核、晋升、工资计划、工资基金的审批、管理和监督工作；负责区内企事业单位的人才引进、人才培训、人事调配、专业技术职务资格评聘、劳动力管理、劳动合同鉴证、劳动争议的调解仲裁、劳动监察、征地劳力安置等工作；指导、协调、督促区内企事业单位的劳动安全保护、社会保险和离退休人员的管理服务工作，内设人事科、劳力管理科。

渐渐规范。

采访者： 随着开发区发展，除了人口问题外，还面临着交通、医疗和治安问题。您是否能回忆一些印象比较深的事例？

陈苏凤： 开发区交通、医疗和治安是十分重要的，必须解决好①，当时开发区在萧山的地位慢慢提高，开发区有这么多员工，也有很多人想到开发区工作，他们要进城不方便，我就与公交公司联系开辟了公交线路②。医疗方面，是专门设有医疗室的，当时开发区里没有医院，员工去医院看病也很不方便，当时想小痛小病能在开发区解决，所以我就和萧山人民医院联系，设立一个医疗室，这是医院对开发区的大力支持③。1994年9月18日，新办公大楼搬迁时同时开通了由城厢镇的东门菜场，至市北区建设银行办事处的3路公交车；人民医院医疗室设在开发区市北总公司现场指挥部，这两件事的办成，解决了开发区职工的实际问题，改善了开发区的投资环境。我们新大楼搬迁比较低调，不搞仪式，把这个钱节约下来用在开发建设上。

关于区内社会治安问题，随着区内开工建设企业增加，员工队伍陆续扩大，员工从几千人迅速增加到几万人，大部分是外来务工人员，开发区一下子像个小社会了，社会治安矛盾不断凸显，所以，我们马上向上级报告要求建立开发区公安分局或派出所，争取各方努力，获省公安厅批准建立开发区派出所，受萧山公安局和开发区管委会双重领导，全面负责开发区的社会治安工作，保障开发建设工作安全有序地进行。

---

① 随着开发区范围的扩大，为了加强社会秩序的管理，我们在开发区设立公安分局。解决进区企业和职工的通信问题，与萧山电信和邮政部门联络，萧山电信部门将4 000个程控电话模块安装在开发区内；萧山邮政局在开发区设立支局。为解决交通和医疗问题，与萧山交通部门、卫生部门多次联络协商，1994年9月18日，南起城厢镇人民大道东端的东门菜场，北至开发区建设一路的3路公交车开通，全长8.6千米，是城区开往开发区的首条公交线路，解决了区内职工到城区的交通困难；同日，萧山市第一人民医院设在市北开发总公司现场指挥部内的开发区门诊部开诊营业，医生和医疗设备均由市第一人民医院选调、提供，方便了进区企业职工和附近村民的求医。

② 1994年9月18日，为解决开发区与老城区之间的交通问题，南起城厢镇东门菜场，北至市北区建设银行办事处的3路公交车开通，全长8.6千米，是区内首条公交线路。1995年9月，3路公交车在市区延长线路并增设了停靠站。1997年，3路公交车城区发车改在高桥西站（南市花园北门），1998年延伸至力武机电、万向园区。见萧山经济技术开发区编志工作领导小组办公室编《萧山经济技术开发区志》，方志出版社，2008，第100页。

③ 1995年10月位于开发区的中国人民解放军117医院萧山分院成立。1998年1月22日，更名为萧山经济技术开发区医院。

采访者：1999 年 12 月 8 日，萧山市科学技术协会批复同意成立开发区科学技术协会①。您是第一届会长。请问当时开发区为何要设立科学技术协会，当时您主要负责哪些工作？

陈苏凤：开发区的企业大部分是科技含量比较高的。萧山的传统企业较多，机械行业企业较少，像日资企业；如太阳机械等填补了萧山在这些领域的空白。当时，萧山大部分是传统乡镇企业，科技含量相对较低，针对这个情况我们成立了科学技术协会，目的是推动开发区企业向高科技方向发展。我这个会长也是兼任的，我还兼任了第一届工会主席。

采访者：您作为开发区党建工作的主要负责人之一，请问当时是如何在三资企业中开展党群建设工作的，有怎样的心得和体会？

陈苏凤：1993 年 9 月全国开发区党建工作会议召开，我和陆主任一起去参加，回来后我就向领导汇报开发区党建工作的重要性，共产党一定要有组织，我建议开发区成立党委，配备专职党务工作干部，经常性开展工作。后来机构改革后，又把党务工作都交到我们党政办这里，我们由组织科和一位副主任分管②。

---

① 1999 年 12 月 8 日，萧山市科学技术协会批复同意成立开发区科学技术协会。第一届协会委员会由陈苏凤、俞文法、陆伟、沈淑华、汤为民、王妙龙、童柏忠 7 人组成。主席为陈苏凤，副主席为俞文法、陆伟；秘书长由俞文法兼任。会员 65 人。2002 年 1 月 18 日，因成员的变动和工作需要，萧山市科学技术协会下发了《关于调整萧山经济技术开发区科学技术协会成员的通知》，调整后的科学技术协会委员会由周茂昌、汪仁涵、卢方利、李幼祥、韩秀芬、王妙龙、童柏忠 7 人组成。周茂昌任主席，汪仁涵、卢方利任副主席。

② 开发区党工委认真抓好"三资"企业党建工作，以点带面，先易后难，积极稳妥，逐步推进，不断扩大党建工作覆盖面。1994 年 8 月 25 日，开发区第一家外资企业党支部杭州广明亚服装有限公司党支部成立。随后，杭州大地网架制造有限公司、杭州汇丽绣花制衣有限公司、杭州汇泰印花有限公司等外资企业相继建立了党组织。1999 年 9 月 10 日，市委印发《关于学习贯彻胡锦涛、张德江同志有关在私营企业建立党组织批示的通知》。16 日，开发区党工委根据市委通知要求，建立开发区企业党建工作领导小组。领导小组根据胡锦涛、张德江的批示精神，针对所属企业党组织建设滞后、"隐性党员"问题突出和外资企业对组建党支部顾虑重重等实际问题，于 24 日召开"三资"企业党建工作会议，部署"三资"企业党建试点工作。通过试点，当年新建 15 个"三资"企业党支部。党支部组建后，重抓党内各项制度建设。10 月 25 日，党工委发布《萧山经济技术开发区中外合资、合作经营和外商独资企业党的建设工作条例（试行）》。该条例共设总则、主要任务、组织设置、干部任用、基本条件、活动方式、发展工作、党员管理、党费收缴、附则等 10 章 30 条内容。同时，建立健全与招商引资、区域发展相适应、相协调的工作制度。2000 年 5 月 11 日，江泽民总书记考察杭州大地网架制造有限公司党建工作。2005 年底，全区基层党组织建设网络基本完善，有 3 名以上党员的企业单独建立支部，不足 3 名的参加联合支部。见萧山经济技术开发区编志工作领导小组办公室编《萧山经济技术开发区志》，方志出版社，2008，第 376～377 页。

　　为什么"三资"企业要成立工会和党组织？因为工会是同国际接轨的，但是工会组织的建立过程也非常难。"三资"企业说到底都是一些台商、港商和外商，他们到这里来是为获取更大的利益。工会建立后肯定要站在工人的立场上，工人的利益要最大化，他们怕工人起来闹事造反，所以抵触很大，我们去做这个工作真的比较困难。我们有一位工会副主席，他工作非常热情，认真负责，只有在碰到有问题或非常困难的时候，才会让我出面。每到这个时候，我就会去找企业负责人沟通谈话，告诉他们成立工会也是为了保障企业的利益，也是有法可依的，最终得到企业的理解与支持，顺利推进工会组织的建立，这个工作我们做得非常好。

　　接下来就是党建，我是这样考虑的，只要有党员的地方一定要建立党组织。我们办公室有组织科，党组织规定了六个月不交党费就视为自动退党。这个工作我们首先是在港资企业中开展的，因为港资企业员工基本上是以中国人为主，他们建立后可以为其他的企业树立榜样，然后慢慢推广，逐渐都建立起来。而且企业建立党组织是没有活动经费的，我们都是自筹的，涉及用车等问题，都是我们来解决的。

　　采访者：这个工会和党建与一般完全中资企业有没有什么区别呢？

　　陈苏凤：有区别的，相对来说工会好一点，依据《中华人民共和国工会法》（与国际接轨的比较规范），可以开展一些有益于企业和员工的活动。党支部就不一样，起先在"三资"企业建立党支部好像是地下工作一样，因为，党员活动不占用上班时间，也没有活动经费。后来，我们提倡党支部活动与工会活动有分有合，资源共享。通过党、工、团活动激发员工的工作热情，促进企业积极健康有序地发展，得到企业领导的理解与支持。

　　采访者：1995年12月，萧山市委、市政府为进一步扩大萧山对外的影响，提高萧山知名度，准备在北京召开新闻发布会，市委领导点名要您一起去搞筹备工作。请问当时为何点名要您去？当时筹备工作是如何展开的？

　　陈苏凤：因为我是开发区办公室主任，开发区工作对外联络责无旁贷。因为工作需要我也多次跑北京，各方面认识的人有几位，邀请客人也有优势。此次活动市委高度重视，抽调人员，分工负责，我只是一个方面，那次活动我非常努力，而且对会议也起到了一定的保障作用。但是我也很荣幸能够发挥我的一点优势，为我们萧山做一点事情，我完全依靠各领导对我的支持，如曾经在萧山政府挂职市长助理的中央党校的王老师，她非常热心，我通过她联络了一些部门，在邀请有关领导时她发挥了很好的优势。她与我还去了国务院办公室和时任全国人大常务委员会副委员长兼全国妇联主席陈慕华亲切交谈了半小时，我也做过妇联工作，交谈后我们还合影留念了。

我们通过一些领导联系再邀请了各方面领导参加会议，邀请到司局级以上领导大概六七十人，其他各方的领导共有近三百个人。等领导到了以后，所有准备工作就绪，这是我们会议筹备团队共同努力，发挥集体智慧和力量的结果。新闻发布会前一天，我们市委书记、市长、人大常委会主任都到了，我已经直接通过人大的一位司长联系到王光英①副委员长。王光英副委员长在他的办公室里接见了我们领导，并一起合影，在合影过程中我站在一旁，王光英非常客气，坚持叫我站在一起拍照，这样我也与领导一起拍了一张照片。

去北京次数多了，相关的关系也好疏通了。在这个过程中，我感受到与领导联系也要讲究一定的技巧，注重自身的言行举止、语言表达，做到诚实可信、大方得体、不落俗套、严守约定时间。我觉得能够利用一些关系，通过自己的努力做好这件事情，是很开心的。因为，那个时候萧山的处境艰难，开发区发展非常困难，萧山很有必要加大对外宣传，扩大对外的影响，树立萧山新形象。

采访者： 2000 年 3 月 22 日，萧山市委副书记、市委驻开发区进行"三讲"教育②，您也出席了会议。请问当时"三讲"教育的具体内容是什么？开发区是如何贯彻的？

陈苏凤： "三讲"，即讲学习、讲政治、讲正气，此次教育主要是针对局级以上干部，集中一段时间学习、讨论，每个局级以上干部都自我剖析，形成书面材料，是非常认真的一次教育活动。我们不仅自己要讲，还要公开测评，相当于自己要严格要求自己，按照工作的要求、按照党的标准严格要求自己。这个教育活动是市委分管党群的王书记担任组长，市里组织人员来督查。

采访者： 为迎接 1999 年中国国际（萧山）钱江观潮节暨萧山经贸博览会的开幕，做好与开发区有关的各项工作，进一步促进招商引资，经管委会

---

① 王光英，1919 年 8 月生，北京市人，民建成员，中国人民政治协商会议第六、第七届全国委员会副主席，第九届全国人大常委会副委员长。

② 1995 年 11 月 8 日，江泽民在北京视察工作时指出："根据当前干部队伍的状况和存在的问题，在对干部进行教育当中，要强调讲学习，讲政治，讲正气。全国都要这样做，北京市更要起带头作用。"这就是"三讲"教育。

经研究决定展开 1999 年中国国际（萧山）钱江观潮节暨萧山经贸博览会开发区筹备工作①，并组建领导小组。请问当时的筹备工作是如何展开的？因为这是个国际会议。

陈苏凤：这个不是管委会搞的活动，是萧山市委、市政府搞的一个大型活动。但是，我们开发区也是一个重要方面，如邀请外商、台商、港商和其他方面的领导和宾客。大会期间要举行签约仪式，我们开发区要组织一些已经洽谈好的项目放在大会上签约。会议期间，我们要做好以开发区为主邀请的所有宾客的联络接待等工作。所以说，每年这样的活动我们开发区要做好整个大会的配合工作，我们内部也有分工、也有合作，办公室是统筹。办公室有阶段性的重要工作要做，必须精心筹划，通力协作，一丝不苟，如招商部邀请哪些客人来参加，还有哪些项目在会上签约等。

采访者：2000 年 11 月 30 日，正值我国入世之年，杭州市市长仇保兴到开发区视察，他在考察过程中还发表了重要的讲话②。请问为响应国家入世的号召，萧山开发区作为中国开发区的典范当时面临怎样的机遇与挑战？又

---

① 1999 年 9 月 26 日到 28 日开发区邀请 200 余位客人参加在萧山举办的 1999 年中国国际（萧山）钱江观潮节暨经贸博览会，参加人数是历年商事活动最多的，邀请的客人来自日本、美国、韩国、德国、意大利、瑞士、荷兰等国家和中国香港、台湾地区，其范围为历年商事活动最广；邀请的客人，有跨国公司代表、外国政府驻华外交官员、外国公司驻沪商务代表处的经贸官员，也有外国公司在华投资设立的大型企业的老总。在签约仪式上，管委会副主任沈国灿、周茂昌分别与维京群岛（英属）华欣工业股份有限公司董事长李绍明、台湾乐荣工业股份有限公司董事长袁永栋、日本大洋化学株式会社董事金铭钧、杭州星翔特种织物有限公司董事长朱志良、韩国私人投资者李钟华、意大利意华国际咨询（杭州）有限公司总经理李乐、莱茵达（香港）国际有限公司董事长邵林平在合同文本上签字。签约项目有：浙江汉欣家具工业有限公司投资 1 200 万美元，新建室内外钢塑家具生产项目；杭州乐荣电线电器有限公司增资 990 万美元项目；浙江松冈电器有限公司投资 700 万美元，新建全自动棋牌桌生产项目；杭州星翔特种织物有限公司投资 1 000 万美元，新建羽绒制品织物面料生产项目；杭州诚真包装材料有限公司投资 100 万美元，新建高新技术包装材料生产项目；意华丝绸绣花时装（杭州）有限公司投资 200 万美元，新建世界名牌服装生产项目；莱茵达（香港）国际有限公司投资 750 万美元，新建宾馆及服务设施配套项目等 7 个，总投资 4 940 万美元。见萧山经济技术开发区编志工作领导小组办公室编《萧山经济技术开发区志》，方志出版社，2008，第 121 页。

② 仇保兴市长在考察中强调，要进一步发挥萧山经济技术开发区这一国家级开发区的功能和优势，大力开展招商引资，再创对外开放新局面。他指出，随着我国加入世界贸易组织的脚步越来越近，我们必须把引进外资的重点放在提高、利用外资的质量上，努力探索引资的新方式，鼓励投资高新技术产业。要大胆吸收和借鉴一切符合社会化生产要求的经营方式和管理办法，吸引世界 500 强等企业到萧山来投资，进一步拓展利用外资的渠道。他说，与此同时还必须抓紧人力资源的开发和引进，尽快培养和引进一批熟悉世贸组织规则、懂法律、会外语、精通业务的一流专业人才，做好迎接激烈的国际竞争的准备。

是如何准备的？

  陈苏凤：仇保兴市长对我们这里的情况是比较了解的，因为开发区成立以后，招进的项目，门槛设得不高，产业档次较低，对环境污染把关不严，开发区初创阶段有点饥不择食。仇市长提出来的意见和建议也比较有远见，我们开发区建设过程中对于进来的企业要进行筛选，要看哪些是适应开发区发展的。要按照开发区的要求、区域的优势、经营发展方向来定一些项目。开发区发展到一定程度也受到空间的制约，那时我是政协委员，在政协会议上提出的议案"关于拓展开发区的空间"，得到了广泛的认可，有发展空间了，项目就可以筛选了。离城市近的地方，可以放一些优秀的、综合素质高的项目；其他的项目可以放到离城市远一点的地方去发展。这个议案当时被政协作为重点优秀议案，然后政协把开发区向郊区的农场拓展了好几十平方千米。

四 对外交流

  采访者：1994 年 5 月 30 日至 6 月 10 日，萧山市政府和开发区管委会在日本东京、静冈和大阪举办萧山首次境外投资说明活动。请问这次恳谈活动的经过是怎样的，取得了怎样的成效？

  陈苏凤：这次境外投资说明会是萧山的一位副市长带队的，那边接待得非常隆重，我们通过来开发区考察多次也有合作意向的日资企业的帮助，分别在日本东京、静冈和大阪举行投资说明会。这次境外投资说明会主要是进一步推进有关日资企业来我们开发区投资，如索尼电子、日商岩井、雅马哈、川崎精工等。我们通过这些企业邀请日资企业参加境外投资说明会，介绍杭州的地理优势及萧山开发区投资环境，扩大杭州萧山对外的影响力和知名度，吸引他们到开发区投资。我们还登门拜访了一些日资企业，进一步联络沟通，介绍开发区的投资环境，表明欢迎他们来开发区投资的诚意，如川崎精工、雅马哈、恩希爱等公司就是通过这次说明会确定到我们开发区投资的。

  采访者：萧山国家级经济技开发区设立后，对外交流日益密切。1999 年 8 月 17～27 日，为了宣传萧山的投资环境，您曾随中国机械工业考察团参观台湾企业，拜访了台湾机器工业同业公会及台湾科技公会；2000 年 8 月 9～22 日，您曾与市委书记史久武、副市长谭勤奋等一行人赴美国芝加哥等地考察招商，请问这两次外出考察具体过程如何？有怎样的收获？中国台湾地区与美国之行给您带来怎样的印象？

陈苏凤：考察台湾是国家机械部组织的，因为，我们开发区内台湾企业比较多，台湾机器工业同业公会已有企业在开发区投资。这次去台湾，萧山有两个人，即时任财政局局长和我。我们是随团去的，我准备了很多资料，每到一个地方考察参观我都要把开发区的资料发放出去，而且要把开发区介绍给他们。台湾著名的化纤龙头企业我也去参观推介，主要是为了联络感情，因为当时已经有很多台资企业入驻萧山了。一方面，我们是靠台湾机器工业同业公会帮助我们，到一个地方由他们组织一批人来听我们介绍，从而扩大影响；另一方面，由这些台资企业来现身说法，我们还拜访了好多家台资企业，联络感情，宣传开发，进一步扩大开发区的影响，提升他们投资的积极性。

考察美国是市政府组织的，由时任市委书记带队，副市长、局长和企业家等8人组成考察团，我带上了许多开发区宣传资料，每到一个地方都发放宣传资料。这次活动，我们在芝加哥与美中商会联合举行了投资说明会，美中商会陈会长、史书记致辞，万向美国总裁倪平主持，当地著名企业家及中国驻美有关人士参加；在达拉斯邀请达拉斯工商界朋友在玫琳凯公司举行投资说明会，会上发放萧山经济技术开发区的宣传资料，与会著名企业家和工商界朋友们热情洋溢，相互交流，增进友谊，扩大杭州萧山对外的知名度。其间我们还拜访了得克萨斯州州政府，一位女副州长接待了我们；我们还参观了美国硅谷高科技城、UT斯达康美国总部、摩托罗拉美国总部、玫琳凯美国总部、拉斯维加斯国际会展中心国际机械五金工具展等。通过考察参观我们感觉到美国科技的发达、产品的领先、企业的规模、管理的先进，这些都值得我们学习。

采访者：我们了解到，除了出国考察外，您也负责接待了很多的外宾。2000年11月10日，您负责接待日本联合国协会专务理事黑田瑞夫为团长的日本联合协会代表团4人，考察开发区并参观雅马哈公司和太阳机械公司；2000年11月7日，以旭化成工业株式会社参事御木隆先生为团长的日本化学纤维协会考察团一行16人，对开发区进行了考察，并参观了"华信合纤"等企业①。这个接待工作是怎么进行的？请问当时中日双方是如何交流的？有怎样的收获？

---

① 现为杭州华信染织有限公司，由原杭州华信合纤织造有限公司和杭州华信化纤织造有限公司合并而成。

陈苏凤：接待外商、外宾对开发区来说已经是非常平常的工作。首先，接待外宾要非常有礼貌，按照礼节和礼仪，把我们开发区情况如实地向他们说明；其次，就是听取他们对已经在我们开发区里的企业有哪些意见、建议和要求。每次接待都是这样的，包括国内的一些宾客，我们开发区每批次的接待都很认真、很严谨，诚恳有礼，认真对待来宾，给他们留下深刻而美好的印象。因为我是办公室主任，所有工作要参与，所有宴会也都参加。我参加宴会不是去享受的，而是去提供服务的，安排要周到，席位不能错，每个细节都要时刻关注着。我们还接待过赤道几内亚共和国总统奥比昂及其夫人，我还专门陪同总统夫人去开发区企业购物。

五 对萧山经济开发区发展的感悟与思考

采访者：请问在开发区创立和发展过程中，您印象中遇到的最大的困难是什么，是如何克服的？

陈苏凤：开发区是中国改革开放中的新生事物，在初创阶段会碰到方方面面的困难和问题，这是必然的，因为对于新的东西人们会有一个认识的过程。好在我们领导很重视很支持。领导说，"有作为才会有地位"，我们开发区要有作为，人家才会对我们刮目相看，所以，开发区从自身做起，有困难尽量自己解决。引进项目方面①，一开始的时候才2亿元，现在有60多亿元，这样实力就强了。当初存在开发建设资金紧张的问题，为引进项目，当初土地出让地价不高，基础设施投入量大，真是入不敷出，需要借资开发，财务科是在办公室的，融资和银行借贷工作压力也很大，我们要协助管委会领导分担这一重任，因为资金紧张，所以在接待方面也很节俭。现在好一点，区内开工生产企业量大，财政税收增加，留存可用资金增加；还有土地可以抵押贷款，以缓解资金压力。

采访者：请问在您的回忆中，您觉得在任期当中处理得比较成功的事有哪些？

---

① 工业是开发区的主导产业，管委会引进项目以工业项目为主，工业项目以外资项目为主，外资项目以劳动密集型转向技术密集型为主。1992年以来，开发区工业销售收入、利润、税金逐年增加。2000年，在全国32个国家级经济技术开发区工业总产值排位中萧山经济技术开发区名列20位。2005年，开发区工业总产值、产品销售收入、工业利润、税金分别占开发区的12.16%、12.30%、14.77%、11.91%。

陈苏凤：首先开发区《条例》的颁布我是一直参与的，它能够成为萧山第一部地方性法规，我确实感到挺欣慰的；其次我直接参与争取开发区财政政策，通过各方努力，各级支持，我们开发区终于也与其他国家级开发区一样享受到国家财政返回政策，缓解开发建设资金压力，这件事情也办得很好，我感到高兴；最后我在开发区工作这么多年，我觉得开发区的同志们都非常好，大家相处很融洽。开发区的同志们团结拼搏、奋发努力、敢为人先的精神非常好。我也很自豪，因为我的团队对我很信任，很理解，很支持，我在任时工作开展也较顺利。总之，事情要靠大家去做，智慧要靠大家发挥，任务是靠大家共同完成。开发区人确实充分体现了百折不挠、勇立潮头、敢为人先的萧山精神。

采访者：那您觉得萧山精神的内涵是什么？

陈苏凤：就是刚才我讲的，只要有利于开发建设的，有利于萧山社会事业的，领导说的事情一定要办好，不管你踏遍千山万水，经历千辛万苦，说过千言万语，想尽千方百计，都要把事情做好。

改革春风，岁稔年丰：改革开放中的萧山农业

——王仁庆口述 *

采访者：陈鸿超　　　　　　　　　整理者：陈鸿超、邓文丽
采访时间：2018 年 7 月 27 日　　　采访地点：萧山商会大厦

口述者

王仁庆，1948 年 7 月出生，浙江萧山人，大专学历，1978 年 10 月参加工作，1976 年 11 月加入中国共产党。他历任萧山县河庄公社党委委员，新湾公社党委副书记、管委会主任，义蓬区委委员、副区长，义蓬区委副书记、区长，城厢镇党委副书记、镇长，萧山市副市长、党组成员；2001 年 3 月起任萧山区人大常委会副主任、党组成员。

一　个人履历

采访者：请您先简单地介绍一下自己，包括出生年月、籍贯、学习经历，以及工作经历、社会履历等。

王仁庆：我于 1948 年 6 月出生，是浙江萧山人，初中毕业后就参加劳动工作，后来从在职省委党校大专毕业。1978 年参加工作，当时我是河庄公社党委委员，分管农业；1981 年 1 月调到新湾公社，任新湾公社党委副书记、公社管委会主任；1982 年 9 月，调到义蓬区委任副区长；1989 年 8 月，任义

---

* 王仁庆市长口述的很多地名是站在当时的情况下讲述的,文中一些地名现已发生变化,如原萧山市——现萧山区;原义蓬区——现义蓬街道;原城厢镇——现城厢街道。

蓬区区长；1992 年 5 月任萧山市城厢镇党委副书记、镇长；1992 年撤扩并，我任城厢街道党委副书记、镇长；1994 年 9 月任萧山市副市长，分管三农工作，三农包括农业、农村、农民；2001 年 9 月任萧山区人大常委会副主任，分管财政工作；2008 年 12 月退休。

采访者： 哪个职位是您印象最深刻的？

王仁庆： 担任义蓬区副区长、区长的时间最长，大概有 11 年，那时候因为是第一轮联产承包责任制①，那段时间是一个分界线，20 世纪 80 年代初以前是计划经济，义蓬区一直到 1983 年才开始全面推进联产承包责任制，我当时的主要工作就是抓好家庭联产承包责任制的落实。

采访者： 当时在义蓬区推广家庭联产承包责任制的工作经历对您之后担任副市长负责土地经营机制改革有什么借鉴和启示？

王仁庆： 家庭联产承包责任制在当时起到很大的作用，因为在家庭联产承包责任制之前是计划经济，在计划经济的时候要完成两个任务，既要完成总的任务，又要促进农业生产的发展，还要保证"大、公、平、统"，"大"是指规模要"大"，"平"是指平均主义，"统"是指统一领导，"公"是指公有体制，这使得老百姓的积极性受工分影响，出勤不出力，而且当时粮食短缺，所以农村生产发展一直滞后，经济效益也很差。第一轮家庭联产承包责任制之后，按户按人按劳分配土地，实施以后，取得了很好的效果：第一，大大提高了农民的劳动积极性；第二，解决了农民的种粮任务；第三，促进了农业生产的发展②。

---

① 萧山农村实施以家庭联产承包责任制为核心内容的农村经济体制改革，始于 1980 年 9 月。革除农村集体经济的"大锅饭"弊端，调动农民生产积极性，促进农村生产力发展。实行联产承包责任制初，萧山农村重在搞好分户承包经营，对集体统一经营有所忽视。1985 年后，县委适时引导完善"统、分"结合的双层经营体制，发展村级集体经济，完善农业社会化服务。见杭州市萧山区人民政府地方志办公室编著《萧山市志》（第一册），浙江人民出版社，2013，第 599 页。

② 在初期，以年平均产量作为各项作物的定产指标，按定产分摊农业税、征购粮、公积金、公益金和其他费用，口粮按人口分，其余按在队劳力分配。1982～1983 年开始实行分户承包，群众称之为"大包干"的生产责任制。生产队全部实行大包干结算，同时调整了自留地，积极鼓励和扶持社员发展家庭副业，使社员增加经济收入，并扩大定包范围，对河边、路边、围垦、鱼塘等实行专业承包。家庭联产责任制是中华人民共和国成立后全国实行的第一轮土地承包，承包制普遍实行后，农民的生产积极性较集体化时期增强，对单位土地的经济投入和劳力投入更多，极大地解放了农村生产力。参见义桥镇志编纂委员会编《义桥镇志》第五章第一节"第一轮土地承包"，方志出版社，2005，第 170 页。

第二轮土地承包责任制改革前萧山农牧渔业发展情况

项　　目	1994 年	1995 年新增量	1995 年
耕地面积/公顷	56 667		56 667
粮食总产量/吨	459 000	6 613	465 613
棉花总产量/吨	6 279	1 166	7 445
油料总产量/吨	5 536.76	7 162.24	12 699
年底大牲畜存栏数/头			
年底生猪存栏数/头	244 300	2 100	246 400
年底羊存栏数/只	12 700	4 000	16 700
年底家禽存量/万只	1 390.2	187.8	1 578
渔业产量/吨	13 450	778	14 228

采访者：1996 年，您是出于什么样的背景和原因担任第二轮土地承包责任制改革和完善工作小组组长？

王仁庆：当时市委想进行第二轮家庭联产承包责任制，我那时担任萧山市副市长，主管农业工作，所以由我具体执行改革完善第二轮联产承包责任制的工作。

二　第二轮土地承包责任制推广前期工作①

采访者：当您接到改革完善第二轮联产承包责任制的工作任务后，您做了哪些准备？

王仁庆：第二轮家庭联产承包责任制是对第一轮家庭联产承包责任制的弊端加以研究、改进和完善。第二轮家庭联产承包责任制是按人分配口粮田，口粮田每人 0.4 亩，这基本能解决每一个人的吃饭问题，其余的土地按能按劳（按能力，按劳动力）来分配。当时由于乡镇企业迅速崛起，劳动力

---

① 1996 年，萧山实施"强化集体土地所有权、稳定土地承包权、搞活土地使用权"的联产承包责任制完善工作，建立土地使用权流转机制，发展农业适度规模经营。1999 年，开展延长土地承包期、落实土地承包权、核发土地承包权证的第二轮土地承包责任制完善工作，稳定家庭联产承包责任制，推进种植、养殖业适度规模经营发展。2000 年，全市耕地适度规模经营面积占全市耕地总面积的 30.78%，生猪养殖适度规模经营占全市生猪饲养总量的 63.95%，水产养殖适度规模经营面积占全市水产养殖面积的 83.49%，并开展土地股份合作制试点。为安定民心，稳定农村社会，稳固农业基础地位，促进农民增收，为占全市 65.96% 的农村劳动力转移到第二、三产业创造条件。

进入乡镇企业，这对第一轮联产承包责任制产生了一些影响。通过第二轮联产承包责任制，按人分配口粮田，按能按劳分配责任田，大大促进了农业发展。第二轮联产承包责任制推行后产生了两个重要影响：第一促进了萧山农业的专业化发展，第二促进了萧山农业的规模化发展。萧山市从1996年后，逐步建立起了六大农业产业，包括粮食、蔬菜、畜牧、水产、花木和茶果。这六大农业产业的建立，既是专业化的又是规模化的，大大提高了土地产出率，增强了农业的竞争力。

采访者：当时在义蓬区推广第一轮联产承包责任制时有哪些成功和不足？在第二轮改革中是如何弥补的？

王仁庆：首先第一轮联产承包责任制的效果十分明显。第一，土地包产到户以后，彻底解放了劳动生产力，农民劳动生产积极性大大提高，劳动效率也大大提高；第二，只有劳动生产效率提高之后，粮食生产的任务才能完成；第三，萧山市人多地少，人均只有八分土地，不需要过多的农业劳动力。随着改革开放，乡镇企业逐步发展起来，过多的劳动力进入乡镇企业做职工。如此一来，大大提高了农民的收入，农民既有土地收入，又有企业职工工资收入，这就为第二轮家庭联产承包责任制打下了良好的基础。从弊端来说，随着改革开放的深入，乡镇企业不断发展，越来越多的劳动力进入乡镇企业。而且，后来市场经济不断发展，越来越多的人进入市场，下海做生意。这样一来，农村土地的劳动力减少，土地分配不一，产生了土地荒芜现象。最大的弊端就是出现了劳动力短缺。可以说，第一轮家庭联产承包责任制出现的弊端，也使第二轮的工作做出了充分的准备。

采访者：1996年，萧山市委、市政府成立造地改田领导小组，主要负责人为您、金志桥、楼才定。请问主要负责人是如何具体分工的？

王仁庆：当时金志桥任土管局局长，楼才定任水利局局长，翟炳方任农办主任。分工和具体协调主要由农办牵头，由土管局成立造地改田领导小组，制订造地改田的计划，再经市政府同意后发文。计划和落实政策都由农办牵头，市政府同意，然后下发文件，下达造田改地计划任务，落实政策措施。具体的做法是需要土管局来制定实施标准和推进措施，经过实际验收和上级验收，上级也有具体的指标，造田之后的耕地作为补充耕地。造地改田的过程中，最重要的是农田水利，由农水局负责实施。领导小组成立后的总思路是：第一是要召开协调会；第二是要到现场去检查督促；第三是要经过验收。

采访者： 1996 年 1 月 11 日，萧山市人民政府召开全市耕地保护工作会议，市人民政府与各乡镇（场）签订耕地保护目标管理责任书，市委书记吴键到会并讲话。请问当时的保护目标是什么？为何要签订目标管理责任书，对当时萧山农业的发展起到怎样的作用？

王仁庆： 市政府当时与各级乡镇签订目标管理责任书，就是为了保护耕地。土地有耕地和非耕地之分，当时中央划定了 18 亿亩耕地，作为土地耕地保护红线，这 18 亿亩土地被分配到各个省区市乡镇，具体情况我已记不清，大概当时萧山分配到的任务是 80 多万亩耕地。当时，随着经济社会的发展，耕地的需求量日益增多。当时的规则制度发展不完善，乱占乱用耕地的现象很严重。通过责任书，达到三个目的：第一，要健全土地规划用地；第二，要少占用耕地，如果再用耕地，就要通过非耕地改造造田改地来补充耕地；第三，要坚持保护目标不动摇，这样才能使耕地不减少。土地是农业的基础，这个措施在当时保护了土地，也就是保护了萧山农业的基础。

三 第二轮土地承包责任制推广过程

采访者： 1996 年 4 月 30 日，宁围镇城镇地籍调查（测量面积：平方千米）试点结束，经杭州市土地管理局验收合格。请问作为土地承包责任制的基础工作，萧山各地区的地籍调查，以及其他信息调查是如何进行的？当时调查结果出来后，您觉得萧山农业出现了怎样的问题？

王仁庆： 当时去宁围镇进行地籍调查，主要是调查在这个范围内有几个类型：第一个是耕地与非耕地；第二个是农民居住用地；第三个是乡镇企业用地；第四个是社会事业用地。即通过采集地籍调查土地样本，来推进全区的地籍调查，为第二轮土地承包打下良好的基础。调查结果出来后，萧山农业出现了两个问题：第一，乱占用耕地的现象比较严重；第二，土地荒芜化非常严重。

采访者： 土地荒芜可以通过将土地分配出去来解决，那么乱占用耕地的问题是如何克服阻力，实现退还耕地的？

王仁庆： 根据乡镇企业乱占用耕地的现象，当时我们采取了两个措施。第一我们采用补办措施，第二我们可以适当取缔。在当时，拆除所有的乡镇企业是不可能的，绝大部分企业通过这两条措施解决了问题。

采访者： 1996 年，第一轮家庭联产承包责任制（15 年）即将到期。7 月

26 日，萧山市委、市政府印发《关于完善农业大田生产责任制若干政策的规定》（市委〔1996〕75 号）。完善工作的基本政策是由村经济合作社统一发包和管理土地，按土地级差、国家任务、种植结构等因素，合理确定人口田、责任田面积，按在册农业人口承包人口田，最高人均不得超过 0.4 亩，按能按劳招标承包责任田，确定规模的上限与下限。请问按土地级差、国家任务、种植结构等因素，具体是如何协调分配的？

王仁庆：按人分配口粮田 4 分，首先计算每人每年需要吃多少粮食，计算下来，4 分口粮田基本能够解决每个人的温饱问题，能够自给自足。4 分的口粮田除去以后，剩下的土地就是按能按劳承包责任田，根据土地数量，承包责任田的劳动力情况来落实按劳按能。我们市有一个要求，责任田不少于 5 亩，但在 20 亩以下。按劳承包责任田之后，既要完成国家任务，安排种植结构，又要把任务同这个种植结构落实到地、落实到户。

采访者：承包期限全市统一，人口田一律为 10 年，责任田一律为 5 年。请问这一年限是如何制定出来的？

王仁庆：人口数量一般 10 年之内不会产生大的变化，10 年之后就会产生问题。责任田就是按照劳动力变化。劳动力一般 5 年之内不会产生大的问题，5 年之后就会产生问题。

采访者：1996 年 4 月 23 日，萧山市人民政府发出萧政办发〔1996〕49号文件《关于建立市土地利用总体规划编制工作领导小组的通知》（以下简称《通知》），由您任该小组组长。接着市人民政府发出萧政发〔1996〕50号文件《关于开展土地利用总体规划编制工作的请示》的通知。《通知》明确由市土管局搞好规划工作的组织协调，具体技术工作由市农业区划办公室实施，市人民政府各有关部门配合。请问配合"两田制"改革的土地规划是如何进行的？当时有哪些意见，最后是如何决策的？

王仁庆：当时根据土地利用总体规划要求，我们提出了五点建议：第一，不能突破保护耕地目标红线；第二，制定乡镇建设用地和社会事业建设用地；第三，乡镇企业发展用地要有预见性；第四，农民建房用地；第五，尽最大可能使用非耕地，而不是耕地。然后，以村为单位测算出两田制的规划改革工作所需的土地，进行按劳按能承包。当时绝大部分的人赞同这个方案。

采访者：第二轮土地责任制改革对原承包地上经批准发展起来的多年生优质高效经济作物，允许由原户继续承包抵作人口田、责任田。请问当时为何会制定这一规定？

王仁庆：主要是我们有一个特殊性，是什么特殊性呢？我们当时主要从事花木生产，花木投入成本高，价值高，产出收益高，土地种植时间长，土地变动难度比较大。这主要集中在萧山市两个镇，一个是宁围镇，另一个是新街镇。这两个镇基本上以花木生产为主，我记得当时这两个镇粮食任务完不成，我到市里以后，政府采取了相应的措施，乡镇粮食任务完不成，并不要求你退掉花木来种粮食。我们采取这样一种方法：这两个镇粮食任务完不成每市斤（1 市斤 = 1 斤 = 0.5 千克）拿出 0.10 元钱，补贴南片水稻地区，由南片水稻地区来帮助你完成粮食任务。这样一来，既保证了两个镇的花木种植效益，又提了南片地区的粮食生产和农民收入，完成了国家任务。

采访者：1996 年 8 月 13 日，萧山市委召开 1 300 人大会，就"完善二轮承包，推进土地适度规模经营"进行总动员。会后，抽调 165 名机关干部，组成 38 个工作队分赴各镇乡、办事处，与镇乡（办）干部一起，帮助开展"两田制"工作。请问"完善二轮承包，推进土地适度规模经营"中的"适度"如何理解和把控？工作队是如何赴村开展指导工作的？

王仁庆：当时动员大会结束后，我们迅速组建了工作队，赴镇、村帮助指导工作。第一，推动农村土地适度规模经营。适度包括承包田不得少于 5 亩，人口田不得多于 4 分，责任田至少在 5 亩以上，20 亩以下。第二，按照市委、市政府要求，组织人员赴镇、乡进行指导，帮助推进工作，具体执行由乡镇进行。还有督促乡镇加快进行工作。第三，从发动到完成两田制建设，工作全面完成大约花费 3 个月时间。

采访者：1996 年底，以"三权分离"（指土地所有权、承包权、使用权）、建立土地流转机制为主要内容，以"两田制"为主要形式的家庭联产承包责任制完善工作结束。请问这一流转机制建立之后，给萧山的农业带来了怎样的发展？

王仁庆：通过 1996 年改革完善两田制，作为主要形式的土地流动制度，带来了萧山农业的蓬勃发展。迅速形成了萧山农业的专业化、规模化发展，逐渐建立起了萧山农业六大产业。萧山农业专业化、规模化发展以后，大大提高了土地的产出率和农业的生产经济效益，也适应了市场需求和供给制改革，满足了市场需要。

采访者：在您看来，这次土地经营机制改革，政府有哪些工作做得比较成功？还有哪些不足？

王仁庆："两田制"改革中，政府工作主要以农业局为主，实现农业的规模化和专业化①。政府派遣专门的技术人员去指导农民的工作，促进了农业的发展，加大了科技的投入，取得了突出的成绩。第二轮改革的不足主要是南片地区。南片地区以山林为主，粮食生产没有什么大问题，但是村级集体经济的发展存在一些遗憾。在南片地区，第二轮改革光解决了农业问题，但并没有解决农业如何促进村级集体经济发展的问题，南片地区出现了贫困村。

采访者：1996年11月2日，中共中央政治局委员、国务院副总理姜春云视察本市万向集团和红山农场。请问姜春云副总理视察后有什么评价和重要的指示？

王仁庆：我记得非常清楚，从20世纪80年代中后期开始，萧山农村农业建设出现"三面红旗"。以乡镇企业为代表的万向集团是第一面红旗；以农场为代表的红山农场是第二面红旗；以村级为代表的瓜沥镇航民村是第三面红旗。这"三面红旗"是全区全省乃至全国，农业发展最好、乡镇企业发展最快、农民收入最高的，所以引来了全国各地的人过来参观，引起了中央领导的高度重视。我记得姜副总理当时考察之后有三句话。第一句话：萧山是以农业为基础，乡镇企业发展为重点，这是全国的典型。第二句话：工业反哺农业，促进农业经济发展，这是全国的样本。第三句话：提高了农民收入，促进了农村致富，这是必由之路。当时听了这三句话，我感觉农业的地位提高了，受到了很大的鼓舞。这是对萧山农业经济发展的一种肯定。

采访者：1996年10月，萧山市政协九届二十七次主席会议协商讨论完善农业大田生产责任制工作情况，提出建议。主要有：第一，补农贴农政策必须在以前的基础上落实，只能加强不能削弱。第二，农技、农机、粮食订购等服务工作必须跟上，要与农业工作相适应。第三，必须加强对"两田

---

① 1996年底，以"三权分离"（指土地所有权、承包权、使用权），建立土地流转机制为主要内容，以"两田制"为主要形式的家庭联产承包责任制完善工作结束。全市28个镇乡（办）的767个村中，除15个已经实行"两田制"和集体农场形式经营的村、11个涉及杭州萧山机场等重点工程建设项目的村、4个山区无地村和7个城镇周边"转制村"（村民委员会转为居民委员会）外，其余均实行"两田分离"家庭联产承包责任制。涉及农户264 398户、农业人口891 420人、村民小组7 562个。共发包人口田342 411亩，人均0.38亩，占土地调整总面积的54.3%；责任田219 220亩，占土地调整总面积的34.8%；预留村镇建设规划用地22 089亩，占土地调整总面积的3.5%；划分自留地46 619亩，占土地调整总面积的7.4%。合计土地调整总面积630 339亩。

制"工作中收缴资金的管理，统一制度，保证保值增值。第四，积极探索和推行农业保险，解决种田大户后顾之忧。第五，重视农业科技队伍建设，加大农业适用技术推广。请问这五点建议在当时的实际工作中是如何展开的？

王仁庆：其中有四条建议我们已经在明确推进和贯彻落实中，尤其是提出的第四条建议，我认为是非常新颖的。主要是积极探索和推进农业保险。当时根本没有农业保险，这引起了我们政府的高度重视。政府认真研究，从种粮大户开始，由太平洋保险公司投保。为什么选择这个保险公司呢？因为当时太平洋保险公司的总经理是我们市委办公室的一个原主任，可以商量，大家互相比较熟悉。投保第一年的保费是由农业财政专项资金支付。第一年之后，农业专项资金支付一半保费，农民承担剩下的一半保费，这解决了种粮大户的后顾之忧。

采访者：当时有没有种粮大户受到保险保护的具体事例呢？

王仁庆：我依稀记得1997年有两大自然灾害，种粮大户损失很大，但是获保多少记不清了。总之，农业保险当时给农民提供了一个很好的保护。

采访者："两田制"工作中收缴的资金管理，是如何使它保值增值的呢？当时现代化的农业建设用具，如农技、农机，政府有没有下意识地去推广？

王仁庆：保值增值主要是与农村经济合作。资金的使用要由村民代表大会通过，主要由农办管理，管理十分严格。当时政府派遣专门的工作人员到种粮大户家里指导如何使用农业建设用具，按照种粮大户的需求，来补助乡镇，添加农机，为种粮大户服务。

采访者：二轮承包完善后，来自嵊州、上虞、桐庐、长兴、诸暨、三门、新昌、宁海等县（市）和安徽、江苏等省的承包大户138户，承包面积19 076亩，承担国家定购粮任务439.3万千克。请问这些地区的农民为什么会到萧山来进行农业生产？在承包制推广中，萧山当时对外来承包户提供怎样的政策？

王仁庆：因为萧山乡镇企业发展快，农业劳动力缺乏，再加上围垦有20多万亩土地没有农户耕种，把土地承包出去可以避免土地荒芜。萧山对外来户和与萧山本地种粮大户是一视同仁的，外来户和萧山本地种粮大户共同促进萧山农业的发展，完成国家粮食任务。

采访者：萧山历史上一直属于浙江省重点缺粮的地区，随着改革开放，经济快速发展，人口不断增加，耕地逐年减少，萧山粮食缺口始终存在。请问萧山农业改革如何解决这一矛盾？

王仁庆：改革开放以前，有不少地区严重缺乏粮食。例如，棉麻地区，我们也是棉麻地区，按计划完成 2/3 的土地种棉麻，1/3 的土地种粮食解决自给自足问题。国家只发 1/3 的口粮，国家发粮票。国家发的 1/3 的口粮不足以解决温饱问题，我们只能够购买黑市米，当时我们去江北买黑市米。第二轮联产承包责任制后，我们基本解决了温饱问题，可以说是彻底解决了吃粮问题，特别是推进市场化流通体制之后，粮食根本不成问题。原来北方的粮食运到南方来是非常困难的，现在粮食问题已经不是问题了。这是市场化体制带来的好处。

四 第二轮土地承包责任制改革之后进一步深化农业改革

采访者：1998 年 4 月，您陪同荷兰费列瓦兰德省三角洲研究促进基金会主席那文博大一行参观萧山现代农业开发区。请问此次那文博大造访给您留下了怎样的印象？此次中荷交流取得了怎样的成果？

王仁庆：大概是 1996 年，我们到荷兰去专门参观过。主要是荷兰发达的花卉产业和销售产业，我们去考察了荷兰的市场，荷兰都是自动化的。这次中荷交流对萧山的花卉产业发展具有巨大的促进作用，所以我们参观回来后，就和新街镇商量要建立一个花卉市场。花卉产业的发展，关键是要市场流通，所以新街镇现在的花卉市场起到了一个十分重要的作用。萧山现代农业开发区就是建立在 1993 年新围土地之上的，新围的土地不分到乡镇，不分到农民，转变为国有土地，然后用于自己开发。在自己开发的过程中，以规模农业、观光农业、设施农业、生态农业和精品农业这五大农业为主，作为农业开发区的主要开发目标，这还得到了时任国务院总理李鹏的亲笔题词。我们写了一个报告上交到他的办公室，他看到这个以后马上亲笔题词，写下浙江"萧山现代农业开发区"这几个大字。

采访者：当时荷兰和萧山有哪些项目交流？有没有引进他们的一些技术？

王仁庆：第一个是花卉产业，第二个是大棚生产。荷兰的农业基本上都是大棚，都是设施农业。荷兰那边派人在 1998 年 4 月参观萧山农业开发区之后，他们说，萧山和荷兰一样，萧山农业开发区这片土地也是围起来的，但是你们这个围湖造田的时间非常短，发展很好，前景光明。我们当时引进技术，借鉴他们的设施农业，把大棚建立起来。主要是花卉产业和大棚产业，其他产业都要结合我们自己当地的情况。我们借鉴学习他们先进的东西，主要有两点：第一，花卉产业发展起来后，如何通过市场把它销售出去；第二，建立大棚和发展农业设施，使花卉一年四季都能够生产。

采访者： 2009 年，您在"60 年农村改革发展与应对国际金融危机研讨会"上发表《萧山发展壮大村级集体经济的现状与思考》讲话①，请问萧山农业在当时有怎样的特点？该讲话是在怎样的背景下形成的，提出了怎样的思考？

王仁庆： 第二轮家庭联产承包责任制，虽然增加了农民的收入，促进了农业的发展，但是没有解决乡镇集体经济发展的问题，特别是南片山区人多地少，没有集体收入，出现了大量的贫困村，没有能力服务农业、服务农民，就连村干部的工资都发不出，主要依靠政府财政拨款和扶贫结对，所以每年我们都要发动乡镇企业，来扶持 50～60 个村镇。但是靠这样的扶持政策不是持久之计，只有依靠自己的力量发展村镇集体经济才是长远的、可靠的，所以虽然我已经不在政府工作，在人大分管财政工作，农业也是在财政范围之内，所以响应上级号召，督促政府工作是我的本职。因此，我和农办一起研究关于如何进一步发展壮大乡镇农村集体经济。我们当时提出了三条意见：第一要充分分析萧山市农村经济的现状；第二要进行发展壮大乡镇集体经济的探索；第三要提出发展乡镇集体经济的措施。按照我的提议，政策措施逐步在推广，政府提出 3～5 年内要全面脱贫。

采访者： 1998 年浙江省水利厅副厅长张金如在萧山市领导林振国、王伟民、王仁庆的陪同下视察萧山水利。请问为了推动萧山农业的发展，当时政府是如何推进水利工程建设的？

王仁庆： 第一，1997 年萧山市经历了两次特大洪水和 11 号台风的袭击。我们吸取教训，逐渐形成了防洪防台标准。为此市委、市政府着手加强萧山两江一河标准塘建设。两江是钱塘江和浦阳江，一河指的是永兴河。两江一河是重要的水利工程，提出了标准塘建设。两江一河工程，总共有 100 多千米长，能切实提高防御自然灾害的能力，当时我们市委、市政府就提出了两江一河标准塘的政策措施，这个政策从 1997 年下半年开始实施。这个标准防

---

① 王仁庆等：《萧山发展壮大村级集体经济的现状与思考》，60 年农村改革发展与应对国际金融危机研讨会，2009。

护措施上报水利厅以后，引起了水利厅的高度重视，水利厅给予了一定的资金支持。政策开始实施以后，两江一河的堤坝防御、堤坝培土和堤坝加宽加高由当地的乡镇劳动力来完成。按照市里提出的建设标准，明确规定堤坝的长宽高，由乡镇自己完成。第二，堤坝的砌石护岸工程由水利局招标，组织专业队伍进行建设。第三，资金方面由机关事业单位募集，公务员教师等每人每年捐300元，捐款持续了3年。当时1996年这个工程需要6亿元，募捐之外的资金由财政拨款。

采访者：2000年，您在《中国气象报》发表的《发展经济，气象先行》一文中指出萧山市气候变化复杂①，每年均有不同程度的自然灾害，请问当时萧山农业在发展中是如何预防和应对自然灾害的？

王仁庆：气象方面也是由我来分管的，如果气象自然灾害发生，不仅对农业有影响，更会对经济和社会造成巨大的损害。经济社会越发达，受到的损害越大。要把气象事业发展同经济社会发展联系起来。自然灾害的发生是不可避免的，关键是要根据气象预报来做好预防工作。这样可以减少洪水台风带来的损失，可以保护广大人民群众的生命和财产安全。

采访者：关于气象预报，萧山做了哪些工作？怎样提高预报的准确性？

王仁庆：当时的气象设备远远没有现在这样先进，气象预报不够准确，不够及时。所以我提出了三点要求。一是要更新设备，二是预报准确，三是要及时预报。预报越及时，准备工作越充分，受到的损害越小。

采访者：2017年4月7日上午，萧山区农业技术推广基金会召开了一届三次理事会，会议表彰了2016年度农业技术推广优秀项目，听取和审定"2016年工作总结和2017年工作计划"报告，审查确定2017年区农业技术推广基金会扶持项目。理事长蒋建国主持会议，作为名誉理事长的您，以及萧山区人民政府办公室副主任张波等出席会议并发表讲话。请问当时为何要成立农业技术推广基金会？当时您在会上提出了哪些建议？如今萧山的农业发展与1996年相比，有哪些新的特点？

王仁庆：农业技术推广基金会是以农业专业大户及农业经营企业为会员单位，能够将集来资金的利息用于支持农业发展和农业项目的推广。当时农业技术推广基金是由政府支持和民间集资相结合建立起来的，也是我亲手建立起来的。后来我是名誉会长，2017年的会上他们邀请我去参加，我在会上

---

① 王仁庆：《发展经济，气象先行》，《中国气象报》2000年10月16日第3版。

提出了四个方面的建议。第一，要巩固和发展农业技术推广基金会；第二，继续原来的政策，扩大和提高基金范围，增加基金总额，充分发挥四两拨千斤的作用；第三，竞争扶持项目，促进高质量、高科技、高品质的农业项目发展；第四，加快城市化农业项目推广，使农业项目向都市化现代化农业发展。关于萧山农业发展的新特点，我认为萧山农业一直处于领先地位。萧山农业不止于原来已有的专业化农业、规模化农业，已经向高科技农业、信息化农业方向发展。现在的互联网、无人机技术十分先进，也应用在农业方面，如使用无人机撒药等。

采访者：哪一个扶持项目让您印象最深刻？萧山农业同全国甚至全世界相比还面临巨大挑战，您觉得还有哪些不足需要改进？

王仁庆：对六大产业的扶持最典型，印象最深刻。现在萧山的农业同国外相比仍有巨大的差距。国外人少地多，而且技术发达。我去参观过美国、荷兰等地，萧山农业技术虽然在全国处于领先地位，但与这些地方的农业技术相比仍有较大差距。

采访者：您曾到美国、荷兰、中国台湾等地考察，您对哪个地方印象最深刻？

王仁庆：美国是大规模生产，机械化操作，这个印象很深刻。还有荷兰的设施农业、花卉产业，荷兰和中国台湾的精耕细作，我印象也十分深刻。萧山已经适应了荷兰模式的农业。专业化生产、规模化生产和市场化推销已经逐渐建立起来。借鉴荷兰的设施农业，萧山的设施农业已经全面推广，逐步扩大。

五　围垦工作

采访者：1986 年的 5.2 万亩围垦，您作为义蓬区围垦工作的负责人，主要做了哪些工作？这之中有哪些难忘的故事？

王仁庆：那次围垦计划分 1986 年冬季和 1987 年春季两期围成①。制定任

---

① 萧山市历届市（县）委、市（县）政府从 1965 年冬开始，在省市有关领导的支持帮助下，依靠和发动全市广大干部、群众，发扬艰苦奋斗和自力更生的精神，历尽 30 个春秋，动员百余万人次，进行了大规模的围涂治江工程，到 1995 年上半年，共组织围涂治江大会战 28 期，前后出动劳力 128.3 万人次，投工 6 805.45 万工，围垦土地面积达 3.376 万公顷（合 50.639 万亩）（包括镇乡围垦 0.076 3 万公顷），累计完成土方 6 122.4（转下页注）

务，分配围垦任务，限定在 7 天之内完成。为什么要在 7 天之内完成呢？因为要赶在潮势最低的时候围垦。当时召开了乡村会议，第一，向大家强调围垦治江围涂的重要性，治理钱塘江是第一目的，围垦是附带，通过围垦的方式来治理钱塘江；第二，强调围垦的紧迫性和艰巨性，这是分田到户后的第一次围垦，鼓舞大家积极参与围垦工作；第三，出台政策措施，按照任务来组织劳动力，政策由乡镇传达到村，再传达到户，贯彻落实过程中严肃执行乡规民约。围垦过程中，赞成围垦工程的人不让他们吃亏，不参加围垦的人用资金找补。所以，采取这样的措施来落实任务。这次围垦我最难忘的是出勤人数最多，有十几万人，在 20 世纪 80 年代的时候，尤其是 1986 年和 1987年，技术还很落后，围垦的难度是很大的，这次围垦的流化沟又大又深，需要用沙袋去填充，由于市（县）长、区长、乡长和村主任等领导大力支持，带头挑土起带头作用，鼓励大家一起挑土，最终克服困难。

采访者：1993 年的围垦同 1986 年的围垦相比，有什么新的特点？1986年围垦过程中有哪些不足在后来 1993 年的围垦中得到了弥补？

王仁庆：1993 年是机械化拦海造田，比 1986 年组织劳动力要容易得多，不需要组织大量劳动力。1986 年改革开放后劳动力进入乡镇企业，所以劳动力缺乏。1993 年围垦是机械化围垦，不需要人工挑土，更加先进。

采访者：面对限定七天要完成任务，您当时有怎样的感受？

王仁庆：每天都必须完成一定量的任务，完不成任务就不能歇工，日夜加班。根据测算结果，围成相应的高度，不然之前的工作就白费。当时两次围垦难度确实非常大，老百姓的生活条件十分艰苦，居住的房子都是草棚，草棚容易发生火灾。当时发生了火灾，我们马上进行救护，但是对农民的劳动积极性，还是产生了一定的影响。

采访者：1993 年，萧山市委书记杨仲彦和您曾察看围垦滩涂。您在出任副市长之后，仍然关心萧山的围垦工作，请问当时围垦已取得了哪些成就？

（接上页注①）万立方米、石方 1 095.34 万立方米、投资 31 002.9 万元（包括前期民工折价9 525.2万元）；建成堤塘 210.32 千米（包括隔堤）、水闸 103 座、大中型排灌站 3 座、小型机埠981 座 12 532 千瓦；架设高低压输电线路 596.4 千米；建机耕桥、公路桥 278 座，简易公路 217.2 千米，开挖河道 530.55 千米，修建排灌渠道 3 104 千米。已开垦种植面积 1.867万公顷（合 28 万亩），8 万移民已在这块土地上生息繁衍，垦区现每年产粮、棉、麻、油、水产品等 12.5 万吨。昔日潮来浪滚滚的盐碱滩涂，今日已成为一片绿色田园——浙江著名的现代农业开发区。参见陈光裕《开拓创业三十载治江围涂谱新篇——萧山市围涂造地三万公顷》，政协萧山市委员会、文史工作委员会编《围垦"三亲"录》，第 66 页。

还有哪些不足？

王仁庆：当时杨书记要求与他一起去围垦的地方进行查看，一是查看已经围垦起来的地方，农业发展到怎样的程度；二是我们还有三万多亩土地可以围垦，去查看实际情况。以前围垦是滩涂围垦，用人工劳动力来进行围垦。而那三万多亩土地，基本是深江，最深的地方有十多米，所以要进行拦海造田。这与以前的围垦情况不一样，我向杨书记建议抛坝促淤，利用机械化围垦。杨书记听了我的建议之后，马上在市委、市政府进行研究，研究后，第一是要完成上级下达的钱塘江治理任务；第二要全面完成萧山围垦的伟大任务。从 1993 年开始，分成三期，利用抛坝出淤，机械化围垦将近3 300 亩土地。

采访者：1997 年，萧山市领导吴键、赵纪来和您在围垦东线部署防台工作。面对浙江多台风的自然隐患，围垦地是如何做好防台工作的呢？

王仁庆：1997 年萧山经历了两次特大自然灾害，一次洪水和一次台风。第一次洪水是 1997 年 7 月 11 日，主要是南片地区、浦阳江和永兴河，对南片地区影响十分巨大。第二次是 1997 年 8 月 19 日，台风在萧山围垦东线登陆，东线决堤 1 000 多米，所以在 1997 年下半年，萧山开始了两江一河标准塘建设。根据我们的计划要达到钱塘江 50 年一遇、浦阳江南片 20 年一遇、重要地段 100 年一遇的目标，要在 3～5 年之内完成 100 多千米的标准塘建设，这个工程花费了 6 亿多元。这个工程建成以后，大大加强了萧山抵御自然灾害的能力。从 1996 年到现在为止，没有出现过任何坍江问题。现在随着科技发展经济实力的增强，在原来的基础上，浦阳江要提高到 50～100 年一遇、钱塘江普遍提高到 100 年一遇。

采访者：1997 年 6 月 24 日，为纪念"6·25 全国土地日"，您在电视上讲话。请问当时为何选择电视讲话的方式？您还记得当时讲话的大体内容吗？

王仁庆：主要是宣传保护土地的重要性。任何人都无法离开土地而生存，而经济社会的发展也需要土地。于是，我通过电视教育广大人民群众和干部要充分利用土地资源，合理合规、依法使用土地，节约使用土地。坚决查处乱占乱用、浪费土地的行为。

采访者：我们从资料中获知，您曾参与湘湖建设的前期领导工作①。湘

---

① 湘湖是宁绍平原著名的湖泊，位于浙江省杭州市萧山区城区西部、萧绍运河西南，钱塘江江南岸，北与萧绍运河相连。与杭州西湖、绍兴鉴湖古称"姐妹湖"，它由（转下页注）

湖工程的第一步就是拆迁工作，拆迁工作在当时遇到了一个怎样的困难，为何您当时要负责这项工作？

王仁庆：当时湘湖的拆迁工作由城厢镇负责。工作两三年后，仍然没有取得任何成果，因为当时老百姓不肯拆迁，而且镇里也无能为力。当时书记是王金财，他点名让我去参加这个工作。当时我已经在人大工作，区里决定一定要让我参加，我答应后说，如果我参加湘湖拆迁工作，一定会全力以赴扑在湘湖拆迁工作上，不管是半年，一年还是两年，把问题解决后再回来，人大的工作将无法顾及。于是，我们几个成立了一个领导小组。城厢镇党委书记朱纪祥在那里坐镇，当秘书长，一般情况由他协调负责，我们出点子。主要是政策问题，既能拆掉房子保证公平公正，又能使老百姓不吃亏，公平公正是非常重要的，政策是由领导小组根据区委、区政府的要求和拆迁政策制定的。严格把关，第一是拆迁评估标准；第二是拆迁补偿的标准；第三是安置房的建设和分配。在整个过程中难度是非常大的。

采访者：当时遇到了哪些具体的困难，您能详细聊聊吗？拆迁工作之后，你还有继续参加湘湖的建设吗？

王仁庆：最大的困难是老百姓不肯拆。为了应对这一情况，我们组织了十几个拆迁小组，每一个组都必须要完成50户至80户的任务。每个组的任务都在墙上贴出，任务完成得快挂红旗，任务完成得慢挂绿旗，再慢就挂黄旗。我感受最深的是，我们的工作小组确实是"五加二"，"白加黑"。

(接上页注①)东北向西南展开，峰峦环绕，水映其中，具水山交融之胜。恢复和开发湘湖一直是萧山人民的梦想。早在1958年编制的《城厢镇规划总图》中就提出，湘湖"风景优美，远景将成为萧山的一个大公园及休闲的佳地"。1960年，则更明确提出了"逐步建设湘湖风景区"的规划。改革开放以来，萧山经济快速发展，多次进入全国十大财神县和全国综合实力百强县。随着经济的发展、人民群众的精神需求增长，湘湖开发终被提上议事日程。1995年，经萧山市政府报告，省人民政府批准湘湖度假区建立。该区依托湘湖和周围胜迹，东侧以山脊线为界，北起西山、柴岭山，南至徐家河村；南侧东起徐家河村、湘湖村，西至长河镇汤家桥村；西侧南起汤家井村、海山桥村，北至西白马湖；北侧西起西白马湖、东白马湖、里黄家坞、秋上王、松毛山、菊花山，东至西山，面积9.25平方千米。经招商引资，1999年4月25日，杭州乐园开业。2003年初在区和杭州市人大代表会上再次提出开发湘湖的提案，同年9月，区委调整湘湖管委班子。新班子在区委、区政府的领导下，启动了面积为4.64平方千米的首期区块开发，共恢复湖面1 800亩，于2006年4月22日开放，虽仅是北宋政和湘湖的1/20，但从此开启了湘湖新的历史时期。2007年湘湖获4A级旅游区称号，至第二届休闲博览会开幕游客已达2 000万人次。见陈志根《浅议湘湖的历史变迁》，中国大运河水利遗产保护与利用战略论坛，2013。

五加二是指五天工作日加两天休息日工作，"白加黑"是指白天加上晚上工作。工作是十分辛苦的，休息十分少。我讲个故事给你听，湘湖农村居民家里都养狗，陌生人进到农村居民的家里，他们的狗会"汪汪汪"地大叫，我们为了说服农民拆迁，就要多次去到农民家。我们去的次数多，狗都熟悉我们了，见到我们不会再叫。后来我们大力推进工作，中途发生了一件非常严重的事情，部分老百姓反对拆迁，将家里的楼板拿来堵拆迁指挥部门，不让我们进门。当时我们动用了公安，将这些人找去谈话，这是我印象最深刻的事。这次以后，整个工作的情况稍微好转。这个过程中，拆迁组发挥了很大的作用，而我们领导小组的主要作用是监督工作、把控大局，主要把控公平公正的大局。实际上，我们花了6个月的时间，基本完成了拆迁工作，半年之内基本全部拆光。这样促进了湘湖的第一期开发。后来的工作我没有参与负责。

采访者：在您的工作中包括第二轮土地承包责任制、湘湖拆迁和围垦，这三大块工作，您认为工作当中遇到最大的困难是什么呢？是怎样克服的呢？有没有印象深刻的一个事例？

王仁庆：在第二轮家庭联产承包责任制推进过程中，我认为最大的困难是思想认识问题。当时，我同赵纪来副书记一起去乡镇，检查督促调查第二轮家庭联产承包责任制在乡镇的实施情况。当时我和他来到党湾镇，党湾镇正好在开村级干部会议。他们在开会，我们在旁边旁听。在会议上，一个党委书记大发牢骚，认为市委、市政府进行第二轮家庭联产承包责任制的决策是错误的。这主要是由于他没有远见。当时他发牢骚，我走下去的时候，他对我说："不好意思，我今天脾气急躁了一点。"我回答他："这不是你作为一个党委书记应有的表现，你有意见可以提，但是在会议上，你这样发牢骚对市委、市政府是什么态度！"后来我同赵纪来商量，把他叫到市里进行面对面谈话。这主要是思想认识问题。这是我印象最深的事情。

采访者："奔竞不息，勇立潮头"的萧山精神已载入《萧山市志》，这种精神永远激励着萧山人"潮"前走。能否结合您的工作与生活经历，谈谈您对这种萧山精神的认识与理解？

王仁庆：对萧山精神的理解有这么几点。第一，萧山人历来如此，要么想不到，想到就能做到，这是萧山精神的一个具体表现。第二，萧山精神的具体表现还在于推动任何工作，只有成功没有失败。第三，敢想敢干，敢闯敢冒。现在萧山人提出了"奔竞不息，勇立潮头"的精神。以前我们萧山有个"五千"精神——说尽千言万语，动用千军万马，走遍千山万水，历尽千辛万苦，克服千难万难。这个"五千"精神概括为两句话就是如今的"奔竞不息，勇立潮头"。

见证义桥发展与百姓生活变迁

——韩浩祖口述

采访者：郑重、雷玉平　　　　　　　　整理者：郑重

采访时间：2018 年 7 月 27 日　　　　采访地点：中共杭州市萧山区委党史研究室会议室

口述者

韩浩祖，1940 年 2 月出生，浙江萧山人，自 1956 年起在上海气象局工作；1962 年，因单位精简员工，回义桥老家务农。韩先生退休之后，积极参加义桥乡土文化建设，1998 年到 2005 年参与《义桥镇志》编纂工作；2005 年到 2009 年，参与编纂《许贤乡志》；2013 年 8 月，与王志邦、鲍江华一起编撰的《山后村志》出版。2014 年 9 月 28 日，韩浩祖先生积极参与筹建的义桥革命历史纪念馆正式开馆。同年，萧山区诗词楹联学会义桥渔浦分会成立，韩浩祖先生担任秘书长。

一　义桥印象和家庭背景及个人经历

采访者：韩先生，您好！您是土生土长的义桥人，对义桥近现代历史十分了解。我们想请您谈谈您所了解的义桥发展与百姓生活变迁。请您先介绍一下您的家庭背景，通过您的家庭背景，我们也可以了解义桥的历史变迁。

韩浩祖：义桥是我的家乡，我对家乡是很热爱的，从 1962 年到现在我再也没有离开过家乡，对这方土地我实在太了解了。义桥镇是浙江名镇之一，位于浦阳江、富春江、钱塘江三江交汇处东侧，被誉为"三江要津"。义桥镇距萧山城区约 15 千米，距杭州市区 20 千米，交通便捷。明清时期为浙江

上八府①、下三府②的咽喉之地，曾为木材、食盐的集散地，木器、铁器等手工业发达，过塘行生意繁忙。名特产中，义桥羊肉以色香味俱佳而享誉杭州、绍兴一带。义桥羊肉在义桥已传承五代，成为义桥及周边地区人们筵席上不可或缺的佳肴。2002年，传承人王来兴以"义桥羊肉"注册商标。2008年，义桥镇将义桥羊肉制作过程全程录像，作为非物质文化遗产项目向杭州市有关部门申报。"义桥羊肉"是义桥镇的首个市"申遗"项目。另外，义桥的公泰朝糕、元春香糕久负盛名。义桥镇名来历是这样的：相传昔有一秀才，幼年丧父，靠寡母和邻里养育成才，发迹后为报家乡培养之恩，出资在镇北内河上建了一座石拱桥，方便行人过河，取名"义桥"，镇以桥名。这里古称"渔浦"，山水秀丽，在唐代已是商贾旅人往返两浙的中转要津，也是"浙东唐诗之路"的起点之一。宋代陆游的"渔浦江山天下稀"中的"渔浦"即指此地。如今这里是旅游名镇。

义桥三江全景

我再来介绍我的家庭背景，我的祖父曾是中国银行张家口分行行长。我祖父有两个妻子，我父亲是大祖母下面的孩子。在当地有人叫我的祖母行长太太或者行长夫人。我还有一个小祖母，她一家随祖父在任上。我祖母一直住在义桥老家，在老家有100多亩土地，还有一些投资，所以我们能够生活得很好。我要讲的第一句话应该是"日本的侵华战争，改变了我们家的历

---

① 上八府，指明清时期的绍兴、宁波、金华、衢州、严州、台州、温州、处州八府。
② 下三府，指明清时期的杭州、嘉兴、湖州三府。

史"。后来日本侵略军打进来，我祖父那时已经 70 多岁了，他带着我小祖母一家到现在的建德市梅城镇（旧称严州）避难。1942 年夏，为躲避日本侵略军，他们躲进山里面，日本侵略军还是追上去，把我的祖父从山上踢滚到了山下。祖父年老体衰，再加上受到了惊吓，去世了。这个消息传到了义桥老家，全家都震惊了。那时候我的父亲从杭州中学毕业后在一家银行做职员。他听到这个消息以后，很愤怒，他觉得应该有所行动了，于是辞职回家，马上就组织了一支义桥人民警卫队，简称义警队。我父亲既是副镇长又兼义警队队长。抗日战争期间，我父亲那个组织归中统①管。抗日战争结束后，和几个朋友在杭州江干那边搞了一个过塘行。这里我要介绍一下，从明代以来，我们义桥老街的过塘业就十分发达，最旺盛时有 40 多家过塘行。从浙皖山区等地运输过来的货物，一般到义桥进行转驳，由脚（挑）夫搬挑上岸，然后搬运至老街装入内河的船，并发往宁波、绍兴、上虞等地的城镇。过塘行大多为义桥韩姓经营，规模最大的当数韩大来行，屋宇整齐、堆栈庞大。过塘行一般有自己的业务经营范围和固定客户，如韩大来行主要转运大米，大兴行主要转盐，瑞兴泰、协成隆主要转运杂货，元茂行主要转运土纸，鸿茂行主要转运牛、羊，同丰泰主要转运土布。为避免人货挤轧，以保安全，按货分埠起水，分弄过塘，镇上有上埠、下埠和抬树弄、拖竹弄、驮货弄、鸡鹅市弄等地名。所以义桥既是一个转埠集镇，也是一个十分繁荣的活水码头。过塘业就是把货物从外江（浦阳江）搬运过塘，然后搬运到内河，或从里河起货，搬运至外江装船。按现代的话讲，应该叫搬运业，或者物流业。随着浙赣铁路的开通，水路运输逐渐开始衰落，义桥老街的过塘业也如黄昏落日，逐渐衰落，盛况不再。

---

① 中国国民党中央执行委员会调查统计局［简称为中统（局）］是国民党 CC 系领导人陈果夫、陈立夫所控制的全国性特务组织。中统的前身是 1927 年由 CC 系分子组成的国民党中央组织委员会党务调查科。1937 年，党务调查处并入军事委员会调查统计局第一处，由 CC 系分子徐恩曾任处长。1938 年 3 月，在国民党临时全国代表大会上，经蒋介石提议，以军事委员会调查统计局第一处为基础，成立中国国民党中央执行委员会调查统计局，中统由此正式形成。中统以各级国民党党部为活动基地，在省市党部设调查统计室，在省以下党部设专人负责"调查统计"，在文化团体和大专院校、重点中学广泛建立了"党员调查网"，进行各种反革命特务破坏活动。中统局局长由国民党中央党部秘书长兼任，而由副局长负实际责任。陈立夫、张厉生、朱家骅先后担任过局长，徐恩曾、叶秀峰、顾建中、邹学峻、季源溥等先后担任过副局长。1949 年 2 月改名为内政部调查局，习惯上仍称为 CC 或中统，隶属于国民政府行政院内政部，事实上仍属国民党中央掌控。国民政府败退台湾后，于 1954 年 10 月，改组为司法行政部调查局。

义桥老街

1949 年春，当年我 10 岁。一天，我们家正吃午饭，家门口来了一个人，叫得很响亮："报告！"我们全家人都被他吓了一跳，这种事情从来都没有过。这人手里捧着一套国民党正规军少校军服，怎么回事呢？淮海战役的时候，黄维①是国民党军十二兵团司令，胡琏②是副司令，他们即将全军覆没。两个人商量如何逃出去，最后两个人分乘两辆坦克，黄维的坦克被解放军俘获。解放军以为胡琏的坦克是己方的坦克，没有抓他，于是他就逃离了战场。蒋介石很欣赏胡琏，当时的"国民党国防部"也很欣赏他。他后来提出一个建议，可以马上在江南组织一些军队来对抗解放军，估计每个县可以征到一个团的兵，萧山也在这个范围之内。结果萧山没有征到一个团，大概只有 500 人，都是被抓壮丁的。那时候我祖母看到这套国民党正规军少校军服时讲了一句："哎呀，坏了坏了！"她反对儿子做这件事情，她说："马上派

---

① 黄维（1904~1989），字悟我，江西贵溪人。黄埔军校一期毕业生，参加淞沪会战、武汉保卫战、缅甸反攻等，在抗日战争中立下赫赫功勋。他曾任十二兵团（俗称"黄维兵团"）司令长官，在淮海战役中兵败被俘。1975 年，他作为最后一批战犯被赦，后任全国政协委员，致力于军史研究。

② 胡琏（1907~1977），陕西华州（今渭南市华州区）人。黄埔军校四期毕业生，国民政府统治大陆后期的著名将领。抗日战争时期，胡琏任国民党第十一师师长，率部于鄂西保卫战中死守石牌要塞，获青天白日勋章。解放战争中，率领国民党五大主力之一的 18 军参战。1949 年，胡琏在中华人民共和国成立后到台湾，1977 年 6 月 22 日，病逝于台北，享年70 岁。

人去杭州通知他，叫他千万不要再做这件事情了！"但是来不及了，父亲已经接到委任状。父亲这支部队后来往南走了，且战且退，一直退到广东汕头，才借故带着几个亲信在上船去台湾前离开部队，后来到镇反运动的时候，因为我父亲是国民党军少校，被镇压了。

以上是我祖父和我父亲的事，再讲讲我自己。我是1939年农历十二月二十七出生的，公历生日应该是1940年2月4日，那时候大背景是1940年1月22日日军偷渡钱塘江，也就是说日本人过江的时候我还没有出生。2月16日到18日，义桥发生了严家畈战斗。严家畈在义桥东南500米处。2月16日，日军一个中队经峡山头，顺着西河沿向义桥窜犯。这时，国民党军190师驻扎在傅家山（虎爪山）、积堰山、茅山；192师埋伏在眠犬山。当日军进入严家畈外塘时，傅家山（虎爪山）阵地发出了号令，眠犬山伏兵用机枪扫射，日军被迫窜入严家畈。190师当即调集兵力，包围了严家畈，日军以大樟树和村民房屋作为掩护体，负隅顽抗，中国军队190师虽然伤亡比较严重，但仍发起多次的冲锋。两军相持两天两夜。这次战斗，击毙日寇43人，190师阵亡130余名。190师将士牺牲后，严家畈的老百姓垒了40多穴坟，埋葬牺牲的战士，碑刻"围攻严家畈阵亡将士之墓"。而在这之前，我们家雇了一顶小轿，我母亲抱着我逃难到云石山区的石板溪。一直到抗日战争胜利以后，我们才回到义桥，这时已经是1946年了。

说实在的，我要感谢我母亲，中华人民共和国成立以后，她的成分是地主，如果不是她坚持让我念书，我不会有今天。土地改革以后，每个人都分到了土地，即使是我们这种家庭，也分到了。我们家里当时有7个人，都分到了土地，收获好的话，基本生活还是能过的。如果要念书，念小学问题不大，念初中，一般家长不会考虑，但是我母亲坚持让我读书。我是在萧山中学的分部读书，当时在临浦，每次招生是招两个班。我1953年上初中班，1956年在萧山二中毕业。我毕业的时候，整个国家缺乏人才，初中毕业已经是有较高学历。1956年9月，上海气象局来招工了，萧山县的城厢、义桥、西兴，大概有20多个初中毕业的人被招去，我也是其中一个。去的时候先要培训，地点是浙江省气象局，培训后马上分配。那个时候有6个地方，我被分配到上海，在上海中心气象台的第一年要熟悉业务，掌握业务以后，可以读夜校。上海的夜校实在是太好了，比如说一三五晚上的课，在某一个地方，某一个教室，一位老师在上课，你没有空，你可以二四六去，还是这个教室，这位老师讲同样的课，如果再没有空，你可以周日去老师的办公室，照样会全心全意给你讲课。参加工作以后第一年，我熟悉了业务，第二年就开始读夜校。

在上海气象部门，我觉得工作是很好的，第一年我是填图员。第二年，我是天气预报服务员，这个岗位很重要。我可以这样讲，我们办公室十几部电话，有的是直接对讲的，有些要拨号，如政府机关、港航系统、仓储部门、生产单位等我们都要联系的。老百姓也可以打给气象台问问天气怎么样，但是基本上这种电话很少，我们主要是内部交流。那么我的任务是什么呢？我把天气预报给一些主要的服务单位，他们有什么意见或者有什么要求，通过我们向领导反映，向预报部门反映，上海主要的几个单位我都去过，最主要的服务单位200多个电话号码，我记得烂熟，肯定不会弄错。最主要的是我们中心气象台每天还要对外发两份海洋气象预报，它的范围从黄海南部、东海、上海港，一直到台湾海峡，这么长的海区的天气变化要通过吴淞口海岸电台，向海内外发布。我们要发两份预报，一份是中文报，四个数字组成一个字，如0006是"上"，3189是"海"。还有一份英文报，哪怕50多年过去了，我现在都还记得。黄海南部英文是 Southern Part of Yellow Sea，东海是 East China Sea，上海港是 Shanghai Harbor，台湾海峡是 Taiwan Strait，我们至少要会2 000多个英文单词。英文跟我们平常的用法不一样，除了台里有高级工程师的指点，我还到离我们不远的上海交通大学去请教语法方面的知识。1961年，蒋介石叫嚣要反攻大陆了。气象部门原先就是部队管的。一旦形势有变，气象部门立即军管。"大跃进"浮夸风，国民经济比例失调，那怎么办呢？要矫正啊！就要裁掉一些人，再加上我这样的出身背景。1962年，当时我24岁，人事部门的人找我谈话："你不适合这个岗位。当时我们招工的时候就招错了。你参加工作以后，我们把这么重要的岗位交给你，也是错的，你回家去暂时劳动一下，以后有机会我们还是会找你的。"就这样我老老实实回家参加农业劳动。

我刚参加劳动第一个月，生了一场大病，爬都爬不起来，底子亏，不适应，很艰苦，但是慢慢适应了。我一定要在这个地方好好干下去，后来就找对象、结婚、生子。我三个儿子的名字，大儿子叫雨农，下雨天，农民干活很辛苦。四年以后，第二个儿子出生，我想，如果我不是勤勤俭俭地干活，是养不活他们的，所以第二个儿子叫勤农。第三个儿子叫欣农，因为在他出生前，我已获得原单位经济上的照顾，而这时农村经济已经有所好转。

我回来后，大概过了五六年，上海气象局领导派来了两个人，来慰问我，两个人找我到旅馆谈话，他们说："你回来以后的的确确在好好干，你家里也这么艰苦。"这个时候，我已经有小孩了，还要负担母亲一部分的生活费。"我们这一次决定补助你 300 元。"我当时就说："太多了。"他们两个不相信："给你 300 元，你怎么觉得太多了？"我说："我干一年，不到 200元，你给 300 元，这个标准太高。我对领导很感谢，但是我觉得太多了。"最后他们按照我的意见给了 180 元。他们回去向局长汇报的时候，局长说："这个同志很好，你们以后要多关心他。"这个情况是二人中的一人告诉我的，因为他曾是我们的组长。局领导是一直关心我的。后来局领导又通过另外的途径，给我进一步落实政策，每个月给我补助 10 元。那个时候 10 块钱是不得了的（此后不断提高补助金额）。第三个儿子没有出生的时候，落实政策了，实际上对一个家庭来讲，作用很大。1987 年我建房子的时候，钢筋很紧张，局里面调 1 吨多钢筋直接从上海运到了我家，运费都不要，就只要拿出 600 多元的钢材费。那个时候，市面上的钢材是每吨1 400多元。

1970 年 10 月 16 日，大队党支部书记通知我说："你今天马上去临浦区公所，有个会就是给你们上海来的人开的。"我到了区公所以后，发现共有30 多个人，都是从上海精简过来的，我的年龄最小。开会内容是要从我们这些人中选些人到安徽去建设"小三线"①。我一听完，马上起来说："我不合适，我原先的岗位很好，因为家庭背景，我现在在家务农，我肯定不适合在国防企业工作，所以我就不报名了。"说完我就走了。我就这样放弃了这一次机会，安安心心在农村里劳动。

"文化大革命"的时候，我们义桥是重灾区，两派斗争很厉害。但是那个时候，我们三兄弟都规规矩矩在队里生产、劳动，不去管"造反派""保

---

① "三线建设"是中共中央和毛泽东主席于 20 世纪 60 年代中期做出的一项重大战略决策，它是在当时国际局势日趋紧张的情况下，为加强战备，逐步改变我国生产力布局的一次由东向西转移的战略大调整，建设的重点在西南、西北。所谓"三线"，一般是指当时经济相对发达且处于国防前线的沿边沿海地区向内地收缩划分的三道线。一线地区指位于沿边沿海的前线地区；二线地区指一线地区与京广铁路之间的安徽、江西及河北、河南、湖北、湖南四省的东半部；三线地区指长城以南、广东韶关以北、京广铁路以西、甘肃乌鞘岭以东的广大地区，其中西南的四川、贵州、云南和西北的陕西、甘肃、宁夏、青海俗称为"大三线"，一、二线地区的腹地俗称为"小三线"。地处一线二线的省份，各自建一批省属的"小三线地方军工企业"，力争做到在未来反侵略战争中"省"自卫战坚持抵抗，上海"小三线"是安徽南部地区。

守派"。"文化大革命"的时候要"破四旧"①，红卫兵对我还算客气，没有什么过激行动，倒是我自己沉不住气，把黄绍竑②的《五十回忆》给烧了。

进入改革开放时期，我们义桥社队企业的发展很快。1978年12月，中共十一届三中全会提出全党工作重点转移到经济建设上来，1979年7月，国务院颁发《关于发展社队企业若干问题的规定》，强调发展社队企业的重要意义，提出发展方针。同年9月，中共中央在《加快发展农业若干问题的决定》中，又明确社队企业要有一个大发展。1979年冬，中共萧山县委召开促富大会，对发展农业提出了"一个主体（农业）两个翅膀（社队企业和多种经营）"，把发展社队企业作为振兴农村经济、建设繁荣富庶新农村的一项重要工作来抓。1979年9月，我们大队办了一个采石场，12月，大队书记对我说："浩祖啊，你帮我们来搞供销。"那个时候，凭良心讲，不管有没有前途，只要能够到队办企业去，求之不得，何况又叫我去跑供销，领导对我有一定信任度。他知道我有这个能力，我真的感觉很好。但是，这份工作很辛苦。我要去找销路，要跟方方面面的人打交道，如要跟航运公司打交道，要跟用户去打交道。我是供销员，还要采购一些物资，比方说炸药。装石料的船要航运公司调度，船家要去航管部门签章。我和钱江航运公司的人关系都挺好的，他们对我个人的评价也较高。我现在回忆这段经历，印象还是很深刻的。

办社队企业有两个目的，第一个目的就是解决剩余劳动力的出路。当时，大家在田里面干活，工作效率不高，明明四五个人一上午可以把活干完，但二十几个人一整天都不一定能做完，拖拖拉拉。实际上，如果抓得

---

① "破四旧"指的是破除旧思想、旧文化、旧风俗、旧习惯。1966年6月1日，《人民日报》社论《横扫一切牛鬼蛇神》，提出"破除几千年来一切剥削阶级所造成的毒害人民的旧思想、旧文化、旧风俗、旧习惯"的口号；1966年8月1～12日召开的中共八届十一中全会，通过了《关于文化大革命的决定》（简称《十六条》），进一步肯定了"破四旧"的提法。

② 黄绍竑（1895～1966），字季宽，陆军中将加上将衔，广西容县人。辛亥革命时，他参加广西学生军北伐敢死队；1916年毕业于保定陆军军官学校第三期步兵科；曾任桂军模范营排长、讨陆（荣廷）西路军总指挥、国民革命军第七军国民党代表；1927年后历任广西省政府主席兼留桂军军长、国民政府内政部部长、浙江省主席、湖北省主席；抗日战争期间，历任军事委员会作战部部长、第二战区副司令长官；1947年任国民政府监察院副院长、立法委员；1949年作为国民政府和平谈判代表团成员赴北平参加国共谈判；谈判破裂后去香港，发表声明脱离国民党，旋出席中国人民政治协商会议第一届全体会议；中华人民共和国成立后，历任政务院政务委员、全国人大常委会委员、政协全国委员会委员、民革中央常委等职。

紧，劳动力其实是大量富余的。第二个目的是通过办企业，获得一点收入，像我们的石料厂，解决了二十多个劳动力，每年可以有一万多块钱的利润。在 1979～1980 年，一年能够有一万多块钱的利润已经很不错了。所以那个时候老百姓对大队领导都很感激。我做了大概三年，做得还不错。我们大队最主要的企业是五金厂，它的年利润一般有二十几万，这个厂的一把手后来被调到义桥社办企业去了，大队领导让我接手这个五金厂，大队书记是厂长，我是第一副厂长，后来我们书记不做厂长了，就让我做。

那一年，我运气不好，为什么运气不好呢？我们对口依靠的单位——萧山缝纫机零件一厂自己业务不行了。我们主要是靠它，它业务好了，我们也跟着好，它业务萎缩的话，我们当然也做不好。所以，我们勉强完成任务，搞得人也很累。原先我每天中午都要睡觉的，睡个半小时，或者几分钟也好。但是那一年，我中午不睡觉、不休息，辛辛苦苦、忙忙碌碌。

1983 年，义桥全公社范围内，全面推行家庭联产承包责任制。这个时候，义桥的劳动力一下子从土地中解放出来了。我觉得这个时候人们的视野扩大了，不会再固定在这几亩土地上了。这年，义桥的社办企业已经非常多了，有萧山缝纫机零件二厂、义桥自行车零件厂、义桥知青电镀厂、义桥砖瓦厂、义桥石料厂、萧山钢锯架厂、义桥五金塑料厂、义桥纺织厂、义桥塑料编制厂、义桥食品厂、义桥粮食加工厂、义桥建筑队、义桥搬运队等 13 家，完成年总产值 711.42 万元。年产值超过百万元的是萧山缝纫机零件二厂、义桥自行车零件厂 2 家。

1984 年，中共中央为社队企业专门发了 4 号文件，转发国家农牧渔业部《关于开创社队企业新局面的报告的通知》。文件除将社队企业更名为乡镇企业外，还充分肯定了企业的作用："是多种经营的重要组成部分，是农业生产的重要支柱，是广大农民群众走向共同富裕的重要途径，是国家财政收入新的重要来源。"这一年，义桥乡 55 家乡镇企业（17 个属乡办、38 个属村办）年末总产值 1 567.23 万元。其中工业产值 1 362.65 万元，占总产值的 86.95%；建筑业产值 174.39 万元，占总产值的 11.13%。

1984 年上半年的某一天，义桥公社工业办公室通知我们到临浦区去参加一个会，要求年产值在 10 万元以上的厂，企业负责人都去参加。我们这个五金厂符合条件，可以去听报告，做报告的人是鲁冠球。全区很多人都去了，整个临浦影剧院里面都坐满了。鲁冠球在上面讲，我在下面听。当时我感到：我跟他差不多，就是他运气好。他那个时候已经不得了了，企业已经很有规模了。但是后来我觉得我跟他的差距越来越大，为什么呢？他成为成功人士以后，接触的人档次不一样了。他还到浙江大学去培训，所以眼界一下子就开阔了，我跟他差距实在太大了。

1985年，又是一个转折，我不在村里工作了。我们义桥有个物资供应站。这时候，义桥水泥厂也在筹建，水泥厂厂长也让我去，打算让我当供销科副科长。这个关口，我一时举棋不定，不知道到底到哪里去。实际上，这个时候我已经在物资供应站工作了。我有两个净友，要去听取他们的意见。我说："你们帮我出出主意，你们说怎样做。"净友之间，我们都是可以推心置腹讲的，什么事情都能讲，而且他们也很真心帮我。其中有一个就跟我说："你已经这个岁数了，水泥厂才刚刚起步，而且那个厂长的领导方式是以自己为主的。物资供应站的领导是你原先所在公社的副书记，我们都知道他为人不错，你在他那里工作好了，何必去水泥厂呢？"最后，我就没去水泥厂。不过，有时候我还是要跟水泥厂厂长打交道。例如，他们有个篮球队，他聘请我去做篮球教练，他们同样发一套球衣给我，有一次全镇篮球比赛，我们得了第三名，每个人发50块钱，他也托别人给我了。我建房的时候，他还帮我解决了一些紧缺建材。

1988年3月6日，我们义桥镇召开亿元镇誓师大会。当时这个会我也去参加了，地点是义桥影剧院。1 200余座位的影剧院座无虚席，全镇各企业车间主任以上干部、村组长以上，以及全体机关干部、共产党员参加。当时中共临浦区委书记方岳义的讲话，我现在印象仍然很深刻。他从纵横两个方面来分析：义桥应该要成为亿元镇，很有道理。义桥原先就是活水码头，历史悠久。另外，这几年乡镇企业发展涌现了一批管理人才和供销人才，这个应该看到；大环境有利于乡镇企业的发展，这个也应该看到。同闻堰比，我们的规模差不多，原来我们义桥更好。他讲得很深刻。那时候我怎么想呢？临浦区委书记方岳义是义桥人，可以说我是看着他长大的，他后来去当兵了，在部队里真的成长很快。他讲得很有道理，一下子把问题讲清楚了，极大地鼓舞了全体与会人员的信心与决心。若干年后在他任滨江区人大常委会副主任时，我问他当年的讲话，他说确实是即兴发挥。那个时候亿元镇是很了不起的。1988年，义桥人民经过积极努力，在萧山南片第一个实现了工农业总产值亿元镇的目标。全镇工农业总产值达到11 270万元，比1987年的6 638万元净增了4 632万元。

我一直在物资供应站做到1995年退休。退休以后，1996年我们农村实行两田制。这里我要介绍两田制的背景。20 世纪 90 年代，随着人口的变动，国家、集体对建设用地需求的增长，原有的土地承包责任制开始暴露出不能适应形势发展需要的弊端。为了在新形势下进一步巩固、完善土地承包责任制，1996 年秋冬，萧山在全市范围内推行第二轮土地承包责任制。

义桥镇政府随即颁发了相关文件，根据义桥的实际，具体制定完善家庭联产承包责任制的形式，主要有五种：一是直接延长，到期一批、续定一批，把土地承包期延长 30 年；二是适当调整，严禁改变土地权属关系，不得将已经属于原生产队所有的土地收归村有，在全村范围承包；三是动账不动田，提倡在承包期内实行"增人不增地，减人不减地"；四是土地流转，建立土地承包经营权流转机制，在坚持土地集体所有和不改变土地农业用途的前提下，经发包方同意，允许承包方在承包期内，对承包土地依法转包、转让和季节性转包；五是实行"两田制"，推行适度规模经营。我是义一村"两田制"工作组的成员。

在第二轮土地承包过程中，实行两田制是中心内容。两田制是指在土地承包过程中将土地划分为人口田和责任田两种，按人口承包人口田，按能按劳招标承包责任田的土地承包责任制。1996 年初，两田制还未全面推广，直到 8 月，才在全镇 16 个行政村全面实行。这次土地承包不同于 20 世纪 80 年代初的第一轮土地承包，除人口田外，全村的自留地、宅基地也纳入了丈量的范围，进行统一核算。人口田按照在册农业人口人人分包，每人分得人口田 4 分，自留地 4 厘。责任田以招标形式，承包期 5 年，起包面积不低于 10 亩，允许农户以一个起包点为单位进行联合承包，但责任田必须集中连片，耕作方便，有利于适度规模经营，以确保国家定购粮的完成。

第二轮土地承包的前提仍然是坚持土地的集体所有，同时强调"三权分离"，即土地的所有权、承包权和使用权的分离。这样做的结果使农业朝着规模化的方向迈进。在义桥全镇完成第二轮土地承包后，据统计，共 2 988 亩土地、125 户以责任田的形式承包，其中承包 10 ~ 30 亩的有 82 户；30 ~ 50 亩的有 25 户，共 1 495 亩，约占总耕地面积的 21.2%；50 ~ 100 亩的有 15 户，共 1 143 亩，约占总耕地面积的 16.2%；100 亩以上的有 3 户，最高的是横筑塘村村民潘先恩，承包数为 171 亩。

实行两田制的时候，我尽管已经 50 多岁了，但我一个人包了 30 亩地，主要种水稻。大家说："你已经是做爷爷的人了，胆量这么大啊？"我说："辛苦一点不要紧的。"结果那一年，我瘦得很严重，别人下午或雨天在家里休息，我下午或雨天还在田里面干活，忙忙碌碌。但是，那一年我的收入是有增加的。萧山市农业局还要派专家来给我们上课。水稻怎么种，小麦怎么种，他们都要教的。所以，我是合格的农民，绿色证书至今在我家中。第二年，学校要征用我承包的这块地，补给我一万多块钱，因为我包了两年，还在承包期内。

二 义桥人民衣食住行的变迁

采访者：请结合您自己的经历，谈谈义桥人民衣着的变化。

韩浩祖：中华人民共和国成立前，农村妇女最主要的工作就是做"女红"。当时农村的小女孩大多是不念书的，家长也不希望她们念书。她们五六岁或者六七岁的时候跟着奶奶或者母亲纺棉花，稍微大一点，能够着布机了，就要织布了。那个时候有些村民还会自己做衣服，衣服是对襟衫，土布做的，一般农户是穿自己做的衣服。抗日战争以前，我们这边几乎家家户户的妇女都织布，有剩余的还可以拿去卖。我记得很清楚，我外婆是一个很能干的人，在村里的妇女中，她是很有发言权的。别人也很信任她。我外婆家是富农，也不知道怎么的，抗日战争期间，日本侵略军将徐童山下九个村的房屋大部分烧毁了，她家的布机却留了下来，没有被日本人烧掉。别人家要弄一个布机很困难，一般人家没有一定的财力是没有的。我小时候经常去外婆家，妇女们如果要织布，都要跟我外婆来商量。我外婆很实诚的，说："你过几天，我织好了马上下来，你把布机借去吧。"我小时候见过做出来的白布，有的要去染一下。义桥有染店的，染红的、蓝的或者黑的，那么布的颜色就多样了。穿衣服，妇女以有红点的色调为主，年纪大的老头一般都是白的（或黑的），穿对襟衫，裤子是"团团"裤，没有松紧带。自20世纪70年代起，做衣服的人越来越少，大多去市场上买。

我母亲最主要的家务就是做布鞋。做布鞋也很复杂的，把破的布打成一块块的东西垫鞋底，垫鞋底之后，用麻线扎起来，配上鞋帮，否则这个鞋不禁踩的。有的时候整个晚上都在做鞋。但是，这样的鞋子不牢的，尤其是像我这样刚刚长身体的时候，过几个月就穿破了。我读初中的时候，我们班里一般男生平时是光脚的，上课的时候也是光脚的。萧山中学开运动会，我光脚参加跳高比赛，获得亚军。女同学当然要好一点。现在哪个妇女还在做鞋啊？喜欢什么就买了，条件好的话几千块钱一双，美国出来的什么品牌都可以买，条件不好的话，几元的也可以买。我买过 10 元一双的旅游鞋，它是处理品，穿了以后洗也不洗，一下子穿到底，有时候去爬山的时候穿一穿。所以妇女从这里面很早就解放出来了，再也不用因为这个操心了。改革开放以后，很少有人做鞋了，都是买的；也很少有人做衣服了，当然市面上还是有几个裁缝，他们做老式衣服，有些人还是喜欢穿老式衣服。我自己就有三件唐装，第一件是市场里买的，还有两件是手工做的。

采访者：请结合您自己的经历，谈谈义桥人民饮食生活的变化。

韩浩祖：原先，一家一户吃的都是自己家的东西，比如说家里养鸡，鸡生蛋，蛋可以做菜。有的时候家里来客人了，杀一只鸡；有时候到河里、池里抓的鱼都可以做菜。一般人家有自留地，种一些菜，瓜果蔬菜这些东西都是自给自足的，吃不完送邻居、送亲戚，一般很少拿去卖，要么送别人，过时了就不要了。这样平平淡淡的，也可以过日子。当然有的时候要到街上去买一些自己家里不能生产的东西，比如说猪肉、白鲞，也比较方便。

那么现在有没有变化呢？有变化，比如说，现在有的家庭都不做早饭了，到街上去吃一点，店铺很多，小吃店也很多，有的还带着小孩到街上去花个三五元、十几元就解决了。像我这样的"老传统"，早饭还是要自己烧的。比如我今天早上吃的是超市里面卖的宁波汤圆，价格也不贵，几元就解决问题了。但是我们那边有些邻居早上就不烧饭了，中午烧一顿，有的时候晚上烧一顿，在街上购买一些好的菜，改善生活。特别是进入 20 世纪 90 年代以后，人们生活水平提高了，不但是要吃饱，还追求"吃讲营养"。

我三个儿子结婚的时候，最重要的一项当然是办酒席。当时在义桥要采购一些物品有困难，我记得我大儿子的东西是到杭州采购的，二儿子的东西到萧山采购的，小儿子结婚的时候，都在义桥买的，有很多东西能够买得到了。稀有的东西，比较好的东西，到义桥买是没问题了。现在大儿子家住在杭州。二儿子家离我们家很近，不到 100 米。小儿子家住在萧山城区，他有时候礼拜天带一家人回家来看望我们，这个时候我肯定要上街买一点比较好的菜，小儿子也从萧山带一点来。我们一家总共十几个人聚在一起吃饭，热热闹闹，这个时候我妻子很开心。

关于吃的，我要强调一点，我们家对一些传统节日很重视。比如清明节，我们家一定要裹清明果。到端午节的时候，我妻子一定要裹粽子。她裹的肉粽很有特色，很受小孩子欢迎。往往节日还没到，我的孙子、孙女就说："奶奶，你什么时候裹粽子？"她的粽子很好吃，口味很好，有时候我把这些粽子送给我的好友，他们吃了也说很好，比嘉兴粽子都要好。这是她的一种手艺，不是有材料就一定能做好。七月半的时候也要裹米果，给邻居们也拿一点去，我妻子不怕辛苦。以往过年，农村里哪些事情一定要做？一个就是自留地上的白菜要割下来，在缸里腌起来，做腌白菜，这个菜很好。如果正月里有客人过来，年糕是用来招待客人的，没有年糕拿出来，就不太像样了。打年糕一般在农历十二月初，几户人家联合起来，打出来的年糕过几天放在水缸里可以放很长时间。打年糕需要一套工具，没有这套工具不行。现在打年糕的人越来越少，大多去农贸市场买年糕了。

我再来谈谈饮水问题。改革开放之前，义桥百姓主要是挑江水、河水、池水来解决饮水问题。原来大户人家喝天落水，用水缸蓄水。实际上水缸里的水最不好，放久了会招蚊子，那个水是很不干净的。我小时候，我们吃的是浦阳江的水，那时候浦阳江的水很清的，可以看到底。现在污染很厉害了，浦阳江的水是浑的。没有自来水厂的时候，尽管浑，但大家还是要喝水啊。我去挑水，倒在家里的水缸，用白矾一倒，一根竹棒一搅，让杂质沉淀，这样就可以吃了。因为我家离浦阳江很近，大概100米，翻过一个堤坝就可以。如果说这几天浦阳江的水不行，那么就去远离村子的池塘里挑水，长期是这样的，大多数人家也都是这样解决的。

1984年，义桥自来水厂开始供水，自来水厂就建在我们村。这个水厂当时是很好的，老百姓本来要挑水喝，现在不用挑了。但是这个水去污的能力不强，只能沉淀一下，把泥沙等东西去掉。用水是方便了，但是癌症多了。我不好讲癌症多了就是因为自来水的缘故，因为江里面有很多污染企业排放的水，尤其是电镀行业，我们义桥有电镀厂，许贤那边也有电镀厂，通过永兴河、浦阳江过来了，自来水厂的取水口就在旁边，水上来以后沉淀一下就到家家户户去了。义桥是癌症多发地区，就是周边的电镀企业多，水质不行。每年都有死于癌症的人，说起来是很可怕的。现在我们用的是戴村自来水厂的水，富春江的水从那边的储水口一直到戴村，再用管子接到义桥，这水已经比较好了，富春江的水比浦阳江的水要干净。

采访者：请结合您自己的经历，谈谈义桥人民住房的变化。

韩浩祖：抗日战争时期，我们义桥是重灾区。我刚才讲了，有些村被日本人烧完了，基本上没剩几间房子，很多人住草舍。什么时候老百姓开始有条件建房了呢？20世纪60年代，条件稍微好了一些，我记得我们这里解决粮食困难是从1963年开始，粮食没有困难了，1963年以前，粮食还有困难，有时候还青黄不接。1963 年以后为什么会好转呢？一是单位产量提高了，二是国家征购任务减了一点。从 1963 年开始，再也没有饿肚子的现象了。改革开放之前，义桥的房子比较简陋，一般以两层为主，那个时候建房不需要批土地，你在你自己的土地上建，别人也不会有意见。但是后来建的人越来越多，没人管不行了，大队就要管了，最后还要公社批。我记得我是 1987 年建的房子，我的房子三层半，可能当时在我们村里还是比较早的一家，三层上面还有个阁楼，花了大概两万多元，现在连工钱都不够。我现在还住这个房子，当然我三个儿子都已经搬走了。后来，大家的房子越造越好，越造越高，现在五六层、六七层都有了。不同时期，建筑材料在不断变化。原先一些东西没有的，现在都有了，所以现在的新房子，代价不菲，但是一般人家也建得起。原先我建房子的时候，我记得我还向我姨父借了 500 元，向我姐夫借了 500 元，平时节衣缩食留下来一点钱，用来建房子。现在有些人家，比如说两个门面的话，占地面积 100 多平方米，一般建三楼或者三楼半，要一百多万元，为什么会这么贵？一是材料贵了，材料质量好了，二是人工费贵了。现在建的新房，住得很舒服，不像我家 1987 年造的房子。这里面有个变化，就是生活质量在逐步提高。但是我们萧山拆的房子太多了，现在的房子看起来当然是好的，但是它有缺点，如果家里有事，是施展不开的，多去几个人就没地方坐了，是不是？电梯上去电梯下来，邻居之间的关系都没有了。亲朋好友也不是经常可以见面的，你要来的时候还要打个电话，说好我什么时候到你家里来，这很不方便。

义桥新区

采访者：请您谈谈中华人民共和国成立以来义桥交通的变化。

韩浩祖：义桥在1950年前后有来往于义桥至杭州的少量客运汽车，而且汽车发动经常靠手摇，以原江塘为行驶路线，因此经常出交通事故，经常抛锚，无一定班次。中华人民共和国成立前后无货物运输车辆，货物搬运除水运外，都靠人力肩背担挑，从事这个行业的人称为脚夫。1960年，义桥居民先后从外地购入人力双轮车2辆，用于石料厂搬运石料等。1963年，萧山搬运公司义桥站因为搬运货源增加，为减轻搬运工人的劳动强度，购入人力双轮车7辆，开始代替义桥搬运工人挑、抬、背的笨重搬运方式。1968年，义桥建筑队买了义桥第一辆5吨货运汽车。1975年，萧山缝纫机零件一厂买了北京吉普车。1983年1月，义桥影剧院购置幸福牌摩托车，用作运送电影拷贝。1987年4月，义桥知青电镀厂买了桑塔纳普通型轿车。改革开放以来，由于义桥镇经济的迅速发展，各种企业较多，人民生活逐渐富裕起来，因为生产和生活需要，都已开始购车，轿车开始进入农民家庭，摩托车、电瓶车也普及了。

义桥浮桥遗址

我印象最深的是道路的变化，义桥原先没有几条像模像样的路，现在好几条路可以去萧山。我念初中的时候，如果到萧山中学要走两三个小时，还是快跑过去的，慢点的话要走三四个小时，现在20多分钟就到了，而且现在村村通公路。具体说来，改革开放后的情况是这样的：义桥镇的镇域公路网是以县级公路为基础，义桥街镇为中心，东方路为本镇对外交通主道，树枝状向各村延伸。1984 年底，柏山陈经义桥至闻堰公路建成后，义桥镇政府为筹备对义桥镇域内村村通公路的建设，先在原有机耕道路的基础上加以改造、拓宽、延伸，以后逐步建设宽度为 5 ~ 6 米、沥青路面的乡村公路。到 20 世纪 90 年代初，义桥镇村公路网已经初步形成。通过 10 多年的镇域公路开发建设，特别是 1994 年开始逐步兴建的东方路西段，2000 年 10 月连接东方路的新峡路北段公路的建成，以及闻戴（闻堰到戴村）公路义桥段的建成通车，义桥镇陆路交通大为改善。随着《义桥镇城镇总体规划》的逐步实施，义桥镇公路更加完善。

我再来谈谈义桥的桥梁。原先我们义桥和许贤之间靠摆渡来往。1969 年 10 月 1 日，临浦公路大桥竣工，临浦浮桥移至浦阳江下游，称义桥浮桥。国家投资，改用 34 艘水泥船和 8 艘木船扎成。1984 年 7 月，由义桥、许贤、村桥 3 个乡成立浮桥管理领导小组，负责管理，并发布浮桥管理通告。交通、航管部门负责安全监督。20 世纪 80 年代中后期，浮桥过往行人数量激增，每天有 4 000 ~ 5 000 人，逢年过节高峰期可达万余人，给行人的生命财产带来严重威胁。1986 年，浮桥开始改造。桥面由钢板焊接，浮桥船分批改为钢质船，1990 年更换完毕，更新和增加了固桥位用的铁锚和锚链，浮桥两端结合浦阳江清障建造了浆砌块石码头，根据水位涨落均可使用，分高、中、低三层，并在码头通道口设立收费点，收取过桥费。浮桥管理工工资和修桥费用在过桥费中支付，修理费不足部分由交通局补助。1995 年 12 月，义桥大桥建成，这座浮桥移往富阳。

义桥大桥

后来到 2006 年，这座义桥大桥不够用了，要再造第二座大桥——义桥二桥（渔浦大桥），从杭州主城区前往萧山南片地区更加便利。义桥二桥与杭州市"三纵五横"城市快速干道的一纵（上塘高架—中河高架—钱江四桥—四季大道）相接，纵向贯穿萧山南片地区，是连接杭州主城区与萧山南片地区乃至浙江省中部地区的重要桥梁，也是诸暨、富阳、萧山南片地区进入杭州主城区及萧山国际机场的便捷通道。

这两座大桥一造，义桥的陆路交通一下子就发达起来了。交通发展对经济发展肯定有促进作用。人与人之间交流也方便了，比如说求学、工作、做生意都离不开交通。这几年义桥的交通面貌大大改观，比如地铁以后要通到杭州东方文化园的，这样我们到杭州市区的速度就更快了。

三　参与义桥乡土文化建设

采访者：您在退休之后，积极参加义桥乡土文化建设，比较突出的是编纂《义桥镇志》，这花了您不少心血，请您谈谈。

韩浩祖：1998 年编镇志的时候，当时义桥镇一位副镇长推荐了我。他和镇相关部门说："义一有个韩浩祖，工作能力也有，文化水平也够，你们可以去找他的，他会来的。"这是一个原因。还有一个原因，就是我写文章还可以。1995 年，纪念抗日战争胜利 50 周年时，《萧山日报》有一个征文活动，我看了五六篇以后，也马上写了一篇。这是真人真事，是族兄讲给我听的，很快写出来并寄出去，结果没几天登出来了，只改了十几个字。后来整个征文活动结束，我那篇文章获得了一等奖。1997 年 2 月 17 日邓小平同志辞世，我一边看电视一边流泪，看了三天，想了三天，写了一首诗《您的一双大手》，《萧山日报》也一字不改登出来了。那个时候我的投稿命中率达到50% 以上，因为有这些东西，别人就想，你是有水平的，搞文化建设没有文化是不行的，所以负责的人就看上我了，通知我去镇里上班，参与编纂《义桥镇志》。

编纂镇志主要有两个人，一个是韩永标，他年纪比我稍微大一点，住在萧山城厢，负责查档案。我负责联系义桥镇下面的村，那个时候义桥镇有 16个村，还有几个居民区，还有方方面面的单位，工作量很大。我的本子里面记录了某月某天，我在干什么、访问了哪些人。这样的本子一共 4 本。有时候要去开座谈会，每个村里的老农民、老干部，我们确定一个时间请他们来开个座谈会，讲村里的变化。还有我们镇广播站的负责人来公才，这个人不简单。他于20世纪80年代初参加工作，广播稿记得很工整，2000年之前就有96本，每一本大概有3万多字，是编写镇志极好的原始材料。《义桥镇志》在2005年由方志出版社出版时有99万多字，大多数是经过我的手，当然我还要参考其他资料，也经过主编王志邦修改。应该说，我是全身心投入工作中，记得前前后后大概换了3辆自行车。当时萧山其他地方编镇志不多，义桥算比较早的。

2000年暑假期间，主编王志邦组织4名宁波大学历史系方志专业的学生到义桥协助我工作，我带他们到村里去搞调查、开座谈会，觉得很有收获，现在这些学生都事业有成，其中一位成为上海市地方志办公室市志指导处副处长，一位成为萧山区地方志办公室副主任，他们都是修志的业务骨干。

2005～2009年，我参与了编纂了《许贤乡志》。许贤历史悠久，唐时以许伯会的孝贤之德闻名乡里，后人为纪念他，尊其为许贤相公，此乡因此而得名许贤。2001年，许贤乡和义桥镇合并成新义桥镇。许贤乡行政机构虽然被撤销，但义桥镇政府高度重视对许贤传统历史文化的保护和挖掘，在修编好《义桥镇志》的基础上，建立专门机构，落实工作人员，着手修编《许贤乡志》。2009年，萧山区新中国历史上第一部乡志《许贤乡志》历时4年编纂，正式由中华书局出版发行。《许贤乡志》客观记述了许贤乡的自然环境和建乡以来到2001年7月的社会发展进程，共分为十八篇，110万字。我个人认为《义桥镇志》如果打70分的话，《许贤乡志》可以打90分，质量更好。

后来，我还与王志邦、鲍江华老师一起编撰《山后村志》，2013年8月由中华书局出版。

采访者：您还参与了义桥革命历史纪念馆和义桥的文化礼堂建设，是吗？

韩浩祖：从1998年到现在，我感到最欣慰的是筹建义桥革命历史纪念馆，从形式到内容，我是花了大量心血的。这个馆2014年对外开放，我觉得有幸参加这个项目，很欣慰。纪念馆方方面面的布置都考虑了我的意见，哪怕是一张油画都是根据我的理解设计的，因为我对义桥革命历史很了解。可以这样讲，这里面每一个字，我都仔细推敲，费尽了心机。当然，我要强调的是，朱淼水先生是我们的顾问，因为他是我们萧山地方史专家，他知道的东西很多。我们请他做顾问，我写出来的东西，他至少要看一遍，修改一下。我们委托的制作公司的搭档也很好，她是南开大学新闻系毕业的，水平很高，我和她配合得很好。特别还有各级领导的支持，经过各方面的支持和配合，纪念馆的内容、形式和质量达到了较高水准。

另外，我也参与义桥当地的文化礼堂建设，比如说山后村文化礼堂，里面布置的一些农耕社会的东西，大多是我去采购和收集的。我还撰写了义桥村和民丰村的文化长廊。现在的文化礼堂大多展示家训、家规。我想把原先一些文化传承的精髓、世世代代可保留下去的东西放入文化礼堂。我最近还给假日学校的学生上礼仪课。

采访者：萧山义桥渔浦古渡是浙东唐诗之路的重要源头，您在编纂《义桥镇志》时，也收集了不少渔浦诗是吗？请您谈谈近年来渔浦诗研究和传承渔浦文化的概况。

韩浩祖：原先我对诗词并不怎么研究，而且我小时候对诗词的平仄也不懂。编纂《义桥镇志》的时候，韩永标老师有段时间专门在图书馆、档案馆等收集有关渔浦的诗。《义桥镇志》里面有好多渔浦诗，收录143首（篇），但没有注释。直到2010年，我们请浙江大学鲍江华先生注释了107首，并经中华书局公开出版了《渔浦诗词》。

以前的渔浦，地处钱塘江、富春江、浦阳江三江交汇之处，是很大的一块区域，可能从富春江下游一直到湘湖一带。同时，渔浦也是当时的水上交通要塞，沿富春江可以到建德一带甚至远至徽州，沿浦阳江可到千年古镇临浦，再至绍兴等地。形象地说，渔浦在当时也算是一个地标。而正是这个"地标"，使渔浦成为众多文人骚客的"中转站"，也让其成为"浙东唐诗之路"的起点。南北朝山水派诗人谢灵运在渔浦被当地的山色所吸引，写下第一首咏颂渔浦的诗篇——《富春渚》。正因为谢灵运笔下的"渔浦"呈现出原生态的湖光山色，引得历代的文人骚客前来"叙旧"。

2012年11月5日、6日，来自清华大学、浙江大学、复旦大学、厦门大学等的21位国内唐诗研究大家，带着各自的论文，在5日实地寻访渔浦古道后，6日参加了2012年第三届中国国际（萧山）跨湖桥文化节系列活动之一的"浙东唐诗之路重要源头研讨会"，对唐诗源头之地、渔浦地名和诗词等进行论述。

当时，浙东唐诗之路研究会会长竺岳兵描绘了浙东唐诗之路的具体线路。他认为，浙东唐诗之路是一条迂回的路线，从义桥渔浦经绍兴、新昌，折回经余姚、绍兴，再回到渔浦，所以说，义桥渔浦是浙东唐诗之路的起讫点。浙江工商大学的王志邦还认为，渔浦是浙东浙西两条唐诗之路的重要连接点。清华大学教授傅璇琮①把浙东唐诗之路比喻成与"丝绸之路"相媲美的文化之路。作为浙东唐诗之路的重要源头，义桥渔浦应该成为唐诗研究的重要基地。

当时，众学者也对义桥挖掘、传承渔浦文化提出多项建议。例如，今后义桥可与浙东唐诗之路沿线城市联合申报"唐诗之路"世界文化遗产，还可以建一个浙东唐诗之路博物馆、一个渔浦诗碑公园。为延续文脉，如今，义桥镇在渔浦古埠头已经建设好渔浦公园，并相继出版了《渔浦诗词》等书籍。原先我设想从我们收录的渔浦诗词里面挑几首出来，每一首诗或者词用最好的石材，请最好的书法家，用最好的雕工一块块雕出来打造一个渔浦诗碑公园，如果花一点时间和资金是做得到的，但是现在还没有。为什么我会有这样的想法呢？因为我有一次到武汉黄鹤楼去，下面有个陈列诗词的石碑群，我看了整整三个小时，看得流连忘返，那里的碑文确实很好，可供我们借鉴。

采访者：今年，义桥镇启动了渔浦老街修复工程，是吗？

韩浩祖：今年义桥镇启动了渔浦老街修复工程。重建老街，一方面是恢复渔浦昔日风采；另一方面是再现浙东唐诗之路山水人文美景。老街的修缮本着还原原住民的生活场景，保持古朴风貌，同时改善水电气网等基础设施。老街将依托里河古道、渔浦街商业综合体等的辐射效应，挖掘特色优势，让老街成为展示城市历史文化的"名片"。

---

① 傅璇琮（1933～2016），浙江宁波人，九三学社社员，历任中华书局总编辑，国务院古籍整理出版规划小组秘书长、副组长，兼任清华大学中文系教授等。

坚持共富初心，不负集体重托

——朱重庆口述

采访者：潘立川、郑重、邓文丽　　　　　整理者：邓文丽、潘立川

采访时间：2018 年 8 月 16 日　　　　　采访地点：航民集团会议室

口述者

朱重庆，1953 年出生，浙江萧山人。1976 年 5 月至 1978 年 5 月，任萧山县瓜沥镇航民大队会计；1978 年 6 月至 1979 年 6 月任航民农机圆钉纸制品厂厂长；1979 年 7 月至 1988 年 12 月，任萧山漂染厂厂长、萧山瓜沥镇航民村党支部副书记；1989 年 1 月至 1997 年 7 月，任萧山市航民实业公司（航民村）党总支书记、党委书记、总经理；1997 年 8 月至 1998 年 1 月，任浙江航民实业集团有限公司（航民村）党委书记、董事长、总经理；1998 年 1 月至 2003 年 12 月，任浙江航民实业集团有限公司（航民村）党委书记、董事长、总经理，浙江航民股份有限公司董事长；2004 年至今，任浙江航民实业集团有限公司（航民村）党委书记、董事长、浙江航民股份有限公司董事长。曾获全国新长征突击手、第二届全国十大杰出青年、全国乡镇企业家、全国劳动模范、中国十大杰出村干部、中国功勋村干部、第八届全国人大代表等。

一　艰难困苦，砥砺前行

采访者：朱董事长，您好！很高兴您能接受我们的采访，您是萧山改革开放历史进程中的重要人物，希望您能谈谈您的创业经历和航民村以及航民

集团的发展历程。首先请您先介绍一下您的个人基本情况。

朱重庆：我是 1953 年农历二月出生的，今年 66 岁了。当时我们村里都很穷，是相当贫困的一个村。我一直生长在航民，工作在航民村①，后来我创业也在航民村，航民村总体的情况是逐步好起来，发展也都是持续向好。

采访者：您能介绍一下当时您的家庭情况吗？

朱重庆：当时我父亲中华人民共和国成立前就外出在上海打工。实际上我们航民村的人到上海打工去得早、也去得多，也算是一股风气吧。毕竟上海是大城市，我们村里也没有好的出路，就只能外出打工。我的父亲、大伯、二伯都在上海。我们家分成两块，我父亲在上海打工挣钱，我母亲当时在乡下，我也在乡下，所以我是在乡下生活、成长的。我父亲一般劳动节回家一次，国庆节回家一次，春节回家一次，一年就回家三次，每次在家里可以住一个星期左右的时间，其他时间在外边打工。我们家里小时候都是靠母亲抚养，她一人生养我们三兄弟。我大弟今年 62 岁了，他是 1957 年出生的；还有一个弟弟，跟我相差 13 岁，今年 53 岁了。现在三人都是各过各的，我在集团当董事长，我大弟在航民股份当总经理，我小弟是一人单独创业。因为当时小弟顶替我父亲去上海工作，他是一般的工人，在上海延安油脂化工厂工作。在上海工作几年之后，他感觉工资待遇等各方面都不怎么理想，就离开上海回家。他回到萧山以后，就自己一个人出来创业，现在也在搞企业。

采访者：当时您父亲为什么给您取名叫重庆呢？

朱重庆：我父亲也是随便取的名字，大体是那一年他得了一场病，身体康复以后，家里又生了个儿子，两件好事一起来，给我取名重庆就是一个双喜临门的意思。

采访者：您是什么时候开始上学？

朱重庆：我当时上学是在我们村里的小学，学校就在我们村里的祠堂。当时我们在的那个祠堂叫朱家祠堂。因为村里经济条件差，祠堂小学里学生很少。后来我就到庵里办的小学，就是在尼姑庵里办的，在那所小学读了四

---

① 位于浙江省杭州市萧山东部，从 1979 年航民村村民创办第一家村办企业开始，航民村逐步形成以种粮为主，蔬果种植、禽类养殖等多种经营并举的自给型与商品型相结合的现代化农业和以纺织、印染、化工、热电等为主体的多门类工业体系，以及以商场、宾馆、房地产开发为特征的第三产业网络。多年来航民村曾获"浙江省文明村""全面建设小康示范村""中国经济十强村""中国十佳小康村"等荣誉称号。

年。四年以后，就进入高小①读书，高小就是小学五年级、六年级。村里没有高小，就到瓜沥镇②去上学。瓜沥镇高小也是在一个祠堂里，叫高家祠堂。高小毕业后，我最后一直念到初中。

采访者： 当时您的同学都是来自附近村子里吗？

朱重庆： 都是来自瓜沥镇及附近村，特别是到初中，初中也分班，按生源地分班。比如说瓜沥镇上的学生在甲班，来自农村的学生在乙班。当时班级很少，一个年级就分两个班。

采访者： 当时有哪些您印象深刻的老师？

朱重庆： 印象深刻的老师就是我读小学时候的王老师。她现在去世了，享年90多岁。王老师人很好，感觉就像母亲一样照顾我们。虽然我们是农村的，但是她对小孩子要求是很严格的，有些任务也是抓得很紧的，而且很认真，像对自己小孩子一样地来培养我们，她的严厉与慈爱让我印象深刻。初中有一个老师印象也很深，他是我们的班主任。他是位男老师，也是一个很好的人。不管你是不是农村来的，不管你是不是脏兮兮的，都跟城镇上的小孩子一样看待。我们对这位老师都很感激。我们从农村去镇上读书，各方面的条件确实都是有欠缺的，但是他能一视同仁地教育，让我们受益匪浅。

采访者： 您当时去读书每天都回家，还是住在学校？

朱重庆： 每天回家。我每天早上出门去，中午回来吃午饭，下午去上课，晚上回来，都是这样的作息。因为就是两千米的路程嘛，走路两千米一般只用15分钟到20分钟，还是比较近的。

采访者： 您初中读到几年级？

朱重庆： 我初中读了一年半，因为一年半读下来，"文化大革命"开始了。"文化大革命"开始，学校上课秩序有点混乱，学校里对上课也不认真，加上我母亲没有文化，对有些方面也没有足够重视，她觉得没有文化也能生

---

① 一般指五六年级的小学，即高年级小学。

② 瓜沥镇因其地原产瓜类，瓜成熟后甜水沥沥而得名。据2013年12月编《萧山市志》记载：北宋太平兴国三年（978）称瓜沥里，属风仪乡。元至元十六年（1279）为二十三都五图。清雍正七年（1729）为风仪乡瓜沥庄。民国21年（1932）为瓜沥镇，属第六区。民国36年（1947），镇乡合并，瓜沥仍为镇。1949年5月，萧山解放，瓜沥为镇，属瓜沥区。1954年5月，经省民政厅批准为县属建制镇。1958年10月，为红旗人民公社瓜沥大队。1959年7月恢复镇建制。后几经撤并，至1984年5月，为瓜沥镇和瓜沥、昭东、大园3乡。1992年5月，瓜沥、昭东、大园3乡并入瓜沥镇。

活，而且我初中也读了一年半了，她就觉得也无所谓了，让我退学回到家里帮忙。回来以后，我就给生产队里放牛、看鸡，因为当时在村庄周围都是稻田，农民家里的鸡都是散养。鸡要去吃稻，需要有人看住鸡，不能让它们去吃粮食，所以我就去管鸡，赚一些工分。时任浙江省副省长王建满，曾经当萧山区委书记，他有一次问我："重庆，你什么文化程度？"我说："初中读了一年半。"他说："小学本科，初中肄业，不读书了，这样也不错。"当时也有机会，因为生产队里有文化的人很少，所以我初中读了一年半以后，在我18岁可以真正参加劳动时，村里就让我当生产队的会计。所以我担任生产队的会计是从18岁的时候就开始了。

采访者： 您当时担任生产队的会计主要是负责哪方面的工作？

朱重庆： 生产队会计工作实际上并不复杂，一个月时间里只用花一个星期去做账就可以。一个是工分要做工分账，肥料要做肥料账，分粮食、分柴草也要做账。做账做一个星期，其他时间跟着农民在田里劳动，为自己家里挣工分。

采访者： 您当时的工分大概有多少？

朱重庆： 我开始当生产队会计的时候，大概一天只有六个工分，后来每年都有增加，那时候每个工分可以分到七分钱到八分钱，那个时候收入很低。

航民村旧貌

采访者：您能说说改革开放前航民村的情况吗？

朱重庆：航民村的历史也很悠久，我们最近出了一本《航民村志》，刚刚弄好。航民村的历史已经有 500 年，这里的人在这里生活有记载的历史已经有 500 年了。在这之前，众所周知，全国农村情况也都差不多，大家都吃不饱穿不暖，不管哪个地方情况都是这样。从我记事那年开始，应该是到七八岁的时候，就是读小学的时候，有关于贫困生活的印象（还很深）。读小学那一年也感觉很穷，当时村里小学，不仅仅是本村的人，周围明朗村的人也来到航民小学读书，能够吃饱肚子送孩子来上学，这已经是了不起了。后来遇到三年困难时期，这段时期，我们就是吃南瓜、吃番薯，稍微有一点米已经很不错了。早上吃粥配一点南瓜和番薯，还有萝卜干；中午吃麦粞饭；晚上又是粥，就是青菜粥，就是这样子熬过来的。当时一年就吃几次肉，次数都能数得过来。那时候清明节要上坟，能有几块肉可以吃；到了端午节也可以吃到肉，之后再到七月半、八月半的时候吃点肉，然后就要等到过年才能吃肉。当时很少吃肉，想吃只鸡不容易，因为鸡要生蛋，养的公鸡是要在过年的时候吃，母鸡则要靠它们下蛋，因为也要吃点鸡蛋，总之那时候是很穷很穷。一直到我 18 岁当生产队会计，也就是 1971 年，那时情况已经有所好转，但每个家庭的情况都有所不同。

为什么每个家庭都不同呢？如果这个家庭吃口多的话，这个家庭往往是倒挂户，人多，赚工分的人少。这个家庭的几个儿子都分家独立了，赚工分的人多了，吃的人也差不多，那么他家里也有一定盈余。过年分个 30 元、50元的，叫作"生产队的过年分红"，也就几十元。这个时候情况是已经开始好转了。穿衣方面的话，也还算过得去。村里受冻的人基本上没有了，家长都保证给小孩子穿暖。人均收入呢，我 18 岁当生产队会计，一直到 23 岁当生产大队的会计，直到 26 岁当厂长，这段时间的人均年收入一般在 120 ~160 元。生活真正好起来是在我们开始搞企业之后，村民都参加企业工作，企业里也有点分红给生产队，村里的情况开始好起来，村民生活也逐步改善。

采访者：在改革开放前，航民村有几个姓氏呢？

朱重庆：航民村的姓氏倒是有很多，主要姓氏一个是朱，一个是沈，还有一个是徐，这几个姓占的比例高一点，姓氏加起来一共大概有几十个。村民的组成和来源也是比较多。

采访者：当时航民村村民的主要谋生手段是什么？

朱重庆： 一个是农业，就是种植粮食和少量经济作物。二是副业，从我18岁当生产队会计开始，我就知道我们这里要开山搞副业。因为萧山要围垦①，围垦要有石头去钱塘江边治江。那么村里开山挖石块作为一种副业，稍微有一点额外收入，其他好像没有什么。

采访者： 当时村民的居住条件怎么样呢？住的是什么房子？

朱重庆： 住的大多数是破平房。我家里是住老楼房，也就一间楼房，不多的。小平房一般是两间房子住一户人家，也有很多两兄弟分家、三兄弟分家只有一间小平房。总体来说，居住以平房为主，有少量的草舍，但是极少。在我们北边的另外一个村，他们的住房大多数是草舍。

采访者： 当时航民村的人均土地数量大概有多少呢？

朱重庆： 人均土地包括自留地在内，是半亩地，自留地也就一分不到的地，加起来是一个人半亩地。萧山是从开始围垦之后土地面积增加的。我应该是18岁的时候去参加萧山围垦的，那时候冬天要搞围垦，因为冬天潮水比较小。参加围垦有土地分，那么村子就分了几块土地。第一块土地大概是分了几十亩。后来又分了第二块土地，我们两个村子之间调换土地位置，整个村子加起来有150多亩土地，平均每人也有将近两分地。围垦搞起来后，我们又分了几亩土地，这样加起来之后，平均每人也只有八分地。

采访者： 相比于萧山其他地方，航民村的发展情况是处于什么水平？

朱重庆： 在以前，萧山各地区的发展水平是差不多的。没有搞工业之前，各村有各村的产业：像前面的东恩村②，山多，有山林的收入；我们东边的明朗村③靠近瓜沥镇上，他们村里零星打工的人多，还能做点小生意。我们航民主要是靠农业，搞一些副业，如开山之类，但整体生活水平基本差不多。重点是自1980年开始搞工业以后，各地的距离开始拉大。我们搞了印

---

① 据2013年12月《萧山市志》记载：历史上钱塘江河口段流道多变，两岸坍淤无常，位于河口南岸的萧山人民深受其害。历代封建王朝和民国政府，虽采取过不少治江措施，但收效甚微。中华人民共和国成立后，萧山实施"治江与围涂相结合"的方针，以南沙为依托，根据钱塘江治理规划，有计划地向北向东围涂造地。开发利用大片滩涂资源，控制江流主槽摆动幅度和"坍江"失地。至2000年，在西起浦沿半爿山，东至益农闸的南沙大堤以北地区，进行大规模围垦江涂31期，共圈围土地526 207亩，规模之宏大，为全国罕有。

② 东恩村是瓜沥镇下辖村，位于航坞山东麓，紧邻航民村。村中有巍千年古刹白龙寺和萧山十景之一的"航坞听梵"。

③ 明朗村地处瓜沥镇建城区中心，地域面积2平方千米，下辖7个自然村。

航民村民居旧貌

染厂，在1980年就已经有14万元的利润，到了1981年有38万元利润，1982年有100万元利润，航民村就这样富起来了，而其他村没有。所以我们航民和其他村开始拉开距离。

采访者：在改革开放之前，航民村有没有其他改善生活的出路呢？

朱重庆：在改革开放之前，改善生活的途径也有，首先一个是副业类。我们到山里面不仅仅是开山，还有敲石子，这种石子是建筑用的，包括以前尼克松到中国访问①，要降落在杭州笕桥机场②，周恩来总理去机场欢迎。笕桥机场搞跑道扩建铺的石子，都是从我们这里运过去。我也去敲过石子，我的弟弟也去敲石子，敲半个月时间也可以算10元钱，这个也是副业。第二个是撑船，摇船去装石头，运到围垦前线。围垦指挥部根据石头的数量和距离给你算钱。其他的收入，像我们村里的还有到瓜沥镇上去打工。瓜沥镇当时算是比较繁华的，那里也有苞索厂，也有建筑队。我们一些村民到苞索厂里面去工作，也有到建筑队去工作。一个村庄争取去5个人、10个人。如果有外出去劳动，这个家庭的经济条件也就能好一点。为了寻找创收方式，我们也是想尽各种办法。

---

① 指1972年2月21日尼克松访华。

② 笕桥机场原为军用机场。据《萧山市志》记载：1957年，中国民航总局在空军笕桥机场建立航站，开展民航运输业务。从此，笕桥机场为军民合用。2000年12月30日，杭州萧山机场启用后，笕桥机场停止一切民用航空飞行。

二 一次选择，一片希望

采访者： 1978 年十一届三中全会关于改革开放的消息，您是怎么得到的？

朱重庆： 当时我们听到的消息都是来自广播。生产大队就只有一张报纸，其他的是广播，那时候还没有电视，没有任何其他的信息来源。直到改革开放允许农民搞企业后，我们也搞了一家小的企业，一家很小的、作坊式的企业，我也当了一年的厂长。当时我是大队会计兼厂长。瓜沥水泥厂①建起来了，需要水泥纸包装水泥。由于水泥厂的厂址在我们航民村，那么这个任务就要给我们航民来做。一只水泥纸袋我们可以赚五分钱。当时我们还有做洋钉，因为村旁边有一个建筑队。这个建筑队当时是做楼板，楼板与楼板之间夹缝的钢筋要剪掉，多出来的钢筋也要剪掉，剪下来的钢筋，那不能浪费了，就想着能不能做成钉，做成农民建房子用的洋钉。所以做水泥包装纸袋和洋钉的小企业我们也弄过，我也当过一年厂长。

采访者： 这个企业是什么时候开始创办的呢？

朱重庆： 应该是 1976 年。那时候我们也有外出去各地参观。我当大队会计的时候，也去参观江苏的华西村，他们讲："乡村企业是农村致富的方式，也是我们农村致富的一个秘诀。"就因为这种说法，我也去外地，当时华西村搞得比较早嘛。当时我们这个企业的名称叫作"萧山航民农机圆钉制纸品厂"，又是圆钉又是纸品，还带着农机。其实我们没有做农机，但一定要带着农机的帽子，因为还没有改革开放。那时候农民搞企业，搞什么企业呢？实际上就是作坊嘛，但是要配上"农机"两个字。写的农机具体是什么东西呢？其实就是圆钉，就是我们用剪下来的钢筋做成钉，给农民造房子用。制纸品呢，就是用纸张做成水泥袋。后来改革开放政策开始实行，我们 1979 年去审批办企业，批了萧山航民漂染厂，不需要加农机，上面就直接可以审批通过，漂染厂是这样开始的。就改革开放的政策来讲，当时还是比较模糊的，我们也是一边前进一边摸索，但是我们很早就开始得益于改革开放。确

---

① 萧山瓜沥水泥厂，创办于 1978 年 9 月 5 日，企业性质为集体企业。1996 年 5 月更名为萧山市瓜沥水泥厂，1996 年 9 月更名为萧山市民发建材厂，1999 年 1 月更名为萧山航民水泥厂，2001 年 11 月更名为杭州萧山航民水泥粉磨厂，注册资本 83.3 万元。2010 年 3 月，杭州航民水泥有限公司更名为杭州航民上峰水泥有限公司。

实改革开放的政策比较好，放松、灵活与务实。

采访者：当时大队的带头人得到改革开放的消息，就是农民可以办厂的消息之后，有了什么样的想法呢？

朱重庆：当时大家的想法是：单靠农业是富不起来的，这是第一个观点。当时靠农业只要吃饱饭已经很了不起了。第二，我们村里的副业开山已经为村里积累了两万元，说明开山比做农业要好，副业比农业挣钱。第三，农机圆钉制纸品厂只有 26 个工人，当时都是以工分计算的，也攒了一点利润。1979 年因为搞漂染厂，又攒了 16 000 元，我们发现这个也可以赚钱。印染成为我们萧山地区的强项。萧绍地区是靠"三只缸"发展起来的，一只酒缸，一只染缸，一只酱缸。酱缸就是用来腌制白菜、萝卜干，还有霉豆腐和酱油，这都是酱缸配的。我们当时到绍兴去参观，因为绍兴开始印染行业比我们这边要早，绍兴有个大和印染厂，还有一个州山行里印染厂。这几个厂办得很好，效益也很不错。我们去看了以后，心里很惊讶，也很羡慕，心想这个确实是能赚钱，而且这个印花布出来以后，布的效果、质量都很好。我们也想学习印染，认为我们也可以搞印染行业，就走上了搞印染的这条路。印染工业的基础，我们航民也有，因为我们有上海工人嘛，很多航民村人在上海的染坊厂里工作，这个很了不起。我的父亲在上海，我的邻居也在上海，我的大伯也在上海市里的炼染厂，我家二伯的结拜兄弟，他也在上海的线带漂染厂。那么我们就去征求他们的意见，航民能不能搞印染？他们认为可以搞，那么我们就感觉没有问题了，就开始搞印染行业了。

采访者：当时为什么不走农业方面的改革，直接走工业创业的道路呢？是因为您刚刚所说的三个条件吗？

朱重庆：农业呢，当时种植花木叫作高效农业，还有种蔬菜，蔬菜是城市周围的人种的，因为运输方便，也能保证新鲜，杭州周围都是蔬菜基地。我们当时只知道他们种蔬菜的，没有花木这个概念。种水稻呢，发不了财，只能填饱肚子，而且我们的土地有限。那种什么东西好呢？我们也想不出来，所以就没有靠农业，就知道搞工业。我们当时也有一个领路人，他是原来上海染厂退休的一个工人。不过他也不算是退休，是叫"精简回乡"。他自己在距我们航民这边三千米的地方草舍里面弄印染，就是旧衣物翻新，浅色的染深颜色。靠旧衣翻新，他也能挣钱。他告诉我们："你们想赚钱呢，可以搞印染厂。"布料来源他有，设备他帮我们找，他也觉得我们有这个潜力。我们去拜访他，邀请他到我们这里来工作。可惜他做了一年觉得工资待遇低，不愿意给我们做。当时他的工资相当于我们职工工资的4倍。我们才30元一个月，他是120元一个月的工资，而且他是免费吃饭。但是他就是觉得不满意，就离开了。除了这位师傅，我们也去上海请专业师傅。我们从上海丝绸炼染厂请了三个师傅，都是刚刚退休我们就去找他了。其中一位当时63岁，我们请他们过来以后，也是先做了一年时间，也就不愿意做了。我当时觉得我们厂里给他们每人120元的月工资，他们在上海那边又有退休工资，应该知足了，而且我们给他们的120元，当时在上海来讲也是最高工资了，在我们萧山这边更是没有的，我们这里五六十元的工资已经是非常了不起了，上海也是这个工资的。一年以后，他们不愿意了，就离开了。我们请的这几个师傅工作是认真的，也教过我们，我们这么努力了，还是留不住人，于是我们就自己学习、培养人才。

采访者：1979年4月3日，中共航民大队党支部召开扩大会议，讨论办厂的事宜，您还能想起来当时参加会议的人员和内容吗？

朱重庆：1979年4月是在我们搞印染厂之前讨论如何办厂，但是参会的大多数人考虑的不是办企业的问题，而是办得好、办不好的问题。如果失败了怎么办？主要是考虑这种东西。当时也有人提出来，万一失败，这个钱下去收不回来，怎么对得起社员们。

采访者：当时大家基本上是赞成的？

朱重庆：后来集中思想，大家都是赞成的，但开始也是有点疑虑和担忧。当时我们说："绍兴州山行里办染厂还是破庙旧房子，用的旧机器，钞票用不及（完）。绍兴大和印染厂怎么样，绍兴州山行里印染厂怎么样？还不是红红火火，生意非常好。"有这些榜样在，我们也有了一点信心，觉得我们村的条件比他们还是要好一点，我们也一定能成功。所以大家也都相信航民人会弄好，就下定决心投入印染行业，毕竟已经有其他的榜样在前面。

采访者：你们当时有没有考虑到政策会有变化？比如说会有一定政策上的风险，就是说国家在这个方面可能会收紧，有没有这方面的担忧呢？

朱重庆：这倒没有想到。就知道办起来了，只要你做得好，政府一定会承认的，除非你不好，他不承认。

采访者：当时您和沈宝璋都是大队干部，您是大队的会计，当时实施办厂的重任落在了您的肩上，为什么这个重任会落到您肩上呢？

朱重庆：当时沈宝璋是副书记也叫大队长，支部书记工作比较繁忙。所以这个任务就落到我的身上了，我是大队会计，在大队的几位会计中，属我有些经验。因为我也在农机圆钉制品厂当厂长已一年，26个人的队伍，我也领导了一年，所以他们对我也是认可的，这是第一点。第二点是我有点经济头脑，做人也本分，又是年轻人。做人本不本分，公正不公正，这个大家都看得到。我在做生产队会计的时候是公正的，做生产大队会计的时候也是没有私心。我领导了这26个人一年，这个大家感觉都很好的，所以这样村里就推举我当漂染厂的厂长。

采访者：当时接到筹办村办企业的时候，您心里有什么想法和具体措施？

朱重庆：具体的想法是没有的，但既然这副担子要我挑的话，我要考虑的是怎么用好这笔钱，不能浪费，这个企业弄上去要怎么样才能生产，产品怎么样能够销出去，要怎么样筹措资金。基本上就考虑这些问题，其他的都没有考虑。

采访者：当时有没有具体的措施去办这个企业？

朱重庆：这个在当时倒也很简单的，因为那时候企业的生产和运营没有现在这么复杂。当时只要房子建起来，染缸放下去，锅炉能够烧起来供气，染料能够配进来，污水排出去，就行了，比现在简单多了。当时我们建的水塔，在当时是我们瓜沥镇最大最高的水塔，20多米高，河水经过滤后往水塔上面打，再压到车间里面去。当时都是非常简单的工艺流程，工艺是简单，关键是印染技术，技术要怎么来是最首要也是最重要的。当时我们也请教萧山"社队企业局"，后来叫"乡镇企业局"，也叫"中小企业局"，名称一直

萧山航民漂染厂旧貌

在变来变去，也体现了历史的发展。我们也去社队企业局征求意见，印染厂能不能弄起来。了解哪里有需要的原料和设备，比如社队的布机，哪里有四台布机，哪里有八台布机。最起码需要了解情况，了解原料和设备的来源。当时都是我们自己骑着自行车或者开拖拉机去摸底。印染厂能办，而且可以保证了，那么我们也就下决心去干。

采访者：刚才您也提到了技术的问题，当时村里派人去联络上海的师傅，您能讲一讲这里面的故事吗？

朱重庆：当时为什么要去上海请师傅和培训呢？因为光有几个师傅是不够的，请了不过两三个，技术还在人家手里，我们自己没有掌握，而且工人的能力有限，产品质量也不稳定，所以我们自己派人去培训，要自己掌握技术。关键问题是在上海要有门路，培训不是直接去工厂里请几个师傅他就会去，没有那么简单的。像我们去线带漂染厂请师傅培训，首先是打小样，这个产品是多少重量，要用多少原料，多少助剂，要做小样，一定要找人。正好我二伯的结拜兄弟，在线带漂染厂当副厂长，而且他是分管技术的，我们找到他了，他也允许我们去培训了。然后，我们又到上海绸缎炼染厂去培训，找到了我大伯的师兄，他在这个厂里面任厂长。通过他的关系，我们去他那里接受培训。总之在上海请师傅培训都是要找关系。后来我们也去卢湾染厂培训。我们聘请了师傅以后呢，他知道他的老厂也在搞印染培训，经他介绍，我们去卢湾老厂培训了。这个师傅后来也在我们厂里工作，但是工作一年之后走掉了。虽然师傅走了，但经过培训，我们这边技术人员可以直接顶上，生产没有受到影响。

采访者：当时您也去学习这个印染技术吗？

朱重庆：我当时倒没有学习印染技术。我的目的是去看，了解一个大概的情况，怎么印染，怎么用设备，这些流程我都要懂，这样才能管理好印染厂。

采访者：当时办厂主要遇到了哪些困难？

朱重庆：当时办厂主要是缺设备，我们当时用的设备都是废铜烂铁拼起来的。别人截下来不要的管子，我们回收用来拼接；他们卖到废品公司去的炼桶，我们到废品公司买回来再利用。这种废物再利用的情况很多，我们也是没有办法。首先是利用旧设备，因为新设备根本买不到，也没有钱，只有这么一点钱，怎么买新设备呀？他们卖给我们发电机，也是卖给我们旧的发电机。其次是政策上面有限制，买新设备不允许，他们报废以后卖给废品公司，我们去废品公司买，这在政策上也有一点控制，不能随意买卖报废物资。最后就是买染料，染料不是这么好买的，我们是社队企业，他们是国营企业，染料首先是供应给国营企业的，多余才可以供应给社队企业。所以还是要通过去找关系去说服，让染料销售部门能够拿点染料配额出来给我们用。

采访者：当时原料都是去哪里找？

朱重庆：因为杭州当时不生产染料，所以染料在开始阶段一般是以从上海买入为主，后来也有到青岛、北京购买。

采访者：当时厂里的工人都是来自哪里呢？都是航民村村民吗？

朱重庆：工人最主要是航民村村民，1981年，我们就跟农村信用社合作，我们向他们借钱贷款，请他们入股并同时派信用社员工家属到厂里工作。那40个人也是来自农村，因为信用社的家属也在农村，这是我们第一批非航民村民的外来员工。后来印染厂逐渐发展壮大，人员数量不够，就开始到周围的村子先招一批人，再后来就网罗各地人才。

采访者：当时航民村大概有多少村民在厂里工作呢？

朱重庆：开始人数不多，后来有越来越多的人在印染厂工作。第一年在农机圆钉纸品厂的是26个人，我领导了一年。后来印染厂的员工数量加起来100个人左右，后来逐步扩大到150多个人，都是逐步招工。当时向村里招工也要开会讨论，这个生产队安排5个人，那个生产队安排3个人，因为大家都抢着要到工厂去。

采访者：当时他们的工资大概有多少？

朱重庆：1980年和1981年还是工分制，工分实际上就是工资，只不过先把工分给生产队，再来按工分发钱。从1982年开始，就实行工资制。开始的时候，工资从30元到60元不等，根据劳动数量、劳动强度来发放。

采访者：漂染厂的第一桶金是来自哪里呢？漂染厂第一次造的产品主要销往哪里？

朱重庆：1980年外面的丝绸厂送丝绸被面到我们这里加工，我们加工好产品以后返给他们。第一桶金的来源主要是这些丝绸厂。到1981年，我们能够开始染布了，就有一些织布厂来找我们合作业务。织布厂提供布料，我们染好之后还给他们，收一点加工费。后来柯桥的中国轻纺城①出现以后，那

---

① 中国轻纺城，位于浙江省绍兴市柯桥区柯桥街道，始建于1986年，是全国首家冠名"中国"的专业市场。市场集聚了各类纺织服装面料、纺织品，是目前全球规模最大、经营品种最多的纺织品集散中心。

又是另外一个场面，各地的纺织业迅速发展。有了柯桥的轻纺城，客户向织布厂采购布料，拿到我们这里来印染，染好布，我们给客户，客户可以直接拿成品布到柯桥轻纺城销售。这里就形成了一条完整的纺织行业产业链。我们萧山离绍兴柯桥很近，近水楼台先得月，也就拥有了发展的机遇。

采访者：请问第一个客户来自哪一家？

朱重庆：第一个客户哪一家，我记不清楚了。那个时候主要客户都是来自萧山本地，像萧山城东绸厂、萧山许贤绸厂，还有萧山衙前那一带的纺织作坊。后来我们的客户范围就扩张到钱塘江北岸，如嘉兴海宁。那个时候海宁到杭州需要轮渡，他们用自行车拉一车货，我们可以赚 300 元加工费，利润不多。后来我们的业务范围从绍兴扩张到临安。绍兴离我们近的地方，如安昌①一带的织布厂都是到我们这里漂染，然后拿到柯桥去销售。我们就是这么逐步地向周边的县市扩张。

采访者：刚开始的时候漂染厂印染的产品数量大概有多少？

朱重庆：刚开始的时候数量也不多。第一年是 38 万元的产值。第一年都是以丝绸被面为主，一般是九角五分钱一条，每天生产 1 000 多条的被面，一年下来有 40 万条左右的产值。第二年做了 109 万元的产值，被面也差不多，大多数是布。那时候的布加工费不到 1 元一米，差不多是 9 角一米吧。9角一米的布，我们一共只有 100 多万元的产值。到了第三年就有 240 多万元的产值，产量又翻了一番。

采访者：漂染厂是什么时候开始盈利？第一年的利润有多少？

朱重庆：第一年就盈利了。我记得是 1979 年的 12 月 5 日试产，试产数量很少，我们 12 月 25 日的时候开座谈会，希望他们的业务来我们这里做。自 1980 年开始正常生产，正常生产的时候电不够用，所以产能上受到限制。不过，我们第一年就有 14 万元利润，收回全部投资还多了两万元。

采访者：改革开放初期，农民办企业是缺少资金，当时大队大概有多少资金投入到漂染厂？

朱重庆：大队两万元，生产队也有两万元，村民个人没有集资投入。

采访者：在当时村里缺少资金的情况下，您和漂染厂是如何筹措资金的？

---

① 指安昌镇，隶属于浙江省绍兴市柯桥区，北邻萧山区瓜沥镇，与杭州都市经济圈紧密相连。

20 世纪 90 年代的染缸与染坊

朱重庆：当时没有抵押贷款，所以也不是全部的资金向银行借的。我们自己前期搞副业，石料厂也有两万元，共 6 万元。我们自己当时也有个打算，最多可以筹集 12 万元，1∶1 的比例：我自己有 1 元，向别人借 1 元，这样能够撑得住。如果钱借到了，自己没有相应的金额，也不一定能够撑住，别人也不相信，所以打铁还需自身硬，我们自己有本钱，才有底气向别人借钱，别人也会相信你，借钱给你。我们向外面借的 6 万元分别来自三个方面：在我们村对面有个建筑队，向他们借了 6 000 元，因为他们在我们航民村的土地上搞建筑公司；瓜沥镇上的农机站，也借给我们 4 000 元。但这远远不够，只是杯水车薪，所以当时重点是向农村信用社借钱，毕竟他们资金雄厚。

我们向信用社借了 50 000 元左右。那时候不用抵押，就是直接贷款，相当于现在的信用贷款。第二年我们有 14 万元的利润，不仅收回全部投资，还多赚了 2 万元。信用社知道了以后，希望我们继续跟他们合作，这样我们就更有底气了，胆子也更大了。我们说："可以继续合作，你们能不能加大投资？"信用社帮忙解决 60 万元的资金问题，我们事后帮他们安排信用社职工家属来厂里工作，他们也相信认可这个方案，就向上面汇报。后来农村信用社来航民村考察漂染厂，看到漂染厂的情况以后，相信我们的发展前景，相信 60 万元资金的投入能够有回报，就开始投资，一共投资了 60 万元资金，其中 30 万元是作为借款，另外 30 万元作为投资，这 30 万元投资的部分是作为农村信用社的股份。当时工厂总值估算 100 万元，所以当时我们已经有溢价。现在讲的什么股票、溢价，我们从 1981 年就开始有了，在当时还是比较超前的。我们就只有这么点本钱，12 万元投资在第一年赚了 14 万元，这非常了不起。2 万元作为净利润分掉，原先投资 12 万元加利润 12 万元，24 万元家底我们就折算成 100 万元。其中信用社的 30 万元就算你的入股投资，还有 30 万元是贷款，贷款还是要付利息嘛。这么一算，不仅有分红还有贷款利息，信用社就觉得收益还是不错的。

采访者：后来信用社为什么要撤出投资呢？

朱重庆：1981 年企业继续发展，就赚了 38 万元的利润。这是信用社投资的第一年，当时我们合作有规定，第一年不分利润，这也是为了确保资金的稳定。到了 1982 年，我们赚了 100 万元的利润，可以分配利润。但是偏偏 1982 年政策不允许银行到企业里面投资，怕有风险。这条政策一出台，农村信用社就不能到外面漂染厂投资。信用社准备退出，但也有两个疑虑。之前投资的时候他们当时提了一个要求，就是安排他们的家属到我们厂里工作。他们担心资金一退出，这些人工作能否保住。我说厂里决不会赶他们走，可以永远做下去。这批人后来一直在航民的工厂里工作，工资待遇也没有差别，其中一些人也已经到了退休年龄。第二个疑虑是关于资金。农村信用社有 60 万元资金在厂里，其中 30 万元本身是贷款，剩下 30 万元是投资入股，这笔钱在当时不是小数目。30 万元贷款不变，我们本金利息照给不误；还有 30 万元的入股变为贷款。像前面厂里赚了一些钱，我们都按比例分给他们。信用社的要求也不高，只要了 15 万元。我们就给了他们 15 万元，他们拿到以后也很开心。本来这是双赢的事，只是当时的政策不允许。

采访者：当时贷款的利率是多少？

朱重庆：当时农村信用社行的利率是七厘左右吧，利息 7% ~ 8%，最高是到 14%。后来几年的利息那么高是因为整个国家利率都提高了。

采访者：当时银行的资金撤出之后，厂里面有没有遇到资金上的困难？

朱重庆：没有，我们已经盈利，走上正轨，后来一年我们也赚了 150 多万元。盈利所得已经能够支撑我们的正常发展。之后我们也有向银行或者信用社借款，不过这时候贷款主要是用于扩大投资再生产。因为我们 1985 年到钱江乡去搞印染厂，1987 年到广东投资办厂，以及后来成立染料化工厂等都需要大笔资金投入。

采访者：漂染厂在创办的初期充满了艰辛，当时您和徐才法、沈宝璋去上海学习技术和购买设备，在上海淘回来了一批漂染用的旧设备到村里翻新，这些旧设备主要来自哪里？

朱重庆：这批设备的来源有很多单位。比如说锅炉，我们是从上海互感器厂拆下来的旧锅炉。当时这只锅炉就扔在马路边上，我叫我父亲去看，这个锅炉还能不能继续使用。漂染的三个工艺环节：煮、炼、漂。布要先煮，丝绸也要煮，而炼布需要炼桶。上海丝绸炼染厂拆下来的炼桶卖到废品公司，我们去向废品公司购买。我们还从上海高桥化工厂购买设备。当时高桥化工跟印染是两个概念，不是一回事，不过化工厂里的蒸汽管、自来水管，他们拆下来以后还能给我们再使用。我们烧的锅炉要用到很多蒸汽管和自来水管，而且要求都是无缝钢管。还有些旧管子是鞍山钢铁厂流出的，我们也去淘过来。

有次我们甚至拿了几个装氯气的钢瓶回来，幸亏后来没有切割再利用。这些钢瓶都装氯气，而氯气是剧毒。我们看这几个钢瓶质量很不错，也能够废物利用，不拿感觉有点可惜。我觉得可以拉回来再利用，瓶子可以做分气缸，可以做很多锅炉的配套设施。钢瓶刚刚拉到厂里，第二天上海那边就来电话了，当时我们还没有开始割，电话里说："这个瓶不能动，谁动谁负责。"我说："什么事啊？你已经卖给我们，任由我们处置，怎么还打电话来？"上海那边说："同样的瓶我们以同样的价格回收，我们送好的瓶子过来，给你换。"他们也是担心我们中毒出事故。后来送来冷凝器，拆下来有更多的钢管，有更多的钢板。氯气有剧毒，一旦割开毒气泄漏以后马上死人。我说："有这么严重的？化工厂怎么搞的，这都卖给我们。"在上海我们跑了很多工厂和废品回收站，当时我们条件简陋，都是要七拼八凑地去搜罗废品再加以利用。零件和部件收集、整理起来去加工。我们先请上海师傅设计好整理机的图纸，然后把材料拿到川沙六里农机厂那里去加工，加工好了以后再拉回来。当时这批设备全部是用汽车从上海拉回到萧山。当时的运输公司都是国营，有任务和指标，我们也要找运输公司的人帮忙。运输公司正好有个叫陈百年的经理，也是我们瓜沥镇石料厂供销员的朋友。通过他的关系，找上海徐汇运输公司帮忙，才把这批设备运回萧山。

采访者：1980年，您结婚前一天还在上海淘发电机，差点来不及回来参加自己的婚礼，您能说一说里面的故事吗？

朱重庆：1979年12月5日我们正式试产后，村里的供电很不稳定，不断的停电。停电以后不能生产，不能完成加工任务。长期停电怎么办？就需要发电机，要用一台50千瓦的柴油发电机才能解决问题。上海工业最发达，这么大功率的发电机只有到上海去找。我自己去上海找，也通过浙江省驻沪办给我们开了介绍信去找。只有驻沪办开了介绍信才能到那边去，不然上海那边不承认。我们要萧山社队企业局先开介绍信给浙江省驻沪办，驻沪办再开介绍信到上海的废品公司，最后废品公司去找我们需要的发电机。废品公司知道哪个单位旧的东西要卖掉，所以他们找起来比较方便。废品公司找到了我们需要的发电机，我很开心，原来以为很快就能办妥往萧山运，结果谈判过程中耽搁了不少时间，他们一台发电机要 7 000 元。弄好了我打电话让厂里准备汇款，打电话就等了两个小时，电话接通了，要厂里准备钱，通过银行汇款。那时候汇款不像现在在电脑一动就可以了，当时汇款要随身携带支票；如果不是随身带支票，就要通过银行汇款，到账可能是三天，可能是四天。萧山这边开汇票，开完汇票要通过火车带到上海，那这样一套流程下来，路上就耽误时间了。要是在平时，我可以早两天回来，等到汇款到账，发电机从上海运出。当时要赶时间，客户急着要丝绸被面，我们要在春节之前装好这个发电机，春节以后就可以正常生产，所以我必须要带发电机回来。那天是农历十二月廿五日，正好要去接新娘子，我是廿五的中午赶到家里。正好汽车拉着发电机赶回萧山，那么我就下午去接新娘子回家，主要是前面耽误时间了，我也不是故意的。

采访者：1979 年漂染厂成立，当年就实现了盈利，到了 1983 年的时候，盈利达到了上百万元。

朱重庆：1982 年就已经盈利 100 万元。

采访者：因此，航民就成为萧山第一个百万元村，您认为是什么原因让航民在这短短的几年内，创造这么大的财富？

朱重庆：我们 1982 年就盈利百万元了，到 1983 年就是 153 万元了。对于一家企业来讲，我们当时的利润已经很高了，在瓜沥镇是没有的，当时萧山也只有万向集团①或者是钱江啤酒②这类企业能够做到百万元利润。我想主要的原因就是国家改革开放的政策。那个时候百废待兴、万象更新，社会需要发展生产，只要做得好，政府都承认，各方面办手续都很简单。像企业要增加生产用地，打一个报告上去马上就批给你，下面就有土地可以用。整个流程非常简化，国家也非常支持老百姓发展生产。我们落后太多，需要速

---

① 万向集团始创于 1969 年，创始人为鲁冠球，前身为宁围人民公社农机修理厂，现主业为汽车零部件业。

② 钱江啤酒厂始创于 1979 年，其生产的"中华啤酒"曾获得"国优"称号。钱江啤酒厂是浙江省最大的啤酒生产企业，我国十大啤酒厂家之一。

度、需要有人来突破，所以国家改革开放的政策给我们带来了机遇，航民村也抓住了机遇，完成了时代使命。第二个原因，政府税收也很少，当时只有5%的营业税，没有像后来的增值税、所得税、水利建设基金、城建附加税、教育费附加等那么多的税。那时候政府虽然很穷，但是非常大气。你刚刚发展起来，政府就扶植你企业上去，税收也少。第三个原因，原料也很便宜，当时的煤只要38元一吨。另外，员工工资也低，成本很低，所以使得我们原始积累得很快。还有一个重要原因，当时是短缺经济，什么都缺，生产出来的东西样样好销，市场很大，消费者没有像现在这么挑剔。原来黑白电视机也很好销，现在没有人要了。我们染的布，不管是不是次品，都能卖掉。老百姓需求非常旺盛，质量好的布用来做衣服，零头布可以做袖套、做围裙。短缺经济时代，样样好销，所以这个过程我们积累的很快。

采访者：当时盈利已经上百万元，有了原始积累之后，有些员工希望这笔钱多分配一些，而你们领导班子决定把利润用来扩大再生产，您当时如何做好村民的思想工作？

朱重庆：当时我们生产大队党支部讨论以后，召开会议。大家都是同意继续发展生产。大家对未来还是比较有信心的，也能够不被短期利益所诱惑。虽然每年用于扩大再生产，但是我们也定下了规矩。第一，我们赚了钱，赚了多少钱，还是要留一部分给村民改善生活。当时我们原则上拿15%的钱用于改善村民生活，修建村里的基础设施，改善生活环境，我们把用于村庄建设经费的额度提高到30%。假设一年赚100万元，不管是村庄建设也好，村民的福利也好，刚开始的时候老人、不工作的人一个月发20元的生活补贴也好，这个钱不能超过30%。剩下的钱一定要用于发展再生产。这一方面保证了扩大规模、扩大生产的本钱；另一方面改善了村民的基本生活，毕竟我们还是要做到共同富裕。第二，是村民的劳动就业问题。村里有文化的人、有点能力的人或者会做生意的人，首先要解决的是这批人的就业问题。先把有能力的村民安排到企业里工作，把企业办好之后，再加进去几个困难户、一些没有文化的人。我们不是先解决困难户，不是这样的。如果先解决困难户，都叫困难户去发展生产，这个企业做不大。因为他们没有文化和能力，家里虽然困难，亟须改善生活，但没有文化，没有一技之长，学不进去。那么企业怎么办？企业靠的是有文化、有能力的人。所以我们当时解决劳动就业就是先考虑效率，然后再考虑公平。包括农村合作银行的人到企业工作，村民也理解。信用社40个人过来，等于少解决40个村里劳动力嘛，这还是在 1981 年呢。信用社的就业问题是要解决的，因为他们帮我们解决了 30 万元的投资，30 万元的贷款，有了这笔钱我们的企业才能够发展。企业发展了以后，再来解决我们自己人的就业。所以村民也都理解，理解我们的用意，也非常支持。所以，不管干部也好，村民也好，觉悟都很高，大家的心思都能想到一块，都能够理解，那就是先把蛋糕做大，做大之后再来分配。

三 技术先行，责任至上

采访者：1983 年厂里有一批染布出了问题，当时为了强调产品的质量，您把这批染布做成的衣服发给职工穿。当年秋天又有一只锅炉因为职工的疏忽即将报废。这两件事情当时给了您和员工什么启示？

朱重庆：首先考虑的不是谁负责任的问题，而是对我们未来发展的思考。这两件事告诉我们技术的重要性。两起事故的原因是不懂技术。比方说，布是毛与涤交织组成，名称叫克罗丁，它不能受高温高压。还有，用的染料也要区分高温低温、高压低压。像分散性染料，它要求高温环境，而活性染料是必须在低温环境里。像有毛的布料进了高温以后，布料的毛全部断掉了，布染好了之后交给客户，我们不知道这里面的问题，客户拿到手以后，问我们："布怎么弄得这么脆了？"那怎么办？我们只好照价赔偿给客户。员工一看是质量问题要赔偿，就开始重视这方面的问题。赔了之后我就逐步给员工讲技术和质量的重要性。这批布料我就拿来给大家做工作服，也是对大家的警示。他们说："这布料做工作服会很容易破掉。"我说："破掉也要做，也要穿。"要让大家尝一尝失败的滋味，让他们晓得学技术的重要性，责任的重要性。第一缸布脆掉了，第二缸布就不要放下去，但当时我们不懂得问题在哪里，所以第二缸下去，第三缸还继续放下去，这个时候出问题的布数量就更多了。当时是责任心和是否懂技术的问题，锅炉事故也是差不多的问题。当时锅炉烧到断水了，炉内水不够，员工看到水少见底，就马上放水进去。那外面进去的水是冷的嘛，而锅炉的管子已经是烧红了，温度非常高，这时候不能放水，必须要等它冷下来，冷下来以后才能放水进去。结果一放水进去，热胀冷缩，锅炉就出问题，不过这个锅炉后来并没有报废，是即将报废。因为一下子管道温差变化太大，变脆了。好在工作人员发现问题及时，马上把阀门关掉，锅炉管道出问题，但锅炉还好。炉内管子是圆的，在锅炉里面扩钢管，我们叫它"烙管子"。于是就请技术人员来扩好这个管子。一根管子出问题之后大概可以扩两次，第三次不能扩了，因为这个管子会变薄，变薄就不能再受高温高压。这也是因为员工缺少知识，企业没有掌握技术所导致的事故。

采访者：当时为了提高员工的素质和技术能力，厂里开展了哪些培训？

朱重庆：当时员工主要问题就是缺文化，像我自己初中肄业，已经算不错的，员工里还有很多文盲。缺文化的补文化，因为文盲很多，初小文化程度的很多。文盲就要给他扫盲，初小的要给他读到高小。高小的要他到初中继续进修。总之就是文盲扫盲以后要到初小，初小的要到高小，高小的要到初中，这个是文化补习。除了缺文化，还有就是缺技术。我们也办了技术培训班。我们办得最早的就是技术班，请外面的技术工到我们这里来上课。当时我们英语班也办，高中毕业的人要再给他补一补英语。为什么要办英语班呢？因为经济发展，对外交流也多了。英语补习班请的是瓜沥镇的老师来教英语。

采访者：为了产品质量和安全生产，厂里有哪些方面的规章制度？

朱重庆：企业最开始的规章制度也是很简单，第一是上下班的作息时间；第二是认真工作，要有责任意识，不能出差错；第三是每个岗位有劳动定额，因为原来在农村有多劳多得的习惯，多做可以，也要适当，不能追求效率而忽略质量。我们厂此时的发展已经走上正轨，已经重视产品质量，打响我们的名声，所以我们也出台了一些奖励措施，如果生产出来全都是正品的，就会给予员工一定的奖励；相反，如果出现生产事故或者产品质量不合格，出现一起，就要扣除相应的奖金。这些奖惩措施都是为了提高产品质量，确保安全生产。我刚才提到我们办了学习班，为了保证学习班的出勤率，我们也有奖励办法。员工从企业下班以后去上学，如这个月实到四课，厂里可以发四元的奖金；如果缺一课，则要扣除两元的奖金。

四　做大做强，公平分配

采访者：1989年航民漂染厂改制升级成为航民实业公司，当时为什么要对漂染厂进行改制？

朱重庆：1989年的时候，我们航民成立了实业公司，但是漂染厂还是漂染厂。因为当时有一个说法叫"老厂办新厂，大厂办小厂"。因为1989年之前，我们已经有一家织布厂，一家染料化工厂，还有一家钱江印染厂，同时我们还建了一个商场。除了上面这几家，加上另外还有几家小的工厂，航民的产业数量已经比较多了，需要进行整合，加强管理，所以我们就成立航民实业公司。漂染厂还是作为母厂。在此之前，漂染厂是作为母厂到外面投资，像染料化工厂、钱江印染厂，包括到广东顺德去投资成立金纺染厂，我们投资的占30%的比重；还有织布厂的资金都是从漂染厂的资金出去。

后来为了更好管理企业和资金，需要建立新的体制，所以就在各个公司、厂上面成立了一个实业公司，下面每一个公司、厂都是独立核算。有了这个实业公司以后，下面企业只上缴利润到实业公司，资金不够的去外面贷款，然后再投资到其他企业去。从这时候起，我们旗下的公司数量就开始逐渐增多，一家一家的增多。升级为实业公司之后，管理层和管理架构相较过去也发生变化。1989年，我也辞去萧山漂染厂厂长，到实业公司工作。负责工厂的人要管好工厂，像我们原来在漂染厂是我们的村主任当厂长。各家公司和厂他们都是各管各的，互不干预。各厂之间如果有合作或业务往来，都是与外面一样，一视同仁。

采访者： 当时航民也涉足了第三产业，为什么做出投资第三产业的决策？

朱重庆： 第三产业，如商场等，我们做得比较早，从1985年就开始了。因为来萧山航民进行染布业务的客户很多，还有来采购布料、买布的客户也很多。不管是染布、卖布还是原料业务，都常有人来，那他们要到什么地方住呢？瓜沥镇上也没有好的旅馆，当时萧山的交通也不是现在这么便利，住宿都很不方便，所以我们弄了一个航民商场，商场里面有招待所。招待所里是两个人一个房间，还有食堂给住客提供饭食，另外也有小饭店给客户提供餐饮。航民业务扩大之后，在1991年我们就开始考虑建宾馆。因为各方面的条件都开始好起来，客户要求高了，而我们也有条件提供更好的住宿环境。航民能不能建宾馆，我们也到其他的地方进行考察过，如像无锡西塘村有一个西塘宾馆，我们也去看他们是如何经营的。

当时我们各方面条件也都具备，也认为可以搞一个宾馆，让客户住在宾馆，吃在宾馆。这样客户就感觉当地经济发展状况不错，各种设施都很完备。因此我们就建了一家酒店，叫航民宾馆。我们是出于这样的考虑，一个村里有酒店和没酒店是两个档次。多几家工厂看不出来，多一家酒店，马上就体现当地的发展水平，而且酒店也能展现当地的实力。

采访者：1997 年，航民再次改制升级，原来的萧山航民实业公司改组为浙江航民集团公司，当时为什么要做出集团化的决定？

朱重庆：集团化改制的决策也是我们根据外面情况所做出的。实业公司给人感觉就是局限于实业，集团公司的业务范围更广一点，规模也更大一点。当时航民实业的业务范围和规模都已经具备这个条件，所以把实业公司变为航民集团公司。随后，航民股份公司也在 1998 年 1 月成立。成立航民股份公司是为将来公司上市做准备，也是为了使企业扩大规模、规范制度。当时航民旗下已经有 6 家印染厂、1 家电厂、1 家染料化工厂、1 家织布厂等 15 家企业（包括在外投资成立的企业）。

1998 年，浙江航民集团、浙江航民股份成立大会

采访者：1999 年，航民又进行改制，并对航民村民进行了股权量化分配，当时为什么要做出集团改制和进行股权量化的改革呢？

朱重庆：因为当时萧山地区的集体企业转制走得比较早，从 1994 或者 1995 年就开始。当时为什么萧山地区的集体企业都要转制呢？转制也是对的，有句话叫"大红灯笼高高挂，外面红，里面空"。有许多集体企业，如镇办企业、乡办企业、商粮办企业、村办企业，看起来是集体企业，实际上很多在亏本，外面看起来很光彩，里面都是空的。如果再不转制，政府就要增加负担，所以还是转给个人，让个人去经营资产，去承担责任、负担债务。国家政府就是负责收税，反正你征用土地要扩大经营也是一样要交钱给国家，不是说转给个人就损失集体利益。

关于转制、转私，当时大家也没有这个想法。第一，我们航民作为集体企业，从1979年开始，经营情况一直搞得比较好，年年有进步，企业员工和村民的福利待遇也是节节攀升。第二，企业和村集体的干部队伍思想还是比较统一，没有想过这个企业要转到我的名下、那个企业在你的名下，就没有这个想法。第三，村民也希望集体企业能够搞好，能够继续发展。给私人老板打工和为集体工作，感觉还是不同，而且毕竟是村里的企业，更加温暖、更有归属感。国有企业职工的社会地位还是比较高，而且离开集体以后，能够真正创业、能够发展的人毕竟还是少数，不是每个人都能去创业、发展的。能创业的人我猜只有5%，最多不会超过10%，90%或95%的人还是要靠集体发展。所以基于这样的情况和想法，我们不转制，不转私。但是村民也有想法，我们集体经济的资产那么多，我们人人有份，但是每个人有多少份呢，都不知道。就好比天上的太阳，天天看得见就是摸不着，怎么变成温暖的阳光照暖每家每户？所以每个村民都有想法，蛋糕做得那么大，也是时候开始分配蛋糕了。

我们认为体制肯定要转，但我们的"转制"一定得是转到人人有份的转法。所以我们开始清理家产，不弄清楚我们的家产，不好分蛋糕。清理家产怎么清理呢？已经花掉的钱，没有效益的钱不算。什么叫已经花掉的钱呢？村庄建设、农田建设都要花钱，农业用房、办公用房等这些不创造效益不计算在内。能够创造效益的像工厂、宾馆、商场等都进行计算，折算我们有多少本钱嘛。经过清理折算以后，当时我们已经有32 518万元的净资产，转换成32 518万股。当时流行的是集体占51%，个人占49%的配股方案，但我们计划是按集体占55%，个人占45%来分配股权。在分配股权当中，最后敲定下来是集体为56%，个人为44%。因为实际计算当中有差异，多多少少的差额就归集体。56%的资产全部都算村集体资产，那剩下44%的个人部分怎么划分呢？

我们的分配政策是可分配的股份中：40%作为村龄股，从1980年算起，因为我们自1980年开始创造效益；40%作为工龄股，工龄股就是分配给企业里工作的村民职工；剩下的20%是贡献股，分配给非本村的管理人员。因为村龄股和工龄股只分给航民村村民，但是我们企业也有外面招聘的管理骨干，他们也为航民村和航民集团做出了重要贡献，所以也要分配股权给他们作为奖励。经过股权分配，大家都感觉很公平。收获的十颗桃子如何分配才能合理，反复讨论：这十颗桃子，四颗给土地公公，四颗给劳动者，两颗给技术人员，技术人员包括非本村人，技术人员就是指导什么时间施肥，什么时间采摘，什么时间卖个好价钱。这么一弄大家都认为很合理。所以我们就按照上面的政策来计算、分配，精确到每个人。从1999年以后，公司给村里年年分红。比如集团公司分三千万元给村委会，村委会就将三千万元的44%分给村民，56%集体留下来，用于村庄建设、农业补贴、村民福利，包括青少年教育、村民医疗报销等。这套股权分配方案，我们一直坚持到现在，中间也配过三次股。这三次配股是因为参加工作时间长短不一、工龄不同，有些人已经退休，工龄停掉；有些刚刚参加工作，工龄很短；有些小孩子刚刚出生，有些人父母去世了。所以都要重新配股。现在股权分配比例是集体占51%，个人占49%，这个比例以后就不变了。所以按照这样的股权分配方案，大家都没有意见，都认为是合理的，效果也很好，所以我们的"转制"是成功的。

采访者：2004年8月，航民股份上市。航民是什么时候开始有上市的想法？

朱重庆：提出上市是在1998年，当年我们成立航民股份公司，就是准备要上市。为了上市的目标，我们奋斗了六年。当时上市要经历三个步骤，首先改成股份制后要运行三年，三年以后开始上报审批，批准以后上市。

采访者：当前，国家和社会越来越重视环境保护，航民也在逐渐转型升级，陆陆续续关停重污染企业，那航民在内部转型升级和环境保护方面做了哪些方面努力？

朱重庆：我们是在不断地努力转型升级。虽然纺织印染是传统行业，但我们的设备、技术和工艺也一直在更新换代，如我们的织布机，从原来的铁木机到喷水织机，从剑杆织机再到喷气织机，一直在升级换代。印染的染缸从大水缸到卷染机再到U型机再到目前的印染设备，用水量不断减少，能耗降低，产量增加，也都是在不断地提高。锅炉也是如此，原来35吨的锅炉也在改造，原来压力只有39千克，现在提高到98千克。用电方面，通过两级发电，耗煤量在降低，发电效率在提升。

转型升级重点在污染处理方面，因为印染用水量很大，废水排放也很多，印染厂一天要用10万吨的自来水，一天要处理8万吨的污水。我们厂里未处理前的污水是1 800~2 000COD（化学需氧量）①，经过厂内污水处理后

---

① 指以化学方法测量水样中需要被氧化的还原性物质的量。

降到200COD。污水在厂内处理以后，排入政府管网。政府将我们200COD的废水收过去以后，输送到污水处理厂，我们排放的废水再经过政府污水处理厂要缴纳费用。在污水处理厂经过处理以后，废水COD降到60，再排入钱塘江。电厂原来都要求脱硫除尘，不过当时的要求指标比较低，我们先是除尘，再加上适当的脱硫就可以达到标准。现在的标准更加严格，要求是三级脱硫除尘，提高了两级。现在的环保标准提高以后，我们对印染废水再进一步处理。现在又有一种新方法，处理后能够达到天然水标准。家里的衣服洗完要用熨斗烫，印染厂里是成批的布要经过大型电熨机烫熨。这个环节冒出来的蒸气也要经过净化处理。原来国家没有要求，我们主动提高排放标准，现在是完全符合甚至高于国家标准。

采访者：2003年，求是杂志社的《小康》杂志发表了一篇对您的采访《另类首富村》①。这篇文章里提到，航民村是以印染业为主，是相对单一的集团化发展；您在采访中说，航民集团求稳发展，不熟不做，是为了村民考虑，降低风险。现在的航民已经多样化发展，在此过程中是如何平衡风险与集体利益？

朱重庆：航民发展经济的几十年当中一直非常小心。首先，我们有句话，叫"宁愿错过，不愿错投"。错过机会，别人赚钱，我们赚不到钱；错投，前面赚的钱就亏掉，所以我们宁愿错过，不愿错投。其次，我们航民是视自身能力与条件来投资，我的身板只能挑50斤的担子，我就发展50斤；以后我要是能挑100斤，我再来挑100斤，总之就是不能超过自己的能力去办事。这点也是我们一直坚持的信念，所以航民这么多年来，不管外面风吹雨打，金融危机、实体经济衰退，我们都没有受到影响。目前我们的存款还是大于贷款，说明我们的家底厚实。还有就是坚持谨慎为先，这也是为了村集体和村民考虑。胡乱做事，对村里不好交代。你多存1万元，无所谓，你损失了1万元，大家就要来问你"钱到哪里去了，怎么损失的？为什么要去冒险？"所以我们也要避免盲目扩张。毛主席不是说过，"不要四面出击嘛"。

采访者：这篇文章中还将航民村与各地其他富裕村做了比较，某些"富裕村"村民的选择权会受到村里一定的干预。而您说航民村不会干涉任何一位村民的自由与选择。您如何协调村民个性化发展与村集体利益的平衡？

朱重庆：每个地方都有特殊的自然环境与社会条件，每个村有每个村不

---

① 韩晓琳：《"另类首富村"调查》，《小康》2003年第10期。

同的做法，北方村有北方的做法，南方村有南方的做法。我们地理位置是东南沿海地区，所以我们的做法也是取了南北的中庸之道。第一，如果有村民想要发展个体经济，我们都允许，但不能在航民村范围内弄，他可以到外面去发展。反正征用土地在各地都是一样的流程与政策，你在航民村里征用土地，国家也是收这么多钱；你到外面去征用土地，国家也是一样的价格。税收也是一样，村里发展企业的税收怎么交，你到外面去发展的税收也是怎么交。但是我们航民是个集体，村里都是集体在经营，如果局部是一些个人在弄，影响不太好。所以你要当老板，就去外面当。我们村里也有好些有能力的人去外面办工厂、做生意，这些我们都是允许的。第二，村里给村民的福利，不管人在外面工作生活还是在村里面，都是一视同仁，村集体还是承认你是村里人，而且早两年村里开始发放除股权分红以外的福利金。福利金人均 3 000 元，女性 55 周岁以上，男性 60 周岁以上，福利金翻倍发 6 000 元。此外我们每年的月发工资与月发奖金，以及年终奖全部按时、如数发放给村民。至于村民把钱用到哪里去，我们村集体概不过问。只有一种行为我们是严格控制，就是房屋建造。因为航民就这么一点土地，我们也没有吞并周边的村庄，所以各家房屋不能建得太高，面积也不能占得太大，这些都是要村里统一规划。因此我们在村庄建设方面有硬性规定，其他方面都没有多少规定。

采访者：村里房子分配的产权是如何归属？

朱重庆：房屋产权是归个人，一户一宅。

采访者：相比其他地区的集体经济，您认为航民的特点跟优势在哪里？

朱重庆：各有做法，比较浙江的这几个村，我们航民是清一色的集体经济，金华东阳花园村①也做得很好，他们既有集体经济，也有个人私营经济，也很成功。花园村书记邵钦祥也是先保证村里的村庄建设跟村民福利，以村庄的发展为目标。东阳红木家具很有名，花园村里有部分村民开私人家具厂，村里就建红木家具市场，私人家具厂的产品就拿到市场里销售，花园村里个体成分多一些。宁波奉化的滕头村②又是另一种做法，滕头集团公司个

---

① 位于浙江省东阳市南马镇，改革开放后建成的现代化新农村，1998 年费孝通曾题词"花园村庄，农民乐园"。其先后被授予"全国模范村""全国文明村""中国十大名村""全国绿化模范单位""中国十佳小康村"等称号。

② 位于浙江省宁波市奉化区，以生态旅游为主要特色，先后获得"世界十佳和谐乡村""国家 AAAA 级旅游区""全国首批文明村""中国十大名村"等称号，现为国家 5A 级旅游景区。

人、管理层、集体的利润分配也很清晰，如集体占大头、经营班子或管理层占小头等。也有很多成功的企业，如滕头村的花木公司、爱伊美制衣①等，它们也很成功。台州路桥的方林村②同样也很成功，在方林村有一个说法，"基本生活靠集体，发家致富靠自己"，在他们那里集体是保障兜底，发家致富还是靠个人努力与聪明才智。所以浙江的村集体经济也是各有各的特色，都是因地制宜的百花齐放。华西村③是中国最好的村庄，是集体经济领头羊，他们又是一种做法。所以我们认为，航民怎么适应，就怎么搞，不能照搬，也不好比较，各有各的优势与特点。

采访者：当前私营经济蓬勃发展的浪潮当中，集体富裕的目标是否仍是航民所坚持的？

朱重庆：集体富裕我们一定要坚持，而且要不断坚持下去。航民未来的路还是靠坚持发展集体经济，坚持共同富裕。但是共同富裕不是人人都有一万元，或人人都有两万元。我们在工作岗位上的分工各有不同，所以收入差异肯定存在。同样是在厂长的工作岗位上，都有考核指标，收入少的可能一年只拿了15万元，多的可能拿上百万元。一线工人也同样有考核指标，少的一个月只能拿三四千元，多的可以拿8 000~10 000元，收入也是不同。虽然能力有不同，收入有差异，但是我们的福利搞得很好，福利是调节贫富差距最有效的手段。我们的农产品是免费供应给全体村民，每人每户都有发放福利费，我们的小孩子读书也是免费，而且上大学有补贴、奖金；我们的每个人医疗保险与养老保险也都一样。这些福利都是属于调节贫富差别的手段。

采访者：您既是航民村的书记，又是航民集团董事长，您是如何协调村子与集团的关系？

朱重庆：村里与集团之间的关系也分成几个阶段，不同阶段村与集团关系有差别。第一个阶段是漂染厂建立以后到1989年实业公司成立。在这段时间里，村与厂的经济账是一起算的，村和厂是连在一起的，厂里盈利所得首先要保证在村里用足、用好。赚的钱要搞村庄建设、村民福利、困

---

① 位于浙江省宁波市奉化区滕头村，是一家集纺织印染、服装制作、针织毛衫和进出口贸易于一体的集团型企业。

② 位于浙江省台州市路桥区，以商贸强村富民，形成汽车、摩托车、制冷配件、花卉、房产、机电、灯具、市场等产业格局，有浙江方林汽车城、浙江方林二手车等五大市场。

③ 位于江苏省江阴市华士镇，自2001年开始，通过村庄兼并的新模式陆续带动周边20个村庄共同发展，被誉为"天下第一村"。

航民村新貌

难照顾，而且保证用够，多余的钱发展生产。所以在第一阶段，村与厂是不分的。

第二个阶段，村与厂分开了。首先是公司管理层与村领导班子分开，公司有公司管理层，村委会有村委会的班子，而且公司下属的各家企业也有各自独立的管理班子；其次，村与公司领导层之间交叉任职。当时的村委会主任也是公司党组织成员，村里的老书记也是公司党组织成员。同时村与公司领导层有计划地明确分工，实业公司主要负责经济发展，村委会是抓村庄建设、农业生产、村民福利、义务征兵、计划生育和环境卫生，还有幼儿园、村文化中心。这些工作都由村委会负责，所以我们航民村村委会也有140多人，一年的工资也要发几百万元。村里碰到什么问题，公司党委班子讨论研究，共同想办法，共同应对决定。

后来实业公司变成集团公司，村与集团公司的关系基本没有变化，也是独立运作，相互交叉。集团公司成立党委，村委会主任是集团党委委员；村委会成立党支部，现在称为航民村三农党总支部。三农党总支部下面成立了三个支部：第一个是农业党支部；第二个是退休工人党支部，现在退休党员有100多人，因为退休的党员组织关系都迁到村委会去了；第三个是外出人员党支部，外出人员是在村外工作，党组织关系还是在村里。村庄建设等重大事项都要和集团公司党委一起决策，集团工业方面的决策也有村委会的人参加，如集团董事会的董事，村委会也有两个。村委会还有监事，他们也参与集团经济工作中的决策。村民代表有 40 多个人，集团下面有些厂长也是村民代表。参加村里议事的也是这批代表，所以是既分工又交叉。

五　稳步发展，基业长青

采访者：自 1991 年 5 月开始到 1993 年的 5 月，江泽民、乔石、李瑞环等党和国家领导人来到航民这边视察。您能介绍一下，党和国家领导人到航民集团视察或者接见您的情况吗？

朱重庆：从 1991 年开始国家领导人到航民视察比较多，他们来之前一般是先提前通知说北京有领导来，但是哪个领导来不讲，主要是为了保密。领导离开以后才能公布，来了以后也要考虑安全保卫工作。我感觉中央领导对农村情况都非常了解，问的问题都很切合农村实际。问的情况我们都能够答得出来，没有问很深奥的东西。我作为书记，他就向你了解一些基本情况，如村民经济收入情况、村里怎么发展、村庄建设、村民生活、以后有什么打算、对党的政策有什么要求，做得好的地方表扬几句话。基本就这些，能够得到党和国家领导人的关心和支持，我们非常振奋，也很欣喜。这证明我们走的是正确、光明的道路。

采访者：您认为航民村受到党和国家领导人关注的原因在哪里？

朱重庆：主要是新农村建设与经济发展。因为我们新农村建设开展得比较早，也列入浙江省 17 个示范村之一。作为浙江的新农村建设示范村，领导来看看农村、看看工厂、看看集体经济。

采访者：航民村发展的成就得到各级政府哪些方面的支持呢？

朱重庆：只能讲我们是得到政府的肯定，我们做出的这些成就包括这么多年来的发展也争取到了政府的认可。一般的小事政府能够支持，大事，如征用土地都是有规范的，大家都一样，政府不能讲我支持你，你可以用 500 亩土地，而不给别人，都是按照规矩来办事。各级政府都是支持航民的，但是我们也有自己的原则。那次去江苏长江村①，长江村书记的工作很突出，

---

① 位于江苏省江阴市夏港街道，改革开放后建立了江苏新长江实业集团有限公司为村级经济载体，下辖港口物流、钢铁制造、化工、房地产、机电等在内的 8 大产业，被誉为"长江港口第一村"。

但他已经去世了，他的口号是"只给政府争光彩，不给领导添麻烦"。这句话是我们的心里话，我们是给政府争光彩，不给领导添麻烦，虽然尽量不添麻烦，有些麻烦也是难免的。这是我们的原则，所以我们一直是这样，像土地审批、项目申报、环境保护等方面尽量做好，这也是我们的社会责任。在自身做好的前提下政府才能支持你。

采访者：作为集体富裕的典型，您认为航民村的发展之路有哪些地方值得总结，供其他村集体借鉴？

朱重庆：关于发展之路的建议，我个人已经落后。航民村原先被称为穷地方也能发展到今天的成就，我们也一直在总结、在思考。我们航民人是从农村田里爬起来的。田里爬起来的小姑娘能够织布，小伙子能够染布、印布，能够发电，这都属于相当大的进步。但是由于纺织印染是传统行业，传统行业同现在新的发展思路相比，我们是落后了。我们要搞更高的层次，如高科技行业，但我们还没有这个能力，所以我们就老老实实地做，毕竟传统产业也是这个时代不可或缺的。就像浙江省原副省长王建满讲过一句话，他原来是萧山区委书记，"什么叫传统产业，传统产业就是最有生命力的行业，正因为有生命力，他才能传统，如果没有生命力，他就无法传统，所以你们要坚信这个道理"。传统行业虽然赚钱少、赚钱慢，别人看不起传统产业，觉得传统行业出不了高科技的东西，但是我们感觉自己相比几十年前的一穷二白已经是巨大的飞跃和进步。

在这个行当中，在我们的发展经历中，如果说有什么值得给社会借鉴的地方，最重要的一点那应该就是稳步发展。我们航民就是做得稳，自己有10万元，最多做20万元的事，就是1:1，不能超过1:1。俗语有云："冷，冷在风里；穷，穷在债里。"如果胆量很大，有10万元要做100万元的事，万一失败了呢，那就对不起别人。所以我们这里讲是稳，做得稳。第二个是讲信誉。航民39年来，从来没有不讲信誉的地方，这一点我们是做到了，而且我们做得很好。一个是稳，一个是讲究信誉，我们一步一个脚印地往前走，没有盲目图快去发展。我绍兴有个朋友有一句话很有意思，他说："创业创新变闯祸；做大做强变做空。"这样的例子不胜枚举。每个人都知道事情要做大做强，但是往往然后一个不当心做空了；创业创新，创不出来变闯祸了，还不了钱，这样的人也很多。但航民讲求稳步发展。我们航民集团派人到欧洲考察，这段考察经历也有体会。欧洲人是慢生活，他们不会那么着急去办事。中华民族发展5 000年到现在，你想一下子光靠50年就与美国看齐，与欧洲看齐，与新加坡看齐，没有这么快，也很难做到最好。如果真要这么弄，那么人也弄死了。我们有这样的慢心态，我们适当地慢一点，根据自己的能力去做，力所能及地来办好企业。

六　荣誉在身，不负使命

采访者：您在 1986 年被评为浙江省劳动模范；1995 年被评为全国劳动模范；1987 年被评为全国新长征突击手；1991 年被评为浙江省优秀共产党员和全国"十大杰出青年"。获得如此多殊荣，您如何看待自身的成功？

朱重庆：关于荣誉，我说实话，他们给得太多。因为我是作为农村的代表，其他也有工人代表、军队代表、文艺代表，以及医务方面的代表，我算其中之一。我感觉从实际工作和所获荣誉来看，还是荣誉给得太多，实际工作不够，这是我的自我体会。但我也没有去争任何荣誉，不是他们给我一个劳动模范荣誉，我朱重庆要怎么去争，或者人民代表，我从来没有这样。我真的不知道他们选我做人大代表；我真的不知道我被评上全国劳模；我要去北京开会，我也不知道，真的给了太多荣誉。所以说不应该过分看重，认为自己很受重视；但每个荣誉我也都看重，因为这是对我们工作的肯定。

采访者：1993 年，您成为第八届全国人大代表。当人大代表以后，您的提案主要关注哪些领域，做了哪些提案？

朱重庆：1993 年我当选第八届全国人大代表，说是参政议政，到北京去开会。那次会议时间也比较长，参加讨论政府工作报告。在我的提案中，主要是向全国人大反映一些农村、农民的问题。杭州市人大常委我也当了 15年，我也提了一些意见和建议，也只是供领导们去考虑。因为他们考虑的面积大，我们所看的范围毕竟小，也就农民问题、土地问题、乡镇企业问题等。

采访者：您是什么时候加入中国共产党的？什么时候担任村里的村支书的？

朱重庆：我是 1981 年入党。我原来是村党支部副书记、漂染厂厂长，书记是我们的老书记徐才法。我在 1989 年 2 月开始担任党总支书记，因为工厂里党员多，也都成立了党支部，此时党支部变成党总支部了，还兼任实业公司总经理。

采访者：您认为党员在发展致富的过程中如何起先锋带头作用？

朱重庆：作为党员来讲，首先我有一个看法，入党的人应该要从年轻人中培养起来，年纪大一点的人则要在实践岗位考察他的表现是否具备入党的条件。党员是从优秀分子里培养出来，所以党员的自身条件本身就比普通群众要好，也比普通老百姓表现得更好。党员也确实起带头作用，我们企业的实践工作中，党员确实起模范先锋作用，遇到困难冲在前面。

七　萧山精神，奔竞不息

采访者：航民有没有自己的精神或者企业口号？

朱重庆：关于口号精神，我们倒是没有总结，只知道是"发展集体经济，坚持共同富裕"是我们的精神，这是我们一以贯之的精神内涵。

采访者：您认为航民村的村民具备了什么样的精神？

朱重庆：航民村的村民对"发展集体经济，坚持共同富裕"的道路还是很认可的。但村民的素质跟其他村都差不多，不是航民村经济发展了，村民素质就特别高，那也是没有的。不过村里有村里的要求，家里烧饭搞卫生要勤劳，外面做工干活，同样要遵守纪律，责任心强一点就好，我们没有更多的要求。不是富裕村庄的村民比贫困村村民素质更高，精神更好，不是这样。各地村民的素质我认为都差不多。

采访者：在40年创业的过程中，是什么信念支持着你取得巨大成就？

朱重庆：有什么信念，我也说不出来，但第一个最重要的肯定是责任。因为你在这个岗位上，你就是村里和集团的当家人，你必须要做好它，这个思想我还是很明确。这是责任，我一定要完成大家赋予的使命。如果当家人没有信念将集体企业做好，那干脆去搞个人企业。第二个我们不管怎么讲，我们这批人还是幸运，原来都吃过苦，但也比不上父辈，他们经历战争年代，四处逃难。我们这批人从出生以后就不用逃难，没有生命危险，无非就是生活苦一点。后来我开始坐拖拉机、骑自行车，再到坐小轿车，再到坐火车、坐飞机；从普通的旅社旅馆到高级宾馆，已经非常满意和知足。我们在物质生活上没有更高要求，赚的钱比普通老百姓要多，所以其他没什么考虑，就是这份责任一直在心中，我必须要负起这份责任。这样我才能对得起航民村村民和航民集团员工。

采访者："奔竞不息，勇立潮头"的萧山精神，激励着萧山人"潮"前走，成为弄潮儿。您能否结合您的生活、工作经历谈谈对萧山精神的理解。

朱重庆："奔竞不息，勇立潮头"是目前的萧山精神。在此之前，萧山前面有更大的精神，第一个是围垦精神，当时萧山围垦造田，我是18岁就参加围垦造田了，因为萧山人均土地少，吃不饱饭。萧山县（市、区）委、政府下了这个决心，一期一期地搞围垦，围了50多万亩的土地。老百姓风餐露宿，经历了千难万险才开发了大片土地。萧山土地多了，现在变成大江东开发区，当时萧山移民也移到那边去生活、工作。这是萧山人民的围垦精神。第二个是"四千"精神，"千山万水、千言万语、千辛万苦、千方百计"。还有萧山的领导鼓励我们搞乡镇企业，说："前门要进，后门要走，窗户也要爬。"为了发展我们的经济，窗户都要爬，这也是一种精神，就是"四千"精神。那么在萧山企业发展后，钱江勇潮，所以勇立潮头。萧山确实是有"奔竞不息，勇立潮头"的精神。

萧山原来苦的时候，女孩子一般到10岁的时候，父母就要教她挑花边来赚点钱补贴家用，所以萧山就没有不会挑花边的女孩子。我老婆也是航民人，我知道她10岁左右家里就教她挑花，就是赚一点钱。男孩子10岁以后，像我们晚上就拔萝卜，然后用刀去切萝卜，最后来腌萝卜干。萧山过去是那么苦，所以这种精神还是需要发扬光大，让后辈们继承。

采访者：过去萧山精神可能是在相对恶劣的自然环境中，以及艰苦生活条件下迸发出来的。当前，萧山人已经富起来了，如何来继承与发扬萧山精神？

朱重庆：现在发扬萧山精神是各有各的发扬，不是统一的。我们按照我们的思路在做，某一个老板按照某一个老板的想法在做。老实说，我们要向鲁冠球学习，真的要向他学习。过去我每年都跟鲁冠球交流两三次，有重大问题也会去请教他，他的思路更加开阔。传化集团，他原来靠4 000元起家，现在做得非常好，靠的也是萧山精神。我曾经给荣盛集团的李水荣①讲笑话，他的年龄也超过60岁，我说："李总啊，我现在在家里做几个俯卧撑也吃不消，你60岁还要去舟山群岛打虎跳②。"他在舟山群岛有一个4 000万吨的炼油项目。他们这种才是真正的"奔竞不息，勇立潮头"的萧山精神。现在我是在潮的尾巴上，而且潮水已经退过去了，我已经在后面的小船里歇息。已经到了这个阶段，我不敢冲。萧山还有花木种植、搞农业、种蔬菜的人，都

---

① 李水荣，1956年出生，浙江萧山人，现任浙江荣盛控股集团有限公司董事长、荣盛石化股份有限公司董事长等职。

② 手、脚先后着地，向前跳跃或侧向翻身的动作，形容身手矫健。

太辛苦了，家里钱很多，但照样这么艰苦朴素。但是，萧山也有不好的人，欠一屁股债跑掉了；也有失败的企业，前面开始冲得很快，后面冲不上去了，退下来。但这个总是少数，多数的都在奋斗。所以萧山精神要大力弘扬，要继续传承。

采访者：谢谢朱先生，我们今天的采访就到这里了，很感谢您跟我们讲述这么多年的人生经历。谢谢您接受访谈。

朱重庆：也谢谢你们。

南阳城镇发展与百姓生活变迁

——高元法口述

采访者：郑重、邓文丽、李永刚　　　　整理者：郑重

采访时间：2018 年 8 月 18 日、9 月 8 日　　采访地点：南阳街道办事处

口述者

　　高元法，1946 年出生，浙江萧山人。自 8 岁开始上学，小学毕业以后，到靖江初中读初一；1961 年 4 月，担任永丰大队第二生产队会计，先后任大队民兵连连长、团支部书记；1965 年 5 月，加入中国共产党；1971 年，进入公务员队伍，在靖江公社主管共青团工作；1982 年，担任靖江公社管理委员会（以下简称管委会）副主任；1984 年，担任靖江乡乡长；1985 年，担任靖江镇镇长；1986 年，调新围乡任党委书记；1992 年，任南阳镇人民代表大会（以下简称人大）主席；2003 年退养；2006 年退休。

一　南阳地名由来及老街历史

　　采访者：高先生，您好！您用笔头记录着南阳的人与事，书写着南阳的变迁与发展，很高兴您能接受我们的采访。首先请您简要介绍一下您的个人经历。

　　高元法：我 1946 年出生在萧山南阳，自 8 岁开始上学，读到小学四年级，因为家庭困难，辍学一年。没有办法继续上学，我就在家里养羊。一年以后，我们家凑到了学费，我又回到学校读书。小学毕业以后，我到靖江初中读初一，初一还没读完，1961 年 4 月，我们村缺少一个会计，因此我到永

丰大队第二生产队担任会计。这期间，我还是民兵连连长、团支部书记。1965年5月，我加入中国共产党。1971年，我进入公务员队伍，在靖江公社主管共青团工作。1982年，我担任靖江公社管委会副主任，1984年，我担任靖江乡乡长。1985年，我担任靖江镇镇长。1986年，我调到新围乡任乡党委书记。1992年，萧山撤区扩镇并乡以后，我回到老家南阳当人大主席，2003年退养，2006年退休。

采访者：高先生，您是土生土长的南阳人，对南阳的历史十分了解。请您先谈谈南阳地名由来及南阳老街的历史。

高元法：南阳地名由来已久，很多年前，就有人开始在南阳这块潮涨潮落的凸肚沙（海涂涨得比较高叫凸肚沙）上垦荒种地、种桑养蚕、经营买卖。据说早年有两兄弟就在直湾东做买卖，阿哥叫惠南，阿弟叫惠阳，他们开了一家粮食店，生意做得蛮闹猛①。由于两兄弟的服务态度好，买卖又公平，得到了老百姓的拥护和爱戴，因此大家都愿意把农副产品拿到他们那里去交易。所以，凡是一提起有什么东西要买卖，大家都会自然而然地把这两兄弟的名字连起来说："到南阳去。"渐渐地，"南阳"二字作为地名就一直流传下来了。现在人们把他们两兄弟开过店的地方叫"老南阳"。

1915年是南阳历史上非常有意义的一年，也是开始兴建南阳街市的一年。这一年萧山县临浦镇西关殿创办了第一家电气公司——乾元电气公司，实行白天碾米，晚上发电照明。这年也是萧山开始发电的第一年。

那时，南阳的市面就只在穗昌兴桥东侧有平屋三间，开着一家"穗兴堂"米店，当时桥西（直湾西）都是稀稀拉拉的简易棚舍。据李志鑫老人回忆："小时候听奶奶讲过，爷爷李松林在1902年携父亲伯寅（小名阿狗），从仓前（龙虎）搬到南阳，当时父亲只有4岁，刚到南阳时还是荒凉一片，七高八低的老坎地上种着桑树、杂粮等，他们就在这高燥的桑园地上搭建起简易的棚舍，开起了一家豆腐店维持生计。"那时，在这七零八落的棚舍中，也有两幢像样的四合院住宅，分别建有两个台门。这就是南阳大家耳熟能详的大户人家"丁家"（丁联镳、丁联一两兄弟），丁家住宅始建于1897年，这年就是丁芳熙（丁联镳大儿子）出生的一年。丁家是从乐园搬迁来南阳落户的，至今已经有121年的历史了。

我来说说三条好汉造南阳的故事。1915年，南阳后街、直湾西边开始兴

---

① 闹猛：萧山话热闹的意思。

建楼房。当时，大家都称这是"新南阳"的起点。据南兴村高宜海老人（现已故）早年回忆，当时南阳南兴村有三位主要人物发起兴建南阳街，第一位是高其公（位南）的第二个儿子德梁，当时大家都叫他小荣店王①（小名），时年45岁（1871年出生）。第二位是哲燧（其凤江师）的第四个儿子德一，大家都叫他文桂四店王（小名），时年36岁（1880年出生）。第三位是德一的阿弟叫德菜（小名斯馨），大家都叫他斯馨小江师②，时年25岁（1891年出生）。这三人身强力壮，办事有胆有识，多次共商计议，决定兴建新南阳。

1915年，钱塘江西沙大坍江，赭山坞里西南的莫家湾坍得非常厉害。这小集镇上的老百姓因坍江而四处逃难，许多人把快要坍陷的房屋随意卖掉。高德梁、高德一和高德菜就利用这一时机到坍江严重的莫家湾去买旧木料，兴建南阳街的热火就这样烧起来了。

可到坍江处去买木料是件非常危险的事，据高宜全（1921年出生）老人回忆：其母亲生其三姐还未满月（1915年出生，其三姐比他大6岁），其父（德菜）日夜赶着牛拖船出没在莫家湾（小集镇），去买旧木料时好像与潮水争夺木料。木料被买下后，就有被潮水冲走的危险，当时这木料就是边拆房边装船，这有多危险呀，稍有疏忽，后果不可设想。有一次，牛拖船装着五间旧木料刚过桥洞，背后就听到轰隆一声巨响，这座桥被冲垮，顷刻间被潮水吞噬了，如果慢一步，一切都完了。他们三人就是在这样的危险情境下采办材料新建南阳的。

高德梁第一个在大湾边，在自己的土地上开始按照徽派的建筑风格，朝南建楼房15间，粉墙、青瓦、马头墙，砖木雕琢和谐搭配，梁柱窗门雕刻工艺精湛，造型逼真。他又朝北建平房15间，东西两边建起两个圆洞门。至今上了年纪的人对这两个圆洞门都记忆犹新。当时在南阳有这样气派的楼房，影响很大。所以，当时大家都叫"新南阳"。同时，西边接着有文桂四店王丁德一建了朝南的楼房8间，朝北建了平屋6间，屋基由其父亲其凤江师协调，由其阿弟德菜调给。同时德菜就在自己的土地上与阿哥接壤建楼屋5间，到宝丰弄为止。德菜的房屋造得比较讲究，门窗家具特地从东阳请来木匠雕琢，经过3个月时间的装饰，至农历十二月十五完工。过年喜气洋洋、大摆酒席，邀请了许多亲朋好友庆贺新屋落成。

---

① 店王：萧山话老板的意思。

② 江师：萧山话老板的意思。

　　在三条汉子的鼓动下，大家从四面八方赶来南阳兴业。许多是从西沙莫家湾坍江而搬迁来的，也有的是从绍兴等地过来建房兴业的。接着就接二连三地往西扩建，俞大昌米店、李阿多花轿店、朱维万木行、茧行等，很快形成了一条后街。在后街形成的同时，中街、南街也相继兴起，协盛的高德祥、大园的王阿伟、南阳的丁小毛、南阳乡乡长胡少梅、陆恒源、汇成和相继兴起。南阳老街前后三条街的形成只不过几年时间，包括丁联一在自家住宅以东建起10间楼屋进行出租。当时南阳街上场面最大的是陆关通所建的陆恒源和朱维万所建的同昌，他们两家也都是从西沙莫家湾坍江搬迁来南阳创业的。陆恒源建房的土地是向丁家租的，占地达10多亩，在丁家楼屋东侧朝南、朝北建起100多间平房。其中，朝北的房子开茧行、房子有50多间（中华人民共和国成立后供销社的废品收购部处），作蚕茧烘房及仓库。朝南开花麻粮食店及住宅（就是原粮站的地址），房子也有50多间。朱维万建同昌（中华人民共和国成立后供销社办公大楼处），四周木城围牢，占地面积也有六七亩，同昌经营的也是蚕茧、木行及花麻粮食。岩峰的德尚老板在陆恒源东建汇成和花麻粮食店，他的建房地基也是向丁家租的，他在南阳街上建房最迟，大约在1930年。

　　直到20世纪30年代中期，南阳老街最为闹猛（热闹），商贾云集、大店小店、大摊小摊，门类齐全，商品应有尽有。有名的豫大源酒店、缪太兴糕饼店、梁同兴南货店、同春堂药店、晋昌源布店、丁信昌南货店、倪荣顺染坊店、潘源兴油烛店、同万丰肉店、豫康棉布店、阿昌豆腐店、永和酱园坊、大同南货店、鱼行正福、饭店阿炎、馄饨阿羊、铜匠茂兴、打铁阿狗、箍桶阿友、羊毛福泉等相继上市。

　　当时的运输主要是水路，随着街市的兴旺发达，运输业渐成气候。当时有两户人家拥有各一档埠船贯通南北，为南阳的兴旺发达做出了一定的贡献。这两档埠船是南翔的胡本贵和横蓬村的汤三元，这船一直往返于瓜沥、坎山、新湾和曹案埠之间，输送着南来北往的农副产品和人脉的相互流通。那时，南阳是南沙大地上一个小有名气的集镇。

　　南阳老街上比较显眼的是春茧上市、抢潮头鱼、猪肉阿狗卖肉，这三道风景线，上了年纪的人依然记得很清楚。

　　第一道风景线是春茧上市的时节：这是街上一年中最闹腾的时期，也是茧行一年之中生意最旺的季节，人们把一担担雪白雪白的茧送进茧行，有时还要排起长龙，此时的茧行忙得不亦乐乎，因为蚕熟时，人们就忙碌地奔波。茧行仓库里茧子堆得半天高，烘茧的烘箱日夜运转着，牛拖船在不停地装运茧子，满满一船蚕茧被运往坎山东升丝厂。这也是"陆恒源茧行"和"同昌茧行"最繁忙的时期。那时，人们的主要收入来源主要是养蚕，农民除了种桑养蚕外，其他种植的大多是杂粮，自给自足，稍有多余出售。所以，春茧家家户户都养，一到春茧开秤，南阳街上就很热闹，人们都用大花箩（蒲）装着蚕茧，眉开眼笑地穿梭在南阳街上，这装着蚕茧的大花箩，看起来很是庞大，实际重量只不过百斤左右。但也有不少农家为想多卖钱，自己加工成土丝，卖到丝行收购店里。当时的大花箩，现在还有不少农家珍藏着，一看到这大花箩就自然而然地想到了种桑养蚕的辛劳。

据《南阳镇志》记载：1932 年，南阳蚕桑繁荣，同源茧行、宝和茧行都很有名，光是同源茧行就收购蚕茧达 131 294 斤（1 斤 = 500 克）。到了 1939 年，南阳有土丝行 13 家，如隆昌、协盛、永裕成、潘源兴等土丝行在周边地区很有名气。陈兴浩土丝行还到其他集镇上去设点收购。那时，南阳丝市闻名萧山，所以《萧山乡土志》中说："南阳土丝大有独霸西沙之势。"

第二道风景线是南阳街上的"潮头鱼"。南阳人自古以来有抢"潮头鱼"的本领，生于斯、长于斯，就不怕咆哮如雷的钱江潮，常年有许多人在与潮共舞。每到农历七八月间，是抢"潮头鱼"的黄金季节，也是街上"潮头鱼"旺市之时，许许多多的外地人都赶集到南阳贩运鱼、虾、蟹、鳗，然后再到瓜沥、坎山、靖江等地去出售，有的贩子连环贩（贩子贩给贩子）有许多甚至贩到上虞、余姚、慈溪等地。特别是每年的西北风起时，风鳗上市，上虞、余姚、慈溪等地把这风鳗作为"海人参"。凡是农妇做产、病人术后补养身体，都非常喜欢吃鳗鱼，不管价格多贵，都要尝鲜养身。所以，这时南阳街上的鳗鱼贩到上虞、余姚等地，价格几乎要翻几番。因此，每到这时，摊贩们手提肩挑忙得不亦乐乎。此时，鱼行老板洪亮的秤鱼叫卖声比唱戏还好听，声声回荡在南阳老街的上空。

第三道风景线是猪肉阿狗卖肉。每天一早，从四面八方前来南阳赶集的人们，总是被猪肉阿狗的熟练手艺吸引。一杆秤是他的道具，看他一只手拿秤、在斩好的肉上一按（钩住），一只手迅速将秤杆一翘打秤花，这时他的嗓子比唱戏还好听，清脆悦耳，音质洪亮。"喏，一块条肉秤起来了喏！份有几斤几两重，价格每斤多少，钞票是几元几角"。他一气呵成，一口价。他的心算按当时 16 两制计算，真不亚于现在计算机的速度，不管多少数量，他一上秤就报出价位、价格，使人听了十分佩服。猪肉阿狗真是手艺高强，你要多少他就能比较正确地给多少量。买主说："阿狗给我斩 1 斤条肉。"他举起斧头一闪（斩），一秤刚好1斤，人见了目瞪口呆。李志鑫老人说："大家都叫他猪肉阿狗，他卖肉确实有一手，南阳有4家肉店，他的生意最好。"

老底子南阳街上茧行的秤茧声、渔行的叫卖声和卖肉的价格声都深深地印在人们的脑海里。如今，老街只剩300米长的一段，原模原样展现着昔日的风采，低矮的瓦房，高低不平的石板路，是那时萧山东片地区最繁华的集镇之一。我走在这静悄悄的老街上，好像又见到了当时担茧背丝的闹猛（热闹），听到了鱼行老板和卖肉老板的叫卖声。

二　中华人民共和国成立以来南阳城镇建设

采访者：南阳老街远去的人文景象确实让人流连忘返，请您谈谈中华人民共和国成立后南阳街区的新变化。

高元法：中华人民共和国成立后，南阳变化非常大。南阳原有前街、中街和后街，中街宽4米、长170米，为主要街道，有南货店、杂货店、米店数十家。1965年，为改变沙地区"又怕大水又怕旱"的被动局面，萧山县政府兴修水利，先后开挖永丰直湾和义南横湾，在南街中街之间划了个"十"字形。1985年南阳建镇后，编制总体规划，沿湾发展，规划分工业区、商业区、文卫区、居民区。1992年赭山乡并入后，集镇远期规划扩大到1.25平方千米，10月在沿江建立阳城经济开发区，开创萧山镇乡开办工业园区的先河。1994年8月，经浙江省人民政府批准为南阳经济开发区。1996年12月，动工兴建建筑面积3.50万平方米的商住楼和新农贸市场，形成集镇三横三直的街道和绿化带格局。

在1992年5月、1998年12月和2004年，南阳镇曾编制了三轮总体规划。其中1998年12月编制的第二轮总体规划中，南阳镇被确定为萧山东北部工贸旅协调发展的中心城镇。2004年第三轮总体规划，南阳镇被确定为义蓬组团西南部以居住、旅游、服务业为主要功能的现代化小镇。

自2008年杭州推出"21个新城"计划后，这里成为义蓬组团的生态居住片区和空港物流基地，此后，南阳成为杭州萧山区空港新城最主要的承载地。随着"空港新城"的推进，这里逐渐发生着新的变化。

近年来，南阳掀起了一轮又一轮的建设高潮，新的发展蓝图正在变为现实。南阳不断加速产城融合进程，高品质推动新城建设，坚持环境立街，打造宜居之城。南阳抢抓机遇，顺势而为，加快由"做镇"向"做城"转变，切实把南阳建设成为"工业都市化、旅游精品化、商住高端化"的宜居新城。

采访者：21 世纪以来，南阳百姓多次经历拆迁，2017 年您家也经历了拆迁，请您谈谈对拆迁的看法。

高元法：根据大杭州跨江发展的总体规划，萧山被定位为魅力国际门户智慧品质城区，发展目标是成为世界名城的标杆区、拥江发展战略的引领区、先进制造转型中枢区、美丽杭州的实验样板区。我们南阳是国家级临空经济示范区，地处浙江"大湾区"建设和杭州拥江发展的前沿阵地，位于国内发展最快和最具发展潜力的萧山境内，又有一个国际机场这一开放门户。所以，南阳区块已经成为推动"一带一路"倡议实施的有力支撑，要助力杭州打造成为陆空联络高效、开放领先的国际化大都市。因此，我们要积极助推萧山转型升级，积极拥护拆迁，拆迁是大力推进农村城镇化建设的需要，是加快空港新城建设的需要，是助推重点工程建设的需要，是大环境大发展的需要。

一句话，大拆迁必然带来大变化、大发展，经济和各项社会事业的大发展，必然带来一方人民生活水平生活质量的大提高。

我也是千万个拆迁户中的一员。刚建好的新房，我只住了两年就遇拆迁，我是想也没想到的，因为我新建的房子是在南阳街道南丰村最西面，省防洪大堤边的偏僻处，我估计这里是不会拆的，所以我当时把房子建造得比较牢固。想不到 2017 年 6 月突然接到通知要拆迁，我一时呆若木鸡。再一想，我应该无条件服从，我是共产党员，应当带头执行政府的政策法令。可当时我妻子生病在萧山人民医院住院，我既要照顾好妻子，又要应付拆迁，再要安排拆迁后的住宿，一时搞得焦头烂额。但拆迁总是大事，我也应服从大局，支持拆迁。所以，那时我是全力支持政府拆迁的。

总之，政府实施大拆迁的这一战略战术是非常正确的，只有这样的大拆迁，才能把零散的土地整合起来，才能实施大规模的开发。所以，大拆迁是一项为民造福的伟大举措，为子孙后代造福的伟大工程。

但在拆迁补偿安置落实过程中，我有点不成熟的想法。

一是拆迁要有计划，不能无计划地搞拆迁，有的地方已拆迁七八年，甚至十多年，至今还闲置着。

二是安置房分配问题，如有许多国家工作人员，世居在农村，可有的分了房子，没有分房的在房改中得了几万元的补偿，这几万元现在只能买几平方米的商品房。我感到不合理，这些人中拿现金补贴的太吃亏了。实物分配与货币补偿，两者的价值差距在100万元左右。关于实物分配现在有人也有意见，意思是他们在拆迁安置中没有得到分配，还要以原地分配房的40%倒扣家属的安置房，从道理上好像行不通。

三是拆迁补偿政策不合理。第一，大江东与我们南阳的政策不一样；第二，萧山周边乡镇与我们的补偿不一；第三，拆迁补偿与土地出让价不一（每户房屋补偿在250万元左右，每户的宅基地在一亩左右，出让价亩地都在1 000多万元，不成比例，老百姓的权益得不到合理保障）；第四，补偿政策本身的不合理，新建层层现浇钢筋混凝土与旧房楼板的房屋补偿不合理，高质量的房屋得不到合理的补偿；第五，拆迁时没有考虑到老年人的安置问题，按时拆迁，按时腾房，我们邻居一家东奔西跑找租房找了七处才找好。政府拆迁应该要考虑、照顾到老年人的生活。

南阳镇南丰村"三改一拆"整治现场

三　南阳人民衣食住行的变迁

采访者：百年来，南阳人民的衣食住行发生了重大变迁，首先请您谈谈南阳人民衣着方面的变迁。

高元法：清末至民国时期，南阳的男女老幼服装颜色以玄色（黑色）、青色为主，普通人除出客穿士林布衫外，平时衣服大都是自己纺织制成的杜布（土布）衫，颜色前期为"柳条布"，后期为"乌化布"（灰色）服式。农民平常穿"对面襟"短装，吃酒做客穿长大衫；冬天，棉袍子罩长大衫。书香人家均穿长衫，过去绅士则穿长衫马褂；男女裤子均无门襟，裤腰特别大，称"团腰裤"。女性外出，多系一条青色的"裙子"。热天，无论男女，多穿白柳条布衣裳。少数富户，老人穿"烤皮衫"（湘云纱制），中青年妇女穿绸制的旗袍。

关于帽子，清末流行黑色的"西瓜皮帽红蒂子"，老百姓戴"猢狲帽"，就是罗纱帽。中华人民共和国成立前，青壮年时兴戴"同盟帽"，一种用呢占制成的像现在凉帽式样的帽子，青少年时兴"毛线帽"（一种用绒线编织的大蒂子帽子）。

关于鞋子，中华人民共和国成立前流行布鞋、皮底鞋；中华人民共和国成立后流行"小方口鞋"，这是一种低帮胶鞋，后来有"元宝口雨鞋"，称高帮雨鞋。20世纪70年代起流行"半靴"。自20世纪80年代起，大家多穿皮鞋。

20世纪50年代，中青年男子穿中山装、列宁装。中青年妇女衣服则由大襟改为对襟。"辫子红绸扎，身穿尼龙格，搭攀鞋子红洋袜"算时尚打扮，布料多为斜纹卡其、灯芯绒等。

20世纪60年代流行绿军装，布料多为化纤布。"场面上人草绿色，土老百姓灰黑色"是这个年代的特色。

20世纪70年代后期，人们开始穿西装、牛仔裤。

20世纪80~90年代中青年男子大多西装革履，夹克衫也很流行。农民则多数穿蓝灰色中山装。中青年妇女夏天穿浅色的或仿绸等真丝仿丝织品；冬天喜欢穿红色或枣红色马海毛外衣，也流行皮夹克、皮大衣。普通男女以麻纱、涤毛为主，仿纱也很受欢迎。个别也穿高档的，如雅戈尔之类的名牌服装，价格上千元乃至几千元一套也不足为奇，衣服颜色也比较杂，一般夏天浅色，冬天深色。穿大襟衣、"团团裤"的仅限于老年妇女。

人们的洗衣设备也不断更新。20世纪70年代以前多手洗，70年代以后多用洗衣机。

采访者：接着请您谈谈南阳人民饮食方面的变迁。

高元法：中华人民共和国成立前，南阳人一般以土杂粮为主，一日三餐，二粥一饭，米饭很少见。

中华人民共和国成立后，20世纪50年代麦多米少，南阳人的饭中经常掺杂番薯、萝卜等。

根据我的回忆，20世纪50年代末，国家困难时期，农村农民的粮食非常紧缺，要想吃番薯都不是一件易事。我为了能吃到番薯，总是跟父亲去生产队剥夜络麻，在剥夜络麻中与我差不多的小学生也有六七个，有的比我还小，只有10岁左右，他们也是与我一样为了吃2斤番薯而来"受苦"的。因为，只要你到麻地上去剥夜络麻，不管剥多剥少，只要在麻地上熬上3~4个小时，大约在晚上10点半，就可按人头分到2斤热气腾腾、香气扑鼻的番薯。那时，像我这样的儿童去剥夜络麻，真正的目的是2斤番薯。因为一不会剥，二没力气剥，剥麻确实是一项强体力劳动，青壮年们一天下来，都感到腰酸背痛，胸前两边肋骨酸痛难受，有的双手被麻片划得鲜血淋漓，有的第二天早上起床时双手痛得拳头也捏不拢、手指也伸不直。可那时，络麻是农村、农业生产中的主要农作物，种植面积占总计划面积的70%左右，主要经济收入来源就是靠络麻。所以，为不折不扣地执行国家计划种植，我们也就不得不种植络麻了。可想而知，农民就不得不这么艰苦地工作了。

我记忆中有一次经历使我终生难忘。一天北风呼啸、寒风刺骨，晚饭后，父亲说："今天天气这么冷，西北风又这么大，你不要去了。"我执意要去。父亲没有办法，给我"全副武装"，我穿上棉袄、棉裤，头上戴上帽子。我就背着凳子跟父亲到麻地。由于我穿得太多，人很不灵活，连凳子也坐不上，父亲就把我抱上凳子，帮我把麻捧上凳子，我就开始一根一根地剥，由于力气小，我先拣小的剥，小的剥完了，那就只能剥大的了，大的麻真是难剥啊！剥麻要靠手筋骨把麻中间折断，先剥出上半根，再剥下半根，直到老篰头剥出为止。这看似是一个简单的过程，碰到大的麻我就束手无策了。一时折不断，就只好用膝盖抵住折，有时使出浑身解数，涨红了脸才能折断，可有的较粗的络麻我就是无法折断，只好求助于父亲。在剥麻中最难剥的要数这根麻的老篰头了，有力气的一下子能把它剥（掰）下来，可我只能用手把它一点一点撕下来才能剥出，有时把一片麻篰头撕开分成十几片。我就这样跟着大伙一起剥麻，大人一个小时能剥几绞，可我两个小时也剥不到一绞。

就这样，我剥到晚上9点多时，西北风越刮越大，手也越剥越痛，人也觉得越来越冷，这时我不知不觉地从凳子上摔了下来，父亲吓了一跳，迅速把我扶起，连声问："怎么啦，怎么啦?"我说："我要睡了。"父亲缓缓地说："再坚持一下，马上就要分番薯了。"我一听到"番薯"二字，好像从睡梦中惊醒过来，精神又十分振奋了，这样我就继续与大伙一起盼着番薯快快到来。"分番薯喽!"一声喊，我就三步并作两步走，飞快地去排队领番薯，这时扑鼻的番薯香，真是令人陶醉，特别是锅底的焦番薯香味。我一边排队，一边享受着番薯香带来的愉悦，嘴里总是不停地咽口水，肚子也在不断地咕咕叫。我领到热气腾腾的焦番薯，吃得特别香，狼吞虎咽，嘴边沾满了焦香的番薯沫，心里真是有说不出的高兴，恨不得一口气把父亲那份番薯也吃下去。想想这番薯来得是多么艰苦啊！我把剩下的部分藏在被窝里，想着明天早上可做早餐，上学去它也可当点心，多好啊！一瞬间，我就进入了吃番薯的甜蜜梦乡。而现在，随着人们生活水平的不断提高，身体保健意识的不断增强，番薯已成为人们日常生活的一种保健食品。

20世纪60年代后期大家开始种水稻，百姓家中米少麦多，大多已是二粥一饭，70年代以后，一日三餐多为大米，点心普通为园子（汤团）、年糕、粽子；中等为蜜枣、糖氽蛋、白木耳；高档的为桂圆肉。进食时间，多在中晚餐之间。

菜，过去平常人家以素菜为主，有客人才配些豆制品、肉、鱼等，烧饭时多为高锅盖，即在锅上放一饭架，俗称蒸架，或用蒸龙套，放置4~5碗菜在上面，罩以木制高镬盖或竹制蒸笼套盖，饭熟菜也熟，特别省时省柴。农民如果吃荤腥，多为家养、捕捞。

现在每到过年，我总会回想起20世纪50年代小时候过春节时的情景。那时我也和现在的小孩一样，每到过年就特别高兴，因为，过年了就有吃有穿，特别是除夕，父亲总是说："要吃什么就吃什么，年三十就是有得吃。"可那时生活条件无法与现在比，平时都是吃干菜、青菜之类的蔬菜，一年到头很少有鱼肉吃，到了过年，不管怎样，父母总要弄点鱼呀肉呀的，加上各种蔬菜炒炒，烧个十来碗菜看出来，有时好的肉买不起，就买半个猪头过年。那时我过年能吃上红烧猪头肉也蛮高兴了，因为平时吃不到。记得我7岁那年过年，父亲从市场上买来了半个猪头肉，买猪头肉的钱是用鸡蛋换来的。我看到父亲买来猪头肉，心里真是有说不出的高兴，想着又有肉吃了。红烧猪头肉在锅里烧出的香气，使得我不肯离开灶间，肚子总是咕咕地叫个不停。这时，大人总是说："你不要急，除夕'分岁'时你尽量吃。"大人这样安慰我，可我总是不停地咽口水。一到晚上，我真是恨不得将整碗猪头肉吞进肚子里，这时父亲总是笑嘻嘻地对我说："你喜欢吃哪样菜就吃哪样菜，但其他菜也都要吃吃。"实际上父亲看到我专吃红烧猪头肉，有意地叫我吃吃其他的菜，可那时我哪顾着吃喜欢的菜，红烧猪头肉才最对我的胃口，烧得真是好香呀。我嘴里吃一块，筷子夹一块，眼睛盯一块，吃着吃着干脆把整碗猪头肉都倒进了饭碗里。这时，父亲站起来对我说："小孩不能这样吃，不能把这碗肉吃光，明年还要吃啊，一定要剩一点的。"父亲把我倒进饭碗的肉一块块地夹回去。这时，父亲就慢慢地给我"上课"了，他说："年三十的晚餐是一年之中最有得吃的，但每一样菜都不能吃光，一定要剩下一部分明年吃，不能当年吃光，今年吃光了，明年吃什么？吃年夜饭要有剩余，这样才能年年有余。"从那年年夜饭后，每年除夕时，我总是牢牢记住父亲的那番话："任何小菜都要吃一点，但即使最爱吃的小菜也不能吃光，一定要吃有剩余，这样就会年年有余，才能来年风调雨顺，五谷丰登。"

现在，南阳人经济条件改善了，"无荤不吃饭"已很普遍，即使家常便饭，也要煎炒油炸。如果有客人来，则端上鱼肉鸡鸭，还要加上时鲜。"红白事体"更为讲究，菜少不了"山珍海味"，素的也接近"素斋"：素东坡、素鸡、素香、素鱼等。

炊具也进行了几次重大变革：20世纪70年代用省柴灶；80年代居民大多用电饭煲；90年代用煤气灶，并置有脱排烟设备，如排油烟机、换气扇等，有的还添置了微波炉。

过去南阳人民在饮水方面也是比较困难的。在中华人民共和国成立前，生活在农村的人们基本上是吃自家门前的池塘水，但南阳老街的居民们就连吃池塘水也难，人们吃"天落水"，就是靠天下雨时用缸接住屋檐水。所以，老街上家家户户都有一个天井，天井里都放着一只缸。这只缸就是专接"天落水"之用。可一到天旱时，没有"天落水"怎么办呢？有的家庭就是吃着浑浊不清的大湾水。他们用小水桶从河里提上来后，在家中的小缸里进行沉淀后饮用。也有部分人家自己用小水桶到邻近农村的池塘里去提水来吃，在老街中大约有2/3的人家是这样日常饮水的。但还有1/3的人家条件好些，如开着什么店、堂、行的，他们就叫人挑水解决，特别是像陆恒源、同昌、缪泰兴、丝行的老板等，他们吃的水都是由挑水者供应解决的。

那时在南阳老街上专门为居民挑水的叫阿根，大家都叫他"挑水阿根"。他中等身材，身高1.7米左右，黑黑的脸，身材蛮结实的。他就是南阳街上的专业挑水佬。他大多在叶家的大池塘里挑水，这个池塘有两三亩，水质较好，常年不涸。他从池塘挑水到老街一般有 500 米，近处 400 米左右，远处有 600 多米，因南阳有三条街，南、中、后街。他从叶家池塘挑水到中、后街，都要经过横湾上的一座马大桥，因有一个姓马的叫马大，住在这桥边，所以人们把这座桥叫马大桥。马大桥是一座木桥，桥面只 1 米宽左右，是三根木头拼凑而成的桥面，长 20 米左右。桥面又没有扶栏，一般胆子小的人在桥面上不敢走，有些人是爬行过桥的。可挑水阿根挑上这 100 多斤重的一担水，来去自如，看不出有胆怯的样子，他一天不知在这马大桥上要走多少趟。他一天到晚挑着水，嘴里不停地"杭、杭"地喊叫着，有时看到他挑得吃力需要转（换）肩时，总是见他眉一皱、嘴一啊、头一缩、肩一松，这根扁担轻松地从他的右肩迅速转向左肩，这时他身上的汗水总是在衣襟下不停地滴着……，他总是在夏天用一块披肩布当衣衫。冬天一件夹衣好过冬。在寒冷的日子里，他脚上穿发袜，发袜就是用长的头发编织成的袜子，穿在脚上不觉得冷，挑水时可跨入池塘，敲开薄冰，跨入河埠里去担桶提水，这时，我们总看到他头上在"冒烟"，这是挑水时的热量从头上冒出来的。阿根除了下大雨不能挑外，即使下小雨也照挑不误。他是一年到头没有空的，就是挑水。可想而知，他的肩膀肯定要比牛皮厚，否则一年到头的肩膀磨损怎么挡得牢？

阿根除了在叶家池塘日常挑水外，还要为南阳街上的张老板、沈店王、李江师到赭山去挑"野猫洞"水，这是山脚下的一股泉水。这"野猫洞"井水确实好，烧茶、煮饭味道可口。野猫洞井离南阳老街有 4 000 多米的路，挑一担水来回要近两个小时，阿根为了赚钱，也为了面子，他从来不推却。一般他到叶家池塘挑担水能赚三四分，如果到"野猫洞"井挑担水至少赚四五角。只要阿根肯挑，这些老板、店王宁愿多给钱。为了喝到"野猫洞"水，那些老板、店王都要提早与阿根去预约，阿根再按照自己的业务量进行安排，择日去挑。"挑水阿根"一生就是这样不停地为南阳老街上的人们挑水，一直挑到 20 世纪 60 年代末。

到了 1994 年，萧山自来水"西水东调"工程接通赭山，管径分为 600 毫米和 800 毫米的两条供水管道贯穿南阳经济开发区，日供水能力 3 万吨。1996 年 2 月，自来水通南阳镇上，至 1999 年，南阳实现村村通自来水。

采访者：请您谈谈南阳人民在住房方面的变迁。

高元法：关于住房的变迁。中华人民共和国成立前，我们沙地瓦屋很少，除豪绅地主有宽敞的瓦屋外，贫苦农民都住草舍。沙地是草舍世界，南阳是草舍王国，名目繁多。以盖的材料分有茅草舍、稻草舍、油毛毡舍。以造向分有东披舍、西披舍、东基头舍、西基头舍、东厢舍、西厢舍，以朝向分有朝东、朝南、朝西和朝北舍。

20世纪70年代掀起了"平房热"，草舍改平房；80年代平房翻楼房；90年代掀起了"翻楼热"，两楼翻三楼、四楼；自1995年开始注重装饰，缸砖、地砖、花岗岩、波形瓦、木地板、吊平顶、落地式玻璃门、卷帘门，水电卫生设施齐全；1996年以后，居民购买商品房的也不少，全镇居民住宅地401公顷。

关于住房内照明用具的变迁也不得不说：20世纪40年代以前用豆油灯，50年代用煤油灯，70年代以后用电灯，90年代后大多用日光灯。

采访者：最后请您谈谈南阳人民出行方式的变迁。

高元法：过去，一般人外出，如果是走陆路的话多采用步行的方式。豪绅才坐轿子和羊角车。中华人民共和国成立前，全镇自行车仅六辆。20世纪60年代，居民开始有少量自行车。70年代自行车普及，每户几乎都有自行车。自80年代开始流行摩托车。1991年以来，经商、搞企业的人则配备汽车，尤其是小型汽车越来越多。

中华人民共和国成立以来，南阳的道路也逐步得到改善。20世纪60年代小路改大路。70年代，大路改砂石机耕路。1989年"92线"南阳至赭山、赭山永利路、南阳惠南路改为柏油路，绝大多数次级路也平坦宽敞。20世纪90年代，南阳又兴建了阳城大道、南新线（南阳至新湾）。次级路也都浇上了柏油。全镇公路用地1990年止为103公顷，其中公路13公顷、道路90公顷。1999年为119公顷，其中公路29公顷、道路90公顷。公路里程28.4千米，其中省、市级公路14.4千米，镇域公路14千米，4米宽以上的砂石机耕路163条，117.9千米。

最近几年，南阳的道路建设突飞猛进。随着向阳路、经四路、南阳大道、港城大道、南丰路、南庄路等一批道路建成，新城框架已经形成，让群众真正享有便利的水陆空立体交通。目前，潮都西路北伸、港城大道西伸、南临路西伸等方案设计基本形成；滨二路（红山段）和红十五线扩建已经全面开工，地铁建设工程推进顺利。随着地铁1号线延伸段的正式开工，南阳将迎来地铁时代，这条穿城而过的地下大通道，彻底打通了南阳街道大交通的"任督二脉"。

过去南阳人走水路多乘埠船。我来说说乘江船的故事。在交通尚不发达的年代，外出能乘上江船，好像也是一种享受。20 世纪 40 年代末，从七堡乘船到赭山，交通工具是木帆船，一艘船乘 10 人左右。从七堡开船到赭山要 4 个小时左右，水深时，用划桨助推前进，水浅时用撑杆撑着前进。那时如果没有这个江船，江南农村的人要想到对江杭州等地去做客、办事是非常困难的。所以，那时能过江乘船人们总感到是一种享受。

我在 20 世纪 60 年代中后期多次乘赭山坞里江船去杭州姑妈家，如不乘这江船到杭州，就必须步行三个小时左右到坎山，坐汽车到萧山，再乘车、换乘车到姑妈家，这样要一天时间才可到杭州。所以说乘江船我感觉乐在其中，但也惊在其中，因为我有恐高症，每次走跳板总是惊慌得吓出一身冷汗。可有的人，特别是那些搞长途运销的人，还要在自行车两边挂着两坛咸菜或萝卜干上跳板，却能轻松来回，我十分佩服。一般上船后，大家把自行车按秩序一辆接着一辆排放好。然后进入船舱，坐在长长的木凳上，快到开船时，呜……一声长笛，再有一声长笛，看没有人来了，船老大一声吼，起锚！等工作人员把船慢慢撑开离岸后，发动机的马达声就"哒哒哒"地响起，船舱里是一片叽叽喳喳的嘈杂声。这时，一个高个子进入船舱，他叫高宝奎，大家都叫他宝奎师傅。只见他不停地喊话："静下来、静下来，买票了、买票了，大人票价 2 角 9 分，小孩 1 角 5 分，自行车每辆 1 角 3 分！"宝奎师傅脸黑黑的，个子大约也有 1.8 米，微驼着背，胸前脖子上挂着一只帆布袋，嘴里叼着一支烟，不管他怎么说话，嘴上的这支香烟始终不会掉下来。他右手拿着一支笔，左手拿着一个船票夹，一边收钱，一边撕着发票。这时船舱里就很热闹，四面八方不认识的乘客聚在一起，有的在有声有色地讲"新闻"；有的在交流着贩卖咸菜、萝卜干等的行情；还有的在探讨交流着自留地上种什么作物最值钱。一部分勤劳的沙地妇女，就见缝插针地挑起花边，她们的眼睛总是盯着针线，一针一针又一针，看着她们我心里是暖洋洋的。船上的其他工作人员各就各位地忙碌着，船老大手中紧紧地握着方向盘，眼睛紧盯着前进的航道，其中有一位工作人员则站立在船头上，只见他手里拿着一根花竹竿，这竹竿上扎着一圈圈的黑色棕丝，在不停地测量着水位的高低。只见他不断地把竹竿抛向江中，而且是一竿子到底，嘴上不停地喊话，上部两节、下部一节，意思是上部是水位深的，下部是水位浅的，不时地向船老大报告着水位深浅变化，船老大以此及时调整把舵方向。

乘江船最惊险的是"搞潮"的一瞬间。20 世纪 80 年代中期，由于乘客比较多，实行赭山与七堡上下午开对头班，两地同时开，上、下午各同时开一次，一日来回开 4 次。如果一日来回开 2 次，大多日子可以避开"载客过潮"，来回开 4 趟就无法避开，只得迎潮而上。我早年采访过船老大冯天根（2013 年病故），他曾深有体会地说："一到载客迎潮时，我的眼睛乌珠是凸出的，精神高度集中。开始'搞潮'了，我总是大声地喊话，大家不要走动，也不要惊慌失措，要保持镇定，大人要管好小孩。这时我开足马力，迎着潮头，劈波斩浪，顶着浪潮冲上去，如现在观潮节时的冲浪一样冲进潮头里，这就叫破浪前进。这时船在一瞬间腾空而起，乘客真有腾云驾雾的感觉。一进入潮内，紧接着是后浪推前浪，一浪又一浪向船袭来，我们的这只船像甩龙灯似的起伏不停。此时，船舱内的旅客前翻后仰，有的吓得怪声尖叫，有的吓得头晕目眩，有的呕吐不止，甚至有的小孩吓得尿屎拉出。作为船老大的我，深感责任重大，始终保持着冷静的头脑，清醒地记着这一船人的生命在我手中，我总是紧紧地'掌'着这沉重的舵。千方百计避开一个个险浪，把握时势，必要时迅速调转船头，接着就顺着潮水顺风破浪'搞潮'前进。在我的一生中经历过数百次这样惊险的'搞潮'航行，因为在这紧要关头，我处理得当，所以从来没有出现过什么大问题。"听着天根老大娓娓道来，我觉得他确实有一手，不得不服。

"撑船、打铁、磨豆腐"在过去都是辛苦的行当。从我多次乘船中看到、听到、了解到的情况来看，船员们的确是够辛苦的。特别是在 20 世纪 50 ～ 60 年代，钱塘江江道变化无常，赭山坞里的江船停靠码头又无法固定，给船员的工作带来了很大的麻烦，今天跳板搭在土坝上，明天跳板搭在乱石丛中，后天搭在山脚的斜坡上。船到一地靠岸时，船工们搭跳板时简直像救火兵，跳板又重又长，有时需要搭三块，既要稳固，又要牢靠。即使在寒风凛冽的冬天，船员们也毫不犹豫地跳入冰冷的水中，迅速地铺好跳板，让乘客们安全地上下。冬天测量水位的船员，他们不顾寒风刺骨，有时雪如针刺似的打在脸上，他们却总是不顾疼痛，认真地测量着水位，生怕船只在航行中搁浅。

乘江船还常常有突发事件出现。如有一年的冬天，从七堡开往赭山才 20 分钟时，一个 30 多岁的妇女突然跳入江中，在这人命关天的紧要关头，冯天根老大不顾一切，跳入寒冷的钱塘江，把其救上岸来，船迅速地调头返回七堡，急送医院。后来大家知道她是因和家里吵架而前来跳江自杀的。有一次船航行到中途，有一名孕妇突然临产，船员们迅速在现场安排临时产房，刚巧在场有一位接生婆，解决了当务之急。有时，乘客在上下船时不小心摔进江里，船员们进行紧急抢救是常事。夜里停泊在码头滩涂上的船要"过潮"也是船员们夜夜要爬起来做的一件要事。钱塘江潮水一日两潮，白天为潮，晚上为汐。夜里船只停在码头上，潮来了，就要起来"过潮"。船员们都要起床，各就各位做好"迎潮"的准备，防止潮水把船冲走、冲翻或者发生撞岸事故。这对船员来讲是一个艰巨的任务。在1956年一次凌晨"过潮"中还出现了人命关天的大事。那次由于大台风、大潮汐、大暴雨一起夹攻，船员们停在渚头角的一只船被大潮水泼沉，30多岁的冯宝才船员在那次"过潮"中献出了年轻的生命。

20世纪40年代至60年代中期，赭山坞里这个乘船码头，出现了一批"背脚"（装卸工）师傅，他们有十七八人，不顾冰天雪地或炎夏酷暑，常年奔波在钱塘江边码头上做"背脚"，为上船、落（下）船的乘客进行服务。根据路程的远近，收取每人三五分不等的背脚费。有的背脚师傅为了多挣钱，背一个，胸前还要抱一个（小孩）。一天一般能挣五六角，多的也能挣到一元多。如今已86岁高龄的杭美锦说："我家住坞里坝头，靠山吃山，靠海吃海，为了有饭吃，我16岁就在钱塘江边'背脚'了。"在"背脚"师傅中不光是男人，也有不少妇女加入，如坞里坝头有名的白头婆婆及其女儿葛杏仙一道背脚，母女俩的力气不亚于男人。当时葛杏仙还有6个月的身孕，还奔波在沙滩上，她们的生意比男人好，不管多胖的妇女给她母女俩一上肩，都能健步如飞。总体来讲，男人总比女人力气大。但有些男人不规矩，女人吃了亏没有地方说，所以女人总是喜欢女人背，伏在同性肩上比较放松。

背脚师傅除了每天为渡船乘客服务外，还要为南来北往的船只装货卸货。今年已经94岁高龄的王阿大老大妈说："那时我们与男人同样干'背脚'，180斤一袋的大米我们照样背，我们把披肩布在腰间一系，牙齿一咬，在齐腰深的水里，与男人一样把一袋袋大米背上岸，把一袋袋毛豆背下船，背一袋5分钱、背一袋1角钱，乐在其中。"

为了节省体力提高效率，聪明的坞里人戴阿牛、曹志荣、冯友先、沈小毛等开始土法上马造牛车，牛车的车宽在1.4米左右，车身则在2米左右。沙地曾有牛拖船，用牛拉动船只，在浅湾中载货。或许牛车是从此得到的启发，牛可以拖船，当然也可以拖车，所以沙地人又把牛车叫作牛拖车。沙地人不用牛犁地，也没有养牛的习惯，牛是从别的地方弄来的老牛；沙地过去也没有牛车，因此牛车也是凭感觉制造的，没有什么尺寸。与古代牛车不同，古代牛车上面是一块平板，在陆地上行走，只载几个人，现代牛车是在浅水里，这样很不安全，有落入水中的危险。沙地的牛车上面装了一个像囚笼似的木笼子，人钻进囚笼，就有了依靠，而且可以多装人、货，效率大大提高，这算是沙地人的创造。

20世纪50年代中期，我与姑妈去乘江船，船停靠在离岸千米之外的沙滩上。当时，又是北风呼啸之时，步行去乘船较困难，我们就争相爬上牛车，一车有十五六人，牛车上如插蜡烛似的挤满了人，有的小孩挤在中间抱着大人的腿，不断地哇哇哭叫着："轧死哉、轧死哉……"。大人也在大声地吼叫："当心、当心、小人（小孩）轧死哉……"。这时，在一片嘈杂声中牛车主人便喊话："大家手扶牢、手扶牢"。只见他扬起手中的牛鞭大吼一声，重重地把鞭子落在了那厚厚的老黄牛背上，老黄牛一惊，顿时，就头一低、肩一耸，四脚同时发力，四轮开始驱动，咯吱、咯吱地上路了。这时老黄牛在沙滩上不停地走着，牛主人在不停地吆喝着，车上的人在不断地前仰后翻摇曳着，胆小的人在不停地尖叫着……

乘牛车是一种难得的人生体验。凡乘过牛车的人都深感荣幸而自豪，一提起牛车，就会说现在坐轿车不稀奇，那时坐牛车可稀罕了。当然驾牛车的人也发了小小的一笔财。可惜的是钱塘江总不会使人如愿以偿，一夜大雨过后，深江移到了南侧，把沙滩冲刷得无影无踪，下一次发财的机会只能靠钱塘江施恩了。中华人民共和国成立以后，国家加强了对钱塘江的治理，钱塘江不再塌涨了，码头固定在美女坝。搭上挑板，旅客们就可以走上石坝。

背脚师傅和牛车在20世纪60年代末期退出了历史舞台。1996年赭山轮渡完成了历史使命，码头也成了人们的记忆。光阴如箭，岁月如梭，弹指一挥间，往事悠悠，我脑海中牛拖车和背脚师傅的背影却总是忽隐忽现。牛车消失了，但并没有完全消失，在西南山区，逢到干旱，还会出现用牛车驮水的情景。我认为一切古代的物质文明都是劳动人民智慧的结晶，只要需要，它还会跳出来为人类服务。

赭山坞里乘船码头始建于20世纪30年代，位于南阳街道红山村镇海殿外侧（现已被萧山国际机场第二期扩建征用），那里是停靠各种船只的埠头。随着潮汛大小及沙滩的涨坍变化，码头一时不能固定，经常变动，分别停靠在九号坝、包公殿、白马庙、坞里坝头、乌龟山及河庄小泗埠等地。有时北坍南涨，沙滩涨至离坝头四五里路外的江边，这使前来乘船的旅客感到非常不便，有的从新湾、党湾、头蓬、义盛过来的，已经走了一个上午，一到坞里说今天船靠不拢,停在包公殿,待紧赶快赶到包公殿,船已开出。所以,那时在赭山坞里乘船真是叫苦连天。听说今天在这里乘船,急急忙忙赶到这里,然而实际不在这里,这是常事。那时通信又非常不便,不像现在有手机。所以,前来乘船的往往是东碰头、西碰壁,有许多是一经碰头,延误了乘船时间,明天再来过,可又不知道明天船停靠在哪里,乘船者常常是一头雾水。

有时船不能靠岸,沙滩上又是一片汪洋,天热可以卷裤赤脚,慢慢地徜徉在一片汪洋之中上岸、下船。可一到冬天,有的青年在结着薄冰的沙滩中坚持行走,有时小腿被薄冰划破、鲜血直流;但老人、妇女、小孩就不那么方便了。

中华人民共和国成立后,党和政府加强了对钱塘江的治理工作。1958年10月政府在美女坝建造丁坝,经过几年的努力,1964年11月建成了一条面宽4米、坝根高8米、长达1 050米的丁字坝。美女坝建成后又建了七号坝、八号坝,乌龟山南又建了赭山湾闸。这样,有力地阻挡了钱塘江大潮对码头的冲击,保护了沿江大堤不再时常坍塌,保证了乘客的安全。从20世纪60年代中后期开始,牢固的赭山美女坝码头就这样一直固定下来了。

赭山坞里轮渡始通于1934年。1937年12月杭州沦陷,当时国民党军队62师188团进驻南阳,在赭山码头守江抗日,年底,赭山设抢运公司,配备专用船只,挑选赭山有名的老大,抢运面粉、蔗糖、香烟,支援抗战。那时都是木质帆船。抗日战争胜利后,赭山坞里轮渡改为小汽轮,两艘对开,每艘只能乘10多人。中华人民共和国成立初,赭山坞里轮渡由两个私营公司经营——之江公司和新民公司入股经营。那时到赭山坞里乘船,大家都叫乘"汽油船",因那时在钱塘江上航行载货的都是木帆船,是靠风力水力前进的。汽油船是以动力前进比较先进,可以逆水而进。1956年赭山坞里轮渡改制为浙江航运公司钱江分公司,从私营改成国营,还特地聘请俞和尚这位横江(航行技术相当好)老大前来掌舵。1972年,赭山坞里轮渡对小汽轮进行改造,从原来只有10吨位改成了40吨位的木驳子,60马力的汽油机改成了120马力的柴油机。进入20世纪80年代,农村在改革开放政策的鼓舞下,原来的120马力的柴油机远远不能适应发展的需要,改成了240马力300吨位的大客轮。船号为钱航23号,下舱放自行车、摩托车及大量农副产品等货物;上舱载客,有座位280个,日载客量千余人。进入20世纪90年代,随着社会经济的快速发展,私家车开始进农家。赭山坞里这个古老的码头开始冷落起来，乘船的人越来越少，即使有，也是那些老人和小孩，最少时，一天乘客不到100人。赭山坞里轮渡在1996年停航，结束了长达60多年"赭山坞里乘江船"的历史。

四 中华人民共和国成立以来南阳各项事业的建设与发展

采访者： 高先生，接下来请您谈谈中华人民共和国成立以来南阳各项事业的建设与发展，请您先谈谈南阳农业的发展情况。

高元法： 首先，我想先回顾一下20世纪50年代初到80年代初南阳的积肥运动。从中华人民共和国建立初期到20世纪70年代末，化学肥料的供应一直是非常紧张的。20世纪50年代，农民还不知道化学肥料这个名字，到了60年代后期，农民能少量地分配到一些化肥，如气味难闻、会伤及皮肤但肥效好的氨水，碳酸铵和尿素最受欢迎，但一亩田只能分到1~1.5千克。尿素更是被称为"双斤肥料"，0.5千克尿素可抵上3.5千克碳酸铵。20世纪70年代中期，萧山建起了化肥厂、磷肥厂，化肥供应稍有好转，但总体上供应仍然很紧张。农民要种好地，只得积土肥。

我家在沙地区。沙地区的土壤有点特别，如果光施化肥，不用土杂肥，土壤会结板，影响作物生长。如果多用土杂肥，土壤颗粒疏松，土质会变好，对作物生长有利。因而，我们积土杂肥的积极性是很高的。

养羊、养猪是我们主要的积肥手段，并且一举多得。我家最多养过3只羊。20世纪50年代初我读小学，每天放学后就背起竹篓拿起刀，去割青草。青草割回来就倒进羊栏里，大部分被羊吃掉了，吃不掉的青草就和羊粪混合在一起，在羊蹄的不断踩踏下，成为上好的土肥。生产队一年向农户收三四次羊粪，称斤按质论价，好的羊粪每0.5千克值5分钱，1只羊1年所产的肥料能值20元左右。我家有两间草舍，一间住人，一间作羊栏，草舍里一天到晚羊臊气蛮猛。猪的产肥量比羊的产肥量大，这除了猪能吃会拉外，人们还把杂草、垃圾，甚至烂泥倒进猪栏里，和猪粪拌混后成为"猪件"，就是猪粪肥料。"猪件"也是上好的有机肥，一个来月就要清栏一次，被形容为"一头猪就是一个肥料厂"。

在20世纪70年代开展的"农业学大寨"运动中，积肥更是高潮迭起。每年七八月，各公社要召开"双超"誓师大会（络麻超指标，晚稻超早稻），公社里开会，大队里也要开。实现"双超"的关键是多积肥。公社对大队有指标要求，大队对小队有目标任务，小队对户里就要真刀真枪地派斤量了，超额完成的有奖励，主要是精神奖励，完不成任务的要罚、扣工分。各行各业也有积肥任务，连学校也对在校学生分摊了积肥数量，在我们公社学校里读书的学生每人至少要割25千克青草。大家都去割草，地上、埂上的草被割得光光的，近地方再也割不到一根草了。青壮年骑着自行车，带着饭包，赶到几千米以外的地方去割，有的还撑着船，到围垦海涂堤坝内的河里去捞水草：各生产队把草收集起来，有河泥的就和河泥混在一起发酵，没有河泥的就一层青草一层污泥，层层叠叠堆放起来，派人一天两次在肥堆上浇水，促进青草发酵、腐烂。公社还经常派出人员到生产队检查积肥情况，他们带了皮尺，量出肥堆的直径、高度，计算肥堆里的肥料斤量。如果肥料斤量达不到原定指标，公社和大队领导则要督促生产队继续去积肥，直至完成指标任务。

那个时候农民积肥积极性高的原因，除了肥田、促进棉麻和粮食高产外，肥料多积还能多分粮食。积肥既能作为土肥投资，如人粪、草木灰等交给队里是折价计款的，作为专项性土肥投资，又能记工分，如割50千克青草能记10个工分，相当于男劳动力干一天活所得的工分。生产队的粮食收获后，先按人头、年龄留起基本口粮，超产部分的分配是2：3：5的比例，即2成按口粮、3成按土肥投资、5成按劳动工分。土肥投资多、劳动工分多的人家，超产粮也就分得多。那时19～45岁劳动力1年的基本口粮是215千克原粮，由于油水不足，饭量很大，这点粮食根本不够吃，超产粮分得多的人家，日子就好过。有的人家小孩多，工分挣得少，土肥投资也少，日子是过得很苦的。那些到农村插队落户的城市知识青年，工分挣得不多，土肥基本没有，他们就只好拿点基本口粮，超产粮只能分一点点，甚至没有。不过，大队和生产队也有激励他们的办法，鼓励他们通过关系去搞化学肥料、钢材水泥等，搞到了给工分奖励。有的城市知识青年就千方百计托人找关系去搞，还真搞到了一些紧俏物资，让我们刮目相看。

持续不断的、大规模的、群众性的积肥运动，一直到20世纪80年代初实行家庭联产承包责任制后才结束。因为，一方面，随着国家经济的发展，化肥供应量逐年充足；另一方面，农民有了自己的田地后，自己可以筹划、打算，只需用些零星时间积些土杂肥即可，没有必要把大量的精力放在积肥上了。

总体来说，中华人民共和国成立后，党和政府十分重视农业这个国民经济的基础。20世纪60年代，水利设施的完善、农田基本建设的加强、化肥农药的应用、优良品种的推广、耕作方式的改变、机械化程度的提高被称为南阳农业的"六大变革"。1964年稻麻轮作和20世纪80年代除草剂的推广与应用等，不仅使农业产量、效益大幅度提高，而且使绝大部分——约占总数80%的劳动力从土地中解放出来，转向其他产业。光除草剂应用这一项，至少使1/3的劳动力从传统的拔草、斩草中解放出来，从而使少量的投入也能获得较好的收成。

接着，我来谈谈改革开放以来南阳农业的发展情况。南阳有耕地3万余亩，其中近万亩是围垦而成的。在这片广阔而贫瘠的土地上，多年以来，广大农民年复一年地种植水稻、小麦、黄豆、络麻等农作物。由于经营单一，效益低下，农民脱贫乏术，致富无门。1996年8月，南阳完善农业大田责任制，推行"两田制"（按人分口粮田，按劳承包责任田），延长土地承包期，适度规模经营和间作套种并驾齐驱，使高效农业、商品农业、现代农业得以逐步实现。21世纪初，随着农村产业化进程的加快，南阳人民大刀阔斧地调整了农业生产结构，做起了效益农业的文章：按照田成方、路成行、渠成网、林配套的要求，建设高标准农田。全镇建起了六大基地，即百亩高档水果基地、千亩水产养殖基地、万亩商品粮基地、万亩机械化耕作基地、万头商品猪养殖基地，以及万亩蔬菜出口创汇基地（基地面积属复种）。在六大基地上活跃着众多种养能手，在他们的努力下，这片昔日的海涂现在已经成了南阳展示效益农业成果及观光旅游的一方热土。

采访者：请您谈谈中华人民共和国成立以来南阳工业的发展情况。

高元法：1956年个体手工业泥木工组成手工业合作社。之后，成立建筑队、铁木社。1957年南阳轧花厂创办，有轧花机十数台，职工数十人，为南阳最早的街道办企业之一。

1958年人民公社化，政社合一，工农商学兵五位一体，在大办钢铁、大办工业的号召下，小高炉、小化肥遍及城乡。小农具、运输、缝纫等行业陆续兴起，加上原有的手工业组织，辖区有职工257人，并支援大办钢铁1 255人。

1959年10月，南阳机面磨粉生产合作社，亦称农产品加工厂，俗称"农加厂"，由张庆华、姚正泉、高德洪发起向南阳大食堂和街道福利厂借钱1 500元创办，职工13人。农加厂由萧山县手工业合作社直接领导，后被划给县商业局、县供销社。

1961年南阳农机厂创办，有职工21人。

20 世纪 70 年代，南阳社队企业发展，公社办企业有农机厂、建筑队、搬运队、采石场等；街道办的企业有农副产品加工厂、织布厂、南阳五金螺丝厂（后改为萧山五金工具厂），属萧山二轻系统企业；大队办的企业有采石场、水作坊等。

1989 年南阳镇村企业产值 7 547 万元，利润 189 万元；赭山镇产值 11 021 万元，利润 384 万元，成为萧山又一个产值亿元镇。

1994 年南阳深化改革，适应市场经济发展，对全镇企业实行拍卖、租赁、重组股份等转制形式。这年工业总产值 7.52 亿元，居全市第 9 位。

1995 年全镇有省重点企业一家，杭州市重点企业两家，萧山市特级和一、二级企业 16 家。门类有化纤针织、建筑建材、化工塑料、机械、印染、蔬菜、酿造等。同年被萧山市政府评为市 1995 年度"十佳乡镇"。

1996 年底，全镇镇村企业 87 家，转制 84 家。其中镇办企业 33 家，转制 30 家；村办企业 54 家，全部转制。个体私营企业 404 家，共有职工 9 897 人，总资产 4.8 亿元。所有者权益 1.42 亿元，产值 7.254 亿元，利润 1 177 万元。

总体来说，改革开放以来，南阳人在抓好第一产业的同时，在田畈里办起了以伞业为先导的乡镇企业。自 20 世纪 90 年代中期以来，南阳个私企业、股份制企业遍地开花。杭州舒奇美卫生用品有限公司是这些企业中的佼佼者，公司董事长兼总经理曹永明曾说："泥腿子办企业能有今天，是做梦也没有想到的，这全靠党的改革开放和富民好政策。"精明的南阳企业家深知"科技是第一生产力"，先后与全国多所大专院校、科研单位建立了技术协作关系，开发各类新产品。其中"新宝牌"水泥获得了巴拿马博览会金奖，"艳阳牌"颜料获得中国贸易促进委员会、美国环境技术出口委员会联合颁发的"绿色环保推荐产品"证书。

采访者：我们知道萧山南阳有"中国伞乡"之美名，您曾是南阳企业协会秘书长，对南阳伞业的发展有着全面的了解，在这个部分，也请您谈谈南阳伞业的发展历史。

高元法：萧山南阳有"中国伞乡"之美名，产自南阳的小雨伞，做成了大产业，日产量达 50 万把以上，成为南阳人民的富民产业，是一方百姓的摇钱树、聚宝盆。南阳街道有各类制伞及大型配套企业 140 余家，有着完整的伞业链，从聚酯纺织到织造、印染，从钢材经营到拉丝、制作伞架，从伞配制作到成品伞的制成，运输、销售，进行专业分工、协作生产，实现产供销一条龙。这凝聚着几代制伞人的心血与汗水，发展过程中的酸甜苦辣不是用短短几句话就能概括的。

回望历史，南阳伞诞生至今已有 60 余年，而南阳伞的创始人是已故的南阳横蓬村村民——高渭泳。

高渭泳出生于 1917 年，只读过三年私塾，后因家境困难而休学，读书时成绩很好，经常受先生表扬。虽然只读了三年私塾，但先生对他的谆谆教导深深地影响了他一辈子。他一直牢记着先生讲的一句话："做任何事情，一定要勤奋好学，这样才能脑子活络，做人有出息、有作为。"

高渭泳从小就非常聪明能干，不管做任何一件事，都非常努力，不懂的事情他一定要弄懂为止。人家若在做一件新鲜的事，如果他没有做过，他就会去尝试；他做的事人家如果会做，他就一定要比人家做得好；人家不会的，他就一定要学会为止。所以，他年轻时就学会了不少手艺，如泥水、木匠、漆匠、篾匠、开油烛道（做蜡烛）、修缝纫机等。当时的农村，像他这样能干的年轻人不多，但他还是不满足于现状，凭着他的聪明才智，硬是去学经商做生意。在那个年代，能经商做买卖的真是凤毛麟角，从他一开始做生意，出众的才华就让大家刮目相看。那时所谓的经商买卖就是贩卖农副产品，像棉花、黄豆、大小麦之类的，贩来贩去赚钞票。他刚开始在南阳等地贩卖，后来，慢慢地把本地的土特产贩卖到杭州，到中华人民共和国成立前后，他的生意已做到了上海。虽然这小生意盈利微薄，但比同龄人在家种地要好很多。由于他见多识广，学会了人情世故和处世哲学。

20 世纪 50 年代初，高渭泳回到南阳后与妻子商量，准备筹办做油布雨伞。他把多年做小生意的全部积蓄都拿出来，购买了缝纫机、刨子、锯齿、锉刀、竹刀、钻头、老虎钳等工具。原料主要是毛竹。当时的毛竹，要向供销社申购，打一次申请报告只能批准一根毛竹，但有时运气好、刚好货源足，能批准两根。伞面布料是白布，当时叫作白洋布、龙头西布，需要到南阳街上布店去买，每尺 2 角 8 分。就这样，高渭泳劈毛竹、刨骨子、钻洞眼、煎桐油，老婆裁剪伞面布、踏缝纫机，夫妻俩在家里摆开了场面，像模像样地做起雨伞，经过一番努力，萧山的第一把油布雨伞就在南阳横蓬村高渭泳家诞生了。

刚开始，生产工效较低，日平均只能生产一两把，质量还过不了关，主要是伞骨铣槽和刨雨伞盘太费时，他左思右想，能否用机器来替代手工，凭借他灵活的脑袋，日思夜想终于设计出了一张机械图纸，请来当地有名的木匠共同制作，通过边改边制作，终于制造出了一台"土机器"，把它命名为"园锯"。这土机器一试制成功，劳动工效就大大提高了，它既可以铣槽，又可以剥雨伞顶部的盘头，做出来的伞质量也比原来好多了，从原先每天可生产一两把到后来每天可生产五六把。

当时，高渭泳夫妻俩生活得非常艰苦，既要养育六个子女，又要不影响做伞，高渭泳夫妇俩就是这样艰苦奋斗着。特别是晚上做伞，常常是先让子女睡好后才开始做伞，可往往要么是大的睡着了、小的醒了，要么是一个刚睡着另一个又要撒尿了。冬天，小孩冻得哇哇叫，炎夏，小孩被蚊蝇咬得喊不停。

20 世纪 60～70 年代国家物资紧缺，几乎购买任何东西都要凭票，制伞用的布料更困难，人均年布票只有三尺六，高渭泳就把这布票大多用在制伞上，子女们却难得能添件新衣服，老大穿好老二穿，老二穿好老三穿……当时农村流行的叫作"新三年、旧三年，缝缝补补再三年"。高渭泳对待子女的衣服上就是这样，在艰苦中度过一年又一年。

当时高渭泳制伞不能光明正大地做，只能偷偷摸摸地做，经常被视为"弃农经商资本主义倾向"，还经常被叫去参加"学习"。在那个年代，农村就是搞农业，农业就是种地，农民就是一年到头面朝烂泥背朝天地种粮食，而不能弃农经商。所以，高渭泳想制伞又不能光明正大地做，几乎都是偷偷摸摸地做，不能在"地上"做，只能在"地下"干。

"文化大革命"时期，制伞被视为"弃农经商地下工厂"等不法行为，他常去所谓的学习班接受教育。20 世纪 70 年代初，他被视为有"资本主义倾向"，经常写检讨。一次，他曾经这样写道："我资本主义思想严重，没有集体主义观念，和毛主席的革命路线有很大距离，我一定要狠狠地割除资本主义的尾巴。"

可是，高渭泳一直有一个念想，就是把伞做好。于是，他总是关起门来做，有时白天不做，晚上做。但做伞时有一道工序必须要白天做，而且一定要有太阳，就是油布雨伞的最后一道工序——伞面上掸桐油，掸好后必须要在太阳底下晒燥。可在那样的年代里，他怕别人发现，当油布雨伞在晒太阳时，总要先到门前路上去东张张西望望，看一看是否有人过来，如果没有人过来就迅速地把伞拿到道地上去晒，一看到远处有人走来，就尽快把伞收进家中。

为了防止意外，高渭泳夫妻俩大多是站岗放哨，轮流值班，调换吃饭。

风声比较紧时，他就停止做伞，挑着担子走村串巷去修伞，可修伞同样是被戴上"弃农经商"的帽子，同样把修伞担子查封起来，再进学习班"学习"。

20世纪70年代中后期，高渭泳的油布雨伞开始有些名声了，尤其是农村电影放映队非常青睐他的油布伞。当时，每个公社都有一个放映队，电影放映时一般在露天，一旦放映时间确定，风雨无阻，都得进行。为了使放映设备不受损失，需要有大的油布伞撑着，所以放映队出去放映时一般要带上这把大油布伞，防止放映时中途下雨。高渭泳做的大油布伞，成了放映队的首选保护工具。而且，萧山农村的放映队需要，杭州、绍兴、嘉兴等地的农村放映队也闻讯赶来进货。后来连在集镇上开店设摊的摊贩也都用上了高渭泳的大油布伞。他认为"不管可不可做，我做了再说，不管说我是'搞资本主义'还是'投机倒把'，都不去管它，大不了再把缝纫机、制伞工具封掉"。他还认为油布伞卖给放映队，这也是间接地支持宣传毛泽东思想。所以，他就抱着侥幸心理，执着要做好这把南阳伞，慢慢地就从"地下"逐步转到"地上"来做。20世纪70年代后期，他不光做油布伞，也开始开发二折伞等产品。

1978年党的十一届三中全会召开后，国家出台了一系列改革开放的好政策，驱走了个私经济战战兢兢的恐惧症，高渭泳终于能正大光明地做起他的雨伞来了。这时，高渭泳的四个儿子也长大成人，个个都是制伞的精兵强将。1984年，他开始为办南阳伞厂向上级有关部门申请。他积极奔走于大队、公社、区、县等几级相关职能部门。当年4月15日，他的制伞梦终于成真，他们创办的南阳伞厂被萧山工商行政管理局正式登记入册，成为萧山第一批个体工商户，也是萧山发展个体私营企业的第一批吃螃蟹者。终于，高渭泳一家如鱼得水，他们的制伞技艺也有了用武之地。制作生产雨伞如虎添翼，企业一下子红红火火，当时的义蓬区委区公所还组织他们到杭州、上海等地参加记者招待会。南阳伞厂批准的头一年，销售额就达到30多万元。1984年9月17日的《浙江日报》在头版报道了南阳伞厂的发展情况。这一年，华东八省一市的主要领导在杭州培训，当时的萧山县委书记虞荣仁陪着培训班全体成员前来南阳伞厂参观取经。这时的南阳伞厂，已经是萧山发展个体经济的标兵与典范。

1985年，为了进一步发展南阳伞业，高渭泳的四个儿子在改革开放大好形势的鼓舞下，将南阳伞厂一分为四，分别创办起了南阳第一伞厂、南阳镇伞厂、南阳制伞厂、南阳工艺伞厂。这四个伞厂在高渭泳的经营下，如猛虎下山，南阳伞就在这时大出风头，"四兄弟"在当时成为萧山、杭州乃至全省的新闻人物。

今天，人们一提到南阳，总会提起这里蓬勃发展的伞业。南阳伞能有这些成绩，高渭泳功不可没。曾经，在他的带领下，亲带亲、邻帮邻，南阳伞业像雨后春笋发展起来，横蓬村成了雨伞专业村。南阳发展成为全国有名的"中国伞乡"，南阳伞畅销国内外。小雨伞做成了大产业。

高渭泳是南阳伞的创始人，遗憾和令人惋惜的是，这位南阳的开功之臣于2005年驾鹤西去，享年88岁。

采访者： 请您谈谈21世纪以来南阳伞业的发展情况。

高元法： 2003年，我们南阳镇农民人均收入达到9 265元，被萧山区政府评为十强乡镇，其中有农妇缝伞的一份功劳。2004年，南阳镇经营伞业的企业已有100多家，日产各种晴雨伞30多万把，伞业已经成为南阳镇的一大特色产业。缝伞成了南阳镇广大妇女的一条生财之道。全镇从事缝伞的妇女有8 000余人，许多妇女白天在工厂上班，晚上回家缝伞。当时南阳镇农村妇女一年缝伞创收已经超过2 000万元。

但是这一时期，也出现了一些问题。以前，南阳伞档次低、质量差，制伞业市场秩序混乱，各类违法行为时有发生。"没有规矩不成方圆"，我们萧山区政府逐渐重视南阳伞业产业集聚情况。2004年6月，南阳镇政府向中国日用杂品业协会申报了"中国伞乡"的称号。2005年6月，中国日用杂品业协会专家组对南阳进行了审核，授予"中国伞乡"的荣誉称号。自此，南阳这个有着半个世纪制伞历史的江南小镇，其制伞业终于走上了产业化的发展道路。

2008年以前，萧山伞业只拥有1个市级荣誉，4个区级品牌。于是南阳伞业协会鼓励企业进行品牌创建，加强对企业的品牌培育和发展，积极引导企业提高产品附加值，提升知名度。企业也不断提高产品质量，积极申报各种"牌子"。近年来，南阳已涌现出圣山、天宝、新宝、西子红叶、宇宙等品牌，其中圣山已荣获中国驰名商标。2010年，"圣山"经省质监认定为浙江名牌产品，"红叶""西子""吉燕"获区级著名商标，"海鑫"获区级知名商号，"天爱""联益"获区级名牌产品。这些企业日益重视自身品牌的无形资产，品牌创建意识逐步增强。至2011年，南阳街道已拥有品牌60多个，产品也开始从国内走出去，远销南非、日本、印度、尼泊尔、韩国、东南亚等国家和地区。

2008 年，为促进南阳制伞行业转型升级、强化长效监管机制、提升"中国伞乡"知名度，萧山区南阳镇、萧山区伞业行业协会（以下简称伞协）和杭州市工商行政管理局萧山分局（以下简称工商局）共同成立了南阳制伞行业信用建设领导小组，开始对南阳制伞行业开展信用分类管理，积极引导企业强化信用监管，引导企业走"以规范创诚信、以品牌强收益"的发展思路，推进南阳制伞企业信用发展和信用监管体系建设。

2009 年，南阳在促进伞业发展方面，建立了联络员制度，这些联络员负责了解伞业的发展状况，及时地进行信息沟通。伞协还与工商局联合建立了信用监管体系、信用等级评议制度，规范行业行为，为企业发放信用等级证书。南阳通过这一系列措施，进一步提高产品设计、研发和生产能力，强化质量管理，提升南阳伞业信誉度，增强南阳伞业的整体市场竞争力。

2010 年 10 月 28 日，在浙江省工商局召开的"浙江省 2010 企业信用活动周"新闻发布会上，南阳伞行业获得"浙江省信用建设示范行业"的荣誉。浙江省工商局进行了授牌仪式。这说明南阳伞业在上级各有关部门大力支持下，结合企业自身努力，无论在企业发展、产品更新、销售拓展还是信用监管上，都取得了长足进步。杭州天爱伞业有限公司老总徐天汉说："企业只有诚实守信，才能生存和发展，才能在市场上占有一席之地。"

采访者：高先生，当今南阳工业的发展情况如何？

高元法：今年，南阳街道提出：今后要做转型升级排头兵。传统产业着力创新，立足现有企业的基础，加大技术改造，积极探索创新路径，通过工艺革新、设备引进、腾笼换鸟、机器换人等手段切实改变传统的生产模式，继续加大科研投入，深入开展产学研活动，通过校企合作、院企合作、资智合作等多项举措，提高自主创新能力；通过技术和先进设备提升环境的整治能力，降低能耗，走出一条节约生产、绿色生产的发展路子；遵从市场规则，积极扩大企业的发展规模，特别对一些项目好、科技含量高、产品附加值大的领域做到敢于投资、敢于引进，不断扩大企业规模，增加社会贡献率。

接下来，南阳街道将依托传统骨干企业底子厚、根基稳、想干事的优势，加快企业转型，培育一批引领未来发展的智能制造产业，加快培育光电特色小镇创建，以此作为沿江企业转型升级新起点；积极利用存量资产，选择引入一批符合城市发展的高新产业项目，并努力建设科创园；推动互联网、大数据、人工智能和实体经济的深度融合，大力发展高新技术产业。

采访者：请您谈谈中华人民共和国成立以来南阳商业的发展概况。

高元法：1951 年 8 月，南阳供销合作社正式开业。20 世纪 80 年代，合作商店、合作小组非常活跃。1989～1991 年，南阳先后兴建南阳、赭山和仓前的 3 个农贸市场和 1 个砖灰市场；1992 年建立南阳供销商业公司。但随后供销系统和合作商店均因不景气而逐渐退出市场，个体商业户随之兴起。1997 年 10 月，建筑面积 5 万平方米的商贸中心区块落成开业，可容纳 3 000人交易的南阳农贸市场迁址新区。1999 年 1 月，建筑面积 5 200 平方米，有营业房 224 间的小商品市场竣工开业。2001 年 3 月以后，全镇老街大多数商业都由个体经营。

采访者：请您谈谈中华人民共和国成立以来南阳文教卫生事业的发展概况。

高元法：沙地教育向来落后，明清两朝，仅限乡绅子弟有机会受良好教育。南阳在 1925 年开始有小学，中华人民共和国成立前夕，仅有完小。中华人民共和国成立以后，教育事业突飞猛进。

这里我要回顾一下 20 世纪 50 年代初南阳农村的扫盲工作。当时政府十分重视扫除文盲工作，一批批的干部和教师被分配到农村，去组织目不识丁的人学文化。可是在那个年代里，文盲者对扫盲很不理解，干部教师们下去"逮"住一个，逃跑一个，一时间弄得扫盲工作无从着手。为什么当时的扫盲工作会这样难以开展呢？主要是中华人民共和国成立前人们受封建落后思想的影响，认为"女子无才便是德"。特别是有的妇女认为自己要管孩子，家里又有做不完的事、干不完的活儿，哪有时间学文化。在那个时期，我们村里连小学毕业生也是凤毛麟角，远比现在大学生要少得多。政府为了提高全民的文化素质，在大力进行宣传教育的同时，村村办起了夜校，文盲、半文盲都要进夜校读书，有的青年妇女拖儿带女去上学，还未上课，小孩睡熟的睡熟、哭的哭、叫的叫。在这样的情况下，后来改为有小孩的妇女在家有人帮教，进行一对一的辅导学习，根据年龄大小分别进行结对。为全方位地营造扫盲氛围，除了开会发动、标语宣传外，凡是在扫盲的家庭里，所有的农具、家具都贴上字，如门上贴个"门"字，窗上贴个"窗"字，铁耙柄上贴上"铁耙"两字，椅子、桌子、凳子等家具上可贴的都贴上该物的名字，用看物识字的方法引导，效果很好。在人群集聚的地方，把扫盲的日常用字都写在墙壁上，让大家时时刻刻有学习的机会。在一段时间里，凡是上街，半路上也有人教，教会几个字才可过去，否则，对不起，暂时不能上街。假如你在街上回家也要半路认字，认不出再教你，直到学会方可回家。经过很长一段时间的努力，经过脱盲考试，扫盲工作取得了很大的进展，按扫盲要求，基本达到了人人都能认识 1 500 个常用字的目标。

20 世纪 50 年代，南阳兴起"小学热"，100% 的儿童入学，即使有困难，也都进耕读小学，半耕半读。20 世纪 70 年代，南阳兴起"中学热"。改革开放以来，随着南阳商品经济的不断发展，文教卫生事业也有了很大的发展。为了搞好教育，南阳镇政府在 20 世纪 80 年代末先后投资 120 万元，建造镇初级中学和中心学校，基本普及了九年制义务教育。20 世纪 90 年代初，南阳镇政府还筹建了南阳影剧院和南阳医院。

这几年，南阳新建了南阳初中、南阳社区卫生服务中心、空港新城幼儿园等民生工程，目前全街道拥有 4 所幼儿园、3 所小学、2 所初中、1 所成校的整体化教育体系。教育是最大的民生。今年，南阳进一步加大教育投入力度，南阳第三幼儿园新建项目和赭山小学扩建工程前期准备基本就绪，教育保障进一步深化，教学质量全面提升，今年中考重点率达 34.5%。南阳拥有2 所卫生院、10 个社区卫生服务站的全方位医疗服务体系。街道便民服务中心等便民服务工程也已投入使用，为打造村民精神家园，满足群众文体生活需求，村级品牌文化广场、文化礼堂等一大批文体工程也相继建成。

采访者：老年人是一个需要特殊关注的群体，他们曾是社会的支柱，但随着时间的流逝，他们逐渐老去，老龄化问题是当今社会值得关注的问题。请您谈谈南阳养老服务设施的情况。

高元法：南阳镇敬老院建于 1988 年，当时只有 6 个房间，建筑面积只有120 平方米，整个院子不过 1.5 亩。该院生活设施也非常简陋，一般一个房间要住两三个老人，由于房屋低矮，老人们感到夏天闷热、冬天寒冷，加上院内七高八低的地面，老人走路一不小心要摔跤。21 世纪初，南阳镇人大代表根据群众的要求，向政府提出了建议，认为五保老人是一个弱势群体，政府应该关心好、照顾好，虽然镇政府财政资金比较紧缺，但不管怎样，宁可其他项目该省的省一点、该缓的缓一缓，也要千方百计把敬老院改建工程搞上去。

人大代表们的上述建议经镇人大主席团督办以后，镇政府十分重视，在困难的财政中安排资金 100 多万元进行敬老院改建。经过一段时间的努力，占地六亩多的老年乐园完成，绿树成荫的山坡下，房屋整洁美观。敬老院里的老人们都高兴地住进了新洋房。2002 年初，南阳镇政府还特地到萧山金鹭家私城为每个老人新购了一张席梦思床，配备了有关生活设施，并对老人的伙食做了进一步改善，从原来月人均 5 元，增加到月人均 50 元，现在每天是 30 元了。敬老院里的老人逢人就讲："孤寡老人有今天，全靠党和政府对我们的关怀、照顾。"老人们经常三三两两地参观敬老院，要求住到这里来。许多孝顺子女因在外地工作，平时不能很好地照顾长辈，也要求把父母、长辈送进敬老院享受幸福的晚年。

采访者：请您谈谈改革开放 40 年对南阳老年人生活的影响。

高元法：改革开放 40 年来，人民政府对老年人实行养老保险制度后，老年人每个月能领取一定的养老金，养老金是他们的"工资"。这对老年人来讲，是一个天大的喜事。所以，老年人把平时政府发给的养老金积蓄起来到银行去存一下，有的存一两年定期，有的三五年不等。在一天早上，我看到花甲老人高大伯在南阳农商银行存钱，一到业务窗口，老人兴奋地递上存折说："我的工资（养老保险金）一年了，给我转存定期三年。我们老年人有存款，这是我们做梦也想不到的啊。"老人边说边笑，可想而知，这时老人心里有多甜蜜啊！这一现象是我国历朝历代以来没有的。

在琳琅满目的服装店里，老人们来来往往在挑选时装，他们现在已经和年轻人一样的爱时尚、讲漂亮，春夏秋冬四季衣衫分明，哪里有新款式，何处有新时装，老人们都会光顾。最近，我家隔壁的一位张大妈，由女儿陪同前往萧山汇德隆服装市场挑选时尚衫，一个上午挑选了一套 698 元的夏装，女儿为母亲付款后，还有意地与母亲开起了玩笑："妈，你这么大一把年纪了，这款衣服太鲜艳夺目了。"其母亲急着说："这样的款式我喜欢，我现在不穿，何时穿？我挑选，我喜欢。"说完，她哈哈大笑。

如今，每当夜幕降临，广场上、里弄口，总能看到许多老年人，随着优美的乐曲节奏翩翩起舞，广场舞已不再是年轻人的专利，现在的老年人由于条件好了，也都注重锻炼健身了。现在南阳各村、各社区安置小区的操场上，一到夜晚就响起了有节奏的乐曲声，许多老年人夹在年轻人中笑啊、唱啊、跳啊，如南阳社区的李大妈，今年 70 多岁，身穿时尚的服饰，晚饭后直奔广场，与舞伴们一起沉醉在舞曲之中……，她们时而唱《春天的故事》《走进新时代》，时而唱各种流行歌曲，把美好的生活与改革开放 40 年紧紧地连接在一起。他们的笑声、歌声、舞曲声不时地在南阳上空回荡着。

老年人的"笑"无处不在。因为他们生活上都有了保障：不光是有养老金，有的地方还办起了"老年食堂"，为老年人解决了子女在外工作的后顾之忧，有的还创建了老年公寓，普遍办起了"家政服务"，方便老人生活。因为他们的生活都充满着活力；政府为他们办老年大学、办老年艺术团、组织老年运动会，各村各社区都设立了老年活动室，使老年人老有所学、老有所乐。因为他们家庭生活过得其乐融融，敬老爱幼蔚然成风，"家有一老，如有一宝"，他们享受着天伦之乐。因为他们的生活都过得有滋有味：外出乘车"刷刷卡"，求医递上"医保卡"，市场买菜"扫一扫"。南阳社区有位92岁高龄老人还在玩股票，而且还玩出了一定的红利。有些老年人认为现在还有精力，在子女的陪同下乘飞机、坐高铁，到处游玩，"忙"得不亦乐乎。

采访者：最后，我们想请您总结一下当代南阳在萧山区的地位。

高元法：近年来，南阳街道在萧山区委、区政府的正确领导下，抢抓G20峰会、"后峰会、前亚运""拥江发展""临空经济"等重要历史发展机遇，奋力开启"潮都新城"建设新篇章，经济社会持续健康发展。尤其是在2017年5月，国家级临空经济示范区正式获批，南阳作为空港新城城市核心区的地位更加明确，已成为投资创业的一方热土。

五　我谈"萧山精神"

采访者："奔竞不息，勇立潮头"的萧山精神已载入《萧山市志》，这种精神永远激励着萧山人"潮"前走，能否谈谈您对这种萧山精神的认识与理解？

高元法：我认为"奔竞不息，勇立潮头"的萧山精神是从围垦精神演变而来的。我们要继续发扬这种精神。我们萧山大搞围垦50多万亩，这是一个伟大的创举。那时，萧山人围垦都是风里来、雨里去、抗寒潮、战冰雪、喝咸水、风扫地、月点灯地尽义务。萧山老百姓一担担挑筑成的围垦，这是一种不可多得的再生资源。老一辈萧山人为了子孙后代而付出，我们现代人要有良知地去回报他们（现在有不少人已经去世）。所以，我建议政府要对当年大搞围垦的老百姓有所回报，每月应给予适当的补助。

我与萧山老百姓的生活变迁

——朱祖纯口述

采访者：曾富城、雷玉平　　　　　整理者：曾富城

采访时间：2018 年 8 月 19 日　　　采访地点：萧山区新塘街道杨记哺坊

口述者

朱祖纯，1946 年 12 月 3 日出生，萧山区新塘街道朱家坛村人。小学曾就读于城东公社新朱小学，后考入萧山中学。初中毕业以后，回到当地城郊村务农，曾担任城郊大队第六生产队会计。家庭联产承包责任制实施以后，入职城东公社主办的城东建筑队，担任仓库管理员。建筑队因经营不善倒闭后，便入职杭州和通家用纺织品有限公司，直到 68 岁退休。一生勤勤恳恳，曾多次参加萧山围垦工作。

一　我的求学经历

采访者：朱先生，很高兴您能接受我们的采访。今年是我国改革开放 40 周年。40 年来，改革开放，春风化雨，改变了中国，同时也影响并惠及了萧山的老百姓。无论是从萧山的经济、政治、文化，还是人们的生活、交通、居住条件和环境等都发生了巨大变化。您曾身处在 40 年改革开放的历史浪潮中，亲身经历了改革开放 40 年萧山百姓生活的沧桑巨变。我们想就"萧山改革开放 40 周年来人们的生活变迁"这一主题采访您。请您先简单地和我们介绍一下您的人生经历。

朱祖纯：好的。我是 1946 年 12 月 3 日出生的，萧山人。初中毕业，是萧山中学毕业的。

采访者：您小学原来是在哪里念的？

朱祖纯：就在我们这里。原来叫新朱小学，我八岁的时候去读的，小学一共读了六年。小学以前学的内容还是很简单的，我还记得很清楚，第一天去上学的时候，学的就是《开学了》这么一课。

采访者：一个班里面的同学有多少个？

朱祖纯：那个时候，一个班就30多个人。初中的时候，一个班的人就有从各个地方插班进来的。

采访者：当时小学升初中大家都可以读吗？

朱祖纯：不是的，我们小学升初中的时候也要考的，我们是小学老师带我们过去。那时候没有车之类的，我们都是走的，走到萧山中学去考的。现在的萧山中学的地址是改过的，原来在市心桥东边。

采访者：一个班有多少人考上了中学？

朱祖纯：那时候考进去的十五六个。我有一个老同学，他也是那个时候考进去的。

采访者：都是往萧山中学考？

朱祖纯：对的，那个时候，其他地方没有初中，只有萧山中学这么一个初中①。

采访者：当时萧山中学是初中和高中都有？

朱祖纯：都有的，初中、高中都有的，那时候招的人也多，我们这一届招了有六个班级的人，大部分是从萧山各地区考进来的。

采访者：您到了初中之后，都学习什么内容？

朱祖纯：初中那时候，我们和苏联是很要好的，外语要学俄语的。除了俄语，还有语文、数学、化学、物理、自然、地理等，总共七八门功课。我读了三年，一直到1963年上半年毕业。当时，自1958年开始"大跃进"，我1959年考进去以后，就把我们农村的户口都划出去了，划到城里，那个时候我们都认为城里好。后来毕业时，又在我们不知道的情况下，户口又被划回来了，就是从哪里来回到哪里去，我们从农村来的就还是回到原来的地方。1963年毕业以后，像城镇户口的人，还可以考的，可以去上高中的，像我们这种农村地区的就全部要回来，不让你考的②。

---

① 此语不确，《萧山教育志》载：1956年全县有7所初中，1960年全县有公办、民办初中28所。

② 此语不确，当时政策允许农村户口的初中毕业生可以考高中，高中毕业后可以考大学。

采访者：家里面供您读书，负担得起吗？当时的学费是多少钱？您家里其他兄弟姐妹有没有读书？

朱祖纯：负担是很重的。那时候的学费已经记不清楚是多少了，小学还是很便宜的，中学的话比较贵一点，中学吃住都是在学校里的。开始是自己带米，后来把户口划出去以后，学校那边会供应，就是要交一点学费，然后自己再出一点生活费。我们家里兄弟姐妹的话，都读了小学。那时候生产队很辛苦，主要以劳动为主，就没有继续考上去了。

采访者：您当时读书的时候，有没有什么理想？

朱祖纯：那个时候的理想就是，读书好的话还是要继续往上读，会有一些企业单位来招工，可以缓解一下家里的困难。在我们农村地区，按着国家的政策来可以选择的机会比较多。

采访者：当时您如果初中毕业以后，还能再继续读高中、大学，您会选择什么样的方向？

朱祖纯：我原来是很喜欢电力的，也很喜欢数学，学得也比较好。

采访者：现在回想起您以前的读书经历，对您后来的人生经历有没有什么影响？

朱祖纯：有影响的。在当时的农村地区，识字的人很少，就我们村里来说，只有四五个识字的人。读书让我在工作上会稍微好一点，会轻松一点，不需要做太多体力活。像我在小队里做会计，在空闲的休息时间就可以完成工作，比较轻松。那个时候读书读得好，工作就会好一点，干的活也没那么累。

二 我在生产队的岁月

采访者：您初中毕业以后就回到了这里？

朱祖纯：是的，回到家乡。回到家乡以后就劳动，那时候劳动是很辛苦的，抽水机也没有的，是用水车抽水，我们都是用脚踩。打稻谷用的是木筒，就是拿着稻谷用木制脱谷粒农具在那里手工甩。当时种的是双季稻，早稻先一批收起后，然后种一批晚稻，一个"双抢"①，我们在田里要待一个月

---

① "双抢"：水稻在南方一般种两季，七月早稻成熟，收割后，要立即耕田插秧，必须在立秋前后将晚稻秧苗插下。因水稻插下后60多天才能成熟，八月插下十月收割。如果晚了季节，收成将大减，甚至绝收。只有不到一个月工夫，收割、犁田、插秧十分忙，所以叫"双抢"。

才能完工。

采访者：除了这些之外还有其他什么劳动？

朱祖纯：我们那个时候国家是计划经济，派下来每100亩地要种1.6亩的络麻，也没有手工业，那时候全靠田里，不靠工业，完成了国家的计划之后，收起来有多少粮食可以吃就吃多少。不管你家里有多少口人，都是这样的。

采访者：不用交农业税吗？

朱祖纯：要交一点农业税，因为是计划经济，统计局一统计，你的队人口多少，你的队田多少，要交的农业税都是算好的。但都是以生产队为单位，由大队集体上缴的，农业税交过后，剩下的余粮就是生产队按人口分配自己吃的。

采访者：那猪肉、煤油这些日常生活用品，你们是怎么解决的？

朱祖纯：猪肉我们基本上是没得吃的。煤油这些，我们有一本购货证①，如你一家3口人，就供应3本，有4口人，就供应4本。买东西，全部要用购货证，就算是买缝纫的线也要用购货证，东西全部是分配的。

采访者：人民公社化的时候，当地是不是有公共食堂？

朱祖纯：有公共食堂，那时候我们村里很穷，吃的大锅饭，餐餐都是稀饭。村里很穷、很苦的，在萧山也是很有名。

采访者：那么后来三年的自然灾害期，你们是怎么度过的？

朱祖纯：那时候米很少的，没米吃的话，就吃草根、树皮这些。没得吃，人会被饿得很瘦，生病的人很多，死的人也很多。当时能活到六七十岁的人已经算是高龄了，现在的话，我们这个岁数还算年轻的。

到了1963年，情况稍微好一点了。那时候劳动力解放，粮食开始按照工分和口粮分，调动了生产小队人员的积极性，多做一天就会有多的工分，粮食也可以分多一点，就是这样子慢慢好转起来的。

采访者：您记忆中的"文化大革命"，是怎么样的？

朱祖纯："文化大革命"的时候，我们都是贫下中农，村里让我们参加什么就参加什么。我们这边南面是铁路，不像现在公路这么发达，很多学生都是拿着红旗往铁路那里跑。后来出现了两派斗争，对农民来说这是很糟糕的，农民全靠种田吃饭，平时一起去开会、游行，也还是要继续种田的。本

---

① 购货证：主要购买粉条、粉丝、鸡蛋、火柴、碱面等生活物品。

来大家一起在很大的一块地里劳动，两派斗争要开会、游行，人都被叫走了，导致种田的人少了，田也越种越小了，农民损失还是很大的。

采访者：那您对"文化大革命"有什么看法吗？

朱祖纯："文化大革命"的话，"破四旧"的思想对国家和城市造成了很大的损失，一些古色古香的物件都被破坏了。那时候操场上烧掉了很多，这些损失是很大的。

采访者：20世纪60~70年代，农业学大寨，工业学大庆。您在城郊大队第六生产队有哪些经历与印象？

朱祖纯：那时候我们生产队也是积极响应国家的号召，原来我们这个地方池塘很多。等到下半年秋收过了，空闲下来了以后，就挑土把池塘填平。第二年的时候池塘就可以用来种水稻了，就是这样子大概弄了有三四年。现在我们走出去，外面基本看不到有池塘了。

采访者：您初中毕业回来之后就一直劳动，后来还有没有从事其他职业？

朱祖纯：对的，一直在家劳动，我有一点文化，还做过小队的会计。那会儿，我只有17岁，当时农村地区有文化的人很少的。

采访者：那时候当小队的会计有没有工资？

朱祖纯：稍微有点补贴的，一整年下来补贴个几角的工分，一般是为小队服务的。

采访者：那您又要当会计，又要种田，顾得过来吗？

朱祖纯：我做会计一般都在晚上，或者下雨天，大家都不种田的时候。我们小队里有36户人家，每户人家的账都要一户一户理开，就是把每个人每天做了多少工分记好后都报给我，如家里有10个劳动力，今天做了几个工分，一个月做了几个工分，都把它记好，最后按季节，到5月15日把这个工分截断。田里收起来的东西通常按"二八开"或"三七开"，如100斤粮食，按"三七开"分，70斤是口粮按人口分配，另外30斤就按工分分配，多劳多得。所以每户人家的工分都要记清楚，不能出差错。

采访者：按人口分是怎么分的？

朱祖纯：按人口分是有两个分量的，大人是500斤一年；小孩几岁到几岁，就对应几百斤。那个时候劳动力做出来的多，就适当地奖励一些。

采访者：工分除了用来分粮食之外，还有没有其他的作用？

朱祖纯：工分到了下半年就是报酬，工分挣得多，报酬就多，工分挣得少，报酬就少。当时物价也便宜，稻谷的话，是一斤一角左右。①

采访者： 那这个工分能分到多少报酬？

朱祖纯： 每一年的话，还是很少的，这个要看生产的好坏。生产得好的就十几、二十元钱，吃过用过以后也不多了。原来的一户人家，最多一个男劳动力，一个女劳动力，两个劳动力养两个小孩，一年的工分吃掉以后，有十几、二十多元存下来就很好了。还有超支户，超支户就是倒挂，劳动力少，做的人少，吃的人多，吃不够就倒挂给生产队。

采访者： 您当时是在哪一个生产队里面？

朱祖纯： 我在我们城郊大队第六生产队。当时变化很大，我读书回来那时候有45户，后来这个队太大了，又分开了，分成两个小队。

采访者： 是没分前的大小队好，还是分开后的小小队好？

朱祖纯： 小小队好一点。大小队里人多，全靠一个队长，会有人偷懒，小小队的话，交流得多了，分工比较明确，少有人敢偷懒。再后来就是承包到户，等到了承包到户的时候，情况就好了一些。我自己愿意去做就去做，不像以前生产小队的时候，都是统一的，到了吃饭的时候就是吹哨，大家一起去吃。承包到户好的地方，就在于劳动力可以自己进行分配，时间比较自由，不像生产小队里，不管天气，每天要做满八个小时。

采访者： 那您以前在第六生产队的时候，一天的工分是怎么计算的？

朱祖纯： 我们是10个工分制，都在一个生产队里面评价。年轻一点的，劳动能力好一点的，比较能干的，一天能做到10个工分。年纪稍微大一点的，做的没那么多的，一天只能拿到7个工分或8个工分。工分都是靠小队队委来评价，都有一个标准。

采访者： 1个工分可以折算成多少钱？

朱祖纯： 1个工分的话，每个小队折算到的钱都是不同的。小队产量高，工分折算的钱就高一点，产量低，工分折算的钱就少一点。每个小队，有三笔账，5月15日截断一次，7月15日再截断一次。5月15日截断是因为那个时候，春粮收起来了，5月15日以前的工分就可以参加春粮分配。到7月15日截断，那个时候夏粮收起来了，就可以用工分分配到夏粮。口粮是和前一年一样的，到下半年的11月15日为止，前一年的分配就结束了。

采访者： 承包到户，您分到了多少地？

---

① 这里指工分挣得的粮食可以卖掉后换成相应的劳动报酬。

朱祖纯：我们还是比较少的。我们家里有 4 个人，一共分到 2.4 亩，我分到 0.6 亩。

采访者：那您一直都在做会计吗？

朱祖纯：我一直做到承包到户的时候，因为承包到户之后，就不需要会计了，我就不做了。后来我就到社办企业里去工作了。

采访者：那么您现在回想起来，对当时生产队的工作与生活方式是否满意？

朱祖纯：这个不好说，按照那个时候的条件，我们也是没有办法的。就像以前的小孩子一样，只要有吃的就行，现在的小孩子有吃的还不行。以前农民归农民，工人归工人，商人归商人，家里稍微有点东西，如果拿去卖的话，就会有人说你投机倒把。例如，我们养鸭子，一户人家能养的鸭子就 10只，稍微多养一只，就会有人说你是资本主义腐败，要被大队里收走的。那时候的社会形势不像现在，也不像现在给农民那么多优惠政策，还免除了农业税。主要还是时代的形势不一样了，形势好了，工作生活条件也都会好起来。

三　我与社队企业

采访者：您后来是到哪里的社办企业工作，具体是做什么的？

朱祖纯：是我们城东公社办的城东建筑队。那时候的社办企业，在我进去的时候，建筑队是最早的，后来还有玻璃厂、塑料厂、农具厂等十来家。当时社队企业招工，要有门路的才能进去，建筑队里面缺一个管仓库的，要求有文化的，然后我就去了建筑队。那时候我在建筑队就是管理，不参与建房子。

采访者：您是怎么到建筑队去工作的？

朱祖纯：那个时候我的两个女儿已经出生了，我们城东公社来人做了计划生育工作后，安排我去建筑队里工作，然后我老婆肚子里的那个小孩就被做掉了。所以，我是在两个女儿出生以后才到建筑队里去工作的。那时候社队企业很少，计划生育也很严，在我们农村地区，如果头胎生的是女儿的话，是还可以再生一个的，如果是儿子的话就不让生第二个了。

采访者：那您后来，女儿们上学的问题难不难解决？

朱祖纯：我们这里有小学的，直接就可以读。我大女儿读到初中毕业，小女儿是湘湖师范学院毕业的。

采访者：那您当时在建筑队里面，一天的工作生活是怎么安排的？

朱祖纯：我当时是管仓库的，建筑队有工程承包的，而且都是公社承包，不是个人承包。那时候建房子没有钢管，都是用毛竹。毛竹拿出去，工程完成后要还回来，之后要用再来拿。钢筋的话，会有人拿着发票来拿。水泥要调剂，哪个工地多，就去哪个工地拿。我每天的工作基本上就是这些。

采访者：当时的普遍情况就是大家都往社办企业里去，不种田了？

朱祖纯：承包到户以后，不用天天去种田了。种田就是在休息的时候去种，只要打打农药、施施肥就好了。那时候化肥多起来了，可以去供销社买，不像在小队的时候要分配。小队的时候化肥少，田地的产量也低。承包到户后，产量也增加了，一亩地可以有 600～800 斤，翻了一倍还不止。

采访者：还用不用上交农业税？

朱祖纯：承包到户以后还要交农业税的，再交了几年以后，就把农业税免了，不交了①。打稻也用现代化的工具了，用打谷机，耕田也有了拖拉机。种的粮食就给自己吃，也不用交给公社。

采访者：那公社也不交了的话，公社的经济来源靠什么？

朱祖纯：公社经济来源就主要是靠社办企业。

采访者：您觉得您当时选择到社队企业城东建筑队里工作，是不是一个比较好的选择？会不会比在家务农是更为体面的工作？

朱祖纯：那个时候企业很少的，只要有机会去企业里工作就是一个比较好的选择。当时在家里务农也没有多少收入，我们家里就靠我老婆挑担去卖酱油来赚点钱，我连香烟都不抽。到了社队企业以后就会有一点工资，家里的生活就稍微宽松一点。那个时候企业发的工资还要上交一些给小队，小队再给兑换工分换口粮。我一个月赚 24 元，上交小队 20 元，还剩 4 元可以留着家里用，再加上那个时候的物价低，4 元在家里一个月还是够用的。比起农民耕作的话，还是可以的。工作了两年以后，一个月的工资涨到了 36 元。所以相对来说家里的生活是有好转的，比较宽松了。

采访者：也就是说您去了社队企业以后，劳动报酬和生产队之间还是要进行分配的，具体是怎么分的？

朱祖纯：这是根据小队来算的，小队算好后就可以知道每一户人家要交

① 自 2004 年起，全面落实农业税免税政策，是年全区免征农业税及附加 1 982 万元。见《萧山年鉴 2005》，浙江人民出版社，2005，第 170 页。

多少。

采访者：您在社队企业里面工作，劳动报酬是社队企业和小队进行对接，然后再换成工分来记吗？

朱祖纯：是的，换成工分。在社队企业里拿了工资后，要交一部分给生产队，不交出去的话，是没有粮食分的。那个时候粮食还是要用工分换的，不交的话，我们家里面的粮食是不够吃的。当时有地方有卖米的，我们叫黑市米，黑市米比较贵，而我们从生产队里分来的叫白市米。那时候我们农民也没有粮票，只有居民才有粮票。

采访者：那是什么时候开始工资是直接由社队企业分到你们手上的？

朱祖纯：承包到户以后，就不用上交工资了。自己家里分到田，耕种的话，可以早上早一点去做，晚上回来再去做一点。那时候劳动力就开始解放了，不像以前在小队里是集体的，几点钟出班、下班都有固定的哨子。承包到户以后，自己田里面的劳作时间就自己分配。

采访者：您在建筑队工作了几年？

朱祖纯：在建筑队里待了差不多 12 年，后来这个建筑队没了，我就换了一个厂。其实，当时社办企业变化挺大的，我所在的这个城东建筑队，就变过两次名字，后来是归萧山二建公司管，叫第三建筑工程队。再后来变成了个人承包的，被原来企业的领导陈和法个人承包了，我在建筑队工作了 12 年，有 4 年是在他公司里工作的。

采访者：您应该是很早就进建筑队了？

朱祖纯：不算早。我是在我的小女儿 7 岁的时候（1981 年）去的建筑队。

采访者：那您在建筑队里工作的 12 年里面，最大的收获是什么？

朱祖纯：我就是去干干活，也谈不上有多少收获，就像现在打工一样，每天上下班。我那个时候是步行去的，去了建筑队半年多后，就托人买了辆二手的自行车，那个时候买自行车也是要票的。

采访者：像其他"老三件"物品有没有买①？

朱祖纯：家里缝纫机是我大女儿结婚的时候买的，当时也买了手表。

采访者：您觉得企业是社队办好，还是个人承包好？

朱祖纯：我觉得当时都一样，因为这个企业的体制是从社队下来的，它

---

① 老三件：20 世纪 70 年代，中国结婚的标配："缝纫机""上海牌手表""永久牌自行车"，俗称为"老三件"。

已经改变不了了，还是原来社队的体制，基本上没有什么变化的。

采访者：那您刚刚说到，建筑队这个企业倒闭之后，您又到了哪个企业？

朱祖纯：和通家纺①。这是一个私人企业，我在那里待了13年，帮忙管仓库和记账。后来我年纪大了，68岁退休。

采访者：那您68岁退休以后的生活是怎么样的？

朱祖纯：那个时候在和通家纺干了几年以后，厂里领导跟我说，我年纪大了，可以早点退休了。我就又去找了一份别的工作，因为在家里也没有什么事情好做的。

四 感叹生活的变迁

采访者：那您现在是在哪里工作？

朱祖纯：现在是在杭州聚鑫纺织有限公司②工作。趁我现在精力还充足，还能再做一些工作，补贴家用。

采访者：您以前家里有多少口人？

朱祖纯：我家里人不多，就我母亲、弟弟、妹妹，加上我，四个人，后来兄弟分开成家了，就多了。

采访者：您是什么时候成家的？

朱祖纯：我是家里最早成家的，24岁的时候结婚的。

采访者：找的是附近的还是外地的？需要媒人介绍吗？

朱祖纯：找的是附近的，需要媒人介绍，不像现在这样，那时候都要有媒人介绍才行。

采访者：需要彩礼吗？

朱祖纯：那个时候也有，不过都很少，只要270元。当时已经"文化大革命"了，也没有抬花轿，一路洋锣、洋鼓敲一敲，就过来了。

采访者：您24岁那年，也就是1970年，您当时一个月的工资是多少，这270元是怎么解决的？

朱祖纯：那时候农村地区工资很少，270元是几户人家凑起来的，我们

---

① 和通家纺，即"杭州和通家用纺织品有限公司"，位于杭州市萧山区城东，成立于2000年9月4日，主要生产家用纺织品、羽绒制品、服装，以及羽绒、羽毛、纺织机械及配件。

② 杭州聚鑫纺织有限公司，是一家提供以纺纱制造为主产品与服务的企业。

那里叫"起围"，就是集资。主要是亲戚、朋友、邻居，大家一起出钱凑起来帮我，然后我每一年都抽出一部分钱来还。我们农村地方都是这样子的，都是靠亲戚朋友，或者关系好的邻居帮忙的。

采访者：那您结婚以后，有几个子女？

朱祖纯：我有两个女儿。大女儿生了 2 个，小女儿生了 1 个，加上女婿，家里现在一共 9 个人。

采访者：改革开放以后，家乡在衣食住行方面有什么变化？

朱祖纯：变化的话，一个就是家乡的道路变宽了，我们以前这边是石板路，现在都是浇筑好的水泥路；另一个是晚上有路灯了，外出也不会觉得很黑。在生活方面，家用电器每户人家都有了，生活质量好了，不像以前大热天也只是用扇子。我们这里原来是草房、瓦房，后来就变成二层、三层的楼房，房子越建越好。以前，穿的衣服补丁很多，小孩子多的家庭就一件一件穿下去，有句话不是说"新老大，旧老二，破老三"，一件衣服就是这么一个个兄弟姐妹穿下去的。现在是小孩子从刚出生就买新的，穿不了就扔了，因为生活水平提高了。

采访者：以前这个衣服是自己做的还是买的？

朱祖纯：自己做的和买的都有，不过普通农民不大会去买衣服，都是买些布自己做，以前农村有裁缝师傅，叫他们过来做衣服，现在做的人少了，都是买衣服。那时候让师傅做衣服也很便宜，几角一件。以前过年的时候，小孩子正月初一穿双新鞋、穿件新衣服就很满足了。现在是脚上的鞋穿破了就马上扔了，再买双新的穿上。穿的都是新衣服，再也不穿有补丁的衣服了。

采访者：您以前不住这边？

朱祖纯：以前不住在这里的，住老房子里，距这里有 2 000 米路。我们原来是一家住一起的，后来兄弟分家了，就分成小家，我分到 3 间木结构的瓦房子。现在住的房子是村子里新建的，已经住了 12 年了。

采访者：现在村里房子的建筑格式都是一样的？

朱祖纯：这是因为我们这里搞了新农村建设。房子具体是村里规划，统一的地基，房子的墙面、瓷砖、层高、层数都是村里规划好的。

采访者：什么时候开始建的？

朱祖纯：具体已经记不清了，我们住这里已经有 12 年了，房子的事情是我孩子弄的，我们以前住的老房子已经拆了。

采访者：这个建好后的新农村规划房子是怎么分房的？

朱祖纯：位置是抓阄的，不能自己选。

2018 年 8 月，朱家坛村新农村规划房子

采访者：全村都有的？

朱祖纯：不是的，有些是搬过来住进去的，搬过来的都要交钱。有些是自己造房子。我觉得还是自己造得好，自己造的地方大。

采访者：以前在饮食方面，您家里面主要吃什么？

朱祖纯：那个时候要到过年或者过节的时候才会去买点菜，买点猪肉、鱼之类的吃，平时我们都是吃自己的自留地上种的农作物。

采访者：平时养的猪、鸡、鸭、鹅，都舍不得吃吗？

朱祖纯：不是的，以前国家有任务的，养大的猪要卖给国家，每个生产队再把猪卖给城镇里的人，城镇居民有肉票才能买到肉吃。鸡、鸭、鹅，这些家禽养得很少，因为当时粮食贵啊，人还没得吃，只能少养，就算养了，自己也舍不得吃，拿去卖点钱来贴补家用。现在生活很好了，平常可以去菜市场买点肉、鱼虾来吃。我经常讲，现在比以前过年吃得还要好。

采访者：您以前都是在萧山这里？有没有出过远门？

朱祖纯：没有，一直都在萧山。现在和小女儿每年都会去外地旅游一次。

采访者：您以前在社办企业的时候有没有去过县城？怎么去的？

朱祖纯：去过的，那时候是走路去的。我们一般要买东西就会去萧山，萧山的东门菜场。现在有老年卡的，去哪里都方便，我们各个村都通汽车。

采访者：您以前有没有参加过萧山的围垦工作？

朱祖纯：我参加过。第一次围垦的时候，是一块荒地，要把旁边的海下面的泥翻起来，围成一道长堤，不让海水进来。那次围垦的时候，我们萧山围了3.5万亩地，去了很多人，我们萧山南片的劳动力都要去的，大概围了10天。现在那边都变成工业园区了，以前刚围起来的时候，连草都没有。围起来的地就分割给每一个公社，公社再分给大队，大队再分给小队，小队派人去耕种，我们小队也分到了。

采访者：这里离那边远不远？

朱祖纯：远的，在大江东那边，离这里有30多里路。

采访者：后面还有几次围垦？

朱祖纯：第二次围垦我也去了，那个时候我年轻，第一次围垦的时候我还没结婚，第二次去的时候已经结婚了，两次围垦中间间隔两年左右。那个时候围垦，在萧山算得上是一个大场面。

采访者：那您回看人生经历，您对比一下现在，有没有什么想说的话呢？

朱祖纯：改革开放给我们农民带来了实惠，生活好起来了，不用像以前一样面朝黄土背朝天，现在都是机械化了，我们这里现在已经都不用种田了，生活好了。

采访者：1979年萧山召开的促富大会您有没有印象？

朱祖纯：这个我没有印象。那个时候有万元户①，家里有一万元的，条件已经很好了。有一万元的话，政府就会有收音机奖励给你。那个时候我们建筑队里面就有人得到了这个奖励。那个时候只要你有一万元就有奖励，因为在当时要有一万元是很不容易的。

采访者：我们还想了解当地的一些文化和风俗。

朱祖纯：文化的话，现在我们有朱氏祠堂，我们当地一个企业老板自己掏钱把祠堂造好了；还有一个就是我们的祖先朱凤标②的祖宅，宗祠也是萧

---

① 万元户，指年收入或累计存款达到一万元以上的个人或家庭。这些人赶上了中国改革开放的第一波，在20世纪70年代末、80年代初首先富起来，拥有了上万元的年收入。

② 朱凤标（1800～1873），字桐轩，号建霞，浙江萧山城东朱家坛村人。清道光八年（1828）乡试中举，十二年（1832）殿试一甲第二名进士，授编修。十九年（1839）入直上书房，既而督湖北学政。二十一年（1841），授国子监司业，迁侍讲庶子。二十四年（1844），擢侍读学士。次年，奉命授皇七子（醇亲王）书，迁内阁学士，兼礼部侍郎。二十六年（1846）摄户部右侍郎。二十七年（1847）迁兵部，旋调户部。

山的一个老板出资造的。

采访者： 那平时过年过节是怎么庆祝的？

朱祖纯： 小的时候，我记得正月里肯定会请来戏班子唱戏，家里面会走走亲戚。

采访者： 现在这边当地新婚嫁娶的聘礼方面多不多？

朱祖纯： 每个村都不太一样，一般来说是十几万元到二十几万元，普通人家就意思一下。

采访者： 那您当时嫁女儿差不多是多少？

朱祖纯： 我们那时候还是很早之前了，我们就是根据男方拿过来多少，我们就收多少，以前都很少的。

采访者： 那您对村子以后的发展有没有什么期望？

朱祖纯： 我们朱家坛村在我看来，很长一段时间都不会有很大的变化，因为村里没有企业，无法继续向前发展。发展的前提是要有钱，村里没有企业，没有钱就发展不了。青壮年也都不留在村里，都各自到外面打工或在当地谋生，村里大多数是老人在家。

采访者： 人们经常会说："萧山人敢闯敢拼，还延续着当年的围垦精神。"您对萧山精神是怎么理解的？

朱祖纯： 就萧山人来说，在我看来，只要有钱，都可以办事，没有钱就办不成事。就像我们村里一样，没有钱甚至连一间办公室都建不起来，还是以前破破烂烂的办公室。我在建筑队头两年的时候，过年有小孩子放炮仗，引燃了朱氏祠堂。之后一直没有重修朱氏祠堂，还是前几年有一个老板出资才把祠堂修复好，然后把朱氏的族谱重修了一遍。

似水流年，源远根深：萧山改革开放中的农村变化

——钟水根口述

采访者：陈鸿超　　　　　　　　整理者：雷玉平、邓文丽

采访时间：2018 年 8 月 23 日　　采访地点：萧山亚朵酒店

口述者

钟水根，1949 年出生，浙江萧山进化镇横路头村人。他经历了从"进化公社"到"进化乡"再到"进化镇"的三次区域变革，见证了改革开放前后进化镇在农业建设、基础设施建设以及文化教育卫生事业建设方面取得的成就，他的人生经历是改革开放以来进化镇人民生活水平逐步提高、逐步改善的重要历史见证。

一　个人履历

采访者：钟先生，您好！很高兴您能接受我们的采访。改革开放 40 周年以来，萧山经济取得了飞快的发展，社会发生了翻天覆地的变化。萧山现在是浙江省大湾区建设的主战场、杭州市拥江发展的主阵地。您是萧山改革开放发展的重要见证人，所以我们希望就萧山改革开放以来您的亲身经历及感受进行采访。请您先简单地介绍一下自己，包括出生年月、籍贯、学习经历、工作经历，以及社会履历等。

钟水根：我是 1949 年农历五月初四出生的，籍贯萧山，原先文化程度是初中。父母也是农民，种地的。家里现在只有两个兄弟了，我和我弟弟两个人。两个姐姐已出嫁，一个姐姐已经去世了，还有一个出嫁到进化镇的其他

村子里。我父母是农民，我家原先是贫苦农民，生活很苦，家里没有房屋，只有一片草坪，我的家庭情况就是这样。我爸爸的脚是瘸的，耳朵也是聋的，他是我们家里的次要劳动力而非主要劳动力。因此，他靠劳动力并不能完全撑起整个家。我家生活很苦，这在村子里是大家皆知的。

采访者： 生活的主要来源是种地？

钟水根： 是的，除了种地没有其他来源。初中毕业之后，我就没有再继续读书，17岁时已经开始在生产队劳动了。小时候我就比别的孩子懂事得早，刚17岁我就开始在生产队里担任记工员，那个时候就开始自己生活了，对我家来说也是一个正式劳动力，当时的生活条件就是这样。

采访者： 记工员当时是怎样的一个工作流程？

钟水根： 记工员的工作就是将每个人在生产队一天所做的工作记录下来。那时每个人早上去生产队劳动，一天的活干完之后，晚上生产队把每个人当天的工作记下来。例如，今天上田、掘地，都要记下来，记下来之后折算成工分。那个时候十足劳动力是十二分，妇女是八分半，如你今天出去干活一天给你记十二分，满月给你核算总工分。原先生产队是照工分记报酬的，工分与年底的分红及经济来源有直接关系。

采访者： 当时您所在生产队主要种植什么作物？

钟水根： 主要是粮食作物，以水稻为主。

采访者： 有没有种植过果树？

钟水根： 那个时候农村的家里只有零星种植果树的，不是像现在这样大片种植。我们山上生产队最初种植桑树，之后又开始种植青梅树，现在就是青梅树为主了。我家里有两三亩地。现在粮食还有人种，但是我们不种了，都租出去了，种水稻的仅剩几户人家了。

采访者： 您对于童年时期的家乡还有哪些印象？

钟水根： 小时候，我的家乡是一个老旧的村庄，不像现在这么新。路很窄也很破，不是现在平坦宽阔的水泥路。房子原先也都是矮矮小小、破破烂烂的，现在都是全新的三四层洋房了，现在都变好了。

采访者： 您小时候到萧山城区的次数多吗？

钟水根： 我们经常到城里卖农副产品，而且，我21～24岁做木工，经常会去城里。17岁时在生产队里务农，21～24岁在生产队做木工，那个时候是我们生产大队集体组织去做木工的。"两田制"后生产队分开了，但我到现在为止一直都在生产队，我们最主要就是在农村。改革开放之前，我个人的家庭经济条件是不好的，因为我老婆原来到生产队拉萝卜时菜车翻了，把腿压断了，她就只能在家里，外面全靠我一个人。我家里有两个小孩，那时候生产队刚开始实行"两田制"时经济比较紧张。我有两个儿子，一个在家里，另一个在萧山（指城区）。改革开放之前，经济比较紧张，我到生产队劳动以来家里一直超支，两年之后才慢慢好起来，粮食也富余点了。原先在生产队的时候粮食不够吃，今天吃了明天又要向别人借，现在粮食富余不用借了。经济条件也比较好，像我现在有医保和养老保险，我老婆也有，并且我们两个人有 3 700 元养老保险金，也够生活，然后我自己在当保安帮别人管车。

采访者：您是什么时候开始进城当保安的呢？

钟水根：到现在为止，我当保安已经有 6 年时间了。因为我身体不好，特别是腿，干农活或者别的活都吃不消，所以 2012 年我儿子就让我来萧山（指城区）当保安。

二 改革开放进化镇区域变革及农业的发展

采访者：因为您主要是生活在进化镇，那就主要谈谈您对进化镇发展的感受。资料显示，进化镇的这个名字主要因镇境内青化山的进化溪而得名。这个镇也经过几次变迁，1961 年并为当时进化和城山两个公社，到1969 年的时候两个公社又合并，1971 年又分开设立，1984 年又改为进化和城山两个乡，1992 年 5 月这两个乡合并成为进化镇，2001 年欢潭乡也并入进化镇①。请问以您的感受，1984 年以后进化镇的变革给您的生活带来了怎样的影响？

钟水根：进化镇原先的时候是公社，中华人民共和国成立后改为进化乡，之后又由进化乡改为进化公社，公社后来改为进化镇了，这样改了三

---

① 进化镇镇名由镇境内青化山的进化溪而得名。据新编《绍兴县志》记载：民国 35 年（1946 年）9 月，绍兴县乡镇调整，青化乡 3～6 保和协进乡合并，改名为进化乡。建国初期为绍兴县进化、富岭、城山、盈湖、青化、临江、临东等乡，1950 年 10 月以上乡划归萧山管辖，1956 年以上乡并为进化、临浦、青化三乡，1958 年建立公社辖富岭、进化、青化、城山、平阳等管理区，1961 年并为进化、城山两个公社，1969 年两个公社又合并，1971 年复分设，1984 年又改为进化、城山两乡，1992 年 5 月两乡合并为进化镇。2001 年7 月，欢潭乡并入进化镇［浙江省乡镇年鉴编委委员会编《浙江省乡镇年鉴（1999 上）》，方志出版社，2000，第 46～47 页］。

回。原来的进化镇不是很好，是山区，每个村庄都在山中间，四面环山。进化镇有个曹坞村，原先老话讲：曹坞村有条路，连乞丐都进不了。这个曹坞弄很长很长，下雪下雨时走起来很吃力。进化镇原来没有马路，都是泥路、石块路，现在变好了。现在进化溪很好了，原先溪沟很小，发大水的时候水往上涨，山头埠、张家桥以及平阳这几个村在发洪水的时候都会被淹没，现在都没问题了，平阳那边的田地排灌都能排出，水就不会流到村庄里了。现在的进化镇四面都砌石墙，柏油马路也铺好了，绿化也有，进化镇现在变得很好了。原来这里没那么整齐平坦，都是一坑一洼的，水满了都会淹没村庄、田地的。

采访者：进化镇的规模从 1969 年到 1992 年一直在不断地扩大，它的规模扩大给您一个怎样的印象呢？

钟水根：改革开放以来比较好了，政策落实了，需要政策来扶持的地方也都到位了。原先的进化镇没有农贸市场，路很窄，房子也破破烂烂，现在都规划得整整齐齐的，农贸市场又在新建，杜家弄那边一直到临浦的柏油马路也很宽，公交车也都直接到村庄里了，老百姓乘车都方便，到萧山的任何地方都很快捷。

采访者：您之前说小时候家里种植的粮食基本上都是自给自足的吗？

钟水根：我们自己吃都不够，要靠政府的救济粮补贴。在生产队时因为要交农业税，我们就把粮食卖掉。那个时候粮食还不够吃，生产队每年给每个人的粮食都不够吃一整年，只够吃两三个月。主要原因一个是技术不好，一个是肥料不足。当时是土肥，还没有化肥，现在都是化肥了。还有一个就是技术问题，现在稻谷都是机器去收割不用人工，技术改进了，产量也相对上升了。原先我们山区的水都是冷水，是地下渗出来的水，有些土地能够翻翻，种植一些作物。现在改过了比较好点，水不会很冷，种出来的粮食也比较好，并且水利设施也做好了，田里水稻也能自由地用水灌溉。原先没有水库，水利设施缺乏导致田里用水往往比较吃力，前几年干旱缺水的时候，大家都去挖小洞等着水流出来，这里挖一个洞，那里挖一个洞等着水渗出来，现在建好之后就方便很多。

采访者：那现在进化镇还有水稻种是吗？

钟水根：有水稻的，进化镇最里面有一个水稻示范田还在种。现在基本上很多地方改种经济作物了，以花木为主，也有几个村庄种植蔬菜，但主要是花木，我们现在主要也是种花木。

采访者：那花木种植出来之后，是您自己去贩卖还是统一收购进行销售？

钟水根：我把我的地承包给别人，种地的收成都是他们自己去销售，我们不管的，只要给我一年1 300元的租金就好了，租金是每年付一次的，这钱我自己就用来买粮食吃。我们和承包户一般是签五年的合同，三年的也有，最少签一年，但一年的合同极少。我们一般不签一年，因为承包时间太短了。花木种植出来以后，承包户都用车装好运到外面，今天装出去明天又要进来重新装车运出去。花木的销量有好有差，比较好的就被多运送出去几趟，不好的被运出去的就少。

采访者：现在您家是多少亩地呢？

钟水根：我现在有一亩二分田，三个人。一亩一年1 300元，一亩二分就1 560元，这是一年的租金，是我买米吃的。原先我家四个人，我一个儿子读中专，他的户口就迁走了，分田时也就只分三个人的。现在家里有八个人，只有我、我老伴还有在农村的儿子，三个人的土地。我儿子和我不住在一起，我们都住在一个村里，但离得稍微远一点，他也有自己的家庭，有小孩了。

采访者：那您现在这个村大概有多少人？

钟水根：村庄大概两百七八十户，属我们横路头最大了，但是具体多少户我不清楚，就知道我们村是四个村子里最大的。

采访者："工业学大庆，农业学大寨"是响彻20世纪60～70年代中国社会的两句口号，它也是毛泽东亲自树立起的工农业战线上的两面红旗。萧山当时也开展了轰轰烈烈的"工业学大庆，农业学大寨"系列活动，相关精神与政策也是落实到各区、镇、农场、人民公社、生产大队和生产队。请问当时进化村是如何落实这些政策的，您是否有印象？

钟水根：我们那个时候都去示范村的，整个生产队都搞。那时候我们都是去开垦荒地，村庄旁边的有片竹林都被淹没了，我们都改为农田，其他可以被开垦出来的地方也改为农田，然后填起来，这个是"农业学大寨"的时候。那个时候我们也不是主要负责什么，反正就是完成生产队分配的任务。如果今天你是负责挑土，那你就去挑土；如果今天去切石块，你们几个人就去抬石块来切，没有队伍组织。

采访者："文化大革命"的时候，您对田地的生产有怎样的印象呢？

钟水根："文化大革命"时，我们今天早上要出去干活了，那个旗子背去在田间放着，先"活动"一会，之后再干活，活干完中午休息时又要搞"活动"。年轻的时候觉得这些"活动"都很有趣，就是有点烦琐。

采访者：当时"文化大革命"和"工业学大庆"时，大家都是吃大锅饭的，那么当时你们的粮食是怎么分配的呢？

钟水根：一个按照口粮分配，第二个按照多劳多得的原则来分配。如果今年一年你的劳动工分有4 000分，整个生产队来讲是20万工分，那么除去我们自己的口粮，还剩多少粮食就是按照工分来分超产的，这个称为"超产量"①。假设你有4 000分工分，如果1 000分工分可分到100斤粮食，4 000分就可分到400斤。那时候我们生产队都是上山的，都是很辛苦的。

采访者：当时分给您的口粮包括您生产的业绩分来的粮食，一家够吃吗？

钟水根：原先生产队的时候不够吃，我之前讲过了，我们一年工资才换几个月的粮食，后来实行"两田制"的时候我们就不用了。之前就是不够吃，我们农村山区水稻、小麦、番薯、油菜都种，我们没有粮食就把番薯晒干拿到国家粮食部门去换米，把番薯干给他们，粮食部门就把粮食给我们，就这样换。番薯干吃不了多少的，一天到晚吃番薯干对人不好，那个时候是真不行的。

采访者：进化镇是著名的青梅之乡，植梅已经有千年以上的历史，最早从北宋时期开始种植，当时这个特殊的土地条件和气候决定了进化镇的这个青梅汁多、肉够、核小、皮薄、质脆、酸味纯正的特点。全镇现在共有青梅6 000余亩，年产200多万斤，全部是出口日本的。请问您是否了解进化镇的种梅业，改革开放给植梅带来了怎样的机遇与发展？

钟水根：有的，但是像我这个村庄原先"文化大革命"的时候已经没有青梅了，就是我们进化镇诸坞村在种青梅树，诸坞村是最早开始种植的，之后其他地方慢慢开始种植。进化镇以"诸坞青梅"闻名于世，是萧山市内的

---

① 工分是计算社员劳动报酬的依据，在分配前应按人归户清理核实，张榜公布，与社员核对清楚。漏掉的要补上，记错的要更正，不合理的要查明原因分别处理。社员的劳动工分加上补贴工分、奖励工分，扣除各项应负担的工分后，就是参加分配的工分。超产量是生产队完成规定的生产量并且有盈余的部分。对于超产量来说奖励的办法有两种：一是按照规定的比例，直接奖给实物；一种是奖给劳动日，超产百分之十几，全队每个社员所做劳动日数即增加百分之十几，或按照其他适合比例奖给。不过，超产量的具体的奖励制度因生产队不同而不同。详细情况请参阅陈迟《我国农业合作化的胜利》，辽宁人民出版社，1957，第138页。

"青梅之乡"。后来我们村也开始生产青梅了，我自己也有种植青梅树，现在还有两分多地的青梅树。青梅树种植好之后，我们每年到五月都采摘下来，采摘下来三天内要卖掉，起先是村里出面来收，后来有私人收购者就会来村里统一收购，村里帮他组织一个收购点收青梅，赚来的钱还是他自己的不给我们分。

采访者：当时青梅的收成怎么样？

钟水根：每一年的青梅收成是不一定的，青梅的生长会受到自然气候的影响，有时候风沙大，青梅树开的花没有了就会减产。还有就是看青梅的收购价格，收购价格有高有低，假如今年我有 800 斤青梅，收购单价只有一元六角，而去年的单价就是三元，这价格就相差一半了。总体来说，青梅的收成和出售价格还是要看市场需求和青梅总体产量而定的①。

采访者：1980 年 9 月，萧山实行农业生产责任制试点。1983 年，全县农村基本实施以家庭联产承包责任制为核心内容的农村经济体制改革，革除农村集体经济的"大锅饭"弊端，调动农民生产积极性，促进农村生产力发展。1994 年 9 月 26 日，浙江省委、省政府印发《关于发展粮田适度规模经营的决定》（省委〔1994〕314 号），要求按照"稳制活田"原则，建立土地使用权流转机制，在重点推进县（市、区）有条件的镇乡、村中，提倡实行以人分口粮田、劳分责任田的"两田制"。1996 年，萧山在全市实施"按人分口粮田，按劳按能分责任田"的"两田制"。请问改革开放以后农村"两田制"的改革给您当时的农业生产带来哪些变化和影响？

钟水根："两田制"最早开始的时候是 1982 年，1982 年的时候我们在生产队，然后是一亩一亩抽号的，你抽到哪个号就给你安排口粮田和劳力田。田有好坏，运气好点抽到的土地就好点。好坏田在分配的时候，一般是好的土地分到的要少一点，如好的给你四分，差一点的就给你五分，是这样的。

采访者：那具体是根据家庭远近还是其他因素分配的？

钟水根：土地的分配是好坏田搭配来分的，一般是这边一块那边一块连起来的，而不是把好田都分给一个人。好田都集中分出去，那差的就都

---

① 青梅是进化镇的经济支柱之一，以"诸坞青梅"闻名于世。诸坞栽种青梅可追溯到 1 000 多年前，最早见于文字记载的是宋太宗年间编纂的诸坞村《诸氏家谱》："山阴天乐诸坞，四山环绕，一溪流出，青山绿溪，桑树间多梅树。"现已成为进化镇的名片之一。

给别人了，这不行，就是好坏田搭配分的。当时的水利条件是比较困难的，水库的水没有入田渠道，假如上面的农田用完水但是不把水放下去给下面的农田用，把水霸占了，下面没有水灌溉之后就会与上面发生争吵，以前总会因为用水的事情吵架。假如今天我要耕种了，那么我需要把上面的水往我下面的田里输入，你刚刚种下田也需要水，不给我，而我下面没有水的话，拖拉机就耕不了地，就这样因为用水的事情发生争吵。打架之后经过大队和生产队协商，让上面的先用水，种好之后下面再灌下去，这样才把矛盾解决了，不然靠自己是协调不好的。有时两个人就故意吵架，吵得厉害点，生产大队就会来解决，一般是这样的，农村里生产大队很负责的。当时因为用水打架的事情很多的，我要水，而你不把水放下来，我刚种的苗没有水明天要死了。不过这种吵架都是今天吵明天就和好了。

采访者：当时好田和坏田搭配分这一措施具体是由哪个部门落实的？

钟水根：生产队决定，生产队大队协商，这样分配下来的，自己讲讲不算。生产队有一个组织称作"队委会"①，五个人为一个队，是他们经过协商决定的。分地的时候他们去量土地，不然你要这块我要那块，那就乱套了，然后还要抽签的。总共好的有几块田，就好的差的搭配分。分田下来的时候水利条件很困难，我刚分到的时候水塘里面没有工具，我就去买了一辆抽水的小车。

采访者：您当时不是从低洼地运水上来的吗？

钟水根：没有的，像低洼地运水上来是要到天气非常干旱的时候。其他的时候都要自己抽水的。我们有一个水塘，水塘里面有水，那个时候没有工具，你晃不出来，桶里水不能流出来，所以就去买了一辆抽水的小车，是人力的，东阳那边也有，与水磨、水车类似。之后我就去买了辆抽水机也就是水泵。水泵大概是1986年买的，泵长120米。那时水泵是300多元一台，还买了120米的水管，在当时来说是很贵的。

采访者：当时这些器材都是靠您自己买吗？

钟水根：对的，都是靠我自己。后来我又去买了一架打稻机，把稻谷打

---

① 队委会是生产队的领导核心，一切重大问题都由队委会集体讨论，做出决定。队委会主要由队长、副队长、会计员、保管员以及其他队委组成，队长是队委会的核心，在集体领导中担负着重大责任。队委会的主要职责是团结社员、抓好生产、对生产队的重大问题做出决策（中共玉林地委农村工作部编《农村人民公社生产队工作手册》，广西人民出版社，1965，第10~12页）。

下来后再去晒，晒干后再去碾米，那个时候很困难。现在条件好了，我们进化镇主要一个是山林上的茶叶，一个是农田，山林是经济作物，农田是生产农副产品。

采访者：现在您那边主要是种植什么茶？

钟水根：我们是龙井茶，浙江绿茶。

采访者：那这个茶叶销路怎么样？

钟水根：起先还可以，现在比较差，原先我们这个村庄都是自己做，自己到外面去卖燥茶，杜家村有一个专门收购茶叶的地方，就去那里卖。现在都是青茶，山上采下来就到进化镇上的一个收购点去卖。收购之后他们自己再制干。

采访者：当时包括茶园、农林农田有没有给农村面貌带来什么改变，就是您感觉有没有建筑上的变化，田园景观的变化？

钟水根：以前，农村给人的感觉是脏乱差。现在这个景观，一个就是田地、绿化已经全都有了，村庄四周绿化都比较好看，马路上两旁都是成荫的树。另外就是柏油马路都通到村里了，村庄的道路比较宽敞，比较平坦。农村这个房子也比较整齐，有的老房子拆了造新房了，反正现在是搞"三改一拆"。或者获得批准之后要给我一块新地基修房子，我的旧房子就拆掉不要了；大队如果没有给我，我只有把自己这里拆掉再重新造，反正造起来的房屋都比较好，看起来都比较整齐。

采访者：进化村经常遭受台风的袭击，往往是台风的重灾区，如1991年15号台风，戴村、临浦两区的许贤、朱村桥、进化等15个乡（镇），遭受特大暴雨侵袭，上午9时至下午3时，6小时雨量达250～300毫米。此次灾害，据民政部门统计，受淹农田6.85万亩，受灾农户近2万户，倒塌民房1 654间，死亡5人，重伤55人，直接经济损失达1.2亿元。请问面对历次台风，进化镇村民是如何抵抗台风的？随着经济、科技的发展，抗击自然灾害有哪些新变化、新办法、新手段？您可以先谈谈改革开放之前的那个时期，台风来了，当时你们生产队种田是怎么办的？

钟水根：那个时候在生产队，台风来了也没有办法，有台风来了就不去地里干农活，等台风走了之后再去，那个时候我们一般是这样，能坚持就坚持下去，种好之后再走，不能就直接走。那个时候，进化溪没有进行防洪设施建设，台风来了下暴雨都要淹没农田。现在都建好了，有台风来了也没事，并且村庄也不会受到影响，因为防护墙建起来了。原先没有防护墙，水都要淌进去了，现在护栏墙筑起，水也不会进来了。

进化溪

采访者：那除了河道水利的修葺之外，还有其他的什么气象呢？台风来之前你们会做什么准备呢？

钟水根：原先我们村的水库是不牢固的，现在都建起了防洪护栏，水库比较安全。

采访者：像今年这么多次台风，每次台风来之前您都会做什么准备呢？

钟水根：镇里准备是有的，我们村庄没有准备，但是有大风或者台风的时候村里会提前通知，其他的没有什么准备，反正农村这个地方就算风把山上的树吹倒也没有办法，你管也管不住的。房屋的话，只要把危房提前修葺好就没事。

采访者：除了台风灾害之外，其他的自然灾害，如旱灾、虫灾等你们村有没有发生过？您印象最深的一次自然灾害是在什么时候？

钟水根：年份记不清了，印象最深的就是一次旱灾，高温天气，田里没有水，泥土都裂了，脚都可以踩下去。我们村的水从进化镇那边的溪用抽水机抽进来，沿山开渠道打到我们这儿的村庄，这花费好多天才弄起来，整个渠道建设马马虎虎的不是很好，渠道里面面积也不大。这个渠道是泥土的，不是用水泥建的，抽水机抽过来的水很容易渗下去，因为山里的条件毕竟是有限的。后来下雨了，就度过旱灾了。那个时候比较紧张，每天晚上不能睡觉，要看着抽水工程，从进化镇抽上来到我们的村庄里，每个地方都要看着，不管的话，管道会出现裂缝，水就会漏到泥土里去。

三 改革开放后进化镇的基础建设

采访者：在水利方面，改革开放后进化镇就有很大改善，如1998年浦阳江进化溪标准塘建设取得了实质性突破，共投入50万工，培土25万立方米，抛碴10万立方米，标准塘建设达到了5 000米，请问河塘建设的过程和经过以及建设后给村民带来的影响有哪些呢？

钟水根：这个渠道修好后流水比较通畅，我们山区向来也比较缺水，渠道修好后有些地方也可以通水了，其他也没有什么好的；另一个优势主要就是下雨或者有什么灾害的时候水不会涨起来。

采访者：那现在村民的生活用水也是在这里取的吗？

钟水根：生活用水来自我们村里一个水库。每个自然村都有个水库，有几个自然村水库不能用，我们这个水库可以用。因为他们的水里有矿物质不能喝的，我们这个水库的水是可以喝的，一年四季我们的水都是用的这里的。

采访者：山上的水要去山上采集？

钟水根：我们下面有个塘，喝塘里的，都是这样的。现在有水库了，自来水的水都是水库放下来的，而且还有富春江水。我们现在是有两用的，水库的水不要钱，所以大家都喝水库的水，如果到夏天因为干旱水库的水被放干了，那就喝富春江的水。现在我们这里有水站，每户人家已经通水了，这个都没问题。

采访者：改革开放以后，进化镇也是多方面筹集资金帮助村民改善居住条件，如到2011年，进化镇改造农村泥草房24间，完成水毁房屋重建47户，维修134户。针对一部分行政村缺乏办公和文化活动场所的情况，新建多功能村部5个，建设文化书屋9个，设立文化大院10个。请问改革开放以来，以您切身的感受，农村的居住条件有怎样的变化？

钟水根：改革开放之前，我们的房子都不高，都是泥土垒起来的，不是砖墙而是泥墙。泥墙很容易进水的，一进水它墙脚松掉就倒下了。进化镇张家桥有好多户人家，修墙时水道还没有建好，水淹没进来，墙都倒下了。原先我家都是泥墙，大概2011年我们把家里的泥墙拆了变成砖墙。现在我们建房子也是靠自己。我大儿子的房子从打桩到装修完全部花费80多万元。现在很宽敞了，我现在住的这所房子就是把旧的拆了重新建的。现在是三层，加起来共400多平方米。

采访者：那现在就您跟您爱人一起住？

钟水根：我们的儿子也在。在萧山的小儿子也和我们一起住。

采访者：在萧山的这个儿子也会回家住？

钟水根：这个房子原先就是他的。我们把老房子分开，一个给大儿子，一个给小儿子，这个房子就是他的并且也是他来盖的。

采访者：进化镇于1988年6月被市政府列为农村能源示范乡，1991年7月通过市科委、农委、农业局验收，确认为农村能源达标乡。能源达标乡就是用上一个健康的能源，如沼气之类的。那您回忆一下，农村的能源发展有怎样的变化？改革开放之前您烧火做饭之类的是用什么能源？

钟水根：原先我们都用柴火的，后来每户人家基本有沼气了，大家用沼气来点灯，还没有人用来烧饭。原先还没有电灯，农村经济比较落后，灯泡都是15瓦的，很暗，后来有沼气发电之后，灯泡就比较亮了。烧饭有几户人家也烧的，但是不多。现在好了，现在都用煤气，柴火几乎没人烧了，因为现在没人进山了。原先人们每天去山上拾柴，现在只要买一桶煤气就可以烧一个月，而且煤气是在煤气站灌的，也有人上门灌。

采访者：那您家没有烧沼气的那个阶段吗？

钟水根：也烧沼气，就是用来点灯而不做饭，主要是当时没有沼气烧饭的工具，没有炉具。原先我也给别人安装过沼气，我和几个人合伙，谁家要安我们就给谁家安，但用沼气烧饭的人没几户。

采访者：当时做沼气池子需要花多少钱呢？

钟水根：那个时候主要经济来源少，也不计多少价钱，我们反正是一天给生产队12分，安沼气就是今天你帮我家，明天我帮你家，都是这样互相帮忙的。这个成本价说不好，没有水泥，就是用石灰、泥土这样简单做一下，年数不长的。

采访者：现在基本上不用沼气了，自从农村通电以后都用煤气了。

钟水根：我们村通电还挺早的，我们1962年就通了，但是通电之后很多人还是用沼气灯，原先因为经济困难，大灯不敢点，小灯太暗了，其实这电费没有多少的。烧沼气一个就是不用钱，第二个是沼气灯亮，就这样持续了几年。沼气要花费很多人力的，要把土肥、猪粪等放到沼气池才有沼气上来，这需要劳力。后面没人费力安沼气，沼气就这样被淘汰了。

四 进化镇文化、教育、卫生事业的建设

采访者：进化镇有很多民俗活动，如放河灯（2013 年被列入第五批萧山非物质文化遗产）。那您所在的村有什么文化习俗，一些特有的文化习俗是怎么样进行纪念的，您印象深刻的民俗活动有哪些？

进化镇中元节制作的河灯

钟水根：有些村庄到过年过节的时候请外面的戏班唱几台戏。绍戏和越剧这两种戏最好了。像《赵匡胤下河东》《龙虎斗》这些戏都很受老百姓喜欢。还有就是有文化的人来跳跳舞、唱唱歌，就是这样。

采访者：改革开放之前，农村有哪些娱乐活动？比如，您在生产队的时候。

钟水根：生产队那时候有俱乐部，主要用来搞宣传，俱乐部一直负责宣传，也有排练节目的，但是农村那个时候进来演戏的很少，就是俱乐部安排活动娱乐一下。主要是唱戏，如《沙家浜》等戏剧就是经常演的。村民来看看戏，其他没有什么娱乐活动。

采访者：近年来，进化镇将旅游业发展作为重点工作，已编制了多项旅游发展规划，旅游开发工作已全面部署。以您的亲身体会，进化镇具体是如

何推进旅游业发展的？或者以您的观点来看进化镇的旅游业有哪些优势呢？近些年进化镇的发展给进化镇风貌带来了怎样的变化？

钟水根：旅游业的话，大岩山现在开发好了，青化山原来是计划进行旅游开发的，现在这个老板不来了，反正现在青化山高铁隧道打通了，现在在进化镇上看山上一条高铁很好看的，比较完美。还有从天域·开元酒店上面看全镇，看浦阳江，风景都很好。现在还在设计开发一个防护林，设计好之后就用来作为旅游景观，这个防护林都是盘山上去的，以后柏油马路铺好就可以发展旅游了，现在都比较好了。

采访者：那您感觉是哪里的游客来旅游呢？

钟水根：我们村庄有株千年大樟树，整个进化镇我们这株树最大了。这棵树在绍兴公路旁边，杭州人也有来旅游的，好多外地人夏天的时候来拍照、爬山、乘凉，春天也都来拍照。

采访者：那农村里有没有搞农家乐？

钟水根：有的，但不多，只有几户人家办起了农家乐，并且这些农家乐都是私人的，不是集体的。进化镇里农家乐多了，我们村庄里只有一户人家。

采访者：改革开放以来，商品经济在农村得到了迅猛的发展。1987年时，出现了城山乡郑唐孔、下坂底的化纤布贩运专业村。以您的切身感受，在您的记忆中，改革开放以后农村的经济生活发生了怎样的变化？原先在农村的时候买一件商品什么的您是通过什么方式购买的，那当改革开放之后，商品经济是怎么样兴起的呢？

钟水根：这种商品的东西我们那里也没有，郑唐孔他们那里有，我们这几个村庄都没有。改革开放之前要买商品都是到镇里面的商店买。

采访者：当时您的村庄里没有商店？

钟水根：没有，现在也没有，只有卖香烟、卖酒的个体商店，没有其他东西。

采访者：您姓钟，进化镇钟家坞钟姓人的始迁祖名钟傅，当时他是北宋年间龙图阁学士。他有三个儿子，都是朝廷大臣，后来，南宋建炎年间，金人犯阙，他的儿子就迁到萧山这个地方。钟家坞钟姓人已延至第33代，有500多人。欢潭乡的泗化、汇头钟，进化镇的横路头，临浦镇的塘头钟，都是从钟家坞分迁出去的。请问农村宗姓之间家族是否有交流？会不会共同组织一些纪念活动？

钟水根：这种都没有的。新桥头也是横路头分过去的，一个村庄有五六个姓，最大的姓是我们村庄姓钟的。现在钟家坞在做家谱，他们也到我们村庄来询问我们是第几代人，有几个村庄也正在搞家谱。我们没有做家谱，而且我们同为钟姓的也不交流，反正大家同住在村里，你姓钟，我也姓钟。我们是讲辈分的，钟姓亲戚之间会有联系，和其他人不会有多少联系，大家只是同住在一个村，长辈就是长辈，晚辈就是晚辈，没有其他交流，就是有喜事的时候，大家都坐在一起吃饭。

采访者：我在资料中看到，进化镇是清朝爱国将领葛云飞的故里①，过去萧山市经常举办葛云飞的纪念活动，例如，市委宣传部在抗英民族英雄葛云飞的故乡——进化乡召开纪念鸦片战争150周年大会。以您的记忆，村里是什么时候宣传葛云飞精神的？是怎么宣传葛云飞精神的？村里有哪些关于葛云飞的传说？

钟水根：葛云飞的事迹村庄上不宣传，也没有纪念活动，镇里有，纪念活动前几年开始开展，开展活动也就十多年的时间。2000年以后开始宣传，以前没有宣传，人们都不去纪念他。我孙子在进化镇读初中，他们也宣传过葛云飞的事迹。这个好，对现在的年轻一辈有教育作用，因为不教育的话小孩以后都要忘记前一辈的事。

采访者：您小时候知道葛云飞吗？

钟水根：知道的，他是个名人并且有葛云飞纪念碑的，但是人们没有去具体纪念他。到后来才开始有了纪念活动，小学生也开始学习参观葛云飞纪念碑。

采访者：您小儿子的孩子现在读书了吗？

钟水根：大儿子的儿子在进化镇读初中，小儿子的女儿在萧山读书，因为他们户口都在这边。

采访者：您的孙子在进化镇读书，平时您照顾他吗？

钟水根：是的，晚上基本上我们叫（督促之意）他学习，叫他写作业，

---

① 葛云飞（1789～1841），字鹏起，浙江山阴人（今萧山），武进士出身，定海镇总兵，1824年，以守备衔分发宁波提标在营试用，1838年任浙江定海镇总兵。1841年9月底英军再犯定海，他与镇海诸军总兵郑国鸿、王锡朋协力抵抗，坚守定海土城，血战六昼夜，10月1日英军趁雾登陆，郑、王牺牲，葛云飞率亲兵200余名冲入敌营，奋力拼杀，后中炮牺牲。史称葛、郑、王定海三总兵（王金铻、邢康主编《爱国主义教育辞典》，山西人民出版社，2000，第309页）。

其他我们根本管不到，晚上他父母回家了给他指导一下。

采访者：所以我们把萧山改革开放的历史记录了下来，让子孙后代能知道改革开放的经历。改革开放以来，进化镇的文教卫体建设等进一步发展。根据1994年数据，全镇有初中2所，小学20所，学龄儿童入学率99.57%，小学毕业升初中率93.7%；有幼儿班27班，幼儿810人。有卫生院2家，卫生技术人员29名，病床25张，有28个行政村建立卫生室，村卫生人员34名。全镇安装有线广播喇叭7 500余个，入户率67.39%。设图书室1个，有各类书籍3 000余册。是年，进化镇投资2万元，新建水泥篮球场1个，并举行国庆、元旦农民篮球赛，被评为杭州市体育先进村。请问以您的经历和感受，改革开放以来，您所在农村的教育卫生体育事业有怎样的发展？当时，您说是初中毕业，那您是在什么地方上学的？

钟水根：在进化镇张家桥村那边，就在进化镇小学那里。小学毕业以后就在进化镇上中学，初中毕业就加入了生产队。

采访者：当时整个进化镇有多少小学和初中？

钟水根：初中进化镇就这里一所，小学是每个村都有的，进化新闸头村也有一所小学，那个是一到六年级都有的。像我们华锋村也有一所幼儿园和一所小学。

采访者：您觉得改革开放以来农村的教育设施包括教育设备有怎样的发展？

钟水根：现在教育设施比较好，幼儿园也比较好，村上幼儿教师也要经过考核的，基本上每个村庄有个幼儿园，这种幼儿园还是蛮小的，大的幼儿园在进化镇上，镇政府那边的幼儿园最大了。原先一个镇一个幼儿园，现在吉山、欢潭那边都有。

采访者：现在也就一个初中？

钟水根：城山也有一个城山初中。现在进化镇有第一小学和第二小学，以及第三小学。

采访者：现在初中有两所，那您的孙子现在在读的是哪所？

钟水根：进化镇镇政府那里的初中。

采访者：改革开放之前在生产队的农民，生病了怎么去就医呢？

钟水根：那个时候去看病都没车，用三轮车、人力车去拉病人，还有轿子抬着去看病，很少有用汽车的。

采访者：如果要送出这个镇，当时条件是很困难的吧？

钟水根：我小时候生病就是用轿子抬过去，也有用人力车抬出去的，外面叫车也没有地方叫。那个时候真困难，基本上是走到进化镇里，还没有到临浦镇就医的。

采访者：基本上不出去，都在进化镇里就医？当时这里面已经有卫生院了吗？

钟水根：卫生院是有的，但是卫生技术不好。如果要住院都要到外面去，外面去就不方便了。现在好多了，每户人家都有汽车，随时可以进出。原先有医疗合作的，现在没有了，现在就进化镇有医院，有家庭医生的。

采访者：当时，进化镇有没有开展体育活动？您有没有参加？

钟水根：我没有的，我这个人原先体力也比较差，在生产队也没有参加什么体育活动，我对体育活动也都不怎么感兴趣。

采访者：您在进化镇有没有观察到体育设施的建设，您有关注吗？

钟水根：原先也没有，现在进化镇体育场建设得比较好，篮球比赛之类的运动都有。现在我们吃过晚饭去散步，我做保安之后也没有时间了，要么就是在这里上班的时候走一下，自己锻炼一下，其他时候我没有去锻炼。

采访者：2016年9月4日至5日，中国杭州举行了G20峰会，G20峰会之后整个杭州的发展速度就非常快了，包括萧山进化镇也不断强化社会服务理念，服务保障G20峰会。2016年的时候您已经在萧山做保安工作了，您也是经常萧山和进化镇两边来回跑，从您的观察来看萧山乃至进化镇当时是如何迎接这样一个G20峰会的？

钟水根：那个时候我已经在萧山了，G20峰会开得很好的。我感觉G20峰会以前社会治安很差，到G20峰会开始社会治安才比较稳定，不乱了。基础设施也好了，外来人口都暂时离开杭州，路边小摊也被禁止了，这些措施都很好。农村地区经过G20峰会前的整治也比较好，村民自己对自己比较严格，国家不提倡的地方都不敢去，对自己做的事情也敢于承认，不敢为所欲为了，有这样的感觉。

采访者：G20峰会时农村的村容村貌是怎么进行美化的？

钟水根：那个时候小屋的钢瓦被全部拿掉，蓝色的瓦片全部用黑色替换，把旧的换下来然后再重新盖上去，从飞机上看比较好看一点。村里全部用涂料涂过，对于老百姓来讲，这样挺美观的。G20峰会召开时有20多个国家的领导人来开会，我们中国人对外国人是很友好的，总之G20峰会以后杭州发展更加好了，我就这么一个感觉。

采访者：您是做保安工作的，那么当时农村和城市为了迎接 G20 峰会，治安保障是怎么做的，有哪些具体的措施吗？

钟水根：就是加强执勤，主要表现在几个方面，对外来人员的警惕性都有所提高；晚上也会出来巡逻；以前未安装监控的地方也安装上了；道路交通的执勤更加严格。总体来说主要是强化执勤。

采访者：2018 年是全面贯彻党的十九大精神的开局之年，是改革开放 40 周年，也是全区"迎亚运、立新功、展新姿"的关键一年。区委号召全区上下"干好一三五，筹备亚运会，奋力谱写新时代现代化国际城区建设新篇章"，萧山正以前所未有的力量奔跑在加速前进的最佳跑道上。特别是萧山"旅游南进"战略的实施，"城市栖息地，杭州南花园"的区域定位，更给进化镇带来了前所未有的机遇。根据您在农村和城市的经历，经历了 G20 峰会后，进化镇和萧山区为了迎接亚运会，近期发展有哪些新变化？

钟水根：现在我们进化镇拓宽道路就是为了迎接亚运会，还有一个，镇里的绿化也在整改，这些措施都是比较好的。

采访者：整个的整改都会有很大的变化，包括道路的拓宽。1985 年，进化镇第一条干线公路白曹公路通车。1994 年，墅傅公路、华锋公路通车，1997 年 9 月，全长 297 米的藏山岭隧道贯通，长度为萧山第一，总投资 1 300 万元。1998 年，萧山境内最长的公路隧道藏山岭隧道年末正式贯通，隧道总长 300 米。以电管大楼为标志性建筑的集镇建设进展迅速，集市商贸区、农贸市场等已开始营业。8 月，镇有线电视与市局并网，至年末总入户数达 6 000 户，入村率达 70%。10 月，总长 5 800 米的白曹公路山头埠至曹坞段工程完成沥青路面铺浇，总投资 203 万元。请您以切身感受，谈一谈改革开放以来交通建设给农村带来的发展与变化。

钟水根：进化镇到我们村庄开通了藏山岭隧道，这条道路开通之后，诸暨方向的车都可以通过此隧道到绍兴去，交通便利了许多①。改革开放之前没有人力车，只能靠肩膀。进化镇和绍兴交界的地方是条山岭，我们要从山

---

① 藏山岭位于夏履镇西部的联华村，与萧山接壤，海拔 100 多米，地势陡峭。进化镇华峰村下面的横路头村与绍兴仅一座藏山岭之隔。以前的藏山岭是萧绍两地百姓赶集购物、出行经商的必经之路。改革开放后，为了满足萧绍两地的经济发展需要，政府决定修建藏山岭隧道。1998 年 5 月藏山岭隧道开工，1999 年 10 月建成，12 月 8 日举行通车典礼。隧道西南口属于萧山市进化镇，东北口属于绍兴县夏履镇。全长 297 米，净宽 8.5 米。

岭翻过去才可以。我们砍的柴是全靠肩膀挑到村里的，没有其他方式。现在隧道打通，车通了就方便很多。

采访者： 进化镇可以说是萧山和绍兴的边界，作为杭州包括萧山和绍兴之间沟通的南大门，当时和绍兴有没有什么联系呢？

钟水根： 最初的时候，绍兴那边几个村庄是归于进化镇的，以前整个都属于三阳县，现在分开了。原先他们那边的土产东西都拿到这边来，我们这边的土产他们拿到那边去，两地产品进行交换，实际上跟兄弟城镇差不多，就是一条岭之隔。现在比较好了，隧道打通之后两地之间联系更加方便，我们这边的人都到那边打工，我也在绍兴干活，女的都在绍兴轻纺城。

采访者： 在家务农一直到 2012 年您到城里去当保安，那么您可以说是整个萧山改革开放的历史见证人。"奔竞不息，勇立潮头"也是改革开放以来的"萧山精神"的概括和浓缩，那么请问您理解的"萧山精神"有哪些内容呢，您有什么具体的感受？

钟水根： 一个就是政策下来之后市容面貌整体有很大改观，道路建设、医疗卫生以及农村养老等方面都有很大提高。现在的农村都有家庭医生，医疗事业发展蒸蒸日上。勤恳的品质是萧山人肯定有的，在任何方面都要超过别人。

采访者： 进化镇和城市之间的差距是比较大的，近年来您在城市里做保安，对城市的感受也比较深，那么您对城乡之间在未来的发展过程中有怎样的感受，或者建议呢？

钟水根： 以后的农村和城里基本上是一样的，现在已经差不多了，因为现在每户人家的清洁卫生搞得比较好，农村现在每户人家都很注意清洁，没有很脏的人家。原先家里是水泥地不容易清洁干净，现在房子也新了，卫生设施也比较好。农村和城市都有净水器，这就相当于城乡之间饮水差不多了。城里人散步，农村人也在散步，休闲方式也在逐步趋同。但总体来看城乡之间还是有些差距的。

采访者： 您平时白天干完活，坐公交车去城里是吧？有直通的公交车吗？

钟水根： 有的，公交车就在村庄里面，交通很方便。我上班的话基本上每天来回，早上出来乘早班车上班，晚上下班再回去，一天两趟。现在交通比较方便，国家对我们老年人是比较好的，养老、医疗条件都很好，我们老年人乘公交车基本是免费的，我是半票，总之都还可以。

继往开来，走向世界：萧山对外经贸发展及其国际化历程

——魏大庆口述

采访者：陈鸿超　　　　　　　整理者：李永刚

采访时间：2018 年 8 月 24 日　　采访地点：萧山区政府办公室

口述者

魏大庆，1964 年 10 月生于江苏高淳，4 岁时到萧山。1993 年至 1999 年，他担任萧山市对外经济贸易合作局（以下简称外经贸局）外贸科副科长、科长；1999 年至 2000 年，担任萧山市外经贸局副局长；2000 年至 2001 年，担任萧山区（市）外经贸局党组成员、副局长；2001 年至 2003 年，担任萧山区政府办公室党组成员、副主任；2003 年至 2011 年，担任萧山区外经贸局党组副书记、局长等职；2011 年至 2015 年，先后担任萧山区发展和改革局党委书记、局长；2015 年至今，担任萧山区副区长。魏大庆是萧山发展对外贸易的重要参与者和目睹萧山走向世界、迈向国际化的重要见证人。

一　早期工作经历

采访者：魏区长，您好，很高兴您能接受我们的采访！我们通过资料看到，您在 1986 年参加工作以后，曾经陆续担任杭州市萧山区对外经济贸易委员会干部，萧山区外经贸局外贸科科长，萧山市外经贸局副局长，杭州市萧山区外经贸局党组副书记、局长、党组书记，萧山区发展和改革局党委书记、

局长和萧山区副区长等职务。改革开放以后，伴随着萧山经济快速发展，对外开放程度日趋加深，萧山也由当初一个很普通的城市逐渐走向世界，同国际接轨。您是萧山发展对外贸易的重要参与者和目睹萧山走向世界的见证人，我们希望您给我们谈谈萧山逐步走向世界的这段历史。首先请您先简单地介绍一下自己，包括出生年月、籍贯、学习经历及工作经历、社会履历等。

魏大庆：我出生在江苏南京的高淳，四岁到萧山，然后一直在萧山读书。因为父母的原因，他们在萧山，所以我就过来了。我父亲祖籍是江苏高淳。

采访者：我们了解到，您参加工作之后主要负责对外经济贸易的工作，在您做过的这些工作中，您觉得哪一任的工作在您的印象中是最深刻的？

魏大庆：我当时参加工作以后，因为我学的是化工机械，所以在一个叫萧山商业机械厂的地方工作了 5 年①，并且一直在工厂工作。后来我通过公开招考进入外经贸局，在外经贸局干了 20 年，其中有两年是在区政府办公室担任副主任。我印象最深刻的还是外经贸局的那一段工作。一方面，那个时候是整个萧山对外开放从开始到局部，然后走向辉煌的阶段，应该说我能够参与其中，并且能为此做出贡献，感到非常荣幸；另一方面，我也觉得确实是改革开放成就了萧山经济社会的发展。

采访者：您之前是在浙江工业大学读书，学的专业是和机械相关的，后来到了萧山商业机械厂做工人。那么后来您是基于什么原因想通过招考到对外经贸局工作的？

魏大庆：那个时候我到商业机械厂工作，因为我是学机械的。到了工厂以后，我做的是研究设计的工作。当时我们的工厂非常希望能够拓展对外贸易，然后我就是负责这项工作的。我一直在推动我们的产品出口，走向国际市场，我也由此开始对于对外贸易有了一点了解。后来有这个机会要经过招考到外经贸局的时候，我就下决心要报考这个岗位，结果很幸运地被录取了。

采访者：您从工业大学毕业之后就参加了工作。那么当时您为什么选择进入商业机械厂呢？是当时学校分配的还是您自己的意愿？

魏大庆：那时候我们是计划经济，就是毕业了以后，一定是要通过学校的统一分配才能够进入一个单位的。因此，当时也没什么选择，就被分配到

---

① 浙江省萧山商业机械厂，始建于 1958 年，1979 年中国的第一台和面机诞生于该厂，历经 50 多年的发展，已成为国内较大的食品机械专业生产厂家。

了商业机械厂。当时在我们商业机械厂，我是我们厂里的第二位大学毕业生。我们那个时候大学生的录取比例是 2.5%，相当难了。

采访者：1991 年，您成为萧山市对外经贸委员会的一名干部，一直到 1993 年 8 月结束。这两年期间您主要负责哪些工作呢？当时萧山对外经济贸易发展的状况怎么样呢？

魏大庆：我到了对外经贸局以后，那个时候还是萧山市对外经济贸易委员会，我主要负责的是外贸科的工作，外贸科的工作主要就是做外贸统计。那个时候都是工厂、企业供货给外贸公司，我们要统计一个出口交货值，我一直在外贸科做外贸统计的工作。当时都是手工统计的，每个外贸企业把他们的报表报给我们，然后我们一张一张地汇总。同时，我也兼任办公室的工作，那个时候就参与编撰一些材料，包括外经贸委的一些会议资料、领导讲话文稿、政策文件的起草工作等。实际上我在外贸科工作了好多年，就是这样一个情况。

二 20 世纪 90 年代初：对外经贸的起步阶段

采访者：1990 年，对外经济贸易在面临西方一些国家对我国实行经济制裁和国内市场疲软的情况下，由于坚持深化改革，进一步对外开放，仍取得了显著的成绩。1991 年，外向型经济继续保持较快的发展步伐。1992 年，萧山市委、市政府为加快全市外向型经济的发展，发布《关于加快发展外向型经济若干问题的暂行规定及五个办法》①，使全市对外经济贸易工作取得较大成绩。对此您是否还有印象？对外经济贸易工作发展有什么重要的影响？

魏大庆：萧山的对外开放始于 1986 年。1986 年的时候，萧山被列为国家对外开放的地区之一。然后在 1988 年，萧山有四家企业获得了进出口贸易权，这吹响了萧山对外贸易、对外开放的前奏曲。1985 年，萧山引进第一家外资企业；1988 年，四家企业获得了自营进出口权，它们分别是：萧山进出口公司、萧山钱江啤酒厂、萧山五金工具厂和萧山弹簧垫圈厂。当时绝大多数的企业是通过进出口公司间接出口的，实际上在那个时候外贸公司的数量还是比较少的。

---

① 具体参见浙江省萧山市地方志编撰委员会办公室编《萧山年鉴 1993》，北京师范大学出版社，1994，第 320 页，"重要文件辑录"中市委〔1991〕39 号文件。

我到外经贸局以后，一方面在外贸科工作，另一方面也在办公室从事一些文字资料的编写工作。1992 年的时候，当时的萧山市委、市政府在萧山与苏南的比较中发现了一些问题。什么问题呢？当时实际上改革开放以后，萧山跟苏南之间的差距不是很大，起步也差不多。但是 1990 年以后，差距在逐步拉大。那么市委、市政府就专门组织了一次到苏南的考察学习，当时我们就发现萧山和苏南之间的最大差距就是在对外开放这一块。萧山的对外开放、对外贸易、引进外资水平等与昆山、江阴比较，包括与张家港比较，差距都还是非常大的。因此，回来以后，我们就专门起草了一个暂行规定，就是《关于加快发展外向型经济若干问题的暂行规定及五个办法》。这个办法是由我们区（市）委办、区（市）政研室牵头外经贸局制定的，我当时也参与起草了这个文件。可以说当时也掀起了我们萧山对外经贸发展的一轮高潮。

采访者： 跟苏南比较，萧山如果发展对外经贸的话，当时您觉得有什么优势？跟苏南的差距在哪里？

魏大庆： 萧山当时因为原来发展乡镇经济，工业基础还是比较好的。但是，萧山的外贸出口的比例是比较低的，特别是我们的自营进出口。所以我们当时就有几个想法。一方面，要扩大外贸，推动企业扩大出口，但是当时的出口更多地是通过外贸公司。1993 年的时候，万向集团获得了进出口经营权，也拉开了他们外贸出口的这个序幕。另一方面，我们那个时候也在积极引进外资。1993 年，萧山经济技术开发区获得国家批准成立国家级经济技术开发区，这个对引进外资也起到了非常重大的推动作用。当时，萧山应该说还是重点在外贸出口、引进外资上发力，希望能够在扩大对外开放、发展开放型经济方面取得更大的发展。

采访者： 1991 年 3 月，市政府下发《关于对鼓励企业出口创汇的若干规定的补充意见》[①]，对"三资"企业、出口创汇企业和积极发展对外贸易的企业等设立多项奖励。政府实施的鼓励措施取得了哪些效果？

---

① 市政府决定增设新出口创汇企业奖、开发新出口产品奖、先进"三资"企业奖和企业主管部门完成出口计划奖、超出口计划奖和新办"三资"企业奖。奖金从市长奖励基金中列支。同时，完善激励机制，对引进对外贸易和对外经济技术合作项目设立引荐奖；对镇乡设立外向型经济"金龙杯"奖；出口创汇企业"标兵奖"；对有出口创汇的主管局、镇乡和企业设立增长速度奖；对机关设立外向型经济服务奖。具体参见浙江省萧山市地方志编撰委员会办公室编《萧山年鉴 1992》，成都科技大学出版社，1994，第 303 页，"重要文件辑录"中萧政〔1991〕15 号文件。

魏大庆: 就对外贸易方面而言,政府工作中很重要的一项内容就是要营造氛围、引导企业的发展。因为当时我们觉得萧山在对外经贸方面,与其他城市相比还有不小的差距。所以我们出台了一些政策,召开了一些会议,加大了考核的力度,这都是为了调动各方面的积极性。包括企业的,包括干部的,还包括群众的。激发他们从事对外经贸工作的热情,以及提高他们对开放型经济发展的认识。那么在这个过程中应该说有一批企业也慢慢开始认识到外贸出口占领国外市场对他们的企业发展的重要意义。

当时我们搞外贸出口大都是通过我们设立一些奖项,采取一些优惠扶持的政策,包括制定一些考核激励的办法,然后与每家企业沟通,给他们提供一些帮助和指导。我们还会召开一些培训班,通过各种各样的方式来提高他们参与对外经贸工作的热情。因为我们觉得,对于当时萧山企业的发展,迫切需要有一个认识。例如,这个企业家认识到这个问题了,他的观念转变了,那么他就会自觉地投入这项工作,后来就慢慢会加速转变观念,解放思想。但是对于当时的企业来说,转变观念是最困难的。从1991年开始,我们把这项工作作为我们最重要的内容。

采访者: 当时有没有一个比较具体的事例,如跟企业在沟通当中有没有什么具体的事例,说服他们转变观念。

魏大庆: 刚才我也说到了,实际上我印象很深的是在1988年我们有四家企业获得了进出口经营权,到1993年万向集团又获得了进出口经营权。这个经营权当时是要报到省外经贸厅,然后再报到国家外经贸部才正式得到批准的,申报工作也是主要由我们外贸科负责的。那当时呢,万向集团在1993年以后才开始慢慢实现了从出口供货向自营出口的转变,开始真正走向国际市场。

采访者: 据统计,1992年前后,是萧山市对外经济贸易快速发展的时期,"三资"企业也是发展迅速①。请您谈谈这一时期对外经济贸易的具体情况是怎样的,"三资"企业的建立经历了哪些挑战?

---

① 1992年,全社会外贸出口交货值12.67亿元,比上年增长50.4%。萧山市新批准"三资"企业106家。到1992年底,全市累计已批准"三资"企业141家。1993年,全市全社会外贸出口交货值达21.08亿元,比上年增长66.3%,新批准"三资"企业167家,累计达308家。具体参见浙江省萧山市地方志编撰委员会编《萧山年鉴1994》,浙江大学出版社,1996,第301~307页,"重要文献和文件辑录"中"萧山市人民政府工作报告(摘要)"。

魏大庆：这个对外贸易，我刚才也提到了，关键是要转变企业的观念，然后要推动企业来扩大出口。那么三资企业呢，更多的是对政府的一种考验。我记得很清楚，我们当时招引的企业主要是以中国台湾、日本企业为主。当时最大的挑战就是缺少人才，1990年前后，政府公开招聘了一批人员进入萧山经济技术开发区，包括萧山对外经济贸易委员会，有一些人才来从事这些专业的工作。这个呢，为今后的招商引资、外贸出口奠定了一个很好的基础。

采访者：1992年9月，在萧山发生了中国乡镇企业首桩涉外反倾销案①。美国最大的弹簧垫圈生产商伊利诺伊工具公司防震工业品分公司向美国商务部和美国国际贸易委员会起诉，控告中国境内11家外贸公司和企业。相关报道在《杭州日报》《中国商报》《法制日报》上发表后，引起国内法律、外贸部门的强烈反响。您对这一事件是否有印象？当时是不是还有很多类似的事件？

魏大庆：这是萧山对外贸易起步阶段一件很大的事情，当时我也刚进外经贸局不久。实际上在中国对外贸易史上，当时碰到的类似的事情也不多，也不是很频繁。当时美国商务部提起反倾销诉讼以后，这件事情也惊动了中国的外经贸部，外经贸部专门派人到我们的工厂来指导我们的应诉工作。当时的情况是这样的，在原来的时候，美国的一些反倾销调查或者设置的一些贸易壁垒，中国都是不反对的，但是这一次，我们的弹簧垫圈厂是第一个牵头发起了应诉的。然后针对美国对我们提出的这些指责，我们采取了很多应诉的办法，并且在美国聘请了专门的律师。当时商务部也专门派人来接待美国代表团的人，我也参与了接待。我还记得当时他们来的时候，就连喝的水都是自己带来的，我们那个时候不知道有矿泉水。

当时给我们弹簧垫圈厂做美国代理的律师说的是一口蹩脚的英语，当时他还在美国留学，也是刚刚改革开放以后才出去的。这件事情实际上对我们的震动还是比较大的，让我们感到外贸出口不是那么简单的，而且这件事情

---

① 1992年9月，美国最大的弹簧垫圈生产商伊利诺伊工具公司防震工业品分公司向美国商务部和美国国际贸易委员会起诉，控告中国境内11家外贸公司和企业"以低于公平合理的价格在美国倾销，给美国工业造成了实质性损害"，要求对这些企业征收高达128.63%的反倾销税。在境内10家国有贸易公司不愿应诉的情况下，杭州弹簧垫圈厂独家奋起应诉。当时的《萧山报》跟踪采访并连续报道了这起中国乡镇企业首桩涉外反倾销案。具体参见杭州市萧山区人民政府地方志办公室编《萧山市志》（第二册），浙江人民出版社，2013，第1191～1194页。

对弹簧垫圈厂也是一次重大的考验，它为此付出了巨大的经济代价。但是最后，它还是获得了一个比较合理的关税税率，这也保证了它能够继续向美国出口，并且维持了在弹簧垫圈领域它是主要出口企业的地位，对它来说还是一个很不容易的事情。

采访者：不过后来随着中国的国力增强，这种贸易摩擦越来越多。例如，现在中美之间正在进行一场史无前例的大规模贸易摩擦。对于美国单方面设置贸易壁垒，萧山出口也面临很大的压力，政府给予了怎样的一个指导呢？

魏大庆：现在发生的这种中美贸易摩擦和以前的那个事情还是有很大差别的。当时中国外贸实际上还是刚刚处于起步阶段。美国指责我们是因为计划经济体制，所以对我们各种商品发起反倾销。但绝大多数是一些企业行为，它对单个企业、单个行业，或者对某些产品发起反倾销。

现在，因为改革开放40年以后，中国的国力大增，现在美国对中国这种贸易摩擦实际上是一种国家行为。美国的目的是遏制中国的崛起，阻碍中国的发展。现在的应对措施跟以前的应对措施就完全不一样，我们应该更加团结。包括企业也好，政府也好，行业也好，老百姓也好，我们应该从更深的层次推动我们的改革开放，提升我们的发展水平，加快我们的转型升级，实现中华民族的崛起。

那个时候仅仅是一个企业怎么谋求生存的问题，现在则事关我们整个国家发展的发展战略，当然不可同日而语。但是呢，我觉得在经济发展到这么一个阶段以后，我们应该有更长远的战略，有更深层次的思考，同时我们也要有一些更精准明确的应对举措。

采访者：1992年萧山出口生产企业粗具规模，萧山自营出口企业在萧山经济发展过程中扮演着重要角色①，成为这一时期中国企业的标杆，也成为萧山人的骄傲。萧山的自营出口企业相较于收购出口等其他企业有什么优势？能否谈谈有哪些企业给您留下了深刻的印象？这其中有哪些令人印象深

---

① 1992年，萧山出口生产企业粗具规模，全市已有稳定的出口生产企业219家。其中出口额超千万元的企业增加到30家。1993年，萧山自营出口进一步扩大，在原有萧山进出口公司、杭州弹簧垫圈厂、浙江万达集团公司、浙江万向集团公司四家自营出口企业的基础上，又新批准萧山花边总厂、浙江凯星制衣公司、浙江工艺鞋厂、杭州柴油机总厂、杭州减速机厂五家企业正式获得自营进出口权。全市自营进出口企业累计达9家。具体参见浙江省萧山市地方志编撰委员会编《萧山年鉴1994》，浙江大学出版社，1996，第131页。

刻的故事？

魏大庆：你说 1992 年萧山出口生产企业粗具规模，实际上 1992 年这些企业还是处于一个步入比较正常轨道的阶段。原来的萧山的出口绝大多数还是靠外贸，叫作出口交货值，通过外贸公司间接出口。1988 年我们有四家企业获得了进出口经营权。按照我的记忆，获得进出口经营权的四家企业有萧山进出口公司、弹簧垫圈厂、万达集团公司，还有一家叫钱江啤酒厂，就是现在我们萧山的华润啤酒，这么四家。然后在 1993 年的时候万向集团又获得了进出口经营权，万向集团不是第一批获得进出口经营权的。

在 1994 年到 1995 年的时候，萧山率先推动企业实现从外贸出口交货向自营出口转变，这是一件很有意义的事情。当时省外经贸厅对我们很支持，进出口经营权的审批都是在外经贸部，因此，我们从 1994 年开始一直在推动企业自营出口，我们政府的一项非常重要的工作就是帮助企业争取进出口经营权。同时，我们也在不断地帮助企业开展进出口业务。我们那个时候帮助企业引进人才、培训人才，并开展一些培训，帮企业开展一些海外外贸的实务，每年都要邀请海关、商检、外管、国税，还有商会等。开展的实务包括海关商检的实务，银行的结算，外汇的管理，出口退税等业务工作，我也经常去给他们上课。那个时候就是萧山自营进出口起步的阶段，也是一个大发展的过程。这也奠定了萧山对外贸易快速发展的非常重要的基础。

那个时候像万向集团做了自营出口以后，鲁冠球先生就开始确立了"1/3的主机市场，1/3 的配套市场，1/3 的国际市场"的这么一个产品销售的总体布局。我还记得我们的萧山花边厂，当时是我们二轻的一家公司，它当时做自营出口实际上也非常艰难。当时做自营出口，主要还是靠一些广交会，出口参展也是一种重要的渠道，但是还是很少。

我们萧山当时有个花边厂，厂长叫赵建忠，他就跟我谈起他发展自营出口期间的一个很有趣的故事。他说，有一次他们厂里面突然来了一个老外，这个老外个子很高大，长得比较壮实。这个老外路过他厂的时候，突然想要上洗手间。因为其他的地方没有什么洗手间，就花边厂里面有抽水马桶，其他的地方都是那种蹲坑，老外在蹲坑上厕所就是拉不出来，所以就让他到这个花边厂使用抽水马桶，然后给他提供一些服务。然后这个人就帮助他们花边厂一起发展出口，它的出口之路，就由此开始拓宽。这个故事说明了什么呢？就说明在那个时候，外贸出口对我们的企业来说有很多偶然因素。

因为当时我是从 1995 年开始带队到国际市场去参展，我当时第一次是到俄罗斯、波兰去参展，后来我们到美国、欧洲、日本，包括南美洲参展。一开始我们是拓展主流市场，后来慢慢地拓展新兴市场。当时外经贸部提出了两个战略。第一个是以质取胜，就是要重视质量；第二个就是市场多元化战略。以质取胜就是要加强管理，提升技术。因为市场多元化战略就是要在巩固主流市场的基础上，拓展新兴市场，所以当时实际上我们也做了大量的工作。

萧山在外贸出口的政策方面，一开始是对企业评奖，出口多就给奖励。后来我们就鼓励企业去参展，你去参展，我们就补贴你，鼓励企业去参加各种各样的展览，因为这个是拓展外贸渠道的最有效的方法。直到 1997 年、1998 年的时候政府开始正式组团参加广交会。特别是在加入 WTO 以后，萧山掀起了新一轮的扩大出口引进外资的高潮。

采访者：那您刚才说到，您有多次带团出去做推广贸易的经历。在出访的这么多国家当中，您觉得哪一次令您印象最深刻？

魏大庆：那当然是第一次出去的时候印象最深刻。我记得当时我们第一次出去做推广贸易，第一站是到波兰去参加一个展览。为什么当时会去波兰呢？因为那个时候这个展览都是商务部组织的，商务部要我们拓展德国和东欧市场，那个展览是在波兰。当时我们从莫斯科转机飞到华沙的时候下飞机，看到唯一熟悉的东西就是 Panasonic①，就看到日本的这个很大的商标在霓虹灯中闪烁，其他所有的东西都是陌生的，没有中国的文字，没有中国的建筑，甚至连黄种人都没有，最熟悉的就是 Panasonic。所以当时我们印象非常深刻，就是说什么都是陌生的，什么都是新鲜的。当时我也带了一批企业去参展，应该说我们的出口之旅就是这么一步一步向前推进的。

采访者：萧山被列入沿海经济开放区之后，大量的日资、美资、德资及台资企业等纷至沓来。萧山还成为台商心仪的大陆十大投资城市之首②。在成为沿海经济开放区后的第六年，外商已经开始青睐萧山这片富饶而有活力

---

① Panasonic，松下电器产业株式会社，创建于 1918 年，创始人是被誉为"经营之神"的松下幸之助先生。其创立之初是由 3 人组成的小作坊，其中之一是后来三洋的创始人井植岁男先生。经过几代人的努力，如今已经成为世界著名的国际综合性电子技术企业集团，并在世界各国开展事业活动。

② 具体参见袁凤东编《再次突破国家新划一百四十个市县为沿海开放区》，长春：吉林出版集团有限责任公司，2011，第 18~25 页。

的热土。我们之前查过很多资料，包括《人民日报》《萧山市志》，还有档案馆的资料等。当时大力宣传的萧山作为投资方的乐土，吸引了不少的外商投资。例如，比较有代表性的友成模具①。实际上当时很多报道都是用"起步晚、发展快"来概括萧山对外贸易发展的一个趋势。您觉得萧山能够吸引这么多外资企业，它有哪些优势呢？

魏大庆：发展外资方面，实际上最重要的还是交通因素。另外，它主要还有一些乡情因素，有一些萧山籍的外商来投资，或者跟萧山及相关的一些人员来投资，它有一个地缘亲情在里面。当然了，也有一些其他的因素。

当时我们萧山吸引外资的主要的目标是中国香港、中国台湾和日本，这是我们的主要方向。我们也专门在开发区里面建立了台资企业园、日资企业园。然后也有像日商岩井，像台湾的机器工会，建立了一批招商引资的代理机构。当时，我们二轻总公司派了一批员工到日本去学习，叫日本研修生，一方面是去学习日语，另一方面是去学习他们的技术。我们有一批研修生去了日本以后，有一些人回来后走上了领导岗位。这个研修生队伍里面回来的有一个萧山人，他先做企业，后来做到二轻总公司总经理、国营总公司总经理，他叫高继胜，现在是上市公司莱茵置业的董事长。他到日本以后，也成了我们招商引资的一个重要力量，他邀请增田胜年先生到萧山来考察。

当时，一方面，毕竟萧山的区位交通优势还是有的。萧山的制造业开始起步，当时萧山已经有了机械制造、汽车零部件及化纤纺织等这样一些基础的产业。因此，增田胜年先生就在萧山设立了第一家日资企业，这是地理位置的因素。另一方面，无论是招商引资也好，外贸出口也好，当时政府的推动也是非常重要的。那个时候我很清楚，当时书记、市长花很多的精力去招商引资，接待客人，跟他们洽谈项目。当时我们的书记和局长就非常重视招商引资，萧山经济技术开发区成立的时候，外经贸委的主任是由我们萧山市的一个副市长兼任的，副主任是由常务副市长兼任的，由此也可见市委、市政府对于对外经贸的重视。市委、市政府当时的一项很重要的工作，就是吸引外资和推动外贸出口。因为我们当时意识到了一个很重要的问题，那就是

---

① 浙江友成塑料模具有限公司是日本友成机工株式会社于1992年在萧山经济技术开发区设立的，占地26亩（1亩＝666.67平方米），专业从事注塑模具设计、制造和注塑件加工的独资企业。为满足业务日益增长的需要，2001年公司又购置了82亩土地，以扩大生产规模。

我们觉得萧山和苏南之间存在的差距。就是因为意识到了萧山开放的不足，所以从 1992 年开始，萧山开始加大力度发展开放性经济，这也为今后的发展奠定了一个很好的基础。

三 20世纪90年代中后期：对外经贸的高速发展阶段

采访者：20 世纪 90 年代中后期，萧山以对外贸易体制改革为契机，加快发展对外贸易。这一时期，为了发展对外贸易，萧山政府进行了哪些大胆的、有益的尝试？效果如何？

魏大庆：我自己的感受就是，我们萧山发展外贸出口的一个非常重要的转机，就是我们比其他的地区更早地推动企业获得进出口经营权。原来是出口交货，后来是自营出口。实际上在 20 世纪 90 年代后期，我们的自营出口企业的规模迅速扩大，同时，我们也在积极地为企业自营出口创造良好的条件。刚才也说到了，我们不光是在做人才引进和业务指导，包括一些政策扶持，一些工作举措上的推动，还包括推动企业去参加各种展览会。像我们萧山这样的县一级的地区组团参加广交会，在全省肯定是第一个。当然，我们是杭州的一个分团，当时杭州单独成立了一个广交会参展团，而我们则被作为杭州的一个单列计划，然后让我们独立组团去参加广交会。这也给我们创造了一个很好的条件。

采访者：1994 年，我国政府开始了以汇率并轨为核心内容的新一轮对外贸易体制改革[①]，促进对外和对港澳台经济贸易事业的蓬勃发展，自营出口有了新发展，外贸出口保持快速增长，萧山进入了对外贸易高速发展的阶段。此次对外贸易体制改革的内容是什么？取得了哪些阶段性成果？请谈一谈。

魏大庆：因为原来汇率都是双轨制，每次出口，会给你外汇流程，所以当时外贸出口它可以说是不计成本，没有成本核算这个概念。汇率并轨以后，也就是实行单一汇率以后，它最大的一个改革就是让企业以盈利为目的。原来仅仅是考核你的出口创汇的数据，但后来则要考核你既要创汇，更要讲效益。原来外汇出口都是国家补贴，改革之后，企业的自主经营、自负

---

① 具体参见杭州市萧山区人民政府地方志办公室编《萧山市志》（第二册），浙江人民出版社，2013，第 1182 页。

盈亏的这种意识就大大增强了。这也使得有更多的乡镇企业、民营企业进入出口的行列。

原来的出口贸易是双轨制，是不讲盈利的，那些民营企业就没有办法进来，因为基本靠国家补贴。当时我们出口最大的就是萧山进出口公司，它是一个国有企业。那么并轨以后，我们就开始鼓励更多的民营企业加入外贸出口这个行列，这也使得外贸的自营进出口成为一种主流。因为原来双轨制的时候，如果你要做外贸出口，你就要把货交给外贸公司，外贸公司是不计成本地在出口，外贸公司只要有换汇就可以。后来讲效益以后，如果你的成本太高，外贸公司就不收你的了，那就只能自己去拓展市场，去扩大出口，去开展以效益为中心的市场经济的行为。

采访者： 1997 年，受东南亚金融危机的影响，出口企业一度出现外商及港澳台商压价和转移订单的情况。1998 年 5 月，面对东南亚金融危机对萧山出口贸易的影响，市政府印发《关于鼓励扩大外贸出口的若干意见》（萧政〔1998〕4 号)①。实际上除了 1998 年这次危机之外，还有 2008 年美国次贷危机。这两次金融危机，产生了哪些影响？面对困境，政府和出口企业分别是如何应对的？

魏大庆： 1997 年的金融危机对我们出口的影响还是非常大的，这个我也有很深的印象。当时金融危机出现以后，当时的国务院总理朱镕基就做了一个很重要的决定，就是人民币不贬值。当时金融危机爆发，就是新兴国家的汇率崩溃以后，萧山的外贸出口的成本急剧上升。那么，一般采取的应对措施是什么呢？就是通过人民币贬值来扩大出口从而降低成本。但是当时朱镕基总理从各方的因素考虑，最后明确表态：人民币不贬值。这个举措对我们的企业是一个巨大的考验，因为受到汇率变化的影响，产品的成本肯定就会急剧的上升，出口的难度会增加。因为当时一些东南亚新兴国家的汇率大幅贬值以后，这些国家的企业的成本在下降，那么这时候有些外商就因此开始压价，这个对我们的影响非常大。那么在这个时候，应该说政府还是采取了一些非常有力的措施，主要是对外贸出口的一些产品，包括对一些集会、出口参展等给予补贴。我们也出台了一系列的政策支持企业，千方百计地帮助企业降低成本，渡过难关。

---

① 具体参见浙江省萧山市地方志编撰委员会编《萧山年鉴1999》，浙江古籍出版社，1999，第 104 ~ 105 页。

我很清晰地记得当时发生了一个事件，按当时外贸的惯例，如果这个合约签订了以后，你绝对不能因为成本的变化而爽约。如果不履约，从短期来看你是省了点钱，但是从长远来看你就失去了这个客户。失去了客户，失去了信用，就等于失去了市场，那么如果后期再想把这个客户找回来，想要把这个市场拿回来，就难上加难了。因此，我们那个时候确实很艰难。1997年金融危机以后，很多企业都抱怨说这个成本根本就没办法做，但是还是有很多企业坚持下来了。这一轮洗牌后，应该说有一批企业退出了出口市场，但是有更多的企业因为坚持而实现了更大的发展。

采访者：那么2008年发生的那次金融危机，又是怎样的一个情况，您有印象吗？

魏大庆：2008年的金融危机，对我们来说是一个更加突然的情况。实际上美国在2008年发生次贷危机以后，它的影响真正传到中国大陆，在2009年和2010年的那个时候。当时主要是国外的这种资金流动性衰竭对金融市场产生了巨大影响。当时受影响最大的是一些早期参与国际期货市场的企业，包括一些做金融交易的企业，对它们的影响最大。那个时候，我们有一家很大的以做PTA①为主的化纤企业就是在这个时候开始资金链断裂的，然后这个企业就开始迅速地走向衰落，最后破产。

我个人觉得，实际上正是因为2008年的时候，人民币还不能自由兑换，所以保障了我们一些外贸企业的权益。当时人民币如果能自由兑换，那风险就非常大了。实际上1997年金融危机以后，我们也参加过很多培训，我们也到上海、北京去参加过培训。朱镕基总理在1997年金融危机以后，就多次提出，中国以后要参与国际竞争。当时有几个基本的原则，其中一个原则就是我们赚来的外汇，还是应该被用于到美国投资。我们要去购买美国的国债，那是最安全的，虽然利率也是最低的。因此，这也是我们躲过了2008年金融危机的一个非常重要的原因。但是我们还是损失了很多钱，包括美国房地产公司的倒闭，对我们的影响很大。当时朱镕基也提出来，中国的人民币国际化还有一段漫长的路要走，要慢慢走。实际上到现在这个事情对我们来说还是一个很大的教训。中国实际上参与国际竞争的这种实力也好，能力也好，

---

① PTA是重要的大宗有机原料之一，广泛用于化学纤维、轻工、电子、建筑等国民经济的各个方面。该产品是生产涤纶的主要原料，它可直接与乙二醇酯化缩聚得到聚酯，还能制成工程聚酯塑料，还可作增塑剂的原料和染料中间体。

水平也好，与发达国家相比都还有很大的差距，因为这个金融市场实在是太复杂了，瞬息万变。1998年以后，危机对我们的出口企业好像影响不是很大，我们只有几家企业倒闭。但是2008年以后，中国放了4万亿元的贷款，导致新一轮的通货膨胀①。特别是到了2012年以后，资产价格增值，最后导致萧山的资金链风险剧增，使我们萧山陷入了一个非常艰难的境地。可以说，2008年的金融危机，到2012年才真正体现出来。因为当时4万亿元贷款发放以后，货币流动性非常宽松，很多银行就鼓励企业贷款。有些企业就不切实际地贷了很多款，贷了款以后没地方去投，或者盲目地投资，或者进行一些不恰当的经营行为。然后银根稍有变化，就开始出现资金链的风险，并且牵连到一些担保企业，因为很多企业都是靠信用贷款的，所以这个教训还是非常深刻的。

采访者：在吸取这个教训之后，现在是怎么防范风险的？

魏大庆：这个呢，现在是这样的。因为金融行为更多地还是一个市场化的行为。通过这一次金融危机以后，金融机构也好，企业也好，都在吸取教训。我们更多地就是要鼓励企业，脚踏实地从事一些实体经济。做制造就好好做制造，做贸易就好好做贸易，千万不要去过度地投资，或者是突然去做房地产行业，或者是去重做其他的行业。同时，我们也去规范一些贷款的行为。原来我们贷款更多的是一种信用贷款的行为，现在，一些企业更多的是通过抵押来贷款。或者是对企业的质量，对贷款的质量更加重视。因此，从银行也好，从企业也好，从政府也好，我们防范金融风险的做法就是增强意识，增多方法，而且这个效果也比较明显。萧山从2012年开始出现两链风险，到2015年、2016年逐步平稳。2017年，应该说进入了大规模处置的阶段，现在虽然还有一些问题，但是总体局面还是平稳的。

采访者：萧山出口商品的种类和结构在不同时期有不同的变化②。20世

---

① 2008年9月，国际金融危机全面爆发后，中国经济增速快速回落，出口出现负增长，大批农民工返乡，经济面临硬着陆的风险。为了应对这种危局，中国政府于2008年11月推出了进一步扩大内需、促进经济平稳较快增长的十项措施。初步匡算，实施这十大措施，到2010年底约需投资4万亿元。

② 20世纪80年代初，萧山新增的出口商品有工艺鞋、美术瓷、汽车万向节十字轴总成、氟硅酸钠、氯化锌、菜籽饼、鲜冬笋、速冻蔬菜等商品。到了90年代，出口商品种类增多，交货值也得到提升，1994年至2000年，出口额超5000万元的有文化衫、工艺鞋、节日灯、棉布服装、花色钳、扬声器、万向节、咸黄瓜、工艺首饰品、弹簧垫圈、钢家具、羽绒服装、抽纱品、防滑锺和皮衣等。具体参见杭州市萧山区人民政府地方志办公室编《萧山市志》（第二册），浙江人民出版社，2013，第1189~1190页。

纪 80～90 年代和 21 世纪初，每个时期都会发生变化。您觉得改革开放以来，萧山出口商品的种类和结构有哪些变化？

魏大庆：这和产业结构的转型和产业的转移有很大的关系。例如，出口到日本的鳗鱼苗，是早期萧山最大的出口产品。然后，出口产品慢慢就是以农产品为主了，如萧山的萝卜、胡瓜、冬笋等农产品。那么到了 90 年代以后，更多的工业产品进入了出口的这个行列。萧山一开始还是以手工业品为主，像萧山的花边，萧山的一些文化衫等，以劳动密集型产品为主。那么慢慢地就开始形成像汽车零部件，如万向节、防滑链、五金工具等这些机械产品。但是萧山这么多年的外贸出口的发展，虽然它的出口产品的结构有了很大的变化，由劳动密集型逐步向资本密集型转变，但是离技术密集型还有很长的路要走。

采访者：我们了解到，为了使商品出口市场扩大，萧山多次举行和参加境内外举办的产品展销会，产品销往日本、美国、英国、法国等 50 余个国家和中国香港。后来随着出口商品种类增多，出口市场也进一步得到拓展。能否谈谈萧山的出口商品及出口市场的发展历程？

魏大庆：是这样的，当时我们外贸出口起步的时候主要是去日本、中国香港、东南亚等比较近的地方，我们叫近洋贸易。然后，到了 20 世纪 90 年代末期的时候，我们开始拓展欧美贸易，就是远洋贸易。当时也涉及欧美市场，欧美市场一度成为我们的一个重要的市场。同时，我们也开始意识到要积极地实施市场多元化的战略。当然，那时候商务部、省市一些部门也给了我们很多指导。我们开拓了包括俄罗斯、东欧、南美的市场，到现在已经形成了拥有一百个国家左右的市场，涵盖了亚洲、欧洲、美洲、拉丁美洲、大洋洲，几乎覆盖了所有区域的国家和地区。应该说我们采取了市场多元化战略，实际上对外贸出口还是有非常重要的借鉴意义的。如果太集中于美国市场的话，那么我们现在的压力会更大。

采访者：外贸依存度是指一定时期内进出口贸易值与该地同时期国民经济生产总值之比，是衡量一地经济发展对进出口贸易的依赖程度。截至 2000 年末，萧山经济外贸依存度为 44.60%，略逊于广东、江苏等省的沿海经济发达县（市）[①]。对外和对港澳台经济贸易的发展是萧山改革开放的标志和成

---

① 具体参见杭州市萧山区人民政府地方志办公室编《萧山市志》（第二册），浙江人民出版社，2013，第 1182 页。

果之一，也是今后支持萧山经济发展的一个重要方面。萧山经济的外贸依存度反映出哪些问题？对于萧山经济发展有什么重要意义？

魏大庆： 关于这个外贸依存度，当时经我们研究，发现广东和江苏特别是苏南地区，它们的外贸依存度还是比较高的。当时有一个比例，好像是60%~70%，比例还是挺高的。它们有出口依存度、进口依存度，还有进出口依存度，有好多数字，我们也做过演算。但是，后来我们也有一个基本的原则，就是说这个外贸出口到底在整个工业经济里面占的比例是多少为好？我们觉得大概在1/3，可能对我们整个外贸出口，对整个经济的稳定还是很有帮助的。但萧山外贸出口在整个工业经济里面占的比重大概只有18%~25%，也就是1/5左右。实际上还是没有达到，但是我觉得这个也不是最主要的。外贸出口最主要的目的就是拓展市场。我们有更多的机会来利用国内外两个市场。开拓市场也好，利用国内外的这种资源也好，资金也好，技术也好，让我们的企业开阔眼界，是一种双向的交流。最关键的我们还是希望能够提升我们自己的发展水平和实力。

到后来外贸出口完全不是赚一些外汇这么简单，更多的是通过外贸出口能够引进一些技术，引进一些管理，引进一些先进的理念，也包括外资。我觉得这个可能是我们对外开放的一个最重要的目的。一开始可能是为了钱，为了赚一点钱，拓展一些市场。但是到了后来，我觉得还是怎么样通过利用国外的一些资源，来提升和壮大我们自身的实力。

采访者： 我们了解到，在萧山发展对外和港澳台经济贸易的过程中，也曾经利用间接投资的方式，主要包括加工贸易、补偿贸易和对外借款三种方式[①]。您能否详细谈一下这三种方式分别包括哪些内容？都有哪些代表性企业？最终取得的效果如何？

魏大庆： 当时的加工贸易也好，补偿贸易也好，我们叫"三来一补"[②]，

---

① 具体参见杭州市萧山区人民政府地方志办公室编《萧山市志》（第二册），浙江人民出版社，2013，第1183~1184页。

② "三来一补"是"来料加工""来料装配""来样加工""补偿贸易"的简称。来料加工指外商提供原材料，委托我方工厂加工成为成品。产品归外商所有，我方按合同收取工本费。确定工本费时，需要考虑国内的收费标准、自身的成本、国际上的价格水平、委托银行收款的手续费，以及是否支付运费和保险费。来料加工应规定制成率，用料定额包干。如果外商同时提供了生产设备，其价款从工本费中扣除。来料装配指外商提供零部件和元器件，并提供必需的机器设备、仪器、工具和有关技术，由我方工厂组装为成品。具体参见何盛明编《财经大辞典》，中国财政经济出版社，1990。

是"来料加工""来料装配""来样加工""补偿贸易"的简称。这种贸易方式呢，当时主要是从广东开始的。深圳开埠以后，也是深圳和香港之间的贸易方式。通过"三来一补"，利用国外的原料，利用国外的资金，利用国外的市场。通过在国内加工，利用廉价劳动力或者廉价资源，加工以后返出口。然后我们通过这种补偿的方式，用资金或者是用资源补偿的方式来扩大贸易。这种方式实际上在起步阶段发挥了一些作用。我记得当时萧山一开始"三来一补"还是有一定规模的，但是它肯定不是我们萧山外贸出口的主流，它主要是在广东、深圳的那些香港、台湾的企业比较多。萧山虽然也是两头在外，原料在外，市场在外，但是我们更多的还是通过来料加工成产品以后，经销出口，这个还是我们的主流。

采访者： 萧山的外资企业经历了一段较长的、较为曲折的发展之路①。萧山企业在利用外资的过程中取得了哪些成就？萧山在利用外资中是否也存在问题？

魏大庆： 从总的方向来说，当时实际上我们希望通过利用外资来吸引一些国际的资金，能够引进国外的一些技术，就是弥补我们包括资源也好，资金也好，技术也好，以及管理的不足，来提升我们自己发展的水平。当时我们有一句很重要的话，叫以市场换技术。就是引进外资，让出一部分市场，然后把国外的技术吸收过来。但是，这个事情真正做到后来难度还是非常大的。

我也记得我们萧山外资走过的历程。当时我们觉得外资很重要，需要引进外资，确实也引进了一些日本的、中国台湾的很好的企业，包括当时日本的十大株式会社。还有几个香港知名的企业、台湾一些知名的企业也在我们萧山落户。但是，政府的工作有它的目标，肯定也有考核。考核的问题和指标的因素，也造成了一些问题，导致会有一些虚假出资，有一些名义上说是合资，实际上是一种固定回报，这种情况也时有发生。但是总体来说，我觉得萧山利用外资的主流还是好的。萧山在整个引进外资的过程中，一些优秀

---

① 从1984年起，萧山开始利用外资和港澳台资，利用外资的主要方式是吸收外商直接投资，创办"三资"企业；进行加工贸易、补偿贸易和对外借款等间接投资。1994年后，萧山有产品出口意向的企业已基本实现与外商合资或合作，使新批外商投资企业减少，但新批外商投资企业规模扩大，增资的"三资"企业数量增加；2000年，随着萧山工业企业的发展，新批外商投资企业数量开始回升。具体参见杭州市萧山区人民政府地方志办公室编《萧山市志》（第二册），浙江人民出版社，2013，第1196~1205页。

的企业，像日本的友成模具有限公司，台湾的友佳机床，包括一些像德国的CFO，美国的GE（General Electric Company，美国通用电气公司）①。这些公司到萧山，对我们整个制造业的提升还是发挥了很重要的作用。

现在从我们自己来看，我们在2008年到2012年的两链风险中，那些外资企业相对来说还是比较稳定的。也有一些外资企业把它们的中国总部都放在萧山安排，这个也对我们萧山整个市场的提升起到了很好的作用。当然对于萧山利用外资，我们自己感觉这个也有利有弊。我们经常跟苏南比较，就是苏南的模式，它们就是靠外资发展起来的。萧山的主流还是我们的民营企业。但是从现在的情况来看，民营企业是地瓜经济，就是说它真正是生根萧山的。在不断壮大以后，不管它到哪里发展，总部始终在萧山。那么它就为萧山的长远发展奠定了良好的基础。但是外资企业呢，毕竟是个"候鸟"，它到了一个地区去发展，只不过是把它的一个车间、一个分部放到了那个地区。一旦成本、环境等因素有一些变化，漂移是很快的。因此，这个在很大的程度上也不利于一个地区的持续健康的发展。现在你再看，很少再有这样的地区会诞生像万向、恒逸、荣盛、传化等这样一些中国500强企业。而且这些企业很有可能在若干年以后就会跨入世界500强企业之列。因此萧山坚定不移地发展民营经济，但是，对外经贸特别是外商投资企业是我们的一个非常有益的补充，这个也是非常重要的。

我们也有一些民营企业是通过和外商的合资不断发展壮大的。我们曾经有一家企业，是一个温州人到我们萧山创办的企业。作为一个优秀的民营企业，它后来跟韩国的汇维仕株式会社合资②，然后产业从化纤领域拓展到印染领域，现在成为萧山一家非常有名的企业，叫永盛集团③。它也是通过合资，最重要的还是引进技术。引进技术以后使得自己发展壮大，还是很有意义的。

---

① 通用电气公司，即美国通用电气公司（General Electric Company，简称GE，创立于1892年，又称奇异公司），是世界上最大的提供技术和服务业务的跨国公司。自从托马斯·爱迪生创建了GE以来，GE在公司多元化发展中逐步成长为出色的跨国公司。目前，公司业务遍及世界上100多个国家，拥有员工315 000人。

② 韩国汇维仕株式会社（HUVIS）由在韩国享有盛名、有着30年历史的SKChemicals（鲜京化学）和Aamyang（三养）公司的纤维事业部在2000年11月1日合并而成。作为全球第三大聚酯产品制造商，公司规模在韩国涤纶行业位居第一，在全球涤纶行业位居第五，是一个蓬勃发展的大型企业、韩国上市企业。

③ 永盛创立于1993年，于2003年组建集团公司，2007年成立杭州永盛控股有限公司，总部位于萧山。永盛拥有员工1 000余人，是一家以实业投资为核心，将产业和资本有效结合的多元化控股公司。

采访者：那么，萧山对外贸易的一方面是"引进来"，还有一方面是"走出去"。在对外和对港澳台经济技术合作方面，萧山主要是通过对外劳务合作、对外承包工程和建立境外企业这三种方式①。这三种对外和对港澳台经济技术合作方式具体是怎样的？能否以万向集团美国公司为例②，谈一谈当时境外企业的发展状况？

魏大庆：萧山的"走出去"，主要就是对外投资。它主要以万向集团为龙头。万向集团在1993年获得进出口经营权以后，从1994年就开始谋划到境外去试点。当时据我所知，万向集团也好，万达集团也好，它们都在国外设公司。贸易公司里面真正做得好的是万向集团，它们从贸易公司起步，然后在那边收购了一些工厂，真正成为一个跨国性的公司。但是我们萧山的大多数企业在很长一段时间里，是通过贸易型的公司来拓展一些市场，来拓宽一些渠道的。但是应该说2008年金融危机以后，我们一些企业的对外投资的意识有了明显的增强。特别是我们的一些大企业，包括恒逸、荣盛、传化等，它们都开始在国外建设一些大规模的生产基地。这个方面，我觉得它们还是很有前瞻性的。这样可以和国内的一些生产形成互补支持，这样就能更好地发挥两种资源、两个市场的优势，来拓展它们的发展空间。这一点万向集团开了一个很好的头儿，万向集团确确实实是我们萧山民营企业的龙头，也是中国民营企业的骄傲。

四 21世纪初：对外经贸的腾飞阶段

采访者：2001年，萧山撤市设区③。当时您担任萧山区对外经贸局党组成员、副局长。行政区划的调整对萧山经济发展带来哪些影响？有哪些机遇和挑战？

魏大庆：撤市设区对萧山来说是一件大事。它标志着萧山开始从一个县

---

① 在对外和对港澳台经济技术合作方面，萧山主要是通过对外劳务合作、对外承包工程和建立境外企业这三种方式。1992年，萧山开始设立境外企业。其中比较具有代表性的境外企业是万向集团美国公司，它由万向集团公司创办。1994年10月，经国家对外经济贸易委员会批准，万向集团在美国芝加哥设立万向集团美国公司。

② 1995年，万向集团美国公司实现销售额350万美元。具体参见杭州市萧山区人民政府地方志办公室编《萧山市志》（第二册），浙江人民出版社，2013，第1208页。

③ 2001年2月2日，国务院国函〔2001〕13号文件批复，同意撤销县级萧山市，设立杭州市萧山区。同年3月25日撤销萧山市，始称杭州市萧山区。

域走向都市，应该说意义还是很深远的。但在当时，实际上大多数萧山人还是没有深刻地认识到萧山的城市化进程对整个萧山未来发展的影响。2001年，中国加入WTO①。这给萧山的外贸出口、招商引资带来了很大的影响。加入WTO是中国经济快速发展、迅速成长的一个非常重要的契机。当时朱镕基是总理，实际上他花了很大的决心来推动中国加入WTO，也付出了很大的代价。但是回过头来看，什么代价都是值得的！中国的经济能有今天这么快速的成长，有今天这么大的规模、体量，要归功于中国加入WTO，这个决策真的意义非凡。

采访者： 中国当时加入WTO，您作为萧山对外经贸局的领导，当时整个萧山做了哪些准备？采取了哪些举措来迎接中国加入WTO后带来的挑战？

魏大庆： 中国加入WTO的时候，我们请了很多人到萧山来办讲座、培训。我们也到北京、上海等地去听一些演讲，就是讲我们应该怎么样迎接加入WTO后带来的挑战。当时我们有一个基本的判断，就是说加入WTO对我们的外贸出口是一个非常巨大的机会。因此，我们的外贸也好，我们的民营企业也好，我们的政府也好，都在积极准备，为扩大出口、占领国际市场尽最大的努力。当然，我们当时也听了很多演讲，说中国加入WTO是对等的，我们要扩大出口，同时要开放市场，有很多的外资会进来。但实际上，外资进来对中国实体经济的冲击并不大。但是在服务贸易上，特别是在金融业上，它进来以后可能会对中国有一些影响，并对国内的企业有一些影响。事实上，因为中国的市场太大，还有很多自身的特点。第一，我们开放的速度比较慢；第二，中国特有的市场也使它们没有很大的发展，包括国外的银行也好，国外的一些保险证券、一些金融机构也好，从某种程度上也为这次的贸易战埋下一个很大的隐患。我们金融业实际上开放得比较慢，但是它们对我们的货物贸易的开放是非常迅速的。当时我记得我们每年都会请一些顶尖的经济学家，一些WTO的谈判代表来给我们开讲座。最高级别的，我们请过石广生，他曾是外经贸部的部长，退下来以后到我们萧山来演讲，做指导。然后我们也请了中美贸易专家周世俭，也请了上海外经贸大学的一个教授。总之他们都非常有名，都讲得非常好。当然，他们当时也给我们分析了我国加入WTO以后民营企

---

① 世界贸易组织（World Trade Organization，WTO），中文简称是世贸组织，1994年4月15日，在摩洛哥的马拉喀什市举行的关贸总协定乌拉圭回合部长会议决定成立更具全球性的世界贸易组织，以取代成立于1947年的关贸总协定。世界贸易组织是当代最重要的国际经济组织之一，拥有164个成员，成员贸易总额占全球的98%，有"经济联合国"之称。

业面临的机遇和挑战。现在来看,最大的受惠者实际上是中国。萧山应该说也是抓住了这样一个机会,外贸企业也是抓住了这个机会。那个时候经济每年增长20%,都是两位数增长,你现在都是不可想象的。

因为那个时候赚钱确实是好赚,所以那个时候外贸专业是最热门的,很多小孩子说我们一定要去读外贸。当然,现在不一样了,外贸专业现在是越来越难了。当时真的是碰上了好时机,因为现在贸易壁垒什么的越来越严重。中国加入WTO以后,萧山一开始就是一路高歌猛进,这主要是我们基础做得好,如资金出口、自营出口权的确立、外包人员的培养等。然后自己的这种生产体系、质量体系的建立,应该说有各方面的因素。

采访者:据了解,当时萧山经济在发展过程当中,也出现过招商人员不足的情况。2001年,当时萧山区比较有前瞻性地向社会公开招聘大学本科学历、英语六级以上的招商人才。通过口试、笔试的方式测试后,再加入业务培训①。当时对招商人才的招聘引进有没有取得预期的效果,又有怎样的影响?

魏大庆:2001年那个时候应该是我在外经贸局担任副局长到区政府办公室的这段时间。实际上招商引资面临着一个新的机遇,我们一方面加入WTO,另一方面萧山要转型升级。我们那个时候叫"工业冲千亿",需要公开招一些招商人员。这些招商人员被招进来以后,还是到乡镇去工作,去充实第一线。现在这批人很多走上了领导岗位,他们有些是在乡镇做镇长、副镇长,有些到部门做局长、副局长。这项工作实际上还是很有意义的,还是一个很长远的举措。

采访者:2002年11月4日,由国内著名民营企业传化集团有限公司与日本最大日用消费品企业之一的日本花王株式会社②旗下全资企业花王(中国)投资有限公司共同投资组建的杭州传化花王有限公司正式成立③。这是进入21世纪以来,中国洗涤行业最大的一个合资项目。传化与花王的合作

---

① 为建立一支强有力的招商队伍,解决镇、街道招商人员不足的问题,2001年10月,萧山向全社会公开招聘具有大学本科学历、英语六级以上的招商人才,通过笔试、口试、实地考察和业务培训,从近百名报名应试者中招用了28名招商人员,分配到23个镇(街道)或区属有关部门。具体参见杭州市萧山区地方志编撰委员会办公室编《萧山年鉴2002》,浙江人民出版社,2002,第67~68页。

② 日本花王株式会社创立于1887年,已有100多年的悠久历史,是国际上知名的日用消费品跨国企业。花王的知名品牌"碧柔""诗芬"等在中国市场深受消费者的喜爱。2002年,花王进一步加大对中国市场的投入。

③ 具体参见杭州市萧山区地方志编撰委员会办公室编《萧山年鉴2002》,浙江人民出版社,2002,第67~68页。

是否意味着浙江的民营企业资本结构国际化的开始？民营企业与国际资本联手，创造了哪些经济效益？

魏大庆：当时传化和花王合作是一件大事情。我当时在区政府办公室工作，它们所有的签约仪式都是我在牵头，然后我给它们开协调会，到现场去布置。那时候来了很多领导，好像还有副省长，总之大家很重视。大家就觉得传化这家公司攀上花王这样一个高新企业以后，那真的是凤凰涅槃，应该会有很大的发展。但事实上，民营企业和外商合作，特别是和一些大企业的合作，它的历程肯定不会一帆风顺，肯定会有很多艰辛。我在外经贸局这么多年，也看过很多的国内企业和外资企业的合资合作，很多是不成功的。为什么呢？特别是在一些消费品领域、工业领域，绝大多数比较大的外资企业，它跟你来合资，肯定是要控制你的企业。那么在消费品领域呢，它们和我们中国的一些企业合作，特别是和一些知名品牌的合作，目的是消灭你的品牌。就是外商、外资企业进来了，然后原有国内企业就开始亏损，亏损了以后需要增资。中国企业没钱，那外资企业就帮你增资，然后牺牲你的股权。到它绝对控股的时候，它就开始推出自己的品牌，然后把你的民族品牌干掉。我觉得这个实际上是一个教训。

但是，我们跟那些国际知名企业合作，也学到很多东西。它们的理念、运作模式、管理技术等，还是值得我们学习的。确确实实是这样，不管是技术也好，品牌也好，最重要的东西一定要靠自己。你像我也参与过很多外商投资企业的谈判，包括 GE 和 GM（General Motors Corporation，通用汽车公司），也包括一些大的公司。谈判的时候，这些公司会首先跟你谈，说要控股。当时我们也是很纠结的。有些企业我们也让它们控股，但是现在都发展得不怎么样；而那些没有让外企控股的公司，很多都开始上市了，获得了发展。当然这个有各种各样的因素。实际上传化最后跟花王的合作并没有取得很好的效果。

采访者：2003 年，在 2002 年成功实现"工业冲千亿"目标的基础上，区委、区政府审时度势，把 2003 年确定为"招商引资年"和"园区建设年"。一年来，全区克服伊拉克战争和"非典"及电荒等带来的困难，采取有力措施，确保了招商引资和外贸出口的持续快速增长[①]。区委和区政府是如何克服困难，确保经济持续快速增长的呢？

---

① 具体参见杭州市萧山区地方志编撰委员会办公室编《萧山年鉴 2004》，浙江人民出版社，2004。

　　魏大庆："萧山工业冲千亿"以后，我们一直在讨论一个问题，就是萧山的经济需要转型升级。那个时候，我们在政府领导层面，以及在企业层面，一直在讨论这个事情。我们觉得萧山的经济到了一定的规模以后，转型升级变成了必由之路。但是，这个转型升级的路径，是一个很痛苦的选择和一个很严峻的考验。我们认为，要通过外贸出口来推动转型升级，通过招商引资来推动转型升级。不过当时还面临一个问题，就是既要保持经济的持续快速增长，又要考虑如何推动转型升级，这也是一个两难的事情。想要转型升级的话，肯定要牺牲发展速度；你要保证较快的发展速度的话，那你有什么机会、有什么资源来转型升级？当时呢，我们也希望在转型升级的过程中，通过外贸出口、招商引资来推动经济更好地发展。

　　园区建设当时也是一个希望由原来乡镇经济、村级经济向镇级经济转型的这么一个过程。我们在2003年的时候，希望能够在萧山建十个左右的镇街工业园区。但后来，我们实际上每个镇街都建了一个工业园。其实是因为大家的积极性比较高，还是没有真正做到节约集聚发展。我们当时一个是推动转型升级，一个是要节约、要集聚发展。现在看来，我们是取得了一些成绩，但效果不明显。因为镇一级的园区，平台不够大，不够精致，不够精准，要吸引一些大项目、好项目还是很难的。所以后来进去的很多都是中小项目，甚至也有一些散乱企业等。

　　采访者：2003年9月上旬，萧山被台湾评为"极力推荐投资城市"的第一位①，这使萧山在台湾的知名度迅速上升。您觉得萧山超越其他知名城市获得"极力推荐投资城市"，在台湾的知名度迅速上升的根本原因是什么？

　　魏大庆：那个时候，可以说是萧山经济发展最好的时期。我们从20世纪90年代开始起步，然后到21世纪初期的时候，一些企业都开始收获了。包括一些外资企业和一些台资企业。特别是台资企业，它们在萧山发展得很不错，也有一些台资企业落户。我们萧山当时很多的台资企业，是台湾机械工

---

　　①　2003年9月上旬，台湾最大一家同业公会——台湾电机电子工业同业公会公布了对祖国大陆2 000多个城市投资环境及风险等调查评估结果，杭州市萧山区在上海、青岛、厦门、广州等知名城市中脱颖而出，跃居台商"极力推荐投资城市"的第一位。至年底，萧山区累计引进外资企业1 000多家，总投资超过39亿美元。其中，引进的140多家台资企业无一家亏损，台商对政府服务无一例投诉。对此，台湾报纸、电视等新闻媒体纷纷做了报道，引起了台湾工商界对萧山的高度关注，使萧山在台湾的知名度迅速上升。具体参见杭州市萧山区地方志编撰委员会办公室编《萧山年鉴2004》，浙江人民出版社，2004。

业同业公会帮我们引进的①。评价的话，是由电机电子工业同业公会（Taiwan Electrical and Electronic Manufacturers' Association，TEEMA）来评价的②。它当时每年做一次评价。在 2003 年的时候，它觉得萧山当时的投资环境是最好的，无论是企业的效益也好，还是政府的服务也好，氛围也好，环境也好。因为我们当时在工业迁移的过程中，也伴随着一些基础设施、交通设施的改善，那时候搞了一个"1918"道路建设大会战③，建了很多公路及其他基础设施。这对整个环境有很大的改善，因此，公会给了我们很高的评价。这也是萧山努力这么多年以后所取得的一些成绩吧，这个在当时确实是很不容易的。我们获得中国大陆第一名以后，也到台湾去跟企业交流，开了很多招商会，和企业进行一些沟通交流。但是实际上真正大的台资企业在萧山还是不多的。较大的台资企业那个时候主要是在广东、苏南，后来是在上海。

采访者：2007 年，萧山区委、区政府对于外贸政策调控频度之密、力度之大前所未有④。宏观调控继续向优化出口结构、促进贸易平衡转变。当时

---

① 台湾机械工业同业公会原为台湾铁工业公会，成立于 1945 年 10 月底，后改组为台湾省铁工业同业公会，1947 年 5 月再度改组为台湾省机器工业同业公会联合；1948 年 4 月 28 日正式改组为台湾区机器工业同业公会；2013 年 11 月 1 日正式更名为台湾机械工业同业公会。

② 台湾区电机电子工业同业公会，简称电电公会或 TEEMA，成立于 1948 年 10 月 24 日，当时称为台湾区电工器材工业同业公会，时值台湾光复之初，台湾电工器材工业尚处于萌芽阶段，创会伊始仅有加工修理、保养等小型工厂五十余家，随着台湾经济蓬勃发展、会员厂商的辛苦经营、历届理监事、理事长的相继经营，研究单位的协助及政府正确的辅导政策，始有今日之规模，有会员厂商三千五百余家，本业及上下游产值及出口值约各占台湾总产值及总出口值的一半，是台湾最重要、最高科技、最专业、最有瞻性的产业及产业公会。

③ "1918"道路建设工程，是指 03 省道萧山东复线、104 国道钱江立交至同兴、闻堰至 03 省道等 19 项交通工程和萧山区市心路北伸、市心路南伸、人民路东伸、萧绍路改造等 18 项市政工程。工程规划道路总里程 231 千米，总投资 38 亿元。其中，交通道路 170 千米，相当于 2001 年底 695 千米道路工程量总数的 25%；城市道路 61 千米，相当于 2001 年底 102 千米道路工程量总数的 60%。总投资相当于"八五""九五"期间交通道路、市政道路计划全部投资的 140%。该工程当时计划到 2004 年年底前全部竣工。届时，一个快捷完善的路网将把萧山城区与杭州主城区、江东工业区和临浦、瓜沥、义蓬等副城区及各组团有机结合起来。萧山区内的道路也将更通畅，基本能够满足交通发展的需要，影响制约萧山城市化进程的瓶颈将得到有效缓解。具体参见萧山日报《2002 年"1918"道路建设大会战》，《萧山日报》2008 年 12 月 17 日第 3 版。

④ 2007 年 4 月 15 日，我国调整并取消了部分钢铁产品的出口退税；5 月 20 日对 83 种钢铁产品进行出口许可证管理；6 月 1 日调整了部分商品进出口关税税率；尤其是 7 月 1 日又调整了近 1/3 海关出口商品编码的出口退税率，共涉及 2 831 种商品，约占海关税则中全部商品总数的 37%。降低出口退税率的 2 268 种产品中约 70% 与萧山有关，全区几乎所有的出口行业均受影响。在遏制"两高一资"（高耗能、高污染、资源性）产品出口的同时，鼓励进口高新技术、重要装备和资源性原材料，力求在保持合理出口增长的（转下页注）

出台了一系列政策，这些政策具体内容是什么？对于外贸政策的宏观调控有何深远意义？

魏大庆：我们从2002年和2003年开始就一直在研究如何推动转型升级。2006年和2007年前后，国家对外贸出口的转型升级这一块，也积极推动出台了一系列的政策。这些政策对萧山的外贸企业的转型升级也有很重要的引导作用。不仅包括对"两高一资"产品的出口限制，也包括鼓励高新技术企业装备制造业的出口。这些方面，应该说萧山确实做了一些工作。特别是萧山在扩大汽车零部件、机械装备的出口方面取得了不俗的成绩。但这仍然是跟萧山这种产品的结构有很大关系，总体来看就是外贸出口的规模还是保持增长的，但是外贸出口的结构调整效果还是不够多。

五　迎接新时代：走向世界的萧山

采访者：21世纪的头十年，可以说是萧山对外经济贸易发展的重要时期。在改革开放的大背景下，这十年的机遇对萧山对外经济贸易发展起到了承上启下的重要作用，对于萧山整体的经济实力增长也起到了重要的作用。能否谈谈您在这段时期的任职经历和个人感受？

魏大庆：21世纪头十年是萧山经济发展最快的一个时期，前面都是一些积累，一些准备。当时的经济几乎每年都是保持两位数增长，无论是工业也好，外贸也好，对萧山整个经济的发展提升，对萧山的对外知名度提升都有很大的帮助。我个人觉得萧山经济发展，如果说21世纪初，主要是我们的政府推动开放型经济的发展，那么后面十年，则更多的是企业自发或者自觉地行动。加快外贸出口的发展的大形势和萧山环境改善都有很大的关系。虽然我们也一直在思考，怎么样推进转型升级，但是实际并不是那么容易。我自己也有感受，那个时候，我们到外面去，到外贸公司也好，到外贸出口企业也好，都是充满了信心。当时我们一心想着赚钱，对转型升级的力度，没有像我们当时推动企业扩大出口，引进外资那么大的决心。这也对我们后来的

（接上页注④）同时，积极扩大进口，促进进出口平衡。国家采用组合拳的形式，出台了一系列政策。具体参见杭州市萧山区地方志编撰委员会办公室编《萧山年鉴2008》，浙江人民出版社，2008，第109页。

发展造成了很大的影响。

如果我们在 2008 年金融危机前后，能够下定决心，推进转型升级，能够集中更多的资源，能够有更坚定的这种决心来推动转型升级的话，我觉得萧山的民营企业的发展和新兴产业的发展速度还会更快。所以，我现在也觉得政府的工作还是要有前瞻性，你不能够为一时的成功感到高兴，或者为一时的挫折感到沮丧，你还得看到未来。21 世纪前十年为什么发展这么快？绝对是前面的十年所积累的这种资源，这种力量。但是在后面，我觉得我们在转型升级方面也有一些思考，也有一些动作，但是力度不够大。这是我们现在要反思的一个最重要的教训。

2012 年，"两链风险"出来以后①，萧山经济增长速度开始从两位数的增长进入到个位数增长，甚至出现拐点，开始下行了。这个时候，实际上对我们萧山经济发展是一个巨大的考验。政府开始意识到经济转型升级对萧山发展的重要意义和深远影响。我到发改局以后，也在不断地探索，不断地思考萧山经济转型升级的有效途径。当然，我们也采取了一些措施，如怎么样来保证项目的质量。原来是只要有项目来我们都欢迎，但是有些粗放的项目，实际上还是有很大影响的。我在发改局的时候，做了一件很重要的事情，就是建立了一个项目准入与评估机制，所有的项目进来我们都要进行评估，限定一些条件，只有好的项目才能进来。虽然实施起来也很艰难，但是应该说这对转型升级还是起到了一定的作用。

采访者：社会经济发展离不开人才的引进，为吸引更多海外高层次人才来萧山创业，推进萧山高新技术产业的快速发展，推动萧山走向世界，近年来，萧山实施人才国际化战略，海外人才净流入率居全国榜首。萧山政府都采取了哪些招揽人才的举措？取得了哪些成就？

魏大庆：在经济发展过程中，我们慢慢地开始意识到要发展新兴产业，开始意识到科技创新、人才、金融对发展的重要意义。因此，我们更多地在科技创新上加大投入和支持力度，加大对人才引进的力度，包括对发展金融的投入。在人才方面，实际上我们萧山还专门有个人才办，人才办在从事这方面工作。我们从 2012 年、2013 年开始，就专门搞了一个"5213"

---

① 两链，一般指的是"资金链"和"担保链"。除了极少数资金链风险是由企业自身经营管理不善引起的现金流缺缺外，绝大多数的资金链风险是由担保链引起的，因此，"两链"风险的实质，可以看作担保链问题。从 2011 年起，我国的部分地区，特别是沿海一带城市，开始逐步出现一种后来被称为"两链风险"的经济现象。

计划①，已经面向全球征集高层次人才创业项目，就是加大力度引进海外高层次人才。当时苏南有一个"530"计划②，就是通过吸引海外高层次人才的创业创新来提升一个城市的竞争力，我们也专门过去学习，制订了一些方案。我们把科创园的建设、人才的引进、金融的发展，作为萧山发展高新技术产业、推动创业创新的一个重要的内容。

萧山开始真正走上转型升级的道路，我觉得应该是在 2012 年、2013 年左右，当时区委、区政府就开始提出"三条主线"的转型升级、新型城市化和生态文明建设条例，由此开启了我们萧山真正转型升级的道路。现在，我们的人才政策也更加完善，我们既有一些高端人才，也有一些专业技术人员，还有一些实用性的人才，包括一些有用之才，他们都是我们支持、扶持的对象。现在萧山人才的流入率还是非常高的，当然这个跟我们的城市环境和交通条件的变化也是密切相关的，有很大的关联度。但是萧山有一个很重要的变化，就是现在我们开始更加重视科技和新兴产业的发展。这对我们的企业也好，对政府也好，对未来的发展也好，可能会有非常大的帮助。

采访者：2017 年 7 月 31 日，《杭州市萧山区打造体现世界名城风貌的现代化国际城区五年行动纲要》（以下简称《五年行动纲要》）通过审议③，这为萧山未来五年的发展，规划了一条现实路径。您能否谈谈萧山《五年行动纲要》包括哪些内容？它对于萧山迈入国际化战略目标有何重大战略意义？

魏大庆：从 2017 年开始，萧山真正进入一个新的时代。我们的目标就是要实现现代化、城市化、国际化。现代化就是要构建现代产业体系，国际化就是要更多地引进一些国际的高端资源，来提升我们整个经济社会发展的实力。应该说国际化的这个目标，可能也是我们萧山推动转型升级的一个很重要的动力和资源。我自己也觉得，转型升级，特别是科技创新，完全靠自己还是远远不够的。当然我们原来是引进海外高层次人才，现在是引进海内外高层次人才，通过整合各种资源来推动我们的转型升级。我自己觉得目标还

---

① 杭州市萧山区向全球征集海外高层次留学人才创业项目，用以引进能够突破关键技术、发展高新技术产业、带动新兴学科的创业领军人才。

② "530"计划是无锡市政府于 2006 年出台的一项吸引海外留学归国领军人才的计划，即 5 年内引进 30 名海外留学归国领军型人才来无锡创业。

③ 《五年行动纲要》通过审议，这为萧山未来五年的发展规划了一条现实路径。翻开这一万余字的行动纲要，"国际"两字出现了近百次，这意味着，萧山正迈入全面建设现代化国际城区的新阶段。具体参见《五年行动纲要》，《萧山日报》2017 年 8 月 1 日，第 5 版。

是要推进的，不管是我们的产业也好，城市也好，包括社会治理的转型和升级。国际化是一种手段。通过国际化这种手段，可以为我们萧山转型升级注入更大的动力。

采访者：《五年行动纲要》也提到，萧山要依托阿里巴巴、网易、清华、北大等名企、名校，打造一批国际化科技创新区，风头最劲的，就是ABC（人工智能、大数据、云计算）产业，该产业在萧山风生水起。在城市治理现代化、国际化方面，《五年行动纲要》给出的做法也颇具"互联网思维"，如依托大数据、云计算、物联网、人工智能等技术，建设面向社会综合治理、应急指挥、城市管理、交通治堵、一窗式审批、民生保障等领域的政务管理应用，建设"城市大脑"，打造智慧城市。近些年以来，科技创新对萧山的影响体现在哪些方面？您觉得智慧城市设想能否快速实现？

魏大庆：现在，应该说我们政府也好，企业也好，越来越意识到科技创新对转型升级，以及对这个企业发展的重要意义，因此，我们这几年一直在加大力度支持科技企业发展科技创新。我们专门出台了一些补齐科技创新短板的扶持政策，大力推动产学研的合作，包括和北大的合作，和一些高校研究所的合作，推动一些成果的转化，推动企业加大研发投入，在此基础上申报一些计划，像"升国家级高新技术企业三年倍增计划"等。现在可以这么说，企业也充分认识到科技创新对其发展的重要意义。因为经济发展到这么一个平稳增长的时期，假如没有科技创新，企业的发展肯定会受到很大的限制。原来我们的企业，坐在那里就可以赚钱，现在企业要奔跑才能赚钱，科技创新是让企业奔跑起来的一个最重要的力量。因此，人才、科技、金融现在已经成为优秀企业发展的必要条件。

采访者：众所周知，萧山作为 G20 杭州峰会和 2022 年亚运会的主办地，拥有"后峰会，前亚运"的历史机遇①，正奔跑在加速发展的跑道上。您觉得 G20 峰会、亚运会给萧山的发展带来了怎样的一个机遇？

魏大庆：这种大事件对一个地区的发展的重要意义是不言而喻的。实际上

---

① 萧山作为 G20 杭州峰会和 2022 年亚运会的主办地，正奔跑在加速发展的跑道上，拥有"后峰会，前亚运"的历史机遇，以及杭州跨江发展、拥江发展的战略机遇。有人提出"天下从此重杭州，杭州发展看萧山"，萧山已经成为杭州打造世界名城的主战场、主阵地，正努力建设体现世界名城风貌的现代化国际城区。具体参见《打造体现世界名城风貌的现代化国际城区》，《萧山日报》2017 年 7 月 25 日，第 3 版。

我们在 G20 峰会前后一直在研究这个事情，如眼球经济、地缘经济①，现在这种经济有很多意义。重大事件会迅速地、不断地加快一个城市的城市化、现代化和国际化的进程。

举个例子，如巴塞罗那举办了一届奥运会，它的城市化进程加快了 15 年。特别是对萧山这样的地区，我们交通比较便利，幅员很辽阔，环境也不错。但是，要真正从一个县域迈向一个城市，还有很长的路要走。G20 峰会也好，亚运会也好，可以大大加快我们城市化的进程，同时也给我们的转型升级创造极为有利的条件。我们原来断定萧山是工业化领先于城市化，那么 G20 峰会和亚运会使得我们的城市化会领先于工业化。但是，我们的工业化也要迎头赶上，我们要通过转型升级，大力发展新兴产业，来实现萧山经济的再次腾飞。这个也为我们的经济、社会的联动发展，为打造现代化国际新区创造一个很好的条件。

采访者：您曾经说过，"工业大数据将是萧山工业的突破口，工业大数据在萧山将有广阔的应用市场。萧山发展工业大数据经济前景广阔，风光无限"。您这样说的依据是什么？

魏大庆：萧山在发展互联网经济的时候，特别是在前一波的消费互联网领域，实际上失去了发展机会。我们在消费互联网领域，在社交互联网领域，都没有得到应有的红利。那么从 2015 年开始，我们也感到互联网经济正在局部向消费互联网转型，向工业和产业互联网转型。那么这个时候，我们和工信部，和省市的经信部门也达成了合作，希望能够推动我们萧山制造业和大数据、人工智能和互联网进行深度融合，在推动两化融合方面能够有所作为，特别是发展智能制造。

我们在 2015 年召开了中国工业互联网的大会，希望能够把我们萧山雄厚的制造业技术和工业大数据、互联网人工智能更加紧密地结合在一起。应该说萧山在发展工业大数据和互联网方面的条件是非常好的，我们的一些龙头企业，像万向也好，传化也好，都在和一些互联网企业合作。它们一起探索工业、互联网发展的有效路径，来真正实现制造业的自动化、数字化、网络化和智能化。我自己也觉得，在工业互联网时代，真正能够发挥更大作用的是我们的实体经济，因为它们掌握了这个制造业的最重要的源头。它们对制

---

① 眼球经济是依靠吸引公众注意力获取经济收益的一种经济活动，在现代强大的媒体社会的推波助澜之下，眼球经济比以往任何一个时候都要活跃。电视需要眼球，只有收视率才能保证电视台的经济利益；杂志需要眼球，只有发行量才是杂志社的经济命根；网站更需要眼球，只有点击率才是网站价值的集中体现。

造有更深刻的理解。但是它们一定要和互联网企业合作，才能够插上腾飞的翅膀。当然，我说这个话的时候，是 2015 年。从现在这个情况来看，万向、传化都已经开始走上了工业互联网的这条路。

六 萧山精神与对未来的展望

采访者："奔竞不息，勇立潮头"是萧山精神，能否结合您的工作经历和生活经历，谈一谈您对萧山精神的理解，以及您对萧山未来的展望？

魏大庆："奔竞不息，勇立潮头"是对萧山精神的高度概括，我也参与过对这句话的讨论。萧山有一些特点，人文精神是萧山发展的最大优势和特征。萧山人依靠什么来发展？一个是靠勤劳，一个是靠勇敢。但是真正能够使萧山腾飞的是勤劳、勇敢再加上智慧。当然，这句话也是有出处的，当年越王勾践打败吴王夫差的时候，当时越国有一个大臣叫范蠡，范蠡弃官从商，隐退江湖以后，成为一代商界的鼻祖，史称陶朱公，那么他有一句话，就是说萧山人是"喜奔竞，善商贾"。"喜奔竞"就是勤劳，"善商贾"就是会做生意，实际上是会动脑筋。而且在萧山南部的人们身上，这种勇敢的品质表现得很明显，因为南部是山地，北部是沙地，一个是沙地，一个是山地，特殊的地理环境成就了萧山这种勤劳、勇敢加智慧的人文精神。这个精神也是萧山能够不断前行的最重要的动力。我自己也觉得，我们萧山人还是要秉承勤劳、勇敢加智慧的这种人文精神，按照"奔竞不息，勇立潮头"的这种萧山精神，眼光要更长远一点，格局要更大一点，胸怀要更开阔一点，使萧山能够实现更好的、更持续的、更高质量的发展。在这个阶段，萧山还是完全有足够的能力和足够的信心来实现高质量的发展。

我们曾经在统计的时候发现，萧山也有一个现象，就是原来很多萧山人都是在萧山创业，有鲁冠球、徐冠巨、邱建林、李水荣等一些知名企业家。但是有一段时间，有很多的萧山人慢慢都到外面去发展了，我们现在希望能够有更多的萧山人回萧山来发展。我们要吸引更多的人才到萧山来发展，这样才会有一个融合的发展，使我们萧山的发展具有源源不断的动力。现在萧山确实奔跑在一个最佳的跑道上，在我们大家的共同努力下，我相信萧山的明天会越来越好。

采访者：谢谢魏区长能接受我们的访谈。感谢您对萧山历史文化及萧山经济发展做出的卓越贡献！

魏大庆：谈不上，谈不上，我也是尽了自己的一份努力，现在做得还不够，还要继续努力。

我的人生经历

——刘云梅口述

采访者：黄慈帖、李永刚　　　　　　　整理者：黄慈帖、邓文丽

采访时间：2018 年 8 月 28 日　　　　　采访地点：萧山区城厢街道潇湘社区会议室

口述者

刘云梅，1936 年 10 月 23 日出生，浙江绍兴人。1941 年，因父亲工作关系，随其母迁至杭州。1955 年应征入伍，先后在陆军、空军、海军部队服役，其间曾担任电影放映员。1961 年 8 月，退伍回到萧山。1964 年 4 月进入杭州齿轮箱厂（以下简称杭齿厂），先后担任班组长、工段长、副书记、副主任、主任、主任兼任书记等职，1991 年 12 月退休。刘云梅亲身经历、亲眼见证了杭齿厂从创立初期到发展壮大的过程。

一　我的家庭环境

采访者：刘先生您好！很高兴您能就萧山改革开放口述历史项目接受我们的采访。此次访谈内容将涉及您的个人生活和工作经历，并从中见证与反映您所经历与感受的萧山社会、经济与生活变迁。首先请简单地介绍一下您的出生与家庭情况，包括出生日期、出生地、父母基本情况、兄弟姐妹情况、家庭经济条件、当时的社会环境。

刘云梅：我是 1936 年 10 月 23 日（农历九月初九）出生在绍兴单江村。现在绍兴市政府建在这个地方，这个地方拆迁得很厉害，面目全非。我家在那里没有房产，只是租房子住，上无片瓦，下无寸土。

我的父亲

我父亲叫刘宝林，从我小时他就长年在杭州打工，其工作地基本在银行系统。我父亲最后一个工作单位是工商银行，直到 1957 年退休回到萧山。他并没读过书，但人际关系很好，待人热情、好客，肯吃苦耐劳。工作兢兢业业，我父亲做炊事工作，烧得一手好菜，单位领导很看重他。

就在他退休回到萧山时，单位还有不少同事和领导常来看望他。1962 年 8 月 22 日，我父亲因患肺气炎去世。我们家住在一个老墙门里，有五六户人家，那里住的都是老人和小孩，没有什么年轻人。当时我住的城厢镇委机关宿舍，离我家不过两百米。凌晨两点，一个邻居跑过来告诉我父亲的事情，我就跑到人民医院让医生出诊，可是当时只有一个医生，没有办法出诊，他让我们把父亲抬到医院里，可是当时根本就没有人手，我没办法就跑到城厢镇医院，当时只有一个值班的女医生同意跟我回家救治我父亲，她看了之后，说这种病要在一个小时之内到医院可能还有一线希望，现在已经没有希望了。后来很巧的是，这个医生的女儿后来进入杭齿厂工作，就在我们班组里，而且就是我的学徒。说实在话，我这个师傅只是挂名的。我们车间还有一个天津的热处理专业毕业的大学生，后来是副主任，他让我来当师傅，由他来管。因此，我就只是挂名的师傅。

父亲去世后，有一次一位工行的领导来看望我父亲，当知道我父亲已过世，他责怪我们怎么不去告诉他们单位我父亲去世的消息。确实，我们当时也没想到应该把我父亲去世的消息告诉银行，当时通信也落后，交通也不发达，要去趟杭州也不容易。

我的母亲

我的母亲叫朱招英，她于 1991 年 3 月 9 日过世，享年 96 岁。她没有上过学，可以说是个文盲。她人际关系很好，做人忠厚老实。她的左右邻居和朋友很多，并且她乐于助人，群众对她反映很好。在她生病后和去世时，一些老邻居都从老远的地方特地来看她，跟她告别。我们车间的职工，也都来看望她。

我母亲双眼白内障，平时看不清人，但她记忆相当好，只要到家里来过的人，听到我们叫他们的名字，她就记住了。以后再来时，她就会说出他们的名字。来的朋友听了非常高兴，都说她老人家记性这么好，少见。为此，这些人后来都成了我母亲的朋友。她去世前后，他们都来看望她。在最后处理她的后事时，也都是车间里这些好朋友给全包下来，直至送上山。为此事，我也一直记在心里，感谢这些好心人。

我的母亲没有什么工作，基本上只在家搞家务和带外甥女。当时我父亲在杭州工作，母亲大字不识，是文盲，只管我生活起居，不怎么管我学习，我就是靠自己摸索。我们家的家风还算是不错的，乱七八糟的事是没有的，总体来说是很正派的。解放以前住在萧山的人也并不是很多，我们也属于老萧山人。

我的兄弟姐妹

我大哥叫刘云照，从小就在一家布店做学徒工。他平时不回来，我对他的印象不深。1948 年，经亲友介绍，他在绍兴结婚，那时他跟我们生活过，是在我们隔壁租了房间住。嫂子没有工作，也没有收入。生活费用由父亲承担。后来大哥因患肺结核病，就再也无法去上班。那时医治肺结核病无特效药，使用青霉素费用也相当高，更不能去住院。结果拖了几个月，他就离世走了，只有 31 岁，太可惜了。而嫂子后来回到绍兴父母家，听说她已改嫁并有两个女儿。那时我们还小，不会去管这种事。后来，我从部队回来后，也曾打听并找过我嫂子，但不知道她在哪里。现在就是她在我面前，我也不认识她了。如果她还健在，也有 90 岁左右了。

我姐姐叫刘秀凤，今年也 86 岁了。她从小在我大姐姐家，一则帮我大姐姐干些家务，照料小孩，二则主要是为了减轻家里的经济压力。后来 1948 年左右她回到萧山，到处做临时工。到 1953 年她交了个朋友，并随他去到武汉，此后为结婚进了工厂打工。

因父亲常年在杭州打工，1941 年我就随母亲去到杭州。后因抗战爆发，我又随母亲来到萧山投靠外婆家，后租了房子定居下来。那时，在萧山我也看到过日本鬼子。日本人住在仓桥附近，在那里有一个会馆里住着日本人。他们住在河的那头，我们在河的这边看得清清楚楚。解放军到萧山的那一天，我有印象，他们很有纪律，不来打扰老百姓。1949 年 10 月 1 日那一天，萧山还是蛮热闹的。

我去当兵的时候，二哥在杭州的棉纺织厂工作。后来我去东北当空军时，他决定要去考大学。他小学三年级还是我的大姐姐带着他念书的，靠自学他参加工作，晚上去夜校读书。后来，他被杭州大学中文系录取。当时我承诺他："你就去读大学吧，我会从部队回来，家里的父母我会来照顾。"谁知道，那时候部队里不让我回来。后来没有办法，只能由他继续照顾。

父亲退休以后只有15.5元的养老金，这15.5元还要交房租。因为父亲烟酒是不断的，所以这点钱父亲一个人用都不够。当时我在部队当兵，每个月拿6元，寄5元到家里。部队里吃住都有，我花钱的地方并不多。我每个月都给家里寄钱，一直坚持到退伍，最多的时候，我每个月拿14元，给家里寄8元。因此，我从部队回来，身上是没有钱的。而二哥在读大学时，也常把助学金给母亲，供家里生活用。

家里没有房子，虽然姐姐们都已嫁人，哥哥都已经有了工作，为什么还不买房呢？根本买不起，吃饱饭都成问题。我去部队没有几个钱，而且当时国家也没有规划房子，都是民房，没有什么房子卖。当时租房子也很便宜，三四元一个月，不过我的收入也只有十几元一个月。房子只有27平方米，在我没有进入杭齿厂以前，一共要住六口人，我们家里五口人，还有一个外甥女。我在城厢镇委工作时，单位给我弄了一个房间住，家里住五个人，情况稍微好点。我当时在杭齿厂工作时，很多人都向领导反映，我家非常困难，要赶紧给我解决这个问题。后来厂里想了一个办法给我解决困难：原本厂里分配房子，弄好以后都是让后勤部门负责，后来厂里做了一个规定，比如造房子，其中3%由厂长拿去，按照实际需要，分配给工人，我这套房子就是在厂长的3%里面安排的。

我的求学经历

采访者：请您谈谈求学经历，对读书时代还有哪些记忆？

刘云梅：我在小学读书时，班级里五十多个人中，我的成绩属中等偏上水平。小时候，小朋友大多贪玩，也可以说我属于不怎么安稳的人。但吊儿郎当闯祸的事我是不会去干的。

我在萧山县小读到小学毕业，在我们家当时我还算是学历最高的。几个哥哥、姐姐中我的待遇算是最好的，上学时间最长，读到小学毕业。1947年我上小学，1952年毕业，但是那个时候管得不严，比如我在读二年级上学期，等到下个学期的时候，换个学校，去读三年级也没有人管。

1952年，当时我跑到杭州去考杭二中，他们都觉得我一定会失败的。因为杭二中接收学生的比例是很小的，而且我们如果要读杭二中的话，是要住在学校里，住宿生的比例在杭二中招的学生中更小。当时我和另外三位同学一起走到杭州，到杭州去考试，我们几个人一个都没有考上。在萧山考初中的，十个人里有九个能考上，基本上能考上。我没考上，就在杭州初中补习，大概要七八元一个学期，因为费用太高，学习了三个月就回来了。我在杭州读书的时候，我二哥对我很好，经常给我零用钱，偶尔还会烧几个菜给我吃。从杭州回来后，我就不想读书了，当时家里的情况不是很好，也没有什么心思读书，我就开始到处打工挣钱、补贴家里生活开支。同时我也参加一些社会公益活动，在居民村十一村担任了治保委员和村民委员，后被政府照顾进萧山烈军属工厂打工，后又应征入伍。

二 我的"三军"部队生活

采访者：1955 年，您已经 20 岁了，当时怎么会要去当兵的？

刘云梅：1955 年是国家实行义务兵役制①的开头年。那年征兵两次，上半年一次，下半年一次，起先为义务兵，后都为补充兵员。上半年我去体检不合格，他们说我的脚有问题，会影响跑步。到 12 月份又征兵，结果我体检合格入伍了。这一年不但是实行义务兵役制的开头年，而且也是实行军衔制的第一年。那时起，部队的着装、军衔也要跟国际接轨。我当时在陆军的着装头戴的船形帽，跟在电影里看到的美国士兵和台湾国民党士兵的帽子一样，因为像只小船，所以叫船形帽。我一直戴了近三年，后来不再戴了，而用解放帽。

这种帽子女兵戴上看起来很有风度，但男兵戴的话，我觉得比较难看，也不大习惯。

电影放映员

当时新兵入伍后，我在萧山待了一个月左右，后来到余姚去，每天参加军训。约三个月后，我被选拔到二十军电影队。后来我被送去杭州，由当时的南京军区委托浙江省军区，在杭州办了一期放映员培训班。当时我感到很高兴，因为这期培训班是中华人民共和国成立后全军第一期的学习班。那时参加培训班的士兵，浙江三军部队的人员都有。我们在那里学习了六个月。

---

① 1955 年 7 月 30 日，第一届全国人民代表大会第二次会议通过《中华人民共和国兵役法》，开始实行义务兵役制，废除了志愿兵役制。

在培训班，住宿条件特别好，宿舍就在保俶塔附近的一座别墅里。以前这座别墅都是国民党高级官员住的，那时候给我们这些培训班的学生住。在这个培训班我们一共学习了半年。这个培训班估计不超过一百人，但是这一百个人当中，有陆军，有空军，有海军。我们这个培训班训练时，在西湖旁边跑步，学员们穿着海陆空的衣服，路过的人都感到很惊讶，这是什么部队，怎么海陆空都有。培训结束后，我又回到部队里，两天之后，部队又把我分配到了师里，当时师是在镇海。我在镇海呆了没多长时间，部队又分配我到下面的团里。当时，团部驻扎在蒋介石的老家浙江奉化地区，我在那里待了半年。团部具体是在奉化的下城区，下城区是在海边，据说蒋介石就是从这里逃到台湾的。

采访者：那您当时在电影放映训练班里都学了些什么？

刘云梅：要学四本书，包括《基本电学》《发动发电机》《放映机》《扩音机》，这些技术知识相当于中专的文化程度。我刻苦学习，早上不到 4 点就会起来读书，终于取得了好的成绩。电影培训班每个班里都有一个辅导员，辅导员人都很好。虽然我当时只有小学的文化水平，但一有什么问题，这些辅导员都会非常耐心地和我讲解。有一本《基本电学》，里面很多定律非常难懂，辅导员就一个一个很耐心地讲解，最终我还是很顺利地完成了学习任务。

同时，在学习过程中，我们还有一项任务，就是学习放电影。学期结束后，培训班赵主任总结时讲："学习 180 天，但电影放了有 200 多场，这是既看电影，又是学习的好时光。"电影放映培训班结束后我回到部队，被分配到师部电影队，起先在浙江奉化下陈，后调到湖州电影队。部队让我放电影，我感到十分的开心。

当时的南京军区办这个电影培训班的时候，文化厅在黄龙洞也办了一个培训班，培训班的要求都是要初中毕业以上的人。南京军区的学员还有小学的，但是最后成绩考出来，我们的成绩却比他们好。原因在于，南京军区的条件比他们好，我们的放映机数量多，学员训练的次数多。南京军区的学员一共学习了半年左右，不到 200 天，而我们看了 200 多部的电影，一天要看一部半的电影。我们电影不够了，就去浙江省军区那里拿电影片，那里是管电影的。从部队回来以后，我和当时电影培训班里的同学就没有联系了。

采访者：让您放电影为什么这么开心？以前放过电影吗？

刘云梅：以前没有放过电影，但我从小十分爱看电影。那时候我的文化水平也不高，经济条件也不好，只有看看电影这么一个乐趣。当时部队里放电影的放映队员就住在我家，就是那个 27 平方米的房子里。当时房间是隔断的，我们住在里面，外面两个都是他们住，他们都是抗美援朝回来的。他们在我家住了一两个月。一到晚上放电影我就很开心。放电影的时候，是在露天搭个架子，挂上白幕布。

采访者：对于电影放映员的生活，您觉得辛苦吗？

刘云梅：说不上辛苦。晚上放电影的话，放映的工作还是比较简单的，放之前把机器擦干净，把片子倒好，一部电影当时有两箱，一部片子大概有六七盒。放电影有一个最大的好处是很自由，白天的那些训练不用参加。部队里放映的那些电影都是新的。就放电影这个事情来说，是一件非常好的事情。后来我退伍到地方上来有点累。在地方上，有一回，我碰到放映队的一个女队长，当时她一个人扛着机器去放电影，别人都请假了，我看见了就去帮她的忙，一起去放。当时的放映机分为两种，一种是 35 毫米的，一种是 16 毫米的，她的是 16 毫米的比较小，我们用船运到了去放电影的地方。

在部队的时候，去乡下放电影，部队是有车开过去的。在当海军的时候，是乘坐舰船去，偶尔我会去海岛上给七八个人放电影。有一回出了事情，我们军队里面没有舰船，我们就坐了渔民的机帆船去，开了两个小时到了海岛。之后海上起大风，我劝那两个人不要回去了，暂时停留一下。他们不听劝，执意要回去。后来过了两三个小时之后，他们仍然没有返回到出发地，部队派去了很多军舰去找，一无所获，他们可能是大风导致船翻人灭。有时一些女兵跟我们乘船一起去海岛。在船上，她们东倒西歪，晕船晕得特别厉害，无法坐，就靠在我们身上。

采访者：当时都看了哪些电影？有印象吗？

刘云梅：记不得了，都是老电影，有外国的片子，也有国内的片子，有很多印度的电影，苏联的也有，墨西哥的也有。例如，印度的《流浪者》，基本是国外的译制片。一开始是黑白片，后来就是彩色片，如《上甘岭》这部电影，这片子到浙江的时候，在浙江省军区放了一场，第二站就到我们部队来了，这部电影是我放的，放了十天左右，每天都坐满了人。那时候看了这么多电影，也没有特别深刻的感受。只是看了很多国家的风土人情，而且那个时候印度电影业很发达，印度的电影还是不错的。现在我不太看电影了，电影票太贵。

采访者：在部队里一直是电影放映员吗？

刘云梅：我到海军部队后为放映队的代理队长。电影放映员包括队长，都不是干部编制。我后来离开后调到下面的政治处去搞宣传工作，在那里我已被确定要提干。那天接到了一个来自组织部的电话说我们这个部门有一个提干的名额，那个人就是我。因为队里只有我是一个兵。但是我考虑到我母亲的身体，坚决要求回来。后来我们的政委来劝说我，他是参加过红军长征的一位老干部。我向他解释，陆军三年满了后，我被调到航校，航校半年后我又被调到了海军，根本就没有时间回去，我母亲已经年迈需要照顾。最终，他让我回家，叫我把家里安排好后再返回部队。

当时母亲在武汉二姐家，我要从辽宁到北京，从北京到武汉，武汉到上海，上海再到杭州，再到萧山。政委听了我的线路之后很吃惊，但还是同意我回家看望父母。那时，我们的宣传助理员（中尉军官）是我的领导，给了我50元。这钱相当于我半年的津贴。当时我不要，但他很坚决。就这样我勉强收下了。

当时50元对我来说是一笔巨资，毕竟我一个月的工资也只有十几元。这50元我一路上都没有用，回来第二天我就还给了他。可他仍要给我。可能我态度坚决，他也只好收下。

后来我决定退伍回家时，当时组织干部问我有什么困难和要求，要我尽量提出来。我说没有。他问我："助理员给你钱，说明你有困难。你有困难我们给你解决。"我说已经交还给他了。他又问："你还有什么困难？组织给你解决。"当时我想只要我退伍，我什么困难都没有，回去我自己解决。

之后我就把我的母亲从武汉接回了萧山，当时的生活十分困难，家里有两个老人，而且还有一个外甥女。我返回部队后坚持这次必须要离开，因为家里的老老少少实在需要我照顾。

播音员

采访者：除了放电影，在部队您还做过哪些工作？

刘云梅：由于部队到达湖州所在地后，有大量工作要做，就把我调到宣传科广播站，搞筹建工作。在任务完成后我就留在那里担任播音员。到了1958年在我三年服役期即将结束时，一天电影队长找我，说科长叫他来问我以后的打算。当时我知道服役期快到了，我说如需要，就留一年，不然回家。过了两天，队长对我说，把我的情况向科长汇报。科长讲，要我做好在部队长期工作的打算。那时我的想法是一年以后的事情以后再说。然而，到

10月，海军第一航校来招收飞行员，只要年龄 20 岁以下，不管士兵、军官，都必须去体检。只要体检、政审合格，初中以上文化就可以了。意想不到的是，我去体检后，第二天保卫科来人调查我的家庭及社会关系，看来我要去航校了。这事当时我应该怎么处理？但一想这已不是自己可以决定了。第三天早上 6 点，我在广播室做播音准备工作，这时窗外有人叫我。当时我愣了一下，打开窗户一看是我的科长，他说："小刘，我不能送你了，我马上也要去南京学习，对你的组织问题，我们研究过了。考虑到你在这里我们都了解你，如调到那边去，又要经过一段日子的考验，明日你去找你们的主任，他会给你讲的。好，我要走了，祝你顺利。"这样，我们握手后就告别了。第二天我去找我们主任，他将入党志愿书给了我，要我早日填好给他。当天我就填好了入党志愿书。但第二天，政工科来人，叫我立即做好准备工作乘车去杭州的航校去。

那时航校究竟在哪，谁也不知道。只知道乘火车往南京方向去。大家在说去北方了。到南京下火车，乘轮渡后又上火车。那时长江大桥还未建，去北方都只有先渡轮，到对岸再转乘火车。我花了整整一天到了目的地，来到海军航校，被编入预科大队理论学习班，学习文化知识。那时，校领导跟我们开会介绍航校的情况。讲到对飞行员的要求，他说飞行员是要用黄金来培养的，一个飞行员要经过多次考验，除文化知识还要有身体的考验。每次体检复查，总有一部分人要被淘汰掉，因此，身体是关键。

飞行员每年按规定要体检多次，但意想不到的是，就在三个月后，我被检查出患有鼻炎，当时我还无所谓，认为就是由于气候、环境的不适应，感冒引起的。但医生讲，鼻炎对飞行员高空飞行是危险的，会影响他的身体。为此，我还要做进一步检查，最后鼻腔穿刺检查时，发现已有脓，已不适合做飞行员了。

第二天决定淘汰，当时我想我三年的兵役期已到了，干脆做退伍处理。但航校不同意，说他们校还真缺放映员，要我留在航校仍去放电影。航校后把我分配到某机场政治处电影队工作。在电影队干了两个月后，队有关领导来找我，去谈我的组织问题。我说："在离开陆军部队时，我已填好入党志愿书，但支部大会还未开，我就被调来了。"这位领导讲："那你马上给你的领导写信，叫他们把材料寄过来。"过了三天，那位领导来通知我："明天召开支部大会，你也参加，你的入党材料寄来了。"在那次支部大会上，我被通过为预备党员。可意想不到的事情是，刚熟悉情况，同志间关系也很好，我却被通知要调走。当时我不想走，就去找管我们的领导，他也说："你不要走，现在我要下连当兵去一个月。等我回来再说。"但第三天政治处又来找我，问我怎么不去拿档案。我说："我听支部书记的，他叫我不要走。"他却说："他留不住你的，因你的调动不是我们要调你，是上面指定调的。"我问他："哪里上面？"他说："这我也不知道。明日你就把档案拿去，到那里去报到。"

这样，我又被调走，当时去那里还找不到部队，后来中途去到别的陆军部队，找他们领导，他们对我说："路还很远，你今晚就住在这吃晚饭。"第二天他们用该部领导的车，把我送到目的地。到了目的地，我找了很久，找不到地方，只能按照指引的方向走。约又走了一个半小时，我才找到有部队海军战士在站岗。他把我的档案拿进去，不久他出来对我说："那边有个新兵连，你去找他们领导。"这样我就在新兵连与刚入伍的新兵们一起劳动。那些新兵都是天津人，又都是高中生，他们对我很好，不让我去劳动。但我一个人在房间里休息也不好意思，还是每天跟着劳动。大概一周过去了，仍无人管我。我就去找他们领导："请把我的档案还给我，我要回去了。"这时他说："我再打电话去问怎么回事？"后来他告诉我："你到宣传处去报到。因为你的档案送到了干部处，所以我们都不知道你的情况。"

到了宣传处，接待我的是一位大尉军官，他叫我去电影队，说第二天他会来开会分配工作。第二天他来了，电影队一共9个人。他宣布了三个电影组的组长，而我是电影队的负责人，原电影队的负责人被调走了。这样我在电影队工作了近一年后，处长将我调到后勤部政治处去搞宣传。其实很明确是考虑给我提干了。但那时我的想法是尽快回去，因为家中两位老人无人照顾。万一去世，那怎么办？他们身边没有亲人可帮忙。二哥在读大学，他自己身体也不好，对萧山家里他人际不熟，根本插不上手，帮不了忙。

采访者：在部队您有什么印象比较深刻的事情吗？

刘云梅：在部队，对我来说，应该一切都比较顺利，人员之间关系一直相处得很好。在海军部队两年多中，从未发生同志间有不愉快的事。在陆军部队服役即将到期时，科领导就来了解我的思想，因为他们准备要我在部队长期干下去，所以事先就叫我做好长期思想准备。就我比较深刻的事还有几件。

第一，我在陆军服役两年半，调动过两次工作，干过放映员，后为广播员。

当时队长让我去广播站报到。大家都很惊讶，我自己也不相信。队长让我放心，说他和我一起去。他和我一起筹建广播站，那时候叫了一个拉电线的士兵。全部弄好以后，我就留下来当广播员。我的口音有问题，也有一些字不认识。我的科长很好，他不会批评我。读得太快的时候，他马上打过来电话，告诉我不能读太快，要读慢一点。我也很尊敬他。我第二次播的时候，他又会和我说这样还不错，鼓励我，给我留下十分深刻的印象。

当播音员的时候播的内容，有时候是下面写上来的稿纸内容，有时候是报纸里的文章。到航校的时候，有一个广播员出了一点问题，一直搞不好，我就去帮了他一把，他们就知道我以前也做过广播员。

第二，我在航校时，起先为飞行员，大队学员淘汰后为放映员。

第三，我在海军服役时，先为电影队负责人，后调到政治处搞宣传工作，当时分工后分管士兵宣传工作。

在这期间，我经常到基层连队去调查，了解情况时，有两个单位的领导都要我去当指导员，因为他们只有行政干部，没有政工干部。而我只能笑笑，不然，他们以为我会同意的，会向上级打报告去要我。

第四，我的入党也是随着我的调动经历走。我的入党志愿报告及介绍是在陆军部队，在湖州，由于来不及开会我就被调到了海军航空学校报到。在单位领导的重视下，我写信给原单位的领导，没过几天我的入党申请报告就被寄来了。介绍人是宣传科科长、俱乐部主任。在航校，经支部党员大会一致同意，我被接受为预备党员。但两个月后，我又被调入海军基地，一年预备党员期满后，在宣传处党员大会上，我被通过为正式党员了。志愿书是在陆军部队填的，预备期是在空军，转正是在海军。

采访者：当放映员的时候一个月工资有多少？

刘云梅：我从部队回来之后当放映员，一个月大概有50多元收入。那时候，这个工资算不错了。那个时候经济条件差，工资普遍不高，最低24元一个月。当时我在城厢镇基建队，看到行政人员中，有一个小姑娘只有24元一个月。后来我们觉得给这个小姑娘24元太低了，我提议将她的工资涨到28元，他们都同意了。后来，有些人心存不满去镇委告状，问为什么只给她加工资，而他们的工资却没有加。那个镇长来找我谈话，我和镇长反映24元实在是太低了。这个小姑娘家里有一点问题，父亲是国民党的团级干部，是黄埔军校毕业的。我问镇长，是不是因为这个原因才把她的工资压得这么低。我和镇长讲，有什么事情我来承担。镇长不说话，走了。后来那批人来找我，都要求加工资。我就说："你们去告好了。"

记得1958年我还在浙江湖州当兵时，那时我在师广播电台工作，一天下午领导通知我，晚饭后叫我别离开广播室。当时我也不问，也不知道为什么，一直等到晚上9点都快要睡了。这时，师参谋长后面跟着一个吹号兵来到广播站。参谋长叫我把播音机打开，可以播放时，吹号员就对着话筒吹响了紧急集合号声。约5分钟后又第二次吹响了紧急集合号，这时各营地灯全熄灭了，只听部队都跑步出发了。此时，参谋长突然对着我说："小鬼，你的背包呢？"我说："在宿舍里。"他当即说："你这个郎当兵。"说完他也急着走了。一时我急了，怎么事先也不知道。我们的参谋长为师级高官，曾参加两万五千里长征，与他一起的战士都在北京，是将军级高干，他没有文化，但他本领很大。部队调往湖州搞基本建设，造营房，都是他指挥的，干得很出色。

后来，我离开了部队。但到1959年9月，我已在辽宁海军当兵，有一次，去沈阳参加地方电影挑选会。我住在沈阳军区招待所，下午没事就休息在招待所，当时是同住的另一个兵向我介绍招待所的。他说："住一楼的都是我们士兵，二楼是住尉级军官，三楼住校级军官，四楼住将军级军官。"我一时出于好奇，就往二楼、三楼上去。确实不一样，楼道上都铺着红地毯，当走到三楼一半时，只看到一位穿着黄色军大衣、相当威武的军官走下来，我马上低头，不敢看他。这时他经过我身边，突然停下说："小鬼，你怎么跑到这里来了？"当时我吓了一跳，抬头看他，惊奇地说："啊，蒋参谋长，你怎么也到这里来了？"他说："我已调到总后勤部工作了，这次出差来沈阳。"我问："二位师首长好吗？"他说："都调走了。"我又问："两位科长呢？"他说："也都调走了，况且部队已不在湖州了。"我问了很多，最后我也不好意思再说了，就握手告别。如果他现在还健在的话，至少也有120岁了。

我在杭齿厂工作被分配去河南洛阳拖拉机厂培训的时候，一天吃过晚饭，我跟同去杭齿厂热处理的战友上街玩。在街上我看到前面有一位相当有气色的人，看来不是一般人，他推着一辆自行车，很好看。我看这辆车很少见到。这时这位推着自行车的人走到我旁边就讲："小鬼，你怎么跑到这里来了？"听到讲我，我抬头看他："啊！张主任，你怎么也会在这里？"他原是我在海军时的领导，是我们宣传处的俱乐部主任、少校军官。我退伍前他被调到原沈阳军区政校学习，他学习回来后才知道我已经回家了。

他当时叫我去他家玩。我说："太晚了，明天我一定去。"第二天下班吃完饭后，我仍跟战友一起去他家。进门刚坐下，他就批评我，不应该回来。说我走后，我的两位组长都提干了，后来都是中尉军官。当时我把家庭困难的情况向他讲了，我也是没办法！这次见面实为突然，我根本没想到。此时他谈起当时我在部队的事。一次他跟处长谈电影队的事情，顺带问："小刘的提干怎么样了？"处长讲："电影队人员没有军官编制，只有让他办理退伍，后转为职工，仍留在电影队工作。但这是对他的不负责任，而且影响他的前途。"结果没有下文。

据张主任讲，后来把我调到后勤部政治处去搞宣传工作其实是为提干考虑。对此，我很感激两位领导对我的重视和关心。我当时的选择，都源于我的家庭包袱太重。后来我曾给这位张主任写信，但可能我住地不稳定也没收到他的回信。就此一别，已是 50 多年过去了，如他健在的话，也该有 110 岁了。

在杭齿厂热处理车间，那时我只不过是车间党支部委员，还不是干部，后来车间调来了一位书记，此人也是个老干部。在部队里他是大尉军官、科长，他是复员后来支援杭齿建设的。一次他在填写个人履历时，被我看到了，他是 1046 部队转业。我说："啊！你怎么是海军航校的？我也在航校工作过，原来我们是同一个部队的。"他说："我转业时正好是你进入航校。"在这种原既不相识，却远在东北锦州又在同一所航校工作过，现在能相遇在杭齿厂成为同事，实属难得。后来，我们俩成了亲密的战友。

还有一件事，让我一直不能忘记，也是在航校当兵的时候。一天，航校通知我们机关干部、战士去机场迎接海军司令员萧劲光。我们去到机场不久，他的专机到了，只看到萧司令的大将军衔，身边还有位中将和一个 6 岁左右的小孩。司令员下机后，跟我们热情招手。我们大家热烈鼓掌欢迎。后来听说萧司令员是来安排一次重要会议的。当时会议内容是什么谁也不清楚。几天后，有一队战机飞停到机场。那时，我们每天放电影给他们看。有一天我们被告知，在营房门口集中欢迎首长。一会儿轿车一辆接一辆从机场开来，当时在人群中有人看到车上坐着的首长有朱德元帅，也有彭德怀元帅，还有林彪。事后得知十大元帅都来了。他们是去一个疗养院开重要军事会议。这个疗养院确实很好。我去过一次，因为我们电影队去那里放过电影，是飞行员疗养的地方，建在海边，风景优美，去了让人有不想走的感觉。

以后"文化大革命"中，林彪叛国出逃。当时他是在山海关机场起飞逃跑的。这个机场属海军航校机场，我去过多次，也去山海关玩过。因那机场放映任务是我们的，所以我们多次去放过电影。

另外，1955年，解放浙江一江山岛，参战的战机及飞行员也有海军航校的飞行员。这事是在我们进航校时，首长给我们介绍情况时讲的，海军航校有好多英雄。

在这同时，我想到了在湖州服役时，该部队也参加了解放一江山岛的战斗。当时一支队的团长，他在抗美援朝赴朝鲜时，是一位连长，后升为团长。他还是全国一级战斗英雄。听说他的爱人是他去某大学做英雄事迹报告时认识的，后来结婚。我在该团当兵时，他已是位团长，少校军衔。我对他的印象很深。当初，我们都住在奉化下陈，每天去食堂吃饭时，都要经过团部，因此见到的机会特别多。他对我们很客气，脸上露着笑脸，我们向他行军礼时，他就握手以示友好。后来我调走后，听说他已升到师长了。再说，我们住的奉化下陈这个地方，离蒋介石老家溪口不远。当时蒋介石逃去台湾时，来到下陈海边，当地人都见到了。他去乘船的海边都用木板铺起来，他是走过去上船的。从此他就在台湾了。1955年初解放浙江沿海一江山岛的战斗，我原所在部队也参加了。我是战斗结束后，充进去的。这次战斗是中华人民共和国成立后首次由陆海空三军协同作战，这场战斗是由当年人民解放军副总参谋长张爱萍上将亲临前线，实地指挥的。在战斗中，他不断勉励部队指战员和海空军，他在指挥所里指挥着，大声地喊，"你们打得漂亮，我为你们报功"。作战时间不长，一江山岛就被解放了。

战争总会有牺牲。在舟山群岛有不少年轻战士安息在那里。在定海，我去烈士墓地时，看到墓碑上有不少年轻的美丽女兵和年轻战士的名字。他们为新中国的解放事业献出了年轻的生命。在陆军部队服役期间，每年清明节部队都会派人去舟山为牺牲的战士献花。这任务由宣传科负责。我们是不会忘记他们的，忘记过去，就意味着背叛。当然，战争必有牺牲。没有他们的牺牲也不会有今天的好日子。当我在舟山烈士墓中见到写有0080部队战士的名字时，我就肃立行礼，这也是我的战友啊！军旅生活虽然仅有短短的6年，但我却永远不会忘记。

三　我退伍后的生活

采访者：您在部队退役复员后，在地方上都干了哪些工作？

刘云梅：那时候很穷的，我从部队里回来的时候，口袋里只有84元，这是我的退伍费。拿着这个退伍费到萧山来，可以买42千克粮票，买42千克番薯，就只有这一点价值，用粮票去买粮食还便宜一点。我后来才知道，我退伍回来以后，部队还派人给我落实工作，我回来后先到武装部报到，回来时拿了一大堆档案，80%的档案留在武装部，剩下的20%让我拿到城厢镇委去。

我家离城厢镇政府很近，不过200米。第二天城厢镇的一个镇长到我家来，让我去镇里工作，就是现在所谓的社区工作。我拒绝了，因为我想做放电影的工作，于是镇长让我等着，我等了三四天，一点动静也没有。后来有个房管委干部到家里来找我，他们缺人手来要人，镇里的领导向他推荐了我，让我去做会计，可是我拒绝了，我不会做会计工作，他坚持让我去工作。他说："你来吧，我这里有一百多个人，你帮我管管人，我就很满足了。"我就答应了他，但是后来又没有动静了，他也再没来找过我了。三天后我在街上碰到他，我问他："为什么不来找我了？"他说："别说了，我跟你们镇长吵了一架，他们不同意了。"

过了一段时间，各个电影队下到各个镇，然后我就去放了半年的电影。我们电影队的队长是一个女的，她人非常好，非常能干，我和她也非常合得来。后来电影队要回去了，队长问我要不要跟他们一起走，我说当然好。等到那天她去镇里告别的时候，镇长把她叫住了，问："老刘怎么不留下来？"队长说："老刘和我们一起走。"镇长说："那你们也别走了，等他回来了你们再走。"队长回来和我说："你去城厢镇委吧，你不去的话，我们走不了了。"我到镇长面前，和他产生了争执，因为他坚持要让我到城厢镇工作，最后我只得妥协。

三个月后，有一天我们正在开会，看到一个解放军跑到城厢镇委来。后来他们来叫我，我上去看到一个解放军站在那里，他非常客气地告诉我，人武部让我到城厢镇委人武部工作，我不表态了。因为那个时候当干部真的吃不饱，每个月粮票只有13.5千克，而且工资也只有35.5元。按照正常的来说，那时候我的工资应该可以提到38元。定粮和工资对我影响很大，我在放电影的时候，虽然工资每个月也是35.5元，但是我每放一场电影都是有津贴的，每个月还有奖金，每个月的粮食定额是17.5千克。如果调到城厢镇，我的粮食定额和工资都大大降低，很难养活一家人，因此我一直坚持不到城厢镇工作。他们一直坚持不肯放我去别的地方工作，我只得在这里工作，工作了两年后，我觉得再这样子待在这里工作是不行的，当时沿海局势非常紧张，一直有传闻蒋介石要反攻大陆。

我们城厢镇有一个基建搬运队，有一百多个人，这些人当中有些曾是国民党的官员、犯错误的人。萧山县里非常关注这批人，防止他们叛乱。当时镇里派我去那里整顿，还派了另一个人和我一起。当时在那里整顿工作，做了两三个月之后，工作做得差不多了，和我一起去的那个人说，他任务完成了，他要走了。我说："那我也要走了。"他说："你走不是我的事，是镇里的事。"最后我只能去找镇长解决这个问题，镇长让我留在那里当支部书记，我拒绝了，因为我不要当干部，我不喜欢当官。那时我住在镇政府，就经常发牢骚，但他们还一直坚持，不让我走。

一直到1964年4月，部队里有一批退伍军人下来，当时杭齿厂和铁路部门都在招人，因我的母亲在萧山需要照顾。我就去找人，要求在杭齿厂工作。可是他说这件事他做不了主，让我去找镇里的领导解决。我不去找镇长，找他们也没有用，于是我去找了镇里的书记。但他说研究一下再说。

后来退伍人员报到了，我实在等不及，我又去找书记了，说我一定要走。找他的时候，他还是不同意，第二天一大早又去找他了，和他说再不放我，那边退伍人员一下来，报名就停止了。最后他还是把我给放了。当时办手续都在民政局办，一批复员兵都互相认识。后来这批人都由我带，包括后来到洛阳去培训的时候也是我带着他们。

采访者： 您那一代人有什么择偶条件？

刘云梅： 对我个人问题的考虑，因家庭条件差，当时根本不敢考虑。再说那时我二哥也没结婚，他当时在我们的通信中，也多次谈到我的个人问题。他叫我不要等他，甚至说："青梅不熟，黄梅熟。"不要因为考虑他，自己就不考虑。

后来，我在镇委时，镇里的两位好心人给我介绍了一位也因家庭人口多而不去读师范学校的、在镇食堂打工的姑娘。我们前后相处谈了8年多的恋爱，这期间曾发生多次分分合合的局面。原因她虽不谈，我知道是因为我的工作和家庭经济条件，当然其他她也不好意思讲，为此她就提分手。当时我同意了，看来这样拖下去也不是个问题。当我表明态度后，她却又叫我去谈谈，这时我不会再去，就算和平分手了。其他我与她的事，她母亲是知道的。一次他堂兄找我说她已体检合格要进杭齿厂，但在审查中，镇委说她思想意识不好，结果厂里就不要了。可是时间已过去了，不然我会去替她说清楚，这事不能怪她。以后她被外地单位招工招去了。有一天我领着大儿子去看电影，正好遇见她跟母亲也去看电影。她站在一边看我们，她母亲过来看我儿子。我现在的爱人，我们其实只谈了半年，而这半年中真正见面也只有三四次，待她了解我的情况，我也实情告知她。看来她也并无什么要求，就这样定了。在去镇里登记时，当时她什么手续也没有，镇里说，这怎么好登记呢？后来又说，别人不能办，但你，我们还是了解你的，给你办，但她的手续还是要补的，就这样我们办理了结婚登记。

结婚时，所有亲属我都不告诉，也没办酒席，也没买什么衣服、家具，连车间里我也没发喜糖。后来大家都知道了，向我要糖。那时，我只是向所在班组 10 个同事发糖。当时我们的厂长曾对我说："老刘，你结婚我一定来参加。"但我因为没办酒席，所以不敢给他喜糖，感到这样很没礼貌。后来为了我爱人的工作调动，他还亲自去当地公社与书记谈条件，他对我的关心，我也只能铭记在心。可惜他在前两年已去世了。

采访者：当时没有让爱人调过来工作吗？

刘云梅：当时我们已有两个儿子，在他们俩要上小学时，他们俩的户口却无法报入。那时有个随母申报的政策，其实政策强调的是农村户口，像我们这种情况，孩子母亲是公办教师，而我又是长期居住在城镇的城市户，小孩又居住在家里，而在农村根本无处居住。但当时就是无法迁入。为此，我还写信去国务院反映情况。后来此信转到城厢派出所，但并没有什么结果。

最后还是镇党委书记朱厚立得知这事后，帮我们解决的。我真的很感激这位镇党委书记。他是个南下老干部，后调任为副县长，当时我住在镇里，也是在镇里才认识的，平时很少来往，我只找过他几次，为了工作才去找他的，并没有什么送礼之事。这些事，我是不会干的。我总认为，向领导送礼，其实是对领导的不尊重，而且也反映人的思想意识不高，甚至还会损害他的名誉，这是不能干的。

而那些向领导送钱、送礼物的人，动机肯定是不纯的，出发点也是有目的。要我用这种办法来解决问题，我是不会做的。就是我当车间主任后，有人送东西来，我也拒绝，非要他拿回去。有的放下就走了。第二天，我拿到车间叫人送还给他。对爱人的工作调动我花了不少精力，组织也有帮助但仍没有成功。爱人工作就这样拖了半年，一次，我们又在邮电局打电话给所在公社的书记，这时一位我认识，而他也是我爱人的同学，问我们什么事，我们把调动工作的事向他说了一下，刚好那边电话通了，他讲："让我来。"他先把自己的姓名告诉对方，然后就说："你们放了吗？"这时对方书记竟然答应了，我爱人总算被调到杭齿厂附近的小学工作了。

至于这个打电话的人为什么会有如此作用，原因谁也不知。但我们很感激他。

我的两个儿子，中学毕业后（初中），我让他们都考技校，这样毕业后工作不成问题。后来他们都被分配在杭齿厂。因为我那时想他俩若读高中，一则费用高负担不起，另是不一定能考上，后来他们的同学有考不上的就休学在家，成了包袱。

1964年4月我进杭齿厂在热处理车间工作，车间80名职工要做三班制，我从洛阳回来后投入"三班倒"，但我过得很愉快，不累，也感到满意。个人收入加奖金和各种补贴，比原来的收入增加了一倍，减轻了家里的经济压力。随着生产不断扩大，以及车间人员的增加，我后来也成了老师傅。我开始任班组长、车间支部委员，后来任车间副书记、副主任、主任并兼书记、再到主任，1991年12月退休。我是提前5年退休，因工作太累了。当时收入也基本不变了。退休后，我被邀请去绍兴分厂又干了5年才回来。后来在居委会（现在的社区）里又干了两年，任书记。车间的各类职务我都干过。

采访者：您的两个儿子是做什么工作的？

刘云梅：两个儿子都是杭齿技校毕业的。因为当时我在杭齿厂工作，所以他们也被分配到杭齿厂，方便照顾。

大儿子是杭齿厂的机械工人。他有个表哥在萧山开公司，当时他的车间不肯放人，因为他是技术骨干。后来我又去做他们的工作，做了很久的工作车间才同意放人。这公司开了半年，效益还是不错的，但是这个公司是做石化行业的，国家不允许做，这个公司后来就解散了。大儿子失业了，但是他还瞒着我，不肯和我讲。那时候找工作是很麻烦的，于是我找了一个杭齿厂的党委书记帮忙让我的大儿子继续回来工作，这个书记一口答应。当时，人事科的一个科长做事有问题，只招一个人，名额已经报上去了，我儿子只能进到车间做杂工。做杂工很辛苦，我那时已经退休，托以前认识的朋友——车间的主任帮忙，做了努力，总算让儿子去车间工作。

小儿子那里效益不好，他的身体也不好，就离开杭齿厂去一个亲戚那里帮忙。在杭齿厂工作的时候，他只有三四十元一个月，太低了。后来去亲戚那里帮忙的时候一年不少于7万元。

四　我与杭齿厂的故事

采访者：请说一说您进入杭齿厂的经过？当时杭齿厂招工有什么条件？

刘云梅：必须在部队里待过，是退伍兵。第二批招进来的人，对文化程度和年纪都有要求。家庭背景等方面没有特殊情况，都是允许的。技能方面没有什么特殊要求，大家都是新手。

我是1964年4月，杭齿厂开始动工建厂时，正好有一批复员军人分配进杭齿厂时，被招工进厂的，被分去热处理车间。当时车间还未动工，我就参加了其他车间建设，如打工、挑土、抬水泥、搬砖石等活。然后我就被分配去洛阳拖拉机厂培训热处理，六个月的培训期满回厂后又参加热处理车间的劳动。车间建成后，立即成立了各级组织和分配具体工作。那时我被分配搞液体渗碳。这是一种极毒的化学热处理。而当时的操作工都需要经过严格审查才可去操作。主要是渗碳用的材料不能外流，以防发生重大人身事故。直到第二年，车间改变了设备和工艺成气体渗碳，才停止用液体渗碳的工艺。

从此车间逐步发展人员，从60多人发展到后来的140人。而我们厂的规模也逐渐扩大，生产得到发展。从小的齿轮箱，发展到大功率齿轮箱。杭齿厂的规模也逐步扩大，由山南扩展到山北。人员从领导班子到技术人员也不断加强，杭齿厂逐渐开始生产大型船用齿轮箱，成为全国很有规模和专业技术的生产厂。

这里，说起杭州齿轮箱厂的建立及创始人，还归功于我们敬爱的周恩来总理，是他的重视、关心，才有今日的杭齿厂。1956年，浙江沿海的一场台风，致使在海上作业的近千名渔民丧生。其原因，是当时渔船的动力落后，开得不够快，导致船上的渔民无法脱身。后来周总理得知此事后，讲："我们一定要有自己生产的船用齿轮箱。此任务就由七机部负责。"七机部把建厂地放在浙江，最后交由杭州市政府解决，也就是被安排在现在的杭州齿轮箱厂。但当时整个建厂的面积未定，据杭齿厂办原主任讲，当时的杭州市市长王志达特地来厂选地，他去接待，并参与选地。王市长去现场，东指到哪里，南指到哪里，西、北指到哪里，就定了整个厂的规模。这就为后来杭齿厂的发展打下了基础，使杭齿厂从此快速发展前进。以后就定了为杭州前进齿轮箱厂，简称"杭齿"。

采访者：当时进杭齿厂的工人，都是哪里来的？

刘云梅：杭齿厂现在的技术力量我不清楚，但是当时杭齿厂的技术力量是很强大的，上海柴油机厂技校生、天津技校热处理专业的中专生、无锡柴油机厂的技校生都到这里来。天津和无锡的这批人，后来都是杭齿厂的技术骨干、中层干部。

后来部队里来的人，南京部队有一批，二十军0080部队有一批，还有转业退伍的有一批，那时候杭齿厂里军人占了10%左右。现在发展海军的力量非常重要，当时我们在航校培训的时候，校长反复强调这一点。因为海军可以单兵作战，军队力量强不强就看海军。现在日本对我们的威胁也很大，他们的海军很强，我们必须加强海军力量。

采访者：您当时在杭齿厂一天的生活是怎样的？能跟我们描述一下吗？

刘云梅：我的生活是很辛苦的，这也就是我提前退休的原因。我早上起得很早，大概要比职工提早半小时到；中午就是大家在一起吃饭，都一样；到了晚上下班就不一样了，普通的职工到点就可以走了，我基本上要在车间看一看、查一查有没有什么问题，至少要比普通职工迟半个小时到一个小时左右回家。一旦晚上车间里出什么事情，他们就会打电话给我。我原来是住在萧山的，有一回晚上车间着火了，他们跑到萧山来找我去解决问题。

当时我实在很辛苦，于是向厂长提交辞职报告，这样一弄，我的房子问题才得到解决。当时我的同事为我抱不平，说我的情况这么困难，为什么还不给我解决房子问题。其实这个房子问题还是不给我解决的好，为什么这么说呢？因为当时我在萧山市有一个房子，当时管厂里面分配房子的人有私心，得知厂里给我分配了一套房子后，通过手段将萧山的房子划到了其他人名下。后来我知道这件事情后已经非常迟了，委托房管局的一个朋友查了后，才知道事情的真相，可是手续根本就没有我的签名。后来得知拆迁的时候，那个人拿了两套房子。这种事情完全不合法，但他们有人帮忙，没办法。

采访者：您去洛阳培训，是学习什么内容？

刘云梅：在洛阳培训学习热处理技术。实际上，齿轮箱的质量好坏程度就取决于热处理。如果热处理不好，产品的质量和寿命都很受影响。热处理的技术要求非常高，对于强度、金属材料处理等都很有讲究，而且热处理的设备也很贵，现在热处理的设备除自己制造外也有从美国进口的。

热处理怎么才算比较好？标准很多。例如，这个齿轮不仅要求表面硬度，对它的硬性、强度、光洁度、里面材质的粗细也有要求。一般来说，设备操作稳定，热处理质量就好。热处理有一个特点，一出事故，一个炉的工件就会报废，这个损失就是几十万元。杭齿厂要发展下去，它的产品也要跟上去，就必须紧密结合军工业，美国军工业这么发达，其实国企并不多，都是私人企业造飞机、造坦克。现在全厂的设备都还是不错的，问题出在产品的创新上，新产品的开发还不够。

热处理的技术标准要求极高，不仅要求表面光洁度、硬度、强度，而内在的晶粒粗细要求严格得很。真是热处理的质量决定整个齿轮的使用寿命。故一个炉中有质量问题就是整炉返修甚至全部报废。那时损失万元不是个小数目。

目前杭齿厂要发展，非得打开产品及销售渠道不可。杭齿厂完全可以生产军工产品。建厂初期也有生产，但生产太少。

像日本、美国等外国企业，它一边生产民用产品，另一方面却大量生产军工产品，因此这个方面不可忽视。

采访者：杭齿厂内"文化大革命"是从什么时候开始的？

刘云梅：1967年、1968年前后，当时杭州"文化大革命"闹得十分激烈，我在杭齿厂内，"文化大革命"倒还不是很激烈。

当时所谓老保派，干部科室人员比较多；所谓造反派，都是工人。这两派势力相比较而言，造反派占优势。那时候杭齿厂还有支援内地任务，大家都不想去。因为他们认为只要抢到了权力，就可以决定自己去留，所以权力之争十分激烈。

1967年至1968年"文化大革命"逐渐进入高潮。后来成了两派，当时造反派人数占60%以上。当时我对这场运动搞不清楚，根本不感兴趣，那时就是不能讲，否则要被戴"高帽子"。

但在大是大非面前，尤其对待当权派，我是有主见的。为此，和他们产生了分歧和各种矛盾，也就是不听他们的话。那时我就只管干活，基本上不参加他们的活动。所以，即使车间造反兵团讲我是"人在曹营心在汉"，也就是说我不与他们一条心，我对这场运动也不感兴趣，我只管搞好班组的生产，当时他们还把我平时讲的话作为"二月逆流"。他们连续召开三天的车间批判大会，虽然没有点我的名，但其实车间人员都知道是在批判我，他们还两次把厂领导，当时的"走资派"李义也叫来陪批。最后造反派的头头（"总司令"）也被请来讲话，实质是为他们出气，支持他们。

直到"文化大革命"后期，厂里开始整顿，上面派了一名老干部来担任整顿领导小组组长，车间主任也参加，后经全体党员推荐，我也参加了整顿领导小组工作，恢复了党员活动，党的组织也恢复了。这样，我们才把车间稳定了下来。

原厂长李义最后任省机械厅厅长，后副书记调任杭州市委常委、组织部长，有厂长调任杭州市副市长，后任市政协副主席，其中还有不少同志调到杭州市局各厂去担任主要领导，也有到大学当领导的。总的一句话，杭齿厂的职工队伍和领导班子都是过硬的，而且是出人才的地方。

技术人员队伍是杭齿厂发展的主力军，他们不断开发新产品。我们车间的一位副主任不单是车间的主要技术骨干，而且还是全国劳动模范，他以身作则，脚踏实地地工作。他不计报酬，不要名誉地位，把自己该评的高级工程师名额让给了别人，杭齿厂之所以发展得这么快，就是因为有一个好的领导班子和技术职工队伍。希望杭齿厂能继续保持下去，今后继续为国家做出更大的贡献。

我刚进厂的时候，在厂里当工人。后来，我被提拔为团支部书记。其实，车间的岗位我基本上轮流干过。例如，班组长、工段长、副书记、副主任、主任、主任兼任书记。我在55岁的时候就退休了，按照规定，干部是60岁退休，工人是55岁退休。因为我当了十多年的工人，所以也可以在55岁的时候退休。实在是太累了。当时两个老人都已经去世了，我就想早一点退休好好休息。我的母亲是1991年3月去世的，在1991年12月底，我坚持要提前退休。那时候我还有两个小孩要照顾，我的爱人在农村工作，在农村当一名教师，她住在学校里，根本没有精力来照顾孩子。提前五年退休，这个事情当时落实得很困难，因为厂里的领导不同意我提早退休，想让我多工作几年，我的两个主任也叫我别退。而厂领导也讲："我们叫他不要退，他一定要退。"是的，我的决心很强，主要是压力实在太大，太辛苦了。当然确实存在着对领导做事与处理问题不公的分歧，因此我下定决心一定要退休。

我在杭齿厂工作的时候，厂里有规定，干部的奖金允许比职工平均奖金高20%。那时候我就跟两个主任说："算了，我们一起拿职工的平均奖金好了。"实际上我们拿的平均奖金比职工都要低，因为职工有三种收入来源，我们是没算入的。

采访者：您对杭齿厂的领导，有什么印象特别深刻的事情吗？

刘云梅：当时杭齿厂有一个厂长兼书记李义，是12级的老干部。当时他调到我们杭齿厂来时，有一辆小轿车，在当时的萧山，小轿车是很罕见的，那时县委书记都没有。李义对干部的要求非常严格，但是对工人很好，是一个很正派的人。他对待干部非常严格，不管是多大级别的干部，一旦你犯错，他就毫不犹豫地指出。他在职的时候，包括厂里的中层干部都十分敬畏他。

第二个厂长也很不错，他叫胡克昌，原来是一个技术人员，后来被提拔为工程师，又当上了厂长。他人很不错，从来不拉帮结派。他对我们热处理的这个部门很重视，基本上每天都要过来看一下。

还有一件事情，当时我们车间有一个职工，他是研究生毕业，这人很聪明，当时我们从美国引进的设备，有一些翻译工作都是由他来完成的。他在谈婚论嫁的时候，女方的父母有一点看不起他。他因为这个事情十分消极，我们为了帮助他，就找到厂长，希望厂长能帮助他解决一下问题。厂长一口答应，他将那个职工的对象调到厂里，这个职工的对象原来是当老师的，一开始调到厂里也是当老师，后来她负责管杭齿厂的小报。这厂长为人很正派，能够挑担子，解决了很多职工的实际问题。

杭齿厂的快速发展，这里不但有一支不怕苦、不怕累、不计报酬的职工队伍，关键有坚强有力、以身作则的厂级领导班子。现在过去数十年了，这些老干部已故，但我们始终没有忘记他们。在"文化大革命"中，上级派了军队代表进驻杭齿厂。当时的军代表后来成了厂党委书记，这说明上级对杭齿厂是相当重视和关心的。

另外还有不少老同志，原在部队中都是营级、副团级，军衔为大尉、少校的军官，后来都是离休干部。他们大多是车间、科室的领导干部。现在过去数十年了，这些老干部、老同志都已经不在了，但我们没有忘记他们。

到后来的"文化大革命"时，我们杭齿厂驻扎了一个排驻军，当时的军代表，就是后来的党委书记。其级别在军队也是副师级和团级的。这说明上级政府对杭齿厂是相当重视和关心的。

另外，杭齿厂还有一支技术骨干队伍和一批技术过硬的老师傅。不少师傅、技术人员都是从全国各地调来支援杭齿厂建设的，这也说明当时中央有关部门对杭齿厂的重视。例如，当时杭齿厂第一位总工程师，他曾享受省政府特殊津贴，是全省为数不多的一位工程师，也是杭齿厂当时的第一位总工程师。全省第一位热处理工程师也被分配到杭齿厂。当时这两位工程师也是杭齿厂仅有的工程师。

而对于其他的技术骨干人员，当时在全省机械行业中，杭齿厂是技术人员最多的一个厂。就我们热处理车间，当时不足100人时，技术人员占到12%。他们都是从各地调来和后来分配来的大学生。那时没有职称评定，统称技术员。到后来他们都是工程师了。这些技术人员为杭齿厂的建设和发展，做出了很大贡献，是有功之人。

还有不少老技术工人，也大都是从全国各地调来支援杭齿建设的，我们车间就有7级、6级、5级的老师傅。那时我们车间有个3级技术工已经就很不错了，他们为杭齿厂的建设发挥了积极作用。

以后又有大批从各地来支援杭齿厂的技术学校的毕业生。上海柴油机厂、无锡技校、天津中技学校毕业生都被分配进入杭齿厂。再后来从部队转业的干部来到杭齿厂，使得杭齿厂职工队伍不断壮大。他们后来都成了生产技术、管理层的骨干和领导人员。

同时，农村土地被征用后，大批的农村居民的子女也都来到杭齿厂，他们在生产第一线又成了主力军及后来的骨干力量。杭齿厂从1962年开始建厂，至今已有56年，全厂职工为杭齿厂创造了近10个杭齿厂的财富，他们都是杭齿厂的功臣。当然，杭齿厂也还记得这些退休的老职工，每年春节发给这些老职工100元的过节费。

采访者：杭齿厂的设施都很完善，学校、医院都有，都是后来办起来的吗？

刘云梅：基本上是建厂之后马上就办的，历史很悠久。杭齿厂的医院技术力量很强，当时技术员的家属基本上是医生。很多都是在上海的医科大学毕业的，部队里的转业军医也在这里工作。医院里的医生基本上是女的，其中男的也都是大学毕业。

杭齿厂的技术职业学校一开始是由省里办的，专门培养技术工人。杭齿厂培养出来的人基本上是为杭齿厂服务的。

采访者：后来改革开放对杭齿厂有什么影响？有哪些机遇和挑战？

刘云梅：改革开放以后，企业都搞法人代表。对于厂长来说，在这个企业他是法人代表，在考虑问题时，尤其在分配中就会出现巨大差距。一开始的时候，就每个人都签订劳动合同。

我在1992年一定要退休，这是一个重要的原因。那时的我都快干了一辈子了，到头来成了合同工。当时在我看来这种做法不符合工人是企业的主人的精神。而且工人们也都想不通，背后好多人在骂。我们成了临时工了。但为什么吃"皇粮"的人都不实行合同工呢？还是走了算了，免得以后让人骂。其实说明这种做法并没有起到好的作用。至今人们还在讲："这种做法，对他们领导干部来说是好的，现在年收入都相当于工人的 5～10 倍多。"

五　我的"萧山精神"

采访者：您前面说了好几次，您想要离开之前的工作岗位，换到另一个工作岗位，原来的岗位上一直不肯放人，那么可以看出您一定是一个认真负责的人。通过交流，我发现您还是一个比较直爽刚硬的人，您对自己有一个怎样的评价呢？

刘云梅：我工作是认真负责的，我这个人，人家评价我是吃软不吃硬。如果你对我说软话，我这个人是很好说话的，但是如果你对我硬的话，我就跟你硬碰硬。在车间里面，我是正主任，有两个副主任，还有一个书记，我们的关系都非常好。我们都讲原则，讲道理。因为我们四个人是团结一致的，没有私心。在部队里待过的人，一般比较正派。

我这一辈子最大的感受就是，如果我当时没有去航校，而是留在原部队的话，我可能一路升上去了。为什么这么讲呢？因为当时和我在陆军部队一起放电影的一个战友，我在海军放电影的时候，他已经是营级的干部了。海军里的志愿兵最多是中尉，而这个人已经是大尉。在海军里面，干部真的升得很慢。部队里面还有一个特殊情况，里面的人都是从四面八方调过来的，相互之间都不了解，这一点很吃亏。但是后来他们提干也很快，跟我一起放电影的一个人，第二年提了中尉。

我在陆军的时候放映员也是分等级的，一共五个级别，级别越高，数字越大。当时经过培训班培训之后我有三级放映证，可惜工作调动时还给单位了，没有想到回来之后还用得上。

因此，我这一生有很多机会都错过了。别人经常说，我如果留在城厢镇当人武部部长，现在的条件一定很好。但是，这一点我倒不眼红。

我工龄说是 42 年，其实是 37 年。因为热加工这一块，可以增加工龄，12 个月算成 15 个月。我的工龄是从部队当兵开始算的，以前都不算，这一点也是吃亏的。有很多提干的机会我也不要，两次提干，一次在部队我放弃了，还有一次在萧山，我也放弃了。可能最大的原因是性格吧，我这个人不计较这些。

从杭齿厂退休后，我住到萧山老年颐乐园养老来了。这个养老园是当初市政府特地为老人们设计建造的一所花园式的养老院。由于环境好，建设设计也好，各种条件都不错，来居住的老年人特别多，后来一般人都无法入住。

当时在全省甚至全国各地都有人来参观调研这座养老院。中央各部门的有关领导甚至当时的李岚清同志也来视察过，还教老人们一起唱《夕阳红》。

再后来，时任浙江省委书记的习近平同志也来园视察，当时我们在舞厅跳舞，他上楼来看望我们。那时，我离习近平同志只有两米左右，近距离听他的讲话，他勉励我们幸福度晚年。

采访者：请您谈谈您眼中的萧山精神？

刘云梅：首先，萧山人民永远有勇立潮头的精神。例如，萧山钱塘江开发围海造田这件事，这是非常大的成就。当时萧山人都去那里参加劳动，围海造田。而且，萧山人很勤劳、肯吃苦。

采访者：非常感谢刘先生能够在百忙之中接受我们的采访，再次感谢！

刘云梅：不用客气，你们辛苦了！

享了时代的福

——李水凤口述

采访者：潘立川　　　　　　　整理者：潘立川

采访时间：2018 年 8 月 31 日　　采访地点：萧山区北干街道明怡花苑

口述者

李水凤，1947 年 6 月出生于萧山区北干街道兴议村，曾在城北乡供销社、城北玻璃厂工作，后在城北菜市场零售蔬菜，现在在家安度晚年。

一　家里生活条件非常苦

采访者：李女士，您好！很高兴您能答应接受我们的采访。改革开放 40 年来，萧山各项事业取得了飞快的发展，社会也发生了翻天覆地的变化。您生活在萧山、工作在萧山，是萧山改革开放重要的历史见证人，我们希望就萧山改革开放以来您的个人经历及感受、体会对您进行采访。李女士，请您简单介绍一下自己的情况。

李水凤：我在 1947 年农历四月十六（公历 6 月 4 日）出生，今年 71 岁。我出生在萧山区北干街道兴议村五组。现在家里就我和我丈夫两个人一起生活。我们有一个儿子和一个女儿，女儿出嫁了，还有一个媳妇、一个孙女，一共是五口人。在家里我排行老三，我前面有两个姐姐，下面是弟弟和妹妹，三个弟弟已经去世。我最小的弟弟去世的时候只有 50 多岁，大的弟弟是 60 多岁去世的。现在家里只有二姐、我和两个妹妹还在，我们年纪都差三岁，我们家里人还是很多的。我出生的时候，爷爷还在世，奶奶不在世了。我爸爸是家里的大儿子。当时家里兄弟多，分家以后都分开居住、生活，我

429

们和叔叔、伯伯他们交往也不多。

采访者：您的父母当时从事什么工作？

李水凤：我父母也是在农村里织布、卖布赚点钱，就靠这点微薄收入买米吃。他们在家里织布的时候，我就在旁边帮忙摇棉花（纺纱）。当时我们自己家里没有多少田，没法种棉花，只能种点粮食吃。

当时家里的生活非常苦，经济条件也很差。父母在中华人民共和国成立后被划分成分为贫农。我父亲去世的时候我只有 15 岁。他生病以后，家里没有钱看病，生了几个月的病就去世了。那时候我都是上夜校学认几个字，结果也没怎么学会，白天都要在家里干活赚钱。我们家里小孩多、负担重，我父亲去世后，我母亲一个人照顾不过来，我们就都去地里干活。因为家里人多，都是劳动力，要去赚钱，所以我没读过书。父亲去世以后，家里就靠母亲和两个姐姐出力，我也变成劳动力干活去了。当时家里都靠母亲操持，现在她过世也已经有 10 年了。

采访者：您和您丈夫是怎么认识的？什么时候结的婚？

李水凤：我们是通过别人做媒认识的，然后双方觉得各方面也都可以，挺合适的，就结婚了。他今年 76 岁，比我大 5 岁，来自明星村，就在兴议村旁边。我们在 1966 年农历十二月廿八结的婚，那年我 19 岁。我丈夫姓倪，我们明星大队十四组有 1/3 都姓倪，还有 1/3 姓陈，1/3 姓平。他的工作是务农，一辈子都在务农。我丈夫家里有七口人，一共有五个孩子，三个兄弟和两个妹妹，他排行老二。他父母也在家种地，祖祖辈辈都是农民。他兄弟也一样在家种地。

我丈夫当时就是在大队里种地，没有个人田地，跟我们家种的地一样。他也没有做其他的副业，就是在自己家里养猪。后来他个人承包了一些地养鸭子，现在也没有鸭子了，就在家里休息。明星村当时也没有什么像样的工厂，都是老板个人承包的小厂。去工厂打工这件事我们也没有想过，也进不去。

采访者：您对小时候萧山城北乡（现北干街道）的具体情况有印象吗？

李水凤：那我不知道，我没有文化，在家里劳动并不知道外面的发展情况。城北乡，还有我们这里都是沙地。当时沙地这里也有田，种稻、番薯、麻。兴议村的情况我也不太清楚，村子里村民主要姓倪，倪家的人多。倪姓传下来的后生晚辈人数很多，过年过节坐下来有三四桌人。兴议村主要是种棉花、络麻，水稻也有一点，像番薯、红薯这些都有。我小的时候，当时兴议村也有工厂，名字我忘了，但是我们不能去工作。

采访者： 您小时候住的都是什么房子呢？

李水凤： 草房。家里这么多口人就挤在两间草舍里，房子很小。当时我家离种的田很近，有一条泥巴路，也就一里路的距离，都在一个大队里。我那时年纪小，都是跑过去的。

采访者： 兴议村是什么时候成立大队的？当时去吃过食堂吗？

李水凤： 什么时候成立大队的我不清楚，但是吃过食堂。吃食堂饭的时候我也很小，没有印象了。吃食堂饭要排队的，干部子弟看不起我们贫苦农民，要排队排到了才有的吃。后来粮食不够，吃了多久我也忘记了。

采访者： 您成长的时候刚好赶上三年困难时期，您有印象吗？

李水凤： 三年困难时期，最严重的时候我们就是吃草，这样的情况有好几年呢。我有印象，我们姐妹多，去池塘里买几只鸭子回来养，这样可以吃蛋。当时粮食都不够。

采访者： 您去参加萧山围垦了吗？

李水凤： 参与围垦没有我们的份儿。我们两口子都很老实，当时也不知道去。我丈夫的哥哥去过，我们没去。当时村里能去参与围垦建设的都是一些很积极的人，我们这种人很老实，不会去说。也不是所有男人都能去，不过挑湾的时候大家都要去，女人去盛土石，土石交由男人去挑。我大弟弟力气大一点，像抬石头、造桥都去过。

采访者： 您小时候有没有去上学？

李水凤： 我到15岁就不去读夜校了，十多岁就开始帮家里干活。一开始我干些简单的农活，打打下手。十多岁以后我就挑花，白天也挑，晚上也挑。挑花半个月能有十多元收入。我母亲织布，我们纺花，做好了去换点小钱。家里当时种的都是小队里集体的土地，家里没有地。村里也是种一些棉花、小麦、络麻和番薯，没有什么值钱的东西。

采访者： 您什么时候学会了写字？

李水凤： 因为在供销社工作的时候，要报络麻的数量和质量等级，所以那时我学会了写字。不过认识的字不是很多，说不清楚认识多少字，有些字我戴上眼镜的话也看得懂，看看电视还有几个字认识，不过报纸我看不懂。我现在还是会写名字的。我7岁开始上学，是在一所教会学校读书，但没有好好读书，因为要帮家里干活。虽然读书不要钱，但我经常要在家里带弟弟和妹妹，也没正经念过多久。虽然我读书读到15岁，但教会学校不教写字，加上学校上课的老师是农村里来的，教的内容我们都不懂，也不实用。如果那时候要是有书读，能认识几个字就好了。现在的人有福气，书念得多。

二 供销社里收络麻

采访者：您结婚以后也是在家务农干活吗？

李水凤：我后来没有在家里干活，考进了萧山城北（现北干街道）供销社。我在供销社里做了几年，负责收络麻。萧山地区络麻和棉花都很多，农民丰收以后都卖给供销社。我就是在供销社里检验、收购农民上交的棉麻，看它们合不合格，是什么档次，然后确定收购等级。

采访者：当时入职考什么内容？

李水凤：考的是收拣络麻、打包络麻、判断络麻的档次。一开始先给我们各种各样的络麻，让我们来判定络麻的成色、质量好坏。这环节考验我们是否熟悉络麻，眼光如何，分拣得是否准确。"文化大革命"的时候，供销社还带我们去煤矿里培训收络麻。

采访者：当时城北是每户人家都种络麻吗？

李水凤：沙地这片家家户户都种络麻，但质量有好有坏。种稻的地方，就不种络麻。当时城北只有明星、兴议两个村种植络麻，其他村都没有。当时城北明星村的络麻质量还可以，其中荣庄的络麻质量最好。我们去参观过，荣庄那里的络麻是带光茎。我们回来也学荣庄，带光茎。光茎络麻做出来的产品质量好。

采访者：收络麻当时是多少钱一斤？当时供销社一天能收多少络麻？

李水凤：络麻很便宜，差一点的是一元多一斤，质量好的是两元左右一斤。农民从家里挑过来都是一级、二级的横麻，横麻就是络麻冬天剥不出来的络麻。能收多少络麻，我也不知道。我只要有任务的时候收进就好，具体收了多少也不用我们管。供销社一天的销售额我们也不知道，和我们没有关系，我们只要收好络麻就行。

采访者：当时多少天进一次络麻？

李水凤：来了就收。农民家里送来了络麻我们就收一收，收好再集中去卖掉，我也不知道，我们只是临时工。络麻是从4月多开始播种，到10月初收获，农民收完地里的络麻也要一个月时间。因为收络麻基本上是在10月1日以后，所以我一年在供销社的工作时间也就三个月。络麻收来以后被运到萧山麻纺厂，还有一部分被运去了杭州。运过去的络麻都是用来织布。

采访者：您在供销社时的工资有多少？

李水凤：30多元一个月，做三四个月也有100元了。因为络麻也是有时节的，不是月月都有，每年也就三四个月，一个棉麻期差不多能挣百把元。当时这个收入在棉麻地区算好的，现在都没有了。没有络麻收的时候，我就在家里帮忙干一些农活。

采访者：当时您在供销社收络麻的作息情况如何？

李水凤：收络麻是从上午八点开始，中午休息时，我们就去单位食堂吃饭。供销社中午食堂的饭菜还可以，有饭票、菜票给我们，吃多少买多少，没有规定。有时候全吃素，有时候全吃荤，条件好的人吃荤，条件差的人吃素。下午一点继续收，有时候络麻数量很多，我们中午就不休息，连续作战。我们在供销社工作的时候一般不太休息，都是连续工作半天，要不就是偶尔开工作会议。开会的话，领导主要要我们管好络麻的质量，毕竟职责是我们的。下午到四点半快五点的时候，工作结束下班，回家吃晚饭。

采访者：当时供销社离家远吗？

李水凤：很近，我们都是走路去供销社，有时候骑自行车。当时我要工作，没办法呀，就赚钱买了辆自行车。那时候自行车要几十元。当时村里也没有多少人有自行车，不过条件好的人也有汽车。这辆自行车是我去西兴镇那边买的，当时那里也卖自行车。

采访者：当时供销社主要售卖哪些产品？

李水凤：生活用品和铁农具之类的东西，食品的有带鱼和肉等。供销社的店面是在荣庄村那边，那里现在都拆掉建新房子了。

采访者：当时供销社里有多少人？

李水凤：不知道，跟我一起收络麻的有十几个人。

采访者：您在供销社工作了几年呢？

李水凤：前前后后做了十几年。后来我因为生小孩要停一年，就没有去上班，第二年才回去工作。后来城北供销社也倒闭了，大概在我儿子十几岁的时候，距离现在也有二十五六年的时间了。

采访者：您平时不收络麻的时候在家里干农活还是做什么？

李水凤：不在供销社工作的时候，我就在小队里干农活，拔草、割麦，在村里赚工分，大概有八个工分。兴议村的工分比明星村高一点，钱多一点。

采访者：您当时在供销社工作感觉怎么样？收入各方面满意吗？

李水凤：那时候能赚几元钱我就很高兴，对于收入还是很满意的，在家里干农活赚不了多少钱。

三　照顾我去玻璃厂工作

采访者：后来您又去玻璃厂工作了？

李水凤：因为我的节育手术做得不好，留下了后遗症，没有了劳动能力。为了照顾我，我被安排去玻璃厂做临时工。1981年做完节育手术以后，我肚子不舒服，短短一个月时间，我就去医院看了三次病。1998年的时候，我肚子经常发痛，一直吃消炎药也不见好，发现有东西遗留在里面，时间久了就溃烂了。我就去萧山人民医院做了大手术。当时在医院里，医生每天要在我肚子上塞很大一团纱布，把伤口两头封起来止血。

采访者：1981年做节育手术的人多吗？

李水凤：当时做节育手术的人很多，都是政府要求去做的。我后来手术做多了，身体不好，所以才被安排去玻璃厂工作，然后政府帮我办了残疾证和低保户，日常吃的消炎药也可以报销。计生委一开始每个月只给我两三百元，我就去问为什么这么少。他们说记账单里有四千多元，但是我只吃一点消炎药用不了这么多钱，不要随便让人都记到这个账单上。这样说过后，他们就给我四五百元。

采访者：那时候像你这样做节育手术失败的人多吗？

李水凤：全萧山就我一个。

采访者：玻璃厂当时在哪个地方呢？

李水凤：现在从北干街道湖滨小学过来的角落里，和原来的城北乡政府离得很近。这个厂是社办企业，名义上是萧山玻璃钢厂，实际是我们城北的个人承包的乡镇企业。什么时候办的我不知道，规模不算大，厂房有十来亩（1亩＝666.67平方米），也有一百多个工人。厂里的工人主要是把玻璃敲碎洗干净放进炉子熔化再拉丝。

采访者：您主要负责哪些工作呢？

李水凤：一开始我和其他三个人在厂里的托儿所带小孩。她们不是因为做节育手术失败进来工作的，是因为有关系才进来工作的。我是自己去村里要求他们给我安排工作的。在托儿所待了六七年后，我也去做了玻璃拉丝的工作。那时我没有去玻璃生产车间，那里的工作我吃不消，玻璃拉丝的工作轻松。当时我一天工作的时间才 8 小时，是和其他工人配合轮岗，换班工作。不过带小孩的时候一天工作不止 8 小时，早上家长把孩子送来，傍晚所有小孩都回家了以后，我们才能下班。带小孩的工作也算轻松，不用做饭、洗衣服，只要看着他们不要乱跑就好。

采访者：当时一个月工资有多少呢？

李水凤：一百多元，具体我也忘记了。不过玻璃厂离家近，我可以照顾一下家里的事情。上下班我都是走路去，吃饭也是在厂里的食堂。后来厂里的产品没有销路，领导之间有冲突，玻璃厂就倒闭了。那时我也离开了玻璃厂另谋出路。当时厂里效益其实还不错，生意很好。

采访者：1981 年到 1998 年这段时间，您在做什么？

李水凤：这段时间我就在家里待着休息，总是这里痛、那里痛，没办法出去工作，只能在家干些家务活。家里的开销都是靠我丈夫一个人来支撑。

采访者：离开玻璃厂以后您就去卖菜了吗？

李水凤：卖菜是以后的事情。玻璃厂倒闭以后，政府帮我办了残疾证，这样我的摊位是免费的，不用交摊位费。我们是农民，我丈夫在自己的地里种了一点菜，可以拿到菜场里去卖。卖菜的地方离这里也不远，离我们明星村挺近，就是城北初中边上的菜场，那里有个幼儿园。我们运菜去菜场都是我丈夫骑着三轮车过去。我们一天也能挣几十元，卖的是萝卜、葫芦、茄子、长豇豆之类的。我卖菜也卖了挺长一段时间，后来年纪大了身体也吃不消，因为每天都要起早贪黑，时间太长。

那时候很早就要出门卖菜，我们两三点钟就要起床。我们自己种的东西少，还想多赚一点，就会再去批发一点菜卖。我们一般都要忙到晚上才能回家，中间回来吃饭的时候休息一会，没人的时候也能休息。我们晚上回来吃饭的时候，别的老人都已经吃过晚饭在乘凉聊天了。当时我们两个人也很辛苦。

采访者：什么时候开始在家休息不卖菜了？

李水凤：后来菜场要拆迁，加上我们夫妻俩年纪也大了，就不去卖菜了。

四　我真是命大

采访者：您第一个孩子什么时候出生的？

李水凤：我是 21 岁的时候生了第一个孩子，是个女儿，五年以后儿子出生。两个孩子都是在家里出生的，家里人请接生婆过来接生。孩子出生以后都是由我自己一个人带。我记得生孩子的时候，那天下午我还在地里拔草，当天晚上就生了。

采访者：孩子出生后住在哪里？

李水凤：就住在农村里，那时候我们一家住的还是草舍。我丈夫家里两三个兄弟都住草舍，后来分家了，大家分开自己住。我们在这里的草舍已经建了三次了。遇到北塘里挖泥，我们就用泥沙堆房子，然后就重建草舍。我的姐夫和亲戚的条件比较好，看我们还住在茅草房，就联合大家一起帮我们造了平房。我儿子出生以后先是过继给我姐夫的，姐夫帮我们建房子相当于是帮助自己儿子。

采访者：孩子出生的时候，您还是在供销社里工作吗？

李水凤：对的，要去供销社上班收络麻时，我妹妹就来帮我带小孩。生孩子那年我没有去供销社，第二年才开始恢复工作。孩子出生的时候家里经济条件也一般，不过草是不吃了。那段时间，生活主要靠我姐姐，她嫁到邻村，那边地多条件好，米也有，稻也有。他们对我们很好，给我们拿粮食，我们都不用去外面买。

采访者：您的孩子是什么时候开始参加工作的？

李水凤：我儿子是16岁开始在城北油厂工作的，油厂也是乡镇企业，现在也早已经倒闭。以前这种乡镇企业还很难进去工作，一般是照顾性质的才能进。我儿子当时也是因为村里照顾我们家，才安排他到油厂工作的。当时工资是88元一个月。我孙女现在都已经13岁了，时间过得很快。

采访者：从1956年起，萧山城乡就逐步开展计划生育工作。从1979年起，逐步从生育"晚、稀、少"向"一对夫妇生育子女最好一个，最多两个"的目标过渡，您周围的人家里一般都有几个孩子？

李水凤：一般是两个孩子，有些人生完小孩就结扎了。计划生育后大家都只能生一个孩子，如果第一个生的是女儿的话，还能再生一个①。

---

① 1984年4月，中共中央批转国家计划生育委员会党组《关于计划生育工作情况的汇报》（第〔1984〕7号），对计划生育工作的指导思想、方针、原则做出明确规定。中共浙江省委、省人民政府根据文件精神，结合浙江实际，发出《关于继续大力抓紧抓好计划生育工作的通知》（省委〔1984〕16号）和《浙江省人民政府关于二胎生育政策的暂行规定》（省政〔1984〕38号），规定"居住偏僻山区只生育一个女孩的农民，本人有生育要求的，可以有计划地安排生育第二个孩子"。中共萧山县委、县人民政府根据上述规定和本地实际情况，在云石、进化两乡试点的基础上，于1984年11月报经浙江省和杭州市政府批准，从1985年第一季度起，对戴村、临浦两个区中除临浦镇以外的（转下页注）

采访者：节育是上环还是结扎？您做结扎的时候多少岁？

李水凤：结扎，割断输卵管然后扎上。我做结扎的时候，都已经30多岁了，离生上一个孩子都已经过了七八年。我生第一个孩子的时候是21岁，生儿子是在26岁。

采访者：当时为什么要您结扎呢？

李水凤：就是村里妇女主任来和我说，"你原来也是共青团员，也当过村里的女民兵排长，政策规定生了两胎的必须要节育，不能违反萧山县的计划生育政策"。听她这样说，我也觉得不能违反计划生育政策，就去做了绝育手术。

采访者：村里其他人有去做绝育手术的吗？

李水凤：符合条件的妇女都要去做手术，凡是生过两个小孩的妇女都要去结扎。适龄的妇女都要去，具体超过几岁不用去，我不知道。

采访者：绝育手术是在村里做还是去萧山县里做？

李水凤：当时要做手术的妇女很多，城北医院床位不够，就去荣庄村学校的三楼教室里做手术。医生也不够，都是从下面诊所里凑起来的，有长山过来的医生，也有新街过来的医生。我做手术的那天来了两个医生。村里的妇女一个个排队去做手术，在规定时间里，有空就去。我们全村妇女做完手术花了两三天时间。

采访者：做完绝育手术多长时间就能康复并去工作了？

李水凤：当时我人都快不行了，哪还能去工作呢。当时节育做完的第二天，我和医生说，"肚子有点痛"。她说，"皮肤干燥起来了就会这样，把线拆了就会好"。过了一个星期，线是拆掉了，但回到家我的肚子就痛得不行，肚子上有一节花生大小的地方红肿发炎。然后我先去城北医院检查，再去萧山医院检查。医生说是伤口发炎，就让我吃消炎药。后来我第二次去萧山人民医院看病，妇产科医生跟我说我肚子里有东西，一定要全部取出来才行。经过处理，一个礼拜后好了。到第三次的时候，我的伤口肿得像馒头一样大。后来家里人发现我身体不好，有点红肿，就带我去卫生站住了几天，挂了几瓶盐水。从这时候开始，我每天都要吃消炎药，一天要吃三次。这么多

(接上页注①) 22个农村乡（镇）农民中已生育一个女孩的夫妇（简称"独女户"），实行照顾生育二胎政策，即在大力提倡一对夫妇只生一个孩子的同时，农民中的"独女户"，本人要求再生一个的，经一定间隔期，可以照顾安排其再生一个孩子，有控制地适当扩大计划内二胎的照顾面，即"开小口"政策。

年，我一直都在吃药，今年开始不吃了。消炎药吃多了也不好，含有激素。现在我很胖，医生说是消炎药吃多了虚胖，而且经常要去挂盐水。我以前很瘦，没有现在这么胖，这都是吃药的后遗症。

采访者： 1998年以前去医院做手术了吗？

李水凤： 当时技术很差，手术做完后有纱布遗留在肚子里，过了几年就腐烂了。我现在的肚子和正常人不太一样，摸起来里面是空的，因为当时烂的时候肚子里面的肉都烂了。我做了四次大手术。第一次是在我们镇上的城北医院做的手术，萧山人民医院的医生主刀。然后第二次复发后，我到萧山人民医院去做的手术。第三次也是在萧山人民医院。第一刀、第二刀和第三刀之间隔了只有一个星期。这么短时间内连续手术，身体根本就吃不消。我做手术的时候我们村里干部都来了，而且这三次手术都没有彻底做好。

第四次是在1998年，那年我碰巧手摔伤了，在吃骨伤药，后来肚子里的肉烂起来了，非常痛。我实在受不了，溃烂以后直接去了萧山人民医院。医生说我得的是阑尾炎。我说："我走路都走得很慢，也不跑，饭也吃得不多，怎么会得阑尾炎呢？我不会是阑尾炎，要不就是纱布还留在里面。"前面几次手术都没有把纱布完整地取出来，只是把节育疤边上的一点取出来了。因为他们觉得不会有那么大块的纱布在里面。这次我实在痛得不行了。做最后一次大手术的时候，大出血都控制不住了，反正人已经快不行了，病危通知书都下给了我儿子，当时杭州的医生都来了。整个萧山计划生育发生这种事情的，就我一个人。

这一次手术算是彻底治好了我，医生把肚子里遗留的纱布都取了出来。这几次手术的钱都是政府出的，不然我们哪有钱去做手术。这个病引起很多其他的并发症，现在一到下雨天我就会肚子痛。肚子里有一块肉是后面手术时补上去的，因为不补的话整个肚子里面就空了。现在摸起来肚子这里也是空荡荡的。我原来很瘦，现在整个人就是虚胖，坐着没关系，但是站十几分钟脚就发麻，经常要挂疏通血管的盐水。我真的是命大，做了这么多次手术，遭了这么多罪。

采访者： 1998年以后还做过手术吗？

李水凤： 最近一次是五年前去医院开证明。村里说我是肚肠烂了，其实不是，就是纱布留在里面发炎溃烂。我让医生给我们开一张证明给村里看，我是绝育手术导致的病情。

采访者： 后来卫生局有没有给您赔偿呢？

李水凤：有给我一些赔偿，卫生局的工作人员过年过节也来看过我，但他们今年说这个事情归计生委负责。我说："我年纪大了补贴也应该多一点，你们反而推开这个事情了，没有这样做事情的。"不过我现在去医院看病也有优惠，或者拿消炎药不用钱，拿其他的药还是要钱的，但不是很多。村里也给我办了个农村医保卡，看病花钱比以前省了很多，报销比例是70%，治高血压和高血脂的药、抽血化验花的钱我都可以报销。原来政府安排两年一次的免费体检，我也会去。现在村里可以抽血送去化验，但是要自己出钱。

采访者：您是什么时候领的残疾证？

李水凤：1998年手术后，当时政府给我定了三级肢体残疾。办了残疾证之后，民政局的人每次过年都来看我，会给我几百元，最多的时候有一千元。民政局那边还会发一些米、油和营养品。一开始我一个月能从民政局那边拿500多元，到现在加上工资一个月有700多元。这500多元钱也是因为拆迁搬了小区以后才有的，700多元包括工资、低保、劳保等。现在计生委每年派人来看我，也给我发钱和物品。后来我去民政局里说："这样真的没办法过日子了，我年纪大了，你们总要给我增加一点补贴。"现在在街道、民政局、计生委我都有一定的照顾，方方面面加上拆迁分的钱，一个月有将近2000元，我丈夫也和我差不多。

采访者：后来您成了低保户也是做了绝育手术的原因吗？

李水凤：是的，低保是四五年前办理的。低保户一个月有点补助，还有一些费用减免，如家里的有线电视不用花钱，到了夏天萧山区政府给高温费。我也是萧山党史研究室的帮扶对象。

五　从农村人变成城里人

采访者：您是什么时候住进楼房的？生活条件是从何时开始改善的？

李水凤：我们一家是在拆迁（2008年）的十来年前搬进楼房的，大概是在20世纪90年代。在此以前我们家住的都是草舍。当时我们的亲戚出钱出力来帮我们造了一间一层的砖房。后来我儿子要结婚，我姐夫说客人来家里不好看，自己用着也不方便，又给我们加了一层楼，变成了两层的楼房。

结婚的时候家里没有什么家具，我嫁过来时就带着两个大木箱子，床也是旧的。当时家里生活用水都是井水，每天都要去抽水、挑水。后来村里统一装自来水的时候，我们也用上了自来水。那时候家里上厕所都是去茅坑，茅坑就是用水泥浇筑出来一个坑，然后放一个木的坐凳。搬进平房以后，我们也用上了抽水马桶。

以前家里灶台都是烧柴的土灶，我们从外面买来水泥和砖头，把砖头搭起来，在上面铺水泥。柴火也没钱去买，都是家里人去外面捡回来的。后来政府要求不能烧土灶，都要改成煤气灶，我们也跟着改用煤气灶。这比过去方便很多，开火就能煮饭。

采访者：家里什么时候通电的？

李水凤：草舍的时候就通电了，我们住了很多年草舍。家里最早的电器估计就是电灯，其他电器都是很迟才有的，当时好像不用粮票了，具体时间我也忘记了。像买电视机的时候就更迟了，电视机还是我儿子结婚的时候买的。当时为了他结婚，家里凑钱买了一台彩电。拆迁后搬到这里来的时候，我们自己的房间也有了电视机，差不多也有十来年了。现在有线电视不用我们花钱，我们有空就在房间里看看电视。

采访者：您现在都看哪些电视节目呢？

李水凤：中央一套节目，还有我们萧山本地频道，讲述敬老、爱老和救助还有残疾人的节目我都爱看，各种新闻我也看。

采访者：您能说说您用过哪些通信工具吗？

李水凤：最早是去邮局拍电报，但我不会发电报。第一次用电话也是我们房子造好的时候，我媳妇给我们家里装的。我以前也没用过公共电话，单位里的电话也不是我们能用的。我的第一个手机是残联给我发的老年手机。当时我不会用，还是我儿媳妇教我怎么用。那个老年手机坏了，我自己又去买了一个新的，也是老年手机。我现在就用手机打打电话，其他的功能我也不会。

采访者：请您谈谈出行方面的变化？

李水凤：我工作的时候有一辆自行车，但是很少坐汽车。第一次坐汽车，我也忘记了。以前工作就在家附近，也没有坐过汽车去上班。身体好的时候也很少去杭州城区，就是在结婚的时候，两个人去杭州西湖边转了一圈就回来了。当时去杭州都是坐轮船，还没有走钱塘江上的大桥。其他像火车、飞机我到现在都没有坐过，我也很少出远门。

采访者：您小时候穿的衣服都是家里自己做的吗？

李水凤：有些是我们自己做的，也去外面买衣服，但比较少。我有一件买了40多年的衣服，现在还放在箱子里面。我结婚时买的衣服现在也还在，这些都放在房间的柜子里。孩子的衣服都是找人做的，叫裁缝师傅来家里做一天。我现在穿的衣服也还是找裁缝做，儿子他们都是从外面买衣服。在外面买衣服也便宜，但是我个子比较大，又有点胖，外面买的衣服不适合我。

采访者：关于吃的方面，您家里是什么时候开始不再种菜，从外面买菜的？

李水凤：我生孩子这段时间家里吃的都是我丈夫自己种的菜，也养了几只鸡下蛋。自己不种是什么时候，我也忘记了。那时候过年杀只鸡，有客人来才把鸡肉端出来，没人来就拿盘子盖好，我们自己只吃蔬菜。现在条件好了，吃鸡肉也很常见。以前都舍不得吃，只吃鸡蛋。我生大女儿的时候，每天就吃白稀饭和菜，没什么味道，也没什么营养。但是我当时身体比较好，吃差点也无所谓，不像现在全身都是病。我现在都去城北菜市场买菜，各种各样的蔬菜都有，想吃什么就有什么。

采访者：出门买菜坐公交车吗？

李水凤：我以前不坐公交车，都是骑三轮车，现在没有三轮车了，有卡可以坐公交车。政府让我们老年人免费坐公交车，都不用花钱。

采访者：您搬进平房十多年以后拆迁，拆迁是什么时候？

李水凤：自 2006 年开始拆迁，2008 年搬入新房[①]。拆迁早三年可以去贷款，人家都去贷款了但是不给我们贷。拆迁的时候，给我们定的面积是 90 多平方米。拆迁后分房子分了 250 平方米。旧房子拆了，新房子也分了，但我们也要交钱才能拿到钥匙。杂七杂八的全部算进去，我们自己又交了 46万元。

采访者：您现在住的这个房子是多少平方米？

李水凤：这里是 50 平方米，本来是我婆婆的房子；儿子那边是 80 平方米，离这里也很近；还有 120 平方米的房子出租了，等他们租完几年搬走，我们就住到那里去。我婆婆的房子有 50 平方米，这套小的房子，我们当时一定要她买下来。她是在几个儿子家里轮着住，她不住的时候我们可以住，我们可以住这 50 平方米的房子。现在我婆婆已经过世了，这套房子就留给我们住了。

---

① "市北西部区块安置房进行第二次抽房，北干街道明星村 400 户拆迁户顺利抽走了明怡花苑 1 028 套安置房、386 个车库。市北西部区块征迁涉及北干街道明星、兴议两个村，一共 965 户 4 310 名拆迁群众。"《明星村 400 拆迁户分到了 1 028 套新房》，《萧山日报》2008 年 11 月 28 日。

采访者：明星村是萧山第一个实施城中村改造的村子，大家也住进了被评为"示范小区"的明怡花苑①。明怡花苑和您原来住的房子相比如何？

李水凤：房子好，以前的房子住到现在都要塌了。住进套间感觉很好，各方面都很方便，环境也比以前好很多。我们从农村人变成了城里人，生活发生了很大变化。看病更方便了，医保、社保也都有。

采访者：2016年杭州承办G20峰会，您有参加助力G20峰会的志愿者活动吗？

李水凤：我没有参加，我们不知道有哪些活动。再过几年开亚运会，家里那几个人估计都要去看。2016年G20峰会以后北干的城市面貌是越来越好，现在村里还建了凉亭，晚上可以去坐一会儿。

采访者：您对过去六七十年的生活有什么补充吗？对今后生活有什么期待吗？

李水凤：我有一个想法，就是我们两个人年纪大了不会搞卫生，要是有人可以帮我们搞卫生就好了。我希望小区出门就有公交车，现在的公交车站离这里太远。我也希望计生委来帮忙照顾我们，毕竟以前吃过苦，现在也享了时代的福。我年纪这么大了，就是想安安心心地过好日子。

采访者：感谢您接受我们的采访。

李水凤：谢谢你们。

---

① "明星村的土地实现全部流转后，村民搬出了独门独户的农村楼房，住进了城里的单元房。明星村2006年整村拆迁，2008年村民入住明怡花苑，如今进行社区化运作，小区化管理的服务模式，村民正过着城里人的生活。入住已经有3年时间了，明星村的村干部说：'村里老百姓的生活和以前大不一样了。小区里绿化好，居民的素质也在不断地提升，娱乐生活也越来越丰富了，生活品质也提升了。'要是走进明星村，就能发现明星村内各项配套设施齐全，家家开通天然气、有线电视，农户家中还开通了乡情网。村里还有4个健身公园，1个市民广场，还有一站式的服务中心，警务室、信访调解中心、社区医务站、公办幼儿园、老年活动中心等。"《明星村：村民过着城里人的生活》，《萧山日报》2011年12月23日。

献身纺织事业，亲历国企变迁

——汤林美口述

采访者：潘立川　　　　　　　　整理者：潘立川、邓文丽

采访时间：2018 年 9 月 1 日　　　采访地点：萧山区北干街道永久公寓

口述者

汤林美，1957 年 3 月出生于杭州萧山长河镇山下里，1973 年 6 月至 1975 年 11 月在杭州市萧山长河公社支农；1975 年 11 月至 1983 年 5 月在杭州第二棉纺织厂（以下简称杭二棉）任北纺细纱乙班挡车工；1987 年 9 月至 1994 年 5 月在杭二棉气流纺分厂任副厂长；1994 年 6 月至 1997 年 7 月任杭二棉科室总支书记、工会主席、厂工会女职委主任；1998 年 12 月至 2000 年 2 月任杭州中兴纺织厂工会副主席、女职委主任；2000 年 3 月至 2012 年 3 月任杭二棉离退休人员服务中心工会主席、党委委员；2006 年至 2012 年 3 月兼任杭州市萧山区北干街道工人路社区党委委员；2011 年 5 月至今被萧山区人大常委会聘任为萧山区人民法院陪审员。

一　萧山农村的儿时经历

采访者： 汤林美女士，您好！很高兴您能接受我们的采访，您是萧山改革开放历史进程中的重要见证者和亲历者，我们希望您能谈谈您的工作经历、杭二棉的发展历史，以及您在改革开放 40 年中的人生变迁。汤女士，请您介绍下您个人和您家庭的情况。

汤林美：我于 1957 年 3 月出生在杭州市萧山长河镇①山下里村，现山下里已改名为乳泉村。现在长河已经划归滨江区②。我的户口是在滨江区长河街道天官社区二村八组，实际生活居住在长河镇乳泉村。我家里有父亲、母亲和两个哥哥，一共是五口人。

在我小时候，我父亲在绍兴钢铁厂③工作，他以前是钢铁八级老师傅，中华人民共和国成立前好像是在江西工作，中华人民共和国成立后到绍兴工作。后来我们全家就迁到绍兴去了，一直住在绍兴。绍兴钢铁厂好像是在绍兴城区。印象中我们住在一个四合院的房子里。我父亲是绍兴钢铁厂八级技工师傅，我记得是五六岁的时候，杭州机床厂需要一名八级技工师傅，我父亲被组织上从绍兴调到杭州机床厂工作，我们全家也迁往杭州。因为我妈妈不愿意到杭州市区去生活，所以我们兄妹三人就跟着我母亲回到萧山老家生活。杭州机床厂④好像是在城河街这边，平时我们很少去父亲那边。我记得小学的时候一放暑假，我们就到父亲那里去住一段时间。母亲一直生活在长河，一般父亲周日回来一趟，周一又要赶回杭州去上班。

我是在长河小学、长河初中读的书。我们初中毕业的时候，正好响应毛主席号召知识青年上山下乡。那时候叫"一片红"，所以我初中毕业就下乡去了。那时候我大哥在杭州钢铁厂工作，我二哥也下乡去了，再去参军，后来从部队转业回到萧山工作，现在我们兄妹三人都已经退休。

采访者：您刚刚说您父亲是八级老师傅，他具体是哪个工种呢？

汤林美：我父亲是翻砂工，具体工作我也说不清楚。母亲虽然是家庭妇女，但她是一位相夫教子慈祥的好母亲，平时父亲不在家，家里都是母亲在操劳。当时家里的经济来源就靠父亲一个人的收入。我母亲为了我们兄妹的生活，真是操碎了心，她在房子周围开荒种菜，晚上还要做手工活贴补家用，一家人穿的鞋子都是母亲一针一线缝制的。那时候，虽然我父亲的收入

---

① 长河镇因境内有一条长河而得名，浙政函〔2003〕191 号批复：撤销杭州市滨江区西兴镇、长河镇、浦沿镇建制，其行政区域改由滨江区政府直辖。2003 年 12 月 3 日杭政函〔2003〕170 批复：设立滨江区西兴街道、长河街道、浦沿街道办事处，驻地、所辖区域、四至界线与原建制镇相同。

② 浙江省杭州市下辖区，1996 年 12 月 12 日由原萧山西兴镇、长河镇、浦沿镇三镇成立，现下辖三个街道：浦沿街道、西兴街道、长河街道，12 个社区和 23 个村委会。

③ 该厂建于 1957 年，是浙江省内第一家大型国营钢铁厂，曾是绍兴第一大厂，于 2001 年停产歇业。

④ 该厂建于 1951 年，是当时国内最大的磨床研究制造企业，2001 年经过改制成为杭州机床集团。

还可以，但母亲真是一位持家能手，为了改善我们的居住条件，母亲把父亲的工资都积攒下来，记得在我十岁那年，在母亲的努力下我家造了新房子，之前我们一家五口挤在一间很小的平房里。

采访者：您父亲现在还健在吗？

汤林美：父亲已经没了，母亲也早就走了。父亲一直在杭州机床厂工作到退休。

采访者：当时家里的住房条件如何，住的是平房吗？

汤林美：当时我们住的房子是自己建造的。大概在我十岁的时候，我父母自己造了一栋房子，有三间平房、一个厨房间。黑瓦白墙非常漂亮，典型的江南建筑样式。那栋房子现在还在，我们周边的房子都已经拆迁了，因为我们是居民户口，拆迁征地方面情况有点特殊，所以这个房子还没有拆迁。

采访者：当时萧山长河乳泉村地区的具体情况，您能介绍一下吗？

汤林美：乳泉村以前叫山下里村，村里的人都姓汤，乳泉村坐落在长河冠山脚下，山脚下有一口乳泉井，是村里主要的饮用水源，冠山上有一座寺庙，当时号称半个灵隐寺，香火很旺，小时候经常去玩，后来"文化大革命"时被毁掉了，很可惜，不过现在又重建了寺庙，冠山与白马湖公园连成一体，作为景观建造。当时村里的主要产业是水稻种植，适当种植一些棉、麻作物，冬天种植小麦、油菜等。

采访者：那长河地区经济条件相对来说还算是比较好的？

汤林美：经济条件相对来说一般，在萧山这里还算过得去，但那时候萧山整体经济发展都比较缓慢。

采访者：中华人民共和国成立前后长河地区的变化，您听大人说过吗？

汤林美：我们那个地方以前在旧社会的时候，村民都是出去做苦力，我父亲以前也是出去打工干活。因为家里人口多，好的土地又少，地不够种，我父亲就出去在外面做工。中华人民共和国成立以后公私合营，他就到钢铁厂去工作了。

采访者：人民公社化以后，您所在的长河地区也有成立公社吗？

汤林美：当时公社成立以后，我们也没有参加当地的公社及当地的生产大队。因为我们是居民户口，不属于农民，所以当时公社里的情况，我也不是很了解。不过我记得农村成立公社以后有个大食堂，村民都去大食堂吃饭。

采访者："大跃进"时期，长河地区有没有"放卫星"或报"高产量"

的行为？

汤林美："放卫星"这种行为好像没有，不过听我母亲说，那时候家里的铁锅都被拿去大炼钢铁了。

采访者：您出生以后，赶上了三年困难时期，当时家里的粮食够吗？

汤林美：家里粮食情况还可以。我们在长河住的房子出门就是冠山①，我母亲很会持家，她在山上开出一小块地，种了南瓜、番薯。房子周围种有青菜、萝卜等，粮食不够母亲会加些杂粮，像番薯之类的。加上父亲在工厂里发的粮票，总之，母亲从来不会让我们兄妹挨饿。

采访者：您是几岁开始上小学呢？学校老师和同学都是来自哪里？

汤林美：我是8岁上学，学校就是长河小学。同学都是来自长河镇周边，山下里、汤家桥②。当地上小学的人还是蛮多的，小孩子基本上应该都能上小学，我们那个时候基本上初中毕业就不读了，都到农村去了。那个时候小学上课只有数学和语文。我还记得我们的语文老师，她人很斯文，戴着眼镜，看上去很和蔼可亲，但是她上课要求很严格的，我们都很怕她，但也都喜欢她。

采访者："文化大革命"开始的时候您已经上初中了？当时学校里的教学秩序已经不是很正常了？

汤林美：是的，当时上课秩序也不是很正常，但也没有全面停课。我们每天都还是要去学校。初中的课程有数学、语文，还有物理、化学。外语也是有的，学的是英语。

采访者："文化大革命"期间您有哪些印象深刻的事情？

汤林美："文化大革命"的一些活动我也没有去参加，母亲管我们很严。

采访者：您的老师、亲朋好友当中，有没有人受到批斗呢？

汤林美：这个好像没有，那个时候好像"文化大革命"刚开始，学校里也没有什么大的情况，而且因为"文化大革命"开始没多久，我们就下乡去了。

采访者：您上初中这会儿，家里一个月有多少粮票？还有发其他肉票和布票？

---

① 滨江区境内一丘陵。
② 现为滨江区长河街道中等村，由3个自然村形成。

汤林美：这些票都是有的，但是具体数额记不清楚了，这个可能要问我大哥，他有点数的。因为我们当时小，也不去关注这些事情。那时候我们就是粮票、布票、豆制品票、肉票，反正一切都是用票购买。作为城镇户口，相对来说吃穿用度还是相对好些，因为城镇户口有各种票子发放，农村户口没有发。当时家里衣服都是从外面买的。我记得那个时候厂里工作是周末单休，到了礼拜天上午我父亲才从杭州回乡下，父亲回来后，我妈妈做的菜会好一点，我们也能吃得比平时好，但也只是稍微好一点，整体上还是比较艰苦。

采访者：您当时去杭州机床厂玩，去杭州是坐轮渡还是其他的交通工具？

汤林美：过江是坐轮渡，到了杭州就坐公交车。当时我母亲不愿意住杭州，她说住在城里什么东西都要花钱买，还是住在老家好，可以自己置办，也能省一些钱来养家。

采访者：当时家里除了种菜，种点番薯，还种其他的作物吗？

汤林美：没有了，因为我们在老家没有土地，就是老房子拆掉建新房多出来一块空地。我母亲把这块地开发起来，就是弄个菜园子种种蔬菜。

二 下乡支农的知青岁月

采访者：您是1973年6月初中毕业以后就下乡了吗？

汤林美：当时全国青年学生响应毛主席号召，全国上下一片红，初中毕业了全部要到农村去。当时我们班级大概有30人，全部下乡了。他们基本上也分到了长河周边的农村。因为我们住的周边都是农村，所以基本上离家很近。像有些地方支农到大兴安岭、北大荒，这个在我们这边好像没有，基本是在当地安置。我去农村还是比较幸运的，因为我去的那个农村离家不远，所以我那个时候有到农村落户，但是我不住在农户家，而是每天回家。当时户口也落在农村那里，支农结束以后就迁到了纺织厂。我支农其实只支了两年就回到萧山工作了。

采访者：当时您是分配到长河的哪个生产队？在支农的时候主要参加哪些方面的劳动？

汤林美：我是被分配在长河公社长一大队，主要是跟农民学做农活。那个时候，我们知识青年到农村去有个政策，不论男女，工分按照男劳动力的标准来统计。因为那会儿在农村里妇女的工分是低一点的，男劳动力的工分要高一点，所以给我们的工分都是按照男劳动力来。其实我们一开始也不会干活，但是村里还是给我们高一点的工分，也是为了照顾我们。那个时候我们跟着农民干活，因为我们所在的是棉麻地区，就跟着农民们去棉花地里除草。

采访者：您刚刚说，您支农的这个地方虽然是长河，但它是在沙地范围。

汤林美：嗯，是沙地，它是靠江边了嘛，那边农民主要是靠种植棉麻、水稻来谋生，水稻就是口粮，棉花是经济作物。到了农村去以后，我每天的经过是这样的，今天妇女出工了，我跟妇女干；有些活是妇女不用干的，妇女不干了，男劳动力出工的时候，我们知识青年也可以跟着男劳动力去做，农村里的妇女就不可以去做的。我几乎是每天跟着农民去下地干活。

采访者：支农的时候，每天干的都是什么活呢？

汤林美：要么就是按照季节时令来干农活，种菜、种棉花和种稻，那里也种有少量的水稻。水稻好收割的时候割水稻，棉花好摘的时候我们就去摘棉花。棉花一般是在十月份采摘。我们还去种过茉莉花。

采访者：当时支农的时候您住在哪里呢？

汤林美：因为离家很近，我是住在家里的，没有住在农民家里。定点的农户是有的，但我没有去住。我每天就是早晨去地里干活，中午回来吃饭，下午再去。有的时候我就在农民家里吃一点，中午就不回来。当时我们每天吃的主要是大米饭，适当加点杂粮，那时候加杂粮是因为大米不够吃，平时以蔬菜为主，过节才有荤菜吃。

采访者：请您介绍一下一天的工作安排。

汤林美：我们一般早晨7点多一点就要出门去地里，下午干活要到天黑，差不多是5点多或6点。他们那个时候也没有固定的作息时间，看看天黑了差不多就收工了，我也就跟着他们收工了。支农期间休息的时候，我在农村里没有劳动，收工了就在家里，一般自己做做衣服，干些手工活。

采访者：支农休息的时候有没有看书和学习？

汤林美：那个时候农村里也没有什么书，也就看看小说，也没有什么其他可供学习的书。

采访者：当时您有没有参加围垦呢？

汤林美：没有。

采访者：能谈谈在生产队劳动时候的工分计算情况吗？

汤林美：生产队劳动有个记工员，每天都会给记工分，到年底根据生产队里的收支情况统一结算，我们知识青年是按照每天 5 个工分计算，记得第一年每分是 0.08 元，我年底结算拿了 70 多元钱。

采访者：一年的辛苦劳动所得，可能跟您父亲一个月差不多。

汤林美：差不多。虽然一年下来赚得工分少，但平时村里也会分一些农作物给我们，如我们那个地方种的甘蔗。

采访者："工业学大庆，农业学大寨"是 20 世纪 60～70 年代响亮的口号，当时萧山也开展了系列活动。当时，您在支农的时候有这方面的活动吗？

汤林美：这个"农业学大寨"有是有的，但是我们也没怎么参与。我那时就跟着他们每天出工，对生产队的具体情况不是很了解。

采访者：您这个生产队有几个知识青年？

汤林美：就我一个，一起插队的青年都是分散在各个农村，与其他生产队的知识青年也没有接触，那个时候大家都不太熟。因为大队里也没有组织我们知识青年开会，所以互相了解很少。

采访者：20 世纪 60 年代初，萧山也开展了夺煤大会战、夺铁大会战，关于钢铁生产您听说过吗？

汤林美：关于钢铁生产、炼钢的记忆，就是把家里的锅子拿去，这种是听说过的。

采访者：您对当时支农这段生活满意吗？感受怎么样？

汤林美：那个时候其实大家也都是稀里糊涂地到农村去。但是去农村也有好处，培养的吃苦耐劳精神让我受用终身。因为我们一直是在城镇生活，也没有接触过农活，所以去农村里干活之后，自己动手能力有比较好的提升。

采访者：当时农村有没有类似偷懒、平均主义或吃大锅饭这种现象？

汤林美：这个也不是完全吃大锅饭，因为你出工了才有工分记，你不出工就没有。

采访者：现在您回过头来看，如何评价这两年的知青生活呢？

汤林美：我觉得在当时的历史条件下，知识青年下乡也是可取的。因为那个时候都是政府安排工作，一下子要解决这么多年轻人的工作和吃饭问题，也存在困难。青年们到农村去锻炼一下也并非不可。因为我去农村的时间不长，所以也没有什么想法。有些人去农村待了十多年，在比较偏僻、艰苦的地方，可能会有深刻的体会。

三 进入杭二棉工作

采访者： 您是什么时候结束插队生活的？

汤林美： 我是1975年11月被杭二棉招工进厂，结束插队生活。

结束插队是1975年1月。当时杭二棉去萧山各地招工。我不知道杭二棉在招工。因为在我的印象当中，我才去农村待了这么短的时间，如果要招工的话，也轮不到我，比我早下乡的青年也有好些人。大队里决定谁出工的时间多就让谁去，后来大队里大概看了一下，还是我出工多。我那个时候没想过出工是为了以后考虑，就是跟着他们每天出工干活。因为结果统计下来，我出工最多，所以大队里叫我去了。那时候招工表格也没有了，他们叫我自己去杭二棉拿一个招工表。那个时候我是来过萧山城区，但次数也不多。我哥哥在参军，另一个哥哥陪我到杭二棉，在杭二棉劳动工资科拿了一张招工表格填。

采访者： 当时杭二棉是面向全萧山还是全杭州招工？招了多少人？

汤林美： 那个时候是面向整个萧山地区招工。招工基本上是萧山地区的知识青年，有来自上海、杭州的，他们是下乡到萧山。我们那一次招工招了大概300个人。那个时候"文化大革命"，停工时间比较长，后来恢复生产。因为恢复生产之后厂里缺劳动力，所以招工招得比较多，招了我们300多个人。招来的基本上是女工。招工进来的时候，我印象很深，当时还没有宿舍，我们进来以后，很多准备工作都不完善，应该是厂里缺劳动力急于招工，宿舍都还没弄好，那个时候杭二棉有个子弟学校，子弟学校刚刚造好了一栋房子，玻璃窗还没有装上，厂里就叫我们睡在子弟学校的教室里面，打地铺。我们入厂的时候就全部睡在地上。

采访者： 您能不能介绍一下杭二棉的基本情况，是什么时候成立的？

汤林美： 杭二棉是1958年在萧山成立的，那个时候因为萧山是棉麻的好产地。杭二棉历史上有三次大规模的招工，我们进厂以后，是听"五八师傅"指导。杭二棉第一批招工是1958年，所以大家都叫他们"五八师傅"。第二批员工是20世纪60年代从杭州招过来的，但是当时因为"文化大革命"影响，停工停产，招的人数没有其他两次多。我们是属于第三批招工进来的。

采访者：杭二棉当时主要生产什么产品？

汤林美：主要是纺纱织布，那个时候我们杭二棉主要是做白胚布，相当于半成品，那个时候是计划经济，生产销售都是由国家安排。杭二棉厂里将白胚布生产出来以后，会将白胚布分配到杭州毛巾厂、杭州被单厂等。

采访者：当时杭二棉一年的产值大概有多少？

汤林美：这个我也说不上来。因为我没有参与厂里的管理。

采访者：当时的原料供应是怎样的？

汤林美：原料供应是计划好的，是拨下来的。主要是以棉为主，麻是没有的，萧山以前有个麻纺厂，麻纺厂专门做的是麻。

采访者：那当时您离开长河插队的地方就是因为去了杭二棉，然后您的组织关系才从农村调回来？

汤林美：对的，关系就迁到杭二棉，相当于插队正式结束，户口也迁到杭二棉了。

采访者：您刚才也提到了，杭二棉从1958年成立以后，相当于是经历了三次大的招工？

汤林美：杭二棉在萧山地区是比较有名的，而且也是比较大的企业。杭二棉的厂区在萧山地区也像个小社会一样，因为它从幼儿园、小学，到初中都有，以前杭二棉的煤气供应、煤饼供应等都不用员工从外面采购，生活方面在杭二棉都可以满足，不需要到地方上去买。

采访者：相当于是个独立社会。

汤林美：差不多，因为那时候杭二棉的党委书记和萧山县县委书记是平级，所以我们那个时候跟萧山县联系不多，杭二棉是属于杭州市属企业，我们有事情都是直接跟杭州接触的，跟萧山地方不太有联系。我们在杭二棉的范围内，生活上的问题都是可以解决的，像住房什么的都可以自己解决。

采访者：当时杭二棉的厂址是坐落在哪个地方？

汤林美：杭二棉是在现在的萧山区工人路社区这边。

采访者：厂址有发生变化吗？占地有多少亩呢？

汤林美：厂址没变化，面积就是扩大了一点。厂房有两个纺布车间、两个织布车间。一个织布车间是后来建立的，我们进去的时候还没有建，后来又有一个织布车间建了起来，再后来又建了一个气流纺①车间。当时生活区和生产车间分开，生活区是在生产车间的外围。围墙外面是生活区，围墙里面就是生产区。那个时候厂里有浴室、很大的洗衣房，我们洗衣服用热水，一切供应，厂里都能满足。

采访者：20世纪70年代的时候，从棉花到布，要经历哪些工序和工艺呢？

汤林美：我们主要有纺纱车间，主要是生产棉花纺纱。有一个前纺车间，前纺由小车到粗纱，粗纱到细纱，细纱到并线。我当时是在细纱当助手，从粗纱到细纱，纱线质量纺得好坏与否很重要，如果纱线质量不好，这个布织起来就是不平的，这是一个非常关键的工序。

采访者：在当时这几段工序中的哪一道是最难的、要求最高的？

汤林美：因为细纱车间纺出的纱线是直接拿到布机车间织成布的，所以要求比较高。这个工序纺出来的直接是纱线、棉纱，布的好坏就取决于这个细纱好不好。

采访者：那它的难点在哪里？

汤林美：难点在于纺纱车是在高速运转的，要在高速运转的纺纱车上操作，必须要有过硬的操作技术。纺纱的时候有粗纱，粗纱不是连续的，会断掉，要把它接起来，底下的线纱绕着一个个筒子，满了就要换掉。粗纱到细纱容易断，要经常接。在纺的过程中，不是用机器操作的，要人工操作，这个人工操作是关键。

采访者：那您进入杭二棉的时候，去的是细纱车间，主要负责纺纱这一块。您之前对纺纱很少接触？

汤林美：从来没有接触过。我们刚到杭二棉的时候，看到这个车间很整洁，一排排纺纱机器，看上去很舒服，我们觉得比在田里劳动轻松多了，但其实干起来也非常辛苦。早、中、晚三班，24小时三班倒。

采访者：从来没有接触纺纱，那您为了掌握纺纱技能，花费了哪些精力？

汤林美：那个时候厂里缺劳动力，杭二棉希望我们这批新员工最好是一进去就能够独立操作。一大批新进来的员工，就只有一个师傅来教。我是不到一个月就可以独立操作了，主要是用心去学，没有学不会的。我那时候也

---

① 利用气流将纤维在高速回转的纺纱杯内凝聚加捻输出成纱的一种新型纺纱技术。

很安心地学习，一个月不到就学会独立操作了。

采访者：当时给你们培训吗？

汤林美：有集中培训的。老师傅指导一下，就让我们自己练，练了就自己独立操作。

采访者：在当时，杭二棉已经有流水线了吗？

汤林美：那个时候就是按照这个工序分的，不是流水线。

采访者：当时您在细纱车间做挡车工，请您介绍一下挡车工。

汤林美：棉纱有粗细之分，有 32 支、18 支和 24 支，这是根据织布的要求来纺纱的，我们挡车工就是负责把粗纱纺成细纱这一道工序。

采访者：挡车工是车间里最难的工种，掐头是不是很容易弄破手指？

汤林美：是的，一个纱的锭子是在高速旋转的，因为接头的时候稍微慢点就会割破手指，所以手速要很快，跟蚕丝厂里的抽丝差不多。抽丝是在很烫的水里面抽丝，我们是在高速运转的情况下把纱线拔出来。这个纱理出来后，还要重新放进去接上，动作也要很快，一放进去不仅要接好，还要把手收回来。因此，对操作的技巧要求还是很高的。

采访者：为了练这个手艺您当时付出了哪些？

汤林美：手经常被割破，那个时候没有创可贴，就是用胶布包一下再去工作。

采访者：每天大概要工作多久呢？

汤林美：除了上班，我们要管好几台机器。我们平时上班时间也紧张，在车间管机器要经常巡回查看锭子是否在工作。一台台的纱锭，我们要巡回跑过来，上面粗纱没了就换上去，细纱断掉了就接上去。因为纺纱有灰尘，机器的清洁工作也要做好。除了 8 小时上班，我们就在休息的时候去练操作技术。

采访者：您能不能介绍一下您在杭二棉的作息，如几点钟上班、几点钟下班？

汤林美：我们刚进去的时候是三班倒，一个星期做早班，一个星期做中班，一个星期做晚班。早班是上午 7 点上班，下午 3 点多下班；中班是下午 3 点多上班，晚上 10 点多下班；晚班是晚上 10 点多上班，早晨 7 点钟下班。后来我们改为四班三运转，四班三运转就稍微轻松一点。四班三运转就是两个早班、两个中班、两个晚班，然后休息两天。我们进去的时候劳动力紧张一点，那个时候六个早班、六个中班、六个晚班，有的时候要做七个晚班，七个晚班到后来就天昏地暗了。

采访者：那当时您上下班就是走路回去吗？

汤林美：我们住在杭二棉集体宿舍。我们是 5 个人住一个房间，宿舍有上下铺，有一个多余的铺位供我们放置东西。

采访者：当时休息的时候有没有参加一些休闲娱乐活动呢？

汤林美：那个时候我们就参加一些团组织的活动。有义务劳动等，厂里有电影院我们可以看看电影。那时劳动力比较紧张，有些杭州市区的或者家住得远的同事要回去，像家住瓜沥、临浦的，回去都要坐几个小时的公交车。如果说他想明天休息，今天中班下班就得回去。他赶时间，我们团里组织我们去代班，顶一下，他就可以提前去赶车回家。

采访者：您是什么时候入团的？

汤林美：我入团是在上初中的时候。

采访者：当时进入杭二棉以后，一个月工资有多少？

汤林美：学徒工第一年是一个月 14 元的工资，第二年好像是 16 元，后来学徒期满了是三十几元。除了工资，也没有其他福利。那个时候也是用票，如粮票、肉票。

采访者：在当时的社会，您这份工作十几元到三十元的收入算不算高收入呢？

汤林美：当时各行业收入都差不多，我的收入水平也不算是高收入，都是这个水平的工资，就是杭二棉的福利方面比较好。洗澡都是免费的，你要洗的话，有一个很大的浴室，随时都可以去洗，你每天都可以去洗澡、洗衣服。萧山其他小的单位没有这样的福利。

采访者：您刚刚说杭二棉相当于一个独立社会，什么都有，内部员工这方面的福利就会好一点。那当时，杭二棉的工作是一份相当体面的工作吗？

汤林美：也算不上什么体面的工作，杭二棉是国营企业，那时计划经济招工有指标，能被招工进厂就有份工作吧。你没有指标进不去，只有做做五七工①、临时工。

采访者：您能否介绍一下，您在杭二棉担任哪些职务？

---

① 指 20 世纪 60～70 年代，曾在石油、煤炭、化工、建筑、建材、交通、运输、冶金、有色、制药、纺织、机械、轻工、农、林、水、牧、电、军工等 19 个行业的国有企业中从事生产自救或企业辅助性岗位工作的，具有城镇常住户口、未参加过基本养老保险统筹的人员。

汤林美：我在做挡车工之后，就去了杭州市总工会举办的劳模补习班学校。当时厂里推荐我，叫我去参加这个补习班。当时我也很高兴，因为我是初中毕业，那个补习班是高中学历补习班，而且是两年全日制脱产。我补习班毕业拿到高中文凭的这一年，华东纺织工学院①要在全国招一批先进劳模，那个时候我们厂有个中专学校，那里有个老师跟我说："那里要招一个班你去不去？"我说："好呀，我要去考一下。"我记得我们厂里有 7 个人去参加考试。考完以后，我也没有想法，也不是很迫切。结果通知说我考上了，我就到那里去读书，也是全日制。我们是属于杭州市管的，毕业的时候，杭州纺织工业局想要我毕业之后就到它那里去。那个时候杭州纺织工业局想招一个管技术的干部，我们厂里不同意。厂里说："我们自己培养出来的人才，我们自己要用的。"那么我就没有去成。那时候他们叫我去，我是有一个优势，就是我父亲的户口在杭州。当时他们也知道我父亲是杭州机床厂退休的，户口还在杭州可以对调，那个时候户口进到杭州也是比较困难。

采访者：正好您父亲在这，相当于是可以进的。

汤林美：如果我去的话，也可以进去，但是厂里不同意，于是我就回厂里继续工作。回厂的时候，正好在造新的气流纺车间，我回来的时候还没有完全造好，我就回到北纺车间。原来我出去的那个纺纱车间，因为靠厂区北面，就叫北纺车间，南面的车间就叫南纺车间。后来改成北纺分厂和南纺分厂。

采访者：回来了以后就当车间主任了吗？

汤林美：回来后厂里正在建气流纺分厂，厂里分配我去组建气流纺分厂，那时候气流纺分厂从招工、培训开始到正式投产，我一手抓。我那个时候是气流纺分厂副厂长，负责生产这一块。我们以前这个纺织方法叫环锭纺②，那个时候气流纺比环锭纺更先进。我在气流纺分厂就是管一线生产，基本上是以管理为主，没有参与一线生产。后来我到厂部工作，就是厂总支。厂工会主席退休了，厂里就叫我到那里去做工会主席，后来我是厂部的党支部书记，再后来到厂总工会。后来杭二棉破产了，有一个中心纺织厂，我就到中心纺织厂做工会副主席。

采访者：您进入杭二棉时正值"文化大革命"期间，厂里面有没有成立

---

① 现东华大学，创建于 1951 年，时名华东纺织工学院，由交通大学纺织系等华东、中南、西南高校的纺织院系合并而成，1985 年更名为中国纺织大学，1999 年更名为东华大学。

② 由锭子和钢领、钢丝圈进行加捻，由罗拉进行牵伸的一种机械纺纱的方法。

"革命委员会"？

汤林美：厂里有成立"革命委员会"。"文化大革命"时，杭二棉的革命委员会是比较厉害。因为杭二棉各类生产设备很多，所以专门有个修机车间来负责设备检修。那个修机车间连枪都能造。那时候厂里的两派斗争得很厉害。一个是造反派，还有一个忘了，反正他们很厉害。这些也和厂外面的势力有关。最早"文化大革命"开始的时候，我们还没有进厂。我们进厂的时候，"文化大革命"已经快结束了，局势也没有那么紧张。进厂的时候生产秩序还可以，因为已经恢复生产，所以缺少劳动力，才把我们招进来。

采访者：那有没有什么员工或干部受到批斗呢？

汤林美：这个听说以前有，我们进来的时候基本上恢复了生产，零星有一点，基本上没有影响生产秩序。

采访者：唐山大地震发生以后，杭州有没有组织人员物资的支援活动？

汤林美：好像有的，我记得厂里有组织募捐，支援唐山人民抗震救灾。

采访者：1976 年毛泽东和周恩来等党和国家领导人相继逝世，在当时杭二棉举行了哪些悼念活动？

汤林美：厂里组织开追悼会。当时我们去上班的时候，听到广播里播领导人去世的新闻，大家都站在那里不动。毛主席逝世，全国人民都很伤心。

采访者：关于粉碎"四人帮"的消息您是如何得知的呢？

汤林美：也是通过广播得知。那个时候厂里有专门的广播台，每天按时广播。得知"四人帮"被粉碎的这个消息以后，大家很高兴。厂里还组织了宣传活动。我们厂里有个文艺宣传队，那个时候文艺宣传队也很厉害，他们整支队伍可以完整演出《沙家浜》，杭二棉文艺宣传队伍力量很大，各种乐器配备齐全。他们是全职的，基本上是员工，外面招来的也有。文艺宣传队里的乐器都很齐，杭二棉有一个很大的歌剧院，舞台也很全面，后台有一个专门的化妆间，跟外面地方上的剧院差不多，相当于是整个萧山县的剧院。

采访者：在改革开放前，杭二棉的生产水平达到了什么程度？

汤林美：那段时间应该是杭二棉最鼎盛的时候，因为厂里设备也比较齐全，那时候杭二棉号称"万人大厂"，光是员工数量就有一万多人。

采访者：生产有没有遇到瓶颈？

汤林美：这个也没有，改革开放之前都是发展计划经济，这些都是国家计划。来料就生产，生产了就销售。

采访者：当时原料供应和生产设备与技术等方面有没有遇到困难？

汤林美： 那时候杭二棉生产产品的技术是比较先进的，工人都是厂里自己培养的，素质比较高，还有专门的机修车间，设备方面也算先进。

采访者： 1978 年，您被派到上海观摩学习，具体是什么情况？

汤林美： 那个时候上海纺织行业比较先进，厂里叫我们到上海去交流学习。因为那个时候郝建秀工作法①很流行，所以厂里叫我们去学习，去看他们纺纱的操作技术。上海那里粗纱的包卷跟我们的包卷是有区别的，他们那里比较先进，包起来以后纺出来的纱质量比较好，均匀一点。

采访者： 那这次观摩学习是厂里指派的吗？

汤林美： 是厂里指派的，派了一批人去上海学习。学习的地方是在上海第一棉纺织厂②（以下简称上海一棉）、上海第二棉纺织厂③（以下简称上海二棉）。因为有两个纺纱车间，南纺和北纺都过去了。我们都去了，主要是去学习操作技术和纺纱技术。我就学习细纱方面。这是我进厂之后第一次去外地。小时候我离开过萧山，不过也就是去绍兴、杭州市区。

采访者： 这是第一次出省，那之前有没有去外地学习过呢？

汤林美： 那没有，这次是厂里专门组织我们到上海去学习纺织技术。因为杭二棉的技术在浙江已经算比较好的。

采访者： 去上海是坐火车还是坐轮渡去呢？

汤林美： 坐火车，那时候是铁皮火车，很慢的。在上海我们住的是那里纺织厂的招待所。上海一棉和上海二棉我们都去了。那个时候全国各行业说起来，纺织厂的效益是比较好的。以前说纺织厂是"摇钱树"，每个纺织厂都有招待所，我们都是住在招待所里面。厂里招待所的条件按照当时来说，应该还是不错，现在比不了了。

采访者： 当时上海的纺织技术和工艺与杭州相比怎么样？

汤林美： 应该也差不多，后期杭州纺织业发展比较好，不过建厂的时候

---

① 又称五一细纱工作法，当时大大提高了纺织职工的工作效率。

② 按 1986 年 2 月编《上海经济区工业概貌·上海纺织卷》载：该厂建于 1921 年，1932 年改名为内外棉株式会社第十三、十四工场，后改成内外棉株式会社第一、第二工场。1945 年该厂改成中国纺织建设公司上海第一棉纺织厂，1949 年上海解放后被定名为国营上海第一棉纺织厂，1966 年改称上海第一棉纺织厂。

③ 按 1986 年 2 月编《上海经济区工业概貌·上海纺织卷》载：该厂前身是日商内外棉五、棉七、棉八、棉十二厂和皮鞋加工部，建于 1914 年。抗日战争胜利后，该厂改为中纺二厂、中纺三厂及印染加工部。中华人民共和国成立后该厂由人民政府接管，改为上海第二棉纺织厂，属全民企业，是大型、骨干企业之一。

有上海老师傅过来支援。上海的技术也说不上先进，相对来说要好一点。

采访者：这次学习当中有什么学习内容让您印象深刻？

汤林美：主要是去学习粗纱的包卷。包卷就是上面的粗纱用完了，要换一个上去，换上去之后，从两边给它包起来，就是这个技术。上海的包卷技术先进在两个方面，一个是速度比较快，另一个就是质量比较好。它的优点就是效率快、质量好，上海的操作方法跟杭州相比就胜在这两个地方。

采访者：学习上海这种工艺，难度在哪里？

汤林美：上海这个是手工操作，也不是机器操作，就看自己领会的程度了。

采访者：您去学习，也像参加培训一样，把包卷的能力提上去？

汤林美：是的，这个手工操作的东西就是要看你领悟的程度。

采访者：当时您是如何学习这种包卷方法的？

汤林美：当时我们就看师傅操作，师傅教我们，我们就根据操作的要领学习，然后不断加以练习。当时在现场先把它的要领掌握了，回来以后再自己慢慢练。

采访者：当时您在上海观摩学习了多久？

汤林美：我们待的时间也不长，好像就几天的时间。因为我们就去参观学习一下，掌握整个要领就好，我们厂里劳动力也很紧张，不可能待太久，要赶紧回去继续工作。我们去上海一棉、二棉学习的时候没有去上海的其他地方参观。我们的目的性很明确，出去就是为了学习。

采访者：那回到杭州以后，您是否向厂里推广这种包卷方法？

汤林美：这个是有的，我们自己掌握了以后，再给员工培训一下。厂里车间的员工基本上都掌握了这个方法。

采访者：那掌握这种方法以后，杭二棉生产细纱车间的生产效率提高了多少？

汤林美：这个生产效率也没有提高多少，因为纺纱都是机器在纺，我们就是操作，主要就是动作要快一点，有些慢一点的，你拉长一点，慢慢包也是可以的。相对来说，纺纱质量确实比较好。

四　技能比赛中出类拔萃

采访者：当时宁波那次比赛是您崭露头角，您能仔细说说那次比赛吗？

汤林美：我当时花了不到一个月的时间掌握了这个操作流程，在之后的独立操作中，厂里发现我的操作技术比较娴熟，效率也比较高。我们先是参加厂里的比赛，厂里选拔比赛的项目就是细纱这个工序的操作。细纱归细纱，布机归布机①，挡车归挡车②。厂里比赛的名次我应该还是比较靠前的，因为前面也有"五八师傅"，他们技术还是比我们要好，更加扎实。

采访者：这个细纱主要考验选手哪些方面的能力？

汤林美：就是一个全面的操作巡回，还有一个是换粗纱，一个是细纱。相对来说也是日常生活中的基础操作。其实我们这个工作，只要熟练就好了，主要就是在保证速度的同时，把质量提上去，还有一个就是把接头的速度提上去。

采访者：这些比赛是每年都组织的吗？

汤林美：厂里经常有比赛，每个月专门有师傅来考核。

采访者：那您第一次外出参加比赛是在什么时候？

汤林美：第一次外出就是去宁波，项目是细纱挡车，我们是代表杭二棉去参赛，杭二棉有好几个师傅一起去。那个是全省的比赛，好像是由宁波纺织厂组织的。第一次参加这个比赛，我也感到很新奇。名次虽然不高，但是能出去参加比赛就很高兴。当时我得了一个名次，杭二棉一个师傅本来应该得名次的，她倒没有得到。

采访者：相当于是杭二棉派代表队，您是新选手，但是发挥得很好。

汤林美：这个主要是因为我没有压力。

采访者：这次比赛相当于您首战告捷，回到厂里，厂里对您进行嘉奖表扬了吗？

汤林美：这个好像没有的，我记得以前都是以精神鼓励为主。

采访者：在这次比赛以后，您在厂里细纱挡车这一块就相当于是崭露头角了。

汤林美：是的，回去以后我就相当于救火队员了。细纱挡车在我们厂里是三班倒的工作制度，上一班下班了，我们接班的时候，上一班线头断了很多的，或者瘫痪的，我基本上去接的是这种岗位，没有固定的岗位。我上班了以后，工段长没有给我固定岗位，她看到哪一个岗位遇到困难了，就让我

---

① 即织布机。

② 挡车是指看管一定数量纺织机器，并负责所看管机器上的产品的产量和质量的工作。

去协助解决。参加比赛回来以后，我在生产岗位上基本上算是帮助其他工友的角色，就是哪个岗位比较难做了，我就到那个岗位去。

采访者：在厂里拔尖了以后有没有去参加市里、省里、全国的比赛？

汤林美：这个是常有的，凡是可以参加比赛的，我基本上去。

采访者：1979年，您参加杭州市全市棉纺系统工种比赛，您的"包卷"以速度58秒、质量100%的优异成绩名列前茅，您能说说这次比赛吗？

汤林美：这个比赛也是很正常的，杭州市也经常组织一些比赛，因为纺织细纱这一块是比较重要的，厂里和纺织系统对这一块的技术抓得比较牢，所以经常开展这种比赛，去参加比赛就好像是家常便饭。

采访者：在一年之内，接连在市里、省里的比赛中名列前茅，您当时是什么样的感受呢？

汤林美：我当时觉得也没什么，这是很正常。这个技术主要是靠自己领悟。比赛的时候别人是很紧张的，我觉得我也没什么紧张。比赛就是比赛，没有必要过分看重。

采访者：为了参加这些比赛，您付出了哪些方面的训练和努力呢？

汤林美：这个主要靠平时多练练，其实这是熟练工种。自己平时的时候多去领会要领，平时下班的时候加练，一般我练半小时到一小时。早班三点钟下班了，人家走了，我再练一下。因为我是住集体宿舍的，那个时候反正没事情。中班上完，早上睡到七八点起来，离吃中饭还早，那我就到车间去练一下。我把平时业余时间利用起来，除了参加团组织里面的义务活动，我没事就去练练技术，领会一下技术要点。

采访者：当时全国性的比赛有哪些呢？

汤林美：全国纺织系统青工技术交流会在郑州举行，我去参加，获得了"全国操作能手"这个称号。

采访者：1981年3月，杭州市纺织工业局举行操作验收，您以省优级水平名列全市第一。这次操作验收主要是考哪方面的？

汤林美：也是细纱的这些操作；粗纱包卷、换卷，比速度、质量。

采访者：参加技能比赛对您的日常生活带来了哪些帮助呢？

汤林美：去参加比赛的人，基本上都是各个省、市里比较先进的人。大家交流一下对自己的技术也有好处，因为来参加的都是纺织系统内技术拔尖的人。

采访者：除了参加技能比赛，您有没有参加一些指导或技能教学的一些工作呢？有出去指导或教学吗？

汤林美：这个主要是技术交流的时候，大家互相表演示范一下。也有去杭州的其他纺织厂，如我们到杭一棉去给员工示范一下。

采访者：1981年10月，您作为新长征突击手①，参加了在郑州举行的全国性比赛，这个全国性比赛是由谁组织的？

汤林美：这个是由纺织工业部组织的全国纺织青工技术比赛。杭二棉就派我一个人，作为细纱挡车的代表，去参加细纱挡车项目。

采访者：参加各类比赛得奖，厂里或浙江省有没有给您一些奖励呢？

汤林美：这个好像没有，基本上是荣誉鼓励为主。

采访者：在厂里工作还要外出参加比赛是非常繁忙，您是如何协调工作与家庭的平衡？

汤林美：去比赛什么的都还好。厂里比较支持，而且反正我那个时候还没结婚，家里父母也很支持，也不存在矛盾。后来我去读书进修，读劳模补习班以后就不参加比赛了。

采访者：外出参加比赛的时候您基本上是坐火车，有没有坐飞机呢？

汤林美：基本上是坐火车，去郑州参加比赛也是坐火车。

五 成绩突出屡获荣誉

采访者：1978年10月，您出席共青团第十次全国代表大会。您之前有没有参加过市里、省里的团代表大会呢？

汤林美：我出席全国共青团代表大会也是浙江、杭州的团代表大会组织推荐的。主要是因为杭州市的团代表大会我也参加，算是有代表性的人物，代表先进人物和纺织系统。

采访者：当时您作为纺织系统的先进人物。出席中国共产党青年团第十次全国代表大会，您还能想起当时的情形吗？

汤林美：具体的一些情况我已经记不清楚了，那个时候去北京好像都是坐火车去的。

采访者：那结束回到杭州以后有没有去宣讲共青团十大的会议精神？

---

① 共青团和全国广大青少年在20世纪80年代开展的一项建功立业、向社会主义现代化目标进军的活动，也是开展社会主义劳动竞赛的重要形式之一。

汤林美：会议精神就是去厂里面讲，也没有去外面。因为杭二棉的级别已经够高了。

采访者：那当时浙江省除了您，其他人都是哪些系统的代表呢？

汤林美：好像各个系统的都有。例如，我们是纺织系统，还有工业系统、农业系统等的代表。

采访者：1978 年共青团十大提出"争当新长征突击手"的活动，您在1979 年的时候就获得了"新长征突击手"的荣誉，您有印象吗？

汤林美：有印象，那个时候是杭二棉的常委把我推荐上去的。厂里先推荐到市里，市里再推荐到省里。那对于这份荣誉，也算是国家对我的鼓励和肯定。反正我这个人，团里的活动都能够积极地参加，再加上参加比赛获奖，平时工作也比较认真细致，综合各方面的考虑给了我这份荣誉。

采访者：您在 1980 年 6 月加入中国共产党，1981 年就获得了浙江省优秀共产党员称号。

汤林美：我记得那个时候关于入党，车间领导跟我谈了几次，很早的时候就跟我说，叫我写入党申请书。那个时候我想入党对我而言是高不可攀的。我的入党介绍人就是自己车间的师傅。当时厂内党员很多，他们起了很好的模范带头作用。

采访者：入党第二年您就获得了浙江省优秀党员的称号，这个也是组织给您的一种肯定。当时获得浙江省优秀党员称号的都是来自哪些领域的代表？

汤林美：各个领域的，那个时候有纺织企业、其他工业企业等各个领域。

采访者：纺织企业就是您作为代表。你认为党员在车间内如何起带头作用？

汤林美：我们在车间里，是哪里有困难，我们就去哪里。哪个车位比较难做，比较困难，厂里都是叫我们去哪里，遇到困难，我们都是顶在前面。

采访者：回到杭州以后，市里的领导有来看望或接见您吗？

汤林美：这个好像没有，因为杭州市有好多人参加了，不止我一个。

采访者：他们都来自哪些领域？

汤林美：我们对于纺织系统的接触比较多，我记得常州纺织厂有一个，其他的就不是很清楚。

采访者：1981 年您被授予杭州市劳动模范称号，1982 年 9 月，您被授予浙江省劳动模范称号。您能介绍一下劳模的评选流程吗？

汤林美：那时候劳模不是每年评的，是几年评选一次的。这也是有规定的，如一个厂里可以评几个，那时候我们厂里只能评一个，我也是被推荐上去的。杭二棉有一个杭州市的劳模名额，厂里就推荐了我。

采访者：与您同一批的浙江省劳模，您还有印象是哪些人吗？

汤林美：杭一棉有一个，浙江麻纺厂也有，总之都是来自各行各业。那时候被评为劳模多是一线的工人，如来自杭州肉类加工厂的工人等。

采访者：获得劳模称号有没有给您其他方面的奖励。

汤林美：这个没有的，也是以荣誉鼓励为主。

采访者：1982 年 10 月，您作为浙江省细纱操作代表，参加在郑州举行的全国棉纺织青工操作经验交流会。这次交流会是比赛，还是表演性质的？

汤林美：表演性质。杭二棉的操作技术在全国来说应该是比较先进的。这个交流会是每个省市把最先进的代表派出去，互相交流。技能是差不多的，操作技术都是一样的。那就是熟练程度，无非就是在速度上有点差异，还有质量。

采访者：1983 年 4 月，您去北京参加全国劳模和先进人物座谈会。这次座谈会您还记得吗？

汤林美：这次座谈会我们也是坐火车去的，也是以开大会的形式在人民大会堂里面进行交流。那次座谈会邀请的是各省劳模，我当时是浙江省劳模，会上我没有发言。

采访者：1983 年 4 月 28 日，浙江省第六届人民代表大会第一次会议，选举第六届全国人民代表大会的代表，121 位同志光荣当选，您也是名列其中。当选人大代表，您有何感想呢？

汤林美：那个时候也是一级级地选举，从杭州市人大代表到浙江省人大代表。当时我就想，怎么会推荐我当全国人大代表呢。这么高的荣誉，我想也没想到，主要是组织上对我的重视、鼓励和信任，我当时是以工人代表的身份去参会。

采访者：在全国人民代表大会会议上，您提出了哪些议案呢？

汤林美：我们就是纺织系统有个议案，没有个人议案，是几个人一起有个议案，内容是关于纺织工人待遇比较低、工作比较辛苦，我们应该如何提高纺织工人的待遇和工作环境等。

采访者：这个议案有没有引起大会的重视，或者有没有给您回应呢？

1983 年，汤林美出席第六届全国人大一次会议时在北京人民大会堂前

汤林美：回应是有的，具体我也记不清楚了。议案的书面资料也没有了，因为以前是住集体宿舍的，后来集体宿舍没有了，搬家的时候都丢了。我搬家搬来搬去，搬的次数比较多，那时候老家在长河，搬回去，又搬出来。这个家也搬了四五次了，搬来搬去就没有了。现在住的房子是我 2000 年搬过来的。这房子是我自己买的，单位分的房子是在杭二棉家属宿舍。现在房子还在，就是没去住。

采访者：1983 年 5 月 3 日，您从北京返回之后，去杭州市劳模文化补习班报到。劳模补习班是由什么部门组织的？

汤林美：是由杭州市总工会组织的。杭州市的劳模大多是初中毕业，文化水平不是很高，有的人想去继续进修，但文化知识不够。杭州市总工会也比较重视这一届劳模，就在杭州市业余大学举办了补习班，就办了两届，我参加的是第一届。

采访者：当时的学习场地安排在哪里呢？

汤林美：就在杭州市工业大学里面，具体位置在杭州工人文化宫附近。

采访者：补习班的成员都是浙江省各地的劳模吗？

汤林美：都是杭州市的劳模。这次的学习报名，我自己也有这个意愿，厂里也推荐我去学习。

采访者：补习班开设了那些课程呢？

汤林美：补习班开设的是高中课程，就是语文、数学、物理、化学。我

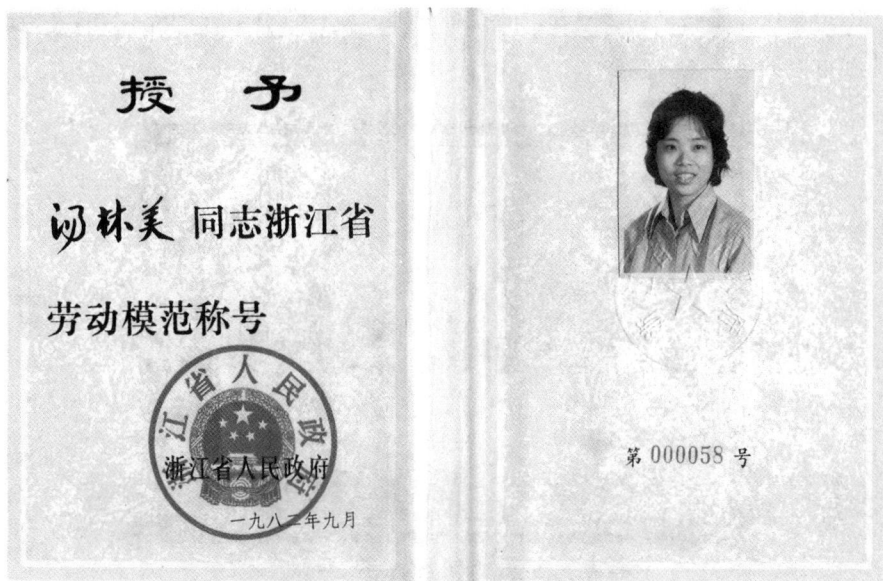

1982 年，浙江省劳动模范荣誉证书

们一共有两个班，分为理科班和文科班，两个班有七八十个人。教授课程的老师都是杭州工人业余大学的老师。我选的是理科班。毕业的时候补习班给我们颁发了高中毕业证书，这是国家认可的高中文凭。

采访者：这次补习班学习了多久？

汤林美：两年。两年全脱产，相当于两年都是在杭州学习。我住的地方也是在杭州。寒暑假也是有的，那两年生活还是比较轻松的，那会儿厂里的事情都不兼顾了，全脱产了。

采访者：参加补习班学习，您有哪些收获？

汤林美：这个收获比较多，一来是提高了知识水平，二来是为以后进一步的学习提供了基础。如果没有这个补习班，那我也不可能去读纺织大学。当时两年劳模班补习完以后，正好纺织大学要招这个班，我就去考了，我们厂里有七个人一起去考。

采访者：1983 年 9 月 26 日，您被评为全国"三八红旗手"①。您认为"三八红旗手"的活动对我们国家妇女的劳动、社会地位有哪些帮助呢？

汤林美："三八红旗手"是中华全国妇女联合会组织的，对于我们女职

①　创立于 1960 年，是我国在妇女节颁给优秀劳动妇女的荣誉称号。

工来说是比较有帮助的，跟女工的自身素养、文化等各方面的提升有关，因为在这方面宣传的比较多。

1983 年，全国"三八红旗手"荣誉证书

采访者：对于担任"三八红旗手"，您如何看待这个荣誉？

汤林美：我觉得这个荣誉也是一种鼓励，其实"三八红旗手"就是这样一个荣誉，也没有其他什么奖励，这个荣誉是对我的成绩的一种肯定。

采访者：在当时，这一届"三八红旗手"都来自全国的哪些行业？

汤林美：各个行业、各个系统都有。

采访者：1985 年您到中国纺织大学（现东华大学）管理工程专业学习，能说说当时进入这个大学和这个专业学习的情况吗？

汤林美：我当时是通过考试入校学习。报名考试的基本上是纺织系统的人，全国各地的都有。我们杭州专门有一个地方统一组织考试。这个跟现在考大学一样，全国有统一的考试时间，指定的考试地点。考试的内容也是语文、数学、化学等，和高考科目一样，外语也有。

采访者：当时你们厂里有几个人参加考试？

汤林美：我们好像有六七个人参加考试，都是一线职工，获得先进以上的人才能参加考试。是厂里先进还是市级先进，这个好像没有限制，要求就是获得先进荣誉，因为这个班就是先进学员班。

采访者：当时在华东纺织学院，您是全职脱产还是在职就读？

汤林美：全职脱产。一共是四年，在中国纺织大学是两年，劳模班是两年。在学校学习期间就没有回到杭二棉厂工作。因为劳模班补习好以后，正好纺织大学在招生，然后我就去参加。主要是厂里通知我这个劳模班在招生，问我要不要去考，然后我就去考了。劳模班的其他同学也有去考其他学校的，有上党校的，当时劳模班的人基本上会继续进修。当时厂里对我们参加学习还是很支持的，我在纺织大学读书的时候还是带薪脱产。

采访者：您考入的是管理工程专业，是管理学方面的内容吗？

汤林美：是管理方面的内容，但主要是纺织管理的内容。课程也是数学、语文，还有工程一类的，英语这些也都有，还有管理类的专业课程，跟大专的课程差不多。其他公共课程像马克思主义哲学原理、体育课也有。课程还是以理论为主。当时在学校待了两年，获得了大专文凭。

采访者：当时同班同学都是来自哪里的？

汤林美：全国各地，宁波、江苏、上海都有。我们分为两个班，文科班和理科班，我是理科班。他们年纪跟我相差不大，我年纪是比较小的，大部分同学30岁左右，有些已经有小孩了。他们毕业后也是回到一线生产、管理岗位。

采访者：现在您与这个班里的同学还有联系吗？

汤林美：现在很少联系了，一开始还有联系，现在已经基本上不太联系了。毕竟都是来自全国各地的同学，比较分散。

六 杭二棉的兴衰

采访者：改革开放以后，杭二棉的员工数量和设备数量有没有再增加？

汤林美：员工数量没有增加，后来一直没有增加。杭二棉厂址一直在施家桥后面，没有变化，就往外扩张了一点。

采访者：杭二棉的产品种类在改革开放以后也是以白胚布为主？

汤林美：嗯，后来我已经在工会工作了，对一线生产不大关注。厂里也生产一些成品布，那个时候各车间已经有点独立，已经有被承包出去的性质。

采访者：改革开放以后，原料也是上面分配吗？

汤林美：市场经济，后来都是自己来进原料。

采访者：杭二棉的市场经济大概是什么时候开始的？

汤林美：这个也说不上来，与改革开放前的模式差别也不大。改革开放以后，杭二棉产品的销量、销路也基本是按照计划经济模式来做的。

采访者：杭二棉最鼎盛的阶段是在什么时候？

汤林美：应该是在20世纪80年代，我们厂是从1996年开始走下坡路。20世纪80年代是鼎盛时期，效益非常好，生产出来的产品是供不应求。20世纪80年代的时候，我的工资应该是八九十元吧。我去脱产读书的时候，我记得每个月发90多元的工资。

采访者：当时职工的住房问题是如何解决的呢？

汤林美：住房就是厂里把房子造起来，分配给职工当宿舍，这是国家的规定。不过分房也有条件，厂里有专门的分房小组来负责分房。我们厂里有过渡房，过渡房就是没有独立的卫生设施，面积比较小，大概30平方米，一室一厅这种类型。全套房是50多平方米，每套房子里有独立的卫生设施。

采访者：当时分房排的队伍有多长？

汤林美：这个不一定，得看厂里效益和房子建造的进度。因为那个时候，厂里住职工宿舍的人比较多，排队等分房的人也很多。

采访者：当时您分了多大的房子？

汤林美：我一开始也是住过渡房，30多平方米的面积。过渡房大概住了四五年，后来住成套房。成套房也是在家属宿舍区。我们搬进成套房后，空出的过渡房分给下一家。

采访者：当时厂里的员工也有老年人，那有没有养老机构呢？

汤林美：好像没有养老机构，但有独立的医院。那时候厂里医院里的科室也比较齐全，像女工生孩子都是在厂里医院。科室门类还是比较齐全的，各个科室也都有，像儿科、妇产科、外科、内科、中医科全部有。因为当时的看病问题也都是在厂里解决，所以我们不需要到外面去，基本上不接触萧山地方。

采访者：那当时厂里的文化生活有哪些呢？

汤林美：厂里有电影院，经常会放电影。厂里也有歌剧院，有时候歌剧院会有文艺演出，演出人员主要是厂里的宣传队，厂里的宣传队也经常到外面交流。电影院也是蛮大的，跟外面萧山的电影院一样。厂里还有礼堂，还有俱乐部。此外厂里还有图书馆，图书馆也比较大。总的来说，杭二棉的业余文化生活比较丰富，各类设施也比较齐全。

采访者：1987年到1994年您担任了气流纺分厂的副厂长，主要是负责气流纺这一块？

汤林美：我主要管气流纺车间的生产线。后来厂部的工会主席退休了，我就到科室组织科去了。厂部科室组织科相当于厂机关，有一个党组织书记和一个工会主席。

采访者：这时候一线生产基本上不接触了？

汤林美：嗯，不接触了，走上管理岗位了。厂部工会主要是对厂部机关科室，我们那个厂比较大，车间有自己的工会主席。厂部也是一个部门，就是管科室的各个部门。以前我们开玩笑说，厂长、党委都是属于科室管的。厂里各部门比较齐全，有宣传科、组织科等科室，基本上政府部门有的科室，我们杭二棉都有。杭二棉的行政级别就相当于萧山同级别。那时候杭二棉的厂长和书记是比较厉害的，他们跟萧山县委同级别，萧山县委去跟他们说，他们有时都不认账。

采访者：厂长是车间内提拔的，还是从外面调来的？

汤林美：一开始是从外面调来的，后来就是厂里提拔上去的。

采访者：那当时工会有哪些福利慰问呢？

汤林美：工会主要是管职工的福利、劳动保障和工会证明这些方面。职工子女教育有专门的教育科，杭二棉每个科室都比较齐全，教育科专门管厂里的教育，职工子女从幼儿园到初中，职工有中专。厂里专门有个中专学校。这个中专学校的毕业证书都是国家认可的。厂里后来也有高中，因为职工子女多起来了，初中和高中都设立了。现在的金山小学前身就是杭二棉的子弟学校。

采访者：当时女性职工有额外的福利待遇吗？

汤林美：额外的福利待遇没有。产假这些都是按照国家规定来的。

采访者：一般职工的文化程度是多少？

汤林美：一般就是初中及以上。当时招工也有门槛要求，要招初中及以上学历。

采访者：当时厂里领导层是以男性为主还是女性为主？

汤林美：以男性为主。

采访者：1991年，杭二棉出现亏损，杭二棉是什么时候开始走下坡路的？

汤林美：杭二棉走下坡路主要是因为负担比较重，退休工人比较多。1958年进厂的这一批工人正好在20世纪90年代退休。那个时候退休工资都是厂里发放，还有医药费、家属宿舍的水电等生活设施方面的费用主要都是由厂里承担。各家的水电自己需要交一部分，但是交的金额很少，厂里承担大部分。还有退休工人的医药费、退休工资，这些都要由厂里发放。

采访者： 退休工资有多少？

汤林美： 那时候退休工资低的，只有几百元，但是退休员工数量很多。当时退休人员是有几千人的，要退休的"五八师傅"已经有四五千人。因此，承担的退休工资数额也是巨大的。

采访者： 原因就是您刚才提到的，负担太重？

汤林美： 主要是负担太重，生产的效益承担不了内部的开支和负担。

采访者： 当时杭二棉生产出来的产品，有没有遇到销售问题呢？

汤林美： 纺纱还好，织出来的布效益不是很好。纺纱需要大型机器设备，织布就不用，小作坊就可以。像在绍兴，家里弄一个织布机也能织布。杭二棉生产的布受家庭作坊、私人工厂的冲击很大，布的销路不是很好。不过纱线的销路还可以，算是能勉强维持。

采访者： 这是不是跟当时的领导决策有关，他们认为卖布可能要比卖纱好？

汤林美： 也不是，厂里这么多设备和工人，不生产也不行。织布的机器不能停。问题积累下来，20世纪90年代个体、私营经济大发展，乡镇纺织企业兴起，内外原因一起导致了杭二棉的衰落。

采访者： 亏损以后，员工的福利待遇有没有受影响？

汤林美： 这个肯定有，后来维持不下去了。1996年政府压锭，完好的设备要敲掉。那个时候，我们工人将锤子敲下去的时候都流眼泪。这等于是把自己的饭碗敲掉。压锭就是为了减少生产，还有减少生产人员。

采访者： 人员减少是辞退吗？

汤林美： 下岗了。

采访者： 20世纪90年代，您的工资有多少？

汤林美： 20世纪90年代，我们也只有几百元，两三百元，那个时候纺织企业工资整体都不高，比起过去差远了。

采访者： 作为纺织职工，在长期工作当中有没有留下一些职业病呢？

汤林美： 这个有的，有些人会有腰椎间盘突出。

采访者： 刚才您提到的国企改制，杭二棉当时是如何改制的？

汤林美： 我们最早就是压锭，把设备敲掉，让一批工人下岗。后来到1999年，厂里还是过不下去，后来就提请破产。破产之后成立了一个国有企业，名字改为中兴纺织厂。这个中兴纺织厂还是国有企业性质，维持了几年，还是生存不下去。因为那时候已经有 5 000 多名退休工人，到 2000 年转制后，生活区与生产区剥离开了。杭州市政府让我们生产归生产，生活归生活。生活区就是成立一个杭二棉离退休人员服务中心，退休工人、下岗职工、退养职工、精简人员、专业军人、遗属、离休干部、杭二棉家属宿舍等的相关事宜，以及杭二棉的历史遗留问题都由这个离退休人员服务中心负责管理。我当时也到离退休人员服务中心工作。

采访者：当时工人下岗的政策是如何制定的？

汤林美：转制的时候，杭州市政府的政策是：运转一线工人，女职工年满 40 周岁，男职工年满 50 周岁就可以提前办理退休手续；二三线日班岗位工人，女职工年满 40 周岁、男职工年满 50 周岁就可以办理内部退养。这属于杭二棉退休中心管。提前退休是由萧山社保管理。提前退休后也就是退休工人了。二三线的是内部退养，还是由杭二棉离退休中心管理。

采访者：下岗职工有买断工龄的吗？

汤林美：有的，我们全部都买断了，买断费用大概是一万元。转制的时候厂子被卖掉了，就有买断的钱。1998 年 10 月杭二棉破产的时候，杭州市纺织化纤工业公司收购了杭二棉资产。后来成立的中兴纺织厂，还是国有企业。领导层还是没变，那时候中兴纺织厂的厂长，是杭州市工业公司派下来的。

采访者：杭州市纺织化纤工业公司现在还在吗？

汤林美：好像没有了，后来是杭州市经营管理公司，国有资产都归这个公司管。

采访者：中兴纺织厂后期很多车间被承包出去了，承包出去是什么时候？

汤林美：中兴纺织厂其实也就存在了两年时间，2000 年又转制了。

采访者：彻底破产以后，退养、退休由谁来负责呢？

汤林美：就是由杭二棉临退休人员中心负责。中兴纺织厂被卖掉了，这个钱归资产经营公司所有，这个钱是专款专用，用于临退休人员服务。厂区围墙外面的生活区块和退休工人的医药费等经费都是来自这笔钱。

采访者：退休金也是由这笔资金来发放吗？

汤林美：退休金是由社保来发的。就是医药、家属区还是由这笔钱支出。那个时候职工医院、子弟学校等生活方面由临退休中心管理。后来学校划拨出去了，子弟学校归萧山区教育局管理。医院还是归临退休人员管理中心管理，现在属于北干街道卫生院。

采访者：您担任临退休中心主任也担任了很长时间？

汤林美：我是临退休中心的工会主席，书记主任是张香莲。我主要负责遗留问题的处理，如退养、职工的退休办理、退休劳保、职工的工龄纠错、精减工人和家属劳保等。

采访者：这一块服务中，有没有遇到一些问题或困难，对很多人来说，如果生活有困难，会不会来吵闹？

汤林美：这些问题也有，因为杭二棉比较大，困难职工也是比较多的，我们整体考虑，也经常会有一些慰问活动。这个机构已经属于工人路社区①了。2006年以后中兴纺织厂转制的钱已经用得差不多了，杭州市政府要把它划归地方管理。以前我们一直都是归杭州资产经营公司管的，2006年的时候，杭州市政府把我们划归地方了，包括杭一棉。我们就划归萧山地方管了，我们工会以前是归资产经营公司管的，后来是归萧山区总工会管的，各个方面都慢慢划归地方管了。家属宿舍区面积比较大，人员众多，划归北干街道管。后来那里成立了一个工人路社区。

采访者：杭二棉的旧址现在在哪里？

汤林美：厂址已经没有了，破产的时候还在。这个厂好像是前几年搬到所前那边去了。

采访者：破产以后这个厂被拍卖了吗？

汤林美：被拍卖了。后来他们好像是股份制改革。这个地方现在已经建造高楼了，只有一个毛主席雕像还在那里。我们厂区比较大，当时造了一个毛主席雕像。

七 退休生活与萧山新发展

采访者：2006年您就正式退休了吗？

汤林美：2006年我还没有退休，因为退休管理中心划归地方后，成立了工人路社区，我就在工人路社区工作。现在这个社区的管理跟其他社区没差别。我是2012年55岁的时候退休的。退休的时候，工作关系是在工人路

---

① 该社区于2006年6月成立，位于浙江省杭州市萧山区北干街道西南部。

社区。

采访者：您退休以后每天的生活是怎么安排的呢？

汤林美：刚刚退休的时候，我在北干街道图书馆里工作了大概三年，同时还处理一些杭二棉的遗留问题。后来我到萧山人民法院担任人民陪审员。

采访者：退休以后还与杭二棉的工友有联系吗？

汤林美：这个有的，我们经常会聚一聚。以前杭二棉离退休人员服务中心书记主任张香莲，我们一直跟她在一起工作，一直都有联系。

采访者：你有没有一些业余爱好或业余活动？

汤林美：我现在也比较忙。有时候晚上去走走路，经常跟几个退休同事约出去聊聊天。

采访者：北干街道是萧山的主城区，最近十几年的面貌也发生了翻天覆地的变化。您能介绍一下它的发展吗？

汤林美：北干街道发展比较快。以前我们搬到山阴路来的时候，前面这一片都是农田。北干小学前面、山下面都是农田，是没有房子的，都是后来慢慢造起来的，包括万象汇、恒隆广场。

采访者：1988年1月1日，萧山县撤县设市。您对当时有印象吗？

汤林美：有印象，撤县设市使我们萧山的档次提升了，大家对这个是比较关注的。这对我个人工作、生活影响不是很大，但是对于萧山的发展前景，我们是比较憧憬。

采访者：1996年滨江区成立了。您出生、成长都在长河镇，长河现在属于滨江。您就从萧山人变成了滨江人。您是如何看待政府的这个政策的呢？

汤林美：滨江现在发展得也比较快。我的老家就在白马湖这里，冠山脚下。我们房子前面就是一个很大的公园，环境比较好。滨江的发展应该比萧山好，滨江马路边花坛不像萧山是一条一条的，它的花坛都是整块的，整体规划和环境更好，而且高新产业的发展也更好。长河现在也有翻天覆地的变化。我平时很少去了。两个哥哥也都在萧山，父亲那个时候也搬到萧山了，我在长河也没有多少亲戚了。后来拆迁了，堂兄弟都搬走了，都不住在一起了，也都走出去了，现在很少回去。那个老房子也快拆了，我堂兄弟的儿子的房子都已经被拆掉了，因为安置房比较小，我们这个还没被拆迁的房子就无偿给他们住。

采访者：2001年，萧山市撤市设区，这个您有印象吗？

汤林美：这个也是知道的。我们萧山属于杭州下面的区，是属于杭州市的。以前很多萧山人认为自己就是萧山人。

采访者：您经历了插队、改革开放和国企的兴衰等杭州大发展的各个时期，您如何看待这几十年的变化？

汤林美：这几十年的发展是真的比较快，特别是萧山。整个萧山的发展真的是比较快的，我们也是比较幸运的，在萧山生活和工作，改革开放对我们家庭个人来讲，也比较有影响。从工作单位来说，我也是比较幸运，没有下岗。收入虽然较低，但至少也有一份工作，一直做到退休，我也比较满足。

不过，杭二棉兴衰也是血泪史，在杭二棉鼎盛时期，它在整个萧山、杭州都比较有名气。改革开放以来，市场经济体制建立起来，各方面的发展活力增强了，再加上乡镇企业和民营经济的兴起及国有企业的负担重，影响到我们国有企业的生存，国有企业负担比较重，因而一步步地衰落下去了。其实也是很可惜的，毕竟是国有企业，国家像养小孩一样培养起来，最后衰落也是非常可惜的。我们这批有点像外来的，但是像"五八师傅"，他们几代人都是在杭二棉。杭二棉的这些子弟，他的父母亲、他的子女也是在这个厂里学习、工作或出生的，有三代了，都是杭二棉人，这些人后来都下岗了，没有技术，年龄也比较大，出去工作和生活是比较困难。

采访者：南方国有企业的下岗历史并不为世人所周知，民营企业兴起也比较快。

汤林美：特别是纺织领域，乡镇企业在这个行业发展得很快。不像重工企业，像杭齿（杭州前进齿轮箱集团股份有限公司）、杭发厂（杭州杭发集团公司）就不一样。纺织企业技术含量不高，因此就被乡镇企业挤掉了，而且国有企业负担重。

采访者：回头来看，杭二棉后期的衰弱，您认为原因在什么地方呢？

汤林美：我觉得主要是建立起了市场经济体制，各方面的发展活力增强，乡镇企业和民营经济的兴起，国有企业的负担太重，生产环节的技术含量不高，生产效益也不是很高，产品销路也不好，还有这么重的负担，负担不起。

采访者：确实像杭二棉这种成套的体制，从出生到最后衰落都是一整套。

汤林美：早些年杭二棉困难时期就会精减工人，叫他们回老家去。后来政府恢复了这批工人的正常工作，还要给他们恢复待遇，这些都需要杭二棉自己承担。国家只不过就像发粮票一样：发了粮票，地还是要你自己种，米还是要你自己去买。国有企业主要是这个问题，政府指示，发了票子，钱还是要你自己想办法。

采访者：如果没有这个负担，杭二棉仅是生产销售还是能存活下去吗？

汤林美：当时可以存活，但是后来也是有问题的，生产经营这方面没有竞争力，现在高科技也比较多了，陈旧的纺纱设备也跟不上形势。杭二棉的衰落也是难以避免的。

采访者："奔竞不息，永立潮头"的萧山精神，现在广为人知，请您结合您的工作和生活，谈谈您对萧山人弄潮精神的理解。

汤林美：萧山人就是不服输、吃苦精神比较好，创新精神也比较好。特别是 G20 峰会，这么重要的会议，能在萧山召开，说明现在萧山不只是在杭州有名，在省里有名，在世界各地也是有名的。萧山人也比较幸运，这也是国家对萧山的一种肯定，现在萧山发展真的已经翻天覆地了，拥江发展，萧山是主阵地，真的不错。我们在聊天的时候也说，现在的发展是比较厉害，但是萧山房价这么高，特别是 G20 峰会以后萧山的房价真的是太高了。但是也不知道怎么回事，萧山人还是买得起房子。像我们工薪阶层，只能看看。

采访者：我们采访了也将近三个多小时，非常感谢您接受我们的采访。您经历的改革开放、国有企业的兴衰历程，对我们来说也是一段非常宝贵的历史，也感谢您一直配合我们的采访。浙江人的国有企业的工作经历比较少，很多人是从农业家庭直接到私营企业，对国有企业的记忆不多，因此我们来采访您，把您的这段历史传播出去，让更多人知道国有企业在浙江的发展历史中的作用。

汤林美：浙江国有企业的兴衰是比较令人感慨的，特别是我经历了杭二棉从鼎盛时期到衰落时期，这一段我是亲身经历过的，特别是看到几代人都在这个厂里面，最后落寞出门。那个时候"五八师傅"退休了，只有一两千元的退休工资，子女也都退休了"啃老"。他的子女也在杭二棉工作，后来也退休、退养了。退休还好，还有退休工资；下岗没有工资，需要自己去找工作，一没有技术，二年龄大了，这些是比较困难的。这个也有好有差的，有些人下岗以后，全身心到外面创业，我们说，是饿死还是去闯闯看，闯出来的也有，但大部分人生活还是比较困难。

采访者：您在 20 世纪 90 年代的时候，想过要创业吗？

汤林美： 我在 1998 年的时候，杭二棉转制成立中兴纺织厂，我曾经去试，但后来放弃了。

采访者： 今天我们的采访就到这里，很感谢您接受我们的采访，辛苦您了。

汤林美： 你们也辛苦了，谢谢！

我与杭齿四十年：萧山改革开放中的亲历、亲见与亲闻

——丁军口述

采访者：黄慈帖、李永刚　　　　　整理者：黄慈帖、李永刚

采访时间：2018 年 9 月 4 日　　　　采访地点：萧山区城厢街道潇湘社区会议室

口述者

丁军，1951 年 3 月 1 日出生，杭州人，中小学就读于杭州。1968 年 12 月到萧山支农，1971 年 3 月通过招工进杭州齿轮箱厂（以下简称杭齿厂）工作。其在杭齿厂当过锻工、厂宣传部宣传干事、生产计划部门计划调度员，担任过公司总调室主任，制造部常务副部长，工程机械变速箱厂厂长、书记。

丁军亲身参与了杭齿厂的工程机械变速箱从无到有，从仿制美日、引进德国 ZF 技术，消化吸收，自我创新，到成为全国最大、品种最多、层次最高的工程机械变速箱；亲身经历了杭齿厂从杭齿股份有限公司到杭齿上市公司的华丽转身；亲眼见证了萧山从一个贫穷落后的农业县，在改革开放的历史进程中，成长为全国知名的百强区、富裕区、高新技术创业区。

一路走来，有艰难困苦、坎坷曲折，有经验教训、失败错误，更有成功的喜悦、创业的豪情。丁军和杭齿厂，和萧山一起，从西湖时代，走向了钱塘江时代，并将一起走向更加美好的全面小康新时代。

一　家庭环境

采访者：丁先生，您好！很高兴您能就萧山改革开放口述历史项目接受我们的采访。此次访谈内容将涉及您的个人生活和工作经历，并从中见证与

反映您所经历与感受的萧山社会、经济与生活变迁。首先请简单地介绍一下您的出生与家庭情况，包括出生日期、出生地、父母基本情况、兄弟姐妹情况、家庭经济条件和当时的社会环境。

丁军：我出生于1951年3月1日，出生地在杭州大东门，现在改叫新华路了。但是严格上讲我应该是一个萧山人。我在17岁的时候就离开杭州去萧山支农了，然后一直在萧山。因为我在萧山待了50年，在杭州只待了17年，所以我说我是个萧山人。1951年的时候，是什么背景呢？那时候我们国家的抗美援朝战争还没有结束，国家鼓励生育，要求当"光荣妈妈"。其实我母亲生我的时候已经四十岁了，本来已经有八个孩子了，但有两个夭折了，因此我有五个姐姐和一个哥哥，加上我一共七个孩子。家里人很多，因为只有我父亲一个人工作，所以经济状况很差。

采访者：您对小时候的生活有什么印象？

丁军：我对小时候生活的印象，概括起来就一个字——苦。真的很苦，那种苦现在的人是没法理解的，我现在跟我的儿子或者其他年轻人去讲，他们根本不能真正地理解。怎么样的苦法呢？我给你举个例子吧，我在小学四年级以前是没有球鞋和套鞋的，只有布鞋，布鞋是两个姐姐给我做的。我印象最深的是，在大冬天的时候，雪下得很大，我去上学都是赤脚去的。到学校以后，用自来水冲一下脚，然后再穿上布鞋。小学四年级的时候，我脚上开始生冻疮，烂得很厉害，袜子脱下来的时候，脚上的一层皮都被撕掉了。那时候我的第三个姐夫，他从部队回来看到这个情况，实在是不忍心，给我买了一双球鞋。那是我第一次穿球鞋，由此可见我当时家里生活的困难程度。

我家有张全家福，照片中我脚上穿的鞋子不是我的，是从我隔壁邻居那借来的，他儿子小名叫"小老鼠"，跟我同龄。因为要去拍全家福，我高兴得不得了，但是我没有鞋子，那时候是光着脚的。好不容易找了双鞋子出来，穿起来两个大脚趾都露出来了。这时，隔壁邻居说，他的儿子有双布鞋，我就赶紧问他借了过来，然后就穿了那双布鞋，拍了这张照片。这张照片上的布鞋其实不是我的，那时候我只有七八岁吧。

采访者：当时为什么会想到要拍全家福呢？

丁军：一方面，因为那个时候我第三个姐姐要出嫁了。我家里情况很复杂，现在的人可能很难理解。大姐嫁的是一个学工商管理的公务员。二姐嫁的人被划成了右派，后来接受改造，当时是被判了刑的，后来到农村去了，我二姐当时是放弃了城里的生活，非要跟着我姐夫去，我妈、我姐都劝她不要去，让她放弃，但是她说不行，她一定要去。因为他们那时候已经有小孩了，所以她一定要跟他去。他们一家人可以说是一直在受苦，直到"文化大革命"之后，我三姐夫被平反。我姐夫被平反以后，拿着平反书回来，告诉我姐姐说："我平反了，钱都补发了。"所有的兄弟姐妹的单位也都接到了他被平反的通知。然而很可惜的是，就在那一天，我姐姐走了，因为突发性脑蛛网膜出血去世了，我想大概是因为她太高兴了。三姐嫁给了一个现役军人，延安出来的八路军，在无锡空军部队，是当时的组织部部长，绝对的革命派。你想想啊，三个姐夫可以说是完全对立的，怎么可能坐在一起呢？平时过年过节，大家都不可能坐在一起。

因此，我母亲想趁着大家都在，拍张照片留个纪念，于是就拍了这张照片。因此，这样坐在一起是很难得的。另一方面，我母亲在生我的时候，已经四十岁了，年纪太大了，而且她有心脏病，身体很差。那时候我姐姐给她买到了一种药，叫"强的松"（现在这种药非常普遍，但是在当时是非常难得的）。我母亲吃了这种药后身体已经有所好转，本来可以慢慢好起来的，但是"文化大革命"开始了，然后买药的途径就断掉了。吃这种药是不能突然停的，突然停掉的话，反弹的力量很大。但是也没有办法，停药后，母亲没过多久就去世了，当时我只有十七岁。

当时家里经济情况确实很困难。我小时候的学费大概是一两元钱，这学费很多都得我自己赚。每年放暑假以前，我母亲都会去买两只小鹅苗，我在暑假里就养鹅。那个时候，我会拿一个铁丝做一个钩子，后面串一条绳子，然后就出去了。出去干吗呢？找东西给鹅吃。看到地上的西瓜皮，就用钩子扎一个洞，串起来；又看到一块西瓜皮，再扎一个洞，再串起来，最后拖着很大一串西瓜皮回来。然后我会把西瓜皮洗干净、捣碎去喂鹅。整个夏天，这些鹅都是归我养的。鹅养大以后不是给我吃的，是要卖掉用来交学费的。

采访者：小时候家里穷，除了刚才您提到的没有球鞋和套鞋穿、得靠自己养鹅赚学费以外，还有印象特别深刻的事情吗？

丁军：那时候也是饿，真的很饿，关于饥饿，有几件事情我印象还是很深的。我记得那是我第一次挨罚，是挨我姐姐罚。因为我母亲身体很差，照顾我的基本上就是两个姐姐，尤其是我大姐。我哥哥比我大三岁，那时他搬到珠碧弄了。我和哥哥经常在夏天或者开春的时候一起去护城河（现在叫贴沙河）玩。有一回，我们去那边一块田里玩，刚好是蚕豆熟的时候，我和哥哥两个人就去摘了一点蚕豆，放在口袋里带回家。回家后，我们很开心地吃着生的小蚕豆，被我姐姐看到，她问："咦？你这个蚕豆哪里来的？"我跟她说我们在哪里摘的。"喔唷，"她说，"你们这是偷啊！"我们说："地里没人的。"她说："地里没人，但是这是人家种的。"最后我和我哥哥两个人都受罚了，跪在大门边上。

那时候我们住的院子里头有将近二十多户人家，都是和我们年龄差不多的小朋友，看我们跪在那里，都过来围观，我感到真难为情啊。我俩跪了一个多小时，跪得脚都麻了。最后我姐姐说："我不打你们了，你们自己想想清楚。"那一次的惩罚让我印象深刻，从那以后我们再饿也不会去偷别人家的东西。当时我不知道这叫偷，毕竟还很小，最多也就是小学二年级左右，只知道跟在哥哥的后面跑，他做什么我也跟着做。

那时候什么东西都想吃，老是想着吃；什么东西都往嘴里塞，知了、蚂蚱都吃过。我们去山上采葛根，葛根采来以后，捣鼓着吃。所以说那个时候的穷和现在改革开放以后的状态不一样，说实话，可能年轻人真的没法理解。我到农村去以后，曾经有一个多月，粮食断掉了，结果吃什么呢？吃麸皮。拿麸皮搅弄点水，就吃了。然后蚕豆长出来了，把蚕豆加进去；青菜来了，把青菜加进去。把这些蔬菜加在麸皮里，粘不住的，蒸熟后也不是很实，是很散的，就吃这个，吃了一个多月。我曾经和我儿子说："小时候，爸爸断粮食的时候，是吃麸皮的。"他反问："那你为什么不去吃汉堡？"他没经历过，根本没法理解。

那时候，我们家里人多，七个孩子加上我父母，一共九个人。再说，我哥和我都处于长身体的阶段，饭量很大。开始的时候，我母亲就烧点米饭。到了1960年困难的时候，真的没什么吃的。母亲没办法，就在煮饭的时候，把水和米放在碗里一起蒸，每个人限量，只有半碗。这半碗算什么呀？我两三口就扒完了。吃完了怎么办？母亲就把她碗里的饭，扒一点给我，这时候我哥哥的眼睛盯住了母亲，于是她又扒了一点给我哥哥，然后还得扒一点给我父亲。她自己真的吃得很少，身体又很差。我现在想想，母亲那个时候真的很可怜。

下饭的菜从哪里来呢？我家附近有个菜场，小的时候，我母亲经常会让我们去菜场里揽一些活。周边有个缝纫机厂，每天缝纫机厂食堂里的人会来买菜，买一些毛豆、蚕豆、带鱼等。这些菜的清理工作，我们就都揽下来了。我后来剥毛豆的速度很快，就是那时候练出来的。剥一斤毛豆多少钱？

那时候讲"分"的，几分钱。有些菜我们洗的时候会扒下来一些边皮，将这些边皮拿下来洗洗干净，剁碎了，可以和着粥一起煮。饭菜做好了，一大碗吃进去，刚吃完的时候倒是很饱的，但是去外面跑一会儿回来肚子就饿了。那时候母亲经常说："你别去跑啦！你去跑一次明天早饭都没了。"

采访者：您父亲以前是做什么工作的？

丁军：我父亲最早以前是卖肉的，开了一个肉店。他的成分，我查过，他那时候实际上应该属于小业主。中华人民共和国成立以后公私合营，他就进入庆春路食品公司当经理，一直到"文化大革命"。我父亲在家里比较沉默，我的印象里他很少讲话，在家里他基本上没声音。早上三点，他就出门了，去公司巡查，回来天都已经黑了。当时不叫肉店，叫食品公司，卖蛋的、卖肉的、卖盐鲞的好多店连在一起。我母亲有时候会念叨他："忙乎了一年，就是过年的时候拿一个单位的什么劳动模范奖状，或者什么代表回来，其他啥东西都没有。"那个时候没有发奖金一说的。

父亲每天早出晚归，我们很少看到他，但是我们所有的人都很怕他。他的个性，用现代的话来讲就是有点暴烈。我母亲这个人保留着一些老的思想，比较迷信。例如，过年时，除夕晚上都准备妥当以后，她规定大年初一不动刀、不扫地。我父亲平时不怎么在家，在家也不做家务活，平时他就连扫帚倒了都不会去扶的。但是大年初一，他不上班（一年就休息一天），起来第一件事情，是磨刀。他把家里所有的刀都拿来"哐哐哐"磨一遍。"哎哟，大年初一怎么能磨刀呢！"我母亲气得话都说不出来。按照习俗，那一天都是不能动刀的，要切的东西，前一天晚上都得切好。但是我父亲他不管这些，他就要在大年初一磨刀，最后连剪刀都拿来擦一擦，磨一磨。磨完刀，他就开始扫地，从家里开始一直往外扫，扫得干干净净。"哎哟，不能扫的！扫要从外面往里面扫的，哪有里面往外面扫的？你把财气都扫出去了。"我母亲气得要死，他才不管，照扫不误。

采访者：父亲对你们的教育是怎么样的？

丁军：我印象中父亲很严厉，我们做了错事，他要是打起来，那真是厉害，往死里打。有一次我哥哥被他捆在门口的电线杆上打，我也被他打过。我母亲个性弱一些，有时候我们在外面闯祸，母亲也会打我们。等我父亲一来，她立马就停下来，什么都不说了，打也不打，骂也不骂。因为如果父亲要是知道我们做了什么坏事情，他要是打起来，我母亲根本拦不住。所以我父亲的个性就是这样，他们那一代，在教育上，确实非常严厉。

我们家吃饭的时候，大家坐下来，只要我父亲没坐下来，谁都不能动筷子；我父亲筷子不拿起来，谁都别想拿筷子。吃饭的时候，菜摆上来，如果我坐在这边，那么我的筷子只能伸到桌子中线的这边。我的筷子要是伸到那边去，我父亲就会"啪"地一筷子敲过来，那绝对是封建专制。虽然他不迷信，但是他在有些事情上还是比较传统的，非常注重规矩。他要是跟你讲话说事，你就得恭恭敬敬地听着，你要是嘴巴撅起、眼睛歪歪、头歪歪，那么他一个巴掌就甩过来了。

后来我去杭齿厂上班以后，周末回家，有的时候他还会跟我讲讲话、下下棋，那时他已经退休了。在这之前我们父子很少有交流的。我到农村去支农的时候是十八虚岁，我到派出所迁户口，我哥和我姐帮我收拾行李，那时候他们刚好等待分配工作，我哥送我到农村。从头到尾，我父亲都没过问。临走之前，我跟父亲讲："爸，我要走了。"他脸朝里面，躺在床上，头都没回一下。后来别人说，他当时肯定在哭。但是在我的印象中，从来没见过我父亲哭，就连我母亲去世的时候，他也没流过一滴眼泪。

说到我父亲的硬气，我想起一件事情。那时候我父亲在肉店上班，工作的时候，他的手指不小心被绞肉机绞掉了。当时他就去医院简单处理了一下就回来了。那天整整一个晚上他都没睡，我们大家都知道他没睡，为什么？因为他不停地跺脚，"咚咚咚"。那时候没有止痛药，但是他不仅哭，他连叫都没叫，痛的话都没说一句，就只是跺脚。第二天他就像往常一样上班去了，非常硬气。

采访者：家里经济条件不好，您兄弟姐妹又多，那他们受教育的情况如何？

丁军：我在家里是老七，最小。上面有五个姐姐，一个哥哥。我读初中的时候，就是"文化大革命"的时候，我们家里还有四个姐妹。大姐、二姐、三姐都已经嫁人了，她们都没读到初中以上。我的四姐在中医学院读书，最后由于家里没钱了，我哥和我的五姐只能读中专。中专不用交学费，每个月还有十二元的生活补贴，可以不用家里负担。那时候，我母亲身体已经很差了。买药的钱，已经占我们家庭经济开支很大的一块了。我家当时有一个不成文的分配，我哥的学杂费，由我大姐负责；我的学杂费，由我三姐负责。这是在姐姐们出嫁前就讲好的条件，那个年代可能很多家庭都会有这样的情况。

采访者：您在小学阶段的时候，学习成绩怎么样？有没有什么印象深刻的事情呢？

丁军：小学的时候，我的成绩应该说还可以，马马虎虎，但就是很调皮，真的很皮。皮到什么程度呢？有一次学校公布了三好学生，我也是其中之一，学校要开大会对我们进行表扬。结果开会的时候学校却宣布要取消我的三好学生资格，为什么呢？因为我带了一帮小朋友去摘学校种的小葡萄，被学校抓住了，我的三好学生就被取消了。其实那个葡萄一点都不好吃，很酸的，像是观赏葡萄一样的，真是不值得。我唯一遗憾的，并不是三好学生没了，而是作为奖励的练习本和一支铅笔没有了。

小时候，我没什么其他的兴趣爱好，玩的东西也不多，唯一的兴趣就是看书。小学四年级的时候，学校图书馆的书我已经看完了，后来我去下城区少年宫办了张图书卡，去那里看书。结果还是不够，因为少年宫规定一个礼拜只能借一本书。杭州市少年宫那时候在西湖边上，每个星期六下午，我就去杭州市少年宫看书。我看得最快的时候，两天看完一本《林海雪原》。到"文化大革命"以前，我基本上把国内能找到的文学小说都看完了。

对书痴迷到什么程度呢？我母亲叫我去买酱油，我把酱油瓶往腋下一夹，顺手拿了本书，一边走路一边看。以前的电线杆上面是要拉一根钢绳斜着把它固定住的，我走着走着，不小心就被绊到了，"咣当"一声被撞倒在地上。头上撞起很大一个包，"喔唷，痛死了痛死了"。头都撞晕了。过了好一会我才爬起来，于是把书捡起来，掸掸干净，一边看一边回家去了。到家之后，母亲问："酱油呢？""哎呀，我把酱油瓶打碎了。"我这才想起来自己是要去打酱油的。

那时候晚上想看书，家里不可能点灯，怎么办呢？我就去路灯底下看。当时我在大东门住，门口就有根电线杆。这根电线杆上有个路灯，我就到路灯底下看。最惨的时候到公共厕所里去看。我们那个院子里没有像现在的卫生间，就一个马桶。我说："上厕所去了。"跑到那上厕所去，其实就是看书去，蹲在厕所里看书。但是有件事情很奇怪，我这样看书，眼睛居然没看坏。

我到农村以后，也看书。看书入迷到头发被烧掉，帐子也被烧掉，因为用的是油灯。说实话，那个时候唯一的消遣就是看书。

采访者：那时候物质匮乏，但您的精神生活还是挺丰富的。

丁军：其他小孩子我不知道，但是我自己的话，除了调皮、爱玩以外，我看过的书真的很多。我们那个时候是肚子挨饿，但是在看书的时候就忘掉了。因为注意力转移了，不再老是想着吃了。因为有过这样的经历，所以我也很理解为什么现在的年轻人会沉迷于网络？现实生活没办法满足他们某一方面的需求的时候，他们就会到精神世界去寻找他们自己想要的那种生活。我印象中，我的童年时期的记忆中除了家里穷、经常挨饿，还有就是不忘看书和学习。

我小学时期的班主任，也是我的语文老师叫徐炽，他对我的影响很大，我这么喜欢看书，跟他应该有很大关系。他是一个山东人。上学的时候，第一次听他念毛主席的《清平乐·六盘山》："六盘山上高峰，红旗漫卷西风……"他念诗的样子我现在还记得很清楚，他用山东当地土音，普通话发音不太标准，当时觉得很好笑，但是又觉得他的情绪很投入，很能感染人。念完之后，他就给我们分析这首诗。其实现在回头看看，已经快有六十年了，那时候我才上小学一二年级嘛。后来我又转回林司后小学，林司后小学在现在的杭州第一高级中学附近。中间好像是因为学校扩建，大家集体转学到"池塘巷小学"。小学三四年级搬家到珠碧弄，就在杭州潮鸣寺巷附近吧。初中在"潮鸣初中"，在潮鸣寺巷，是在建国北路边上，附近有个人民电影院。"潮鸣初中"后改成"人民中学"。小学、初中都在杭州下城区。

以前写作文时，写得好的作文要被贴出来作为范文展示。我的作文是班里唯一一个得了四分被贴出来的，别人是得了五分才能上墙。老师说："你作文写得好，但是因为你字写得差，所以你被扣掉一分。"因此，后来我花了很大的功夫，把字练好了。

那个时候我和小朋友们一起玩，我唯一能贡献给大家、让大家高兴的，就是给他们讲故事，我把看过的书讲给他们听。有时候是边看边讲，因为我还没看完，讲到一半，赶紧回去看，看完以后第二天马上照搬来讲。讲得对不对我也不知道，反正就是生吞活剥，好多字都不认识，那就跳过去，只求把大概意思理解了就行。有时候我也不管理解不理解，反正就是一通讲。后来我发现，这样复述的过程，对我自己以后与他人交流沟通也有很大的帮助。当我复述的时候，那就不一样了，那就加进我自己的一些想法了，把它变成我的东西了。

我一直很庆幸自己当年把看书学习这件事情坚持了下来，受益匪浅。1983年考电大的时候，当时我已经工作了，当时数学总分好像是120分，我们班里几个同学都考了105分、108分，全班46个人就我考了32分。因为我根本不懂数学，当时我在中学仅学到因式分解，后来就下乡了。数学成绩很糟糕，但是幸好有这么一个看书学习的经历（包括我在农村的），我就凭文科分数高，才考进电大，否则进不去。

但因为数学不好，后来我也吃苦头了。第一年上微积分，老师讲什么我一点都听不懂。怎么办？除了上课时间，所有课余时间和其他课的时间，我全部放到学习数学上。我的一个同学，后来是杭齿厂的党委书记、董事长，现在年纪到了也已经退休了，当时他每天给我辅导四个小时，从立体几何、分、角、度开始。到后来连那个同学都说："我再给你上，我自己都没时间学习了。"这确实耽误了他不少时间，不过对我的帮助还是很大的，我也很感激他。

到期末，第一学期我的微积分考了 82 分，第二学期考了 87 分。当时一位任课老师后来就很诧异，说没想到我能通过这门课。但是微积分上完之后我很快就忘掉了，因为我完全是死记硬背的。一百二十多个微积分公式，我完全靠背出来。怎么背呢？茶杯上、饭碗上、课桌上、床板上，到处都写满了公式。到考试的时候，我就拿公式套，硬凑。结果我还比人家做得快，但是叫我推导我一个都推导不出来。

二　知青岁月

采访者：对中学阶段，您有什么印象深刻的事情吗？

丁军：进入初中以后，我刚读了一年半时，"文化大革命"就开始了。"文化大革命"以后，整个社会都是乱糟糟的，对于我来讲，印象比较深的有两件事情，一个是我想加入红卫兵，另外一个是我想去见毛主席。当时有成分划分，如只要是革命军人、革命干部、工人、贫农、下中农，那都是红五类。我父亲不是红五类，当然我们也不属于黑五类，黑五类就是地、富、反、坏、右，我们是介于这两者中间的，按规定也不能加入红卫兵。

我那时候要求加入红卫兵，但是他们说："你不是红五类，不能加入。"我就反驳他们："为什么我不是红五类就不能加入红卫兵？我又不是地、富、反、坏、右。不是说保卫毛主席吗？为什么我不能保卫？"我就是从那个时候开始把《毛泽东选集》翻出来，全部读了一遍，尤其阶级分析这一块，我仔仔细细地全部看完了。然后我觉得我完全符合条件，因为我属于团结对象啊，我就去和他们争论。连恩格斯原著《反杜林论》和列宁《进一步，退两步》我都看。说实话里面好多东西我都不太理解，但是我想在书里找到依据，就是我们这一批人为什么不能作为保卫毛主席的力量？

虽然那个时候是带着这样的目的去看的，但是看了以后，对我自己后来的影响确实很大。比方说，等到我真的进入工厂当了中层干部，要做群众工作、要领导一个单位的时候，我可能就会比别人有更深的理论上的知识储备。我记得那一年，我在分厂里当厂长，我们董事长下来检查工作，他去车间看了以后，跟工人讲应该怎么做。我知道这个事情之后，我马上和他讲："你这样是违背我们国家和党的组织原则的。第一，领导可以越级检查，但不能越级指挥。第二，下级可以越级汇报，但是不能越级请示。"当我讲这些的时候，其实谁也没教过我，都是以前看书学到的。再比方说，领导主要做什么？领导要做的就两件事，用人和出主意。这个谁也没跟我说过，也是我自己看书看出来的。

我看书就是为了解决问题。带着问题学，我有方向性、有针对性。但有时候又觉得这样不对，这样做很有可能会生吞活剥，会按照具体的要求去解释理论。因为理论本身可以有多种解释，所以当时我觉得从某种意义上讲，我比同龄人在这些方面考虑得多一点。

第二个印象比较深的事情，也发生在这个时期。"文化大革命"时毛主席十次接见红卫兵，但我没有见成。第一，我不是红卫兵，第二，跟我当时的家庭情况也有关系。我哥哥和我姐姐两个人当时都是技校生和中专生了，他们都加入了红卫兵。正因为他们加入了，我加入不了，我就更加不满意了。当时叫"血统论"，但血统论仅仅只是一个阶段、一个过程，其表现和严重程度也只在某一个局部。比如说，我们这个学校血统论表现得特别明显，我哥哥他们的学校可能好一点，所以他们加入了。"文化大革命"时毛主席接见红卫兵，他们也去了，可是我却去不了。

当时我母亲有心脏病，必须要有个人照顾家里。那时候没有自来水，我们家里喝的水需要去挑，我母亲挑不动，我得去挑水。马桶总得要有人倒的吧？因为父母的生活起居需要有人照顾，所以我就去不了。等到后来我哥哥回来了，我跟哥哥说："你终于回来了，你留在家里照看着点，我出去一趟。"结果，他的同学来找他，他就又走了。他有生活补贴，有钱，我简直要气死了，都快要哭了。因为他走了，这就意味着我又走不了了。因此，毛主席十次接见红卫兵，我一次都没见到。

到了后期，这个规定、条框都松动了，也无所谓了。后来我自己组织了一支队伍，叫"英特纳雄耐尔"，自己搞旗帜。当时我还创办了个刊物叫

《激战》。然后那个时候我们班实际上就是由我管了，如复课闹革命，安排请老师来上课之类的事情。步行串联，那时候学校发补贴费，32元。这次我不跟他们讲了，我自己去学校把这个钱申请出来，臂章拿出来，登记一下要去哪里，我终于要走了。

我和同学们一起走的，当时出来是七个人。我们从杭州出发，过钱塘江大桥，走到萧山。从萧山走到绍兴，只剩两个人了，因为大部分人走不动了。从绍兴出发以后就剩我一个人了，我就一个人背着一个包走。当时的目标，是从绍兴到余姚，再从余姚到梁弄镇四明山根据地，然后再往西南，到井冈山去。

走到余姚和四明山根据地之间的时候，已经是冬天了，雪下得很大。在曹娥去梁弄的路上，我遇到了南京来的四个大学生（三个男的，一个女的），我就跟他们一起走。到四明山上以后我们迷路了，那时候四明山还没修建公路，天也黑了，整个山都是白皑皑的雪，肚子很饿。我们走了很久，总算看到山呑的一点灯光。那里有个村庄，我们找到了山里面的一户人家，那个房东我到现在还记得，姓敖。这个房东很客气，就问我们："你们是从外地来的？"我们就说是要去四明山搞串联。他说："好的，你们先住下来。"

住下来以后，我们把湿的裤子、鞋子都换掉，他们帮忙烤干，还给我们弄饭吃。在煮饭的时候，他问我们："外面怎么了？"南京的同学就讲了，说外面"文化大革命"，有人要怎么反革命之类的。他问："你们从南京来的，知道不知道一个人，叫何克西？"他们说："知道的，何克西是原南京军区装甲兵司令，被抓起来了。"然后他又问我："你是浙江来的，你知道谭启龙吗？"我说："知道啊，谭启龙是浙江省委书记，浙江最大的走资派啊。"说了这些之后，房东就不说话了，走了出去。

大概在我们吃完饭，准备睡觉的时候，窗户"啪啪啪"被捅开了，村民们把房子团团围住，嚷嚷着要抓反革命。他们好多人冲进来，拿了火把、鸟枪、标枪之类的。我第一次感觉到害怕。他们说："你们是'反革命'。"南京的几个人说："我们不是'反革命'，我们是大学生。"我也把证件拿出来给他们看："我们是红卫兵。"他们说："你们刚才不是讲谭启龙是'反革命'么？谭启龙是我们这里的老革命。四明山是个革命根据地，何克西是三五支队的领导，你们说他是'反革命'，你们才是'反革命'。"这下我们才搞清楚，这里是何克西和谭启龙当时根据地的核心部分。我们赶紧解释说："我们也不知道，我们是在外面听到别人这么说的。""我们是在外面看了大字报，不是我们讲的，可能是弄错了。"检讨了半天，最后他们几个人中的一个老头就站出来说："也有可能的，大学生娃娃，看了大字报随便说说的，可能是真不懂事。这样的老革命你们说他们是走资派，什么走资派啊……"他对我们进行了一顿教育。我们连忙认错。最后他们说："下大雪了，外面也封山了，你们明天离开这，以后不能再讲这样的话了啊。"于是他们就把我们放掉了。

第二天早上，他们给我们做好饭，把已经烘干的鞋子、衣服还给我们，还给我们每人做了一双箬壳（就是笋的外衣）草鞋。鞋子外面再包一个很大的垫子，绑在鞋子上，这样踩在雪里不会陷下去。他们给我们每人几个烤好的番薯，一直把我们送到外面的路口，告诉我们怎么走，还嘱咐我们："以后你们这些娃娃不能再听他们讲了，这些反革命的东西不要再讲了。"然后我们就离开了。

这次以后，我才真正意识到我们中国共产党深厚的根基和老百姓对党的信任到了什么样的程度。因此，到后来不管怎么动乱，我一直坚信，这个天翻不了的。共产党在老百姓这里，尤其在基层农民这里建立的那种威信、信仰，不是说一个什么运动或者一个宣布就能动摇得了的，根本不是这样的。那种信任、那种血肉关系已经深入人心了，真正已经到他们的骨髓里去了。这确实是我第一次感受到我们的党在基层、在老百姓中间的影响和它的根基，这个对我触动很大。后来，我在当厂长的时候，我记得有一次我们这里的大学生们跟我辩论自由思潮。我跟他们也讲了这个故事，我说："我什么也不跟你争，我只问你一句话，在我们中国 960 万平方千米的土地上，13 亿人，包含 56 个民族的这么大的一个国家，现在你说共产党不来执政，谁来执政？有谁能够管得了这个国家？有谁能够组织中国的老百姓过上好日子？你告诉我，是哪个组织或者哪个人？没有人能做得了，只有靠共产党，靠这么一个强大的、生生不息的组织。"这一点，我深信不疑。

采访者：您为什么要选择下乡？当时是什么样的一个情况？

丁军："文化大革命"后期，1968 年 12 月 26 日那天，毛主席号召上山下乡了，我是带头的第一批。我算是这个组织的领头人，那我就得带头响应毛主席的号召，第一批下乡。当然这个从客观上讲也是事实，这个时候我母亲也已经去世了，她 1968 年 8 月就去世了；1968 年的时候，我父亲也退休了，他实际上是病退；我第四个姐姐，1968 年底的时候已经分配工作了，去余杭一个医院当医生去了；我哥哥和第五个姐姐也都分配了，到厂里去了。

那我肯定要下乡去，考虑都不用考虑，100%就是要到农村去的。因为当时规定，如果家里有两个孩子，那就二选一，留一个去一个；三个的话，留一个，两个下乡去。如果是一个孩子的话，那得看实际情况。如果你家是黑五类的，资本家的，地、富、反、坏、右的，也得下去；如果是工人或者是职工的，可以考虑留在家里照顾父母。我想想我家有四个孩子，我姐姐虽然到余杭去了，但是我哥哥和我另外一个姐姐，都已经进厂了，因此我考虑都不用考虑，毛主席的号召一出，锣鼓一敲，鞭炮一放，好，我马上就去了。

实际上我们是1968年12月28日去迁户口的，所以说我是我们学校第一批下农村的。那个时候很多人下农村确确实实是出于无奈。说实话，我当时就感觉没什么，农村再苦，跟家里也差不多吧，毕竟家里都这么苦了。我家当时住的房子是租的，只有两个房间。在家里住的有我、四姐、五姐，还有我哥哥，都长大了，再加上我父母，我们六个人就挤在这两个房间内，根本没法住。后来，我们两兄弟每天晚上睡觉的时候才开始搭床铺，早上就收起来，否则家里走路都走不了。家里没有厕所，就只有一只马桶；没有自来水，就门口有一个水缸；没有厨房，就门口放一只煤球炉。这样的条件，我要是下乡了，家里至少宽敞一点。另外，农村也不可能比我家更苦了吧？

下乡的时候我十八虚岁，去的时候我背了床棉被和几件衣服，就这样走了。我跟爸爸告别，他没回头，也没给我一分钱。我哥哥当时已经在厂里上班了，他请了假，跟着车子把我送到了坎山公社双板桥大队。

到农村以后，我就住在一个农民家里。交接好以后，我哥哥去给我买了六张邮票，然后把他口袋里一分的、两分的、五分的，所有的钱全部给了我。他说他搭那个车子回去，不需要花钱。幸好我哥给我留了六张邮票，给了钱，要不然我寄信都没法寄，因为我身边一分钱都没有。我们又不是兵团，也不是农场，是不发钱的。

一开始我住在农民家里，跟农民同吃、同住、同劳动。我们的伙食费是大队划拨给农民的。住了四个月后，我就去围垦了，围垦回来就分到了给知青住的草房，是稻草盖的。后来草房被拆掉，我住到了生产队的库房里，一直住到来杭齿厂前。当时学校到公社是有很多人的，我们这个学校到这个大队一共只有三个人。

采访者：当时用钱的机会多吗？

丁军：主要有三个地方可能要用钱，第一个，我们知青用钱最多的是写信，买邮票。那个时候同学之间写信，需要买邮票，八分钱一张邮票，那时候我在东北有很多同学的，也经常写信。也不知道是哪个同学想出来的，反正是知青都知道的一个"省钱"的方法：八分钱一张邮票，寄出去前先在邮票上涂一层糨糊，然后再贴在信封上。对方收到信以后，把邮票放水里泡一下，糨糊就化掉了，邮戳也洗掉了，再晾晾干，这样就可以重复使用了。那时候基本上都是这样子，因为没钱。

第二个，招待知青吃饭花费比较大。我们住在坎山镇的街上，周边很多支农的同学回萧山时会经过坎山，路过的时候他们会来转一转。他们来了之后是要吃饭的，菜就无所谓了，但是饭是要吃的，这个需要花钱。我曾经有一次为了招待同学，一个月的粮食一个星期就吃完了。他们来了很多人，其中好多知青我都不认识，那个时候就这样，不管认识还是不认识，大家都很亲热。当然我有一次也跑到南阳公社去，在那边遇到了杭州的知青，我和他们都不认识，我说我是杭州过来的，他们就会接待我，很热情地请我吃饭，因为"天下知青一家人"。

第三个用钱的地方，就是买粮食。大队里会发一部分粮票，但是我们是棉麻区，种的粮食不够分，就要花钱买粮食。发的是小麦，如果要换成面粉也要花钱。

采访者：当时知青的这种身份认同感还是很强的嘛。

丁军：两个方面原因，第一是这种身份认同感，第二，我觉得还有一种文化认同感。这些因素都造成了知青的一种特殊的认同感。

说实话，在那个时候，那种情况之下，因为我个人当时的家庭状况的因素，就决定了我到农村以后绝对不能倒挂，没有人能帮我还这个钱，我要完全靠自己。在生产队里，只要有活儿，我肯定出工；人家休息的时候，我基本上不会休息；要是没活儿，我会主动要求去干活。到了冬天大雪天要封山的时候，我还是要求去干活，最后我被安排到养猪场去铡草。实在没活了，那就帮他们整理账户，打杂。反正我就是每天想办法出工。

采访者：当时工分是怎么计算的？

丁军：那个时候农村的分配制度，是工分制度，出工了以后才记一笔。我可以打六个工分，值多少钱要到年底才能折算出来，再扣除生产队分的粮食、柴火等，然后结算钱。我记得很多人到最后都没分到任何钱，几乎整个公社的知青都是倒挂的，倒欠队里的，因为他们拿的比队里分的还要多。但是我没有倒挂，我到结算的时候还拿到了 28 元。当然这 28 元不是全部给我的，还有 10 元要放到大队做基金。

六分不高，最高十分呢。六分其实就是和壮一点儿的妇女得到差不多的工分，我自己觉得六分太少。可能是因为当时我个子比较矮，只有 1.63 米，有些活干不动，如挑粪桶担的时候，前面、后面两个夹一夹，一挑，结果我发现担子跟我肩膀一样高，拉不起来。那我就得把绳子再收起来才能挑走。还有一次，我去山上砍柴，非常卖力地砍了很多柴，捆好之后天已经黑了，这时候我突然发现，挑不下来了。如果是他们的话，扁担往柴中间一插，人高的就直接挑起来了。我个子矮，挑不起来，幸好有一个农民帮我分了点去，我才挑得起来。下山的时候，因为山路很窄，再加上挑着柴，一不小心碰到山体，我就连人带柴一块儿从山上摔了下来。幸好坡不是很高，我就在那里等着，这个农民就先把他的柴挑回去，然后带人过来。他们拿着火把找到我，再用绳子把我吊上来。

采访者：那您在农村，都干过哪些农活呢？对您来说，比较困难的是哪一项？

丁军：当时在农村，砍柴、翻地、耘田、插秧，所有的活我都努力学会了。说实话，有些活儿还是很需要体力的，比方说起料（就是去农户家里量粪坑，量一下度数有几度，量好之后挑到生产队去）。当时的粪坑是用石板砌起来的高坑，里面全部是粪水。我们都是挑的，起满就挑走。他们告诉我，装个七分满或者八分满就可以挑走了。我们那里有个上海的女知青，装五分满就挑不动了，因为没力气。于是他们就叫她把粪舀到粪桶里，这个活稍微轻一点。她负责捞，捞得很满，后来连捞的力气也没有了。粪水在水里是轻的，舀出水的时候不是很重的嘛，结果她整个人重心一晃，"咣当"一声掉到了粪坑里。那可是冬天呀，大家七手八脚地把她拖上来，她满身都是粪，确实是很惨的。

这些农活我都学会了，但是有些到现在我也没有学会。第一个是挖（用萧山的土话讲，叫"捻"）河泥，在船边上，用个夹子放到船底下，把河泥拎上来，给庄稼做肥料用。捻河泥的活儿捻了几次，夹牢以后，拎不上来。拎了一半，"吧啦哒"一声，人掉到水里去了。经常会这样，所以说这个捻河泥的活，我算是没学会。第二个是摇船，我也一直没学会。摇船是要用手拿好船橹，顶牢那个橹的是一个球形的东西。会摇的人，这个橹始终在上面转的；不会摇的人，一下子就掉下来了。我摇着摇着就掉下来了，始终没能学会。

到后来，每次生产队去围垦，都要坐船去。要带搭房子的工具、抽水机、食物、泥耙还有我们的铺盖等，每次出去的时候，我都是背纤的，因为我不会摇船。背纤就背纤，一个上午就这么背着。有一首歌不是叫《纤夫的爱》吗？我那时候就是纤夫。

采访者： 您觉得最累的是哪一项？

丁军： 最累的，莫过于背纤了。因为船开一天，就得背一天；船一直在开，就一直得走着。过桥洞的时候，他们把纤解掉，我拿着它跑到桥上等着；船过来了，我把纤扔下去，他们接牢，然后我再沿河背。他们摇船的一般都是换着来摇，中间还能休息会儿；我去就是背纤，一背要背一天。

背纤有多累？背一天是一个什么概念？我这样跟你说，跟背纤比，我宁可拉钢丝车，从坎山走到杭州华丰造纸厂拉氨水（氨水当肥料）。拉一趟要多久？早上两三点出发一直到晚上十点多回来。拉钢丝车有多累？从坎山到萧山是十九千米路，骑自行车要一个小时二十分钟；萧山到杭州要是坐轮渡走，大概也有十五千米多的路。到了杭州以后，要穿过杭州城，到杭州北边的杭州华丰造纸厂，也就是现在的和睦新村那里，骑自行车也得几千米的路。早上两三点，我们从坎山生产队出发，我穿一双草鞋，再带一双挂在车上。草鞋是我自己打的（打草鞋的活我也学会了，那种草鞋不是用的是一般的稻草，是稻草里面加一点麻精，这样做出来的鞋子软一点，也比较牢固）。然后竹篮里放着一竹篮饭，加上一点咸菜，一罐水。两个人拉一部车，早上出发，一直走到杭州华丰造纸厂装完氨水。

回程需要换另外一双草鞋，因为之前那双草鞋走破了，一直到晚上十点钟才能回到大队，带过去的饭肯定吃光了。但是好处是，跑这一趟可以算三天的工，因为这个实在是太累了。不过我还是很开心的，我觉得比较自由，我想休息就休息，想拉就拉。背纤的时候，船在开，我得一直拉着。我觉得拉钢丝车比拉船背纤好，原因就在这里。背纤的时候，你如果慢一点，摇船的人是要骂人的，因为船的动力就是背纤。一只船由两个人或者三个人背纤，有些地方水浅的摇不动了，就只能靠人拉了。但是我现在回忆起来，觉得当时在农村的时候，好像也没感觉到有多苦。

采访者： 翻看萧山的发展历史，我们都会被萧山围垦的壮举感动。历时三十年，最多一日动用民工十五万余人，用原始的劳动工具和生产方式，围海造田54.6万亩，使350平方千米的滩涂变成良田，被联合国粮农组织誉为"世界围海造田的奇迹"。您曾经也参与过围垦，能谈一谈当时的情形吗？

丁军：说到围垦，一下子围出来江东那么大一块土地，这确实很不容易，也很了不起。

下乡过了一年的时间，我的脚坏了。怎么坏的呢？当时洗络麻导致的。络麻是一种纤维，麻就是精麻，算是很高档的材料。萧山是络麻的主产地，我们大队当时种络麻最多，收络麻的时候，先把络麻从地里收上来，然后把里面的秆子剥出来，我们要的是络麻外面的一层皮。这个皮剥离出来以后要烂一下，放在水塘里把上面的东西都烂掉，最后变成纯粹的精，也就是它的纤维，这就是络麻了。

到后来这个络麻又有了新的处理方法，说要带秆一起烂，叫带秆浸洗。络麻拔出来以后，整理成一捆捆好，放在池塘里河里去烂。约几天以后，在水里面把里面的麻秆弄断、洗掉，这样出来以后纯粹是一根精麻，很白的。

我就盯牢这个做，连续洗了两天以后，脚痛得站不起来了，因为整个脚全麻掉了，路都走不了了。后来直接摔进了水里，起不来了。实际上那次就是得了急性关节炎，在水里泡的时间太长了。第二年，杭州开知青积代会。回来后，公社里当时管我们知识青年的一个人叫方三羊的，他跟我讲："你的脚已经这样了，在生产队没法做了，你来公社吧。"他就把我安排到公社去。我们大队当时被安排到公社的，可能就我这么一个，算是照顾的。

在公社里，我是先做通讯员，后来公社成立了一个围垦指挥部，我就兼围垦指挥部出纳。再后来公社又成立了一个建筑队，让我联系所有的工人，包括木工、泥工和瓦工等。这样的话，我就兼了好几份工作。正因为我这时候在围垦指挥部当出纳，所以每一次围垦我必须要到场，就这样我参与了后来的围垦。

在大队还没到围垦指挥部的时候，我印象最深的是有一次去龙虎山附近围田，就是现在的河庄原赭山镇外面。当时是我们大队长带队的，也是摇船过去的，我还是负责背纤。我们早上很早出发，到那里已经下午三四点钟了。那里一个人都没有，一眼望去，既没有人家，也没有房子，只有白茫茫的一片刚围起来的海涂堤。搭草舍已经来不及了，天马上要黑了，那晚上怎么过？这海涂上什么屏障也没有。大队长说："赶紧地，快挖地窖子。"于是我们就开始挖，挖了一个一米多宽、一米多深、五六米长的坑。因为是海涂，挖到这么深的时候，就见水了。挖好以后，铺一层络麻秆（当时带去是作为烧饭的柴火用的）在下面，把水隔开。再在络麻秆上面铺上稻草，差不多就好了。坑顶上，用扁担一根一根地横铺过去，扎牢，再在上面铺一层油布，一个简易的地窖子就弄好了，然后人就可以钻进去睡觉了。照明的话，有防风的油灯，但是那次好像是因为没加油还是没有油了，后来就用手电筒照照。我们吃了点东西，就这样在里面睡了。

没想到，半夜里突然刮风下暴雨，海涂上的风是没遮没拦的。风刮过来时很大，"哗"地一下子把上面的油布给吹掉了。我们正在睡觉，还盖着棉被，一下子乱了。大队长说："大家赶紧起床，把所有的东西堆在一起，挤在一个地方，然后上面再盖一点东西，这样被子就不会被淋湿了。"有个人去追油布了，因为油布是大队的，属于公家财产，不能弄丢。我们在里面拼命把东西都压牢。但是很快水就漫上来，因为那是个坑啊，我们又把所有的东西都叠起来，堆到上面。去追油布的这个同志找到了油布，但人回不来了，因为他跑得太远了。这么白茫茫的一片，又下大雨，天很黑，回头再看的时候，根本看不到我们在什么地方。我们这边的人看不到他，他也看不到我们。大家都急得大喊他的名字，但是声音都被风雨声压下来了，真是让人急死了。最后还是我们大队长有办法，他叫我们赶紧把络麻秆拉起来，拿出来一大桶油，用火把络麻秆点着。火烧起来之后，那个同志就看到这边的火光了，于是"哗啦啦"拖着油布跑过来了，看到我们就开始号啕大哭，我们都快吓死了，以为他回不来了。

这个是真的苦。我们在这个地窖子里住了一天，第二天，我们搭了个草棚住下来参加围垦。这期围垦围成后大队就留下我和生产队的另外一个人，这么大一片海涂就我们两人。我们做什么事情呢？海涂已经被围进来了，因为这个地是盐碱地，我们要改造它。靠近的边上有一条输送的运河，我们负责每天早上把运河的淡水放进去，把盐碱地淹好；傍晚退潮的时候，把水放掉，就是洗地。我们每天除了放水、洗地以外，还要种农作物。我们在钱塘江围垦的堤坝上种咸青子，是改良盐碱地的，根也可以固堤，还种绿豆、毛豆等，到六七月有收成的时候就可以吃了。

我们两个人在那里待了三四个月，下饭的菜就两样：咸菜和荽菜（大白菜）。当时有句话叫"活菜烧死菜"，咸菜是死的，荽菜是活的，就这样吃。没有其他的菜，因为从这里出去到中心镇上很远，要走很长很长的路。大米就是放那只船里一起带来的。睡的床很简易，就是把搭脚手架用的竹排放在四个酒坛子上，铺上稻草，我们就这样睡。酒坛子是干什么用的呢？咸菜腌在里面。

我们一直待在那里，把盐碱地洗好弄好后，等到种植的咸青子都长出来了，地可以耕种了，大队就开始把地分到各个小队去，各个小队再派人去种植。我现在想想，那时候我们做的事情，相当于现在开发区的前期工作：通路、通桥、通水、通电。

因此，围垦的那段经历，我现在想到那种苦，都还会觉得不可思议。有一次我们去围垦，是在过年以前，也就是农闲的时候。当时说哪个大队要是提前完成围垦，哪个大队就可以先回家过年。我们大队这次围垦的任务就是要合拢，讲简单点，就是在平地上挖一个V形的沟，挖出来的土堆在外面变成一道堤。外面是海，这条V形河马上要放水，要让船进来，然后把石头抛到外面去，用来挡海浪潮水。这个就要抢时间，要在大潮来之前合拢。那次，我们前一天围好之后，大家都回去睡觉了。围垦的地方到我们睡觉的地方距离很远，我们需要走两个小时。第二天我们去的时候，发现大潮把大堤冲垮了。于是公社通知，说这次围垦失败了，要等第二个大潮来前再来做，但是问题是大堤没被全部冲垮，只是被冲了一个口子，这个地方已经变成一条河了，这个堤还有一段在那里，我们所有的工具，如水桶、管道等都在这个堤上面。一个大队有很多水桶，因为只有水很多的时候才能用抽水机，一般水少的时候，都是要靠水桶手动把水舀掉。那我们回去了这些东西怎么办？大队长说了，总得有人过去把它们收拾回来。但是，中间是一条河呀，大冬天的那么冷，谁愿意过去？大队长宣布，谁要是愿意过去，就奖励一个工，给瓶烧酒。大队长真的拿出来了一瓶烧酒。最后我说："那我去吧。"

十二月的天气，真的是非常冷，我把衣服脱光，他们把烧酒都擦在我身上，那时候海滩上都是男的，没有女的。全身擦过烧酒之后，我就一丝不挂地下水了，就这样游过去。我的感觉就是，整个游的过程并不冷，就是从水里上来以后，真像刀割一样，冷得刺骨。上去以后，用绳子把所有的水桶全部穿起来，吊牢，然后他们在那边全部拉过去。弄完之后，我游回去，上岸后话都说不出来了。他们又拿烧酒给我擦。回来后，我打趣道："弄了半天这烧酒我一口都没喝到，全擦掉了。真是亏了。"

有一次围垦结束了，在我们住的龙虎山外面的一个地方，大家想办一个会餐。于是我们就买了点酒，买了点肉，那时候买酒买肉什么的都是要票的。我印象很深，一个人本来是只有一斤肉，但是围垦的时候是有奖励的，一个人奖励四两肉。每个人用麻绳把自己的那块肉扎牢，我的打一个结，你的打两个结，他的打三个结……放到锅里烧。烧好以后，一个结的是我的，两个结的是你的，三个结的是他的。反正就是靠这个结的数量，辨认哪块肉是谁的。烧好以后，我们把肉从锅里拿出来，把大队里分的芹菜放到这锅肉汤里煮一煮，第二个菜就好了。就两个菜，然后我们就开始会餐了。

那天我喝掉了一斤半酒，吃了一斤四两的肉和一碗芹菜，还吃了一斤半的饭。现在根本没人相信谁能吃那么多，但那个时候我就这么吃掉了。吃完了之后，我们就提议去镇上玩，大家都是年轻人。于是我们就走出来，一边走一边吼着唱歌，走了快两个小时，走到了赭山镇。当时就两个店开着，一个是中药店，还有一个好像是理发店，其他的店都打烊了，毕竟是深夜了。大家在街上转了一圈就又回去了，来回走了将近四个小时，想起来真有意思。

采访者：那时候是不是吃肉的机会很少？

丁军：几乎没有，一个月就给几两肉。但是围垦是有补贴的，补贴了就在那里吃。因此，那次会餐我印象很深，真的算是大餐了，不仅吃了肉，喝了酒，还有饭吃。喔唷，而且那次的饭是不限量的，平时都是限量的，如果不限量的话粮食都要被吃光了。平时我们也不喝酒的，因为农村基本上不喝酒。那时候我在农村里并没有改变我基本的生活状况，我下乡的时候带了一双球鞋，到后来我到杭齿厂的时候，这都相隔两年多了，这双球鞋颜色都没褪。我在农村，天热的时候，都是赤脚的。晚上回来在水里洗完，我就穿个木拖鞋，只有在冬天下雪的时候，才穿球鞋。几年过去了，颜色都没怎么褪，因为舍不得穿。所以现在有时候想想，那时候的物质生活和改革开放以后的生活，真的已经无法比拟了。

采访者：前面您还聊到一个学习的问题，我很想听您讲讲这个方面。能否详细谈谈您的阅读经历和经验，并给现在的年轻人一点学习的建议？

丁军：其实学习的习惯，你想进入社会以后再培养，是很难的，诱惑太多。学习的习惯严格来说，在小学就要开始培养，最好是从幼儿园开始培养。我到农村后，条件那么艰苦，但是我还是很想看书的，到处去找书看。那时候在农村我的隔壁有一个人，叫马建华，因为他爸爸是日本伪军的教官，所以他们家是受压迫的。他大学没读完就被清退回家了。这个人很优秀，是一个怪才。有一次偶然间他讲到了诗词，当时我就很好奇。以前没接触过诗词，但是我觉得很美。他给了我一本唐宋诗词，我现在印象还很深，书没头没尾，很脏。我就借过来看。从这开始，每天晚上我收工后，都会到他那儿。他就会把他知道的历史都讲我听。

采访者：您很善于学习，博览群书，从书中学；广交挚友，从朋友身上学，造就了您的知识渊博。勤奋、好学，我觉得您在学习方面有这么两个特点，比较明显。

丁军：有些学习是带有目的的，如当时"文化大革命"的时候，我拼命看书，纯粹是一种不服气，只是想找到自己能成为红卫兵的理论依据；有些学习是工作上没办法，初来乍到需要学工艺、产品技术等，否则我没办法确定下一步该往哪里走，这个也是工作逼着你学习；读电大也是一种逼迫，如果我当时不读，就很有可能会被淘汰出去。我到复旦去培训了一年，所有同学当中我应该是最认真的，真的把它当成一个学习机会，拼命学。

我退休后去学了周易八卦。我也去学佛学，主要是为我八十多岁的大姐姐，她住在养老院。她就是只吃素，营养不良，低蛋白水肿。我姐是中医专家，医生开的方子，她是要改的。

三　我与杭齿的故事

采访者：您在农村劳动、生活了几年？

丁军：从农村回城，在知青中我是最早一批。严格上讲，我是 1968 年 12 月下农村的，但是萧山为了好计算，统一记为 1969 年 1 月 1 日。1971 年 3 月，我就到杭齿厂了。

采访者：您是怎么知道杭齿厂招工的？

丁军：当时我在公社里，消息比较灵通。照理应该是上面指标下达到大队，大队推荐名额，然后体检、政审。但其实我去报名的时候，其他人手续都已经办好了。公社里负责知青的领导叫方三羊，他希望我留下来不要走。我当时在公社里的时候，一个月工资 28 元，其中 18 元要交给大队买工分换口粮，还有 10 元我自己留着买米、柴火等零用。待遇应该说还算可以，因此我犹豫了一阵子。和我一起支农的知青袁夏（后来是杭齿厂的工会主席），他父亲是杭齿厂的第一任工会主席，他知道杭齿厂在招工后极力推荐我去报名，并带我去杭齿厂参观。当时杭齿厂有修理枪械的业务，就是把美式的卡宾枪改成中式的六五步枪同弹药。我看了以后很感兴趣。回去以后我就说服了公社的领导，然后到瓜沥一个医院去体检，并办好了一系列的入厂手续。

这样，我进厂了。进厂以后，厂里给我发了工作服和第一个月的 18 元学徒工资。然后我就回家了。我爸看到我就说："你过年刚回来过，怎么又回来了？"我就和他说我进厂了，他叮嘱我："进厂以后你要好好学技术。尊重师傅，技术是偷不走、抢不掉的。"平常我们父子之间没什么交流，就讲过这么一次。

我刚进厂的时候，是当锻工打铁的，三吨模锻是杭齿厂最大的设备。也就是那个时候，我的耳朵被震聋了。1971 年进厂到 1975 年我一直当锻工，其间在团支部团委帮过一段时间的忙。当时的团委在杭齿厂影响很大，我在团委比较活跃，领导就认识我了。1975 年我正式被调到了杭齿厂政工部宣传科当报道员。因为政治大环境的原因，我在宣传科待了不到三年，1978 年我就被调到了生产指挥系统。一直到 1983 年，国家开始提倡"四有新人"，开始重视文凭了。为了发展前途，领导建议我去继续深造，我就去报考了电大。

采访者：当时报名考电大有什么条件吗？

丁军：第一，要三年以上工厂工作经历。第二，要参加统考。当时我们单位人多，电大就在杭齿厂设了一个教育点。我们厂有四十多个人参加，分会计、统计、企业管理三个班，我是在企业管理班。

1986 年我从电大毕业后，回厂里被分配到总调度室当计划员。1992 年我担任总调度，1994 年担任总计划。到 1996 年公司换届，我成了主管工作的副主任，年底转为主任，1997 年成了制造部副部长，1998 年担任常务副部长。2000年，公司总经理找我谈话，叫我去工程机械变速箱厂（以下简称工变厂）当厂长。

采访者：您到工变厂后，碰到了哪些问题和困难？您是如何解决的？

丁军：这个厂当时经营得不是很好。关键是产量始终提不上来，一年一直只有八九千万元的年销售收入。另外，管理比较乱。党支部也分为三类党支部。当时的情况还是很严重的，我压力很大。我到厂一个星期后，由于产品质量问题，全厂停产整顿。不发工资，工人意见很大。那时候，别说工人了，我连厂里的干部都还不大认识。我当时和杭齿公司总经理提了一个要求，如果让我来干，就放手让我干，由我组阁，否则没有办法协调，总经理同意了。2001 年，工变厂年产突破一万台，产值突破了一亿元。年底，我在萧山开了个大会，把公司里好多人都请来，第一次把工变厂的所有工人都请来，大家一起吃了一顿饭。那一次工变厂所有的人都扬眉吐气了。之后产值每年就像滚雪球一样翻倍。从 2002 年开始，"先进党支部""双文明单位""杭州市先进党支部""萧山先进党支部"等各种荣誉，我们都拿到了。一直到 2009 年，我退休前一年，作为过渡，我不当厂长了，当书记。2010 年，在制造部待了一年，然后我就退休了。

2009 年，工程机械变速箱厂箱体车间

采访者：您是怎么做到让产值一年一年地往上翻倍的？

丁军：到这个厂后，经过调研和与销售科技人员交流，我发现了产值遭遇瓶颈的原因，一个是市场营销问题，另一个是业务范围问题。我们当时做了一个装载机类调查，ZL40、ZL50、BS428，都是装载机。压路机很少，产量提不上来。我做了调查，装载机的容量，包括扩充的空间，是有限的。齿轮箱主机厂也在做，因此产量拉不高。但是，既然是工程机械，全国工程行业有十八大类，除了装载机，还有平地机、压路机、推土机、导轨车……这么多行业，为什么我们不能进入呢？我们每年进入一个行业，用三年的时间去培养一下，只要占有全国市场的5%，产值就能达到几亿元。三年时间拿下一个，再不停地拿下其他的，只要能进入四五个行业，那么这个发展空间和市场占有量将会扩大好多倍。当时我在整个分厂党政工代表大会上提出了这个想法，大家一致通过。然后我们就向公司反映，和技术部门联系，共同开始搞开发。

我和我们公司的总工程师一起到徐州工程机械厂，去推销我们的一个新产品 YD13 进入平地机。和他们谈判了很久，后来我们的总工程师和他们谈技术问题，我坐在边上听不下去了，我说："虽然我是变速箱厂来推销我们的部件的，在整机上，你们的技术肯定比我们的强，但是在变速箱上我们的技术绝对比你们强。你讲的问题，在我们这里都不是问题。"他们听我这么讲，有点傻掉了。当时那个公司的总工程师（听说还是个博士），他听了觉得有道理。我建议："以后整机你们设计，变速箱你们不要再搞了。你们搞了很久了，跟我们没法比。不如干脆把变速箱这一块让给我们。把变速箱的空间、连接尺寸、输出功率、输入功率、装配的间隙尺寸提供给我们就可以了，剩下全部由我们来搞定。"这个观点他接受了。最后他们和我们签订了协议，要求我们三年以内不准把产品卖给第二家。这是战略合作。我们希望在他们设计的时候我们就能进入技术层面，把这一部分让出来给我们。这是一个拓宽。

当时萧山三大国有企业，最大的是杭二棉（一万多人）、杭州发电设备厂（以下简称杭发厂）和杭齿厂，三个国有大厂不属于萧山管，都属于部里和市机械局管。杭齿厂当时的一把手配的车是伏尔加。萧山县委书记配的是吉普车。萧山县委书记是14级干部，杭齿厂的一把手是12级干部。杭齿厂当时起办的时候萧山真是个农业县，基本没有什么工业，也没有正规的机械厂。有个农机厂，也是很小、很破、非常落后的，如万向集团前身，就是很小的铁匠铺。

采访者：让我们一起来回顾一下杭齿厂的光辉历史：1960年国家筹建，1965年建成投产。从初期测绘国外产品生产船用齿轮箱逐渐发展到自行设计、开发、制造多种用途和规格的产品。1988年杭齿厂被评为国家二级企业，1992年被定为国家大型二级企业，1993年进入国家百家最大机械工业企业，1994年以杭齿厂为核心组建杭州前进齿轮箱集团，2001年经国家批准实施"债转股"改制，成为国有多元投资的有限责任公司，2008年完成股份制改制正式变更为杭州前进齿轮箱集团股份有限公司，并于2010年10月在上海证券交易所上市。公司综合实力被列为"中国工业行业排头兵"企业和"中国机械工业100强"、中国大企业集团竞争力500强企业、全国第一批制造业单项冠军示范企业。一路走来，杭齿厂能在各种环境中屹立不倒、长盛不衰，并且越发壮大，其中的"秘密武器"是什么？您作为杭齿厂的老领导之一，您觉得杭齿厂在管理方面有什么特别之处？

丁军：在发展过程中，萧山的三大国有企业除了杭齿厂，另外两个都垮掉了。杭二棉第一个先垮掉，一万多人最后全部分流、下岗，现在就剩下了一个毛主席的雕像。杭发厂到现在仅剩下一个杭发厂地铁站。杭齿厂长盛不衰的原因，我认为就是杭齿厂的党政架构起了权力制衡的作用。党群系统在杭齿厂的作用和发言权是非常强的。杭齿厂始终贯彻三点。一是党管企业方向，二是党管干部，三是重大的制度建设必须由党委会通过。这样的架构，保证了这个企业决策的成熟性、可靠性和科学性，不是哪一个人可以拍脑袋定的。这也防止出现一些因为一个决策失误把整个企业拖垮了、拖死了的现象。

举三个例子。第一，1974 年杭齿厂山北的山洞。当时毛主席说，要深挖洞广积粮，要打仗了。萧山本身就属于全国当时三十八个重点军事防御点，如果真的要发生战争，杭齿厂如果停工，那整个渔业、部队的变速箱就没了。因此，当时讲，要有个地方可以转移，要战备。杭齿厂的发展空间很小，周边都是农村，它没办法再向外扩展，当时领导就提出把山洞打通弄一个横向的通道，必要的时候就把设备转移到里面去。挖出来的石头就被抛到山北的一个湖里填湖，形成一个新的厂房。这个方案提出来之后经过党内讨论，然后上报给中央。经过一级一级审批，萧山政府是非常支持的，最后办成了。现在这个山洞是 1974 年杭齿厂自己打的，到 1979 年全部贯通。最后山北那个厂房是填湖造的，整个面积有七万多平方千米，四万多平方千米的建筑面积。这个决策决定了杭齿厂发展的空间，杭齿厂后期发展最为关键的、现在看起来是支柱性的部门，都在山北，如"工变厂"、大功率齿轮箱厂、汽车变速箱厂、研究所等，而且布局相当规范。

第二，技术引进。技术引进在当时是要花钱的，我们不是向社会主义国家而是直接向西德引进的，这在当时容易被怀疑是崇洋媚外。我们当时引进的是罗曼公司船用齿轮箱 GW 系列 30/32、42/45。第二个大的引进就是工程的 ZF 系列，就是我去谈判的那家德国公司。它生产的汽车变速箱、工程变速箱是世界第一流的。当时公司就向他们要全套图纸、制造技术、制造许可证。这个决策非常关键，决定了杭齿厂后来有新的发展可能。这技术引进也是党委确定的。

第三，债转股。我们还是和德国合资，这个是和德国 ZF 公司合资，谈到最后，就是双方占股比例 49% 和 51% 的关系，他们 51% 还是我们 51%，谈判就在这个问题上卡壳了。卡壳了以后，党委会决定，这是我们国家基本的东西，不能让。最后把何光远，以及中央的好多领导（包括人大常委会副委员长路甬祥）都请过来了。最后实际上都定局了，结果开会的时候被高层干预推翻了。高层的意见，不能给对方 51%，要么我们 51%，要么不合资。当时杭齿厂的党群系统领导发言权很大，有很大的制约性。

这个党政架构的权力制衡作用，我们分两方面看，有正面作用当然也有副作用。一个主意出来，党委说不行，行政说一定要这样做，内耗很大，一个事情争论的时间很长。但是一旦确定下来，科学性和可操作性是很强的，失误可能性也会很小。

因此，现在的总经理负责制，加快了决策的速度，提高了决策效率，但是也有副作用，就是过分强调总经理的负责制，容易因为个人的一个失误，导致一个企业的失败。而且从某种意义上讲，总经理毕竟不是万能的。你可以有这么一个理念，有一个导向性的东西，但是毕竟具体的决策是涉及很多方面的。你可能是管理出身，不是技术出身，你并不知道这个产品是不是先进，这个东西是不是可发展。但是党委会不一样，它是集体领导，它有很多成员，甚至还有基层的干部、厂里厂长，他们有不同的角度和不同的想法。一开始杭齿厂是党委负责制和结合党委领导下的厂长负责制。再后来是厂长负责制，当随着改革开始深入，一步一步转过来的时候，杭齿厂能够始终保持党委主导和对决定问题的参与权，恰恰是因为党委对行政权力的制衡，才使杭齿厂在这么多大风大浪中，在这么多险恶的经营环境中，没有出现重大的失误。因此，我个人觉得，杭齿厂的党政权力制衡、党群起的作用应该说是有很大的意义的。

采访者：除了您刚才说的管理和领导方式，杭齿厂在生产经营上有什么特点？

丁军：联营协作。杭齿厂在萧山是一个国有企业，但在杭齿厂的发展过程中，需要一个供应链，它不可能什么都自己做。当产量很低的时候，比如说我们工变厂原来生产五六千台的时候，它不是也要分流的吗？当做到一万台的时候，更加需要分流。做两万台或三万台呢？我们做不了这么多，这里有两个可能，一是粗放型地扩大，添设备、添场地等。二是借助现代的机制和改革开放的大趋势。改革开放提供了一个平台，给任何努力、任何想象、希望发家致富、创造价值的人都有一个空间和可能。

那我们想，当时杭齿厂想扩张的时候需要有单位来配合它。这时萧山刚好改革开放，刚好有好多厂开始发展起来，开始自己买设备办厂。杭齿厂需要这些厂做配套，就和它们合作。不是光要它们给你做，是要保证质量，告诉它们如何检测、如何管理、如何控制质量，得培训它们的管理人员、技术人员、工人，得培育一大批人。恰恰在这个过程中，杭齿厂支持它们，也把它们带起来了，大家共同发展。在这个共同发展的过程当中，也恰恰是杭齿厂发展最快的时候；杭齿厂发展最快的时候，萧山也是发展最快的时候。因此，杭齿厂的发展与萧山地方政府的支持是分不开的。但同时也是杭齿厂的发展，支持、扶持、培养了萧山机械制造的发展空间，给它们提供了可能。

为什么工变厂发展得这么快？实际上我跟所有人都解释过，这不是我做的，也不是工变厂一家做的。它的产值从八九千万元做到我退休的时候的七亿多元，我们的工人、设备、厂房、固定资产都没有大的增加。那怎么做出来的呢？工人努力是一个方面，但是也不能否认联营协作的作用。

到工变厂以后，我发现一个常规、普遍存在的现象，就是工程产品需求有淡季和旺季。每年二月、三月、四月是旺季，月市场需求量可以到 3 000 台；五月一过就是淡季，需求量就只有 300 台，六月、七月、八三个月一台都卖不出去。因为高温季节，工程基建都停了，大的路面施工都停下来了。淡季产量就有可能从每个月 3 000 台一下子下降到每个月 300 台。那么我们怎么样去应对淡季和旺季呢？我们这个厂的设备布局按照什么标准去配备呢？按照淡季产量少的配备，旺季时就供不应求；按照多的配备，淡季就可能闲置、浪费。

最后我们找到一个路子——联营协作。第一就是把技术性含量低、劳动密集型的产品都分流到地方厂家，粗车、不要技术的。我们把握住两条，第一，凡是高精尖的、涉及零件内在质量的重要工序都由我们自己做。原材料必须由我们提供，热处理必须是我们的，最终的关键工序都必须由我们自己做，如磨齿，需要高投入的，一台都要几十万元、上百万元，如超精磨，内孔精度很高的，如 WG180 产品，每分钟要一万转。转速快，对它的内孔、光洁度、精度及对磨床的要求都非常高。这个磨床要放到恒温室里用，差一点点都不行。那么这样的话，地方厂家暂时不具备这些条件。但其他的可以大量分流。

第二，我们和这些厂有协议。首先，我们现在给你多少的量，你的设备必须配备到能保证满足我们的需求量。其次，在业务不足时我们会抽回来自己做。为什么呢？我们跟这些厂的负责人直说："你们是个聚水池，水满的时候可以你做，但是水干的时候我们肯定先救自己，不能让自己的工人没活干。"当时这些厂家刚刚起步，很多厂家都很愿意做。最后，我们向他们承诺，分给他们的这一块业务，之后我们就不会再安排给其他人，我们也不会再添设备来做，不和他们抢饭碗。所以我们告诉他们之后，他们就得建立这么一套机制。他们的用工制度比我们灵活得多。

因此，我们当时的工人数量一直保持在 300 人左右，没有增加，但是产值一直翻了又翻。在这个过程当中，我们把劳动密集型的、低效的、低产出的，都给清理了，分流了。腾出的地方，添置高精尖设备。但这个过程中，确实是把协作厂都养大了。有的厂刚开始只有两台车床，后来钱多了，买了一台滚齿机，又买了其他的，像雪球一样越滚越大。我后来看到好多厂甚至买了磨齿机。我们杭齿厂买什么样的磨齿机，他们也买什么样的磨齿机，以便承接我们的业务。这个过程也帮助了萧山地方企业的发展，也出现了好多萧山老板，有的现在已经做得很大了。

联营协作，建立最好的、优质的产业供应链，是企业管理当中非常重要的事情。必须让其他企业赚钱。如果你不让其他企业赚钱，它又为什么为你卖命呢？它为什么愿意配合你呢？它愿意为你做，就说明它看到了利润。因此，联营协作本身是中国产业链做大的一个基础，也是国有企业带动、扶持、培育个体企业的良性循环。

采访者：据资料显示，1978年改革开放后，杭齿厂引进德、法、日、意等国的先进工艺和制造技术，实现了二次创新，产品领域从单一的船用齿轮箱扩展到船舶推进系统、工程机械变速箱、风电增速箱、汽车变速器、农业机械变速箱、轨道交通传动装置、工业齿轮箱、特种产品、粉末冶金制品、大型精密齿轮等十大类千余个品种。船用齿轮箱远销世界30多个国家和地区，产量和销量占全国第一位。请您结合工变厂的情况，谈一谈您是如何利用技术引进和创新来提升产品质量的？

丁军：我最遗憾的，到现在为止始终最内疚的，是质量改进的问题。我们老总在我退休前跟我谈，也是说这个问题没有解决好。我不是给自己开脱，其实我老早就知道其中的根本原因。

我退休的时候，曾经说一句话：但愿我能看到工厂能够在WG180/181产品的质量上，取得重大突破。因为WG180/181是从德国引进的，非常精密，而且非常先进。变速箱是有通病的，原来是手动机械离合的。变速箱必须在驾驶员座位下面，发动机也必须和变速箱在同一位置。如果要将它们分离，是做不到的。液压能解决一部分操作困难问题，但解决不了具体问题。WG180/181恰恰就是克服了这种困难。它是电控档位，叫电液，是个单向阀，是有磁性的，能够吸附调控档位。

用电控的好处，就是变速箱和发动机可以分离，不在同一位置。电磁阀操控，电液灵活、敏感、速度快，换挡是柔性的，但是它非常精密，它所有的零件非常精密。零件的体积很小，输出功率很高，一分钟可以转到一万至两万转。速度很快、变挡很柔和，功率很大，但是就是很娇气。

我去德国参观的时候，那里的装配，真的没法想象。工厂在装 WG180/181 的时候，工人们拉出来一只车子，上面铺上白毛巾，零件就放在白毛巾上，拿到操作间里。一点油也没有，一点也不脏。而且装备车间里没有声音，不像国内的车间里有很大的响声。

例如，热套轴，一个轴和一个轴承，我们把这个轴承放在加热器上，感应圈放上去，一感应，内圈涨开来了，发热了，然后套在这个轴上。但是这里有个问题，内圈涨开来了，但是外圈和滚珠没加热，膨胀系数是不一样的，其实这个轴承已经轻微变形。德国人是把这个轴放到液氮里冷冻，轴收缩后，再把轴承往上面一套。

我当时在那里看了很长时间，我在想，我们为什么不能做这个？后来我们发现，成本太高了。每个工人需要有个液态氮。液态氮要回收，而且保管很麻烦，很难做到。这就是差异。但是我们为了引进这个技术，也是花了大价钱的，付给对方八百万元，买对方的许可证，我们的设计人员、工艺人员、检查人员、甚至是装配工，全套人员等都需要到德国去参加培训。从头到尾都完全按照德国的一套搬过来。然后零件我们做，做好以后送到德国检查。合格了，对方认可了，发给我们一个许可证。这样我们就可以打德国 ZF 的牌子，这就是我们工程企业的当家产品，也是技术最先进的产品。

WG180/181 产品非常精致，每一道工序都是限定的。例如，齿轮磨齿机超精磨磨好，磨齿机非常娇气，是要放在恒温室里面的。我们认为，这个齿轮磨好是最终成品，不能再碰了，定型了。但是德国的做法，我看了很意外，工人磨好以后要拿去喷石英砂。我很不理解，为什么？我们的技术员说对方那里是要喷的，我们这里认为我们做的齿轮很先进了，不需要喷了，磨齿磨好了就是最终产品了。一直到我退休，我才知道德国企业是对的，我们是错的，他们这道工序确实是需要的。第一，因为磨齿磨好以后，精度很高、光洁度很高，很漂亮，但是喷砂喷了以后，就可以把磨齿过程中的应力全部释放掉，就不会产生细微的裂纹。第二，喷砂均匀地喷了以后，齿轮的表面在高倍的放大镜底下，呈现出很小的小凹坑，小凹坑在高速旋转的时候，形成油膜。在高速旋转的时候，反而保护了齿轮。样子虽然难看，但是非常有用，这使得这个齿轮的寿命、效率、强度增加了，应力被释放掉了。后来我去德国 ZF 在柳州的一家合资厂里看，合资厂也做这个东西，一模一样。但是那里连一个工序都不能动，它们有法令，你要是动一下，就违法。它们质量好到什么程度？它们的产品装配装好，直接装箱出厂。我们的产品装配装好，试车、加载，还是不断地出现质量问题。

再如，我们自制电控阀的时候，里面有个光电管，我们经常收到反映说它坏了、不灵了。什么原因？温度。高速运转的时候，速度可以达到五十度、六十度，特别是野外作业的时候，就"啪"地断掉了。到后来厂里的工程师把所有的光电管全部放到烤箱里，烤到五十度、六十度，坏掉的全部淘汰掉，以为这样就解决了。装上去，结果又坏了。为什么？东北零下30℃。

因此，在这个整个过程中质量问题解决不了。质量问题解决不了，我们就需要赔钱。例如，单向阀国产化。单向阀是个U形的，下面是个孔，上面是个钢珠。德国公司卖给我们单向阀一颗收费11～12欧元，我们将它国产化只要3.8元，因此我们就打算自己生产。做出来以后先试，试好了以后装机。但最后还是有问题，我们找到原因，是单向阀的问题。

那一次我好几天没回家，就跟着技术人员在厂里琢磨。到最后技术部门找出原因了，是很小的一个环节出了问题。德国公司只说叫我们买它们的CKD，也没告诉我们这个事情。我们把它国产化，以为很简单的，"嘭"一榔头，敲出一个圆弧来，然后将一个小钢球放进去以后，就把这个孔就堵得严严实实的了。然后下面一个孔，就是单向阀。后来才发现，这个球压下来的时候，接触面很大，和下面接牢产生油膜以后会产生吸力，推不开了，油进不来，那就烧掉了。那德国公司的怎么不会吸牢，我们的怎么会吸牢？再一查，才发现我们的钢球是面接触，而德国的钢球是线接触。它们这个钢球放下来的时候，是中间钢球最大的地方卡牢，线接触没有油膜压力，掉下去以后，油出来了。

就是这么一点事情，给我们造成了巨大的损失。后来我们再向德国公司订购，德国公司要三个月后才能给我们发货。我们找到一家与德国有销售进货渠道的北京公司，每一颗单向阀售价30欧元。最后厂里开会，我也解释了。后来我找到ZF柳州公司的老总，这个人真的够朋友，我请求他卖一些给我救救急。他说自己不能卖，因为德国公司给他们固定好，装多少台给发多少颗，但是他可以以私人名义借给我。他自己写了借条，从他的仓库里借出来。我们这才解决掉救急问题。

但是这个是技术问题，不是制造上的问题。为什么除了这些技术问题以外，还有大量的制造问题呢？德国没有检查员，一装好，就发出去了。而我们各道工序都有检查员，中间还要检查，虽然配了好多检查员，但是没有用，还是照样出问题，这就跟奖金有关了。

采访者：奖金制度有什么利弊呢？

丁军：改革开放以前，杭齿厂是没有奖金的。我记得只有光荣券两元，最高荣誉奖五元，那时候已经算是厂级先进了。当时我记得有一次厂里为了发年终奖，最后党委书记把帽子甩在桌子上，"就发了，大不了把我拿掉"。我当时想想，发一个三元奖金，要下这么大的决心。若在"文化大革命"的时候讲，这是物质刺激，奖金挂帅、经济唯上，批判起来是不得了的。

改革开放以后，工厂采用奖金制度，是一个很大的进步。奖金是刺激中国工业发展的一个很大的法宝。一开始是平均奖，每人几元。后来是工时奖、计件奖，再后来是超产奖、承包奖等，我在厂里把这个东西发挥到了极致，刺激工人加油做。工人效率确实很高，他们的工作积极性全都被调动了起来。早上7点半上班的，他可能6点半就去把机器开起来了。晚上下班以后，到晚班那里还要抢点时间。早班和中班之间，两班还抢时间。后来是计件的，产量高，效率也很高。因此，那时候产量迅速增加。

当这样大量产出的时候，我后来发现问题在哪了，就是质量问题。当时柳州ZF的总经理西克，他会说中文，到厂里看了以后问我："你们怎么会有奖金的？"我说："工人在努力啊，在超产啊。"他很吃惊地问："一小时做一个，一天只能做8个，怎么会做出10个来呢？"我拼命解释了很多理由，他还是不能理解，但其实我的内心已经感受到他讲的是有道理的。他只能做8个，为什么能做10个？加班一个小时，最多做9个，怎么做出10个来？甚至12个、14个都做出来了。如果真的能做10个，那么说明我们的定额不对，应该定到10个，超过10个的才叫超产。

我知道这个问题，但是我不敢碰，因为奖金不是由我一个人说了算，整个公司、整个社会，大家都在拿奖金，你说要将这个奖金取消？当然这个改变的办法当时我们也议好了，是有一个方法的，但我不敢做。因为一旦用奖金，开始很刺激，到最后皮了、麻木了。为了拿到奖金，工人会想方设法破坏工艺，违反工艺。例如，按照工艺规定一个小时做一只齿轮。20分钟一刀，规定要滚三刀。第一刀切削量多少，第二刀多少，第三刀滚到精滚为止。他们就两刀，把切削量拉大。第一刀下去，第二刀就结束了。偷刀，改变工艺。但是他这样弄好以后表面是看不出来的。磨齿很好的，测量也没变。三个大问题来了。第一，偷刀造成变形。偷刀的时候，第一刀齿轮切削量应力没释放掉，第二刀就滚掉了。滚好以后开始变形，应力释放出来，变形了。这个变形就会造成致命的问题。第二，设备损坏。设备负荷加大，老化速度加快。第三，刀具磨损太大。最关键的是把人心搞坏了。为了奖金，大家不管工艺纪律、工艺程序，而且是个普遍现象。如何改变现状？只有唯一一个可能，就是取消奖金。但是我们这里做不到，我非常遗憾，我完全知道，也知道病根在这里，但是我不敢。很难，因此我很遗憾，我到退休也没有彻底解决 WG180/181 的质量问题。

这个问题我今天为什么特别提到呢？其实质量问题的改进不是我们一个企业的问题，所有的制造企业都会碰到这样的问题。现代企业管理中有一个很大的问题就是需要奖励激励，但是又不能把物质奖励作为唯一的激励手段。我考察过日本的大企业，员工是终身制度，没有什么下岗一说。员工以自己在这个公司为荣。员工和企业不再是简单的雇佣关系，而是有一种荣誉感。我们现在员工的这种荣誉感，恐怕已经没有了。我最担心的是不只工人是这样，甚至连干部也有这样的情绪，已经不再把这个企业的好坏当作与自己休戚与共的事情。建厂初期，杭齿厂为了造两个水塔，在 50 多米高的山上，需要把石子、沙、水泥都运上去，这些全部是杭齿厂的工人下班后、上班前义务劳动搬上去的，没人要求也没人记录。这样的精神现在还有吗？如果失去了这种归属感和荣誉感，我认为，第一，保证企业发展、保证质量的内在动力没有了。第二，这个企业后续发展的可持续动力不足。第三，最重要的是，企业和员工之间在情感归属感上被拉开了。

我记得大概是 1999 年，杭齿厂有一个侵权案，就是杭齿厂的职工把厂里的图纸偷出去卖给了我们的竞争企业的老板。结果他被查到了，要受处理。杭齿厂 3 000 多个职工联名上诉，要求判决他。最后法院第一次判定，判这个偷图纸的员工入狱。职工们自发去萧山市政府上访，有人就跪在那个市政府门口，声讨说法，因为这是对国有资产的侵犯。那个时候大家把这个企业当成自己的，企业受损失，就是自己受损失。

采访者：您刚才总结的这三点，我觉得真的是讲到了点子上。一个是内在动力，一个是可持续发展动力，还有一个就是您说的情感归属感，这个太重要了。

丁军：这个归属感，其实还牵扯到一个文化建设。改革开放以后，物质已经很丰富了，生存问题已经不成为问题了，这时候人需要一种内在精神的支持，需要一种归属感。这是文化建设，但是也不仅仅是文化建设，涉及整个理念，从上到下的。

采访者：前面您在谈联营协作的时候，提到产品有淡季和旺季之分。浙江的多雨潮湿的气候特点，对杭齿厂或者工变厂的生产有什么影响吗？

丁军：说到这个气候，真让人苦不堪言，特别是在雨季。工变厂在山北，有很大的空间，但是也有很大的弊端。因为这个厂是填湖填出来的，地势很低。萧山每年都要发大水，只要一发大水就得抗洪。以前每年雨季一到，我一不出差，二不接待任何客人，三不回家，方便面买好，直接睡在厂里。我到工变厂后第一次发大水时，我连夜把党员叫来，再不行再叫工段长、车间主任、干部，我把他们都叫来。刚开始是用拦，用沙包堵，堵到后来发现车间里面也在冒水。堵不牢怎么办？把所有零件抬高，否则在水里是要生锈的。但我发现这样搬了还不行，水位还在不断上升，于是，我动员维修人员连夜拆机床底下的油泵电动机，否则进水就坏了。每年如此。

进水后的车间

保险公司第一年是赔偿的（这个照片其实是保险公司赔偿的时候留下来的，否则我不会拍照片的），好像赔偿了四百万元。第二年，保险公司就说我们厂里是有责任的。于是第二年开始我们就从根本上防止这一情况出现，把整个地势垫高。但是这很难，因为每个厂房下面是有基础的，垫高的话，连基础都要垫高了，尤其是加工的大设备，是不能动的。一动的话，精度就失掉了。当时每年雨季真的很烦、很苦。雨季一到，抗洪救灾第一突击队、第二突击队都要准备好。那时候家就成了旅馆，基本我是不回家的。

我们这里最大的一次抗洪时，我还没到工变厂，当时我还在制造部总调度室，我们把全厂所有的电工调到这里来拆电动机。再让他们把所有拆下来电动机，有进水的电动机烘干，把零件拉到山南清洗一遍。精加工后的零件，一沾水就锈，一锈就报废了。需要清洗、上油。那次是动用全公司的力量，而且我们都是义务劳动，干部都下来了。那个时候叫得动，总调度室一个电话，上面全部都下来劳动。到几点钟结束也不知道。反正要全部做完为止。抗洪救灾的时候，真是齐心协力。这个照片，你看水满到什么程度了，工人照样来上班，搬东西，拉零件，做保养。

工变厂新面貌

后来厂房都垫高了，漂亮了。关键是我们这个厂房外面有一条河，只要那闸门一关，河水就涨上来，拦不住，外面的水比里面的水高。现在这个河前面已经改造成杭州乐园了，这里的闸门再也不关了。现在厂里水灾情况大有缓解。

采访者：丁先生，据说当时杭齿厂有一批工人去四川支援建设，当时是什么情况？

丁军：其实我们进入杭齿厂，就是因为当时有一大批工人支援三线。当时中苏关系紧张，国内处于备战状态，说备战备荒为人民。而萧山是当时全国38个军事战略防御控制点之一。万一打仗的话，杭州、上海，这就是一个点，是个喇叭口。萧山是焦点，如果萧山守住了，就既可以守住浙赣线，也守住了沪杭线。当时这里是有个高炮队在的，有专门的驻军。杭齿厂的交通比较发达，对企业来讲是好事。但是对于战争来讲，是很麻烦的、很危险的，因此，从国家宏观来说，这里备战是不行的，必须有个 B 厂。哪怕生产再少，但至少不会没有。从国家这个角度出发，就要考虑到三线去。在那里搞齿轮箱，就必须要有技术人员、实际操作工人，那么就要从这里抽调出去。所以杭齿厂当时抽调了一大批人去。

大三线就是四川岷江，国家要在岷江县建一个岷江齿轮箱厂。一汽搬到十堰，齿轮箱厂当时也要搬到那里去。国家给我们定好，指标是 325 个名额。第一批我们厂去了干部 49 人，工人 41 人；第二批干部 77 人，工人 314 人。两批总计去了 481 人，其中干部 126 人，工人 355 人。这两批人好多是上海的，是调到浙江的。萧山毕竟离上海近，现在他们要到四川去了，可想而知。也有些当时是从哈尔滨、洛阳调到我们厂的。但是没有任何条件、代价，他们说走就走了，举家搬过去了。过了大半年，我们进厂之前，又去了一批人。当时在抽调这一批人的时候，生产部门就非常有意见，把最好的工人、骨干都抽走了，生产任务还这么重，怎么办？结果照样去。这去的过程当中，人家也有诟病，说有派系，有派别，有的人多，有的人少。但是整体上说，去的都是需要的。后来很多人也通过各种方法，回来了一批，厂里也接收了一批。

采访者：这个厂当时叫什么名称？后来情况如何？

丁军：当时去的时候，叫四川岷江齿轮厂，后来从山里迁到成都双流县，在飞机场边上，叫四川成都齿轮箱厂。因为当时这个地方是山沟，说实话，从经济效益上讲，是不合适的，光运输就是问题。它那里非常穷，完全是白手起家，没有产业链，也就是说没有配套的厂家。就像我讲的联营协作，有些东西你得有配套的厂家帮你做。忘了一个什么问题？忘掉了工业本身不是一个简单的专业，它需要有个后继配套支撑的产业链、供应链的支持。因此，这个厂后来又迁到四川，最后还是破产了。

后来我去考察过几次，我建议我们去兼并这个厂，因为这个厂设备和我们的工艺布局都是一样的，但是这个厂是小工艺，不是大工艺。工人很多，工资很低。但真的讨论到兼并的时候，我倒迟疑了，因为我发现这个厂的工人们还没我们厂的工人勤劳。

四　杭齿与萧山精神

采访者：您觉得杭齿厂对萧山有什么影响？

丁军：杭齿厂当时承建的时候，是由全国各地的技术员、优秀的工人调来组成的，是国家重点工程，是周总理定的。当时我们国家是没有变速箱的，大军渡江的时候，是用木帆船；解放一江山岛的时候，是用木帆船。一直到1958年一场台风，已经通知渔民台风来了，但是他们回不来，木帆船是要靠风的，死了很多人。因此，国家下决心一定要搞船用齿轮箱。这样，杭齿厂才建立起来了。

第一，杭齿厂对萧山发展最大的影响，是改变了萧山的观念。例如，杭齿厂的话，很典型的，叫"杭普话"（杭齿厂的普通话）。这普通话在萧山是有名的，因为萧山所有的幼儿园、小学出来的小孩子讲的都是萧山话，只有杭齿厂的孩子出来讲普通话。小孩子只要一讲普通话，别人就知道，这是杭齿厂出来的。"杭普话"给萧山带来的观念上震撼是很大的。

第二是消费观念。首先，当时穿戴最时髦的就是杭齿厂的人，消费最前卫的也是杭齿厂的人。为什么呢？因为杭齿厂的人来自五湖四海。杭齿厂当时的食堂里还有专门的"回民灶"，专门给回民吃的。杭齿厂的人也把萧山人民的观念改掉了。其次，杭齿厂确实具备了技术能力，里面有来自全国各地的大学生，一进来就是十几个或者二十几个。而萧山当时整个县一年都分配不到几个大学生。

那么杭齿厂的发展势必带来了萧山地方工业的发展。我刚才讲，我们这里有很多联营协作、配套合营，也就是杭齿厂的协作厂家。而且这个产业链越做越大，杭齿厂的发展也越做越大。这批人恰恰都是杭齿厂培养出来的。万向集团刚开始打几个农器具，碰到解决不了的技术问题、修不了的设备，就到杭齿厂来。亚太（浙江亚太机电股份有限公司）现在在萧山是很有名的，但是它刚起来的时候，它的副厂长曾经来杭齿厂学习管理，产品怎么管，计划怎么排。因此，萧山很多大厂、很多管理人员，都和杭齿厂有千丝万缕的关系。有的是直接来培训过，有的是间接来培训过，有的是参与过培训，有的是受到杭齿厂的帮助。杭齿厂培育、帮助、支持、扶持了萧山很多乡镇企业和地方工业。

前期杭齿厂的税收不是交给萧山的，是交给杭州，交给国家的。它和地方政府没有关系。但是说实话，杭齿厂在这方面，它对萧山地方经济、地方工业的发展做出的贡献是非常大的，功不可没。如果不承认这一点，是不讲事实的。当时杭齿厂的设备，萧山是没有的。杭齿厂的设备都是国家重点扶持给的。一台磨齿机弄好以后，要挂一块牌子，是国家的重点监测设备。如果这个设备，比如说坐标镗床，出了点问题，公安局就来了。萧山有些厂设备坏了，都到杭齿厂来修。杭齿厂都无偿连夜抢修，帮助它们，我觉得这就是杭齿厂对萧山的一大贡献。因此，杭齿厂在发展过程中，对地方经济、地方工业的建设做出了很大的贡献，这个贡献不是增加当地的税收，而是观念、人才、技术、设备及其培训。

采访者：听您谈了这么多，发现您真是一路见证了杭齿厂的发展，更见证了萧山的发展，也书写了您个人的历史。您对杭齿厂的影响，杭齿厂对您的提升，是一种相互影响、相互促进的作用。您作为一个鲜活的个体，是一个群体的代表、一个时代的代表——吃苦耐劳的知青、锐意求精的杭齿人、艰苦奋斗的萧山精神，也更是改革开放弄潮儿的代表。非常感谢您能够在百忙之中接受我们的采访，再次感谢！

丁军：其实我真心谢谢你们给了我这个机会，分享我的人生，见证萧山的发展。你们辛苦了！

辛勤创业，心系家园

——王鑫炎口述

采访者：郑重、邓文丽	整理者：郑重
采访时间：2018 年 9 月 6 日	采访地点：浙江爱迪尔包装集团公司

口述者

王鑫炎，1951 年 2 月出生于上海市黄浦区，1984 年 7 月入党，硕士研究生，高级经济师，现任浙江爱迪尔包装集团公司董事长、总经理，党委书记。他于 1970 年到萧山县党山梅林大队插队，任生产队经济保管员；1976 年创办党山塑料制品厂，任技术员、供销员等职；1979 年任萧山出口商品包装厂厂长；1984 年 10 月任杭州出口商品包装有限公司总经理、党支部书记；1994 年 6 月任浙江爱迪尔包装集团公司（以下简称爱迪尔公司）董事长兼总经理；1998 年 11 月当选为梅林爱迪尔集团党委书记。

1984 年，王鑫炎被评为浙江省百家优秀厂长；1988 年被评为杭州市明星厂长；1990 年后多次被评为浙江省优秀企业家和杭州市优秀党员；1997 年被评为杭州市劳动模范、全国优秀乡镇企业家；1999 年被评为浙江省乡镇企业创业功臣、浙江省优秀共产党员、浙江省劳动模范、中国包装业十大杰出人物；2000 年被评为全国劳动模范、中国当代优秀包装企业家；2001 年、2002 年被评为浙江省优秀党员；2005 年荣获中国印刷最高奖毕昇奖；2006 年荣获中国包装行业杰出企业家、全国兴村富民百佳领军人物。

一　早年创业

采访者：王总，您好！您是萧山改革开放历史上的重要人物、知名企业家。1970 年，您来到萧山农村插队落户，后来坚持在萧山创业、发展，创办闻名于全国包装行业的浙江爱迪尔包装集团公司。您的经历十分丰富，是萧山改革开放历史的亲历者、见证人，很高兴您能接受我们的采访。我们想请您先介绍一下自己的早年创业经历。

王鑫炎：我 1951 年 2 月出生于上海市黄浦区的一个普通工人家庭，是上海南湖中学老三届的毕业生。1970 年，我告别父母，离开大上海来到杭州市萧山县党山公社梅林大队落户，在接受贫下中农"再教育"的岁月里，我在农村和农民群众一起劳作。在这难忘的岁月里，我思想积极上进，工作踏实肯干，苦活、脏活、累活抢着干，深得广大群众的好评，先后任生产队经济保管员和植保员。通过七八年与农民兄弟同吃、同住、同劳动的经历，我的精神意志得到了磨炼，也使我牢牢树立起了不断进取的人生观和乐于奉献的价值观，更使我对昔日战斗、生活过的农村产生了难以分离的深厚感情。因此，当知识青年回乡政策落实以后，我多次令家中的父母、兄妹、亲朋好友失望，放弃难得的回乡进城当工人、旅居海外接产业的机会，铁下心来扎根萧山，继续为建设社会主义新农村奉献青春。

出于对当地农村脱贫致富的强烈责任感，我大胆地向大队干部提出新办塑料厂，以工兴农的建议。可是，在那"割资本主义尾巴"的岁月里，这个建议自然被否定了。到了"文化大革命"后期的 1976 年，我再次提出办厂建议，终于得到了大队的同意。大家揣着饱含农民兄弟致富希望的 4 000 元资金，利用三间旧粮仓和二台旧机器，办起了一家小型塑料厂，主要收购废塑料，生产再生料。那时，我担任供销员兼技术员，起早贪黑地把全部精力扑在了企业的巩固、发展、壮大上。因为设备陈旧，技术力量缺乏，我们得益甚微，1976 年的利润仅 2 000 元。我深感企业发展前途不大，如不及时转产，就会很快被淘汰。于是，在 1978 年下半年，我把原来的塑料业改成了商品包装业。

1979 年 10 月，我到上海文具盒厂办事，顺便到在该厂任职的朋友家小坐，打听到这家厂子承接了苏州砂轮厂 3 万只塑料什锦包装盒的业务，因为时间紧、生产任务重，无力按时完成。于是，我主动找上门求人家："你们没功夫做，我们做，要是信得过我们，一个月后看样品！"虽然接到了单子，但是我们的设备还太陈旧，情急之下，我想方设法借到了 2 万元，然后带着妻子到上海南汇电信器材厂采购高频热合机。我们夫妻俩找到了厂长，厂长连连摇头说："半年没货。"这急得我直跺脚。前后两天，我们在人家上班之前就早早赶到厂里，给各位厂领导擦桌子、提开水、敬香烟，然后轮流向人家诉说自己创业的艰辛，但还是效果不佳。第三天，我又找到厂长，我说："厂长，按说我再向你开一次口，我自己也觉得为难你，但我们厂有十来号人，很艰难，现在又过上借贷的日子，能不能翻身就看这笔业务了，跟人家讲定的话收不回来，一旦违约，失了信誉，也砸了自己厂的招牌。我们不像你们厂，门面大，实力强。再说，我也是上海人，我再次求你们拉一把！"厂长说："这样吧，我们提供配件，你们在自己厂里组装，行吗？"我连忙点头。短短两个星期，我们夫妻俩白天晚上连轴转，硬是将配件组装成一台高频热合机，再迅速遁道回府。没有烘热机，我土法上马，一个月的时间到了，苏州砂轮厂专门派人来看样品，不但称赞产品质量不错，还主动牵线搭桥，替我们联系了上海砂轮厂、郑州砂轮厂的业务。这一年，我们赚了9万多元，有了这笔资金，我们不仅还了债，还推倒了3间破旧的仓库，用4万多元盖了一幢新楼。这个时候，我被村里推举为厂长。

1980年，我们研发生产了磁性塑料文具盒，后来开发了二十多个新品种。此后，我们兴建了厂房，增添了设备，企业进入了稳定发展的轨道，当年的产值是798 000元，利润192 000元。

1980年底，根据有关政策，我被抽调回城，到萧山县乡镇企业管理局工作。我被调出9个月后，厂里在产品、质量、供销业务等方面出现了困难，1~9月的利润只有9 000多元，职工好几个月拿不到工资，有的甚至自找门路去了，整个厂处于瘫痪状态，厂领导请我回包装厂去。当时我想：我和爱人都在城厢镇工作，比在厂里舒服多了，但是，这个厂是我亲手操办的，不把厂办好，我是对不起家乡人民的。在包装厂濒临倒闭的时候，我不能撒手不管，必须对包装厂负责到底。征得领导的同意后，我于1981年10月又回到了包装厂工作。

回到包装厂后，在职工大会上，我当场表态：只要领导信任我，职工相信我，我就是再苦，也要把这个厂办好。此后我在厂内进行了一些初步的改革，使一个濒临倒闭的包装厂又出现了新的生机。1981年10月至12月的短短3个月时间，我们厂就创利润97 000元。随后，我又对产品的结构、工艺、质量等方面进行了整顿和改革，使包装厂有了全新的面貌。

回顾这几年来的办厂实践，我深刻地认识到：要使企业不断得到发展，并在改革的浪潮中站稳脚跟，必须重视产品结构的改革，提高产品质量，坚持"质量第一，信誉至上"的原则，因此，我努力改革分配制度，使企业提高经济效益与职工收入挂钩，这样充分调动了职工的劳动积极性，我通过多种渠道，与国营单位建立联营关系，引进先进的技术、设备和原料、资金，增强企业的应变能力，使企业不断发展壮大。同时，在抓好产品质量这个"小包装"的同时，我们也努力做好厂容厂貌这个"大包装"，让我们厂在周边企业中独树一帜。

1980 年，我们厂已经创造了 192 000 元利润，而 1981 年 1 月至 9 月却只有 9 000 多元，其中一个重要的原因就是产品式样陈旧，没有及时翻新，跟不上市场形势的需要，因此，企业面临着倒闭的危险。为了改变这种状况，我就是在走街、串店、做客时也常常注意能引为我们厂运用的新东西。1982 年春节过后，我到上海、福州、广州等地了解市场行情，在广州的一家儿童服装商店，看到一种镶有活动眼睛的服装很畅销，我就买了一件。第二天，我又在朋友家里看到小孩用的进口卷套有彩色变形图案，我也向他要了一只。回到厂里后，我们通过仔细研究，精心设计，终于把动物活动眼睛和彩色变形的立体图案移植到了磁性文具盒上，让原本普通的文具盒变得活灵活现，产品投放市场后，许多单位都纷纷要求增订购货合同，文具盒一下成了"热门货"，生产量上升到 70 万只。

1983 年上半年，我看到上海市场上碘钨灯都是用纸盒包装，既不美观，又容易破损，要货单位纷纷提出意见。我回到厂里后，又迅速设计了一套新颖、美观、牢固的碘钨灯塑料包装盒，到上海的几家商店去试销，结果十分行俏，连碘钨灯本身的销量也增加了三倍多。不久，在上海五金交电公司召开的碘钨灯包装专业会议上，他们帮助我们厂推销这种塑外包装品。我们厂生产的碘钨灯包装盒由包括上海沪光灯具总厂和杭州碘钨灯厂在内的全国七八家大厂包销。1984 年初，我又根据市场需要，自行设计了一种组合式音带包装，投放市场后深受消费者的欢迎。1984 年 4 月，我们厂召开了全国性组合式音带包装会议，来自北京、天津、上海、成都等地的几十家公司和中国唱片公司的代表，一次订货 114 万元，产品供不应求。

产品质量是企业的生命，是关系到企业生存和发展及消费者利益的大事，要提高企业竞争力，就必须提高产品质量。而要提高产品质量，必须改进生产工艺，更新设备，加强质量管理，这是我在这几年中最深的感悟。

塑料外包装在当时是一项新兴行业，当时大部分机械设备在市场还是空白的。例如，塑料烫金，原来都是手工操作，跟不上生产发展的需要，并且经常出次品。为改变这一被动局面，我组织了由三名职工组成的技术革新小组，集中改革这项工艺，通过十多天时间的努力，终于用圆盘印刷机改装成自动烫金机，不仅提高了功效，而且也大大提高了质量，正品率从原来的80%上升到98%以上。又如，底座（硬底压延成型），原来采用电炉加热的方法，温度难控制，质量难保证，后来，我们把它改为滚动式自动控制烘箱，不仅正品率提高了，而且功效也提高了20%。另外，我们还改革成功了高频热合机，每年可多创产值36 000元；成功改革了薄膜分割机，每年可节约薄膜4吨，节约原料费17 000多元。那段时间，我们改进了十多道生产工艺，基本上形成了一条印刷、底座成型、高频热合、成品检验、纸箱包装的作业流水线。这一时期，为了新工艺上马，我们厂用于更新设备的资金达到120万元，确保了质量的不断提高。

总之，这一时期，我们的产品在国内畅销于上海、北京、四川、广东、广西等20多个省、自治区、直辖市，在国外销售到美国等30多个国家和地区。出口包装产品在1983年荣获中华人民共和国对外经济贸易部颁发的荣誉证书，外贸出口商品包装和文具盒分别被外贸部门和杭州百货公司列为免检产品。

当时我们厂地理位置偏僻、交通不便，为了改变这种弊端，吸引更多单位与我们厂建立业务往来，改善职工生产环境，我们厂还十分重视厂容厂貌的建设。厂容厂貌同人的外貌一样，整洁、漂亮会给人以一种清新、舒服的感觉，并能在一定程度上扩大企业的声誉。因此，我们厂先后花了1万多元，买了3 000多株苗木花卉，种植在厂房的四周，还建造了5个花坛，绿化面积达400多平方米，成了远近闻名的花园工厂。在我的提议下，厂里先后购进大、小货车三辆，坚持为客户送货上门，还购进了进口小汽车3辆，用来接送客户。因此，许多客户慕名而来，业务范围越来越大。

我们厂通过几年的努力，虽然有了较大的规模，但比起国营大厂来，就显得技术落后、资金缺乏、设备简陋了，要使我们的企业在激烈的市场竞争中站稳脚跟并得到不断发展，就必须"攀高亲"、搞联营，因为这是乡镇企业发展的必由之路，也是企业发展的大方向。我们通过多种形式的联营，能有效解决技术、设备、原料、产品销路、资金等一系列问题，扩大企业的经营范围，增强企业的竞争能力。为了使企业更上一层楼，我们还新建了3 000多平方米的厂房，在城厢镇新建一座设备先进、装饰考究的有限公司产品门市部和业务接洽处，从日本引进4条先进的自动化流水线，建立音带复制厂。我们还筹集资金80万元，同上海外贸局、上海市印刷厂达成协议，扩建彩印车间和装潢印刷车间，购进具有国内先进水平的胶印机7台。我们与国营企业开展联营的同时，积极同乡镇企业搞扩散联营，做到既是国营大厂的"配角"，又是乡镇企业的"主角"。这样，我们成了一个名副其实的专业化包装公司，从原料的进来到产品的出去，从照相制版到彩印、注塑、吸塑，从小包装、中包装到大包装完全可以自己配套出厂。这一联联出了一片新天地，1984年我们还获得了120万元利润。

当时，国内卷烟市场刚刚开始流行硬壳包装，我看到这一商机，争抢市场"潮头鱼"，马上从中国包装进出口公司购进一套生产硬壳卷烟盒的设备，并以8 000元一吨的低价买进白卡纸200吨。与此同时，我主持开发了与杭州卷烟厂相配套的硬壳卷烟盒，这一超前举动，填补了我们浙江省生产硬壳烟盒的空白，我们厂承包了杭州卷烟厂的全部业务，还招揽了宁波卷烟厂、武汉卷烟厂等一大批生产业务，年利润也从100多万元猛增到250多万元。我在改革开放的大潮中，喝到了"头口水"，尝到了无尽的甜头，开启了民营经济改革的新模式，靠着4 000元资金革去了旧制，革出了新貌。

1992年下半年，我与台湾好朋友彩色印刷包装有限公司合资新办了浙江爱迪尔包装有限公司，同时与台湾巨雅企业有限公司合资新办了杭州爱迪尔文具礼品有限公司。爱迪尔在英文中就是"新潮流"的意思，凭着先进的工艺和技术水平，爱迪尔公司成为杭州卷烟厂、上海卷烟厂、宁波卷烟厂等单位的定点包装单位。

二　技术革新

采访者：1996年到2001年，杭州爱迪尔文具礼品有限公司进行了四次大规模的技术革新，请您分别谈谈这四次技术革新带来的变化，并谈谈您对技术革新的看法。

王鑫炎：科学技术是第一生产力，谁的科技领先，谁就掌握了市场的主动权，抢占了市场的制高点，特别是面对竞争激烈、商场如战场的市场经济，企业必须具备一流的高精尖技术设备，才能拥有别人争不去、打不掉、适应市场、迎合潮流的高质量产品，才能立于不败之地。我知道，关起门来过日子，那是小日子，我们不能安于现状，要走出去，为企业插上腾飞的"翅膀"，而这"翅膀"就是先进的技术。

1996年，公司在短短两个月内就开发并成功设计了"利群""西湖""新安江"等新卷烟商标。新品牌投放市场后供不应求，加班加点也满足不了卷烟厂的要求。于是我毅然投资 4 500 万元，与国际接轨，引进了德国产"罗兰"全自动四色印刷机 3 台，"海德堡"全自动双色印刷机 2 台和全自动全电脑模切机、烫金机等 6 台，从而改造了工艺，降低了成本消耗，提高了企业效益。1997 年，为使公司继续保持产销两旺的势头，我们又投入资金 6 500 万元，再次从德国引进"罗兰"700 系列双色、四色、五色印刷机各 1 台，同时引进后道生产线 4 条。在技术改革项目的实施过程中，我既当指挥员，又当战斗员，吃住在公司，指挥到现场，与工程技术人员一起，一手抓进度，一手抓安全，经过短短 4 个多月的奋战，技术改革项目顺利投产，为壮大企业打下了坚实的基础。

1999 年到 2001 年，我们公司先后 3 次投资 5.4 亿元，新上 4 条真空镀铝生产线，生产环保型真空镀铝纸，开创了国内先河。真空镀铝包装材料是公司重点开发项目，硬件设备全部引进欧洲先进生产线，软件技术全部采用欧美生产工艺，镀铝工艺分别有直接法和转移镀铝法两种。我们公司拥有先进的产品检测设备，产品品质达到国际水准，生产的镀铝产品有啤酒标贴纸、卷烟内衬纸、食品包装纸、礼品包装纸、礼品卡纸等 5 大系列、100 多个品种。早在 2003 年，我们公司就被中国包装技术协会认定为"中国真空镀铝环保包装材料生产基地"，是国家《真空镀铝纸行业标准》的起草单位。

从 2008 年开始，我带领公司技术骨干又开始了新一轮的技术改造，果断投资 1.2 亿元，淘汰了运转近 20 年的旧设备，引进当今世界一流的 R7053B、R7063B、R7073B 等 3 台胶印机，使公司在印刷方面的能力大大增强。2016 年，我又投资 1.5 亿元，从德国进口 11 色全自动凹印机，同时淘汰了一批使用年久、高能耗的旧设备，引进全自动烫金模切机、喷码印刷机、全自动检品机、全清废模切机、双工位烫金机等 8 台，使公司的主要设备达到世界一流水平，提高了企业的竞争力。

为适应市场与新产品开发的需要，近年来，公司先后引进了德国罗兰公司先进的全自动全电脑胶印生产线数条、瑞士博斯特公司全自动全电脑烫金模切线 5 条，其中罗兰 7 + 2 胶印联线冷烫生产线为国内首条生产线，使我们在印刷工艺上领先于其他企业。同时，公司还从瑞士引进高速糊盒生产线、英国产局部镀铝生产线和二维码喷码机，为公司开发新产品提供了更强的市场竞争力。

公司依靠科技进步，不断研发新产品，使企业规模不断扩大，经济效益不断提高。公司先后被评为中国包装行业龙头企业、浙江省科技先导型企业、国家级高新技术企业，环保型全息防伪真空镀铝纸被评为浙江省名牌产品。2003年，"爱迪尔"商标被评为浙江省著名商标，"爱迪尔"商号被认定为浙江省首批知名商号；2006年，公司技术中心被认定为浙江省级技术中心，一次性通过 ISO9001：2000 国际质量管理体系认证、ISO14001：2004 环境管理体系认证、OHSAS18001 职业健康安全管理体系认证，并持续至今；2009年，"爱迪尔"商标被国家工商总局认定为中国驰名商标。

企业建立40多年来，我带领团队的一班人，先后进行了十多次大的技术改造，使企业旧貌换新颜，"鸟枪"换"大炮"。如今，爱迪尔公司以一流的厂房、一流的设备闻名于中国包装行业。

三　企业管理精益求精

采访者： 从创办企业之日起，您就十分注重内部管理，制定了严格而行之有效的劳动纪律、产品质量等一整套规章制度，而且每年根据企业的管理实际进行修订完善。请您举例谈谈企业内部的管理工作，这对企业的发展起到哪些方面的有利作用？

王鑫炎： 我常说，公司就像一支部队，没有严明的纪律，就打不了胜仗。这是我对企业管理最深刻的认识。

在质量管理上，我们建立了一套行之有效的制度，设立专职检验组，严格按质量标准验收。每个工种，每道工序，都有明确的质量要求，做到道道把关，后道工序督促前道工序。职工如果在生产过程中出了次品，则按原材料价格折价赔偿，如有一次在生产组合式音带"钢琴艺术之路"塑料盒时，因胶水涂得太多，影响了质量，使500多只塑料盒报废，结果按制度规定，由职工赔偿，一名职工最多赔了86元。

有一年，印刷车间出了一起质量事故。我主动承担领导责任，向财务科交纳了800元罚金。有人不理解，说："王总，这事故又不是你造成的，你何苦要惩罚自己呢？"我回答："我是总经理，对公司应该负全责，出了事故我当然有责任，应该受罚。"

1996年，一位与我共同创业的副总经理分管的公司，三年没有开发新产品，效益逐年下降，我忍痛对他进行了免职处理。职工魏伯祥开展技术革新成效显著，我一次就奖励他3 000元。我们公司的胶印机出了故障，请上海老师傅来修，没有修好，而我们公司机修工盛志范却修好了，我不仅表扬了他，而且还发给他 1 500 元奖金。

从企业创办之日起，我们就十分注重内部管理，制定了严格的劳动纪律、考勤考核、质量管理等一整套规章制度，而且每年根据企业管理实际进行修订完善，使制度行之有效。在爱迪尔公司，所有员工统一着装，上下班准时整齐，这一制度从 1984 年开始实行，一直坚持到现在，我以身作则，上班第一件事就是换上工作服，佩戴上岗证。

20 世纪 90 年代初，我把股份制这一最能调动职工积极性和保证企业稳步发展的管理模式引进了爱迪尔公司。爱迪尔公司能有今天，是全体员工共同付出的结果。

在公司几万平方米的厂区内，你难以找到一张纸屑、一块果皮、一个烟蒂，数百辆汽车、摩托车、电瓶车整齐停在各停车棚内，绿化、美化、净化把整个厂区装点得像公园一样，从中可见公司的管理水平。

在公司各大车间内，各种先进的设备摆放整齐整洁。中央空调恒温生产，通道畅通，堆放高度一致，标识清楚，各种批次管理记录规范，充分体现了企业精细化管理的成果。

公司还实行星期六行政管理人员到车间参加劳动的制度，在劳动中，干部既了解了车间的生产情况，又密切了与职工的关系，这个制度一直坚持了6 年。现在虽然没有周六参加义务劳动的硬性规定，但到了外单生产旺季，有些产品发货时间紧，手工工作量大，在这种情况下，我带领行政管理人员坚持半天工作，半天到车间劳动，与职工同甘共苦，直至生产任务完成。

我不仅严格要求别人，而且自己作风过硬，处处勤政廉洁，当好干部和职工的表率。我常说：该用的地方百万元、千万元也要用，该省的地方一元一分都要省，这是我做人的原则、办事的准则，从不马虎。我是这样说的，确实也是这样做的。我不会喝酒，不会打牌，也不喜欢进娱乐场所，但我的烟瘾很大，一天至少要抽两三包烟，不过，我从未向企业报销过一条香烟费用。来客招待，一般都安排在食堂，基本上不去酒店、饭店。有人说我"小气"，对领导不尊重，但我认为这样做没有错，一个企业老总，把自己的企业办好了，员工富裕了，这是对领导最好的回报，最大的尊重。在我的影响下，我们公司十分注重廉政建设，与供应商、收购商全部签订有廉政合同，在企业内部，公司与有关部门和人员也签订廉政协议，做到上下联动，左右合拍，公正、公平地做事。

我们公司经过几十年的严格管理，管出了一流的厂容厂貌，管出了整齐整洁的生产车间，管出了一流的职工素质，也管出了一流的经济效益，从而不断增强了公司的核心竞争力。

四　职工是企业最宝贵的财富

采访者： 您认为职工是企业最宝贵的财富，原因是什么？

王鑫炎： 我认为职工是企业最宝贵的财富，善待职工就是善待自己，因此，我立志富民，处处维护职工利益。

1981 年以前，我们企业实行的是基本工资加奖金的分配形式，奖金又是全厂职工"一刀切"，没有拉开不同工种之间的工资档次，而且也没有与劳动强度、产品质量好坏挂钩，这影响了职工的劳动积极性。为了改变这种状况，1983 年，我用奖金的形式给职工发了 96 台电视机，既增强了职工的荣誉感，又把企业的好坏同职工的利益直接挂钩，还得到了职工家属的支持，发挥了职工的生产积极性，也提高了企业的经济效益。1984 年，我们厂又实行了全浮动工资制，拉大职工的工资档次，职工每年的工资收入（不包括奖金），最多的 1 000 多元，最低的只有 700 多元。1983 年人均创产值 11 180 元，人均创利 3 123 元。1984 年又提高了一步，人均创产值 13 367 元，人均创利 4 437 元。我们还力求使企业经济效益与职工收入同步提高，1984 年，职工的年平均收入达到 1 300 多元，最高 1 600 多元。同时，我们还对技术革新卓有成效的 8 名技术人员奖励现金 200 元。

我们公司还十分重视员工的权益保障，认真贯彻落实《中华人民共和国劳动法》（以下简称《劳动法》），建立劳动合同管理制度，与每一位员工签订劳动合同。在招工时，通过笔试、面试、体检等程序，严把年龄关、文化关和身体关。从用工源头上杜绝童工、未成年工和不符合招工条件的人进厂，依法做好劳动合同的签订、变更、归档、解除、终止工作。我们做到"四个无"，即无一不签订劳动合同；无一童工和未成年工；无一扣压工资或有关证件；无一拖欠员工工资。所签订的劳动合同都经过劳动行政部门的审核，保障了企业和员工双方的权益，为建立和谐的劳动关系建立了法制基础。

为充分调动员工参与民主管理的积极性，爱迪尔公司健全工会组织，创新劳动保护监督机制。每年工会根据《劳动法》《中华人民共和国工会法》

《集体合同规定》《浙江省集体合同条例》等有关法律、法规，与企业行政签订集体合同和《企业工资集体协议书》，明确双方的权利和责任。我们还建立了劳动保护监督检查委员会、劳动争议调解委员会和劳动法律监督检查委员会，三块牌子一套班子，负责解决劳动关系各类纠纷。我们规定员工的工资水平在经济增长的情况下，每年提高10%～15%；节假日加班或平时延长工作时间加班，都必须按《劳动法》规定的标准发放加班工资；因企业原因停工待料，按当地最低工资标准发工资；员工产假、病假、婚丧假，经过批准后，发基本工资。这些劳动保护措施和机制，极大地增强了企业的凝聚力和向心力，稳定了员工队伍。我们还组织建立了由工会代表、职工代表和行政代表组成的劳资关系协商机构，开展平等协商工作。每次工资改革或调整，都要几上几下反复征求员工意见，取得基本一致后才予以实施，试行3～6个月之后，再一次听取员工意见，做出必要的修正，然后才以规定或制度形式定局。

在福利待遇方面，我们按月按时足额发放职工工资，并建立正常的职工工资增长机制。从2000年开始，我们率先实现职工养老、医疗、工伤、生育、失业5大保险全覆盖，参保率年年达到100%。对职工实行5个免费，即免费用餐、免费发放劳保用品、免费进行一年一次的体检、外来员工免费住宿、夜班职工免费发放点心。我们按国家有关规定发放夏季高温费；员工患病住院、婚丧喜庆，公司优先安排用车，登门看望、赠送慰问品或礼品；免费为外地员工解决住宿问题，宿舍内空调、电视、网线全部配备到位。爱迪尔集团良好的福利待遇，激发了员工爱岗敬业的奉献精神，促进了企业的健康发展。生产车间全部安装中央空调，办公场地及食堂等全部安装了分体空调，厂区美化、绿化、净化，为职工提供了一个舒适的生产工作环境。

在企业转制时，凡是2005年5月31日前在册、在职职工，都享受工龄补贴和股权量化，最少的2万多元，最多的达到20多万元，这在民营企业中是极少见的。公司还被评为浙江省创建和谐劳动关系先进企业、杭州市企业社会责任建设最佳企业，我个人被评为杭州市优秀社会主义建设者，这是对我们关爱员工最好的表彰。

我们爱迪尔公司的发展过程就是一个构建和谐的过程，把员工最关心、体现最直接的劳动关系和谐作为重点来抓，按照"以人为本，诚信双赢"这一核心理念，满足员工多元需求，做好工作，营造氛围，提高企业的亲和力和凝聚力，增强员工的归属感，有以下几个方面。

第一，满足员工对知识技能的需求。为提高员工素质，我们实施素质提升工程。首先，进行学历提升教育，我们与浙江大学联合举办经营管理大专班，同时选送高层管理人员参加 MBA（master of business administration，工商管理硕士）研究生班学习。其次，我们开展全员技能培训，聘请大专院校的教授和一些原材料供应单位的高级工程师，开办业务讲座，进行实践交流，有针对性地进行培训；对一些特殊工种员工，公司还出资送他们出去培训，从而全方位提高员工的技能素质。我们还创设学习载体，通过技术探讨会、事故现场会、质量分析会和宣传橱窗、图书室、电化教育等形式，多场合、多层次地满足员工对学习知识和掌握技能的需求。2008 年，我们推出"师傅带徒弟"这一活动，各车间、机台的 26 名师傅与 28 名学徒签订了为期 3~6 个月的协议，明确了双方的职责、要求和奖惩，"师徒制"在公司开始实施。"师徒制"的做法是：由工会牵头，各车间、部门推荐一批思想好、技术精、公认度高的职工担任师傅，然后经过自报公议，落实一批年纪轻、学历高、上进心强的职工作为学徒。师徒名单落实张榜公布后，双方签订协议书。协议明确规定师傅有 5 项职责，即制订对徒弟的培训计划；传授本岗位操作技能，保证限期达标；从严教、从严管，传带优良作风；指导徒弟培养安全、文明的生产习惯；做好对徒弟的考核鉴定，提出奖惩、升迁的建议。作为徒弟也有 4 项职责，即勤奋工作，尊敬师傅，刻苦钻研技术，确保限期达标。公司还规定，师傅所带徒弟按规定达到考核要求的，师傅享受每月 100 元到 200 元的带徒津贴，徒弟发生违章、违规及责任事故，师傅应承担责任并接受处分。

第二，满足员工对提高生活质量的需求。浙江萧山的农民，生活质量已经普遍提高，家住别墅，庭院美化，出门有车，生活无忧，绝大多数过上了小康生活，他们对工作环境也有了新的追求。根据这一变化了的新情况，我们顺应新潮流，对厂区进行了美化、绿化、净化，十多万平方米的厂区内见不到纸屑，见不到烟蒂，车辆停放整齐；各车间中央空调适时开放；厂区开水及时供应；企业食堂提供二荤一素加汤的免费用餐。员工宿舍都配置了电视机、空调，开通了宽带。这一切使员工在优越的环境中工作，使他们舒适地生活在爱迪尔公司，创业在爱迪尔公司。

第三，满足员工对文体娱乐的需求。公司建有一个多功能会议厅，可以经常性地开展各种文体娱乐活动，工会还经常组织员工唱歌、唱戏、演讲等，还开展乒乓球、拔河、自行车慢骑、飞镖等体育活动，使员工业余生活丰富多彩。

我们经过多年努力，和谐的劳动关系已经形成，经营者关爱员工，员工体谅经营者，取得了良好的社会效益和经济效益。

首先，激发了员工当家做主的主人翁意识。我们公司高层领导从尊重员工创造力、关心员工身心健康出发，始终把员工的需要和利益作为第一追求，把员工的满意作为企业发展的第一标准。通过职工代表大会、总经理信箱、厂情恳谈会、厂务公开等有效沟通渠道，让员工感受"以人为本"的管理理念，感受员工当家做主的意识。无论是制定企业发展战略，还是发展项目、新上建设工程等，企业都要广泛听取意见，集中各方智慧，然后实施正确决策；凡遇有涉及员工切身利益的重大事情，都要召开员工座谈会，倾听员工意见，然后提交工会组织审议通过，处处体现企业对员工的关心、尊重和激励。由于我们让员工知情、参与、监督，员工都有了强烈的主人翁意识。现在，公司号召一呼百应，各项工作都开展得十分顺利。

其次，形成了和谐的人际关系，增强了企业的凝聚力。我们在企业内部以和谐的劳动关系为基础，引导员工以诚相待，互帮互助，融洽同事之间、上下级之间的关系；营造诚实守信、相互关爱的和谐人际关系；营造员工平等发展，充分发挥聪明才智的良好氛围，引导、鼓励和支持员工创造性的工作，取得了良好效果。

最后，铸就企业核心竞争力，取得了显著的经济效益。我们通过构建和谐的劳动关系，上下齐心合力，抓产业结构调整，不断开发新产品，实现了持续发展。特别在印刷包装行业竞争加剧的情况下，始终能够站稳脚跟，迎难而上，经济效益有了明显提高。

公司一直坚持"以人为本"理念，关爱职工，维护职工权益，先后被评为杭州市和浙江省创建和谐劳动关系先进企业、杭州市企业社会责任建设最佳企业，工会组织被全国总工会授予"模范职工之家"的称号。

五　企业文化

采访者：请您谈谈爱迪尔公司的企业文化。

王鑫炎：企业文化是企业发展之魂，传承着企业的价值取向和行为标准，凝聚着企业的共同信念和整体合力，激励着员工的事业追求和工作激情，推动着企业的日益兴盛和持续发展。

爱迪尔公司在40多年的创业之路中，形成了以"严格苛求、学习创新、争创一流"为目标，以"成就客户、至诚守信、专于创新、精于品质、团队协同"为核心价值观的爱迪尔文化。爱迪尔文化是爱迪尔人共同创造的精神财富，是推动爱迪尔迈向百年企业的力量之源。

第一，成就客户就是成就爱迪尔公司。为客户服务是爱迪尔存在的唯一理由，客户需求是爱迪尔公司发展的原动力。我们坚持以客户为中心，快速响应客户需求，持续为客户创造长期价值。为客户提供有效服务，是我们工作的方向和价值评价的标尺。

第二，至诚守信，唯有诚信才能历久弥坚。我们爱迪尔人内心坦荡，言出必行，信守承诺，历来以诚信对待每一个客户，以诚信对待产品及自身，重品质，重承诺。因为诚信，我们赢得了市场，赢得了客户；因为诚信，我们开创了爱迪尔公司 40 多年的风云之路。诚信是我们最重要的无形资产，爱迪尔公司坚持以诚信赢天下。

第三，专注创新，为了更好地满足客户需求，我们爱迪尔公司积极进取、勇于开拓，坚持开放与创新。任何先进的技术、产品、解决方案和业务管理，只有转化为商业成功才能产生价值。我们坚持客户需求导向，并围绕客户需求持续创新。

第四，精于品质，品质是自我不懈的反省与改进。我们在追求品质中进行改革，通过改革追求更高品质。从原材料采购到生产监控再到产品检验全流程，我们均有严格完善的检验标准，全程标准化作业。爱迪尔公司坚持国际化的质量管理体系与严苛的质量监控机制，一切只为实现近乎完美的优质产品。和谐的色彩，清晰的图案，精致的包装，是爱迪尔人永恒的追求。

第五，团队协同，团队合作就是竞争力。胜则举杯相庆，败则拼死相救。团队合作不仅是跨文化的群体协作精神，也是打破部门墙、提升流程效率的有力保障。我们爱迪尔公司致力于打造一支成员间彼此信任、互帮互助、同舟共济、成就共享、责任共担的强大团队。

六　公益事业

采访者： 您在事业成功的同时，办好企业，反哺社会，请您谈谈您为社会做公益事业的实例。

王鑫炎： 我常说，爱迪尔公司的发展是改革开放带来的结果，是所有父老乡亲关心和支持的结果，我只图留下一番事业，创下一片成就，为老百姓

爱迪尔展示厅

实实在在地办一些事情，让大家过好小日子。因此，我以"上对得起国家，下对得起职工，中间对得起社会"作为办企业的理念。多年来，我们对上缴国家的税金和费用，全部按实申报，按时缴纳，从不拖欠，切实履行纳税人的光荣义务，创业40多年来，公司多次被评为萧山市（区）纳税大户和浙江省国地税系统"AAA"级纳税单位。

我时刻铭记自己是一名农村的基层干部，在我的生活中，我会自然而然地想着群众。1989年的冬天，天气特别冷，连续几天下着鹅毛大雪。那时我出差在外，但心里一直惦记着梅林村的父老乡亲，一回厂就安排办公室人员为梅林村130个60岁以上的老人每人买了一件军大衣，让他们白天当衣服，晚上当棉被。当我们把一件件军大衣送到老人手上时，许多老人非常感动。从此以后，每年中秋，我都要给老人们送月饼，春节时给他们送年货，从不间断。

1996年4月，公司职工张阿娜的丈夫在施工中不幸触电，皮肤被大面积烧伤，病情十分严重，经医院奋力抢救，总算捡回了一条性命，但已经花去了3万多元医药费。我得知张阿姨家境贫困的情况后，立即写了一封倡议书，呼吁全公司干部、职工向她伸出温暖之手，并带头捐款。

早在1998年前，公司先后接纳了300名劳动力进厂做工，使全村农民的年人均收入猛增到 8 000 多元。之后，公司又投资 400 多万元，为乡亲们建造了一条长达 6 000 米的永久性渠道，一年四季自流灌溉。我们还为梅林村铺设了 5 000 多米长的自来水总管，改变了梅林村"春天喝浑水，夏天喝虫水"的落后局面。我们投资 40 多万元，浇筑了水泥马路；投资 40 多万元，为梅林小学建造了一幢建筑面积 2 000 多平方米的教学大楼。同时，我们还包揽了全村的独生子女费、65 岁以上老人的生活补助费和年满 30 年以上党龄的党员的养老补贴费。

随着企业的不断发展壮大，经济效益逐年增长，企业对社会的贡献也越来越大。早在 2000 年至 2002 年的三年中，我们爱迪尔资助企业所在的梅林村 3 000 多万元，帮助村里新造农民别墅区、村委办公楼、商贸中心、梅林大道和农民休闲公园，使昔日贫穷落后的"烂梅林"，一跃成为浙江省社会主义建设新农村的示范村。在 2006 年的企业转制中，公司实行股权量化，一次性给梅林村量化资金 4 164 万元，加上利息和一些土地补偿金 1 084 万元，合计达到 5 248 万元，与办厂初期投入的 4 000 元相比，资产增值 13 000 倍。2008 年和 2014 年，原党山镇和现在的瓜沥镇建立慈善分会，我率先留本冠名 1 000 万元和 500 万元。镇里要建中心小学，我们公司又捐了 100 万元，每年的春风行动和结对扶贫，我都会率先行动，近 10 年来，累计捐款（物）400 万元以上。

七　我的感悟

采访者：您 19 岁落户萧山农村，其实您有很多机会可以离开萧山，但您都没有离开，是什么力量吸引着您坚持在萧山创业、发展，将这宝贵的年华，默默奉献给第二故乡？

王鑫炎：1978 年，社会上涌动着上山下乡知识青年大返城的潮流，这一年我的母亲从上海飞鹰刀片厂退休，我顶职回城是顺理成章的事，而此时的我还在破旧的厂房里收拾塑料破烂，我们工厂才刚刚起步，我怎么忍心离开呢？

1979 年，我的父亲从上海第三人民医院退休了，又一次可以顶职回城的机会摆在我面前。我的父母来信劝说，要我速去办理手续，可是我还是不为所动，再一次留了下来。

1988 年，我定居海外的姑妈在深圳开了家独资塑胶公司，她以高达 500

万元的年薪，几次来信要我过去帮她经营，我再一次婉言谢绝了。

我执着于事业，深爱着自己一手创办的企业，可以说是铁了心。1992年，台湾好朋友彩印有限公司老板江友德想和我联营。他是一个从商几十年、极为精明的台商。而我一面进行一系列的成本、产量、盈利等可行性分析，同时多渠道打听设备和原材料的价格事宜，对台商江友德的报价数次进行极有说服力的否定。开业4个月后，我又发现台商江友德提供的原材料比我咨询的价格高出一半左右，于是，我立即予以制止。江友德觉得无利可图，便撤回投资，但我却给这位台商留下了深刻的印象。1995年底，江友德在杭州投资2 000万元办了一家合资企业，由于合资双方矛盾丛生，又缺乏得力的管理人员，在公司跌入低谷时，江友德自然想到了我。他5次请我出山，代价是一次性付500万元港币，再加每月3 000元港币及10%的股份，条件无比的优厚，但我却坚决地谢绝了。江友德不甘心，专程赴上海登门拜访了我父母，没有奏效，后来他又拐弯抹角地找到我的妻子，可仍是徒然。我重金之下不为所动，理由铁板一块：如果我另谋高就，一是有悖党性、有损人格；二是梅林村的父老乡亲需要我，我也离不开浸透着自己心血和汗水的爱迪尔公司。

是什么力量吸引着我在萧山创业、发展，如此迷恋脚下的这方土地？因为这个企业是我一手创办起来的，对这里的一人一事、一草一木，我都有特殊的感情。企业还要发展，我要对得起第二故乡的父老乡亲。

采访者：最后请您结合自己成功创业的经历谈谈对于中国改革开放40年的一些体会。

王鑫炎：我要感谢改革开放这个充满理想与激情燃烧的时代。时至今日，中国改革开放已经跨越40年，这40年，我从一位普通知青成了现代企业家，带领一众农民兄弟从崎岖走向宽阔，由弱小走向强大，由稚嫩走向成熟，在改革开放时代中走出了一条属于自己的开放之路。

过去三四十年间，中国经济以史无前例的规模、速度创造了中国历史上伟大的复兴，也创造了人类历史上的发展奇迹。爱迪尔有幸见证并参与了这一切，在这场伟大的国家复兴运动中，我们从无到有，从小到大，从1976年的4 000元启动资金开始，艰苦创业，一路拼搏，奇迹般地跃升为世界包装500强企业，这是对"中国梦"的最佳诠释。

在追逐梦想的40年里，爱迪尔公司坚守责任与信念，付出了青春与汗水，力求成为全球化浪潮中与时俱进的中国企业。我们的抱负，是在不断创造经济效应的同时，注重环保与公益事业，成为同行业内的标杆企业，并携手同道，与其他卓越企业一起承担起走出国门、开拓全球的目标与使命。

胸怀梦想，更踏实前行。40多年的创业历程，爱迪尔人遍尝艰辛，蓦然回首，却又感动曾经走的每一个足迹，其实我们并没有创造奇迹，我们只是做好了自己能够做和应该做的每一件小事。没有不切实际的空想，谋求稳健而长远的发展，是爱迪尔人的特色。我们相信，坚持一条明晰的道路，专业而极致，追求卓越，就能不断缔造我们事业的传奇。

在向新的发展目标迈进的过程中，我们超越的不仅是事业，还有内心精神。如果说以往的爱迪尔精神演绎了企业的坚韧与拼搏，那么今天在一系列辉煌之后的爱迪尔公司的企业之道则演绎着我们的持续探索与进取。创业40多年后，爱迪尔公司正以这种充满探索力、创造力、行动力的精神在时代中跨越。

物竞天择，适者生存。在这个竞争激烈的商业环境中，唯有高效先进的经营理念与果敢进取、永怀梦想的团队，才能激流勇进，赋予企业持久的生命力。爱迪尔的成功，源于全体爱迪尔人永不妥协的内心。在此，对那些为了实现企业理想奋斗过和正在奋斗着的爱迪尔人深表由衷的感谢！

创业40多年后再出发，我们拥有一个方向——以执着和激情，跨越时代，实现全新梦想。面向未来，每一个爱迪尔人将把自己的成长梦、企业梦融入民族复兴的伟大梦想，以实干为基，以创新为翅，成就企业梦、个人梦，共同打造"中国梦"最美丽的风景！

我坚信：梦想可及，明日可期！

爱迪尔公司全景

我所经历的萧山围垦与撤市设区
——虞荣仁口述

采访者：郑重、李永刚　　　　　　整理者：郑重

采访时间：2018 年 9 月 10 日　　　采访地点：杭州市政协会议室

口述者

虞荣仁，1944 年 9 月出生，浙江萧山人；1966 年 3 月加入中国共产党；1984 年 3 月任萧山县人民政府县长；1985 年 9 月至 1987 年 6 月任中共萧山县委书记；1987 年 6 月调任杭州市委副书记，历任浙江省委组织部副部长、浙江省第八届人大常委会委员、浙江省纪委委员；第七届、第八届杭州市政协主席，第九届、第十届全国政协委员等职。

一　我所经历的萧山围垦

采访者：虞主席，您好！您是萧山改革开放历史的亲历者、见证人，很高兴您能够接受我们的采访。请您首先谈谈萧山围垦的相关历史。

虞荣仁：1987 年 5 月，我于萧山县委书记任上奉调至杭州工作。离开萧山虽然 30 多年了，我心中抹之不去，感怀最深的就是萧山围垦。萧山围垦在浙江围垦史上有着重要的地位，是浙江围垦史上最为精彩的华章。它的围垦规模之大，举省无双；转型之快，成效显著；影响之大，蜚声中外。虽然萧山围垦从时代上讲已经是过去式，但是作为我国改革开放的一部分，萧山围垦所体现出来的时代精神，就是勇立潮头的奋斗精神，是不忘初心、砥砺前行的浙江精神。

近代以来，萧山人口增长较快。中华人民共和国成立后，1952 年全国第

一次人口普查时，萧山人口是 601 350 人。由于人口基数较大，加之萧山地理位置优越，是杭州的南大门，不少调不进杭州的人，很多都落户在萧山。这使历史上形成的人多地少的矛盾更加突出。1964 年 7 月，全国第二次人口普查时，全县总人口达 823 352 人。1982 年第三次全国人口普查时，萧山全县总人口为 1 061 145 人，成为人口超过百万人的大县，也是浙江省的人口大县。由于萧山经济建设、基础设施建设需要，造学校、工厂，建公路等，每年也要用去一些土地。同时，由于萧山北濒钱塘江，一日两潮，堤塘被冲坍是家常便饭，如 1956 年初至秋季，河庄乡就遭到坍江；3 ~ 6 月，蜀山以东坍进千余米；8 月 1 ~ 2 日，十二号台风中心过境，风力 10 ~ 11 级，伴有海啸，南沙大堤受潮浪冲刷坍塌数十处；益农一带有 5 千米多的堤塘基本被推平。20 世纪 60 年代，萧山遭到的潮灾有增无减。1962 年初，头蓬盐场坍江，108 户受灾盐民只好迁址红山；1963 年 9 月，受十二号、十三号台风袭击，九号坝东、西两侧新筑大堤决口，附近棉田被淹。时任浙江省委书记的江华等领导到九号坝视察险情。一方面是人口剧增；另一方面是土地渐减，萧山人与地的矛盾更加突出。解放初土地改革时，萧山人均占有耕地是 1.36 亩，至 20 世纪 60 年代初，人均耕地下降至 0.8 亩。怎么办？萧山人民想到的是围垦。萧山人民发扬勇立潮头、抢潮头鱼的精神，在"农业学大寨"运动的推动下，在萧山县委的领导下，掀起了围垦的热潮。

萧山围垦从解放初，从我的老家浦沿和长河、西兴三镇沿江村民的"小打小闹"开始，到 1966 年下半年揭开大规模围垦的序幕，再到以后的机械化围垦，共进行了 33 期大规模围垦，其中万亩以上的围垦 17 期，共围得土地 54.61 万亩。在这个过程中，令人难以忘怀的有三期围垦，即 1968 年的 3.6 万亩、1970 年的军民联围 10 万亩和 1986 年的 5.2 万亩。

1968 年的 3.6 万亩围垦是萧山历次围垦中最具攻坚性的一仗。这块滩涂西、北、东三面临江，需三面筑堤，围垦难度特别大，多次遇险。在大堤未及时加固的情况下，钱塘江大涌潮提前来临。暴风卷巨浪，瞬间将大堤冲开了三个大缺口，堤内顿时一片汪洋。但困难吓不倒萧山的干部群众，大家一举修复了缺口。指挥部认真总结经验教训，抓住枯水期，重整旗鼓，再次鏖战，第三次振臂上阵，创下了钱塘江涌潮区一次围涂 3.6 万亩的历史壮举。该块滩涂的围成，犹如在该段南沙大堤外筑起一座巨大的"丁坝"，使其东面淤涨起大片滩涂，于是相继有了 1969 年的 2.7 万亩围垦、1970 年的军民联围 10 万亩围垦和 1986 年的 5.2 万亩围垦等。

1970年的军民联围10万亩围垦，是萧山围垦历史上面积最大的一次围涂，由中国人民解放军驻浙某部、原南京军区浙江生产建设兵团和萧山县三方联合围涂。它不仅围得土地9.7万亩，还是一曲军爱民、民拥军的胜利凯歌。

1986年的5.2万亩围垦在萧山围垦历史上创下了多个第一：是萧山农村实行家庭联产承包责任制后首次用"劳动积累"办法进行的围垦；第一期每日出民工达15.4万人，第二期达8.13万人，不仅树立了萧山围垦史上出工最多的标杆，也是杭州湾河口围涂中出工最多的，更非浙江省其他地区的高滩围涂所能比拟的。

采访者：请您谈谈萧山围垦的成果及其意义。

虞荣仁：要说萧山围垦的成果，我的认识至少有以下五点。

一是增加了土地资源，创造了巨大的财富。萧山历史上形成的一个重要县情是人多地少。解放初土地改革时人均占有可耕土地面积是1.36亩。随着人口的增加，各项事业的发展，到20世纪60年代初人均耕地面积下降到0.8亩，土地资源不足的问题日益突出。正是依靠持续的大规模围垦，在人口逐渐增多、经济社会快速发展的情况下，萧山能始终做到土地动态平衡，这正如外国友人所说的"人类造地史上的奇迹"。这为改革开放40年来加快发展提供了首要的物质基础。

二是为杭州从西湖时代走向钱塘江时代提供了空间，使杭州的跨江发展成为现实。萧山的发展空间更为广阔，江东工业区、临江工业区、钱江世纪城、益农中国（萧山）化纤科技城等都在萧山围垦地区兴建，这都是萧山围垦创造的基础。

三是增加了农民收入，改变了农村的面貌。在20世纪60年代以来的围垦中，萧山人坚持当年围涂、当年开垦、当年生产，经过数十年的艰苦奋斗，萧山围垦区已建成化纤纺织、汽车及零配件、精细化工等重要工业基地和粮食、畜牧、水产、蔬菜、花木、瓜果等重要农副产品生产基地。萧山人在享受围垦的成果中，一步步地富了起来。如今，南沙地区的老百姓人均年收入超过3 0000元，世代居住的破草舍变成了高楼、别墅，家电设施一应俱全，吃讲绿色营养、穿求漂亮、用要高档成为时尚，农民开着轿车去种田去上班。

四是萧山围垦密切了群众关系，培养和锻炼了一大批干部。萧山多次大规模的围垦工程，是在"文化大革命"十年的艰难政治环境中展开的。萧山的各级干部顺应广大群众改善生产、生活条件的迫切愿望，一面接受批斗审

今日萧山农村的欧式洋楼

查，一面带领群众搏浪斗潮，指挥工程，得到了群众的信任和支持。在各次围垦中，各级领导干部、机关工作人员都带着铺盖到工地，与群众面对面交流思想，细谈工程中需要解决的实际问题；镇乡干部与群众的联系更为紧密，围垦前要进行出发前的动员工作，常与群众面对面，一起进行出发前的各项准备；开展工程时与群众居住在同样的草棚里，吃同样的缸灶饭，喝同样的苦咸水，同样赤脚上工地。正是干部与群众心连心，同甘苦，共患难，才使得在难

围垦人夜里睡的草棚

以想象的艰苦条件下，各项围垦战役无往不胜，攻无不克。在历次重大围垦中，前后上工地的民工和后勤人员有几万到 23 万余人，沿河沿堤草棚连营十数里，做到了整个围垦期间无殴斗、无火灾、无偷盗、无重大伤亡事故发生，这是干部密切联系群众、与群众同甘共苦、走群众路线的必然结果，从而极大地提高了各级干部组织领导群众干大事、创新业的能力和水平。

五是钱塘江得到有效治理，保障了沿江人民生命财产的安全。萧山南沙一带历史上的重大自然灾害之一，是经常发生"坍江"。民国初至中华人民

共和国成立前的 30 余年里，萧山南沙大地以北坍失沙地 44 万亩，仅集镇就坍掉了三个，现在河庄、义蓬、新湾、南阳和益农一带的百姓，那时经常因为坍江而逃难。萧山围垦的前提是治江，完全按照科学治理钱塘江来围垦，因此土地围起来了，钱塘江道也稳定了走向，百姓也结束了坍江逃荒的苦难历史，使得沿江居民真正得以安居乐业。

萧山围垦意义深远。

第一，通过围垦，萧山人民拥有了诸多的获得感、幸福感。围垦解决了长期以来困扰萧山经济发展的土地问题，赢得了广阔的发展空间。萧山于 20 世纪 80～90 年代曾多次进入"十大财神县（市）"和全国"百强县（市）"行列，围垦功不可没。萧山在全国率先实现小康，就如我前面讲到的，如今南沙地区的老百姓人均收入超过了 3 万元。

第二，驯服了肆虐的江潮，治理了钱塘江河道，使海宁丁桥以上 60 千米河段主槽基本稳定，减少了洪潮灾害；钱塘江大桥至萧山围垦四工段之间河床普遍刷深一米左右，提高了通航能力。钱塘江坍江，危及人民生命和财产的历史一去不复返了。

第三，为杭州从西湖时代走向钱塘江时代，以及拥江发展提供了空间，保证了跨江发展成为现实。没有萧山围垦，就没有大江东产业集聚区等，也就没有今天的杭州对杭州湾的规划和部署。

第四，萧山围垦引起了中央高层领导的关注和重视，也吸引着国外的学者甚至外国的国家领导人。萧山围垦面积之大，转型之快，强烈地震撼了省市和国家相关部、委领导，受到他们的高度重视。许多省、市（杭州）主要领导亲临围垦工地视察，如 1971 年 7 月，水利电力部部长张文碧；1978 年 5 月 13 日，财政部部长张劲夫；11 月 5 日，商业部部长姚依林等。他们先后抵临萧山围垦现场视察。1978 年 12 月 8 日至 17 日，中国科学院林业土壤研究所在萧山举行"全国海涂资源考察和综合利用学术交流会"，旨在把萧山的经验推向全国。20 世纪 70 年代，全国农业学大寨展览在北京开幕，浙江省革命委员会选送的就是萧山围涂造田资料和南堡大队抗洪救灾的事迹。1986 年 5.2 万亩围垦期间，时任浙江省人大常委会主任李丰平，时任省委常委、市委书记厉德馨，副省长许行贯等均来视察工地，为萧山人民的围涂助推、加油。

萧山围垦也引起中央高层领导的关注和重视，党和国家领导人频频亲临视察。1975 年 4 月 12 日，国务院副总理陈永贵视察围垦六工段；国务院副总理姚依林，全国人大常务委员会委员长彭真，中共中央政治局常委、全国人大常委会委员长乔石，中共中央政治局常委、书记处书记胡锦涛，国务院副总理吴学谦，全国政协副主席李贵鲜等都视察过萧山围垦。1996 年 11 月，时任中共中央政治局委员、书记处书记、国务院副总理姜春云视察红山农场。当《萧山围垦志》"杀青"后，他欣然提笔为此志题签。

国外学者、国家元首、政府首脑也不断到垦区样板的红山农场考察。1984～1995 年，前来参观、访问、考察的，共有 471 批、4 247 人。从地域上看，遍及世界五大洲，涉及 100 多个国家；从阶层分，上至国家总统，下至各行各业人员。其中国家领导人（总统、副总统、总理等）13 人，部长、副部长级访问团 47 批、787 人，各国驻华大使、领事及其夫人 186 人，各国新闻记者团 40 多批。其中，我们比较熟悉的，如柬埔寨国家元首西哈努克、新加坡内阁资政李光耀、斐济总理兰布卡等先后到访。他们夸誉"上帝造海，萧山人造陆"；联合国粮食及农业组织官员称萧山围垦是"人类造地史上的奇迹"。

这么多的党和国家领导人及如此多的国外元首、政府首脑、贵宾参观、视察萧山围垦，这是在浙江围垦史上，乃至中国围垦史上绝无仅有的。

二 继承发扬"六种精神"，加快新时代萧山建设

采访者：虞主席，请您谈谈萧山的围垦精神。

虞荣仁：萧山围垦是一项举世闻名的伟大事业，也培育了非常可贵、值得长期坚持发扬的围垦精神。

一是舍己忘我的献身精神。正是围垦培育了萧山人民舍小家顾大家的全局思想，培育了为公忘私的牺牲精神。我在萧山指挥的几场围垦中，看到和听到了许多感人事迹。有的群众自己办企业，为了围垦临时停工上工地；有的农民在外做生意，从数十千米、数百千米外赶回来上工地；有的自己承包地里的作物已可收割，但为围垦，宁可推迟收割。这样的事例数不胜数。只要上级一声令下，所有人员在指定的时间里全部上工地。5.2 万亩围垦第一期工程要求 1986 年 11 月 23 日开工，结果到那一天早晨，全县 4 个区、43 个乡镇、400 多个村的 15.4 万名民工和后勤人员，以及县区乡镇干部，都从几十千米外到达工地，准时开工。那个场面，使身临其境的人十分感动。这是多么淳朴大度、顾全大局的萧山农民；这是多么密切联系群众、能征善战的

萧山干部。1986年11月25日，时任浙江省委常委、杭州市委书记厉德馨到工地视察，并题词，"萧山人民是当代愚公"；11月28日，时任浙江省人大常委会主任李丰平在县人大常委会主任金其法的陪同下视察现场，称萧山人民"力气大，劲头足，干得好"。

二是敢于吃苦的拼搏精神。当时搞围垦是非常辛苦的，那种辛苦是现在的年轻人无法想象的。围垦的时间大多在冬季，往往是在气温很低、寒风刺骨、结冰冻土的时候开工。上工地的民工和干部，披星戴月，赤脚挑着一担担塘磕出去，每个人都筋疲力尽，摸黑带着工具回来。来回的路程多的有5千米多，劳动的时间长达十多个小时。大家吃的是咸水饭加番薯，下饭菜是萝卜干、霉干菜、霉腐乳，住的是草棚，睡的是铺上稻草和麻秆的地铺。钱塘江一带，晴天北风怒号，风沙弥漫，人的头上、身上满是沙土。雨雪天也不能停工，大家的衣服淋湿后在晚上烘一烘，第二天又穿着到工地。围垦的时候，大家的中餐都是在工地上吃，大部分生产小组的食堂是在距工地5千米以外的工棚里，由专职的烧饭人员将饭菜肩挑车推送到工地，有的炊事人员在茫茫滩涂上迷了路，饭菜不能按时送到，参加围垦劳动的干部、民工只能饿着肚子争分夺秒继续挖土挑泥。参加围垦工程的民工吃尽千辛万苦，各级干部更是带头吃苦拼搏，他们白天与群众一起劳动，现场解决问题，晚上抓紧汇集工程进展情况，研究对策措施，常常通宵无眠。那时，群众虽感辛苦，但无怨言。有次围垦，开工第一天挑的堤塘泥土，因地势较低，挖泥挑土难度大，负责这个地段的民工准备收工，我在工地上正好碰到他们，动员他们回去继续挑泥。我说，"大家不要怕，放下担子一起用双脚来踏，把水踏出"。踏出后，我说："看看慌兮兮，等会笑嘻嘻。"我是农民出身，参加工作后靠两条腿或一辆自行车，经常跑基层，比较熟悉基层干部和群众，知道他们的想法，就和民工一道挑泥。因此，当时有句话叫"县委书记挑烂泥"，说的就是这件事。

三是团结一致的协作精神。围垦工程是按区、乡镇、村分地段进行的，在热火朝天的工地上，乡镇与乡镇，村与村，组与组都能相互配合，基本没有发生大的矛盾。例如，义蓬地区的干部群众围垦筑堤比较内行，而城北地区的干部群众挖河道经验较足。于是县里进行协调组织，义蓬地区帮城北地区挑泥筑堤，城北地区帮义蓬地区开挖河道，各自的领导一声令下，下面的干部群众立即执行，协作精神很强。每一次围垦，因为要服从潮汛、气候的规律，所以时间十分紧迫，一般是一星期左右必须完成，因此团结协作是围垦成功的法宝，大家相互之间多挑一担泥，少挑一担泥都不计较，只要领导说一句，就自觉去完成了。当时有句话，叫"领导出嘴，石头化水"，体现出了"令出能行"的领导威信和大家顾全大局的协作精神。

还有就是各部门的协作，真正是"三军未动，后勤先行"，每一期围垦工程，水利、供销、广电、卫生、公安、银行、交通、消防和围垦指挥部等部门都提前上阵。5.2万亩的那期围垦工程，仅后勤部门和县、区、乡、村四级干部就有8 700多人参加。

四是善于探索的创新精神。萧山在历史上具有"勤奔竞、敢探索、崇创造"的民风，这种传统的创业创新精神也体现在围垦事业上。

为什么萧山的围垦能成功，在国内外如此出名？就是因为萧山人发扬了老祖宗的传统，在围垦中探索创新，如加高泥土堤塘后，外坡当即全面抛好塘碴，防止下一个汛期来时泥塘坍塌，然后马上组织专业人员进行加固。为了保证有足够的加固用的石块，大家事先在远距垦区几十千米外的瓜沥航坞山等地开设近百个采石场，采来的石块再由各乡镇的农用船、拖拉机，后期用汽车日夜运至围垦处，再由抛石工日夜肩抬、绳拉将每块数百千克甚至上吨的石块，运至堤塘外坡筑成石砌大堤。20世纪90年代后期，我们又在全线围垦堤塘建设50年至100年一遇标准江塘。

1987年1月8日，时任萧山县委书记虞荣仁在围垦工地（吕耀明　摄）

20世纪90年代，随着社会主义市场经济的推行，萧山农村二、三产业迅速发展，大批劳力向二、三产业转移，人员难以集中，且劳动力工价日益昂贵，原来那种用行政手段分任务、靠劳力密集搞围涂的办法已不适应市场经济的规律。为此，萧山人在总结以往水利工程建设和借鉴外地施工经验的基础上，大胆创新，改用机械化围涂。机械化围涂施工是采用泥浆泵（也叫水力吸泥机）进行挖河筑堤。工人先把挖河地段的泥土用喷嘴（也称苗子）用水力冲成泥浆，再用吸泥机和软管把泥浆送到筑堤地段，泥浆沉淀后排出水分，然后固结形成大堤，如此循环作业，层层加高，直到竣工，开河、筑堤一气呵成，在施工过程中，挖、装、运、卸、平整，形成一条龙作业。机械化围涂具有的优点，一是节省劳力；二是减少工程投资；三是质量提高；四是工程进度加快；五是矛盾减少。萧山人还利用泥浆泵组成水利施工队，走出萧山，参与周边绍兴、海宁等地的围垦。泥浆泵还给舟山、福建、青岛等地的沿海养殖提供了极大便利。

再有就是新围土地的开发垦种。萧山人从20世纪60年代开始，在实践中发明了"西水东调、引淡洗咸、开沟淋盐、挖塘抬地、水旱轮作、秸秆还田"等一系列的垦种开发办法，先后开挖疏理了4条横河、10条直河，在钱塘江西段建起7座大型排灌站，将钱塘江淡水输往围垦区，这叫西水东调，引淡洗咸；在垦区土地上开挖直沟、横沟，在低洼地上开挖精养鱼塘，这叫开沟淋盐，挖塘抬地；在已经整理的土地上实行水稻与棉麻、大豆等轮作，将收获后的庄稼秸秆埋入土中作为基肥，这叫水旱轮作，秸秆还田、改良土壤。这做到了当年围垦、第二年就能种植收获，大大调动了农民的围垦积极性。

还有，结合围垦工程的需要，萧山创造性地组建了专业工程队，涌现了一批能工巧匠，他们自建企业，加工围垦工程所需的物资，这为后来乡镇企业的大发展创造了条件。围垦伊始，第一代创业者就开始接触工业。1967年，由益农围垦海涂委员会创办的益农船厂，是垦区的第一家工业企业。随后，萧山围垦指挥部以"围绕工程办企业，办好企业促工程"的方针，陆续兴办了包括建材、机械、纺织等农、工、商企业20多家。与此同时，各农垦场、各乡村也相继依靠围垦区的农副业生产基地和厂办农业车间等，开办了啤酒、速冻、纺织、水泥、机械、粮油加工等200多家工业企业。据统计，1989年，萧山垦区工业总产值达到6.56亿元（1980年不变价），累计已达23.51亿元，创税利3亿元左右。萧山围垦工业经历了萌芽时期、快速发展时期，20 世纪 90 年代邓小平南方谈话以后，进入跨越式发展时期。进入 21 世纪后，萧山于 2003 年 3 月始建临江高新技术产业园区，2006 年经国家发展和改革委员会审核批准正式设立；2001 年筹建的大江东新城，2006 年被批准设立为省级开发区，由国家级萧山经济技术开发区统一管理；2009 年，萧山启动大江东产业聚集区临江新城建设，同时，根据杭州市委、市政府的战略部署，大江东 421 平方千米范围内实施"撤镇建街"工程，加快了大江东区域一体化发展。大江东工业园区由此而发展成大江东新城。2013 年 10 月，中国（萧山）化纤科技城挂牌运行。正如萧山民间所描述的，萧山围垦是"前日垦区、昨日园区，今日城区"，并完成了由传统工业向现代工业、城镇化的转型升级，成效十分显著。

五是遵循规律的科学精神。萧山人有艰苦奋斗的围垦精神，但更有尊崇自然规律的科学精神。每一期围垦前的设计规划放样，都按省市水利部门的治江围涂要求严格实施，并由高级水利工程师主管进行技术把关。在涉及一些大型工程施工，如在堤塘外建筑防潮丁坝时，还顾及钱塘江以北海宁等县市的利益，以防丁坝过长影响江道北移及对岸堤塘的安全。因此，工程人员在设计围垦外塘丁坝时，都按照每五千米一段构筑，至今这些丁坝作用明显，为稳江保堤发挥了很大的作用。

六是抢抓机遇、看准就干，对民生利益高度负责的精神。在钱塘江搞围垦，事关百万萧山人民的现实和长远利益，而滩涂的淤塞状况随时会发生变化。因此，对作为组织实施围垦工程的萧山各级领导班子来说，他们就需要抢抓时机，果断决策，看准就干。

拿 1986 年围垦 5.2 万亩的工程来说，当时遇到一些新的情况。首先，这块滩涂地处萧山围垦东部最前沿，潮大浪高，施工的难度和投资的力度都比以前的几期工程要大。其次，这时已是土地承包到户的四年后，各家各户都在专心致志地走各自的致富路，还有 1/3 左右的农民脱掉草鞋、换上皮鞋，务工经商去了。在这样的情况下，还能不能组织千军万马去搞大规模的围垦工程？面对种种新情况，当时的萧山各级领导班子经过深入调研，认真分析，认为增加土地资源、扩大发展空间，仍是人民群众的长远利益所在和共同愿望，工程虽有前所未遇的难度，但是也有许多有利条件，而且这片新滩当时已具备围垦条件，如不及时围住，今后能不能再围就很难说了。于是全县上下层层发动，统一思想，一场 20 多万人参加的大工程就启动了，这一片珍贵的土地也到手了。

萧山围垦是"奔竞不息，勇立潮头"萧山精神的结晶，延续了萧山各级干部紧紧依靠群众、密切联系群众、长期艰苦奋斗的优良作风。我对上述六种围垦精神的总结，在于我曾经是萧山的一个普通农民，在于我亲身在萧山参与过和指挥过围垦的实践体会。现阶段，我认为珍惜围垦成果，传承和发扬围垦的艰苦奋斗、舍己献身、联系群众、团结协作、探索创新、崇尚科学、敢抓善干、奉献创业精神，仍然很有意义。只要能够世代发扬围垦精神，萧山的发展会更快，萧山的希望会更大。

我认为，富裕起来的萧山人还应继承发扬围垦精神。

三　萧山撤市设区

采访者：接下来请您谈谈萧山撤市设区的情况，首先请您介绍一下背景。

虞荣仁：萧山撤市设区的时候，我时任杭州市政协主席。20 世纪 90 年代以前，杭州市区面积 430 平方千米，人口 100 万人左右。随着改革开放的深入发展，狭小的城区越来越不适应杭州经济总量的急遽扩张，杭州经济社会快速发展也与闻名中外的西湖风景名胜区的保护产生了矛盾。从 20 世纪 80 年代中期开始，杭州市历届市委、市政府都在思考一个问题：如何既保持杭州经济社会的快速发展，又切实保护好西湖这颗东方明珠？在这一背景下，全市各界都围绕着杭州的区划调整，进行了不断的呼吁与不懈的探索。

我记得在 20 世纪 80 年代初，杭州市委曾就沿钱塘江两岸的发展有过设想。20 世纪 90 年代，杭州市委进一步提出了沿江发展战略，经过省、市有关部门的不懈努力，经国务院批准，1993 年 4 月杭州市委将余杭的下沙区块设立为杭州经济技术开发区。1996 年 4 月，浙江省委、省政府决定将位于钱塘江南岸的浦沿、长河、西兴三镇划入市区，新设立了滨江区；同时，将余杭的三墩镇、九堡镇、下沙乡分别划入西湖区和江干区，杭州市区面积增加到 683 平方千米。这样，杭州市委、市政府提出的"沿江发展战略"进入实质性的起步阶段，拉开了杭州"建设大都市，由西湖时代走向钱塘江时代"的序幕。杭州市政协充分发挥智力密集、人才荟萃的优势，集中各界有识之士，围绕杭州区划调整，积极献计献策。市政协提出的许多重大意见、建议得到市委、市政府的采纳，为"构建大都市，建设新天堂"，做出了应有的贡献。

1995 年 4 月，杭州市政协六届四次会议期间，市政协委员、市规划设计院高级工程师、总工程师吴兆申和杭州铁路分局总工程师室高级工程师赵大立，共同撰写了《关于调整杭州行政区域》的提案。他们在提案中指出，杭州行政区域范围过小，已严重影响了杭州的发展，杭州调整行政区域势在必行。他们分析，杭州市与萧山、余杭在历史上和近代的政治、经济上都是一个整体。因此，两位委员郑重建议撤销萧山、余杭两个县级市，全建制并入杭州市，使杭州市区总面积扩大到 3 068 平方千米，形成"大市区、大郊区"的城市格局。

两位委员指出，上海跨江发展和宁波、温州、苏州等城市扩大市区范围后都迎来了社会经济大发展。杭州是浙江省的经济中心和中心城市，扩大杭州城市区域，组建大都市，从战略角度看是全省经济社会发展乃至长三角南翼发展的大问题。

两位委员继而指出，实行该方案有四个优点。一是城市区域面积 3 000 平方千米左右，人口 300 万人左右，这是大城市发展的最佳规模。二是从城市空间的发展方向看，沿沪杭甬铁路、高速公路和钱塘江发展，向上海、宁波、乍浦等大港口靠拢，有利于与国际接轨。三是由于地域广阔，可以尽可能地把握城市发展形态和用地布局，节约建设用地，优化产业结构，协调区域关系，避免恶性竞争。四是可以在较大地域范围内统筹解决铁路、公路、机场、港口、城市快速交通等重大基础设施合理布局问题。他们建议，行政区域调整后，继续保留萧山、余杭一定程度上的自主权。杭州作为全省政治、经济、文化中心，要发挥风景旅游城市和历史文化名城优势，重点发展以旅游服务、信息咨询、金融商贸为主的第三产业，发展高新技术等技术密集型产业。

政协提案是人民政协履行职能、参政议政的重要形式。据我所知，吴兆申和赵大立两位委员的提案，是杭州市政协历史上第一次正式向市委、市政府提出的将萧山、余杭划入杭州市区以扩大杭州发展空间的一件建议案。市委、市政府领导对此十分赞同，表示将积极向省政府反映，争取得到省政府有关部门的支持。

采访者：2000 年 9 月中旬，杭州市政协由您牵头组成了一个调研组，对钱塘江两区块的发展进行考察，请您谈谈这次考察的过程。

虞荣仁：2000 年 9 月中旬，杭州市政协由我牵头组成一个调研组，对钱塘江两岸区块的发展进行考察。当时，胡克昌、施锦祥、卜昭晖等几位第七届政协副主席，以及市政协机关的有关同志参加了这次调研活动。调研组考察了钱塘江两岸的部分地块，与市计委、经委、建委、滨江区政府、经济技术开发区、高新技术开发区，以及市规划局、交通局、环保局、土地管理局、市政公用局等部门负责人进行座谈研讨。考察结束，调研组提出《杭州市政协关于加快沿江两岸发展的几点建议》（以下简称《建议》），送市委决策参考。

《建议》认为，市委、市政府提出沿江发展的战略十分正确，当务之急是要加大力度，狠抓落实。一是实施沿江发展，有利于西湖风景区和历史文化名城的保护，有利于形成沿江、沿河发展的特色布局，提升城市品位，推动产业升级，改善城市环境和发挥中心城市功能，促进城市化发展。各级领导要进一步统一认识，坚定不移地实施沿江发展战略。二是杭州在城市空间发展方向上，要体现"城市东扩、旅游西进"的原则，严格限制向西发展，保护西溪湿地，为"旅游西进"留足空间。城北地区是老工业基地，应该适当控制，有序发展，避免工业企业三次搬迁。城市唯有向东沿江发展，才是杭州新一轮发展的最佳方案和必然选择。三是要高标准、高起点地编制沿江发展规划。规划必须突破现有行政区划限制、改变区块功能混杂状况，体现城市可持续发展原则；要实施规划法定原则，以确保规划严肃性，对一时无条件开发的地块，应先进行保护，不盲目开发；分区规划基本完成后，抓紧编制控制性详规；要在沿江规划一条景观长廊，使钱塘江两岸成为杭州新的旅游热点；可设置一条保护带，规定在沿江一定范围内，禁止兴建任何与景观无关的建筑。四是尽快对行政区划进行调整。1996 年，行政区划调整后，杭州城市发展空间狭小的问题有所缓解。但根据专家的意见，杭州作为省会中心城市，合理的人口规模应在 400 万人左右，现有区域的空间难以容纳。至"十五"规划期末，高新技术产业开发区技工贸收入将达到 850 亿 ~ 1 000亿元，而江南新区土地大约只能满足其开发两年，发展空间明显不足。再次进行行政区划调整，必须有利于杭州新一轮经济社会的发展、资源的共享共建、城市生态环境的保护和可持续发展，以及推进沿江发展战略的实施。五是加快基础设施建设，改变基础设施建设滞后而严重制约沿江发展的状况，解决好高新区和滨江区的结合问题，加快滨江新城建设步伐。

时任杭州市委书记王国平对《建议》予以充分肯定，并于 2000 年 9 月18 日做出批示："市政协围绕拓展我市发展空间，对实施'城市东扩、旅游西进'战略进行了深入调查，提出了很好的建议。市委、市政府将坚持高起点规划、高水平建设、高效能管理、高强度投入的指导，尽快启动。涉及沿江发展的若干重大问题，市委、市政府近期将进行专题研究。"

采访者：2000年11月3日，时任杭州市委常委、副市长马时雍代表中共杭州市委向市政协主席会议通报了杭州市行政区划调整方案，并协商征求意见。同时与会者就杭州市行政区划调整方案的选择提出了一些建议，请您谈谈当时的情况。

虞荣仁：2000年11月3日，市委常委、副市长马时雍代表中共杭州市委向市政协主席会议通报了杭州市行政区划调整方案，并协商征求意见。我和副主席沈者寿、陈士良、胡克昌、施锦祥、徐兆骥、董爕清、管竹苗等出席会议。会议对市委、市政府扩大市区行政区划的决策表示赞同。同时，与会者就杭州市行政区划调整方案的选择问题提出了一些建议。当时，市委提出三个方案供大家讨论。第一个方案是调整余杭并作为首选方案；第二个方案是调整余杭和萧山部分乡镇；第三个方案是一步到位调整余杭和萧山。我记得，在讨论中大家提出的一条重要建议是萧山市和余杭市应当而且可以同步划入杭州市区。大家对三个方案进行了充分比较，认为市委、市政府提出的"先余杭后萧山"的方案虽然比较稳妥，但仅将余杭划入，发展腹地有限。如果实施"先将余杭和萧山沿江部分乡镇划入市区"的方案，将影响萧山经济社会发展，同时也可能会产生许多难以解决的矛盾，引起各方不满，该方案难以实施。

我详细说一下我们提出要把萧山作为一个整体进行调整，撤市设区的几个理由。第一，这一方案符合20世纪80年代至90年代杭州市委、市政府已经提出的"跨江沿江发展"的思路。如果只是调整一个余杭，就没有达到"跨江沿江"的目的。沿江这块土地，是最好的一块"鸡胸肉"，最具发展潜力。第二，余杭划进来的区域大部分是山区，是"骨头"，没有什么"肉"。比较"肥"的下沙这一沿江区块，已经变成经济技术开发区了，并进来的其余部分实际上都是"骨头"。在当时的历史条件下看，这样做缺乏发展经济的空间和潜力。第三，杭州既然下定决心要调整行政区划，并向国务院民政部报批，就应该两个县（市）同时动，不能今天上报一个，要求批准余杭撤市设区，过两天再上报一个，要求把萧山划入杭州，上面也不会轻易同意。第四，对萧山来说，要动就整体动。整体并入杭州，萧山原有的利益格局能得到最大限度地保留，这一结果比较容易被当地的干部和群众接受。第五，这次调整涉及萧山，而我在萧山工作时间长，各方面情况都比较熟悉。如果调整工作中出现什么问题，我去解决也比较方便。萧山当时是全国百强县，经济发展走在全国前列，经常被当作模范去各地介绍经验。在每年的全省农村工作会议上，萧山的发言也都是很精彩的。因此，当时省里的领导也有顾虑，不敢轻易调整萧山。基于上述理由，我们提出了"萧山同步动"的建议。

大家一致认为，萧山、余杭同步划入杭州市的方案是合理的。11月20日，市政协办公厅将主席会议的意见、建议书面报送中共杭州市委。我也向市委书记王国平和市长仇保兴单独汇报了主席会议的讨论情况，并建议市委再广泛听取各方意见，尤其是萧山同志的意见。

采访者：2000年11月，您到萧山找一些老同志进行了专题座谈，他们的意见是什么？

虞荣仁：2000年11月，我到萧山走访了8位老同志，并进行专题座谈，听取他们的想法和意见。我做萧山老同志的思想工作，整个过程说起来也不复杂，就是设身处地地站在他们的立场上，把两个道理说清楚：按照原来杭州市委书记厉德馨的发展思路，萧山沿江的10千米都将作为科技城的区域，这里是萧山最好的一片土地，相当于"鸡胸肉"，涉及7个乡镇，浦沿、西兴、长河、宁围、新街、南阳、河庄（河庄为现在的大江东产业集聚区）。如果行政区划不调整，萧山不实行撤市设区，这7个乡镇将全部按照原来的规划，归杭州市统一规划利用。那么，到头来萧山失去了最好的区块，经济发展还会有什么前景？这个不利的后果，萧山的老同志应该看清楚。按照当时的情况，萧山撤市设区，相当于搞"整体撤迁"，把以山区为主、经济发展相对落后的萧山南部地区一起并入杭州市，可依托杭州的整体发展优势，带动整个萧山同步发展。从这方面看，萧山撤市设区并不"吃亏"。老同志们分析了各种方案后，也认为萧山、余杭应同步划入杭州市区，对萧山发展前景看好，应作为首选方案。我回来后，立即赶到正在黄龙饭店开会的王书记和仇市长那里进行了汇报，并建议市委考虑大家提出的"同步走"的方案。

杭州市委经过反复研究，采纳市政协将萧山和余杭同步划入杭州市区的建议。事后，王国平书记在市政协七届五次全体会议大会发言结束时讲话，当谈到"只有坚持协商在决策之前，才能实现决策的科学化、民主化，才能保证决策的正确性"时他说，"行政区划调整可以说是杭州市1999年最大的决策。市委原来有个想法，准备分'两步走'：先划余杭市，再划萧山市。后来市政协同志提出变'两步走'为'一步走'的建议。市委经过反复研究，听取各方面的意见，也和省领导反复沟通商量，最后定下来的行政区划调整还是一步到位。现在看来，'一步走'是比较平稳的，是可行的。正因为在这件事情上坚持协商在决策之前，原来的一些不很完善的想法能够得到完善，在决策之前，可以及时改正一些错误的想法，避免出现大的失误"。

采访者：2001 年 2 月 2 日，国务院国函〔2001〕13 号文件《国务院关于同意撤销浙江省萧山市余杭市设立杭州市萧山区余杭区的批复》同意撤销县级萧山市、余杭市，设立杭州市萧山区、余杭区。这之后，市政协围绕行政区划调整后的城市化进程和县域经济发展问题，在出谋划策、参政议政方面发挥了哪些作用？

虞荣仁：2001 年 2 月 2 日，国务院国函〔2001〕13 号文件下发，萧山、余杭正式撤市设区，标志着杭州市由西湖时代迈向钱塘江时代，开启了大都市建设的新篇章。市政协围绕着杭州区划调整后的城市化进程和县域经济发展参政议政，继续为市委、市政府出谋划策。

2001 年 6 月 25 日至 26 日，杭州市政协七届常委会二十八次会议协商讨论杭州市行政区划调整后的城市化进程问题。会议形成了《关于我市行政区划调整后城市化进程中几个问题的建议》，分送市政府和有关部门。该建议指出，杭州市行政区划调整后，市区面积由 683 平方千米扩大到 3 068 平方千米，这为扩大杭州的发展空间、增强城市综合竞争力、提升杭州城市品位提供了重要条件。该建议就杭州城市化进程中亟须重视和解决的几个问题提出意见。一是新一轮城市发展总体规划要增加优化杭州人口素质规划、生态城市建设规划、都市农业发展规划、文化发展战略规划、城市管理的法律保障体系规划等内容。二是要发挥好杭州在长江三角洲南翼经济区域中的功能作用，使杭州真正成为国际风景旅游城市和长江三角洲南翼的经贸、金融、科技、信息、文化中心。三是要运用经营城市的理念发展城市，要加强土地利用规划，强化政府在城市土地运营中的主导地位；尽快控制萧山、余杭两区与原杭州市区结合部的地块，为基础设施建设用地留足空间；加快城市基础设施建设并达到资源共享的目的；高起点制订基础设施专项规划，把老城区和萧山、余杭两个新区的城市基础设施纳入统一经营和服务范畴。四是努力创建生态城市，营造"蓝天、碧水、绿色、清静"的城市生态环境，构筑具有杭州特色的大都市空间景观形象。五是注意历史文物和历史街区的保护。市政府复函："市政协常委会所提建议合理、全面，对我市今后城市化工作有十分重要的参考价值，市政府将在今后的工作中予以采纳。"

我认为人民政协是各党派、各人民团体和各界代表人士团结合作、参政议政的重要场所。从杭州市政协积极为杭州区划调整建言献策的实践中，我们体会到，必须坚持中共杭州市委领导，必须坚持抓大事、议实事，必须坚持发挥政协人才优势建言立论，做到政治协商围绕中心，民主监督推进改革，参政议政服务大局，才能发挥好人民政协这个发扬社会主义民主的大舞台作用，为杭州改革发展和社会主义民主政治建设做出应有的贡献！

采访者：萧山撤市设区已经过去 17 年了，请您谈谈对这一历史事件的体会。

虞荣仁：这些年的事实充分证明，省、市两级党委和政府当年做出的决策是正确的。杭州行政区划调整后，萧山区的经济社会发展步伐，同整个"大杭州"一道不断加快，发生着从量变到质变的飞跃，在各方面取得的成就越来越多，城乡面貌日新月异，人民群众的幸福感、获得感越来越强。

让我感受最深的还有一点，就是杭州市政协在推进杭州区划调整中发挥着不可替代的重要作用。试想，如果没有杭州市政协及时建言献策，力主将萧山和余杭同步撤市设区，当年省里仅仅把一个余杭上报国务院，那么杭州行政区划调整就失去了意义，"跨江发展"就成了一句空话。杭州市政协的位置比较超脱，当时省领导在萧山撤市设区这个问题上想说又不便说的话，想做又存在顾虑的工作，作为市政协主席，我就可以说，也可以做。当然，这样做既要有担当精神，又不能乱拍胸脯，还要有全局观念。实践证明，行政区划调整，无论是对杭州的过去、现在还是将来，都起到了扩大发展空间、促进经济腾飞的决定性作用。从"沿江跨江发展"到开发大江东战略的实施，现在看应该是比较成功的，萧山在各方面都是得到了实惠的。因此，考虑任何事情都要从大局、全局着眼，从长远考虑，千万不能只看到眼前的既得利益，固守狭隘的地方主义。

风雨兼程，砥砺前行：一位萧山农民企业家的执着与梦想

——张建人口述

采访者：杨祥银　　　　　　　整理者：李永刚

采访时间：2018 年 10 月 3 日　　采访地点：萧山天福生物科技有限公司

口述者

张建人，1955 年 10 月出生，浙江萧山人。1971 年至 1973 年，他作为知青下乡到昭东人民公社长巷大队渔家池生产队务农；1973 年 11 月进入昭东人民公社建筑队担任建筑工；自 1974 年开始，转到昭东人民公社棉纺厂工作，分别担任机修工、供销员和供销科科长；从 1973 年至 1983 年，经历了萧山社队企业蓬勃发展的 10 年；1983 年 5 月，辞掉棉纺厂供销科科长的工作，成立了蜂农与供销社土产公司农商联合体的萧山县蜂业公司；1987 年 8 月，辞掉萧山县蜂业公司副经理的工作，联合全县 80 户养蜂专业户组建了杭州地区首家萧山县养蜂生产合作社；1990 年养蜂生产合作社创办了蜂产品研究所；1992 年 1 月，与新加坡合资成立杭州天福医药保健品有限公司；1995 年赴日本考察，引进日本鳖品种与先进的养殖技术，并开始探索新技术与培育新品种；2000 年养蜂生产合作社更名，成立了杭州萧山天福生物科技有限公司；自 2015 年开始种植研究构树，其构树扶贫项目于 2015 年被列入我国十项精准扶贫工程之一。

一　我的儿时经历

采访者：张先生您好，很高兴您能接受我们的采访，今天我们访谈的内

容主要涉及到您个人的生活、工作与创业的经历，并从中能够见证与反映您所经历与感受的萧山社会、经济与生活的变迁。今天我们访谈的第一个部分，是想谈一谈您小时候的经历，首先请您简单介绍一下您自己及您的家庭情况。

张建人：我是 1955 年 10 月 3 日出生的，出生于现在的瓜沥镇长巷村老街。我的父亲是一位勤奋好学、正气正直的人，他在解放初随南下干部赴衢州常山县工作，1955 年调回到老家萧山；我的母亲是衢县人，衢县就是现在的衢江区，她在衢县烟草公司工作，后来随我的父亲回到萧山，在杭州发电设备厂工作。

我的印象中，我的家乡是一个鱼米之乡，河流纵横交错。那里的人们勤劳勇敢、勤奋好学，民风也很淳朴。因为我的家乡是一个水乡，河流密布，我七八岁的时候，就很喜欢在水上船上玩耍。我们家乡那边有很多大大小小的船，那时候如果家里有一条小的乌篷船，就像现在有一辆小轿车一样。那个时候，我在夏秋季节基本上每天都是泡在河里的，喜欢去钓鱼、游泳、摸虾，口渴了就用手捧几口河水喝。当时的河水还没有被污染，河边的石头缝里有很多鱼虾，也有很多螺蛳，河面上的革命草①也很多。这就是我小时候印象比较深的事情了。

采访者：可否谈谈您在小学阶段的学习经历，包括具体什么时候开始上学的？

张建人：我是八岁开始上学的，那时候从一年级开始读，一年级就是启蒙的时候嘛。在我上小学的时候，给我留下很深印象的是一位姓赵的女老师，她是一位很有文化、有方法的老师，对我的影响也比较大。我们这个小学现在叫长巷小学，它的前身叫云英小学。这个小学它也是有故事的，据说在明朝的时候，我们长巷出了一位女英雄叫沈云英②，她是一位将军，随父驻守边关，以她的名字命名了这么一所学校，就叫云英小学。

中华人民共和国成立前学校一直都叫云英小学，也培养出很多人才，中华人民共和国成立以后就改名叫长巷小学了。1968 年的时候，我小学毕业，毕业

---

① 革命草，即空心莲子草，是苋科，莲子草属多年生草本植物；茎基部匍匐，上部上升，幼茎及叶腋有白色或锈色柔毛，茎老时无毛，仅在两侧纵沟内保留。

② 沈云英（1627 ~ 1664），女，萧山昭东乡长巷村人。平日爱读经史，尤喜宋胡安国《春秋传》，且善骑武，能骑射。明崇祯十六年（1643），其父沈至绪为湖南道州守备，沈云英侍父左右。时农民起义军张献忠部队进攻道州，沈至绪战死，沈云英带领十余骑，夺回父尸，继续与张献忠部顽抗，明廷授予沈"游击将军"，令率其父旧部，守卫道州。不久，其丈夫亦战死，沈云英辞职回乡，在长巷设私塾，授徒讲学。清康熙三年（1664）逝世。长巷有"云英将军讲学处"。见 1987 年版《萧山县志》1010 页《沈云英》。

以后"文化大革命"就开始了，那时候都是停课闹革命。因为生活所需，我父亲就叫我学一门手艺，所以我就跟着养蜂的师傅了，和师傅一起走南闯北，那时候我也就十三四岁的样子吧。

采访者： 您对当时跟的这个师傅还有印象吗？您当时是基于什么机缘跟着他学手艺？

张建人： 这个师傅姓卢，是我们瓜沥旁边的，属于绍兴安昌镇人。当时之所以跟着卢师傅，一方面是因为别人的介绍，另外一方面是因为卢师傅是我父亲的朋友。他是养蜜蜂的，手艺很不错，我就跟着他学手艺去了。我记得大概13岁的时候，就跟着师傅到江西新余，江苏无锡、盐城等地方去养蜂，前后是一年多时间。养蜂的话，基本上就是走南闯北、风餐露宿的生活，也就是跟着花期走。我感觉那个时候的人呢，很有吃苦的精神。那时候我很小，只有十来岁，就跟着人家去养蜂，在外面奔波其实也是很艰苦的。

放置在竹林里的蜂箱

我记得在我13岁那年，大年三十的夜晚就是在萧山火车站度过的。我和师傅把蜜蜂在火车车厢里装好，这个火车车厢上面都是用帆布盖着，人就在帆布下面睡觉。这些蜜蜂是从萧山发出，运到江西去，我印象很深，因为一直到晚上2点多的时候都是师傅在守着。那时候火车车厢还是停在车站那边，需要火车头开过来把它们拉去编组，把车厢和车头接上去。我睡着睡着突然就听到"嘭"的一声，这个时候师傅就讲："好了，已经接上了"，这样就是要准备走了。

到了第二天早晨，天刚刚亮，太阳还没出来，因为帆布上面有小缝，所以我那时候就趴在那里透过缝隙往外面看。因为那个时候火车都是烧煤的嘛，煤的烟尘"簌簌"地掉落在后面的火车车厢里，人睡在火车上，弄的浑身都是煤灰。这个车厢其实也是拉货的车厢，煤灰什么的都纷纷地掉落下来，我们要把掉落在身上和脸上的煤灰什么的弄干净了之后才能睁开眼。

采访者：当时您父亲让您跟着他的朋友去养蜂，主要是当时您小学毕业的时候正好遇到"文化大革命"的原因吧？

张建人：那个时候养蜂，是一门能赚钱的好副业，我也是想学好这一门手艺，不过也跟当时"文化大革命"的停课有关系。那个时候农村搞副业，就会被"割资本主义尾巴"的，如养猪、养鸡什么的，养得多也是不行的①。养蜂也是这样的，都会被认为是搞资本主义。养蜂是农村里比较好的一种副业，浙江养蜂的人是很多的，包括我们现在绍兴、萧山、桐庐、建德、温州和慈溪等地的养蜂户都特别多。在全国来讲，浙江的养蜂业也算是很发达的。一个方面，它是一个技术活，也是一门手艺；另一方面，从事这个行业的话，可以走出去，不受家里的"割资本主义尾巴"等因素的影响。

那个时候小学、初中已经都停课了，就是全国大串联了嘛，停课闹革命。那么初中生、高中生基本上都去串联了。小学生还小，也不会去串联，但是也停课了，停课之后也没事干。当时的大人总觉得要学一些技术，养蜂的话，也是可以去外面闯一闯、看一看，去看看外面的世界，对人的成长也是有好处的。

到了1969年，停了一年课之后初中就恢复了，于是我就不跟师傅他们一起出去养蜂了，而是回到初中继续读书。那个时候我们这边的初中还蛮好的，基本上你想读书的话还是有书可以读的。因为当时有很多学校就直接不让你读书了，都去参加劳动了。

采访者：您当时怎么想到继续去读书呢，是您个人的意愿还是您父亲的主张呢？可否谈谈您在中学阶段的学习经历？

张建人：像我父亲这种有文化、有知识的人，他肯定是考虑让我继续读书的，他觉得不读书是不行的。之前因为停课闹革命，那是没办法的事情，所以去外面养蜂。恢复初中以后，我就马上到我们当地的昭东公社读初中了。

---

① 1955～1956年完成了社会主义改造之后，从理论上说，小农经济还是产生资本主义的温床，因此还要割"资本主义的尾巴"。农民养几只鸡，种一些菜到市场去卖，都会被认为是"资本主义"，必须得"割"，一般是给予没收或处罚。

昭东公社是瓜沥区管辖的，属于以前的瓜沥区管①。这个初中在昭东，叫瓜沥"五七"中学。在我的印象中，当时学校里除了本地几位高中毕业的民办教师以外，有两位老师是从杭州省城调过来支教的老师。他们两个一位是教语文的，一位是教数学的，我的印象中这两位老师的文化修养、教学水平都是很高的，都是专业师范学校毕业的高才生，可能也是受到当时的政治运动的冲击，被下放到我们这里来的。但是他们来了几年以后就马上又调回到杭州去了，学校就剩下一些民办老师了。因为教师数量原本是不够的，所以"文化大革命"前能读个高中就算是比较好的了。当时我们初中的一个班有30来个人吧，后来慢慢恢复正常以后，学生就多起来了，班也多起来了。

采访者：1969年下半年至1971年下半年，正值"文化大革命"期间，您自己有没有特别的感受？对您学习有没有产生影响？

张建人：我现在觉得，当时的人都很单纯，不会去想很多政治的东西。现在回想起来，实际上那个时候真正读书的话，也没有学到什么东西。虽然也会上课，但是又有什么军训、农业劳动、工业劳动什么的，学校里的很多事情都要学生去干，占用了我们很多学习时间。

我在那个初中读了两年，实际上我感觉合计起来大概只有一年时间在读书，好多时间都是做各种劳动、军训等。那时候学习的科目，除了语文、数学之外，还有地理、物理什么的，但是还没有英语这门课。我觉得数学和语文的教学还是比较规范的，因为有两个从外面调过来的比较厉害的老师。初中毕业以后，高中也刚刚开始恢复了，那个时候初中毕业以后能够升高中的学生，大概只有15%。而且这15%的人中，大部分是有些关系的，那样才能有机会升高中。

二　我的知青岁月

采访者：1971年7月，初中毕业后，您作为知青下乡到昭东人民公社长巷大队渔家池生产队务农，当时为什么没有继续读高中？

张建人：一方面，那时候的高中入学率比较低，刚刚说到，只有很少一部分人能升入高中；另一方面，那时候升高中基本上不是学生考进去的，大

---

① 1961年7月萧山县区划：瓜沥区下辖瓜沥镇、新街、三岔路、凫山、昭东、六里桥、靖江、南阳、乐园、河庄、赭山、大园人民公社等地。

部分都是被推荐的。像我这种家庭出身，又没有什么关系，是不太有可能被推荐进去的。

特别是那个时候有一个叫作"教办"的机构，类似现在的教育局系统，想要升学的话，你在这方面一定要有关系。当然，还要加上考试成绩，但是成绩不是主要的，关系比较重要。说实话，我当时也没有考虑非要进高中，因为考虑也没用，一个班最后能升高中的也就两三个人。

采访者：当时除了继续读高中，还有其他选择吗？就是对于你自己来讲，还有什么出路？

张建人：其他选择也是有的，如可以像我当时那样去养蜂，也有人到江西那边去砍木头，还有人去外省做手艺活，如路边修补胶鞋等，可以去像这样通过劳动来赚钱。那个时候的年轻人的思想受社会的影响是很大的，因为年轻人思想很单纯。我现在常常在想，为什么"文化大革命"的时候上面一号召大家都热血沸腾地下乡去了？因为大家很单纯，认为广阔天地大有作为，所以比较容易被那种时代的氛围感染。

我们的父辈，他们就觉得我们一定都要学一点实用的技术，就像我们现在搞企业一样，你要有核心竞争力，要有核心技术，如果没有，那么你在市场上就竞争不过别人。他们认为年轻人最好不要去搞太多的政治，要踏踏实实地去学个手艺，有个手艺才能够生活下去。但是那时候我们是不会听他说这些的，因为满世界都是"文化大革命"的气氛，充斥着那种浓烈的政治气氛。因为我们认为手艺都是资本主义的东西，是要统统砸烂的东西，所以我们很愿意到生产队去，不愿意去学手艺。

采访者：根据您的了解，当时在萧山地区，知识青年①上山下乡主要去哪些地方？包括去生产队插队落户，您身边的一些朋友，他们之前都去过哪些地方？

张建人：萧山那个时候并不大，当年的城厢，就是我们现在的城厢街道，人口也没有多少。真正要插队去的话，不像杭州、上海这种城市那么多，我们当中也有到东北的黑龙江等比较偏远的地方去的，但是量不大，大部分以在本县为主。

---

① 知识青年，简称知青。它是特定历史时期的称谓，指从 1968 年开始一直到 1978 年末期自愿从城市去到农村和农垦兵团务农或建设保卫边疆的年轻人，这些人中大多数人实际上只获得初中或高中教育。

因为我们本县有几个国营农场，那个时候叫生产建设兵团。① 我们现在围垦的第一农垦场、第二农垦场的前身就是浙江生产建设兵团，一个团也能容纳很多人。那个时候萧山以农业为主，大家都很穷，东片沙地的住房都是以草舍为主。在我的印象中，真正的我们萧山的居民，在城厢镇大概就两三万人，去外地的知青也是不多的。

采访者： 当时您在渔家池生产队主要做哪些日常工作？可否大致描述一下当时您一天的生活与工作安排？

张建人： 我们那个时候到生产队去，主要是和那些农民打交道。我总感觉当地的老农们还是有一些看不起我们这种知青的，为什么呢？因为我们都不太会干农活，用我们萧山话说，就叫"白脚胖"。这是土话，就是说你的脚根本是不适合的，是那种不能晒太阳、不会干活的人。所以他们其实是不太欢迎我们的，但是当时的政策就是这样的，我们去都已经去了，他们也不好说让你不要来了的话。

至于日常工作，像我们这种小孩子就干的是小孩子的活，如稍微轻松一些的农活；大人嘛，就要干一些犁地、捻河泥、挑大粪之类的比较累的活。大人干的活比较重，基本上都要十足劳动力，至少要在八折以上的劳动力去做。我们下乡的知青，就做一些杂七杂八的小事情，如积肥工作。那个时候要积农家肥，就会去一些粪坑积肥，还会弄一些草木灰做肥料。那个时候没有煤气灶，都是烧柴火的，那样就会产生草木灰，也就是灶灰，里面的矿物质很丰富，把它用在农田里，或者放在油菜地里，就是一种非常好的肥料。我们干的就是这种杂七杂八的工作，当然还有种田、种油菜等农活，各种农活都要尝试着去做。

当时萧山还有围垦，一次一次地去围垦、疏浚河道。那时候我们没有设备，河道两边筑牢之后，都是靠人把泥土挑上去，最后把它疏通。1971年我下乡之后，也要跟老农们一起参加新围垦。当时条件很差，我们晚上就睡在草舍房里，草舍房下面是泥地，在地面上简单地铺一些田青秆、稻麦草等。夏天蚊子非常多，如果是在冬天，又会很冷，根本无法洗澡。

就这样劳动了一年多，现在想想也是有好处的，也算是体验生活了，更

---

① 生产建设兵团是指中华人民共和国成立后陆续组建的各类生产建设兵团，是中国通过军垦这种特殊体制达到巩固边防、发展经济、安置人员的目的，兵团成为党、政、军权合一，工、农、兵、学、商五位一体的半军事化组织和社会经济体系。在知识青年下乡那段激情燃烧的岁月里，全国陆续出现过12个兵团、3个农建师。

深切地体会到了农民的辛苦和粮食的来之不易。现在的孩子可能就没有这样的机会，那么他可能就不会有这种深刻的体会，我觉得这种经历对我们成长来说还是有一定的作用的。

采访者： 可否谈谈渔家池生产队的基本情况？例如，户数、人口数，主要生产作物，其他副业，社队企业等情况。

张建人： 至于生产队的情况，我那个时候倒是没有很刻意地去关注，但是在我的印象中渔家池当时大概有36户，大大小小有140多人。我们长巷是一个很大的生产大队，包括好几个自然村，渔家池是其中一个自然村。我所在的那个地方叫前渔家池，还有一个后渔家池。这个前渔家池就有两个生产队，它的农作物主要是稻子、麦子、油菜和络麻。

这个地方为什么叫渔家池这个名字呢？因为它旁边有一个很大的池塘，里面的鱼虾很丰富。那时候农户家里也没什么副业，无非是养几只鸡，养一两头猪之类的，也不能多养，养多了就会被认为是搞资本主义了。那个时候呢，大队是有企业的，如长巷大队就有草包厂、养鱼场，但是生产队是没有企业的。那个时候还很少有社队企业，即使有也是很少的，社队企业是在1973年之后，在"文化大革命"以后才慢慢多起来。

采访者： 可否详细谈谈您所在生产队劳动的工分计算①情况？哪些工作可以记工分？当时您一般每天能得到多少工分，折合成人民币是多少钱？然后怎么分配口粮和其他东西？

张建人： 工分的计算是有一个标准的，用的是十分制，我记得像我这样十六七岁的年轻人，做一天的话大概是三分半的工分。因为十分的工分是一个十足劳动力，我们生产队按照三分钱，一工分；三分半工分，只有一角左右。做一天一角，基本上是自己都养不活自己。

我们这个生产队在整个大队来讲是属于比较差的，那时候生产队也是有好的也有差的。好一些的生产队呢，它一个工分可能有八分钱到一角；我们差一些的生产队呢，大概只有三分钱。因为你就算是一个十足劳动力也只有三角多，所以说我们生产队属于效益很差的一个生产队。我去干一天也就三分半工分，折合起来连一角都不到，那么再加上其他的，大概会达到五分多

---

① 记工分是人民公社化以来"大跃进"以后农村地区生产队成熟的分配体制。生产队为中国"大跃进"以后的人民公社时期生产大队、小型农场、林场直接管辖的农业生产作业单位，也是当时大陆农村地区最基层的"行政编组"，其直接管辖的对象为农户；生产队作为一种组织，具体存在时间为1958年至1984年。

一点，就相当于半个十足劳动力了。

采访者：你们当时的口粮和其他东西是怎么样分配的？

张建人：那个时候在生产队的口粮都是分配制的，当然也要根据生产队的产量多少来分配。比如说稻谷，它也是按照国家计划经济的牌价来定的，我的印象当中它的价格倒也不是很贵，50 千克估值大概 10.5 元。你的工分也是记账的，工分就这样慢慢累计起来。当时生产队肯定是没有现钱给你的，要到年终分配的时候，再一起计算。如果你家劳动力多，假如你家里有三四个儿子在生产队干活，那么你家工分就会多一些。

除了你自家的农副产品，生产队分配给你的东西，生产队都会记下来。分配给你的农副产品当时是不要钱的，到年终的时候生产队把这部分费用扣掉，扣掉以后如果还有 100 元或者 50 元，那就是你的分红。像我们这样的家庭都是"倒挂户"① 了，假如说给了你 200 元钱的粮食，你赚的工分只有 100元，这样算起来你还要拿出 100 元，假如你不来交这个 100 元，那么生产队就会把本应该发给你的粮食扣起来，这时候你就成了"倒挂户"。

那个时候越是"倒挂户"，就会越穷，为什么呢？因为那个时候把谷子用那种手摇的脱谷机脱出来以后，生产队就把谷子的重量、价钱什么的给你算出来。本来属于你的谷子算出来之后，如果你是"倒挂户"，因为长时间不交钱而未把谷子取走的话，那生产队就会把它们堆在仓库里。仓库都是没有底座的，一段时间下来肯定就变得潮湿了，分量自然就重了，按照现在讲的话就是含水量增高了。之后你是要拿钱去买这些粮食的，同样的钱只能买到更少的粮食，而且还可能已经发霉了。

采访者："工业学大庆②，农业学大寨③"是响彻 20 世纪 60 ~ 70 年代中

---

① 1961 年后，按需分配的供给制取消，生产队执行的是各尽所能、按劳分配制。每个生产队制订各自的方案，年底决算方案一出，吃饭的人多、劳动力却少的农户，特别是有"老弱病残"的家庭，所挣工分和投入的肥料少，与分到的口粮、农副产品价值不成正比，决算账面会出现负数，这种农户称为"倒挂户"，出现正数的农户称为"顺挂户"。

② 1971 年 8 月 15 ~ 20 日，全县工业学大庆会议召开。会议学习毛泽东同志关于工业建设的指示和《人民日报》刊登的《工业学大庆》的社论，交流学大庆的经验，部署工作。把工业企业办成"大庆式"企业。

③ 1971 年 12 月 25 日萧山县革委会建立规划领导小组，对"奋战二三年实现大寨式的县"进行规划。12 月下旬，县委召开三级干部会议，传达中共杭州市委"农业学大寨"会议精神，提出要密切注意农村中出现的劳力外流、投机倒把、搞分配上的"三光四不留"等的新动向，加强对社员的思想教育，打击阶级敌人的破坏活动。1972 年 1 月，县委召开 1 900 余人参加的三级干部会议，总结交流"农业学大寨"运动经验，把农村建成"大寨式"农村。

国社会的两句口号，它也是毛泽东亲自树立起的工农业战线上的两面红旗。萧山当时也开展了轰轰烈烈的"工业学大庆，农业学大寨"系列活动，相关精神与政策也落实到各区、镇、农场、人民公社、生产大队及生产队。而对于"工业学大庆，农业学大寨"，您当时在渔家池生产队有哪些经历与印象？

张建人：当时在我们萧山，"工业学大庆"的口号还不是很强调的，因为基本上也没什么工业；"农业学大寨"那是必须要学的，那个时候的"农业学大寨"是全国性的。甚至包括有的地名、河流名称都是与此相关的。例如，我们萧山当时还有大寨河，那个时候就把它挑出来，命名为大寨河了，后来改名为北塘河。"农业学大寨"这个口号可以说是家喻户晓，很多干部还专门到山西大寨去参观考察。包括我们的造地，还有我们围垦，也是每一次出去劳动的时候都在旁边放一块牌子，写上标语，号召大家都要学习大寨的那种精神，号召农民要有大寨的精神。

"农业学大寨"究竟是什么？那时候我自己也会想，觉得大概就是拼命干活，努力要自力更生的精神吧。现在想想，它更多的是一种政治口号，反映了那个时代建设的需要。

采访者：20世纪60年代末70年代初，萧山也开展了"夺煤大会战，夺铁大会战，打好钢铁翻身仗"[①]等一系列活动，这些活动在渔家池村有没有得到落实或贯彻？您参加相关活动了吗？

张建人："夺煤大会战"当时确实是有的，一直以来，关于这方面的舆论也是很多的。那么就我们浙江来讲的话，在我的印象中，我们当时去参观过湖州的长兴煤矿。其实我们萧山并没有什么煤矿，但是我们为了响应号召，也都在找煤矿。

我记得我们渔家池那边有个大的池，当时我们费了很大力气把池底下的泥土给捞起来，就是为了看一看有没有可能会有一种作为燃烧能源的物质。因为池底下的污浊物多了以后，年份久了它就会沉淀，沉淀以后它会结集成一种淤泥的板块。我们把它捞起来之后，发现其实也没有多大利用价值。

那个时候在"夺煤大会战"的影响下大家都在搞一系列的活动，气氛很热烈。我们当时还小，看到他们大人在弄，我们小孩子就在旁边看，看看他

---

① 1971年3月，萧山县革委会召开计划工作会议。坚持工业要以钢为纲，尽快建立"小而全"的工业体系，加速农业机械化的进程，发展基础工业，继续开展夺煤大会战，夺铁大会战，打好钢铁翻身仗；农业坚持以粮为纲，发展经济作物，大搞综合利用，大搞技术革新，开展增产节约运动。

们究竟在搞什么，看看那个地方到底有没有煤，其实也是很期待的。

采访者：当时您对渔家池生产队的工作和生活满意吗？如果不满意，您做了哪些改变现状的努力？

张建人：那个时候肯定是不满意的，因为去的时候是满腔的热血，但是等到了那边之后，就感觉确实没有什么"大有作为"，内心会有一些失望的。毕竟那时候还不懂事，说去那就去了。在农村待了一段时间以后，我就感觉到还是父母亲说的有道理。一方面，内心不满意的情绪是存在的；另一方面，我觉得农村还是很辛苦的，每天做农活都快要累死了。饮食方面，那个时候的伙食不是像现在这么丰富，买什么都要票，你买猪肉的话，是要猪肉票的，买鱼、买布什么的也要票，什么都要票。因此，在饮食方面，基本上没多少东西可以吃，吃饭都要掺入麦子、玉米、番薯等东西。

我们吃了饭之后，还要走很长的一段路，去劳动的地点。当地农民，他们是早晨一起出去，如天热的时候就在七点钟出门，天冷的时候大概八点钟出门。出去了以后，因为都在家门口干活，可能干一会就回去休息了，休息好了再过去干活。他们早晨都是吃粥的嘛，我们有一句土话叫"早晨吃过的冷粥再吃一碗"，饿了就回去吃点早上剩下的粥，就不会觉得有那么饿了，因而他们到中午11点半也不回去吃饭。而我们呢，中间是不可能回去的，只有等到了中午才能回去吃饭，还要走那么多路，吃了以后又要走很多路，整个人累得不行。

当地的农民，祖祖辈辈就是这么劳动，早就习惯了，也不会感觉到很累。虽然那时候大家都穷，但是每天这样日出而作、日落而息的生活着，年复一年地面朝黄土背朝天的，倒也不觉得有什么不好的。但是作为我们来讲，很多事情还是要考虑的，想法会多一些，再加上不太能吃苦，慢慢地就浮躁起来了。

采访者：现在回过头来看，您如何评价这两年多的知青经历，这段经历给您后来的工作与生活带来了哪些影响？

张建人：至于这段知青生活的经历，对我的影响确实蛮大的，对我的教育意义也非常深。这么一段经历对我的工作和生活的影响也是有的，特别是在自己搞企业的时候，我常常会想起那段知青的经历，在企业遇到瓶颈的时候，也能从这段经历中汲取力量，继续前行。

我也常常会想我们习总书记讲的话，他也曾有知青的生活经历，对那段经历感触他也很深。现在一句口号是"撸起袖子加油干"，这也是一种时代精神，它告诉我们，一定要努力奋斗，只有你踏踏实实地干了，你才会有所成就。如果不去努力，不去奋斗，那你什么都不会得到，以后的生活也会很艰难。

三　我的社队企业经历

采访者：您之前谈到在生产队插队的时候，您的父亲已经开始养蜂，这段经历您可否先谈一下？

张建人：我跟他们去养过一段时间蜜蜂以后，我们家里也有几箱蜜蜂在养着，后来这几箱蜜蜂由我父亲来养。父亲那时候养蜂也是很艰难的，因为养蜂会被说成"资本主义尾巴"，而且你一定要挂靠在一个生产队或者集体什么的。后来我父亲养蜂就挂靠在我们长巷的一个叫长六房生产队，把它作为集体的养蜂场。说是养蜂场，其实也没有多少蜜蜂，只有大概十来箱的蜜蜂。我们都是自己在管理这些蜜蜂，只是挂的是集体的名字，那个时候我们把这种行为叫作"戴红帽子"。

原来我是不想去养蜂的，一门心思要去生产队，最后在生产队待了一段时间之后，还是感觉养蜂比较好。可能是人在不同的时间、不同的环境里会有不一样的感受，社队企业发展起来了之后，我又觉得搞社队企业比较好。

采访者：在1973年11月，您进入昭东人民公社建筑队担任建筑工，这个经历可以具体谈一下吗？

张建人：进入昭东人民公社建筑队算是我进入社队企业的第一步。那时候搞家庭副业，养蜂之类的，总觉得有点偷偷摸摸，毕竟当时的政治环境就是这样的。萧山最早出现的社队企业是农机厂和建筑队，社队企业发展起来之后，我就想到社队企业里面去。

因为我曾经自学一门手艺，叫白铁工，也叫白铁匠，就是用进口涂锌的白铁皮来做房屋的水沟等。那时候建筑队里面有一个负责人是我父亲的朋友，经过父亲介绍，我就到建筑队去了。

我有一个亲戚在杭州，他当时也是一个部门的干部，因为他们单位里有个业务需要建筑队去做，所以具体工作就交给我去做了。这样的话，工资就会给的高一点，那个时候奖金很少的，工资能够高一点也是很不错的。我在那边做了一段时间以后，社队企业就很迅速地发展起来了，除了原来最早的农机厂、建筑队以外，纺织厂、丝织厂等就发展起来了，数量也很多，我后来转到昭东人民公社农机厂担任机械工。

采访者：为什么又选择从建筑队换到农机厂这个岗位？

张建人：在建筑队的工作，需要跑来跑去、爬高下低的，毕竟也是很苦、很危险的。在这个过程中，我肯定也是想往更好的方向去努力。我们萧山万向集团的前身就是宁围农机厂，生产的是农具，如锄头、铁耙的锻造，或者是一些小的农具的修理，因为那个时候已经有手扶拖拉机了，所以需要修理。我先是从建筑队到农机厂，在农机厂里面有一个白铁组，里面生产的农药喷雾器的外壳就是铁皮做的，我就做这个。那个时候萧山的纺织厂发展起来了，昭东也还是发展得比较早的，农机厂这个活没干多久，我就调到棉纺厂去了。棉纺厂也有很多活是需要白铁工来做的，如纺纱机里面有很多皮带滚筒和疏棉机漏底等都是用白铁做的，是需要我这样懂技术的人，因此，我来这边当了一名机修工。

实际上做了没多久，我就又被调走，去做供销员了。当时我们棉纺厂的那些机器都是很老的，还是中华人民共和国成立之前从英国等地进口的纺纱机。中华人民共和国成立前，在上海、青岛、天津等地方的一些民族资本家购买了很多国外的机器，我们社队企业办起来的时候，都是去把这种淘汰下来的英国制造的机器买过来。还有一些比较发达地方的国营企业，准备使用中国自产的新的纺织机器，那么企业会把旧的机器换下来，这时候你就要赶紧和企业联系好，把企业的机器弄过来；有的企业已经把旧的机器换下来了，就扔在那边，那么你也得想办法把这些机器弄过来。这些工作没有想象中那么简单，可以说非常难，都需要我们供销员去做。

我当时是一名供销员，实际上那个时候对供销员、技术员的要求也很高，你既要懂相关的技术，因为你要购买设备；又要负责产品的销售，因为棉纺厂做的产品是要卖出去的。

采访者：在这些过程中有没有一些印象特别深刻的具体例子，比如说采购这些设备过程当中，遇到什么困难，您是怎么解决的？

张建人：我常常会说我是供销员出身，在那个时候搞供销，可以概括为八个字：千辛万苦，千言万语。我们萧山有"四千"精神，我对这个精神感触很深的，因为我确实是亲身体会到了它的内涵。

第一个"千"是"千辛万苦"。开始做业务的时候，肯定就是跑东跑西地到处奔波。像我老家那边，那个时候交通闭塞，有时候你要走很久的路，走到绍兴那边去乘火车，有时候要走到衙前去坐汽车，三四千米甚至更长的路都要步行走过去。我也会经常坐车去杭州或者上海，当时有比较好的车或者比较快的车，但是我却不去坐，而是去坐慢车，就是为了省点钱。有时候我晚上到了上海以后，住不起高档的旅馆，那就只能去低档的宾馆。我到上海住的最好的地方就是那种招待所，现在叫居委会的招待所，就是在地下室的那种房间。那个时候出差伙食怎么解决呢？一般都是出发前，家里把梅干菜放点菜油蒸一下，然后我带出去，这样的话到外面去就可以节约点。

第二个"千"就是"千言万语"。我刚才讲到我们的纺织厂，很多事情都是要求人家的，如机物料没有，要去求人家。还有我们的纺织设备如何获得？也是得求人家的。像我们的纺织设备，那个时候国家是没有开放的，国营企业宁可把淘汰下来的纺织机敲破，也不愿意卖给社队企业，因为担心我们和它们形成竞争。那么你就得想方设法去跟国营企业搞好关系，和国营企业商量说："你们的设备换下来，能不能不要敲破？或者敲破的地方不要太多，我们好重新给它组合起来。我们也愿意出钱把设备买过来，多少钱都好商量。"

采访者：自1978年开始，您正式担任供销科的科长。请你谈一下担任这个科长之后，您当时在昭东人民公社棉纺厂的一些具体的工作，或者是一些让您印象特别深刻的一些事情。

张建人：我担任供销科的科长呢，我刚才也讲到了，我们的原料是没问题的，产品的销路也很好，那时候办棉纺企业最关键的是棉纺织机械设备的问题，棉纺织机械设备可以说是一个关键的技术，因为那些棉纺织机械设备基本上由国家管控，国家把控着许许多多大的纺织厂。我的主要工作还是想办法获得设备，因为那个时候有好的设备就可以提高生产量，提高生产力。

现在我还记得去青岛的一些经历，那时候我在青岛一待就是两三个月。我去青岛就是为了采购那边淘汰的设备，要想办法同国营企业搞好关系。那时候为了弄这个设备，我提前打听青岛国棉一厂、国棉四厂等很多厂的情况，知道它们厂里面有老的机器要淘汰下来，那么接下来就要想办法了。

山东青岛人很喜欢喝茉莉花茶，到现在为止山东那边的茉莉花茶还是很受欢迎的，但是茉莉花茶供货也很紧张，而且都是统购统销，不是说想买就买得到。我就想办法去弄茉莉花茶，我是想把茉莉花茶去送给他们，从而换取我们想要的设备。那么我就到杭州大街小巷一家店一家店地这样去买，也不知道跑了多少家。也不好多买，基本上是一家店买1千克左右。我当时想要买到一吨、两吨的茶叶，可想而知，需要逛多少家店。有的时候还要通过杭州的关系，像去杭州特产公司去批个 50 千克或者 100 千克。把茶叶的事情弄好以后，就给企业送过去，然后就可以把企业淘汰下来的设备偷偷地给弄过来。

我还记得很清楚，有一次我去找一个供销科科长，他家住在崂山，我请求他把机器卖给我们，但是他不愿意，我非常发愁。后来我并没有放弃，可以说是暗中"盯梢"了好久，发现这个供销科科长经常骑着自行车上下班，这个时候我就跟在他的自行车后面，悄悄地尾随他到了崂山，我还记得他住的地方叫四方区的李村。到了他家里之后，他看到我也是非常惊讶，我就把 1 千克茉莉花茶塞到他手里，这个在当时算是比较高档的礼品了。那么接下来就是发挥千言万语的这种精神的时候了，我和他说了很多，晓之以理，动之以情，最后终于成功了。

1980 年 1 月，萧山县委召开了一次表彰大会，表彰了一批社队企业先进供销员，当时一共是 21 名先进供销员，我当时以昭东人民公社棉纺厂供销科科长的身份被评选为全县学习标兵。这次会议对于社队企业的影响是很大的，因为这个算是第一次召开这样的会议。实际上参加这个会议的人也不都是供销员，如鲁冠球当时是以厂长的身份过来参加的。老一代销售的企业家都来了，那时候我还算是最年轻的了，我才 20 多岁，他们很多都 30 多岁了。当时还发了红包，30 元的一个大红包，那时候发 30 元的红包可以说是破天荒了。我当时在棉纺织厂月收入大概不到 40 元的样子，那时候一般的工人都在 20 元左右。

采访者： 从 1973 年到 1983 年，您在社队企业经历的 10 年正好也是萧山社队企业蓬勃发展的 10 年。可否以您所在的昭东人民公社为例来谈谈当时社队企业的数量、规模、经营项目与效益情况[①]？

张建人： 我可以说是我们昭东社队企业发展的亲历者，这 10 年确实也

---

① 1976 年 5 月，萧山县委召开全县公社企业经验交流会。据统计，1975 年底，全县共有公社企业 317 家，平均每一个公社 5~6 家，亦工亦农从业人员 24 696 人，经营项目有农机修造、粮棉油加工、土化肥、土农药、砖瓦、采矿、建筑、塑料、纺织、缝纫、化工、皮革、印刷、雕刻、羽毛加工、日用五金等 50 余种。1975 年产值 3 567 万元。全县 761 个生产大队，基本实现队队有企业，共计队办企业 1 098 家，1975 年产值为 1 234 万元。同 1965 年相比，社办企业数增长了 7.4 倍，产值提高了 91 倍，发展速度超过国营集体企业。会议在总结经验的基础上，要求社队企业的产值在 1980 年前以每年 20% 的递度增长；同时提出了为农业服务、为人民生活服务，有条件的也要为大工业、为出口服务的发展方向。

是萧山社队企业蓬勃发展的 10 年。那么我们原来最早发展的是农机厂、建筑队，后来棉纺厂、丝织厂也慢慢发展起来了，当时的棉纺厂、丝织厂是有一定规模的企业，在杭州地区也是比较有影响力的。其他杂七杂八的还有一些厂，社是公社的，队是大队的，社队企业办得还是很多的。

它们会根据自己不同的特点来办企业，可以说是"队队冒烟"了。那个时候办的企业的效益还是可以的，像我们棉纺厂、丝织厂、农机厂、建筑队的效益都是很好的。我所知道的，我们昭东公社的社队企业就有几十家吧，这个时候的企业发展状况就有一点雨后春笋般的感觉，大家都在办企业。

采访者：在这 10 年之中，您觉得萧山社队企业的发展存在哪些问题？制约因素有哪些？刚才您讲到很重要的一块是生产设备问题，除了生产设备之外，在原料的供应、产品的销售等方面，有没有一些具体的问题，您又是怎么去解决这些问题的①？

张建人：那时候是计划经济的时代，社队企业就是在夹缝中生存，要靠自己找米下锅。对于国家计划经济不足的地方、有欠缺的地方，我们就要想方设法地补充一下，也就是说社队企业补充了计划经济的不足。因为社队企业本身是从农民转化过来的，那么除了资金以外，在技术方面呢，基本上都还是处于萌芽状态，都是依赖那种国企里退休了的老师傅。那个时候正规的工程师是不会给你的，有时候只能通过关系去联络，如请他们在星期天过来帮帮我们，或者也可以去他们家里请教问题，然后支付一笔顾问费什么的，这种情况也是有的。

像我们的传化集团②，它原来就是做去油污的配方，就是因为得到了我们萧山一个国营企业里面工程师的帮助才慢慢发展起来的。请来的工程师帮着做配方，一方面，他自己也增加了收入；另一方面，可以说是解决了社队企业的一个大难题，就使我们的社队企业快速发展起来了。

---

① 1979 年 7 月，萧山县计划委员会召开由全县各厂矿企业和社队企业参加的综合性物资调剂会，进行物资余缺调剂。萧山县是棉麻与粮食作物间作的地区，资源十分丰富，对发展社队企业提供了有利的条件，但由于十年动乱，社队企业在生产、供销方面存在许多问题，不少社队企业存在缺少物资、设备、工具等困难。这次物资调剂会，共调剂品种 1 000 余件，使现有库存物资尽可能地在工农业生产中发挥作用，帮助一些社队企业发展了生产。

② 即传化集团有限公司，创立于 1986 年，是一家多元化产业集团，主要产业包括化工、物流、农业和投资，是"中国企业 500 强""中国民营企业 500 强""中国最具价值品牌 500 强"企业。

要说碰到的困难，那当然有很多了，除了技术以外，还有资金等方面的困难。那时候经费的筹措，除了贷款，也是有其他渠道的。那个时候农民们就靠着一块土地，实际上是没有多少收入的，这时候如果你提出想办一个纺织厂或者其他什么厂，农民也希望能够加入进去，通过集资的方式来支持你，就像是入股一样，到了年底享受红利分红。除此之外呢，还有一种情况，如果你投资我们厂，那么你可以到我的这个厂里来上班，我给你解决就业问题。或者说你的女儿、儿子可以到我的这个厂里来工作，给他安排一个工作。

采访者：据《萧山市志》，20世纪80年代，萧山农村青年男女择偶，男方要求女方有一定的文化，最好是在社队企业工作，或是农艺、手艺较高，会缝纫的姑娘。女方要求男方在社队企业工作或有手艺，能找个吃国家供应粮的小伙子更好。可否结合您在社队企业十多年的经历，谈谈在社队企业工作究竟是一种怎样的体验？当时农村老百姓认为在社队企业工作是一份体面的或好的职业选择吗？

张建人：那个时候，在农村生产队工作的话，你是没有活钱的，一天到晚就是面朝黄土背朝天的，没有什么其他的活动。长此以往呢，你就会有一种想要跳出农门的冲动，想去做一些比农民高一个层次的活，但是也没有其他的路子。那个时候很多年轻人都去社队企业了，那么你可能也想去社队企业找一个好的工作。

在社队企业工作有什么好处呢？第一个方面，有工资之后就有活钱了，可以去买想要的东西；第二个方面，你可能会感觉在地位上要比一般农民好一点，成了一个做工的人，还学会了一些技术；第三个方面，年轻人如果进了社队企业，找对象就更方便了，或者说能够更容易找到一个比较好的对象。因此，在社队企业比在生产队肯定要好得多，还能有机会到外面的世界去走走看看。

采访者：在"文化大革命"期间，社队企业也曾遭受严重破坏和干扰。"四人帮"污蔑社队企业是"资本主义的黑窝子"，叫嚷"非农即砍"，萧山社队企业在发展过程中有没有遇到这些问题，尤其在"文化大革命"的时候，可否结合您的个人经历谈谈呢？

张建人：我感觉呢，萧山那时候在这方面受到的冲击不是很大，因为实际上我们萧山的企业发展起来就是在这个时候。那个时候有一种比较普遍的社会心态，就是当地的老百姓并不满足于清贫生活。那时候在政策上可能会有区别，整个国家都是计划经济，国营企业可能会压制社队企业，就像我刚才讲的在青岛送茉莉花茶的事情一样，你要想方设法去解决问题。

例如，上级领导今天要过来检查，那我们就暂时把门一关，等到明天他们走了，我们再开门。我感觉"文化大革命"那个时候也还好，因为那段时间社队企业大量涌现出来，总的势头还是蛮好的。当然，我觉得当地市政府的领导非常重要，领导决心大，发展就快。萧山现在制造业这么好，同原来社队企业到乡镇企业发展得较好的基础是有一定的关系的。

四 与蜂鳌结缘：农业龙头企业的成长之路

采访者：1983 年 5 月，您辞掉棉纺厂供销科科长的工作，准备成立一个养蜂联合体。除了跟您家一直从事养蜂工作之外，还有其他什么原因？应该说您当时当供销科科长，包括在厂里也比较受重视，为什么会想到辞职？

张建人：可能人的思想都会不断地变化吧，随着改革开放的深度和力度越来越大了之后，万元户，甚至几万元户就不断地涌现出来，这是第一个方面。第二个方面呢，随着生产力的提高，农副产品也渐渐多了起来，如我们的蜜蜂产品，像蜂王浆、蜂蜜之类的，产量很好，但是没有销路。之所以卖不掉，是因为产大于销了，有很多养蜂户比较发愁。这个时候我的一些朋友就和我说："你看现在这个状况，你能力比较强，如果你能在外面跑跑，把这个问题解决了就好了。"那时候，我也觉得确实是需要有个人去处理这个事情，靠松散的蜂农估计也是不行的，毕竟他们没有这个能力来搞这个事情。因此，我就萌发了这样的想法，想去从事与养蜂和蜂产品销售方面相关的工作。

采访者：1983 年，您辞掉棉纺厂供销科科长的工作之后，当时的整个萧山的养蜂业和这个蜂产品的销售方面，大概是一个怎样的情况①？

张建人：那个时候萧山的养蜂业也是发展的很不错的，整个萧山大概有

---

① 萧山蜜源有油菜、棉花、黄麻、红麻、玉米、豆类、花卉、果树和蔬菜等，所养蜜蜂多为"中国蜂"。1952 年，湘湖农场引入意大利蜜蜂（简称意蜂）饲养，意蜂性温驯、繁殖率高、分群性弱和采蜜力强，蜂农采取大转地追花放养。1957 年后，养蜂业发展较快，并开始生产蜂王浆。"文化大革命"期间，养蜂受到限制。1978 年后，养蜂业大发展，是年全县有蜂群 2 700 箱。1984 年，全县有养蜂专业户 426 户，养蜂 9 681 箱。1985 年，全县产蜂蜜 353 吨、蜂蜡 3.04 吨、蜂王浆 4.43 吨；年末越冬蜜蜂 7 773 箱（群）。此后，养蜂专业户兴起，蜂群饲养量上升。

25 000箱蜜蜂，而且不管是从技术上看，还是从每一箱蜂蜜的产量来看，都是走在全国前列的。作为养蜂者，最终的目的就是要把产品卖掉，这样才能体现它的经济效益。那么在这种情况下，我联合了18家养蜂专业户，最终成立养蜂生产合作社①。当时我本来是想自己去成立的，但是受到计划经济的束缚，因为很多领导思想还没有开放，政策也没有放开，所以没能单独成立。

那个时候裘笑川是多种经营办公室的主任，我们这种养蜂的多种经营都归他管，他当时给我们提了个建议，他说："你们也不要搞合作社了吧，搞农商联营好了。"农商联营就是指养蜂户和供销社一起合作，我们最后谈成了一个农商联营的萧山蜂业公司，由供销社下面的土产公司主管。土产公司分派过来一个人担任经理，我们这边派的是由我来担任副经理。我当时作为副经理，主要职责就是养蜂技术方面的指导，还有蜂产品的销售。

这个农商联营的蜂业公司搞了大概5年，从1983年到1987年，1987年的时候我就退出了。我为什么会退出呢？因为当时虽然说的是农商联营，发展得也是蛮好的，但是它是一种供销社的体制，很不灵活。到1987年的时候，我回过头好好想想，还是觉得自己单独搞比较好。我退出之后就成立了萧山县养蜂生产合作社，不过这个农商联营公司也还存在。

采访者：除了您的工作之外，您认为当时影响蜂业公司发展的积极或者消极的因素都有哪些？就是在具体的实践当中体现出来的优缺点有哪些②？

---

① 1978年4月20日，重建萧山县供销合作社。1983年8月28日，萧山县供销合作社通过召开第二届社员代表大会，改建为合作商业性质的萧山县供销合作社联合社，退出政府机构序列，确立集体所有制性质，恢复供销社组织上的群众性、管理上的民主性、经营上的灵活性，恢复社员代表大会制度、理事会和监事会管理体制。具体参见杭州市萧山区人民政府地方志办公室编《萧山市志》（第二册），浙江人民出版社，2013，第1101页。

② 《人民日报》1986年8月2日报道：联合带来了活力。在发展多层次的联合中，供销社起到了组织协调作用。在萧山县，我们看到的蜂业公司，是由县土产公司与三十七个养蜂联合体按照"自愿入股，风险共担，利益均沾"的原则组建起来的。它在经营上不受行政区划的限制，实行分散生产，统一供销、加工。它们还与杭州胡庆余堂制药厂达成直接供应蜂王浆的协议，药厂按比例返还一部分利润给蜂业公司。这种多层次的联合体，具有较强的适应市场变化的能力。1984年，市场对蜂王浆的需求萎缩，蜂业公司却以每千克高于外地20元的价格收购当地蜂王浆，保护了农民养蜂的积极性。去年（1985年）蜂王浆市场好看，各地纷纷来萧山争购，由于公司预先有了安排，专业户仍然踊跃向公司投售，使养蜂专业户和公司都由此得到好处。

张建人（右一）正在与蜂农交流养蜂经验

张建人：优点肯定是有的，第一个方面，因为它的经济实力比较强，所以贷款比较方便。毕竟你要搞蜂产品的经营，是需要流动资金的。第二个方面，在那个时候计划经济的势力还是很强劲的，有很多外面的比较大的药厂，或者是需要蜂王浆的单位，它们更愿意同供销社打交道，它们认为供销社供货让人比较放心，这就是它的优势。

至于蜂业公司的缺点，我认为主要是活力不够，因为它的管理模式还是供销社的这种国营企业的管理模式，条条框框的约束比较多，农民真正得到的实惠比较少。我刚刚也说了，我联合了18家养蜂专业户，最终成立养蜂生产合作社。到了后来，我们的队伍是逐渐扩大的，最后有80家养蜂专业户都加入了。

后来对于是否要继续和供销社合作的问题，大家的意见是有分歧的，有一部分人认为跟供销社合作比较好，还有一部分人认为和供销社合作没有多大意义，毕竟每个人的想法不同。到了1987年，我离开农商联合养蜂公司的时候，有一部分人留在这个公司，还有一部分人就跟着我离开了。我和跟着我离开的这部分人按照我们的想法来创业。

过了几年之后，这个农商联合的蜂业公司就全部垮掉了，反倒是我们顽强地坚持了下来。我觉得还是因为体制的原因吧，随着改革开放不断深入，这种计划经济的大锅饭越来越没有竞争力，注定要走向没落。

采访者： 1987 年 8 月，您辞掉萧山县蜂业公司副经理的工作，联合全县 80 户养蜂专业户组建了杭州地区首家养蜂生产合作社。养蜂生产合作社当时是一种怎么样的合作模式？又是怎样的性质？

张建人： 据说我们是"文化大革命"以后杭州地区第一家农民经营的专业的生产合作社，当时还受到省委、政策研究室等部门的关注。刚开始办的时候，确实牵扯到它的性质问题，因为那时候对待私营经济还没有像后来那么宽松，还是要"戴红帽子"的，所以我们办的时候就挂靠在当时的农业局①。

我刚刚提到了裘笑川，农业局的副局长也支持老裘的意见，他们认为要派一个人过来做这个事情，农业局的副局长和我说："你也不要怕了，就挂靠在农业局这边吧。"所谓挂靠呢，就是"戴红帽子"。当时农业局提供了一个二三十平方米的房子，用于办公经营、宿舍。我们当时帮助农业局提供蜜蜂的饲料、养蜂的工具，还有技术上的支持及帮助农业局进行产品的销售。就是说原来农业局要做的产供销等一系列的事情，现在需要我们去帮它做。但是我们在经济上是没有关系的，农业局不参股，我们也不想让农业局参股。

1987 年养蜂生产合作社刚刚成立的时候是 18 户养蜂户，共计 25 000 元。到下半年呢，就进行了扩股，养蜂户的范围不受限于萧山了，还有诸暨、余杭、临安、杭州、绍兴等地的养蜂户都来参加我们合作社的股份。

采访者： 您与这些不同的养蜂专业户的关系又是怎么厘清的？

张建人： 其实不同养蜂户的状况也都是不一样的，当时有的人投资少一些，只用 200 元入的股；有的人投资多一些，是几千元入的股。入股的股东在有了效益之后就会分红，大概是按照股金八厘的利润分红。对于股东的蜂产品呢，我们也会优先帮他销售出去，在服务方面都以股东优先。

有很多人来参加入股，目的不是说想要多少分红，而是希望在参加这个组织之后，他的蜂产品能获得销路。那时候打开销路也不是那么容易的，如蜂王浆，你卖给合作社是按照一百元 0.5 千克出售，但是你卖给其他人，可能比卖给合作社还便宜，或者根本卖不掉。当然，我们定的价格也是市场

---

① 所谓"戴红帽子"，实际上是指私营企业主在注册的时候找一个国有的单位，或者是集体单位来作为依托，挂靠在它的下面，这样就变成了公有制企业。

价。我们把收购的东西再卖给其他的需要用蜂产品的个人或者单位，如杭州二药厂之类的这种厂家。

采访者： 1990 年养蜂生产合作社创办了蜂产品研究所，当时创办这个研究所的主要目的是什么？是不是合作社在运行中遇到了哪些问题？

张建人： 当时创办研究所呢，也是有几个方面的考虑。第一个方面，我觉得创办研究所能够提升我们养蜂生产合作社的形象。例如，现在有很多的院士工作站之类的，它是一种专业性的象征，但那个时候还是没有的，因此我们成立了研究所，还聘请了几个专家来帮助我们。第二个方面呢，因为还涉及蜂产品的加工，那时候蜜蜂产品的加工，档次要求也提高了，对技术的要求也提高了，所以就成立了研究所。蜂产品研究所就作为技术项目挂靠在科技局，那个时候叫科委。

当时研究所的研究力量和技术主要是怎么解决的呢？第一个办法就是聘请大专院校的教授、专家，聘请他们为顾问，让他们挂靠在我们研究所；第二个办法就是依靠我们自己的技术人员。

采访者： 蜂产品研究所创办之后，在养蜂技术和蜂产品的加工方面，你们做了哪些产品和技术的开发？并且取得了哪些社会经济效益和奖励？[①]

张建人： 蜂产品研究所创办之后，取得的最突出的成就就是我们的蜂种。我们蜂种的培育是走在全国前列的，国际养蜂协会主席也曾经到我们这里考察过。在蜂王浆产量方面，一般平均每箱蜜蜂一年产量是 0.75 千克的样子，经过我们选育之后，增加到了 1.35 千克，后来又慢慢地有所增加，基本上增长了一倍以上，可以说是一个非常大的突破。此外，我们生产的蜂蜜和蜂王浆都有很大的提高，当时萧山浆蜂，在全国是闻名的，为我国的蜂业也做出了较大的贡献。

从 1990 年开始，我们也获得了很多奖，包括全国星火计划新获成果奖等，这些都是在那时期完成的。那个时候我们搞了一个加工产品叫蜂王浆冻

---

① 1990 年萧山市蜂产品研究所研制生产的蜂王浆冻干粉获全国"七五"计划星火成果博览会金奖 1 项，银奖 6 项；萧山市蜂产品研究所的"蜜蜂定地饲养技术及蜂产品综合开发利用"项目获 1993 年度浙江省科技"星火"先进集体三等奖，主要完成人有张建人、陈仰定、洪德兴、虞樟敏、漏立根；萧山市蜂产品研究所的"蜜蜂定地饲养技术及蜂产品综合开发利用"项目获 1993 年度杭州市科技"星火"先进集体二等奖；萧山市蜂产品研究所的"蜂王浆冻干粉、蜂王浆冻干粉（胎宝丸）开发"项目获 1995 年杭州市科技星火项目二等奖，主要完成人有张建人、陈仰定、谢华珠、方志炼、宣立萍。

干粉，之后又搞了一个产品叫蜂王浆冻干粉胶囊。这些产品那个时候在萧山区域范围内还是比较有知名度的，到现在为止，很多人可能不知道我的名字，但是还记得我们产品的名字。

采访者：在您的养蜂事业过程中，您也相当重视国际交流与合作，1988 年国际蜂联主席波尔内克（R. Borneck）亲临萧山考察学习。可否详细谈谈这次国际交流，当时你们是通过什么渠道建立联系的？有没有达成具体的合作协议？

张建人：我们中国是有参加国际蜂联组织的。当时农业部下面有一个中国农业科学院，中国农业科学院下面有个中国蜜

1994 年，第 33 届国际养蜂大会
特别金奖

蜂研究所，这个中国蜜蜂研究所是一个国字号的大所。中国养蜂协会也参加了国际养蜂联合组织，国际蜂联主席波尔内克到我们这里考察，也是通过这个组织介绍过来的，过来之后就由中国养蜂协会的领导和专家陪同着。那时候他们还是觉得我们萧山的蜂王浆质量比较好。

我们还有一个定地养蜂项目搞得也比较好，原来的时候是我们带着蜜蜂走南闯北，地点都是不确定的，后来搞了定地养蜂，这个地点就不怎么变化了。因为我们后来是以生产蜂王浆为主，我们就把它分离出来，放在这个区域不动，让蜜蜂在一两百千米的范围内活动。我们在外界不足的时候，把其他的花粉、普通蜂蜜糖等都喂给蜜蜂吃，就专门叫它们生产蜂王浆，这个就是定地养蜂，这个项目我们这里也是搞得比较好的，这也是他们来交流、考察的一个原因。

采访者：1991 年养蜂生产合作社与新加坡阿拉托那有限公司合作成立中外合资杭州天福医药保健品有限公司，进行蜂产品加工出口，它也是医药食品行业第一家被批准落户杭州钱江外商台商投资区江南区块的企业①。可否

---

① 1992 年 1 月 21 日，中新（新加坡）合资杭州天福医药保健品有限公司，作为医药食品行业第一家被批准落户开发区的企业，总投资 160 万美元，注册资本 123 万美元。主要生产晶磊牌蜂产品。具体参见杭州市萧山区人民政府地方志办公室编《萧山市志》（第二册），浙江人民出版社，2013，第 1001 页。

详细谈谈当时创办这家中外合资企业的背景与具体过程？合作与投资模式如何？

张建人： 同阿拉托那有限公司合作呢，其实也是有个小故事的。这个公司是在新闻媒体上看到我们的信息，主动和我们联系，主要目的就是想把我们的蜂产品销售到新加坡去。我们当时也有这样的想法，因为当时做吸引外资这一块是很吃香的，当时的干部、企业和个人都在想着要搞中外合资，政府也在建立开发区，我们萧山也在建设杭州钱江外商台商投资区江南区块。

这个区块当时的招商工作很难做，我们是第 11 家被招进来的。那时候厂子前面原本有一条路，就是现在的建设一路，还没有通惠路。当时这个地方还是良田、棉花地，我记得我当时还来拔地里的棉花秆。现在的这个厂子就是当年建设的，钱江投资区是从 1991 年开始建设，我们公司是 1992 进入投产。

采访者： 根据合约，2001 年合资到期后，外商就退出了，杭州天福医药保健品有限公司的性质与经营业务发生了哪些变化呢？

张建人： 外商退出以后，这个公司还是存在的，但是整个销售额开始慢慢减少。之所以减少呢，也是有多种原因的，主要是因为那个时候市场上的保健品种类和数量越来越多。特别是蜂产品的种类和数量也越来越多，竞争也越来越大，后来我们就慢慢退出这个市场了。当时的养蜂生产合作社是挂靠在农业局的，类似的挂靠在农业局的企业其实也不止我们一家，后来我们就去农业局把"红帽子"摘掉了。

我记得大概是在 2000 年的时候就把"帽子"全部摘掉了，摘掉以后我们干脆就成立了杭州萧山天福生物科技有限公司，这是一个主体。因为杭州天福医药保健品有限公司原来属于养蜂生产合作社独自办的，2000 年成立了杭州萧山天福生物科技有限公司之后，原来的养蜂生产合作社就没有了，因为养蜂生产合作社变成了杭州萧山天福生物科技有限公司。可以说就是杭州萧山天福生物科技有限公司投资办的杭州天福医药保健品有限公司。这时候我同那些养蜂专业户的关系还是不变的，之前的股份也没有变，也就是公司的名称变了。

采访者： 除了引进来之外，你们的国际合作与交流也注重走出去，1998 年 4 月科学技术部（以下简称科技部）、埃及社会发展基金会联合将"金字塔奖"授予蜂产品研究所的"优良蜂种、蜂王浆高产技术"项目。

该项目作为科技部中国星火计划援埃国际合作项目，你们主要做了哪些工作①？

张建人：关于这个项目呢，当时李鹏总理在访问埃及的时候定了四个中国援助非洲的项目，我们蜜蜂的项目就是其中之一。他回来以后呢，由科技部来解决项目的事情。我们当时在养蜂领域还算是有一些知名度的，科技部到浙江考察了以后，就认为我们的技术是可以申请并完成这个项目的，所以叫我们来做这个项目。

这个项目的内容方面，一个是帮他们培训，教会他们如何生产蜂王浆及如何养好西方蜜蜂，所谓西方蜜蜂就是意大利蜂种。按照官方的说法，就是叫"中国星火计划援助埃及的曙光计划"。埃及当时有一个曙光计划，其实性质上和我们的星火计划差不多。

采访者：1999 年 12 月 7 日至 16 日，应埃及地方发展部的邀请，蜂产品研究所接受科技部中国星火计划援埃国际合作项目组的派遣，您与邱忠平两人访问了埃及，对埃及养蜂业进行了考察和技术交流。可否具体谈谈这次考察与技术交流活动？

张建人：可以说这次交流的任务我们完成得非常出色，为什么这么说呢，因为我们回来以后，埃及授予了我们埃及的金字塔奖，这属于荣誉很高的一个奖项。我们去埃及那边之后，主要就是在中国驻埃及大使馆科技处帮忙弄这个项目，当时也去了不少地方。我还记得我们首先是去了埃及的开罗大学，亚洲蜂联也在开罗，我们也去了。在开罗大学的下面有一个学院，距离开罗大学一百多千米，学院里有个教授也是研究蜜蜂方面的专家，他也一起参与了我们这个项目。我们一共走了埃及的五六个省，到了埃及的沙漠深处，也到了尼罗河两边。我们看到在当地也有很多养蜂的人，他们把芦苇围起来，里面放的就是蜜蜂。

沙漠深处的绿洲上也有很多养蜜蜂的，就是用来产蜂蜜。埃及人很喜欢吃蜂蜜，吃面包、三明治的时候都要弄点蜂蜜夹进去。我发现那里蜂王浆很贵，要 5 000 元一千克，而那时候我们这里只要 200 多元一千克。为什么这么贵？因为他们的技术不行，不会生产。因为时间很短，

---

① 中国星火计划是 1985 年 5 月，国家科学技术委员会向国务院提出的"关于抓一批短、平、快科技项目促进地方经济振兴"请示，引用了中国的一句谚语"星星之火，可以燎原"，誉名为"星火计划"。寓意为科技的星星之火，必将燃遍中国的农村大地。1986 年初中国政府批准实施这项计划。

我们也只能简单地交流交流，很多技术方面的问题也需要他们自己去琢磨。

采访者： 1995 年，蜂产品研究所对日本的养鳖业和养鳖技术进行考察，引进中华鳖品种与先进的养殖技术，并开始探索新技术与培育新品种。那么可否谈谈您是怎么从养蜂业转到养鳖业的？据您了解，当时萧山养鳖业处于一个什么样的规模与水平①？

张建人： 因为那个时候，养蜂业开始萎缩，有走下坡路的趋势，而鳖在那时候刚刚兴起，在全国很红火。应该是在 1991 年至 1993 年前后，市场上的商品鳖卖到 0.5 千克 500 元。在这种情况下，我们萧山也新办了很多工厂化养鳖场 。那时候我也去看了，它们把全国大江大河、五湖四海的野生的鳖收购进来作为种源。那个时候野生的鳖要 0.5 千克 1 000 多元，为什么当时那么贵？一方面，因为鳖的驯化是非常难的；另一方面，鳖的各种病害很多，死亡率很高，它的成本居高不下。在这种情况下，虽然市场上的商品鳖要 0.5 千克 500 元，但市场销路很好，很抢手。

有些人会收了野生的鳖作为种鳖产蛋，产蛋了以后就有小鳖，然后养殖这些小鳖。在我想来，养鳖是比较麻烦的一件事情，而且一只鳖苗就要 30 多元。有一次，有个跟我合作做蜂王浆生意的日本客户到我这里来，他叫中村达也，我就带他到市场上随便看一看。我之前不知道他是搞水产品、做鳗鱼生意的，他在逛市场的时候，老是问我鳖的价格是多少，0.5 千克多少钱？他表现出对鳖的价格感兴趣。我告诉他鳖是 0.5 千克 500 元，然后他又向我询问、确认了好几遍，他觉得如果市场上的鳖卖 0.5 千克 500 元的话，中国人能够吃得起吗？我就和他说在中国有一部分人是吃得起的，因为那个时候的产量少，一部分富起来的人会把鳖买回来当作礼品送给别人，如要搞关系之类的都需要。

那个时候没有什么进口的帝王蟹什么的，物品不像我们现在市场上那么丰富。我和中村先生回来以后，我问他："你觉得鳖这个价格怎么样？

---

① 1985 年，萧山共有养鳖专业户 7 户。宏伟乡春雷村曹长水建造了 240 平方米鳖池，引种养殖亲鳖 59 只，人工孵化稚鳖 670 只，孵化率 82.7% 。1989 年，第一家工厂化养鳖场在湘湖农场建立，由湘湖农场、国家农业投资公司、省经济建设投资公司 3 家单位联合投资，成立浙江中浙萧山特种水产养殖公司，建成占地 65 亩，繁育、生产一条龙的养鳖基地。1992 年，工厂化人工养鳖技术基本成熟。1993 年，全市有工厂化养鳖单位 3 家，占地 564 亩，温室 5 800 平方米，成鳖产量 16.43 吨，稚鳖 11.5 万只，总产值 646 万元，总利润 323 万元。

日本的鳖价格是多少？"因为那个时候我们同日本的物价差距大概 10 倍，他说日本鳖价格就在 2 500～3 000 元这个样子。这样算的话呢，大概 0.5 千克 800 元，我们是 500 元，那么按照十倍的物价差价算的话，它的价格非常便宜。我再问他："你们那边鳖市场的现状怎么样？"他给我介绍说，他们那里的鳖都是人工养殖的，而且很早就开始养了，已经形成比较好的品种了。

这个时候，我就萌发了和中村先生合作养鳖的念头。因为在新加坡我们也有合作经验了，如果同他合作，我们可以引进日本的技术和日本的优良品种。于是我在 1995 年上半年就开始做这个事情，到下半年 11 月就把它引进来了。当时想要养殖进口的鳖要通过农业部审批，还好我们杭州市和省里都很支持我。因此我就到农业部去，通过省里的关系去申报，获批之后马上就进口了。第一批进口的鳖是从 11 月开始进入我们的温室大棚，大棚全部按照日本的要求来造。同日本人的合作，应该说是非常成功的，也获得很大的关注。

采访者："日本养鳖技术引进示范"项目落地之后，你们在中华鳖原种改良与养殖技术方面做了哪些探索与突破？

张建人：引进的品种是好的，但是它也要有一个适应的过程。不同的地区，不同的环境，都会牵扯到一个适应性的问题，包括对水源、土壤、空气等因素的适应。就像我们人一样，我们自己在中国生活得习惯了，觉得空气污染一点或者水污染一点也不太要紧，但是美国人突然到我们这里来，可能就会感到不大适应。

日本的鳖在日本那边的生命力很强，但是到我们这里就出了很大问题，我也走了一个很大的弯路。我把日本的鳖品种引进来以后，适应性方面就出了一些问题，因为这个品种的鳖对我们这里的水源中的一些细菌不太适应。那一年直接损失是 500 万元，总经济损失是 800 万元。

这种鳖品种都是从日本引进的，引进来的时候是鳖蛋，然后在萧山这里孵化出来鳖苗。原来在温室里面养得比较好，还是比较稳定的。从温室挪到外面去养的时候，遇到外面的水、空气等多少都是有问题的，细菌、病毒一泛滥，过了两个月鳖苗基本上都死了，损失很惨重。到现在，这个鳖几代繁衍下来，就慢慢地适应了我们这里的水源、空气了。因此，到了后来，像这样全军覆没的事情就没有发生过。

采访者：经过十多年的努力，"日本养鳖技术引进示范"项目可谓取得了很大成功。那么此项目主要取得哪些社会经济效益①？该项目与您的公司获得哪些荣誉和奖励②？

张建人：我们是通过引进、消化、吸收，再提高创新，用了13年的时间，申报了发明专利。中国第一只中华鳖日本品系新品种就是我们研发的，这也是中国成功引进的第一个品种。这样就结束了依赖外面收购的野生的鳖产蛋的这种局面，实现了大规模的人工培育，这就是此项目最主要的社会经济效益。

当时农业部部长就称我们引进的鳖品种为"中国第一鳖"，该鳖品种获得了农业部的丰收一等奖，在省里获得科技进步二等奖，省海洋渔业局在"十二五"期间将它作为首推的主打品种。到现在为止，这个品种还是我国主打的当家品种，还没有能够替代它、超越它的新的更好的品种出现。

采访者：和养蜂事业一样，在鳖养殖的国际合作交流方面，你们同样也秉持"引进来与走出去"的战略，可否谈一谈这方面的技术输出？

张建人：技术输出方面，如我们还在技术方面援助过朝鲜。朝鲜是通过浙江大学联系的，浙江大学找到我们之后，我们在平壤郊区提供技术援助，

---

① 社会经济效益背景资料：（1）截止到2007年，累计已有海南、广东、四川、江西、上海、江苏及浙江省20多个省、市推广2 000余万只供改良种用良种，有的通过改良后已成为国家、省、市、县级良种场，为农民增加10亿元产值，增收2.5亿元。随着推广面的扩大，其经济、社会效益将为更大。一项年产值100亿元的龟鳖产业工程省有关部门正在推动实施中。（2）积极有效地在萧山区得到率先推广发展"二步养鳖法"及中华鳖日本品系良种，累计全区已发展上万只规模养殖场（户）200余家，年养殖500余万只，养殖面积1万余亩（1亩＝666.67平方米），为农民增收2亿元，增效3 000万元。有力地带动了萧山养鳖业的提升发展。

② 荣誉奖励资料：（1）1998年"引进日本中华鳖与养殖技术推广"项目获萧山市"金桥工程"优秀项目一等奖；（2）1999年萧山市蜂产品研究所"日本养鳖技术引进示范"项目获1998年度浙江省科技"星火"三等奖；（3）1999年萧山市蜂产品研究所"日本养鳖技术引进示范"项目获萧山市农业科技成果奖一等奖；（4）2000年中华鳖原种产业化基地；（5）2001年被杭州市水产局批准建立首家商品鳖出口基地；（6）2003年通过国家科技部星火计划"优质日本鳖养殖技术开发及产业化示范"项目评审；（7）2004年被浙江省海洋与渔业局批准为"省级中华鳖（日本品系）良种场"；（8）2005年被浙江省发展与改革委员会批准为省级中华鳖高技术产业化示范项目；（9）2005年"天海园"牌中华鳖通过国家有机认证；（10）2006年"天海园"牌中华鳖获杭州市名牌产品；（11）2008年"天海园"牌中华鳖获浙江省名牌产品；（12）2008年1月，公司自1995年引种的日本鳖，通过12年六代的选育、繁育，终于被国家水产原良种审定委员会审定为水产新品种——中华鳖（日本品系），新品种登记号：GS03-001-2007；（13）2009年公司被国家外国专家局命名为"国家级引智成果示范基地"；（14）2014年获农业部国家级浙江萧山中华鳖日本品系良种场；等等。

办了一个鳖数量达 10 万只规模的养殖场①。我们也派了两个人去指导了一年，朝鲜也派了 4 个金日成大学的大学生来我们这里待了 3 个月。后来我们又帮朝鲜在大同江边办了同样规模的鳖养殖场，这可以说是一个比较成功的例子。

第二个技术输出的国家是泰国②。泰国东方大学找我们帮它研究泰国品种，我们就用现在的这个新品种援助泰国。泰国农业部副部长、国家博物馆馆长、副总理的秘书长等，都多次来考察过。我们也去过泰国，和东方大学的校长、副校长也有过多次沟通，在那边搞了 4 个改良品种实验点，也是很成功的。我也去过好几次，跑了好几个泰国养鳖的地方，对泰国的养鳖业也是有所了解的。

采访者：作为一位优秀的农业企业家，您一直非常重视科技的创新与应用，而且独立或是与他人合作，撰写了不少的科技论文，那我们知道您并非科班出身，那么可否谈谈您是如何学习研究、使用这些最新的技术③？我们

---

① 2009 年张建人大胆地带领科技成果走出国门，应朝鲜最高领导人金正日的要求，在平壤郊区帮助朝鲜建立 2 家年养 20 万只鳖的养殖场，自己专程去实地指导 2 次，并派出 2 名技术人员实地现场指导 1 年，并接收朝鲜 4 名大学生来萧山培训 3 个月。

② 2011 年应泰国东方大学的邀请，帮助泰国改良鳖品种，张建人带领公司科技人员多次赴泰国现场考察指导，并派出两名科技人员现场指导一年，获得天福培育的新品种试养成功，为今后全面改良奠定基础。2015 年 6 月 15 日张建人再次应泰国总理府副秘书长的邀请对泰国前期工作进行总结，并结合中国"一带一路"倡议，加快帮助泰国全面改良鳖品种。

③ 杨一龙、张建人：《蜂群的秋冬管理》，《养蜂科技》1991 年第 3 期，第 16 页；励建荣、王爱军、张建人：《分光光度法测定蜂王浆中的锗含量》，《食品科学》1993 年第 11 期，第 66~68 页；张建人、邱忠平：《埃及养蜂业和蜂王浆生产技术现状》，《中国养蜂》2001 年第 4 期，第 42~43 页；张建人：《中华鳖温室养殖中高浓度亚硝酸盐等的形成与控制》，《生物技术世界》2013 年第 9 期，第 35 页；张海琪、周凡、王卫平、许晓军、张建人、何中央：《蝇蛆蛋白粉替代鱼粉对中华鳖日本品系生长、肌肉品质、免疫及抗氧化指标的影响》，《浙江农业学报》2013 年第 2 期，第 225~229 页；何中央、周凡、张海琪、许晓军、王卫平、张建人：《蝇蛆蛋白粉在中华鳖日本品系饲料中应用效果初探》，《中国饲料》2013 年第 3 期，第 30、32、40 页；周凡、丁雪燕、何丰、薛辉利、张建人：《饲料蛋白水平对中华鳖日本品系生长性能、饲料利用及生化指标的影响》，《第九届世界华人鱼虾营养学术研讨会论文摘要集》，2013 年 11 月 12 日，厦门，第 41 页；张建人、杨芳、柳光宇：《微生态制剂 YLY 在中华鳖日本品系温室养殖的应用效果》，《水产养殖》2014 年第 5 期，第 3~6 页；张建人、杨芳：《甲鱼产业升级与可持续发展研究》，《中国水产》2014 年第 7 期，第 22~25 页；张建人、杨芳、柳光宇：《YLY 在日本品系中华鳖温室养殖的应用效果》，《科学养鱼》2014 年第 3 期，第 50~52 页；邱忠平、张望桥、赵法箴、张建人、张道平：《太阳神龟引种驯化养殖与繁育技术的研究》，《中国水产》2015 年第 8 期，第 84~87 页；曹爱玲、沈立、蔡路昀、张建人：《中华鳖粉中氨基脲来源及相关性分析》，《食品研究与开发》2015 年第 19 期，第 1、3、51 页。

找到了从 1991 年开始到 2015 年，您独立或者跟他人合写的将近十来篇文章，因为您不是专业学这个，那么您是怎么独立自学到这些最新的技术的，可否谈谈自己的经验和心得？

张建人：原来我是渴望能够学习这些知识和理论的，但是之前是没有机会学，那么后来在工作实践中，现实就迫使你必须去学习它。如果从事棉纺厂的工作，那么你要去学习棉纺织的原理；如果要搞蜜蜂产品，那么也要去学习蜜蜂的生活与特性。还有养鳖、构树等，都是工作迫使你要持之以恒地去做好这些工作。要去不断地学习新的知识，长此以往，就使得学习成了一种习惯。

做企业的第一个方面的问题，是我们该怎么样去做，那就需要你去认真研究它。你不仅要从最基础的东西开始研究，还要从现在的制高点去研究，如在国际上这个东西做到什么水平，你在国内是什么位置。如何获取这些信息呢？其中一个途径就是通过书本、杂志、报纸等来获取，这就要求你要勤奋学习、勤于收集。现在的话，就是从互联网获取，或者说在专业的群里交流沟通，还有实地的走访、学习参观等。

有时候现实就逼着你要去做这些事情，因此，总结起来应该是两个字：勤奋。我从纺织厂开始，到经营蜂产品、鳖，再到现在的构树，一直秉持着持之以恒的精神和做一样爱一样的态度，这样才能把它做好，做到极致。

采访者：2013 年杭州萧山天福生物科技有限公司在中国农科院和中国水产科学院领导的支持下，在杭州萧山天福生物科技有限公司设立了院士专家工作站，您当时是基于一种什么样的考虑？主要的运作模式是什么样的？

张建人：前几年各地都在抢人才，现在很多地方也都在抢人才，但那时候还没有开放到现在这种程度。2010 年前后，各地兴起搞院士工作站的热潮，杭州大概也是从 2010 年开始要搞院士工作站。大家都会觉得如果哪个地方院士工作站建得多，搞得好，这个地方肯定是不错的。2012 年，我们当时要搞鳖饲料，但是我们的力量还不够。

中国水产科学院的首席专家赵法箴①院士是搞中国对虾饲料的，中国对虾饲料是他发明的，而且获得了国家科技进步一等奖。赵法箴院士本身是研

---

① 赵法箴，1935 年出生，山东省莱州人，1958 年毕业于山东大学水产系（今中国海洋大学水产学院）。毕业后即分配至黄海水产研究所工作至今，历任海水养殖研究室主任、名誉所长，中国工程院农业、轻纺与环境工程学部常委等职，1995 年 5 月成为中国工程院院士。

究对虾疫苗的，因为中国的对虾是野生的，他研究的就是人工养殖与繁育。人工培育的关键是饲料问题，因为他在对虾饲料研究方面取得了很大的突破，所以获得了国家科技进步一等奖。我们当时就想请求他帮忙解决鳖的饲料问题，就在公司设立了院士专家工作站。

那时候养殖鳖，一般是在社会上买的饲料。有的人为了竞争，在饲料中加了抗生素，鳖吃了抗生素饲料之后不容易生病，不过现在加抗生素的饲料国家已经不允许生产了，因为这属于滥用抗生素行为，是有害的。我们如果要想搞鳖出口，就不能用这种饲料，我们要自己研发饲料，因此，我们就请院士帮我们一起研究鳖饲料。

当然，设立了院士专家工作站确实有很多好处，第一个方面，有了院士之后可以提高企业的知名度；第二个方面，院士确实也帮助我们解决了一些实际问题，而且一个问题解决好以后，其他问题也可以解决；第三个方面就是在经济上，国家还会给院士相应的补贴。

后来我们的饲料问题解决了，就是在院士的帮助下解决的。实际上，院士工作站最核心的还是院士们的技术力量，大概是从 2013 年开始，用他们的专业技术帮助我们解决了很多难题。

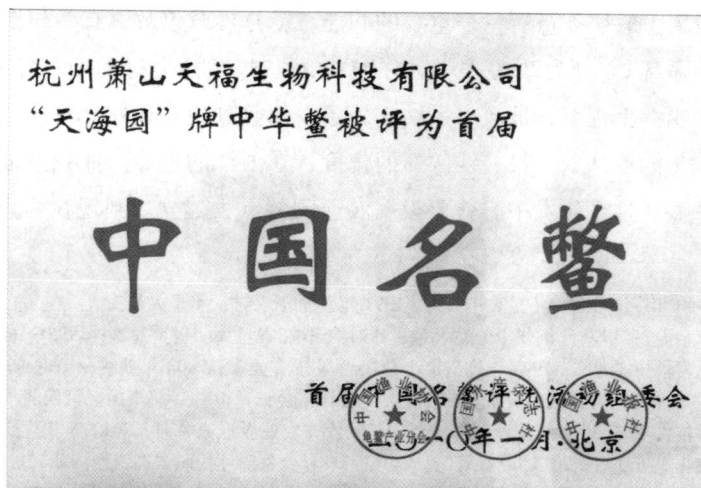

2010 年，杭州萧山天福生物科技有限公司"天海园"
牌中华鳖被评为中华名鳖

采访者：那么对于您的成绩与贡献，政府也给予了很高的荣誉。我也总结了许多项，有十几项，那么在众多的荣誉跟奖励中，可以谈谈您感受最深或者最自豪的一项吗^①?

张建人：结合我的经历，我觉得让我最欣慰的事情，是能够培育出中国第一个鳖的新品种。培育出中国第一个鳖的新品种以后，社会效益非常好，根据官方统计的数据，在"十二五"期间浙江省一年的鳖养殖的产值能达到70亿元。光是一个鳖达到70亿元，这个算是很高的社会效益了。原来我们有个百亿工程，就是鳖业务的产值冲上100亿元。后来"五水共治"^②政策出来之后，这个百亿工程也就搁浅了。

在个人荣誉方面，我觉得比较自豪的有两点。第一个是我被推荐并担任浙江省的政协委员，这个应该是我们萧山推荐的比较高的荣誉了。我是两届省政协委员，第九届和第十届；第二个就是我破格晋升了高级经济师。我刚才讲我在初中读了两年，但实际我在初中只上了一年学，可以说是先天不足，基本上是靠后天努力的，破格晋升也是很难的，最后成功晋升了高级经济师，我觉得很不容易。

采访者：刚才您说连续担任浙江省政协第九届、第十届的委员，那么可否谈谈您提出的一些重要的提案和采纳的情况，这里面有没有您印象特别深刻的事情^③?

张建人：政协委员有一个重要的职能，就是参政议政，有一句话叫"参政议政不添乱"。身为政协委员，你要提出一些对社会有利的、好的提案。我曾经提出一个提案，被政府采纳实施了，而且到现在还在起作用。那就是当年我提出的要从农业第一线的新的角度，在浙江的主导产业领域成立省级的研发中心，这个研发中心就要根据农业的特点去建立。到现在为止，我们

---

① 1990年度浙江省青年星火带头人；1991年获全国农村青年星火带头人（共青团中央、国家科委）；1993年杭州市劳动模范；1994年浙江省星火明星企业家；1995年杭州市优秀民营科技实业家；1995年杭州市十佳民营科技实业家；2008年获杭州市政府特殊津贴；2009年当选为首任中国渔业协会龟鳖产业分会会长；2010年获萧山区第四届"十佳优秀科技人才"；2011年获萧山区"十一五"优秀农业企业家称号；2012年获杭州市农业科技先进工作者；2014年获浙江省人力资源和社会保障厅任职"高级经济师"资格。

② "五水共治"是指治污水、防洪水、排涝水、保供水、抓节水这五项。浙江是著名的水乡，水是生命之源、生产之要、生态之基。"五水共治"是一举多得的举措，既扩投资又促转型，既优环境更惠民生。

③ 张建人政协提案：（1）大力发展民营公助农业科研机构；（2）关于减轻出口农副产品检验费负担的建议；（3）创新民营农业科研中心，提升我省农产品国际竞争力；（4）关于进一步加大国外先进农业引智力度的建议；（5）健全劳资纠纷保护劳工申诉和制约资方的畅通机制；（6）建议优先扶持现代高技术集约化设施农业。

浙江省已经有一百多个这样的研究中心了。

我提出来之后，政协给出了答复，而且回复了实施的情况。我是根据我自己多年的工作经验，从我做的蜂产品研究实践这个角度出发提出的提案。之所以提出这个提案，是因为当时工业有技术中心，而农业却没有，农业技术很缺乏，也需要一些技术的指导。因为我正好有这方面实践的经验和路径，如果没有这个经验我也提不出这个提案。所以说在提案的时候，必须要根据实际的情况着手，要能解决一些问题，还要有可行性。

采访者：在浙江省比较有影响，或者有代表性的研究院有哪些？

张建人：例如，德清有一个淡水珍珠研究院，这个研究院搞得非常好的就是珍珠育苗、珍珠养殖、珍珠化妆品的开发，现在也很有名了。诸暨的一个镇上也有珍珠研究院，还有蜜蜂研究院。全省范围内，我知道的大概有二三十家从研究中心升格为研究院的，其中就包括金华两头乌猪的研究院。这些研究院开发了很多有地方特色和市场竞争力的产品，也成为浙江农业科技的一个特色。总的来说，农业研究院对浙江农业的创业创新帮助很大。

采访者：所有这些成绩与荣誉的背后，也都浸透着您个人和团队的心血与汗水，其间也必然经历不少挫折与打击。从您进入养蜂行业到现在30余年间，可否谈谈对您个人和企业来说影响比较大的困难或者说意外事件①。

张建人：每一个企业、每个人都会有不同的经历与故事，就像我一样，也算是经历比较丰富的了。我们的同龄人像宗庆后、鲁冠球等，他们年纪比我大十来岁，都是在改革开放以后慢慢发迹的。我们这一代创业的人中，有很多成功的，有很多失败的，也有很多勉强生存的，我就是属于还勉强生存的那一类。就我个人来讲的话，并没有说做得非常辉煌，但也没有说已经趴下了，其实趴下破产的也很多。我们搞企业的就是这样，像马路上的交通一样，一出事故就破产了。有的人乘着改革开放的东风，已经进入高速公路上跑了，而我们现在还是开着慢车在路上，但至少还没有出车祸。

办企业其实困难也是有很多的，一个企业同一个人的发展一样，都会有意想不到的事情发生。我们有时候也会讲一个词叫运道，运道不好的时候你

---

① 张建人在1995年第一次引进1 000只产蛋亲鳖，由于没有经验，在跨国长途运输中时间较长全部被闷死，损失20余万元。1996年，有一次海运的一批后备原种亲鳖全部被闷死，损失60余万元。在试养过程中，1997年17号台风使钱江大堤决溃，潮水冲毁围垦养殖场，受灾损失150万元。2002年，因忽视外河水污染的水处理而引发鳖病暴发，全场12万只商品鳖全部死亡，直接损失500余万元。

埋怨也是无济于事的，运道好的时候就会发展得顺利一些。当然，这其中还有很多个人的智慧、胆识与魄力等因素。

我认为这么多年对我来说最大的一个打击，就是在引进日本的养鳖技术过程当中的那一次失败的经历。那一年 12 万只的种母鳖没有培育起来，两个月时间内全部死亡，一下子就损失了 800 万元。这个弯路是非常大的，当时我把所有的房子都卖掉，汽车也卖掉了。20 多年前的 800 万元，差不多相当于现在的 8 000 万元，是不小的一笔钱。另外是 1997 年的时候，17 号台风的冲击使我们损失了一百多万元。创业之初的几次打击也是很厉害的，有的是直接伤元气，有的是元气几乎要耗尽。

采访者：鳖养殖会造成一定的环境污染，尤其是近年来浙江省实施"五水共治"政策，政府开始启动关停温室大棚，这个政策对您的企业或是对萧山整个鳖养殖行业带来哪些影响？您又是如何应对的？公司的业务发展方向做出了哪些调整？

张建人：鳖养殖确实对环境有一定的影响。我刚才讲的百亿工程，就是我同海洋渔业局渔业处的领导，针对养鳖业提出的，因为我认为当时产值已经达到 70 亿元，再努力一下，做出一个百亿工程肯定是没有问题的。但是紧接着"五水共治"政策就出台了，我们的计划也因此受到了影响。

当时确实也存在问题，特别是湖州地区、嘉兴地区，到了冬天，一眼望过去一大片都是烟囱在冒烟。因为鳖需要在温室里养殖，这样做就是为了给鳖的大棚里加温。农民用的都是很简陋的东西，如用建筑工地的下脚料、模，还有胶鞋、废鞋橡胶什么的。这种橡胶放进自己做的土锅炉里燃烧，用一根管子沿着通风口接出去，就是一层温室。每一层大棚都有五六支管子，管子上面都在冒烟，通过这样的方式加温，就可以降低成本。

这样做的经济效益是非常好的，但是这样做的缺点也是有的。一方面，会造成空气污染，因为废气排放到了空气中；另一方面，会造成水源污染，因为千家万户都在养的话，一天到晚都有人在换水，污染的脏水都放到河里了。如果是一个棚、两个棚那没有关系，几百个甚至几千个棚那就不行了。东林镇就有几千个棚，放出去的水都流进了河里，这个确实也存在问题。后来就搞"五水共治"，是从浙江开始的，很多鳖养殖棚就被拆了。

2005 年到 2010 年，那时候因为效益好，大家一哄而上养鳖，所以鳖的数量越来越多。2012 年以后，鳖市场就慢慢地萎缩了。萎缩的原因也很多，第一个方面，是因为请客送礼渐渐行不通了；第二个方面，卖进口水产品的人也越来越多了，再加上电商出现，冲击了鳖的产业。从 2012 年下半年开始，鳖产业整体上效益都不是很好，有 80% 以上都是亏本的。有的人退出了这个行业，有的人缩减了规模。今年上半年开始鳖产业又有回升，一个重要的因素就是养殖户减少了，生产量就少了，需求不变的话，行业肯定会有起色的。

原来我们围垦那里有一个鳖场，已经不养鳖了，还给人家了；现在这里还有一个鳖场，也要被拆掉了。对于这个行业来讲，我基本上要慢慢退出去了，但是我不会全部退完，应该会在萧山的乡镇下面弄一块小地方去养殖。现在的话，我的业务发展方向主要就是搞航天构树了，从航天构树中提取出蛋白，应用在饲料上从而提高鳖的免疫力，这样的话鳖就不容易生病了。

五 构树研发与精准扶贫：探索企业转型之路

采访者： 之所以转向构树，是因为您当时对鳖饲料的需求，才注意到这个商机的吗？

张建人： 是的。我现在为什么会对构树的种植与开发有兴趣呢？因为相比之下，鳖不是我们国计民生的必需品，构树产品的开发会比鳖养殖的社会效应更高。习近平总书记曾经讲，"饭碗要端在自己手里"，如果饭碗里是中国人自己的粮食的话，那么研究开发构树的意义就更大了。构树本身就是一种粮食，是一种高蛋白，除了通过生物技术发酵成高蛋白的产品，作为猪、牛、羊、鱼、鸡、鹅等的饲料，还能开发很多功能食品。

我们利用构树开发的饲料是不用添加抗生素的，过去的很多饲料都添加抗生素，如会在饲料中添加土霉素、红霉素、恩诺沙星、环丙沙星等。我们以前一度是滥用抗生素的，实际上对平常人来说，抗生素吃多了有害无益，而且危害是非常大的。现在你去医院、诊所之类的，医生也不能随便给你挂盐水、吃抗生素。现在很多人已经开始意识到抗生素的危害，在发达国家抗生素的使用是被严格控制的。

构树制成的饲料可以不用抗生素，因为它里面含有天然的黄酮类物质、多糖等，有抗菌杀菌、提高免疫力的作用。对于猪、牛、羊等家禽来说，构树制成的饲料本身就是一种蛋白质，而且能提高动物的免疫力。如果推广开来，因为它既保证了食品安全，又解决了粮食问题，所以它的社会效益非常大。

采访者：刚才讲到，除环境问题之外，鳖养殖还面临着诸多的瓶颈，因此促使您开始关注构树的研发项目。刚才您谈到是因为鳖养殖的饲料需求，在这个过程中，您接触到了构树，可不可以谈一下您是如何接触到这个项目的，包括构树整体的生态经济和社会效益①。当时您在养鳖上怎么会想到用构树提取物来当鳖饲料的？

张建人：其实这里面也是有故事的。钱学森的儿子钱永刚②是我的朋友，他对航天系统比较熟悉。有一次他到我家做客，我们一起吃饭、聊天，然后就谈到了我的鳖养殖，我说："鳖现在情况不是很好，整个市场都在萎缩，处于亏本状态。在出口方面，日本的要求很高，稍微做得不好就得马上停止出口，还要进行通报等。抗生素又不好用，我很为难啊。"他听完之后，和我说："现在有一个很好的东西，就是航天构树，现在国家也在推动使用，你可以试试看。"原来构树是野生的，后来把它放在神六、神七到神十一上面，这么几次上上下下的太空育种，已经成为一种杂交的构树品种。中国科学院植物研究所已经把它定为一种新的航天杂交构树品种，这个品种非常好。他还提到，这个东西作为饲料给鲤鱼吃了之后效果比较好，鱼肚子很精瘦，很鲜嫩，无异腥味。那么如果给鳖作为饲料，是不是也会很好？而且它还起抗菌作用，让我可以去试一下。

我这个人不是很古板，对于新生事物也比较容易接受，我接触了这个构树之后，就对它产生了浓厚的兴趣。后来我问钱永刚："什么时候给我引见一下航天杂交构树的发明人？"这个人叫沈世华③，他是航天杂交构树的发明人，在中国科学院植物研究所工作。后来见了沈世华以后，经过交流和沟通，我们把植物所在安徽育种基地的母本买了过来，然后种在鳖场里。构树

---

① 杂交构树为桑科构树属植物，具有速生、丰产、优质、多抗等特性。树叶富含的粗蛋白和类黄酮为优良饲料和天然保健药物；树皮纤维优良可生产高档纸浆和纺织原料；树干木质素低，可打浆造纸和繁殖珍稀蘑菇。在生态修复、环境改善、水源涵养、防沙固沙等方面具有巨大的应用前景，可在我国至少两亿亩的非耕地上生态绿化种植，并有相当的经济产量用于产业化，可实现"生态、经济、社会"三效益的统一。

② 钱永刚，1948年出生，浙江杭州人，长期从事计算机应用软件系统的研制工作，高级工程师，上海交通大学"钱学森图书馆"馆长，上海交通大学、西安交通大学、清华大学等高校的兼职教授、客座教授。他是钱学森长子，同时也是2008年诺贝尔化学奖获得者钱永健的堂兄。

③ 沈世华，1962年11月出生，重庆市綦江县人，1983年在西南农业大学（现西南大学）获农学学士学位，1989年和1994年在中国科学院植物研究所获理学硕士学位和博士学位。

长大之后，就把叶子摘下来，经过发酵后给鳖吃。

因为这个构树的叶子直接给鳖吃是不行的，要经过发酵之后才能吃，所以我们要去研究怎么样发酵。后来我们自己简单弄了弄，尝试着给鳖吃，发现效果还可以。我刚接触构树的时候，当时还没形成一个行业，但是有一部分人已经在从事这个方面的研究，包括中国农业科学院饲料研究所、中国林业科学院、中国科学院植物研究所、武汉大学和中国农业大学等，也有很多大专院所在推动这个产业。其实接触多了，我才发现，把构树加工后给鳖当饲料的想法，相比之下是小儿科的东西，如果能把它加工后给猪、牛、羊当饲料，那么这个市场就大了。

中国每年的饲料，依赖进口大豆八千多万吨，这个数字是非常大的。随着生活水平的提高，人们对猪、牛、羊鸡等畜禽类产品需求会更多。这样一来，如果构树能替代大豆提供大量的蛋白质，那我们就不用太担心粮食进口问题了。而且构树嫩枝叶中含有类似黄酮类、多糖和高蛋白等物质，含量达到28%以上，它们具备某种抗菌作用，这个是大豆所不能比的。

采访者：就您公司而言，您从事构树研发的主要产品与发展方向是什么？您这里稍微做一下总结。

张建人：在方向上，其中第一个主要的方向就是饲料研发。饲料是初期产品，通过生物技术把构树的嫩枝叶发酵成为易被消化吸收的蛋白质。主要是嫩枝叶，很老的木质化的叶子是不行的。第二个方向就是要从构树叶子中提取50%以上的蛋白质，它是一种功能蛋白粉，也就是功能食品；除此之外，构树的嫩芽也可以做成茶叶，形式上是茶叶，但实际上是一种植物饮品。做成的茶饮也是有一定功能和作用的，对一些高血压、高血脂的病人是有好处的，这个方向的研究是跟中国农业科学院茶叶研究所合作的。

另外，我们研究构树的茎和根，做深度开发，可以提取多糖和黄酮类物质。这些物质是抗菌物质，而且多糖等物质是可以提高免疫力的。我们想把它们开发成保健食品和药品，这也是我们萧山区2017年的十个重点引进海外高端专家的项目之一。如果都开发出来，不仅经济效益好，社会效益也会更好，因此，我就想把它做成一个样板。

采访者：构树扶贫工程于2015年被列入我国十项精准扶贫工程之一，而作为杭州市对口帮扶黔东南州项目的一个组成部分，您公司也正在与萧山区对接的从江县实施航天构树产业科技示范种植、加工及从江香猪品质提升工程项目①。可否谈谈该项目的具体启动与进展情况？

张建人：国务院为什么要把构树项目作为十大精准扶贫项目来推动呢？这是从多方面考虑的。构树对于生存条件要求不高，如果把它们种在那种石漠化地、沙漠化地和盐碱地这种贫瘠的地上，它们也是可以顽强生存的。这样就既有生态效益，又有经济效益和社会效益。在这方面，可以说我们现在应该已经走在前面了。因为这个项目是在2015年提出来的，国务院召开的第一次试点会到现在仅有三年的时间，可以说是很年轻的，全国各地也还在开发这个东西。现在我们的进度在加快，我们已经走在了前面，我自己是看好这个项目的。

从江县的这个项目，是2017年9月我们区政协主席带了企业家委员考察团去考察的。我实际上已不是政协委员，但他们还是邀请我去了。去了以后，在这个会议上我们萧山的两家企业和从江县签了一个协议，对从江县的旅游、农业等进行指导，也就是对口帮扶了。

从江香猪是中国八大地方猪种之一，还是比较有名气的。我当时从萧山拉过去几车发酵好的饲料，给从江香猪吃，就想看看从江香猪吃了我们研发的构树饲料以后会不会肉质变好。后来发现效果还不错，但是那个时候没有按照标准化的系统对照来做实验。

2018年上半年，王敏区长带领萧山党政代表团又去那边考察，这次也带我去了。2018年又签订的一个协议，是一个关于香猪品质提升工程的项目。今年较为规范地做了一组对比实验，让贵州大学一个畜牧业专业大学生做的这个实验。我们设置了三个组，第一组的香猪吃当地的饲料，第二组的香猪吃韩国产的含添加剂饲料，第三组的香猪吃我们的航天构树饲料，从2018年8月2日开始，到10月底就完成了项目标准试验。经过品鉴、盲测、口感、味觉、气味、香味等环节的测评，我们的最终获得优等，韩国的为良，本地的为一般。理化指标检测及无抗检测的结果也非常好。

采访者：就是为了鉴定从江香猪吃了这个饲料以后，会发生怎么样的变化是吗？

张建人：是的，主要是看猪肉的口感、光泽度、香味、瘦肉的雪花点、

---

① 构树扶贫工程由国务院扶贫办牵头，协调各产业部门，成立"杂交构树产业扶贫"项目组，该工程采用中国科学院植物研究所杂交构树品种及产业化技术，重点在全国贫困地区实施杂交构树"林—料—畜"一体化畜牧产业扶贫。

理化指标检测和药物指标检测等方面的影响。因为我们培育的香猪是不吃抗生素的，药物和理化都要进行全分析，这样鉴定结果就会很有说服力了。

从江香猪是一个好的品种，但是这么多年来从江县换了几任书记，在这一块都没有做好。虽然当地千家万户都在养猪，但是养殖的标准不统一，有的吃这个饲料，有的吃那个饲料，大家都不统一。因为有的香猪是好的，肉非常好吃，但是有的猪肉臊味很重，所以这个品牌打不出来。现在我们要做的就是让它实现标准化生产，既要精准扶贫又要标准化打品牌，在品质提升上下功夫。

贵州那边搞的是"一县一品"，从江这里的品牌就是香猪，这里的香猪也被称作"天下第一猪"，这里面也是有典故的，据说这句话是诸葛亮讲的。贵州有个月亮山，香猪主产就是在月亮山这里。历史上有名的"诸葛亮七擒孟获"就发生在这个地方，孟获当时就在这个月亮山里面。诸葛亮七擒孟获，最终使得孟获臣服了诸葛亮，之后孟获就大摆宴席，请诸葛亮吃了一种很美味的猪肉，那就是从江香猪肉。吃过以后，诸葛亮觉得这个从江香猪很好，他当时就讲了"天下第一猪"这句话。

此外呢，1949年国庆大典的时候，国宴上用来招待客人的就是从江香猪肉，原来的人民日报社社长邵华泽①就题了"天下第一猪"这五个字。邵华泽是浙江淳安人，他也是一名优秀的书法家。我觉得从江香猪还是有故事、有文化的，我在参观了以后就决定要把它的文化发掘出来，要打造出有知名度、有影响力的品牌。他们现在就在做这个，如果做得好的话，他们就会用扶助从江的扶贫资金，来做这个项目。

这个项目可以宣传的故事很多，但是光讲故事而没有实质性东西是不行的，于是航天构树香猪品质提升工程就应运而生了。这个工程如果做成功了的话，就会形成一种推广效应。像习近平总书记讲的，我们要在2020年12月底脱贫，但是并不是说脱贫了就没事了，因为有些地区还可能返贫的，所以还要有造血产业来支撑，达到可持续发展，包括现在说的乡村振兴也是要有产业支撑的。

从江构树项目的成果很显著，它能起到在石漠化山地种养结合、循环林

---

① 邵华泽，1933年6月出生，浙江淳安人。著名新闻学者，北京大学新闻学系教授，北京大学新闻与传播学院院长，浙江农林大学人文学院名誉院长，中华全国新闻工作者协会名誉主席，中国人民解放军中将军衔。2013年10月卸任北京大学新闻与传播学院院长职务。

牧可示范、可复制、可造血、可持续的效果，还能实现东西部科技产业帮扶带动效果。就在 2018 年的 11 月 2 日，萧山区委书记佟桂莉还率萧山党政代表团去贵州从江构树种养基地考察，给予我们支持和鼓励。

采访者：2018 年 6 月 23 日至 24 日，国务院扶贫办在河南省兰考县举办构树扶贫工程现场观摩交流暨培训班。您公司也应邀与会，此次交流与培训班给您带来哪些启发？

张建人：这个会议我也去参加了，我能感受到国务院扶贫办对此也很重视。扶贫办主任、副主任还有河南省的省长、农业主管等领导都亲临会场，而且都是到了第一线。在会议中就感觉这个产业正在稳步发展，我们的队伍也在扩大。会议总结了很多试点的经验，在全国十个试点基地当中，有的地方也走了不少弯路，带来了一些负面影响。会议最后也达成了共识，认为这个产业是好的，是有希望的，但是它还很年轻，也需要大家努力去深化研发。

因为参加会议的不是只有我们这些企业，还有大专院校、科研院所和全国各省的扶贫办等。扶贫办主任从一开始就抓这个项目，在前几天一个会议上，扶贫办、农业农村部部长韩长赋[1]在会上讲话，他一直在关注这个事情，一直在抓构树项目，积极性也很高。会议以后国务院扶贫办发出来一个文件，要加大深化构树试点，因此这就比 2015 年更进了一步。这个项目对于兰考县 2017 年脱贫摘帽也起到一定的作用，因为兰考县是习近平总书记对口负责的地方，在这个地方开展，意义也是不同的。

就我自己的看法而言，构树工程三年后也会成熟。现在大家都还在摸索当中，但是摸索的速度在加快，特别是在 2018 年 4 月，农业部已经将构树饲料列入了饲料目录。在饲料方面有一些饲料法律法规，要求很严苛，能够被列入饲料目录是很不容易的。虽然我们原来做试点成功了，但也不能随便向市场卖，这样做是非法的。目前构树产品还没有列入新资源食品，但接下来也会被列入新资源食品，就是我刚刚讲的保健食品和功能食品。新的食品如果想通过检验成为国家的新资源食品，是需要通过科学检测的，如要检测申报的新资源食品是否含有致癌、致畸因素。它要等到通过国家相关部门的检

---

[1] 韩长赋，1954 年 10 月出生，黑龙江人。他于 1974 年 1 月入党，1976 年 7 月参加工作，法学博士学位，研究员，现任中国共产党第十九届中央委员会委员，农业农村部党组书记、部长，中央农村工作领导小组副组长兼办公室主任。

测，做了大量的实验之后，才能被作为一种新资源食品。

采访者：构树扶贫作为国家推进精准扶贫的一项战略措施，作为参与的企业，您如何平衡社会责任与企业利润二者之间的关系①？可能现在您觉得这是一个朝阳产业，可是作为企业来讲，利润也是您要考虑的，那么如何去平衡？

张建人：对同一件事情，每个人的看法是不一样的，但是根据我的观察，或者说根据我的分析理论来讲，我认为构树是有开发价值和开发意义的。虽然在前期我们都是在投钱，基本上没有回报，但以后的社会效益和经济效益都会同步，会变得很好。社会效益方面，如果从江的项目弄得好，那我们就可以复制这个样板，政府也会重视起来，那么社会效益就会扩大；在经济效益方面，如果这个项目好了，我做饲料也能够赚钱，深度开发更能赚钱。

构树产品如果能被列入新资源食品，那就更好了，可以说在别人还没反应过来的时候，我们前期已经全部做好了。例如，马云为什么能赚钱？我觉得就是因为他比别人做得早，等到别人反应过来，已经没办法去同他竞争了。一个企业家要想成功，要有敏锐的洞察力和过人的远见。同时，构树扶贫作为国家推进精准扶贫的一项战略措施，如果推进很顺利的话，对于贫困地区的脱贫致富是有很大帮助的。我确实也很看重这个项目的社会效益，就算没有什么经济效益，那就为后来者投石问路也好，铺铺路也好，也是很有意义的事。

六　我是"促富大会"的受益者

采访者：回顾您的个人经历与创业历程，可以说和农业与农村发展有着

① 2018 年 7 月，国务院扶贫办出台《国务院扶贫办关于扩大构树扶贫试点工作的指导意见》。该意见指出：为贯彻落实《中共中央　国务院关于打赢脱贫攻坚战的决定》和《中共中央　国务院关于打赢脱贫攻坚战三年行动的指导意见》精神，促进贫困地区农业供给侧改革，培育适宜贫困地区发展特色产业，推动构树扶贫工程落地见效。近年来，部分省份在杂交构树全产业链发展及带贫减贫机制等方面进行了积极探索，取得了显著成效。在总结地方试点经验的基础上，现就进一步指导和规范各地构树扶贫产业发展，提出如下意见。构树扶贫的总体目标任务：在适宜种植杂交构树的地区，让贫困群众参与构树种植基地建设和发展养殖业，提高收入水平和自我发展能力，促进乡村产业兴旺，实现稳定脱贫。

非常紧密的联系，而今天萧山新农村建设的成就乃至萧山经济社会的全面发展也得益于40年前召开的全县农村促富会议（以下简称"促富大会"）① 及其精神的贯彻。在萧山区改革开放30周年大会上，"促富大会"入选"三十年激情创业·萧山区改革开放十大新闻事件"，足见此次会议的历史意义与时代价值。在您看来，"促富大会"留给今天的最主要的时代遗产和精神财富是什么？

张建人："促富大会"实际上是改革开放后把农民的生产积极性调动起来的一次会议。在"促富大会"之前有一段时间农民虽然很有干劲了，但是还是有所顾虑的，不太敢放开手脚干。例如，我刚才讲的养蜂，会被认为是"资本主义尾巴"，你就是"挂羊头卖狗肉"也是要说集体的，不然的话是不让你养的。

"文化大革命"结束后到"促富大会"开始前的这段时间，大家就开始搞生产，政策已经慢慢放开，生产的积极性就迸发出来了。那时候一些脑子活络的，前面有基础的人已经成为万元户了。当时的万元户算是很富有了，他们起到了一种榜样作用，就像改革开放之后的温州人一样。

我认为，萧山从召开"促富大会"的时候开始，萧山农民的那种勤劳拼搏的精神就被激发出来了。之前的时候，对于很多思想和行为是压制的，通过"促富大会"的思想解放，农民就有一种"致富光荣"的观念。"促富大会"传达的精神激励着大家更加勤奋地去拼搏奋斗，勇往直前。虽然当时有的家庭已经成为万元户了，但是也不能骄傲自满、停滞不前，而是还要继续投资，还要继续发展。

采访者：您对"促富大会"的召开还有印象吗？您当时是如何知道"促富大会"召开的消息的，当时您是以什么名义参加此次会议的？

张建人：我家里当时是养蜜蜂的，"促富大会"召开的消息就是我们萧山最大的养蜂户孙建林告诉我的。孙建林是养蜂大户，又是当时的劳动模范，也是"促富大会"的典型代表，他当时都远远超过"万元户"了。我那时候产业很小，还讲不上话，一个月就51元工资。

孙建林告诉我这个事情之后，我是自己去听的。我自己家是养蜜蜂的，

---

① 1979年12月25~29日，萧山县召开全县农村促富会议。会议号召全县人民打破思想枷锁，敢于做"富"字文章，把萧山农村建设成为农工商一体化的富庶农村。此次会议为萧山经济的全面发展吹响了"进军号"，它揭开了萧山改革开放的总序幕，被誉为萧山的"十一届三中全会"。

知道要开"促富大会"了，我们就自己报名去听一下。那个时候个人也可以去参加，不是只有代表才可以去，我就想着去了解一下有什么好的政策，政策放开到何种程度等这些问题。我是属于那种头脑比较灵活的人，再加上我父亲也让我去听一下"促富大会"，了解一下情况，我就去了。我只有最后一天表彰的时候去了，也没有全程都听下来，就听了部分，只知道政策放开了，可以放手干了。了解政策之后我也吃了一颗定心丸，知道这时候风向标比较稳定了。

采访者：就当时而言，您参加完"促富大会"的最大感受与对您的触动是什么？

张建人："促富大会"对我来说，一方面是给我吃了定心丸，胆子更大了；另一方面就是开始想着怎么摆脱贫困了，因为穷则思变嘛。那时候真是穷怕了，当时不是只有我家里穷，而是大家都穷。我家相对还好一点，因为我家就一个小孩，有的家庭那个时候有五六个小孩，很多时候是吃不饱的。

现在第一代的民营企业的老总都是以农民为主，因为他们那时候很多都是由多种经营慢慢发展起来的。像鲁冠球最开始的时候也是打打铁啊，搞搞农具啊。最后改革开放以后，特别是邓小平南行讲话以后，胆子就更大了。以前的话，如果你有钱，别人就会问："你的钱从哪里来的？"还可能会查你。"促富大会"之后，办企业赚钱已经不是"资本主义尾巴"了，反而你弄得越好就越光荣，钱越多越光荣。

采访者：您对于"奔竞不息，勇立潮头"的萧山精神有怎样的理解？

张建人：虽然我已经上了年纪，但是萧山精神已经是融入骨髓里的一种精神了。很多人觉得我年龄大了，不用那么拼命了，玩玩就好了，但是我们这代人是做不到的，我们一定会去做自己想做的事。我们也会力所能及地去做一些实事，做一些对社会有作用的，会得到大家肯定的事情。

我在创业中也经历过失败，就是我之前提到的，在2002年的时候我搞鳖研究和培育，两个月时间损失了800万元，那次事件对我打击很大。后来我大舅子给我担保贷款，还有我在银行工作的朋友也帮了我一把，拿出200多万元借给我用，这样才慢慢地走出困境。现在国家提倡大学生创业，但是失败的很多，原因就是缺乏这种"奔竞不息"的精神，我认为如果没有这种精神，创业是很难成功的。

创业者要具备很强大的忍耐力，要有勇气面对挫折。跌倒了就爬起来，再跌倒再爬起来，有这种精神的话，创业就好做；反之，如果没有这种精神，想创业就很难。"勇立潮头"是说要立于全国前列，你生产的产品一定要超过别人，这样的话就会有竞争力，才会成功。现在我们萧山大的企业的产业链都很大，这样才能立于不败之地。

采访者：萧山现在致力于打造体现世界名城风貌的现代化国际城市，在您看来，新时期的萧山精神还需要哪些新的内涵，包括您自己的产品转型过程、政府政策导向过程中需要哪些新的精神来引领？

张建人：我觉得这个口号的提出，就是我们萧山与时俱进的一种表现。发展到今天，如果想要萧山有更大的发展前景，那么必须要让我们的城市走向现代化、国际化。我做蜂蜜产品的时候也在积极探索国际化路径，从 1993 年开始就与日本、韩国等做生意了，应该说是比较早的了。当时我是怎样开拓国外市场的呢？那时候没有现在这么方便，当时我是寻找城市的三星级、四星级、五星级宾馆，宾馆里老外很多，他买了我的产品之后，就来找我，我就利用宾馆这个平台开展国外市场。这只是其中一个例子，类似的还有很多，反正总结起来就是想尽一切办法谋求发展。

新时期的萧山精神还需要具有与时俱进的精神，也需要继续发扬艰苦奋斗的精神。现在我们的企业面临如何转型升级的考验，面临外来企业的挑战，那么我觉得我们的政府也应该加强对企业的引导，政策导向过程中也要有前瞻性。

采访者：好的，很高兴张总能够接受我们的访谈，感谢您和我们分享了您的人生经历、创业的故事和心得体会，您辛苦了！

张建人：不用客气，你们也辛苦了！

平地惊雷，一飞冲天：多种经营推动萧山经济走向腾飞

——裘笑川口述

采访者：杨祥银   整理者：李永刚

采访时间：2018 年 10 月 3 日   采访地点：萧山天福生物科技有限公司

口述者

裘笑川，1933 年出生，浙江嵊州人。1949 年 10 月他到绍兴财经干校学习；1950 年 1 月，被分配到萧山，先后在萧山县委、萧山县财委、萧山县委财贸部、萧山县商业部、萧山县供销社、萧山县多种经营办公室、萧山市农委、萧山市财贸办公室等部门工作；直至 1994 年 3 月退休，一直在萧山工作。裘笑川是 1979 年萧山县召开的全县农村促富大会（以下简称"促富大会"）的参与者，从 1979 年到 1986 年，一直从事多种经营工作，见证了萧山多种经营发展变迁和萧山经济的起步、发展和腾飞。

一 个人履历

采访者：裘先生，您好！请您先简单地介绍一下自己，包括出生年月、籍贯和学习经历，以及工作经历等。

裘笑川：1933 年，我出生于越剧之乡嵊州①；1949 年 10 月从学校（高

---

① 嵊州，是浙江省绍兴市所辖的一个县级市，地处浙江中部偏东，曹娥江上游，东邻奉化和余姚，南毗新昌、东阳，西连诸暨，北接上虞，是全国第一批经济开放县（市）、全国县域经济基本竞争力百强县市。早在秦汉时就建县称剡，唐初曾设嵊州，北宋年间始名嵊县，至今已有 2 150 多年历史。嵊州是越剧故乡，风景如画、人文荟萃，（转下页注）

一）直接到绍兴财经干校学习；1950年1月，分配到萧山，先后在萧山县委、萧山县财委、萧山县委财贸部、萧山县商业部、萧山县供销社、萧山县多种经营办公室、萧山市农委、萧山市财贸办公室等部门工作；直至1994年3月退休，一直在萧山工作。萧山已成为我的第二故乡。在我的工作经历中，从1979年到1986年，是让我感触最深的八年，我一直从事农业多种经营工作，直接与农民打交道，农民的勤劳和智慧深深感动了我，我也多多少少干了一些实事，这是让我一生难忘的八年。

采访者：在"促富大会"召开前后，您在萧山多种经营办公室任职，可否概括介绍一下您在"促富大会"中的工作职责？

裘笑川："促富大会"召开前后，我都在县供销社多种经营办公室工作。我只是"促富大会"的参与者，并不直接地接触领导层的活动。当时，我们为配合"促富大会"的召开，在萧山体育场举办了一个"萧山社队企业、多种经营产品展销会"。我参加了这个展销会的筹备工作，以图像的方式，展出了七个因发展多种经营而摆脱贫困、逐步致富的典型，如闻堰公社的东风大队、来苏公社的孔湖大队等。当时负责这一展销工作的是副县长陈苏文，他对我说，展销会大门要有一副对联，上面要有一个横幅，你考虑一下。第二天，我告诉他我想好了，横幅就是四个字"促富大会"；对联是"充分利用天地山水，大力发展多种经营"，他十分赞成，县委领导层大体同意之后就采用了。产品展销会举办之后，因横幅直奔主题，对联也很形象，效果很好。就当时的社会层而言，对"促富大会"本身知之不多，但对展销会印象很深，震动也大。因我仅仅是"促富大会"的参与者，对"促富大会"没有直接发言权；但就我一直从事多种经营工作，对萧山多种经营的发展，我是有一点发言权的。

二 萧山的多种经营

采访者：根据《萧山市改革开放二十年记事》，1984年2月26日县委决定建立县多种经营办公室。成立县多种经营办公室的背景是什么？回过头来看，这个机构设置以后，对于萧山经济发展有哪些重要意义？

裘笑川："促富大会"对萧山广大农村而言是一个大震，各级农村干部

（接上页注①）有书圣故里、天下第一瀑、绍兴温泉城等。

逐步从单一经营中摆脱出来，农民致富的欲望日益强烈，特别是被割过"资本主义尾巴"、受过资本主义批判的这一部分人最为活跃，重点户、专业户和新的经济联合体不断涌现，他们从事的工作实际上就是商品生产，但在很大程度上处于自发状态。商品生产需要市场，相应就需要信息，需要引导。而且，商品生产的发展，还在一定程度上触动了各个涉及农业部门的利益机制，特别是原先"一统天下"的专业公司，它们面对商品生产有的冷漠对待，有的甚至抵制。因此，我们迫切需要有一个综合协调机构为"两户一体"撑腰，为发展商品生产服务，县多种经营办公室就应运而生。

说得准确一点，多种经营办公室不是在 1984 年 2 月 26 日就有的，它的前身是 1983 年建立的以县委副书记任作宾为组长、县财办主任蔡妙有为副组长的县多种经营领导小组，下设县多种经营办公室，办公室由我负责，办公室人员由各有关部门借调而来。县多种经营办公室最早的前身是县供销社在 1979 年设立的多种经营办公室，我一直从事这一项工作。这两个前设机构，在不同时期都发挥了一定的作用。供销社当时是农村经济的中心，提供产前、产中、产后一条龙服务，策划和帮助农民发展商品生产，但当各类专业户涌现之后，大大超越了供销计划的服务范畴，甚至触动了供销社的自身利益，已不能适应农村商品生产的发展。因此，1983 年成立了县多种经营领导小组，下设多种经营办公机构，这一组织的建立，体现了县委、县政府对发展多种经营的重视，也引起了各级党委、政府的关切。

多种经营办公室的主要职责是协调和督促县级涉农部门帮助乡村发展多种经营，深入农村了解"两户一体"发展状况，实施必要的扶持政策，帮助"两户一体"正常发展。但这一机构也有一个很大的缺陷——办公人员非正式编制，人少力薄，对依规使用扶持资金难度较大。于是，1984 年 2 月 26 日县多种经营办公室应运而生。

采访者：建立县多种经营办公室之后，您当时怎么参与进来的，您负责的具体工作是什么？能否谈一谈您在日常工作中的一些事情？

裘笑川：我主持日常工作，马友梓副县长（注：马友梓 1984 年 2 月至 1985 年 1 月为副县长；1985 年 1 月至 1986 年 3 月为代县长；1986 年 4 月为县长）兼任办公室主任，这一机构的日常工作主要有四个方面。首先，我们要协调商业、供销、农业、粮食、科技、协作、财政、金融等涉农部门支持农村发展商品生产；其次，我们要担当"两户一体"的娘家，为"两户一体"排难解忧，促使"两户一体"这一新生事物蓬勃发展；再次，我们还要广泛搜集、整理经济信息，搞好信息服务工作，准确把握发展多种经营三要素"市场优势，资源优势，技术优势"，积极恢复发展传统产品，不断开发新的多种经营项目；最后，我们必须制定和实施经济扶持政策，支持"两户一体"发展。县多种经营办公室还有一个重要职责是为县委、县政府一年一度召开的"两户一体"表彰大会做准备，优选100个"两户一体"表彰对象，编写表彰对象的先进资料，协同报刊、电台进行必要的舆论宣传工作。

实践表明，在县委、县政府领导的直接关切下，这一机构对引导和促进萧山农村商品生产的发展，是起了一定作用的。"两户一体"是雨后春笋，多种经营遍地开花，天地山水得到较好利用，特别是广阔海涂成了发展多种经营的风水宝地①。萧山的"两户一体"起步早，发展快。到1985年底，全县专业户、重点户已有近4万户，约占农村总农户数的17%，并有各种专业村、经济联合体300多个，厂办农业车间54个，全县多种经营产值超过3亿元。

这里说一个小插曲，当时的万向节厂鲁冠球先生，要我陪同他到东江围垦区"二万六千亩"一块考察，他决定投资120万元，建立占地570亩的农业车间，取名"桃花岛"。"桃花岛"当年就向市场提供家禽7万多羽，鲜鱼2 500余千克，肉猪200多头，我还记得比较清楚。后来万向节厂越发展越好，最终成了我们萧山的骄傲。

采访者：建立县多种经营办公室之后，您在工作过程中遇到哪些印象深刻的事情？又给您带来了哪些感受？

裘笑川：我和多种经营特别有缘。我从1979年起就一直从事多种经营工作。在主持县多种经营办公室工作期间（1984年至1986年）至今难忘的有几件事。

第一件事发生在长河公社江二大队（现在的滨江区长河街道），那里有个叫柏金齐的人，曾在伪乡政府做过小职员，高度近视、弱不禁风，但有一手养

---

① 淤泥沙质海岸的潮间浅滩称海涂。海滩与海涂二者的动力作用、物质组成、形成与演化过程均不相同，开发与利用也各异。海涂地段海水活动频繁，侵蚀、淤积变化复杂。一般为几千米，最宽的可超过10千米。一些海岸带由于河流挟带泥沙入海，每年海涂都有自然增长。例如，中国的大河每年入海泥沙达20余亿吨，大部分沉积在河口海岸，一些岸线的岸段每年向外延伸数十至数百米。海涂是丰富的土地资源。利用海涂发展水产养殖业为沿海各国所重视。世界海洋养殖业年产鱼类约50万吨，海藻栽培年产130万吨。许多海洋国家还围海造地。荷兰自13世纪以后，围垦海涂已达7 100平方千米，占全国陆地面积的1/5。中国从唐代已开始进行较大规模的围垦，1949年以后已围垦了53.6万公顷。根据海涂性质的不同，可以用于晒盐、种水稻、开发各种生物资源，如贝类、珊瑚礁、鱼、藻类、红树林等。萧山的海涂垦殖在中国沿海开发史上具有特殊的地位。

金鱼的技术。1983 年下半年，他来找我说要大养金鱼，已与自留地连在一起的10 户农户协商好挖塘建鱼池，问我行不行。我也拿捏不准，但又觉得这是一个好项目，就对他说你不要先到公社去批，要先搞起来，等到木已成舟再说。他感到有压力，但还是咬牙干，取名"江二金鱼合作社"，并担任社长。

到 1984 年下半年，金鱼养得很好，内销供不应求，萧山外贸公司也要年终分红，收益远远超过各家各户的自留地收入。但当时有人非议，一是对他个人的历史说三道四，二是非难说他毁了自留地。这时，我胆子大了，上门到公社、大队游说，为他排难解忧。实践证明，这条路子是对的，土地入股分红，是一个创新之举。后来，省、市有关部门实地进行调研，经济学家薛暮桥也亲自到金鱼场，考察之后，认为这是标新立异，对此大加赞许。

第二件事情是关于花木种植方面的事情①。花木是宁围、新街等地的传统产品，但一度被当作"封资修"②批判。"促富大会"以后，有种植技术的花农已率先在自留地上种植花卉，花木种植专业户、花木贩销专业户应运而生，收益颇丰。我和办公室的同事一致认为，国家建设是向前发展的，搞建设，就少不了花木。因此，对发展花木生产要积极加以引导、帮助。县委、县政府领导支持我们的做法，公开表示要充分利用土地资源，在不影响粮、棉、麻计划生产的前提下，积极发展花木生产③。这样一来，种植花木的农户越来越多，我们因势利导，1985 年春，成立了由 700 多名花农组成

---

① 20 世纪 80 年代，萧山通过多渠道的资金投入，兴建粮油、蔬菜、茶果、蚕桑、花木、畜禽、水产等生产基地。90 年代，推进农业产、加、销，贸、工、农、科、教一体化，上连市场、下联农户，扶持农业龙头企业，发展农副产品加工业；鼓励农民参与农副产品流通和市内外工商资本投入农业开发；支持实力企业，到全国各地兴建农业商品生产基地，拓展萧山农业发展空间。发挥区域资源优势，优化农业产业结构和产品结构，实施农业品牌战略。2000 年，全市农业总产值（现价）32.92 亿元，其中蔬菜、花木、茶果、畜禽、水产五大主导特色产业产值 23.34 亿元，占农业总产值的 70.9%。农业由传统型向城郊型、都市型转变。具体参见杭州市萧山区人民政府地方志办公室编《萧山市志》（第一册），浙江人民出版社，2013，第 669 页。

② "封资修"，即封建主义、资本主义和修正主义的合称。

③ 萧山为粮、棉、麻和多种经营综合农业区，是全国县（市）级络麻重点产区，20 世纪 80 年代初始，调减棉花、络麻及滞销粮食的种植面积，发展蔬菜、瓜果、花卉苗木种植和经营；实施"水旱轮作"、间作套种等科学耕作制度，应用高产模式栽培、设施栽培、轻型栽培和"病、虫、草、鼠"综合防治等先进技术；引进国内外优质品种，使蔬菜品种一年四季均能上市，淡旺季节不再明显；按"无公害"生产标准使用高效低毒低残留农药，推广生物肥料、复合肥料、秸秆还田等；提高粮食品质，做大蔬菜、花卉苗木产业，并为水产、畜牧业发展提供空间。1991 年，萧山被国务院授予"1990 年全国粮食生产先进单位"称号。1995 年 8 月，萧山被列为"八五"时期第四批国家级商品粮基地县（市）。

的萧山县花木生产者协会，由宁围乡花木专业户陈天兴当会长。在成立大会上，省、市有关部门领导亲临现场表示祝贺。接着，我们在1985年秋，举办了有众多县内外花农、花木场参加的萧山县花木展销大会，外地花农也纷纷慕名前来参加，盛况空前，省电视台也进行了直播，极大地推动了萧山花木生产的发展。尽管后来有所谓的"龙柏烧狗肉"①的说法，但这毕竟是历史的小插曲，并且也言过其实。萧山花木城的形成，萧山花木生产能有今天，与当时的这一段历史是分不开的，我也算为萧山花农户办了一点实事②。

第三件事是关于"两户一体"的事情。"两户一体"是当时的新生事物，各级报刊、电台曾铺天盖地进行宣传。萧山的"两户一体"的发展是快速的，其数量之多，经营之广走在全省先列，《浙江日报》曾做过专门报道。我几乎走访或接触过萧山的所有专业户，深深被他们的勤劳和智慧所感动，"万元户"的称号来之不易。在计划经济的束缚下，专业户的作为常常遭人责难和非议，因为这些人不少是被割过"资本主义尾巴"的，有的本身也存在这样或那样的缺陷。

靖江有一个养鱼专业户叫冯福堂，他就是这样的一个人。他爱贪小便宜，人缘不好，因而对他承包围垦养鱼，周围群众非议颇多。但他确实是一个养鱼能手，他日夜在围垦辛勤劳动，鱼养得很好，成了万元户，我们对他表彰，也指出他的缺点所在。到了后来，他逐渐克服了自身缺陷，人缘越结

---

① 20世纪80年代初，浙江萧山一带大力发展苗木业。龙柏是当地一种比较昂贵的花木，当初为防止有人偷盗龙柏苗木，花农们养狗看护。由于品种单一，盲目发展，1985年龙柏苗没人要，许多苗圃的树苗都荒了，最后农民不得不含泪毁苗烹狗肉。于是"龙柏烧狗肉"成为一个专指代词——描述盲目发展苗木的辛酸。具体参见《让"龙柏烧狗肉"悲剧不再重演》，《农家顾问》2005年第9期，第18~19页。

② 萧山北部沿江为沙土平原，花卉苗木适种性强。"文化大革命"期间，花卉苗木业被视作"资本主义尾巴"而惨遭打击。20世纪80年代初进入发展高峰。1987年后，曾因品种单一、市场需求不旺而拔苗做柴，陷入"龙柏烧狗肉"（"龙柏"泛指苗木）困境。自90年代始，宏观环境改善，苗木经营兴起，品种结构优化调整，并实施"北苗东扩南移"和拓展市外发展空间战略，花卉苗木产业再度兴盛。2000年，全市花卉苗木种植面积6.51万亩，品种1000多个，生产苗木3.6亿株，盆花460万盆，切花360万支，草坪10万平方米。从业人员3.5万余人，占农村劳动力的6.29%。产品销往全国31个省、自治区、直辖市，出口韩国、日本等国家和中国香港地区。产值（现价）3.69亿元，占农业总产值的11.21%，跻身于萧山农业主导产业之列，萧山成为全国最大花卉苗木生产基地之一。2000年6月，萧山被国家林业局、中国花卉协会命名为"中国花木之乡"；2001年3月，在新街镇建设华东地区最大的花卉苗木集散中心——浙江（中国）花木城。

越好,最后当上了县政协委员。县多种经营办公室作为专业户的娘家,如何与专业户相处?当时的县委书记费根楠对我有一个要求:要常常走访专业户,但不准在专业户家吃饭,更不准拿一针一线,但专业户上门则要热情相待。我说没有钱怎么待?费书记破格特许,同意公款接待,以一人一餐3元(后提到5元)的标准在食堂吃饭,这也是一件让我印象很深的事情。秉持真诚相待的原则,我们真的把专业户当作亲人,处处为专业户排难解忧,甚至不惜得罪一些部门,得罪一些人。我也因此吃过苦果,我当时不悔,至今也不悔,为弱势群体说话总归没有错。

采访者: 萧山市是全国的黄红麻重点产区之一。为了协调黄红麻供需矛盾,1988年3月,以市棉麻公司为主体建立了萧山市黄红麻合作社联合社。您当时在萧山市财贸办公室。请您谈一谈联合社是一个怎样的组织?它与供销社和多种经营有什么区别和联系?

裘笑川: 我还在萧山市农委工作的时候,萧山市黄红麻合作社联合社就成立了,因为黄红麻当时属于国家二类物资,由市棉麻公司独家经营,收购价格也是国家定的,因而这个合作社没有实质性的作为。据我所知,当时农商两家在黄红麻种子的经营上曾经产生矛盾。当时萧山不能自产黄红麻种子,在市场逐步放开之后,农业部门也插手经营黄红麻种子,农商两家各管各的,麻农无所适从,在各方关注下,农商两家建立萧山市黄红麻合作社联合社,宗旨是返利为农。在农商两家共同关心、相互牵制下,黄红麻种子经营趋于正常,确保了种子质量,价格也有所下降。但在利益驱动下,农商两家争论不断[1]。

在一次年会上,农商两家公开相互指责,论长论短。记得我在会上说了一番话,大意是:不要拆台,而要铺台,换位思考,一切为农。农商两家也同意我的观点,各自做了一些利益调整,黄红麻联合社继续运行。不久,随着国家对黄红麻需求的调整,黄红麻种植面积急剧减少,这个联合社也就很快淡出了。

---

[1] 1988年3月,以萧山县络麻联营公司为基础,建立产供销一体化的萧山市黄红麻合作社联合社。该社下设黄红麻专业社18家、专业分社(村级黄红麻集中生产收购站)236家,吸收络麻产区12.69万户络麻种植农户入社。1988年,联合社与13.86万家农户签订黄红麻订购合同7.68万吨,为农户供应络麻良种34.50万千克,供应议价转平价尿素1 000吨,并将经营利润的20%(50万元)返回给络麻种植户。具体参见杭州市萧山区人民政府地方志办公室编《萧山市志》(第二册),浙江人民出版社,2013,第1136页。

三 多种经营的市场开拓

采访者：萧山的多种经营所面对的是否同时包括国内和国外两个市场？当时在对外贸易方面是怎样的状况呢？

裘笑川：萧山的对外贸易起步是比较早的。萧山花边制作是萧山传统手工艺品，南沙妇女人人都会挑花边，是当时外贸出口的拳头产品①。等到商品生产发展到一个阶段以后，我们侧重引导发展外贸产品。

湘湖莼菜，原是萧山一宝，在南宋时即为朝廷贡品，但在湘湖已经湖不成湖之后，莼菜已绝迹②。市场的莼菜可谓是奇缺，西湖莼菜少之又少，于是我们决定在莼菜身上做文章。莼菜繁殖要有特定的地理环境，水必须是"冷水"。在"文化大革命"期间，我在闻堰公社东风大队，也就是现在的老虎洞村待过一段时间，知道那里有个青山坞，适宜莼菜生产条件，于是与外贸

---

① 萧山花边始于民国初期。20世纪20年代，萧山花边俗称抽纱，又称花绦、格子等，构图严谨，工针精巧，色泽素雅大方，是一种日用和欣赏相结合的手工抽纱工艺品，也是中国传统出口产品。60~70年代，萧山因常年有10万名妇女从事花边生产，被称"花边之乡"。萧山花边由千百人集体制作，用千丝万缕挑织而成，故亦称为"万缕丝"。其图案大多取材于花卉，设计对称，富有层次。萧山花边的艺术特色是简朴中求繁复、素雅中求华丽，线条流畅，匠心别具，针法精细，光洁整齐，把它覆罩在有色的木器家具、床毯等上面，通过镂空的花纹，好像庭院建筑中花窗的"借景"，相映成趣，引人入胜。90年代以来，萧山花边总厂又把花边的艺术特色与新颖别致的服饰结合，创制出麻布绚带工艺绣衣和万缕丝女装，以独特的艺术风格和雅致的款式风靡意大利、美国、日本等国家和中国香港地区。萧山花边品种齐全，花式繁多，产品畅销50多个国家和地区，受到外国朋友的喜爱。具体参见杭州市萧山区人民政府地方志办公室编《萧山市志》（第二册），浙江人民出版社，2013，第2081页。

② 湘湖自古以来就以生产莼菜而闻名。南宋《会稽志》载："萧山湘湖之莼特珍，柔滑而腴。"湘湖莼菜在南宋时最为鼎盛，曾被列为贡品。南宋著名诗人陆游一生写有40余首描写湘湖莼菜的诗词，如"湘湖烟雨长莼丝，菰米新炊滑上匙""湘湖莼菜出，卖者环三乡"等。莼菜营养丰富，富含锌，被称为植物中的"锌王"。由于它对于生长环境的要求较为严苛，水质必须无污染，近年来种群数量下降很快，市面上的莼菜数量也越来越少，1998年，它被认定为国家级重点保护野生植物。在湘湖，因为自20世纪60年代后期开始的大面积围垦种粮，莼菜生产日益萎缩。为了让这一历史悠久的莼菜文化继续传承，重现湘湖莼菜品牌魅力，首届湘湖莼菜文化节就此亮相。文化节包含开幕式、青浦问莼书画笔会、湘湖莼菜历史文化及使用价值研讨会、百米文化长廊等活动，试图用一系列文化活动，全方位挖掘和展示湘湖莼菜在历史、文化、民俗方面的内涵，扩大湘湖莼菜的知名度，开启"以文化打造地方名片，以文化带动地方经济"的可持续绿色产业发展进程。具体参见冯俏蕾《首届湘湖莼菜文化节展示"莼"美湘湖》，《萧山日报》2012年10月14日第1版。

局的张才增同志一起，进行实地考察。东风大队领导对我们的到来也十分欢迎，派专人学习西湖莼菜的繁殖技术，一举恢复了已绝迹的湘湖莼菜，种植面积超过 100 亩，年产量超过 50 吨，成为萧山外贸出口的一个重要农副产品[①]。

萧山的绿色胡瓜，在日本市场上也十分受欢迎[②]。在萧山萝卜干进行工厂化生产后，同时也为胡瓜腌制出口创造了条件。我们协同外贸部门，引导南沙地区农民大量种植胡瓜，使之成为萧山外贸出口的重要农副产品。有的年份收成好，一年出口量超过 800 吨。萧山农副产品出口，从无到有，从有到大，是萧山商品生产发展的必然结果，当然，同样也离不开政府的引导和扶持。

我们办公室之所以重视发展外贸产品，是因为我们办公室有一个副主任，叫施贵林，原来就是萧山外贸局局长，因而，特别关注外贸生产的发展。

采访者：我们看到 1984 年，您和俞志范先生写了一篇名为《提供经济信息，促进农村商品生产发展》的文章，讲述了经济信息对于发展商品经济的重要性。您觉得经济信息对发展商品经济的影响体现在哪些方面[③]？

裘笑川：那篇文章是从供销社的角度写的，有其共性，但也有局限性。所谓共性，指的是商品要进入市场，离不开经济信息；所谓局限性，是局限于供销社的经营范畴，从产前、产中、产后"一条龙"服务的角度写的。事实表明，尽管供销社当时是农村经济中心，但商品生产的急速发展，远远超越了供销社的经营和服务范畴。当专业户从"小而专"向"专而联"发展，到出现了产、加、销结合的新型经济联合体之后，更是与供销社"对着干"。

采访者：您认为经济信息与商品经济有必然的内在关联，经济信息准确与否，直接影响产品生产的成败与兴衰。这么说的原因是什么呢？

---

① 民国 20 年，世居湘湖的张世源，在杭州清河坊 4 号开张元龙莼菜加工厂，把湘湖莼菜制成瓶装运销日本，直到中华人民共和国成立前夕。20 世纪 60 年代后，湘湖被大面积围垦种粮，莼菜生产面临危境。1978 年后，湘湖莼菜又开始种植。主要产地在闻堰镇老虎洞村，1988 年种植 110 亩，产莼菜 50 吨，大都加工装罐后销往日本。2000 年，莼菜基地被开发建设而征用。具体参见萧山市农业局《萧山县农业志》，浙江大学出版社，1989，第 267 页。

② 胡瓜，又名日本胡瓜。分布在新湾、前进、河庄、南阳、靖江、义盛、头蓬、党湾、益农等镇乡垦区和第一、第二农垦场，年种植 2 万～3 万亩，产品经腌制加工后大部分出口日本、韩国，是萧山蔬菜出口主导产品。具体参见杭州市萧山区人民政府地方志办公室编《萧山市志》（第一册），浙江人民出版社，2013，第 814 页。

③ 具体参见商业部供销合作指导司编《农村市场预测经验选编》，中国商业出版社，1984，第 64 页。

原因主要体现在三个方面。第一个方面，在"促富大会"以后，农民跳出单一经济的圈子，广找致富门路，自发性越来越强，因此必然带有一定的盲目性。刚刚走进市场的农民，对市场是陌生的，不可能了解，更不可能掌握市场规律。商品生产的发展，萧山只不过是先行了一步，整个中华大地，都在积极开展多种经营，因而不断出现一哄而起、一碰而散的状况，迫切需要加强市场预测，搞好信息服务。我们有一个副主任专门负责这方面的事情，我们还配备了专职人员，广泛建立信息网络，强有力地开展了信息收集、整理、发布工作，去伪存真，及时把市场信息传递给"两户一体"。同时，我们还策动"两户一体"走南闯北，去了解市场，熟悉市场。因此，总的来说，萧山商品生产的发展，没有出现大起大落的状况。

第二个方面，针对萧山有山有水，有田有地，更有广阔的海涂的地理环境因素，结合当时萧山商品生产品类繁多，五花八门，新旧并存，大小兼有的实际情况，经济信息不可能包罗万象。因此，我们采取的策略是有重有轻，甚至有放有弃，侧重关注传统项目的恢复发展和新兴重点项目的市场走势。一个好的多种经营项目，不仅要有市场优势，还要有资源优势，包括地理、土质、气候，同时还要有技术优势。一个地区的大宗传统项目，往往具有这三个优势。

萧山萝卜干闻名全国，至今都还很畅销①。在制作上，萧山萝卜干是依靠风脱水进坛制作这一独特工艺，之所以能采用这一独特工艺，是因为南沙地区是夜潮地这一特定地理条件。当时，我们得悉国内外市场对萝卜干的需求量越来越大，而南沙地区的地理环境已起变化，不可能再生产大量的风脱水萝卜干。南阳有一个蔬菜加工厂，改风脱水为盐脱水加工，一炮打响，深

---

① 萧山萝卜干采用传统的"风脱水"加工法，经过精细加工而成，以色泽黄亮、条形均匀、肉质厚实、香气浓郁、咸淡适宜、脆嫩爽口、味道鲜美而著称，谓"色、香、甜、脆、鲜"五绝。《中国土特名产辞典》载："萧山萝卜干食之有消炎、防暑、开胃的作用，是早餐佐食之佳肴。"萧山萝卜干之所以有"五绝"，是因为除采用传统的"风脱水"加工工艺外，还具有天然的地理条件。萝卜干产地为钱塘江故道和20世纪60年代中叶滩涂围垦平原，临江近海，土壤疏松，土层深厚，适宜根系作物生长。自20世纪80年代始，萧山除生产传统的萝卜干外，又开发了甜萝卜干和辣萝卜干的生产。种植的品种除传统的"一刀切"萝卜外，还引进日本、韩国和国内各地的优质萝卜品种。2000年，萧山萝卜干已销往国内20多省、自治区、直辖市的60多个市、县，并远销美国、澳大利亚、加拿大、日本、韩国、新加坡、马来西亚等国及中国香港、中国澳门、中国台湾等地。具体参见杭州市萧山区人民政府地方志办公室编《萧山市志》（第一册），浙江人民出版社，2013，第768页。

受新一代消费者欢迎。于是我们协同有关部门一起调研，认为此法大有可为。从此，萧山萝卜干从手工操作进入工厂化生产，农民大量种植萝卜，蔬菜加工厂如雨后春笋，成为南沙地区的一个支柱产业。当然，手工操作并没有完全抛弃，在一些地方还被保留了下来。

再举一例，湘湖龙井，是萧山的传统产品之一，因受制茶技术制约，产地局限于湘湖周围，而萧山广大山区只能生产机制炒青①。一个销畅价高，一个销滞价低。我们一直关注茶叶市场的走势，越来越感到随着人民生活水平的提高，湘湖龙井一定会越走越俏。于是我们与农业、供销部门一起，拨出专款，大力培训茶农，掌握龙井制作技术，并以"请进来教、走出去学"的方式广为推广，萧山整个山区逐步以扁茶替代炒青，年产量超过 500 吨。经省、市有关部门批准，湘湖龙井改名为浙江龙井。浙江龙井一直走俏市场，三清茶已成为浙江省十大名茶之一，茶农经济效益大为提高。

第三个方面，在计划经济年代，政府行为，如政策调整、价格控制等因素有时候会直接左右市场，使得有的商品由俏变滞，有的则由滞变俏。专业公司是奉命行事的，一手拿鞭子，一手拿刀子，少了赶，多了砍。在这种状况下，农民是最被动的。说实话，我们基层干部也是茫然的，有时甚至无所适从。但由于我们职责所在，不能毫无作为，在复杂的市场走势中，尽力化

---

① 《浙江事典》载：浙江龙井产于萧山、富阳、余杭、嵊州等地。萧山产的浙江龙井位于湘湖水系附近的闻堰镇老虎洞山、凌家坞、压乌山、黄山等地。"三山一坞"与钱塘江北的杭州狮子峰对峙，同属天目山脉，山明水秀，云雾缭绕，气候湿润，盛产名茶。20 世纪50 年代初，萧山茶农对零星的茶园进行改造，开发一部分新茶园，试制"湘湖旗枪"。1960 年，"湘湖旗枪"改名为"湘湖龙井"。浙江省商业厅规定萧山长河等地的萧山旗枪，依照龙井茶叶"龙"字号价格收购。1965 年收购 31 担。1966 年，"湘湖龙井"复名"湘湖旗枪"。1980 年，省物价委员会和省供销社联合命名"湘湖旗枪"为"浙江龙井"。1981 年，"浙江龙井"被评为浙江省名茶之一，产区也由城北区的 4 个乡镇、22 个村发展到城北、城南、临浦、戴村 4 个区、25 个镇乡、74 个村。1982 年，"浙江龙井"收购量 3.54 吨；1986 年 22.50 吨。"浙江龙井"做工精致，素以形扁、色翠、香郁、味醇、形美而享"五绝"之称。因萌芽早、茶芽壮，清明节前开采上市。随着大棚覆盖技术的采用，春节前也可少量采摘上市。90 年代后，浙江龙井茶的炒制技术推广到全市各地，其中最为有名的是"浙江龙井"系列中的云石"三清茶"，以生长在云石乡高山上的优质茶叶精制而成。2000 年，"三清茶"有生产基地 300 亩，采摘茶园 1 000 亩，年产茶 10吨。2008 年，萧山"浙江龙井"更名注册为"湘湖龙井"。至 2013 年，萧山有"湘湖龙井""云石三清"两品目名茶。其中"湘湖龙井"为杭州市十大名茶之一，浙江省区域名牌农产品，"云石三清"为浙江名茶。具体参见杭州市萧山区人民政府地方志办公室编《萧山市志》（第一册），浙江人民出版社，2013，第 773 页；沈奔新主编《萧山茶文化》，西泠印社，2015，第 16 页。

被动为主动。我们当时主要是采取两个对策：一是密切注意市场动态，关注萧山商品生产的走势，帮助"两户一体"调整经营格局，避免在激烈的市场竞争中败下阵来；二是密切配合农业、商业、供销有关专业公司搞好市场预测，实行"一年早知道"，把市场需求变化及早告知"两户一体"，尽力避免和减少因产销脱节而造成的经济损失。

采访者：感谢裘先生对萧山经济发展所做出的贡献，也非常感谢您对我们访谈的支持与配合！

裘笑川：这是我应该做的，你们也辛苦了！

后 记

2018 年，为庆祝改革开放 40 周年，中共杭州市萧山区委党史研究室（杭州市萧山区人民政府地方志办公室）启动"改革开放口述历史"项目，精选访谈主题，精选被访对象，历时一年，"改革开放口述历史"项目之成果——《春江水暖——萧山改革开放 40 年访谈录》终于付梓印行。

首先特别要感谢以杨祥银博士为首的温州大学口述历史研究所。作为当今国内研究口述历史理论、方法和实践的一流团队，该所以他们的敬业、专业、精业精神，为"改革开放口述历史"项目提供了巨大的人力保障与智力支持。

其次，衷心感谢接受访问的 27 位同志，访谈时期正值高温时节，且口述访问细致、烦琐，个别主题要进行多次、多角度回忆、阐述，他们克服天气因素，在繁忙工作之余接受访谈，甚是配合，力求呈现全面、真实、生动的过去，留下萧山改革开放之记忆。

最后，还要特别感谢钱志祥先生，"改革开放口述历史"项目启动以来，在确定主题、推荐受访人、审稿等各个阶段，他都付出了很多的心血，为项目完成提供了巨大的支持。

为便于读者阅读，本书按访谈时间先后为序。

由于口述为个人经历，很多讲述并无文献资料可以查询，有些真伪难辨，有些或因记忆所失，和事实有出入。由于编者水平有限，书中难免存在纰漏和表述不当之处，还请读者多谅解和包涵。如有不当之处，敬请批评指正。

中共杭州市萧山区委党史研究室
杭州市萧山区人民政府地方志办公室
2019 年 1 月

图书在版编目（CIP）数据

春江水暖：萧山改革开放 40 年访谈录／中共杭州市
萧山区委党史研究室，杭州市萧山区人民政府地方志办公
室编. -- 北京：社会科学文献出版社，2019. 1
ISBN 978 - 7 - 5201 - 4162 - 8

Ⅰ. ①春…　Ⅱ. ①中…②…杭　Ⅲ. ①访问记 - 作品
集 - 中国 - 当代　Ⅳ. ①I253

中国版本图书馆 CIP 数据核字（2019）第 017071 号

春江水暖
———萧山改革开放 40 年访谈录

主　　　编／中共杭州市萧山区委党史研究室　杭州市萧山区人民政府地方志办公室

出 版 人／谢寿光
项目统筹／王玉敏
责任编辑／王玉敏　赵怀英

出　　　版／社会科学文献出版社·联合出版中心（010）59367151
　　　　　　地址：北京市北三环中路甲 29 号院华龙大厦　邮编：100029
　　　　　　网址：www. ssap. com. cn
发　　　行／市场营销中心（010）59367081　59367083
印　　　装／三河市东方印刷有限公司

规　　　格／开 本：787mm × 1092mm　1/16
　　　　　　印 张：38. 25　字 数：666 千字
版　　　次／2019 年 1 月第 1 版　2019 年 1 月第 1 次印刷
书　　　号／ISBN 978 - 7 - 5201 - 4162 - 8
定　　　价／199. 00 元

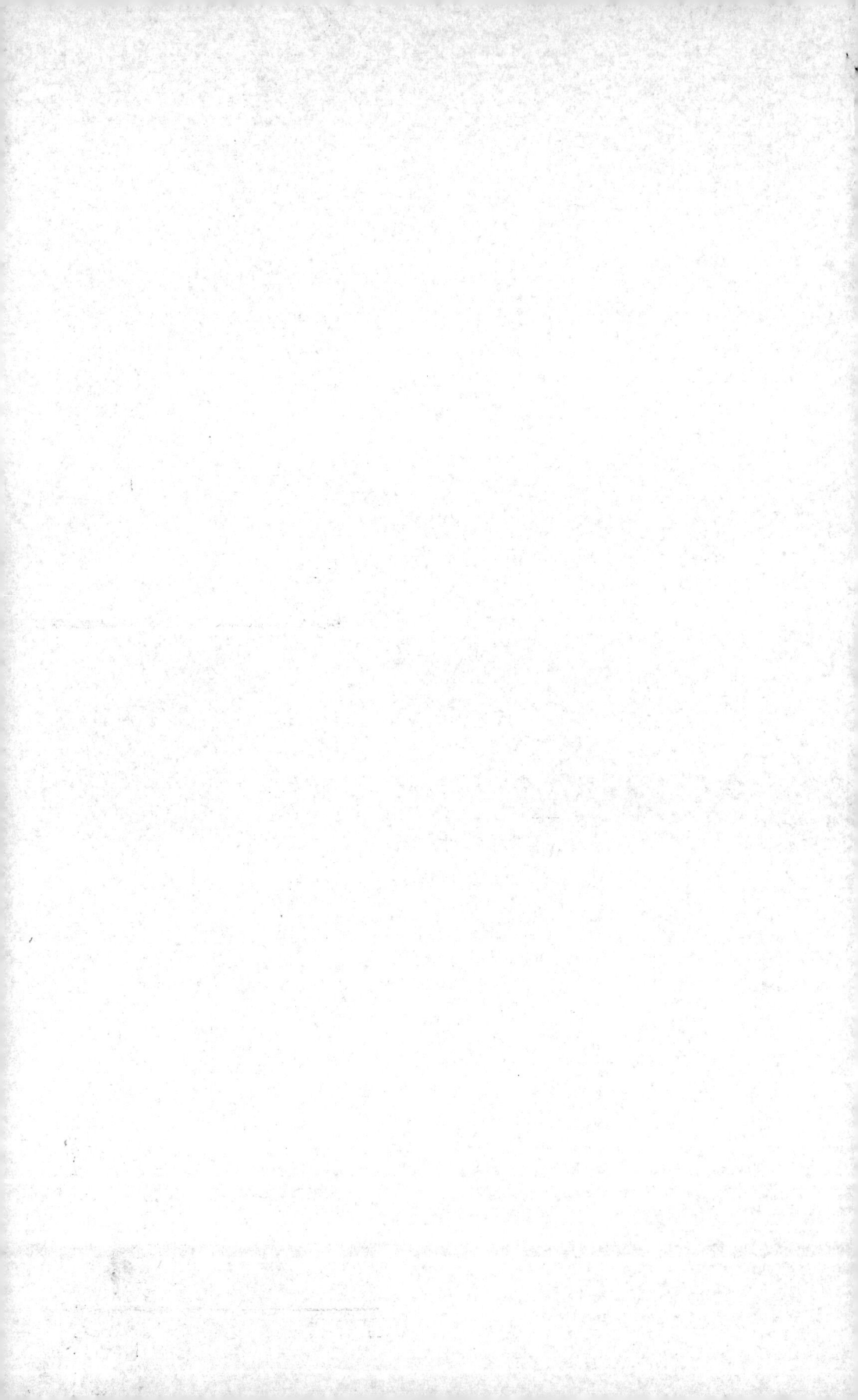